KB177544

DONGSUH MYSTERY BOOKS 153

砂の器

모래그릇

마쓰모토 세이초(松本淸張) /허문순 옮김

동서문화사

옮긴이 허문순(許文純)

춘천사범 졸업. 경남대학 불교학 수학. 월간 〈희망〉 편집인. 1962년 동아일보신춘문예 〈세 번째 사람〉 당선. 지은책 역사소설 《대신라기》 미스터리 《백설령》 《너를 노린다》 《일지매》 하드보일드 《번개탐정시리즈 총20권》, 옮긴책 세이어스 《나인 테일러스》, 데안드리아 《호그 연쇄살인》, 메클린 《여왕폐하 율리시즈호》, 히긴스 《독수리는 날개치며 내렸다》. 한국미스터리클럽 창립을 주도하다.

DONGSUH MYSTERY BOOKS 153

모래그릇

마쓰모토 세이초(松本淸張) 지음/허문순 옮김

1판 1쇄 발행/1977년 12월 1일

2판 1쇄 발행/2004년 8월 1일

2판 6쇄 발행/2018년 9월 1일

발행인 고정일/발행처 동서문화사

창업 1956. 12. 12. 등록 16-3799

서울 중구 다산로 12길 6(신당동 4층)

☎ 546-0331~6 Fax. 545-0331

www.dongsuhbook.com

이 책의 출판권은 동서문화사가 소유합니다.

의장권 제호권 편집권은 저작권 법에 의해 보호를 받는 출판물이므로
무단전재와 무단복제를 금합니다.

사업자등록번호 211-87-75330

ISBN 978-89-497-0249-0 04800

ISBN 978-89-497-0081-6 (세트)

모래그릇
차례

등장인물

미키 겐이치 가마타 조차장 살인 사건 피해자
미우라 에미코 '클럽 보느르'의 여종업원
미야타 구니오 전위극단 배우
나루세 리에코 전위극단 사무원
세키가와 시게오 '누보 그룹'에 속한 평론가
와가 에이료 '누보 그룹'에 속한 작곡가
이마니시 에이타로 도쿄 경찰청 수사1과 형사

모래그릇

싸구려 바의 손님

1

가마타 전철 역에서 가까운 골목. 폭이 좁은 싸구려 바의 불빛이 창밖으로 흘러나오고 있다. 밤 11시가 지난 역 주변은 대부분 상점들이 문을 닫고, 은방울꽃 모양 장식용 전등만이 불을 밝히고 있다. 조금 더 가면 음식점 골목이 나오고 그곳에 작은 바들이 늘어서 있는데, 이 바만 홀로 떨어져 있었다.

변두리 바답게 내부 시설이 허술했다. 문을 들어서자마자 카운터가 길게 뻗어 있고, 명색뿐인 칸막이가 두 개가, 한쪽 구석에 놓여 있다. 그러나 지금 그 칸막이 좌석에는 아무도 없고, 카운터 앞에 월급쟁이인 듯한 세 남자와 같은 회사 여직원인 듯한 한 여자가 옆으로 늘어앉아 팔꿈치를 괴고 있다. 이 가게 단골손님인 듯, 그들은 젊은 바텐더와 여자 종업원과 함께 이야기를 나누고 있다. 쉴새없이 울리는 레코드는 모두 재즈나 유행가뿐이며, 여자 종업원들은 가끔 그것에 박자를 맞추고 함께 노래를 흥얼거리기도 했다.

손님들은 모두 취했다. 이야기하는 모양새로 보아 다른 곳에서 마시고 돌아오는 길에 가마타 역에서 내려 이곳에 들른 모양이었다.

"너희 과장은 말이야……. 부장에게 아첨만 하고 있어. 늘 알랑거리는 꼴을 보고 있노라면 속이 메스꺼워 못 견디겠어. 뭐라고 좀 해 주는 게 어때?" 남자가 동행에게 상반신을 가까이 대고 말했다.

"주위 사람들이 나쁜 거야. 차장들이 과장을 그렇게 만들었어. 새삼스럽게 그런 말 해 보았자 소용 없어."

다른 한 남자는 술을 들이키고 있었다.

"그 자식은 안 돼. 모두 비웃고 있는 줄도 모르고."

"비웃음을 받는다는 건 본인도 벌써부터 알고 있어. 그러나 그런 것에 구애받으면 출세를 못하거든. 창피함이나 평판에 상관없이 알랑거리는 것이 출세하는 요령이라고 생각하는 사람이야. 속으로는 어떻게 생각하는지 몰라도 말이야. 응, 그렇지요, 미 씨?" 그는 이렇게 말하며 이렇게 말하며 옆에 있는 여자에게 고개를 돌렸다. 스물대여섯 되어 보이는 여직원은 벌써 어깨가 흔들리고 있었다.

"그래요. 우리 부장은 국장이 정년이 되는 3년 뒤의 일까지 다 계산하고 있어요. 그리고 그 밑에 있는 차장들은 또 부장 뒷자리를 노리고 있고요."

"출세하려면 거기까지 계산해야 되는 모양이군. 하여간 나와는 상관 없는 이야기야. 밤마다 이렇게 마실 수 있다는 것만도 다행이니까. 서글픈 이야기야. 그 대신 밤마다 이 집에 돈을 풀고 가지."

손님은 카운터 안으로 눈을 돌렸다.

"매번 감사합니다. 덕분에……." 젊은 바텐더가 웃으며 깍듯하게 인사를 했다.

"그런데 미 씨, 이번 달 내 가불, 아직도 여유가 있나요?"

"어머, 벌써 없어졌어요. 이젠 안 돼요."

"제기랄, 이 달에도 청구서만 두툼하겠군. 하긴 봉급날에 바로 다음 달 가불을 하러 경리부에 뛰어 가는 형편이니. 지난달엔 천 엔짜리 한 장이 전표 속에 숨어 있더군요. 미 씨, 이 달에도 부탁해요."

"아이, 싫어. 이런 곳에 와서까지 그런 서글픈 이야기예요?"

이때 문이 열리고 손님의 그림자가 비쳤다. 바는 최대한 조명을 어둡게 해놓고 있었다. 게다가 손님들이 피우는 담배 연기가 자욱해서 문을 밀고 들어서는 두 남자의 얼굴을 바로 알아볼 수는 없었다.

"어서 오십시오." 바텐더가 카운터 안에서 재빨리 손님을 내다보며 기세 좋은 목소리로 인사했다. 단골손님이 아니었다.

"어서 오십시오."

여자 종업원이 바텐더의 목소리에 돌아다보며 새로 온 손님에게 말했다. 먼저 온 손님 가운데 두 사람이 힐끗 돌아다보았지만, 모르는 사람이어서 다시 자기들끼리 이야기를 계속했다.

들어온 손님 가운데 한 사람은 꽤 낡은 감색 양복을, 또 한 사람은 연회색 스포츠 셔츠를 입고 있었다. 카운터에 먼저 온 손님들이 떠들썩하게 있어서 멋쩍었는지, 새로 온 손님들은 구석진 칸막이 쪽으로 가려 했다. 스미코라는 여종업원이 바로 일어서서 안내했다. 첫눈에 양복을 입은 사람은 머리가 희끗희끗한 50대, 스포츠 셔츠를 입은 남자는 30대 정도로 보였다. 하기야 똑똑히 본 것이 아니어서 대충 그렇게 느꼈을 뿐이다.

스미코는 바텐더에게서 물수건 두 개를 받아 손님 자리로 가져갔다.

"뭘 드릴까요?" 스미코가 물었다.

"글쎄." 젊은 남자가 나이 많은 남자에게 의논하는 듯한 눈짓을 했다.

"하이볼로 하지." 반백 머리의 남자가 대답했다.

이 '하이볼로 하지'라고 한 말투에는 도쿄 말에서는 들을 수 없는 악센트가 있었다. 스미코는 손님이 지방, 특히 동북 지방 사람이라는 걸 순간적으로 느꼈다고 나중에 경찰에 진술했다.

스미코는 하이볼 두 잔을 주문받았다.

먼저 온 월급쟁이들의 대화는 영화 이야기로 바뀌었다. 그것도 스미코가 좋아하는 배우가 나오는 영화여서, 스미코는 그만 그 이야기에 정신을 빼앗겼다. 그녀는 하이볼이 나올 때까지 단골손님들의 이야기가 재미있어 한두 마디 참견을 하고 있었다.

"하이볼 나왔어요."

바텐더가 작은 거품이 피어오르는 글라스 둘을 카운터 위에 내놓으며 말했다. 스미코는 혀를 낼름거리며 하이볼을 은쟁반 위에 놓았다.

"기다리시게 했습니다."

스미코는 손님 앞에 글라스를 하나씩 놓았다. 이때 두 사람은 소곤거리며 이야기하고 있었는데, 그녀가 가까이 가자 이야기를 그쳐 버렸다. 30세 정도 되는 남자가 옆에 앉으려는 스미코에게 손을 내저었다. 헝클어진 머리카락엔 먼지가 끼고, 셔츠 깃엔 주름이 잡혀 있었다.

"아가씨, 할 이야기가 있어서 그런데, 미안하지만 자리 좀 비켜 주지 않겠어요?" 그는 신경질적으로 말했다.

"그럼, 천천히 말씀 나누세요."

스미코는 고개를 끄덕 하고 카운터로 돌아왔다.

"무슨 할 이야기가 있나 봐."

"그래?"

그녀의 동료들도 흘끔 칸막이 쪽을 보았다. 오다가다 들른 뜨내기에 별로 재미있는 이야기도 아닐 것 같아 천만 다행이라고 생각하며, 단골손님들과 영화 이야기를 계속했다.

"그런데 그 배우의 연기가 이삼 년 전부터……"

카운터에서는 영화 이야기가 프로 야구 이야기로 바뀌었다. 바텐더도 야구는 좋아하는지 열심히 손님 이야기에 끼어들었다. 그래서 두 손님에게는 별로 관심을 돌리지 않았다. 여종업원들은 자기들을 앉지 못하게 하고 바로 은밀한 이야기를 시작한 것이 어쩐지 못마땅했지만, 통 상대를 해 주지 않는 손님들보다는 단골손님들과 잡담이나 하는 편이 차라리 재미있었다. 구석에 앉은 손님들은 아직도 이야기를 계속 하고 있었다. 보기에 두 사람은 상당히 친한 사이 같았다.

그래도 직업의식에서 여종업원들은 가끔 칸막이 쪽을 보았다. 글라스의 술이 비지 않았나 하는 생각에서였는데, 몇 번 보아도 테이블 위의 노란 액체는 반이 남아 있다. 별로 신통치 않은 손님들이었다.

칸막이 쪽 앞에 화장실로 가는 입구가 있었다. 그래서 여종업원들과 손님들이 가끔 그 좌석 옆으로 지나갔다. 스미코가 그 옆을 지날 때 잠깐 들은 것인데, 말투는 역시 동북 지방 사투리였다. 콧소리가 많이 나는 사투리가 귀에 거슬렸다. 젊은 쪽은 그렇지 않았는데, 반백 머리 남자의 발음은 심했다.

이야기 내용은 알 수 없었다. 다만 스미코가 지나는 길에 잠깐 들은 것은, 젊은 남자의 말이었다.

"가메다는 지금도 여전하겠지요?"

"암, 여전하지. 그런데 자네를 만나서…… 이렇게 기쁠 수가 없군. 돌아가면 많이 이야기하겠어…… 모두 얼마나……."

나이 많은 남자의 목소리는 도막도막밖에 들을 수 없었다. 두 사람은 오래전부터 아는 사이인데, 오랜만에 만난 것 같았다. 가메다라는 사람은 두 사람이 모두 아는 친구겠지. 이 말은 나중에 경찰청 수사관에게 한 이야기다. 나이 든 남자가 동북 사투리를 쓴다는 것은 다른 손님들도 알았다. 화장실로 갈 때마다 소근대는 그들의 토막난 말들이 귀에 들려왔기 때문이다.

그러나 물론 누구 한 사람 이들에게 흥미를 갖지 않았다. 자기들 화제가 훨씬 재미있기 때문이었다. 말하자면, 구석에 있는 두 사람은 가게 사람들이나 먼저 온 손님들에게서 완전히 무시되고 있었다.

　"이런! 벌써 12시군." 손님 한 사람이 손목시계를 들여다보고 중얼거렸다.

　"슬슬 일어서지. 이제 곧 막차야."

　"어머, 큰일 났네. 막차면 곤란해요. 역에서 집까지 10분이나 걸리는데." 여직원은 께느른한 목소리로 말했다.

　"괜찮아요. 늦어지면 제가 바래다줄 수 있어요."

　"당신 같은 사람이 바래다주는 것 귀찮아요. 오빠가 역까지 와 있거든요." 여자가 취한 음성으로 쏘아붙였다.

　"쳇, 어떤 오빠인지 알 게 뭐야."

　"실례해요. 당신과는 달라요."

　"하하, 단단히 당하는군요. 어쨌든 미 씨에게는 얌전히 구는 게 좋아. 월말에는 늘 신세를 지니까."

　"어머, 그런 소리 하지 마세요."

　이야기 도중에 저쪽에서 소리가 났다.

　"이봐, 계산."

　칸막이 쪽 두 사람이 일어서는 모습이 보였다.

　싸구려 바에서 나간 두 사람은 그 뒤 어디로 갔는가. 목격자가 없는 것은 아니었다. 마침 지나가던 기타 연주자 두 명이 그들을 보았다. 바에서 5, 6미터 떨어진 곳에서 마주친 것이다. 그 기타 연주자들은 이 일대의 술집과 바를 단골로 드나들었다. 마침 그 싸구려 바에서 돈을 벌어 볼 참이었는데 두 손님이 나갔기 때문에 그 기타 연주자들은 그들의 행방을 주의깊게 보았다.

　"저런 손님은 노래 주문을 하지 않아." 기타 치는 사람 중에 형뻘

되는 사람이 말했다. "별로 '품위' 있지 않으니까."

'품위'라는 말을 복장이 좋다는 뜻으로 썼다. 이런 직업을 가진 사람들에게는 우선 옷차림이 좋고 나쁨이 관심사가 된다.

"그랬어?"

동생뻘 되는 사람은 어두운 곳이어서 잘 몰랐는데, 그 말을 듣고 무심결에 뒤돌아보았다. 그때는 이미 그 손님들과 꽤 떨어져 있었다.

이 좁은 길은 10미터쯤 앞에서 둘로 갈라졌는데, 오른쪽으로 가면 큰길의 번화한 상점가가 나오고, 왼쪽으로 가면 가마타 역 울타리가 나오게 된다. 왼쪽 길은 매우 쓸쓸해서 사람들이 통 다니지 않았다. 가시철망 울타리 바깥 빈 땅에는 풀이 우거져 있고, 사람이 살지 않는 움막 같은 것이 있어 밤이 깊어지면 여자 혼자는 다닐 수 없을 정도였다. 가로등도 드문드문하게 서 있어 무엇이 나타날지 모를 그런 곳이었다. 그 앞으로 더 나가면 전차 조차장(操車場)이 있다.

두 손님은 그 왼쪽 길로 돌아갔다. 꽤 멀어져 있어 떠돌이 악사들이 말하는 소위 '품위'는 확실히 알 수 없었으나, 대단한 손님은 아니라고 생각했다.

"그 두 사람의 태도는 친한 것 같던가요, 아니면 싸움이라도 하는 것 같던가요?"

사건이 일어난 뒤, 수사본부 관계자는 이들에게 물었다.

"싸우는 것 같지는 않았어요. 뭔가 서로 이야기를 하는 것 같았는데, 이야기 내용은 몰라요. 서로 친한 것 같았어요."

"두 사람의 말에 뭐 특징은 없었나요?"

"글쎄요, 동북 지방 사투리였던 걸로 기억하는데……."

"그게 어느 쪽이었어요? 늙은 쪽이에요, 젊은 쪽이에요?"

수사관이 물었다.

"글쎄요, 어두워서 얼굴은 잘 모르지만 왼쪽에 있는 사람 같았어요. 그 사람은 키가 작았던 것 같아요.”

키가 작은 사람은 반백 머리의 남자였다.

그것이 5월 11일 밤이었다.

2

가마타 역 출발 게이힝 도후쿠선 전차의 첫 출발시간은 오전 4시 8분이다. 전차를 움직이기 위해 운전사와 차장과 정비사가 3시 조금 지나 숙직실에서 일어나 조차장으로 갔다. 전차는 넓은 구내에 수없이 늘어서 있고, 5월 12일 오전 3시는 어둡고 추웠다.

젊은 정비사가 맨 뒷부분인 일곱 번째 차량 바퀴에 손전등 불빛을 비추더니 막대 모양으로 곧추섰다. 그는 숨을 죽이고 그곳에 서 있다가 갑자기 두 손을 흔들며, 마침 막 송전된 운전대에 서 있는 운전사에게로 달려갔다.

“이봐, 다랑어가 있어!” 그는 흥분된 목소리로 외쳤다.

“다랑어?” 운전사는 깜짝 놀라더니, 이윽고 웃기 시작했다. “이보라구, 차는 아직 움직이지도 않았어. 다랑어라니, 무슨 소리야? 잠이 덜 깬 눈으로 뭘 보았나? 정신 좀 차려.”

다랑어란 차바퀴에 깔린 시체를 말할 때 그들끼리 쓰는 말이다. 운전사가 한 말은 상식적이고 타당했다. 이제 겨우 집전기를 올리고, 엔진 시동 소리를 막 들은 참이었다.

“아냐, 잘못 보다니! 틀림없이 다랑어가 자빠져 있어.”

정비사는 창백한 얼굴로 주장했다. 운전사도, 마침 그곳에 와 있던 차장도 좌우간 그가 말하는 현장까지 가 보기로 했다.

“저기야.”

일곱 번째 차량까지 와서 정비사는 멀리서 손전등을 차 밑으로 비추었다. 그 빛 속에 확실히 사람같이 보이는 새빨간 것이 차바퀴 바로 앞 레일에 누워 있었다.

운전사가 구부리고 들여다보더니 이상한 소리를 질렀다.

"우아, 저럴 수가!" 차장이 소리쳤다.

세 사람은 가만히 그 물체를 주시한 채 한참 동안 움직이지 못했다.

"곧 경찰에 알리자구. 시간이 촉박하니까."

과연 차장이었다. 4시 8분 첫차 출발시간까지 앞으로 20분밖에 남지 않았다.

"좋아, 내가 알리지." 운전사는 멀리 떨어진 사무소로 달려갔다.

"아침부터 재수 없군." 얼마쯤 침착을 되찾은 차장이 투덜거렸다.

"어떻게 된 걸까? 차는 전혀 움직이지 않았어. 그런데 얼굴이 피로 빨개."

이 조차장에는 전차가 수없이 늘어서 있는데, 시발 전차는 언제나 울타리와 제일 가까운 곳에 두었다. 옆 전차와는 1미터 정도밖에 떨어져 있지 않았다. 그 시체의 발끝은 울타리와 반대인 전차 쪽에 있었다.

조차장 안에는 외등이 높은 기둥 위에 켜져 있었다. 시체가 있는 곳은 그 빛이 전차로 차단된 어두운 부분이었다. 이것은 나중에 범행 이유를 추정하는 한 가지 자료가 되었다. 차장이나 정비사는 발을 동동거리며 사무소에서 누가 오기를 기다렸다. 발을 동동거린 것은 추워서가 아니었다. 날이 조금 새는지 하늘 끝이 밝아졌다.

많은 불빛이 멀리서 움직이며 왔다. 연락을 받은 사무소 직원들이 오는 것이다. 손전등을 들고 온 사무소 직원 중에는 역장보좌도 끼어 있었다.

"이런!"

역장보좌는 차 밑을 들여다보더니 눈을 크게 떴다. 운행 중인 전차가 사람을 치는 경우는 많았지만 조차장에 세워 둔 전차 밑에 시체가 누워 있는 것은 처음이었다.

"곧 경찰에 연락해. 다른 사람은 시체 옆에 가지 말도록. 그리고 첫 출발 전차는 208호로 바꿔야겠어."

책임자인 역장보좌는 당면 조치를 취했다.

"정말 너무했군."

다들 허리를 굽히고 차바퀴를 들여다보았다. 피범벅이 된 남자의 얼굴은 빨간 도깨비를 연상하게 했다. 만약 이 시체를 발견하지 못하고 그냥 출발했다면 얼굴이 차바퀴에 바스라질 뻔했다. 즉, 시체의 얼굴은 선로를 베고 반듯이 누워 있었다. 따라서 허벅지 쪽은 또 하나의 레일 위에 걸려 있었다. 전차가 움직이면 얼굴과 양 다리가 잘리도록 되어 있었다.

주위가 환해지고, 경찰이 급히 달려왔을 때는 이미 조차장에 서 있는 외등도 꺼져 있었다. 도착한 사람은 수사 1과의 구로자키(黑崎) 1계장이었다. 수사관과 감식과 직원 일고여덟 명이 함께 왔다. 그리고 경찰청에 출입하는 각 신문사 기자 대여섯 명도 따라왔다. 기자들은 현장에서 상당히 떨어진 곳으로 쫓겨났다.

전차는 일곱 번째 차량만 남기고, 나머지는 조차장에서 출발시켰다. 그래서 사고 차량만이 그곳에 남겨졌다. 그 차량을 중심으로 감식과 직원들이 부지런히 움직였다. 사진을 찍고, 겨냥도를 그리고, 이 조차장 일대의 지도를 사무소에서 빌려 와서 빨간 선을 긋기도 했다.

대충 상황을 기록한 다음, 시체를 차량 밑에서 꺼냈다. 얼굴이 엉망으로 으깨져 있었다. 둔기 같은 것으로 심하게 맞은 듯 눈알은 튀어 나올 것 같고, 코가 짜부라졌으며, 입이 찢겨 있었다. 반백의 머리카락은 피투성이였다.

감식반은 즉시 검시에 들어갔다.

"이 부처님은 아직 새 것인데?" 수사관이 쭈그리고 앉아서 말했다. "그렇군. 죽은 지 한 3, 4시간이나 됐을까?"

수사과 감식반 직원이 사망 추정 시간을 3, 4시간 전이라고 했는데, 해부 결과도 대개 비슷했다. 해부는 그 날 오후 R 대학 법의학부에서 했다.

해부 소견은 다음과 같았다.

· 나이 ; 54, 5세 정도, 약간 말랐음.
· 사인 ; 교살.
· 안면 대부분에 걸쳐 타박상 흔적이 무수히 있음. 그리고 수족 각 부분에 표피가 벗겨진 타박상도 있음.
· 위 내용물 ; 엷은 황갈색의 혼탁액(알코올 성분)이 있음. 약간 소화가 덜 된 땅콩이 섞임.
· 혼탁액은 약 2백 cc. 화학 검사에 의해 수면제가 검출됨.
· 이상을 종합하면, 피해자는 위스키에 섞은 수면제를 마신 후 교살됨. 그리고 공격면이 둔한 흉기(예컨대 돌, 망치 등)로 강하게 맞은 것으로 인정됨.
· 사후 3시간 내지 4시간 경과.

해부 소견에서 추정한 흉기가 사용된 것이 사실로 드러났다. 수사반은 그 현장 일대를 수색했다. 도로와 조차장 사이에는 작은 도랑이 있는데, 흉기인 돌을 그 도랑 속에서 찾아냈다. 돌에는 진흙이 많이 묻어 있었는데, 그것을 씻어 냈더니 약간의 핏자국이 있었다. 도랑 속에 떨어져 있어서 피가 거의 씻기고, 다시 진흙을 씻었기 때문에 묻었던 피가 적어졌다. 그러나 핏자국은 피해자의 혈액형과 일치했다. 돌은 직경 12센티 크기였다.

피해자의 손발에 수없이 많은 찰과상이 나 있는 이유는 곧 알 수 있었다. 조차장 울타리에 쳐 둔 가시철망 한 곳이 잘려 있었던 것이다. 물론 이것은 전부터 개구쟁이들이 몰래 드나드는 개구멍이지만, 철선이 비죽비죽 나와 있어서 피해자를 도로에서 조차장으로 끌어들일 때 손발에 긁혀 생긴 찰과상 같았다.

해부 소견에도 있는 바와 같이, 피해자는 위스키에 섞은 수면제를 마셨다. 따라서 피해자가 잠에 빠져 저항할 수 없게 되었을 때, 범인이 피해자의 목을 조르고 도로에서 조차장으로 끌어들였을 것이다. 그리고 부근에 있는 큰 돌멩이로 피해자의 얼굴을 짓이긴 다음, 시체를 끌어당겨 첫 출발 전차 맨 뒤 차량 아래에 넣었다. 피해자는 반백 머리였다. 나이 54, 5세가량, 신장 1미터 60센티, 체중 52킬로그램 정도, 영양상태는 양호했다.

양복을 입었지만 속옷이나 와이셔츠는 고급품이 아니었다. 직업은, 얼른 보아 노동자 같았다. 경찰은 피해자의 소지품을 조사했는데 신원이 밝혀질 만한 물건은 하나도 없었다. 양복에도 이름이 새겨져 있지 않고, 와이셔츠 같은 곳에도 세탁소 표시가 없었다.

시체 발견 당시가 사후 서너 시간 경과된 시각이었다고 하면, 사망은 전날 밤 12시에서 오전 1시경이다. 그 시각에는 현장 부근에 인적이 없는 점으로 보아, 피해자는 가해자와 함께 그 부근을 지나다가 현장인 조차장 안으로 끌려가 교살되었거나, 또는 다른 장소에서 교살되어 자동차로 운반되었을 것이다. 피해자는 위스키와 같이 수면제를 마셨다. 즉 피해자는 범인에 의해서 수면제를 먹고 잠을 잤으며, 교살되어 자동차로 운반되었다는 추정이었다. 이런 추정은 한때 수사본부에서 강한 지지를 받았다.

어쨌든 범인은 교살한 뒤에 현장 부근의 돌로 피해자의 얼굴을 짓이겨 놓았다. 이에 대해서는 원한설이 유력했다. 교살했으니까 그것으로 이미 목적을 이루었을 텐데도 다시 얼굴을 짓이긴 점으로 보아 피해자에게 원한이 많은 사람의 범행이라고 생각되었다. 그런데 시체가 전차 바퀴 아래에 얼굴이 위로 가게 눕혀진 것으로 보면, 피해자의 신원을 모르게 하기 위해 얼굴을 완전히 짓이길 의도가 범인에게 있었던 것으로 보인다. 즉, 범인은 전차가 움직이기 시작하면 얼굴이 박살나게 만들어 놓은 것이다. 이 범인은 전차가 움직이기 전에 정비사가 일단 차체를 검사하고 다닌다는 사실을 몰랐던 모양이다.

그리고 조차장에는 언제나 외등이 켜져 있다. 범인은 피해자를, 그 빛이 미치지 않는 전차와 전차 사이의 그늘진 부분에 일부러 갖다 놓았다. 이것은 통행하는 사람에게 발견되지 않게 하기 위한 조치 같았다.

피해자의 양복에 이름이 새겨져 있지 않은 것은 싸구려 기성복이기 때문인지도 모르나, 와이셔츠에 세탁소 표시조차 없다는 것은 평소 세탁소에 맡기지 않고 집에서 빨기 때문일 것이다. 즉, 그다지 경제적 여유가 없는 사람 같았다.

이런 점으로 보아, 이 범행은 강도가 아니고 낯익은 사람의 원한에 의한 것이라는 설을 수사본부에서는 받아들였다. 치정 관계가 얽혔는지 어떤지는 아직 모른다. 하여간 피해자의 신원을 알아내는 일이 먼저 해결해야 할 문제였다. 수사관들은 가마타 역을 중심으로 탐문 수사를 폈다. 그런데 한 수사관이 역 부근에 있는 어느 싸구려 바에, 전날 밤 피해자인 듯한 사람과 그와 동행한 손님이 왔었다는 사실을 알아냈다.

바 종업원 이야기로는, 그 두 사람은 처음 온 손님이라고 했다. 그래서 수사본부에서는 바 종업원과, 마침 그곳에 왔던 손님인 회사원들을 불러 자세히 사정을 청취하기로 했다. 그들 이야기로는, 피해자인 듯한 그 남자가 동행한 남자와 바에 들어온 것은 오후 11시 반경이었다. 그것은 30분 후에 출발하는 메카마선 막차를 여직원이 걱정했기 때문에 확실하다고 했다.

두 손님의 인상은 잘 몰랐다. 한 사람은 분명히 머리가 반백이었다. 다른 한 사람은 30세 정도였다. 그런데 이 젊은 사람의 나이에 대해서는 30세 정도라는 사람, 40세 정도라는 사람, 아니, 훨씬 더 젊게 보이더라는 사람도 있었다.

수사본부에서는 바 종업원, 당시 그곳에 있던 손님, 그리고 바 밖에서 마주친 악사들의 증언을 듣고 한 가지 공통점을 알아냈다. 피해자가 동북 지방 사투리를 쓰고 있더라는 점이다. 이 사실은 피해자를 밝혀 내고자 기를 쓰고 있는 수사본부에 한 가지 단서가 되었다.

"동북 지방 사투리라는 것을 어떻게 알았습니까?"

수사관은 물었다.

"나이 먹은 손님이 하는 이야기는 확실히 콧소리가 많이 나는 말씨였습니다. 이야기 내용은 알 수 없었지만, 말씨가 그랬습니다. 젊은 사람 말은 표준어 같았습니다."

이야기 내용을 모른다는 점은 증인들 전부가 마찬가지였다. 바에서는 종업원이나 손님들이 가끔 화장실에 갔다. 그 두 사람이 앉은 장소는 화장실 입구 옆에 있는 칸막이 쪽이었다. 그러니까 화장실에 드나들 때마다 그 옆을 지나야만 했으므로 자연히 이야기의 일부가 들렸던 것이다.

"가메다는 지금도 여전하겠지요?"

동행한 젊은이가 피해자에게 이렇게 물었다고 한 여종업원이 말했다. 이 말은 스미코뿐만 아니라 다른 종업원도 들었다. 즉, 그 두 사람은 자주 '가메다'라는 이름을 화제로 삼고 있었다는 말이다.

'가메다'는 무엇일까? 수사관들 사이에서는 이것이 굉장한 관심사가 되었다. 그들의 이야기 속에 나온 구체적인 이름은 이것뿐이었다.

"가메다는 두 사람이 다 아는 친구 이름이겠지" 하고 추정하는 관계자도 있었다. 모두들 이 의견에 대체로 동의했다. 즉 피해자와 가해자는 전부터 아는 사이며, 최근 한동안 이 두 사람은 만나지 않았다. 그런데 우연히 오랜만에 만났기 때문에 가까운 바에 들렀다. 그리고 그 '가메다'라는 친구 이야기가 나온 거겠지. 그렇다면 반백 머리의 피해자가 최근 '가메다'라는 사람을 만났거나 교우 관계를 가지고 있고, 피해자의 동행인, 즉 젊은 남자는 '가메다'를 오래 만나지 못했다는 추측이 성립된다. 그래서 젊은 남자는 피해자에게 '가메다'는 지금도 여전하냐고 소식을 물은 거겠지. 이토록 그 말을 중요시한 것은, 피해자와 함께 그 바에 온 젊은 남자가 범인이거나 그 범행에 관계가 있는 사람으로 지목되었기 때문이다.

그 밖에, 손님들이 그들 이야기에서 주워들은 말로는 '반갑다', '아무래도 그 뒤로는 생각대로 되지 않는다', '최근에는 이 생활에도 겨우 익숙해졌다'느니 하는 말이었다. 이것은 주로 피해자의 말이고, 그 동행인의 말은 통 못 들었다. 이유는 그가 몹시 작은 소리로 소곤소곤 이야기했기 때문이었다. 그리고 의식적인지 어떤지는 모르나 사람들이 화장실에 가기 위해 옆을 지날 때면, 되도록 얼굴을 숨기려는 것처럼 하고 있었다. 그 젊은 사람에게서 들은 유일한 말은, 여종업원이 진술한 '가메다는 지금도 여전하겠지요?' 하는 말뿐이었다.

강도설은 완전히 없어지고 원한설로 굳어졌다.

'피해자는 50세 정도, 노동자풍. 도쿄가 본적은 아니나 이곳에서 일하고 있는 사람. 출신은 동북 지방. 그리고 가메다라는 사람을 아는 사람.'

이것이 수사본부가 정리한 피해자의 모습이었다.

피해자가 얼른 보기에 노동자 같다는 데서, 도내(都內) 싸구려 아파트며 여인숙 등지를 중심으로 탐문 수사를 벌이기로 했다.

석간에 이 사건이 크게 났기 때문에 피해자의 가족이 있다면 바로 신고했을 것이다. 그런데 이틀이 지난 뒤에도 아무런 신고가 없었다. 그리고 피해자인 듯한 사람을 안다는 사람도 나타나지 않았다.

피해자가 가마타 역 가까운 바에서 술을 마셨다는 사실로, 피해자는 이 역을 중심으로 해서 그다지 멀지 않은 곳에 살고 있다는 추정을 하기엔 간단했다. 그래서 본부는 주로 오타 구 내에서 수사를 했다. 그러나 그럴듯한 성과는 오르지 않았다.

"가마타 역전 바에서 마셨다고 해서, 반드시 그 부근에 산다고 할 수는 없겠지." 이런 의견을 내는 사람도 있었다.

"가마타 역은 게이힝 도후쿠선뿐 아니라 메카마선, 이케가미선의 분기점이기도 해. 그러니까 피해자는 메카마선이나 이케가미선 연변에 살고 있다고 생각할 수도 있어."

그것도 지당한 의견이었다. 그렇게 되면 수사범위를 훨씬 넓히지 않으면 안 된다.

"그러나 게이힝 도후쿠선은 요코하마 사쿠라기초 역에서 사이타마현 오미야까지 왕복하고 있어. 그러니까 반드시 그 두 연변이라고만은 볼 수 없어." 이렇게 새 의견을 내놓는 사람도 있었다. 이렇게 되면 사쿠라기 마을에서 오미야까지의 연변까지 모두 포함되어 수사 범위가 크게 확대된다.

"그것도 일리는 있는데, 간선에 치중하기보다 역시 가마타 역이 분기점이라는 데에 착안하는 편이 자연스럽지 않을까? 그들이 바에 들른 때가 밤 11시 반경이니까, 역시 두 지선(支線)의 연변 거주자로 생각하는 편이 나을 것 같아. 실제로 증언한 바의 손님들도 막차로 돌아갈, 연변에 사는 월급쟁이들이었어. 이 두 사람도 마찬가지 아닐까?"

의견은 우선 이렇게 정리되었다.

"목격한 여러 증인의 이야기를 종합해 보면, 피해자는 동북 지방 사투리를 썼는데 가해자는 거의 말을 하지 않았어. 가해자의 말씨는 어떠했을까?"

"아닙니다. 피해자의 동행자, 즉 가해자로 지목되는 남자가 그 가메다의 일을 상대에게 물었을 때 '가메다는 지금도 여전하겠지요?'라는 말은 표준어지만, 악센트에 약간 동북 지방 어투가 있었다고 바 여종업원이 증언했어요. 이야기 투로 보더라도 그 두 사람은 도쿄에서 알게 된 사이가 아니고, 동북 지방이 동향인 사람들로 생각되는데요?" 다른 수사관은 이렇게 말했다.

3

수사본부에서는 피해자가 54, 5세의 노동자, 그것도 날품팔이 인부 같다고 생각했다. 그리고 동행한 젊은 사람도 역시 비슷한 직업을 가진 남자일 거라고 추정했다. 싸구려 바에 술을 마시러 오는 것으로 보아 그다지 유복한 생활을 하는 사람이라고는 생각되지 않았다.

좌우간 단서는 '가메다'였다.

"'가메다를 찾아라!'로군." 한 수사관이 말했다.

사실 '가메다'를 찾으면 피해자도, 범인도 신원이 밝혀진다. '가메다'는 한자로 아마 '龜田'일 것이다. 그런데 '가메다'라는 성(姓)은 동북 지방에도 많겠지. 그 성을 가진 사람을 일일이 찾아내어 더듬어 가기란 곤란하다. 그러나 달리 바람직한 방법이 없다면 이 번거로운 방법을 취할 도리밖에 없다.

수사본부는 경찰청 동북 관할구에 의뢰해서 아오모리, 아키타, 이와테, 야마가타, 미야기, 후쿠시마의 각 현 경찰서 관내에 '가메다'라는 성을 찾아달라고 했다. 그렇게 해서 모아진 리스트로 '가메다'라는 성을 가진 사람들을 모조리 조사해 가는 수밖에 없을 것 같았다. 이 방법은 상당한 시일이 걸리고 번거롭기는 하나, 유일하면서도 확실한 수사 방법이었다. 이 경우 중요한 것은 과연 그 사람이 한 말이 '가메다'임에 틀림없느냐 하는 것이다. 잘못 들은 말이라면 엉뚱한 헛수고를 하게 된다.

"확실히 가메다라고 했지요?" 수사본부에서는 만일을 위해 다시 바의 증인들에게 물었다.

"네, 분명히 가메다라고 말했어요." 여종업원들은 대답했다.

'가메다'라는 말을 들은 사람은 또 있었다. 손님 중 한 사람도 들었고, 바텐더도 그 말을 얼핏 들었다. 모두가 '가메다'라고 들었다고 대답했다. 그런데 곤란한 문제는, 어느 증인도 피해자와 동행한 사람의 인상을 확실히 기억하고 있지 않다는 점이었다. 나이부터가 30세 정도나 40세 정도, 또는 더 젊다는 증언이 구구했다.

인상을 모른다는 사실은 그 남자가 의식적으로 모든 사람에게서 얼굴을 돌리고 있었다는 데 그 원인이 있는 듯했다. 그런데 그날 밤 바에 있던 손님들과 여종업원들은 영화 이야기를 하느라고 그 두 사람을 별로 주의해 보지 않았다. 그렇긴 하지만 두 손님, 특히 젊은 사람이 의식적으로 얼굴을 감추었다고 생각되는 대목이 있었다. 이런 점으로 보더라도 젊은 사람을 범인이라고 단정할 수 있고, 또 범행을 계획하고 있었다고 추정할 수 있다. 그 남자의 인상이 확실했다면 목격자의 진술에 따라 몽타주 사진을 만들 수도 있겠지만, 아무도 확실한 얼굴을 알지 못하니 그것도 불가능했다.

사건이 발생한 지 일주일이 지났다. 피해자의 신원은 전혀 알 수 없었다. 본부는 메카마선과 이케가미선 연변 탐문 수사에 주력을 쏟았다. 피해자가 날품팔이 같다는 데서 연선 각 구에 있는 직업 안내소 등록 명부도 조사했다. 그러나 가메다라는 성은 없었다. 피해자가 살 만한 싸구려 아파트와 하숙집도 조사했다. 그러나 그런 사람은 없었다. 사건이 일어난 지 일주일이 지났는데도 피해자의 신원조차 몰랐다. 범인도 짐작이 안 갔다.

수사본부에서도 처음부터 바로 범인이 잡히리라고 생각지는 않았다. 목격자는 바 종업원들과 떠돌이 악사 외엔 나타나지 않았다.

본부에서는 피해자가 참살된 상황으로 미루어 가해자도 꽤 많은 피를 뒤집어썼으리라고 추정했다. 그래서 용의자로 보이는 사람이 그날 밤 타지 않았나 해서 도내 모든 택시 회사에 수배했지만 별다른 단서를 얻지 못했다.

그리고 범행이 끝난 후 심야에 혼자 다니면 당연히 수상히 여길 것이므로 범인이 어디엔가 숨어서 피 묻은 바지나 웃옷을 빨고 새벽을 기다려 이른 아침 전차로 도주했다는 예상도 해 보았다. 전차 차장을 상대로 조사했으나 여기서도 그럴듯한 사람이 탔다는 말은 듣지 못했다.

다시 현장 부근을 중심으로 지역 수사를 했다. 부근에 빈 터가 많이 흩어져 있고 풀이 나 있기 때문이다. 범인이 범행 후 이 풀밭에 한때 몸을 숨기지 않았을까 하는 추정에서였다. 그래서 의심나는 지점을 이잡듯 뒤졌으나 별로 사건과 관계가 있을 듯한 유류품은 발견할 수 없었다.

알고 있는 사실은 그날 밤 조차장에서 이 참극이 이루어졌다는 것뿐이고, 그 뒤의 행적은 안개처럼 사라져 버렸다. 이렇게 되면 아무래도 피해자 신원 파악에 전력을 쏟지 않을 수 없었다. 피해자와 가해자는 낯이 익고, 교우 관계가 있었다.

한편 수사본부가 경찰청 동북 관할구에 의뢰한 '가메다'라는 성에 대한 회답이 이 무렵에야 조금씩 모여졌다.

"가메다 슈이치, 가메다 우메키치, 가메다 가쓰조, 가메다 가메오, 가메다 료스케, 가메다 사쓰오, 가메다 쇼이치, 가메다 사카에, 가메다 구니오, 가메다 다로, 가메다 요타로, 가메다……."

동북 지방의 각 현에서 잇달아 '가메다'라는 성을 가진 사람들의 명단이 모였다. 장소도 가지각색이었다.

후쿠시마 현 시노부 군(郡) 이자카, 후쿠시마 현 아이즈 와카마쓰 시, 후쿠시마 현 아다치 군 도와 마을, 미야기 현 이시노마키 시……

본부에서는 이들에 대해 관할 경찰서에 가메다라는 인물을 중심으로 조사를 의뢰하기도 했다. 32명이나 되는 '가메다'가 동북 지방에 있었다. 수사본부에서는 이에 대해 일일이 지방 경찰서에 조회를 부탁했다. 회답이 잇달아 들어왔다. 회답이 전부 완료된 것은 닷새째 되는 날이었다. 어느 회답이나 '해당 사항 없음'이었다. 32명이나 되는 가메다의 가족, 친척, 친지, 친구는 피해자와 아는 바가 없다는 답이었다.

시체의 얼굴은 돌로 짓이겨지기는 했어도 완전히 파괴되지는 않았다. 그래서 할 수 있는 한 복원시켜서 사진을 찍어 배부했다.

"곤란한데. 우리가 동북 지방으로 한정한 것이 잘못이었는지도 모르겠군. 두 사람의 친구인 가메다가 반드시 동북 지방 사람이라고 단정 지을 수는 없어. 어쩌면 도쿄 사람인지도 모르고, 서쪽 지방에 사는 사람인지도 몰라."

회의석상에서 수사 주임은 얼굴을 찌푸렸다.

수사 주임의 말이 옳았다. 지금까지 피해자가 동북 지방 사투리를 썼다는 데서 가메다도 당연히 동북 지방에 살든지 아니면 그곳 출신자로 생각했는데, 다른 지방 사람인지도 모른다.

신문에는 사건 보도 외에 가메다의 일도 기사화되었다. 그것을 더 신문 지면에 강조해서 전국의 '가메다' 씨로부터 정보를 제공받기로 했다. 이 외에는 다른 방법이 없었다. 수사본부는 처음 의욕에 넘쳐 수사 범위를 '가메다'로 좁혔지만 첫 번째는 실패였다.

한편 피해자와 범인의 발자취는 여전히 알 수 없었다. 초점은 피해자가 가마타 역전 싸구려 바에 나타날 때까지의 발자취에 두어졌다. 그러나 이것도 최초의 수사와 마찬가지로 통 진전이 없었다. 형사들은 연일 무거운 다리를 이끌고 탐문 수사를 했다. 수사본부에 돌아올 때면 전부 피로에 지친 얼굴을 하고 있었다. 뭔가 수확물이 있으면 아무리 피로해도 안색이 빛나는 법인데, 아무것도 없으면 시들한 힘없는 얼굴이 된다. 수사는 곤란한 상태여서 잘못하면 미궁에 빠질 것 같은 양상을 나타냈다.

이마니시 에이타로(今西榮太郎) 형사도 그 피로한 사람 가운데 하나였다. 45세인 그는 수사본부로 돌아와 차를 마시는 일조차 어쩐지 눈치가 보이는 것 같았다.

이마니시는 주로 이케가미선 연변에 있는 싸구려 아파트와 여인숙을 탐문했다. 그는 사건이 일어난 뒤 벌써 열흘째나 이 방면만 돌아다녔다. 그날도 그는 아무 수확 없이 멍청히 본부로 돌아왔다.

바로 회의가 시작되었다. 조사 나간 수사관들이 가지고 돌아온 자료를 주로 검토하는데 오늘도 두드러진 수사는 아무것도 없었다. 회의장엔 초조와 피로감만 감돌 뿐이었다. 이런 상태가 매일 계속되면, 나태함 비슷한 것이 피로 위에 더께처럼 가라앉는다.

이마니시 에이타로가 자기 집에 돌아간 것은 밤 12시 가까운 시간이었다. 좁은 현관의 격자문을 보니 불이 꺼져 있었다. 오늘 밤에 그가 돌아오지 않는다고 생각했는지 문이 잠겨 있었다. 그는 격자문 옆에 붙어 있는 초인종을 눌렀다.

한참 있으려니까 안에 불이 켜지고 아내 그림자가 유리문에 비쳤다.

"누구세요?" 아내는 격자문 너머로 물었다.

"나야." 밖에 서서 이마니시가 대답했다.

격자문이 열리고 아내 요시코가 얼굴을 내미는데, 불빛으로 어깨만 환했다.

"이제 돌아오세요?"

이마니시는 잠자코 들어가 신발을 벗었다. 구두 뒷굽이 요 사나흘 사이에 많이 닳아 신발이 기울었다.

2조(1조는 다다미 한 장 크기, 보통 90×18cm) 현관에서 바로 4조 반 크기 방으로 들어갔다. 이불이 세 채 깔려 있고, 잠이 든 아들의 얼굴이 그 속에 있었다. 이마니시 에이타로는 쭈그리고 앉아 열 살짜리 아들의 볼을 손가락으로 쿡쿡 찔렀다.

"안 돼요, 깨우면." 아내가 뒤에서 나무랐다.

"열흘이나 이 자식이 깨어 있는 얼굴을 보지 못했더니, 흔들어 깨워서라도 이야기를 하고 싶어져."

"내일도 늦게 돌아오시나요?" 아내가 물었다.

"어떻게 될지 모르겠어."

이마니시는 아들의 베개맡에서 일어나, 6조 크기 옆방에 들어가 앉았다.

"조금 잡수시겠어요?" 아내가 물었다.

"잘 자리니까 물에 말아 조금만 먹겠어." 이마니시는 다리를 뻗으며 말했다.

"술도 한 잔 곁들이지요."

아내가 웃으며 부엌으로 내려갔다.

이마니시는 바로 옷을 갈아입을 생각이 들지 않아, 그 자리에 엎드려 신문을 펴고 있다가 어느새 눈을 감았다. 그는 부엌에서 나는 소리를 희미하게 들으며 그만 깜빡 졸았다.

"자, 다 됐어요." 아내가 흔들어 깨웠다.

보니, 상이 차려져 있고 술병이 올려져 있었다. 잠이 든 사이에 아내가 모포를 덮어 주었다. 모포를 제치고 이마니시는 일어났다.

"피로하셨군요?" 아내는 술병을 들고 말했다.

"피곤해."

"곤히 주무시고 계시는데…… 모처럼 준비해서……."

아내는 잔에 술병을 기울였다. 이마니시는 손가락으로 눈을 비볐다.

"맛 좋다." 이마니시는 잔을 비우고 병에 든 젓갈을 집어 먹었다.

"어때, 당신도 한 잔?"

그는 잔을 아내에게 건넸다. 아내는 형식적으로 마시고 바로 돌려주었다.

"아직 처리되지 않았나요?" 아내가 물은 것은 사건에 대한 이야기였다. 가마타에서 사건이 일어난 이후, 수사본부 소속이 되어 연일 늦게 돌아오는 이마니시가 피로해 하는 것을 염려하는 얼굴이었다.

"아직."

이마니시는 술을 입에 머금고 얼굴을 옆으로 흔들었다.

"신문에는 여러 가지 설이 나왔더군요. 오래 끌까요?"

요시코는 사건 해결보다도 남편의 피로가 쌓이는 것을 염려하고 있었다. 그녀는 이마니시를 올려다보며 말했다.

"신문에는 가메다라는 사람을 찾고 있다고 씌어 있더군요. 기사에는 살해된 사람과 범인이 가메다라는 사람을 알고 있는 것처럼 나와 있던데, 아직 신원이 밝혀지지 않았나요?"

아내는 좀처럼 사건에 관한 것을 이마니시에게 묻지 않았다. 이마니시도 일에 대한 이야기는 되도록 집에 와서 말하지 않았다. 그런데 요시코가 이렇게 말하는 것을 보면, 그녀가 신문 기사에서 꽤나 흥미가 생긴 모양이었다.

"응." 이마니시는 입 안에서 건성으로 대답했다.

"이렇게 신문에서 떠들고 있는데, 어째서 신원이 밝혀지지 않을까요?"

이마니시는 그 말에 대답하지 않았다. 어떤 사건이든 가족과는 사건 이야기를 하고 싶지 않았다. 언젠가 어떤 사건이 일어났을 때, 아내가 끈질기게 물은 일이 있었다. 이마니시는 그때 수사 사건에 대해서는 절대 참견하지 말라고 몇 마디 했었다. 그 이후 요시코는 조심하는 것 같았는데, 이번 사건만은 그것도 잊은 모양이었다.

"가메다라는 이름은 많은가요?" 그녀는 남편이 기분좋게 대답을 하지 않아서 조심스럽게 물었다.

"글쎄, 비교적 적은 편이 아닐까?"

이마니시는 자기의 피로를 덜어 주려 술을 데워 준 아내의 정성을 생각하니 차마 싫은 소리를 할 수가 없었다. 그래서 역시 시원치 않은 대답을 했다.

"오늘 저 앞 생선집에 볼일이 있어 들른 김에 전화번호부를 빌려 보았어요. 그랬더니 도쿄 전화번호부에는 가메다라는 이름이 102명이나 있었어요. 102명이라면 별로 많은 편이 아니지만, 그리 적은 편도 아니잖아요?"

"그럴까?"

이마니시는 두 병째 술병에 손을 대며 입 안에서 말했다. 업무에 관해 이야기하고 싶지 않다는 생각도 있었지만, 가메다라는 이름도 이제는 지긋지긋했다. 가메다를 찾기 위해서 본부가 얼마나 고생을 하는지 모른다. 그리고 그도 피해자 사진을 가지고 다니며 이케가미선 연변의 싸구려 여인숙이며 아파트를 탐문하고 있다. 하지만 오늘 밤 그는 사건에 관해 아무것도 생각지 않고 그저 자고 싶었다.

"조금 취했나 보군."

사실 몸 안이 뜨거워지고 있었다.

"피로하셨군요. 그래서 취기가 빨리 도는 거겠죠."

"이거 한 병 마시고 밥을 먹을까?"

"반찬이 아무것도 없어요. 오늘 밤 돌아오실지 어떨지 몰라서."

"괜찮아."

아내는 다시 부엌으로 갔다. 그는 머리가 좀 가벼워진 듯했다.

"가메다라……!" 이마니시는 자기도 모르게 무심결에 말했다. 역시 마음에 걸린다. 취했다고 생각하지는 않지만, 두세 번 계속해서 중얼거렸다.

4

다음 날 아침, 이마니시 에이타로는 조금 늦잠을 잤다.

연일 늦게 돌아오거나 본부에서 묵거나 했기 때문에 이날 아침엔 천천히 출근해도 되었다. 일어난 것은 9시 가까워서였다. 아들은 벌써 학교에 가고 없었다. 그는 얼굴을 씻고 밥상머리에 앉았다. 오랜만에 푹 자서 피로가 상당히 풀렸다.

"오늘은 몇 시까지 가시면 되나요?" 아내는 밥을 푸며 물었다.

"11시까지 얼굴을 내밀면 돼."

"그래요. 그럼 천천히 하셔도 되겠군요."

좁은 뜰이지만 아침 햇살이 비쳤다. 햇빛이 상당히 강했다. 화분의 꽃나무 잎에 물방울이 맺혀 반짝반짝 빛났다. 아내가 심은 꽃나무인 모양이었다.

"오늘은 일찍 돌아오시나요?"

"글쎄, 어떻게 될지 모르겠는데."

"일찍 돌아오시면 좋겠어요. 계속 늦으면 몸에 지장이 생겨요."

"그렇지만 내 일만은 어쩔 수 없어. 사건이 해결될 때까진 나로서도 빠를지 늦을지 예측할 수가 없어."

"그러나 이 사건이 끝나면 또 다른 사건이 있잖아요. 계속계속 끝이 없이."

아내는 좀 불만인 듯했으나 다 남편을 생각하는 마음에서였다. 이마니시는 모르는 척하고 밥에 된장국을 부어 입 안에 마구 퍼 넣었다. 시골에서 태어난 그는 아직도 이 습관이 없어지지 않았다. 아내는 촌스럽다고 타박하지만 그는 국에 만 밥이 제일 맛있었다. 배가 불러 이마니시는 방바닥에 누웠다. 그는 아직도 조금 잠이 남았는지 누우니까 다시 몸이 나른했다.

"조금 주무시고 가세요."

아내는 베개를 내 주고 얇은 이불을 덮어 주었다.

바로는 잠을 잘 수가 없었다. 이마니시는 머리맡에 있는 여성 잡지를 집어 들었다. 이러고 있는 사이에도 수사에 대한 일이 마음에 걸렸다. 그것을 잊기 위해서 두툼한 잡지를 들었다. 여기저기 골라 읽을 셈이었는데, 잡지 사이에서 뭔가 팔랑 떨어졌다. 잡지 부록이었다. 그것은 부채처럼 접히는 '전국 명승 온천지 안내'라는 원색 지도였다. 이마니시는 누운 채 그 지도를 얼굴 위에 펴들었다. 보고 있으니 꽤 재미있었다.

그런데 자기도 모르는 사이에 이마니시의 관심은 동북 지방 쪽으로 쏠렸다. 역시 '가메다'가 머릿속에 있는 모양이었다. 목격자 이야기로는 피해자와 범인인 듯한 사람이 동북 지방 사투리를 쓰고 있었다고 한다. 특히 피해자는 막 동북 지방에서 도쿄로 나온 사람 같더라고 했다.

이마니시는 동북 지방을 지도로 보고 있자니 점점 재미있어졌다. 마쓰시마며 하나마키 온천, 다자와라든지 도와다 호수 등이 있다. 지도에는 작은 역 이름이 철도선에 빽빽이 씌어 있었다. 피해자는 이 동북 지방 어디에서 나온 사람일까? 그리고 '가메다'라는 사람은 현재 이 지도의 어느 부분에 해당되는 곳에서 살고 있을까? 이런 생각을 하면서 그는 역 이름을 보고 있었다.

모르는 역 이름을 보는 것도 재미있었다. 이마니시는 한 번도 동북 지방에 간 일이 없다.

그러나 미지의 역 이름을 보노라면, 그 근처 경치가 머릿속에 희미하게 떠오르는 듯한 느낌이 들었다. 예를 들면, 왼쪽에 하치로가타가 있다. 그 끝에 오가 반도가 있다. 이마니시는 그 근처의 역 이름을 읽고 있었다.

노시로, 고이카와, 오이와케, 아키타, 시모하마 등의 글자가 눈에 띄었다. 그런데 그 다음으로 눈을 옮기고 그는 정신이 번쩍 들었다.

'우고 가메다'가 있다.

우고 가메다! 이마니시는 순간 눈앞이 어지러웠다. 여기에도 '가메다'가 있다. 그러나 이것은 사람 이름이 아니고 지명이다. 철도 역 이름이니까 '우고 가메다'로 되어 있고, 그 일대에 '가메다'라는 도시나 마을이 있을 것이다

가메다가 여기 있었다!

이마니시는 그 이름을 뚫어지게 보며 꼼짝도 하지 않았다. 갑자기 그는 지도를 내던지고 벌떡 일어났다. 그리고 바로 출근 준비를 시작했다.

"어머, 왜 그러세요?" 아내가 부엌에서 나와, 황급히 양복으로 갈아입는 남편을 바라보았다. "잠이 안 오세요?"

"잠이나 잘 때가 아냐. 빨리 구두를 닦아 줘." 이마니시의 안색이 조금 변했다.

"하지만 11시까지라면서요? 아직 일러요." 아내는 벽시계를 보며 말했다.

"좌우간 괜찮으니, 빨리. 곧 나가야 해!"

이마니시는 큰소리를 냈다. 자신이 흥분하고 있음을 알 수 있었다.

좀 어이없어하는 아내의 인사를 받고, 이마니시는 당황해하는 사람처럼 길을 바삐 걸었다. 그는 버스를 기다렸다.

'가메다는 사람 이름이 아니었다. 지금까지 사람 이름으로만 알고 찾은 것이 잘못이었다.' 그는 마음속으로 중얼거렸다.

피해자와 그 동행자의 말 속에 나온 '가메다'가 지명이라고 한다면 정말 느낌이 딱 들어맞지 않는가?

"가메다는 지금도 여전하겠지요?"

젊은이가 분명 이렇게 말했다고 한다.

그것을 사람 이름이라고만 생각하고 있었는데, 지명이라고 한다면 그 표현이 더욱 적절해진다. '가메다는 여전한가?'라고 한 것은, 오래전에 그곳에 살던 사람이 그 뒤의 지방 형편을 물은 말인 것이다. '羽後龜田'를 진짜로 '우고 가메다'로 읽는지는 잘 모르겠지만 지도상으로 아키타 현인 것은 확실하고, 우에쓰선 아키타에서 다섯 번째 역으로 동해에 가까웠다.

그가 수사본부에 도착한 것은 10시가 조금 넘어서였다.

"아, 일찍 왔군."

동료 형사가 그의 어깨를 두드렸다.

"주임은 왔나?"

수사본부는 관할 부서인 가마타 경찰서에 마련되어 있었다.

"응, 금방 왔어."

복도에 서서 하는 이야기였다. 이마니시는 '가마타 조차장 살인 사건 수사본부'라는 긴 글자가 쓰인 종이가 붙은 방으로 들어갔다. 한가운데에 있는 책상에서 주임인 구로자키 경감이 보고서 같은 서류를 보고 있었다. 구로자키는 경찰청 수사 1과 1계장인데, 이번 사건의 수사주임이 되었다. 이마니시는 곧바로 그 앞으로 갔다.

"안녕하십니까?" 이마니시가 인사를 했다.

구로자키는 "여어!" 하고 둥근 어깨에 낀 자라목을 조금 끄덕거려 보일 뿐이었다.

"계장님, 그 가메다 사건 말인데요." 이마니시가 말을 꺼냈다.

"뭔가 알아냈나?"

구로자키가 얼굴을 들었다. 구로자키는 머리카락이 조금 곱슬거리고 눈이 가늘며 턱이 이중이다. 몸집이 컸다. 그런 구로자키가 가는 눈을 껌벅거렸다. 그도 역시 가메다 때문에 신경이 날카로워져 있었다.

"이것이 맞을지 안 맞을지는 모르지만 가메다라는 이름 말인데요, …… 혹시 사람 이름이 아니고, 어쩌면 지명이 아닐까요?"

"뭐, 지명? 지방 이름 말인가?" 구로자키 경감은 이마니시를 쳐다보았다.

"확실히는 모릅니다. 그러나 그런 생각도 듭니다."

"그런 지명이 동북 지방에 있는가?"

"예, 실은 오늘 아침에 발견했습니다."

구로자키는 크게 숨을 쉬고 신음하는 듯한 소리를 냈다.

"미처 그 생각을 못 했군. 그것은……아……그랬어."

구로자키는 무슨 생각을 하면서 이렇게 대답했다. 경감도 젊은 사람이 한 말을 생각하는 모양이었다.

"그 가메다는 어디에 있지?" 갑자기 경감이 긴장된 얼굴로 물었다.

"아키타 현입니다."

"아키타 현의 무슨 군이지?"

"글쎄요, 그건 모르겠는데요."

"어디 근처야?"

"아키타에서 다섯 번째 역인데, 쓰루오카에 가깝습니다."

이마니시는 자세히 말했다.

"역 이름은 '우고 가메다'라고 합니다. 그러니까 그 역이 있는 곳이 가메다라는 지방임에 틀림없습니다."

"이봐, 현별로 된 지도를 가져와!"

주임은 소리쳤다. 젊은 한 형사가 방에서 뛰어나갔다. 지도가 오길 기다리며, 경감은 흐뭇한 표정으로 이마니시에게 이렇게 말했다.

"그런데 용케 그걸 알아냈군?"

"예, 무심히 지도를 보고 있다가 그 역 이름을 발견했습니다."

"왜 지도를 보고 있었지?"

"실은 마누라가 보는 여성지 부록을 무심히 보고 있었습니다."

이마니시는 조금 멋쩍은 듯이 말했다.

"어쨌든 좋은 데 착안했군!" 주임은 칭찬했다.

"아직 모르지요." 이마니시는 황급히 말했다. 사실 자기 직감이 맞았는지 틀렸는지 아직 알 수 없을 뿐더러, 맞았다면 그야말로 순전히 운이 좋은 것뿐이니까.

지도를 가지러 간 형사가 한 손에 접은 종이를 펄럭이며 돌아왔다.

"아키타 현 지도입니다." 주임은 당장 그걸 펼쳤다. "이마니시, 어디쯤이야?"

경감의 말에 이마니시는 지도 위로 얼굴을 가까이 가져갔다.

"그쪽에서는 반대가 아닌가? 잘 모를 테니까 이쪽에서 보게."

"예."

이마니시는 경감 옆으로 돌아가 작은 글자들을 들여다보았다.

이마니시가 오늘 아침에 본 명소 안내 지도는 약도여서 정확한 지형은 나와 있지 않았다. 그러니까 이 상세한 지도에서는 아키타를 중심으로 우에쓰선의 다섯 번째 역을 찾기로 했다. 이마니시는 먼저 아키타를 찾았다. 그리고 새끼손가락 끝을 거기 대고 우에쓰선을 따라 움직였다.

"아! 여기입니다." 이마니시는 그중 한 점에 손가락을 멈추었다.

"어디 보자구." 경감은 그 손가락을 제쳤다.

"옳지, 우고 가메다라. 있군."

구로자키 경감은 그 근처에 눈을 바싹대고 살폈다. 지도에는 역 이름인 '우고 가메다'는 있으나 '가메다'라는 지명은 실려 있지 않았다. 바로 옆에 이와키라는 도시가 있었다.

"주임님, 역 이름에 우고 가메다라는 곳이 똑똑히 나와 있으니까, 이 부근에 도시인지 마을인지는 모르나 그런 지방이 있을 것 같은데요?"

"글쎄."

경감은 한참 생각하더니 "이제 됐어" 하고 이마니시를 자리로 돌아가게 했다. 이마니시는 경감이 '이제 됐어' 하고 말한 이유를 이윽고 열린 회의에서 알게 되었다. 구로자키 경감은 수사 회의에서 이마니시가 발견한 '우고 가메다'에 대해 설명했다.

"그렇군요. 젊은 사람이 한 말을 인명이라고 생각하는 것보다 지명이라고 생각하는 편이 정확할 것 같군요."

대부분의 의견이 그러했다. 모두의 눈길은 그 자리에 있는 이마니시에게로 쏠렸다.

"좌우간 관할 서에 문의해 보기로 하지. 그러니까 피해자의 얼굴 사진을 그곳으로 보내서, 이 사람을 아는 사람이 관내에 있는지 조사해 달라는 거야." 경감은 이렇게 말했다.

그로부터 4일이 지났다. 그 4일 동안 수사는 여전히 난항을 거듭했다. 이쪽의 행적 수사나 탐문 수사도 통 성적이 오르지 않았다. 남은 것은 단지 아키타 현에서의 회답을 기다리는 일뿐이었다. 4일째 되는 날, 현지로부터 회답이 있었다. 이와키 서에서 온 경찰 전화였다.

"아키타 현 이와키 서의 수사과장입니다."

상대방이 말했다. 전화를 받은 사람은 구로자키 경감이었다.

"수사본부 주임 구로자키입니다. 일부러 전화 주셔서 고맙습니다."

"조회하신 건에 관해서인데……."

"예. 뭔가 알아냈습니까?"

구로자키는 수화기를 쥔 채 긴장했다.

"여기 서에서 가메다 부근 주민에 대해 여러 가지로 조사했지만, 유감스럽게도 그런 사람은 없습니다."

"아아, 예." 구로자키는 낙담했다.

"보내 주신 사진을 갖고 다니며 여러 가지로 탐문 수사를 펴 보았는데, 가메다 지방 거주자들은 아무도 그를 모른다고 합니다."

"가메다라는 곳은 어떤 고장입니까?" 구로자키는 물었다.

"가메다 지방 인구는 고작 3, 4천 명 정도입니다. 현재는 이와키 시에 포함되어 있습니다. 경지가 적어 농업보다도 마른 국수와 직물 등을 생산하고 있지요. 그래서 해마다 인구가 줄어드는 형편입니다. 사진의 인물이 가메다 출신이라면 곧 알 텐데, 아무도 모른다고 합니다."

"그렇습니까?"

모처럼 발견한 우고 가메다도 이로써 수사선상에서 실격되는구나 싶었다. 그런데 다음에 들려 온 목소리는 실망하기 시작한 구로자키를 조금 다시 기운나게 만들었다.

"그런 사람은 없지만, 약간 이상한 일이 있었습니다."

"이상한 일이라면?"

"조회를 받기 이틀 전이었습니다. 그러니까 약 일주일 전의 일인데, 낯선 사람이 가메다 부근을 서성거린 사실이 있습니다. 그 사람은 가메다에 꼭 한 집 있는 여관에 묵었답니다. 평소 그런 사람이 별로 들어오지 않는 곳이어서 주의를 끌었는지, 우리 직원이 그 이야기를 듣고 왔더군요."

반가운 보고였다.

"어떤 사람이었는데요?"

경감은 수화기를 고쳐 쥐고 물었다.

"나이가 32, 3세 정도랍니다. 얼른 보기에 공장 직공풍 남자였답니다. 무엇 때문에 가메다에 왔는지는 전혀 알 수 없습니다. 혹시 무슨 참고가 될까 해서 알려 드립니다."

"그저 마을에 나타난 것 외에 뭐 다른 일은 없었습니까?"

"다른 일은 없었습니다. 무슨 사건을 일으켰다든가 하지는 않았습니다. 그러나 지금 말씀드린 대로 본 일도 없는 타관 사람이 왔기에, 혹시 문의하신 사건에 관계가 있지 않을까 해서 참고로 알려 드리는 겁니다."

"정말 감사합니다. 그런데 특히 그 사람에게 마을 사람들이 주의를 돌렸다든가 하는 일은 없었습니까?"

"사소한 일입니다만, 그러한 사실이 없지도 않았습니다." 이와키서 수사과장은 계속 말했다. "뭐 보통 있을 수 있는 일인지도 모르는데, 특별한 일이 없는 조용한 시골에서는 그 사람의 행동이 이상하게 비쳤던 것은 사실입니다. 전화로는 자세히 말씀드릴 수 없는데……."

상대방 목소리가 이쪽으로 수사관을 파견하면 어떻겠느냐는 뜻으로 들렸다.

"대단히 고맙습니다. 형편에 따라서는 이쪽에서 누군가를 보낼지도 모르겠습니다. 그때엔 잘 부탁드립니다."

"알았습니다."

전화는 거기서 끊어졌다.

구로자키 주임 경감은 담배를 한 대 피워 물고 천장을 향해 연기를 뿜었다. 그리고 한참 책상에 팔을 괴고 생각에 잠겼다.

"모두 다 있나?" 주임 경감은 사람들에게 물었다. 그중 한 사람이 방 안을 빙 둘러보고 "거의 있는 것 같습니다" 하고 대답했다.

수사 회의가 열렸다.

그 자리에서 경감은 말했다.

"이 사건은 최초의 예상과는 달리 매우 난항에 빠졌다. 현재로는 도무지 피해자의 행적을 알 수 없어. 단지 싸구려 바에서 이야기했다는 상대 남자를 유력한 범인으로 생각할 뿐, 통 알 수가 없어. 단서라고는 가메다라는 이름뿐이야." 경감은 여기까지 말하고 만사가 귀찮은 듯이 차를 마셨다. "4일 전 이마니시 형사의 주의로 가메다는 인명이 아니고 지명이 아니냐는 의견이 있었어. 그 의견이 지당하다고 생각했기에 즉시 가메다란 지명이 있는 아키타 현 이와키 서에 조회했어. 지금 그 회답이 있었는데, 가메다는 아키타 이와키의 가메다 지방이라는 사실을 알았어." 경감은 한숨을 쉬고 이야기를 계속했다. "이와키 서에서 온 전화 내용에 따르면 이쪽의 조회가 있기 이틀 전, 즉 오늘부터 약 일주일 전에 그 가메다 지방을 서성거리는 사람이 있었다고 했어. 자세한 것은 전화로는 곤란하다는 이야기였는데, 이 가메다가 현재로서는 매우 중대한 자료로 생각돼. 그리고 방금 온 전화를 듣고 보니 이쪽에서 현지에 수사관을 파견하는 편이 이 수사가 유리하게 전개될 것 같은데, 여러분의 의견은 어떤가?"

경감은 모두의 의견을 구했다. 그 의견에 관해서는 참석한 본부원 모두가 찬성했다. 현재 수사는 손을 든 상태에 있었다. 말하자면 지푸라기에라도 매달리고 싶은 상황이었다. 수사관 파견 건은 곧 결정되었다.

"이마니시 형사!" 주임이 불렀다. "자네가 그 지명을 발견했으니, 수고스럽지만 가 주겠나?"

회의 책상은 ㄷ자 형으로 늘어놓았는데, 그 가운데쯤에서 이마니시가 머리를 숙였다.

"좋아. 그리고 또 한 사람이 따라갔으면 하는데, 요시무라가 좋겠지."

주임은 반대쪽으로 얼굴을 돌렸다. 책상 끝 구석자리에 있던 젊은 형사가 일어섰다.

"알겠습니다."

요시무라 히로시(吉村弘)라고 하는 젊은 형사였다.

가메다

1

이마니시 에이타로는 저녁 6시경 자기 집으로 돌아갔다. 아내는 눈이 휘둥그레졌다.

"굉장히 일찍 오셨군요?"

"이른 게 뭐야? 출장이야. 오늘 밤 바로 출발해야 돼."

이마니시는 신발을 벗어 던지고 방으로 올라갔다.

"그래요. 어디로요?"

"동북 지방이야. 아키타 근처."

이마니시는 자세한 이야기를 하지 않았다. 여기서 가메다라는 이름을 꺼내면 다시 귀찮게 물을 것 같아서였다. 이런 때, 형사의 행동은 누구에게나 비밀로 하지 않으면 안 되었다. 아내 요시코는 입이 무겁지만, 그래도 무슨 기회에 불쑥 남편의 행선지가 입 밖에 나오지 않는다고 볼 수도 없다. 이마니시는 조심성이 있었다.

"몇 시 차예요?" 아내가 물었다.

"우에노에서 21시에 출발해."

"아아, 그럼 그 사건의 범인이 잡혔나요?"

아내의 눈이 빛났다.

"그렇지 않아. 범인은 통 알 수 없어."

"그럼 잠복이에요?"

"아냐." 이마니시는 약간 기분이 상했다.

"다행이에요." 아내는 조금 안심했다.

"뭐가 다행이야?"

"잠복이나 범인을 인수하러 간다면 걱정이에요. 그저 탐문 수사를 하는 거라면 위험하지 않으니까 안심이에요." 아내는 이렇게 말했다.

이마니시는 이제까지 범인이 돌아다니는 곳이라 생각되는 지방에 잠복차 출장간 일이 있었다. 그런 때는 걱정이 이만저만이 아니었다. 잘못하면 범인이 들렀던 것을 모르고 나중에 굉장한 실책이 드러나는 일이 있기 때문이었다. 이마니시도 그런 경험을 두 번쯤 했다.

그리고 범인을 호송하는 일은 다른 의미에서 위험했다. 범인 중에는 열차 호송 도중에 도주를 꾀하는 자가 많기 때문이었다. 화장실에 들어갔다가 창을 부수고 도망치거나, 수갑을 찬 채 달리는 열차에서 도중에 뛰어내리기도 한다. 그런 때면 형사는 서에 돌아오기조차 괴롭게 된다. 아내가 '안심이다, 다행이다' 하는 것은 그 두 가지 위험이 없기 때문이었다. 사실 이마니시 자신도 이번은 마음이 조금 편했다.

그 가메다라는 지방에 가서 탐문 수사만 해 오면 된다. 그러나 거기서 성과가 없다면 이 또한 다른 의미에서 수사본부가 면목을 잃게 된다. 이번 출장의 실마리가 된 가메다라는 지명을 발견한 사람은 이마니시 자신이다. 어떤 의미에서 책임도 무거웠다.

"함께 가는 분은 누구신가요?"

형사는 혼자서 출장 가는 일이 없다. 반드시 두 사람이 한 조가 된다. 아내는 그것을 알고 있기 때문에 묻는 것이다.

"요시무라야." 이마니시가 대답했다.

"요시무라 씨, 아아, 작년 설에 오셨던 젊은 분이군요. 이리로 오시는 거예요?"

"여기 오긴⋯⋯. 따로따로 차를 타는 거야."

이마니시 에이타로가 우에노 역에 닿은 것은 오후 8시 40분이었다. 이미 플랫폼에 아키타 급행 '하구로'가 들어와 있었다. 이마니시는 주위를 슬쩍 둘러보았다. 신문 기자인 듯한 사람은 보이지 않았다. 그래도 그는 조심해서 바로 열차에 타지 않고 승강장에 있는 매점에서 담배를 한 갑 샀다. 동료인 요시무라의 모습은 보이지 않았다. 산 담배를 그 자리에서 한 개비 피우며 얼굴을 아는 사람이 없는지 서서히 주위를 살필 참이었다.

그때 갑자기 뒤에서 어깨를 두드리는 사람이 있었다.

"여어, 이마니시 씨."

이마니시는 깜짝 놀라 돌아보았다. S 신문사의 야마시타(山下)라는 기자가 싱글벙글 웃고 있었다.

"이렇게 늦게 어딜 가십니까?"

이마니시는 좋지 않은 곳에서 만났다고 생각했다. 그러나 그런 기색을 얼굴에 나타내지 않고 말했다.

"니가타에 볼일이 있어서요."

"니가타?" 아니나 다를까 야마시타의 눈이 번쩍 빛났다. "허어, 니가타에 뭔가 있었나요?"

"아무것도 아닙니다."

이마니시는 이렇게 대답해 놓고 순간적으로 이유를 생각했다.

"좀 이상하군요? 당신들은 지금 조차장 살인사건으로 법석을 피우고 있지 않습니까? 그런데 니가타로 유유히 출장을 가다니, 좀 수상한데요?"

"수상할 것 없어요." 이마니시는 일부러 노한 듯이 말했다. "니가타는 우리 마누라 고향입니다. 장인이 돌아가셨어요. 그래서 달려가는 참입니다. 조금 전에 전보가 와서." 야마시타는 일단 이렇게 말했다.

"그렇습니까? 상심이 크시겠습니다. 그런데 부인 모습이 보이지 않는군요?"

야마시타가 이렇게 비웃었다. 이마니시는 속으로 아차 했지만 바로 변명했다.

"전보가 낮에 왔어요. 그래서 마누라는 먼저 떠났지요. 나는 가메다 사건 때문에 좀 늦어졌어요."

"그렇습니까?" 한다 하는 야마시타도 이번에는 어쩔 수 없었다.

"당신이 이런 곳에서 서성거리다니, 무슨 일입니까?" 이번엔 거꾸로 이마니시가 물었다. 이 남자와 함께 열차에 타게 되면 곤란하기 때문이었다.

"저는 니가타에서 오는 사람을 마중 나왔어요."

"아아, 그래요. 수고하시는군요." 이마니시는 안심했다. "그럼."

이마니시는 일부러 손을 흔들고 천천히 승강장을 걸었다.

"안녕히." 야마시타도 인사했다.

이마니시는 일부러 반대 방향으로 한번 걸었다. 적당한 곳에서 뒤돌아보니까 신문 기자의 모습은 보이지 않았다. 이마니시는 안도의 숨을 쉬었다. 그는 더욱 조심하면서 사람들 틈에 숨는 것처럼 하고 돌아와 열차의 맨 끝부분에 올라탔다.

열차 안은 거의 만원이었다. 맨 뒤 차량에는 요시무라가 없었다. 그는 두 번째 차량으로 옮겼다. 거기도 만원이었다. 이마니시는 다시 다음 차량으로 옮겼다. 이때 승강장과 반대쪽 좌석에 앉아 있는 요시무라의 모습이 보였다. 슈트케이스를 올려 놓아 이마니시 몫의 좌석까지 잡아 두었다.

"여어" 하고 이마니시가 말하니까 요시무라는 웃으며 손을 들었다.

"자네, 신문 기자를 만나지 않았나?" 이마니시는 맨 처음 그것부터 물었다.

"아뇨, 만나지 않았습니다." 요시무라는 이마니시를 옆자리에 앉혔다. "이마니시 씨는 만나셨어요?"

"응, 방금 저기서 S 신문 녀석을 만났어. 어쩔 수 없이 마누라 고향인 니가타에 간다고 했는데, 조금 섬뜩했어."

"그랬습니까?"

이마니시는 기차가 빨리 떠났으면 좋겠다고 생각했다. 서 있는 동안 다시 누군가에게 발견될 것 같아 차분해지지 않았다. 두 사람은 되도록 승강장 쪽을 보지 않고, 얼굴을 선로 쪽 창에 돌리고 있었다. 출발 신호가 들렸을 때는 아닌 게 아니라 안도의 숨을 쉬었다.

"이 기차는 혼조에 7시 반경에 도착하지?" 이마니시가 물었다.

"네, 7시 47분입니다. 그리고 혼조에서 갈아타고 가메다까지 20분 걸립니다." 요시무라가 선배에게 말했다.

"자넨 동북 지방에 간 일이 있나?"

"아뇨, 한 번도 없습니다."

"나도 처음이야. 요시무라, 언제 자네나 나나 가족 동반해서 여유 있는 여행을 하고 싶군. 언제나 이런 출장뿐이어서 즐거움이라는 게 없어."

"전 이마니시 씨와 달리 아내가 없습니다. 그래서 어떤 여행이라도 좋습니다. 차라리 혼자 여행하는 편이 훨씬 즐거워요."

요시무라는 웃었다.

"그렇겠지. 특히 이번엔 범인을 데리고 돌아오는 것도 아니고 잠복도 없으니까 훨씬 마음이 홀가분해."

"가메다라는 곳을 발견한 사람은 이마니시 씨라는데, 이게 맞다면 훈장감인데요."

"맞을지 안 맞을지 몰라. 쓸데없는 말을 해서 여비만 축냈다고 나중에 주임 경감에게 꾸중 들을지도 모르지."

두 사람은 한동안 잡담을 했다. 근처에 승객이 있어서 수사 관계 이야기는 그걸로 그쳤다.

동북 지방에 처음 가는 두 사람은 11시경까지는 잠을 못 이뤘다. 어두운 창으로 드문드문 인가의 불빛이 흘러간다. 밤이어서 경치는 볼 수 없으나, 그래도 어둠 속에서 동북 지방 냄새가 풍겨 오는 듯했다. 날이 샐 무렵에 쓰루오카에 닿았다. 사카타에 닿은 것은 6시 반이었다. 이마니시는 일찍 잠을 깼는데, 요시무라는 팔짱을 끼고 등을 뒤에 기댄 채 자고 있었다. 혼조에서 기차를 갈아타고 가메다에 도착한 것은 10시 가까워서였다.

역은 쓸쓸했다. 역 앞 거리에 있는 집들은 구조가 튼튼한 것 같았다. 오래된 집들뿐이었다. 상상했던 것보다 훨씬 고풍스러운 거리였다. 눈이 많이 오는 고장이어서 어느 집이나 차양이 깊었다. 이마니시와 요시무라는 처음 오는 동북 지방이어서 그것이 신기했다. 시내 위쪽에 산이 있었다.

"이마니시 씨, 배가 좀 고픈데요?" 요시무라가 말했다.

"그렇군. 그럼 저 근처에서 요기를 하자구."

역전 식당으로 갔다. 손님은 2, 3명밖에 없었다. 식당이라지만 반은 토산품 판매장이고, 2층은 여관이었다.

"뭘로 할까?"

"글쎄요, 전 밥을 많이 먹고 싶군요. 좌우간 배가 고파서."

"자넨 잘 자더군."

"그랬습니까? 이마니시 씨가 깨우셨지요. 오늘 아침 일찍 깨셨습니까?"

"역시 나는 늙은이야. 쓰루오카 근처에서부터 잠이 깼어."

"그것 유감이군요. 저는 쓰루오카라는 곳이 보고 싶었는데."

"세상 모르고 자던데 보긴 뭘 보나?"

"그렇게 일찍 깨셨다면 배가 고파 견딜 수 없지 않으십니까?"

"자네와는 달라."

이마니시는 메밀국수를 주문했다. 두 사람은 나란히 앉아 먹었다.

"이마니시 씨, 전 이런 생각이 들어요. 당신은 어떻게 느끼실지 모르지만. 이렇게 여러 곳으로 출장 다니지 않습니까? 그러면 전 그 지방의 경치보다도 음식 맛을 제일 먼저 생각해요. 때로는 범인을 호송하고 꽤 조마조마하여 돌아오는데도 말입니다. 그런 고생보다도 그 지방에서 먹은 음식 맛이 더 잘 기억나요. 우리 출장은 여비가 빠듯해서 어디를 가거나 맛있는 음식을 먹을 수 없지만 말입니다. 카레라이스나 덮밥은 어디에나 있는 음식 아닙니까? 그런데 맛이 달라요. 그 지방 특유의 맛이라고 할까? 하여간 저는 그것을 먼저 생각해 내지요."

튀김덮밥을 입으로 긁어 넣으면서 요시무라가 말했다.

"그래?" 이마니시는 메밀국수를 후루룩 빨아들였다. "역시 자넨 젊어. 나라면 경치 쪽을 기억하고 싶군."

"아, 그렇지!" 요시무라는 젓가락질을 멈추고 말했다. "이마니시 씨는 하이쿠(俳句. 5·7·5의 3구/17음으로 된 단시)를 쓰시지요? 그래서 경치에 특별히 관심을 가지시는군요. 이번에도 자료를 많이 수집해 가시겠군요?"

"모두 엉터리야." 이마니시는 웃었다.

"그런데 어떻게 하시겠습니까? 밥을 먹고 바로 경찰서로 가 보시겠어요?"

"그렇게 하지."

"그리고 뭡니까, 좀 이상한 생각이 드는군요. 우리가 이 지방에 온 것은 이마니시 씨가 여성지 부록을 보셨기 때문이 아닙니까? 그렇지 않았다면 저 같은 건 이런 곳에 와 보지도 못했을 겁니다. 그러고 보면, 인생이란 사소한 계기로 운명이 바뀌는군요."

요시무라는 덮밥을 한 알도 남기지 않고 먹은 뒤 물을 따르며 말했다.

2

이와키 경찰서 건물은 낡았다. 안에 들어가 어둑어둑한 접수과에 이마니시는 명함을 내밀었다.

"어서 오십시오."

순경은 명함을 보더니 두 사람을 바로 서장실로 안내했다. 서장은 서류를 보고 있다가 두 사람이 들어오자 일어났다. 명함도 보기 전에 방문자를 알고 있는 듯한 얼굴이었다.

"어서, 어서 오십시오."

뚱뚱한 서장은 웃는 얼굴로 그들 앞에 의자를 두 개 놓게 했다.

"경찰청 수사 1과의 이마니시 에이타로입니다."

"같은 과 요시무라 히로시입니다."

두 사람은 한꺼번에 인사를 했다.

"수고하십니다."

서장은 두 사람을 의자에 앉게 했다.

"이번에 여러 가지로 수고를 끼쳤습니다."

이마니시는 먼저 고맙다는 인사를 했다.

"천만에요. 참고가 될지 안 될지 모르지만 일단 알려 드렸지요."

젊은 순경이 차를 날라 왔다.

"힘드셨겠습니다." 서장은 탁상의 담배를 권하면서 말했다. "그런데, 곧장 이리로 오셨습니까?"

"아닙니다. 우고 가메다 역에서 내려 일단 어떤 곳인지 보고 싶었습니다. 그곳을 보고 버스를 타고 왔습니다."

"그래요. 도쿄 경찰청에서 이곳 경찰서에 오신 분은 당신들이 처음입니다. 조회하신 사건은 대충 알지만, 자세한 내용은 모르고 있습니다. 그 사건 내용을 말씀해 주실 수 없겠습니까?" 서장은 이렇게 말했다.

"알겠습니다."

이마니시가 가마타 조차장 살인 사건 수사 내용을 대충 이야기했다. 서장은 흥미 있게 들었다.

"아, 그래서 이 가메다가 수사선상에 오르게 된 거로군요?"

"그렇습니다. 동북 지방 사투리를 썼다는 점으로 보나, 가메다라는 이름으로 보나, 아무래도 여기인 것 같은 느낌이 들었습니다."

"잘 알았습니다. 전에 직접 전화로 수사 주임 경감님께도 말씀드렸는데, 이곳에 특별히 색다른 일은 없었습니다. 이 가메다란 곳은, 잘 아실지 모르나 옛날의 성시(城市)입니다. 2만 섬 정도 생산되는 작은 영주의 장원이었습니다. 따라서 토박이들이 많지요." 서장은 설명을 시작했다. "보셨겠지만, 이곳은 삼면이 산으로 둘러싸여 있습니다. 경지가 아주 적어서 현재는 마른 국수와 직물이 주로 생산됩니다. 특히 직물은 가메다직이라고 해서 세계대전 전까지는 귀중하게 취급됐는데 지금은 그렇지 않습니다. 그래서 해마다 젊은 사람들이 외지로 나가기 때문에 인구가 줄어드는 형편입니다."

서장은 표준어로 이야기했는데, 그 악센트에는 분명히 이 지방 특유의 말투가 있었다.

"그래서 가메다 출신 사람이라면 대개 서로 알고 있습니다. 본부에서 보내 주신 피해자 사진을 우리 형사들에게 주어 돌게 했는데, 아무래도 이곳 사람이 아닌 것 같습니다. 그런데 말입니다……" 하고 말을 끊었다가 서장은 이어서 "지금부터 일주일쯤 전에 이 가메다 거리에 좀 색다른 남자가 나타났습니다."

"예에, 색다르다면 어떻게?" 이마니시가 물었다.

"얼른 보기에 노동자 차림을 한 남자였습니다. 너덜너덜한 낡은 양복을 입고 있었다는데, 나이는 대개 서른에서 마흔 사이로 보이더랍니다. 이것도 처음부터 이상하다고 느낀 게 아니고, 이번에 당신들의 문의가 있은 다음 우리 쪽에서 가메다 부근을 조사하고 다닐 때, 그러고 보니 그런 남자가 왔더라는 주민의 말 때문에 안 겁니다."

"그랬군요. 그래 무슨 일이 있었습니까?"

"그 사람이 아사히야라는 여관에서 묵었습니다. 그 여관은 오래된, 이 지방에서는 약간 격식이 있는 집입니다. 그가 그 여관에 묵었다고 해서 이상할 것은 없지만, 그런 여관에 노동자 같은 남자가 묵었다는 것이 좀 어울리지 않습니다."

"그래서요?"

"여관에서는 일단 그 남자를 거절했답니다. 물론 겉모습을 보고 경원한 거겠지요. 그런데 그 사람은 돈 때문이라면 걱정할 것 없이 선금을 줄 테니 꼭 재워 달라고 부탁하더랍니다. 그래서 여관 측에서도 마침 손님이 없는 시기여서 재웠답니다. 물론 좋은 방이 아니고 허술한 방을 주었답니다."

이마니시는 그 말을 듣고, 가마타 역 가까운 술집에서 피해자와 함께 있었다는 남자를 떠올렸다. 목격자들은 그 남자의 나이를 30세라고도 하고 40세라고도 했다. 풍채가 노동자 같더라는 점도 같았다. 이마니시는 자연히 서장의 이야기에 열중하게 되었다.

"그리고 무슨 일이 있었습니까?"

"아니, 그것뿐입니다. 특히 무슨 일이 있었던 것은 아닙니다. 숙박료도 약속대로 정확히 선금으로 치렀답니다. 담당 종업원에게 팁가지 5백 엔 주었답니다. 이 근처에서 종업원에게 5백 엔씩이나 팁을 주는 사람은 여간해선 없습니다. 여관에서는 나중에 좀더 나은 방을 줄 걸 그랬다고 후회했답니다."

"좋은 방을 주지 않았던가요?"

"아무래도 풍채가 그 모양이니까, 여관에선 끝까지 경계하는 마음을 풀지 않았던 모양입니다."

"그 사람은 여관에서 어떻게 지냈답니까?"

"그 사람이 당도한 것은 저녁때였는데, 식사가 끝나니까 피곤하다면서 목욕도 하지 않고 쿨쿨 자더랍니다. 그래서 여관에서는 더욱 기분이 나빴던 거지요."

"뭐 다른 기분 나쁜 일이라도 있었나요?"

"이런 일이 있었답니다. 그 남자는 10시가 지날 때까지 자고 일어나더니 종업원을 불러 이 여관은 몇 시까지 문을 열어 놓느냐고 묻더랍니다. 종업원이 1시경까지는 열어 놓는다니까 잠깐 나갔다 오겠다며 여관 신발을 신고 외출했답니다."

"10시가 넘어서 외출했군요?"

이마니시는 이야기를 들으면서 다시 한번 확인했다.

"그렇습니다." 서장은 대답하고 나서 이야기를 계속했다. "그런데 그 손님이 여관에 돌아온 것은 새벽 1시가 지나서였답니다. 깜빡 잊었는데, 그 사람은 어깨에 메는 가방을 하나 가지고 있었답니다. 그런데 그것은 여관에 두고 외출했답니다. 이 근처에서는 어느 집이나 밤에 일찍 문을 닫습니다. 그러니까 10시 조금 지나서 나가 1시경까지 그 사람이 무엇을 했는지 모르지요. 여기가 도시라면 조금도 이상할 게 없지만 말입니다. 이런 지방에서는 묘하게 그런 행동이 눈에 띄게 됩니다."

"그렇겠지요. 그래 외출에서 돌아왔을 때, 그 사람의 거동에 특히 다른 데가 없었답니까?"

"다른 데는 없었답니다. 술을 마신 기색도 없고, 나갈 때와 마찬가지 태도였답니다. 종업원이 '어디까지 갔다 오셨어요?' 하고 물으니까, 요앞에 볼일이 있어 갔다 왔다고 하더랍니다. 그러나 10시가 지났는데 무슨 볼일이 있을 것 같지 않아 여관에서는 좀 이상하게 생각한 모양입니다. 그래서 우리 형사가 탐문수사하러 갔을 때, 그 이야기가 나온 겁니다."

"그랬군요. 그런데 그 남자의 숙박부는 남아 있겠지요?"

"남아 있습니다. 우리가 그것을 압수해도 되지만, 당신들 쪽에서 오신다기에 일부러 그대로 여관에 남겨 두었습니다. 필요하시면 그것을 가져가셔도 좋습니다."

"감사합니다. 그 밖에 별다른 일은 없었나요?"

"여관에서는 그것뿐입니다. 그 사람은 아침 8시 조금 지나서 나갔답니다. 그런데 아침 식사 때 종업원이 '이제 어디로 가세요?' 하고 물었더니, 기차를 타고 아오모리 쪽으로 간다고 하더랍니다."

"숙박부에는 주소가 어디라고 적혀 있습니까?"

"이바라기 현 미토 시라고 적혀 있더군요."

"예에, 미토 사람이군요?"

"숙박부에는 그렇게 씌어 있습니다. 사실인지 아닌지 조사해 보면 알겠지요. 종업원이 '미토는 좋은 곳이지요?' 했더니, 미토 부근에 있는 명소 이야기를 하더랍니다. 그러니까 미토와 아주 인연이 없는 사람은 아닌 것 같습니다."

"직업은?"

"숙박부에는 회사원으로 돼 있는데, 어느 회사에 근무하는지 확실히 묻지는 않았답니다."

"그렇다면 한밤중에 3시간이나 외출하다니 수상하군요?"

"그렇지요. 아니, 단지 그것뿐이라면 일부러 당신들을 여기까지 오시게 할 필요가 없었습니다. 그것 말고 조금 색다른 일이 있었습니다."

"예에, 어떤?"

"한 가지는 그 사람이 마른 국수 가게 앞에서 서성거렸다는 일입니다."

"마른 국수 가게라면?"

"가메다는 조금 전에 말씀드린 대로 마른 국수의 명산지입니다. 그래서 그 가게 옆에는 마른 국수가 널려 있습니다. 그곳에 그가 나타난 겁니다."

서장의 설명에 이마니시는 반문했다. "그가 마른 국수 가게 앞에 나타나 어떻게 했나요?"

"아니, 어떻게 했다는 것이 아닙니다. 단지 그 국수 말리는 곳 앞에 우두커니 서 있었다는 것뿐입니다." 서장은 쓴웃음을 짓고 대답했다.

"우두커니 서 있었다면?"

"그것도 뭘 하는 것이 아니고, 그저 우두커니 20분쯤 서서 말리는 국수를 바라보고 있었다는 군요."

"예에."

"그 마른 국수 가게 쪽에서는 풍채가 별로 좋지 않은 남자가 국수 말리는 곳 앞에 일도 없이 서 있어서 조심하고 있었다는데요, 별일도 없이 이윽고 저쪽으로 사라졌다고 합니다. 이야기는 이것뿐입니다. 그런데 이런 일도 참고가 되겠습니까?"

"물론 크게 참고가 됩니다." 이마니시는 깊이 고개를 끄덕거렸다. "과연 여러 가지 일이 있었군요. 그런데 그 여관에서 잔 남자와 국수 가게 앞에 서 있던 남자는 같은 사람이겠지요?"

"같은 사람이라고 생각됩니다. 그리고 또 한 가지 있습니다."

서장은 웃었다.

"어떤 일입니까?"

"가메다에는 강이 흐르고 있습니다. 고로모 강이라고 하는데요. 그 강가 둑에 지금 말한 사람으로 보이는 남자가 낮에 길게 누워 있더랍니다."

"잠깐만." 이마니시는 말을 막았다. "그것은 여관에서 잔 이튿날입니까, 아니면?"

"이튿날이 아니라 그가 여관에서 잔 그날이었습니다. 방금 말한 것처럼 여관에 들어온 것은 저녁때이니까, 그날 낮이지요."

"알았습니다. 계속 말씀해 주십시오."

"아니, 이것도 단지 그 남자가 강가에 누워 있었다는 사실뿐인데요. 이 근처에는 그렇게 한가한 사람이 별로 없습니다. 둑 위에 길이 있는데, 그 길을 가던 동네 사람이 '이상한 곳에서 낮잠을 자는 사람도 다 있구나' 하고 생각했답니다. 부랑자라고 생각한 모양이지요."

"하긴."

"이 일은 별로 사람들 입에 오르지도 않았습니다. 다만 탐문하러 다니는 서원이 그 이야기를 들었을 뿐입니다. 뭐 색다른 일이 없었느냐고 묻고 다니자, 아아, 그렇다면 이런 일도 있었다고 이야기해 준 거지요."

"그러면 그 사람은 대낮에 풀밭에 누워 있었군요. 그리고 밤에는 10시 지나 여관에서 나가 1시경에 돌아왔……. 이것이 좀 이상하다 이거로군요?"

"그렇지요."

서장은 이마니시의 얼굴을 들여다보았다.

"낮잠은 둑에서 자고, 밤중에 여관에서 나갔다. 이 사람은 보통 사람이 아닌 것 같지요?"

"아아, 당신은 도둑이나 뭘로 생각하시는 모양이군요. 나도 그렇게 생각했지요. 그런데 그날을 전후하여 이 거리에서 절도 피해는 없었습니다. 무슨 피해가 있었다면 바로 그 이상한 남자와 결부되는데, 아무 일도 없었으니까 오히려 정체를 파악하지 못했습니다."

"그 남자가 서성거린 것은 그날 하루뿐이었습니까?"

이마니시가 물었다.

"그렇습니다. 그날뿐이었습니다. 이마니시 씨, 이것이 조회하신 사건과 무슨 관계가 있다고 생각하십니까?"

"글쎄요. 아무래도 이상하군요. 그럼 좌우간 저희도 돌아다녀 보겠습니다." 이마니시는 싱글거렸다.

"그러시겠습니까? 그럼 우리 형사에게 안내하도록 하지요."

"아니, 괜찮습니다. 장소만 가르쳐 주시면 저희끼리 가겠습니다. 그러는 편이 좋아요."

"그렇습니까?"

서장은 형사를 불러 그 아사히야라는 여관과 마른 국수 가게 등의 장소를 설명하게 했다. 이마니시와 요시무라는 감사의 뜻을 전하고 경찰서에서 나왔다.

두 사람은 버스를 타고 가메다 쪽으로 갔다. 버스에는 지방 사람들만 탔다. 승객들의 대화는 의미를 알 수 없을 정도로 심한 사투리투성이였다. 이내 집들이 없어지고 버스는 논 사이로 달렸다. 차창에 다가오는 산의 신록이 아름다웠다. 이 근처는 도쿄보다 계절이 훨씬 늦다. 이마니시는 시선을 멍청히 밖으로 돌리고 있었다.

가르쳐 준 정류장에서 내려 아사히야라는 여관을 찾아갔다. 서장 설명으로는 격식이 있다고 했는데, 건물도 낡았다. 박공널을 붙인 현관만이 시대에 뒤떨어져 위엄이 있었다.

"이런 사람이오."

이마니시는 나온 종업원에게 경찰수첩을 보였다. 주인을 만나고 싶다고 했더니, 40세 정도의 남자가 안에서 나와 이마니시 앞에 무릎을 꿇었다.

"도쿄 경찰청에서 온 사람인데요."

이마니시는 현관에 걸터앉아 이야기했다. 주인은 위로 오르라고 권했지만 그대로 앉아 있으니까 종업원이 방석과 차를 가져왔다.

이마니시는 이와키 서의 서장에게서 들은 이야기를 대충 했다.

"확실히 그런 손님이 묵었습니다." 주인은 고개를 끄덕였다.

"더 자세히 이야기해 주시지 않겠습니까?"

이마니시의 말에 여관 주인은 이야기를 해 주었는데, 서장이 한 이야기와 별로 다른 점이 없었다.

"그 사람이 써 놓고 간 숙박부가 있다면서요?"

"있습니다."

"그걸 보여 주시겠습니까?"

"예."

주인은 종업원을 시켜 숙박부를 가져오게 했다. 숙박부라지만 한 장씩 떨어지게 되어 있는 전표 같은 것이었다.

"이겁니다."

주인이 내밀어 보인 것엔 다음과 같은 사항이 적혀 있었다.

이바라기 현 미토 시 ××마을 ××번지 하시모토 주스케(橋本忠介)

서투른 글씨였다. 초등학생이 쓴 글씨 같았다. 이것은 그 남자가 노동자 같다는 인상에 비추어 부자연스럽지 않았다. 이마니시는 그 글씨를 가만히 쳐다보았다.

이마니시는 그 손님의 인상을 물었다. 그 사람은 30살 가량의 연령으로 키가 컸다. 체격은 마르지 않고 뚱뚱하지도 않았다. 얼굴 모습은 약간 갸름하고 머리카락은 기르지 않고 짧았다. 얼굴색은 검었으나 콧날이 선 잘생긴 용모였다. 그런데 언제나 얼굴을 숙이고 이야기할 때도 정면으로 눈을 마주치지 않았다고 했다. 그래서 종업원들이 말하는 인상도 갖가지였다. 말씨는 어떻더냐고 물었더니, 분명히 동북 지방 사투리는 아니었다고 했다. 표준어에 가까운 말인데, 목소리가 약간 허스키했다. 전체적인 인상은 음침하고 몹시 피곤해 보이는 느낌이었다. 이것만은 모두가 일치된 의견이었다.

그는 특히 여행 가방이나 슈트케이스 따위는 갖고 있지 않았다. 다만 전쟁 중에 흔히 쓰던 헝겊으로 만든 가방을 어깨에 메고 있었는데, 그 가방에 일용품을 넣어 놓은 것 같았다. 가방은 불룩했다.

이 여관에서는 마른 국수 가게 이야기를 물어도 별다른 것을 모르고 있었다. 국수 가게는 옆에 붙은 건조대에서 국수를 햇볕에 말리고 있었다. 긴 대막대를 늘어놓고 그 막대에 걸쳐 놓았기 때문에, 하얀 국수가 햇빛에 비쳐 마치 흰 폭포 같았다.

"이 근처에 그 사람이 서 있었어요." 국수집 안주인이 나와 설명했다.

그 장소는 건조대에서 약 2백 미터 떨어진 좁은 길이었다. 이 근처는 이웃집과의 간격이 넓고, 그 사이는 풀밭이었다. 풀밭 사이엔 좁은 길이 있어 큰 길과 통했다. 문제의 남자는 그 풀밭 근처에서 섰다 쭈그리고 앉았다 하며 30분 정도나 서성거렸다고 한다.

"아주 이상한 사람이라고 생각했죠. 그러나 장난을 하는 것 같지도 않아 탓할 수도 없었는데, 나중에 형사님이 와서 최근에 이상한 일이 없었느냐고 묻기에 그 이야기를 했습니다."

"그럼 이 마른 국수를 구경하고 있었나요?"

"글쎄요. 쭉 국수를 보는 것도 같고 쉬고 있는 것도 같아 통 알 수가 없었습니다."

여기서는 단지 그것만 확인했을 뿐이었다. 이야기는 서장에게서 들은 그대로였다. 한참 걸어 그들은 강가에 섰다. 상류는 겹친 산 사이로 들어갔다. 강둑에는 풀이 우거졌다.

"옳지, 그 사람은 여기에 누워 있었겠군."

이마니시가 말했다.

농부 한 사람이 괭이를 메고 맞은편 강둑을 걸어가고 있었다. 이런 일이 없다면 한가한 여행 같았다.

"이마니시 씨. 어떻습니까, 느낌이? 그 남자가 가마타 바에서 피해자와 같이 있던 남자일까요?" 요시무라가 옆에서 말했다.

"글쎄, 뭐라고 판단을 내릴 수 없군. 그런데 확실히 이상한 데가 있어."

"종잡을 수 없는 일이군요." 요시무라는 이마니시 옆에 조금 한심한 얼굴로 서 있었다. "이마니시 씨, 그 숙박부에 쓴 이름은 물론 가명이겠지요?" 요시무라가 물었다.

"물론이지. 새빨간 거짓이야." 이마니시가 너무 똑 잘라 말하기에 요시무라는 다시 물었다.

"어떻게 그걸 아십니까?"

"자네, 그 숙박부의 글씨를 보았지?"

"예, 보았습니다. 몹시 서투른 글씨였습니다."

"서투른 것이 당연해. 일부러 왼손으로 쓴 거야. 가만 있자."

이마니시는 포켓에서 수첩 사이에 정성스럽게 끼워 둔 숙박부 한 장을 꺼냈다.

"잘 보라구. 이 글씨에는 힘이라곤 전혀 느껴지지 않아. 그리고 이렇게 들쑥날쑥한 글자는 없어. 여관의 종업원이 한 말을 기억하겠지? 숙박부는 종업원 앞에서 쓴 것이 아니고 숙박부를 놓고 일단 물러갔다가 그 뒤에 방에 갔더니 다 써 놓았더라고 했어. 그러니까 종업원이 없는 사이에 왼손으로 쓴 거야."

"그러고 보니 이상한 글씨군요." 요시무라는 들여다보며 말했다.

"그냥 서투르다는 것만이 아니고 이런 이상한 글씨가 된 것은 왼손으로 썼기 때문이야. 오른손잡이가 왼손으로 쓴 것은 물론 필적을 모르게 하기 위해서야. 그러니까 이 주소나 이름도 엉터리라고 봐도 돼."

"아아, 듣고 보니 그렇군요." 요시무라는 설명을 들었으나 비교적 태평스러운 얼굴을 했다. "그런데 그 남자가 여관에서 묵은 것은 좋은데, 10시경부터 오전 1시경까지 어디에 갔을까요? 그날 낮의 행동으로 보아 별 볼일도 없었을 텐데요."

"그래, 나도 그걸 생각하던 참이야."

이마니시는 두 손을 주머니에 넣고 풀 속에 서 있었다. 눈앞의 강물에는 작은 여울이 물거품을 일으키고, 건너편 산은 쏟아지는 빛을 받고 한층 더 짙은 그림자를 만들고 있었다.

"어쩐지 이상한 출장이군요. 맥이 빠지는 결과이기도 하고요." 요시무라가 말했다.

확실히 그랬다. 여기까지 먼 길을 와서 이상한 행동을 한 남자 이야기를 들은 것에 불과했다. 왼손으로 쓴 이 필적이 나중에 어떻게 될지 모른다고 치더라도, 굳이 말한다면 그런 작은 일을 동북 지방의 시골 마을까지 확인하러 온 것뿐이었다.

"이마니시 씨, 지금부터 어떻게 하시렵니까?" 요시무라가 맥빠진 목소리로 물었다.

"글쎄, 이렇다 할 목표가 없으니까 일단 되돌아갈까?"

"그 남자의 발자취를 쫓지 않아도 되나요?"

"쫓아도 소용없겠지. 그 남자는 이 가메다에 그날 하루밤에 없었던 게 아닐까?"

"그럼 무슨 목적으로 이곳에 왔을까요?"

"잘 모르겠어. 뜨내기 노동자로 보더라도 별로 일자리를 구한 것 같은 행적이 없단 말이야. 그러나 자네 말대로 한번 가까운 거리를 조사해 볼까, 모처럼 여기까지 왔으니? 하여간 힘을 좀 내게."

이마니시는 요시무라의 우울한 얼굴을 보고 말했다.

3

이튿날 오후 이마니시와 요시무라는 다시 이와키 경찰서 서장실을 찾았다.

"여러 가지로 신세를 졌습니다." 이마니시가 사례했다.

"아아, 천만에요. 뭔가 수확이 있었습니까?" 뚱뚱한 서장은 미소를 지었다.

"덕분에 구체적인 사실을 알았습니다."

"그렇습니까. 그래 참고가 되겠나요?"

"예, 뭔가 있을 것 같습니다."

이마니시가 대답했다. 실제로는 뭐가 뭔지 모르지만 일부러 이것을 알려 준 서장의 면목을 생각해야 했다. 아니, 뜻밖에 나중에 이것이 도움이 될지도 모른다.

"그것 다행이군요. 저로서도 알려 드린 보람이 있습니다."

서장은 만족한 듯했다.

"그래, 그 뒤 어떻게 하셨습니까?"

"가메다만으로는 부족한 것 같아서 같은 사람이 나타나지 않았나 인근 마을을 조사해 보았습니다."

"허어, 그것 큰일이었겠군요. 그래 결과는 어떻습니까?"

"그런데 다른 마을에는 나타나지 않았더군요. 단지 가메다에만 왔다 간 모양입니다. 가메다 역에서 기차를 타고 어디 다른 곳으로 갔는지도 모르지요. 처음에 우리는 그가 뜨내기 노동자니까 어느지방에서 왔다갔는지 몰라 발자취를 찾아보았는데, 그 사람의 행적은 전혀 알 수 없었습니다."

"수고들 하셨습니다. 그런데 좀 이상한데요, 그 사람이 가메다에만 내렸다는 사실이?"

"그래요. 그러니까 생각하기에 따라서는 이것은 더 가망이 있을 것같습니다."

두 사람은 서장과 한참 동안 잡담을 했다. 그리고 기회를 봐서 작별인사를 했다. 서장은 경찰서 밖까지 배웅해 주었다. 두 사람은 역으로 걸었다.

"몇 시 기차를 탑니까?" 요시무라가 나란히 걸으며 물었다.

"글쎄, 밤 기차를 타기로 하지. 밤 기차가 제일 좋아. 아침이면 우에노에 당도할 테니까, 그길로 바로 본부에 얼굴을 내밀면 돼."

아직은 열차 시각표도 아무것도 보지 않아 알 수 없었다. 우선 역으로 가서 적당한 기차를 택할 셈이었다. 역은 작았다. 구내로 들어갔더니 시각표가 개찰구 위에 붙어 있었다. 두 사람은 그것을 올려다보았다.

그때였다. 뒤에서 갑자기 웅성거리는 소리가 들렸다. 이마니시가 돌아보니, 슈트케이스를 든 서너 명의 젊은 남자들을 신문기자인 듯한 사람들 대여섯이 둘러싸고 있었다. 그중에는 카메라로 열심히 그젊은 사람들을 찍는 사람도 있었다.

이마니시는 젊은 남자들이 이 근처 사람이 아니라는 것을 단번에 알 수 있었다. 분명히 도쿄에서 온 패들이었다. 지방 신문 기자가 에워싸고 있어서 이마니시는 뭘까 하고 그 일행에게 시선을 쏟았다.

이마니시가 관찰해 보니, 그 젊은 남자들은 네 사람이었다. 그들은 분명히 도쿄 사람들인 것 같았다. 일부러 아무렇게나 차리고 있지만, 자세히 보면 그 복장 하나하나가 선택된 의복들이었다. 즉 꾸미지 않는 자연스런 멋이었다. 이런 종류의 사람은 문화인 속에 많다. 그들은 머리를 길게 기르기도 하고, 베레모를 쓰기도 했다. 나이는 모두 30세 전후로 보였다.

지방 신문 기자들은 한 사람 한 사람에게 이야기를 듣기도 하고, 다른 사람에게 카메라를 돌리기도 하며 열심히 취재하고 있었다. 상당히 야단스러운 것을 보면, 그 네 사람은 상당히 사회적인 지위가 있는 것 같아 보였다. 좌우간 이 쓸쓸한 시골 역에서는 한결 두드러지는 사람들이었다. 대합실에 앉아 있는 이 지방 사람들도 이 화려한 일행을 주시하고 있었다.

"그러나 일본은 아직 로켓은 무리겠지요."

일행 중에서도 특히 젊은 느낌이 드는, 얼굴이 희고 눈썹이 짙은 청년이 말했다. 회색 양복에 넥타이는 매지 않고, 검은 스포츠셔츠의 깃을 내놓았다. 한 신문 기자에게 하는 말 같았다.

"뭘까요?" 요시무라가 물었다.

"글쎄." 이마니시도 짐작이 안 갔다. 사회적 지위가 있다고 보기에는 모두 아직 젊었다.

그 지방 사람인 듯한 두세 명의 젊은 여자들이 그 네 사람 앞으로 나가더니 수첩 같은 것을 내밀었다. 그러자, 그중 한 사람이 만년필을 꺼내 수첩에다 뭔가 써 주었다. 여자는 인사를 하고 다음 남자에게로 갔다. 그 남자도 만년필로 갈겨썼다. 사인을 받고 있다는 것을 알았다.

"영화배우일까요?" 역시 그 정경을 보고 있던 요시무라가 말했다.

"글쎄."

"그런데 영화배우들 중에는 저런 사람이 없고, 말하는 내용도 꽤 이상하군요?" 요시무라는 고개를 갸웃거렸다.

"우린 요즈음의 신인 배우는 잘 모르니까……. 뉴페이스가 자꾸자꾸 제조되어 나와. 그런 점에 있어서는 소녀들이 뭐든지 잘 알고 있지." 이마니시가 말했다.

사실 이마니시가 젊었을 때와는 영화계 사정이 상당히 달라졌다. 그의 머릿속에 있는 스타들은 지금은 통 영화에 나오지 않았다. 그러는 사이, 그 일행은 개찰구를 나갔다. 하행인 아오모리 방면이었다. 이마니시들에게는 볼일 없는 기차였다.

신문 기자들은 거기서 인사를 하고 죽 돌아왔다.

"물어볼까요?" 요시무라는 흥미가 있는지 이렇게 말했다.

"그만둬." 이마니시는 일단 말렸다.

"어떤 사람들인지 조금 알고 싶습니다."

아직 젊은 요시무라에게는 구경꾼 근성이 있었다. 그는 사인북을 가진 젊은 여자에게로 다가갔다. 그리고 그는 그녀에게 허리를 굽히고 뭔가 물었다. 젊은 여자는 얼굴을 조금 붉히고 대답했다. 요시무라는 고개를 끄덕거리고 이마니시에게로 돌아왔다.

"알았습니다." 그는 멋쩍은 듯 웃었다.

"뭐야?"

요시무라는 사인을 받은 여자에게서 들은 이야기를 이마니시에게 전했다. "저 사람들은 역시 도쿄의 문화인들입니다. 요즈음 신문이나 잡지에 잘 나오는 '누보 그룹' 멤버들입니다."

"'누보 그룹'이 뭔데?" 이마니시는 몰랐다.

"'새로운 무리'라고나 할까요? 진보적인 젊은 문화인들로 조직된 그룹이에요."

"흥, '새로운 무리'라. 우리가 젊었을 때에는 '새로운 마을'이라는 게 있었지."

"아아, 무샤노코지(武者小路) 선생 말이지요? 이것은 마을이 아니고 무리입니다."

"어떤 무리지?"

"갖가지 사람이 모였어요. 말하자면 진보적인 의견을 가진 젊은 세대의 모임이라고 하는 편이 좋겠지요. 작곡가, 학자, 소설가, 극작가, 음악가, 영화 관계자, 저널리스트, 시인 등 여러 가지입니다."

"자넨 잘 알고 있는데?"

"이래 봬도 신문이나 잡지는 읽고 있으니까요." 요시무라는 조금 쑥스러운 듯 말했다.

"지금의 네 사람이 그 멤버인가?"

"그래요. 방금 여자 아이에게서 들었는데, 저기 있는 검은 셔츠를 입은 사람이 작곡가 와가 에이료(和賀英良), 그 옆의 극작가 다케베 도요이치로(武邊一郎), 평론가 세키가와 시게오(關川重雄), 화가 가타자와 무쓰오(片澤睦郎)랍니다."

이마니시도 이름을 듣고 나니 어디선가 본 듯했다.

"그 패들이 무엇 때문에 이런 시골에 왔지?"

"이와키에 T 대학 로켓 연구소가 있는데, 그곳을 견학하고 돌아가는 길이랍니다."

"로켓 연구소? 흐응, 그런 것이 이런 시골에 있는가?"

"저도 그 말을 듣고서야 비로소 생각이 났습니다. 어딘가에서 읽었는데."

"묘한 곳에 근대적인 것이 있군그래."

"그래요. 저들은 견학을 마치고 지금부터 아키타로 가서 도와다 호수를 보고 돌아간답니다. 말하자면 새로운 시대의 각광을 받고 있는 매스컴의 총아니까 지방 신문사가 그렇게 야단을 떤 거죠."

"그렇군."

이마니시는 무관심했다. 그와 그들 사이에는 먼 거리가 있었다. 그래서 그는 그 이야기를 듣고 나서 하품을 했다.

"그런데 요시무라, 기차는 정했나?"

"예, 19시 44분발 급행이 있습니다."

"우에노에 몇 시에 닿지?"

"내일 아침 6시 40분입니다."

"되게 일찍 도착하는군. 됐어, 집에 가서 한잠 자고 수사본부에 가면 되겠지? 어차피 대단한 수확물을 가지고 돌아가는 것이 아니니까 마음이 급하지 않아."

이마니시는 중얼거리듯 말했다.

"정말 그렇군요. 이마니시 씨, 어떻습니까? 여기까지 온 김에 동해의 바다빛이라도 보고 돌아갈까요? 아직 시간이 많이 남아 있으니까요."

"그렇군. 그럼 그럴까?"

이마니시와 요시무라는 거리를 지나 해안으로 향했다. 거리 풍경은 차차 어촌으로 바뀌었다. 갑자기 바닷물 냄새가 강해졌다.

"망망하군요."

요시무라는 모래 위를 걸으며 바다를 멀리 바라보았다. 한눈에 바라보이는 수평선에는 섬 그림자 하나 없었다. 서쪽으로 기운 태양이 바다 위에 빛의 띠를 만들고 있었다.

"역시 동해의 빛은 짙군요!" 요시무라가 감탄하며 바라보았다. "태평양 쪽은 빛이 옅어집니다. 내 느낌 탓인지 모르지만 빛깔이 농축된 느낌입니다."

"그렇군. 역시 이 색깔이 동북 지방 풍경에 어울려."

두 사람은 한참 동안 바다를 바라보았다.

"이마니시 씨, 뭔가 됐습니까?"

"하이쿠 말인가?"

"벌써 30구 정도 짓지 않았나요?"

"당치않은 소리 하지 마. 그렇게 간단히는 안 돼."

이마니시는 쓴웃음을 지었다. 두 사람 앞을 한 어촌 어린이가 커다란 종다래끼를 메고 지나갔다.

"이런 곳에 있으니 도쿄가 얼마나 답답한지 알 수 있군요."

"유유자적해지는군."

"이런 곳에서 이삼 일 한가하게 지내면 정말 기분이 전환되겠지요. 우리 마음속에는 먼지가 가득히 괴어 있는 듯한 생각이 듭니다."

"자네는 예상외로 시인인데?"

이마니시는 요시무라의 얼굴을 보았다.

"아니, 그렇지 않습니다."

"아까 그 젊은 사람들을 알고 있는 것도 그래서였군. 역시 자네가 그런 책을 읽고 있어서 그렇지."

"아니, 그다지 좋아하진 않고, 그저 상식 정도입니다."

"뭐라고 했지? 누보……."

"'누보 그룹'입니다."

"누보란 말이 재미가 있어서 외우기 쉽군 (느리고 무디다는 일본식 표현을 nouveau 라는 프랑스 말로 대신하기도 함). 그들은 설마 그런 느긋한 집단은 아니겠지?"

"천만에요. 상당히 날렵한 패들이랍니다. 모두 다음 세대를 짊어지고 있다는 의식이 강한 사람들이지요."

"내가 어렸을 때 숙부한테서도 그런 말을 들은 적이 있군. 숙부는 시시한 소설을 쓰고 있었어, 아주 어릴 적이었지만 말이야. 아까 말한 '새로운 마을'도 그랬지만"

"아아, 시라카바(개성과 자유를 중시하는 1910년대 일본 문학활동의 핵심적 일파. 미술 및 문예잡지〈白樺〉를 중심으로 활동함) 동인들 말이군요." 요시무라가 더 잘 알고 있었다. "그때도 그랬지만, 요즘은 개성적인 색채가 더 강하답니다. 시라카바파엔 아리시마 씨나 무샤노코지 씨같이 개성이 강한 사람도 있었지만, 원래 그 그룹은 평균 색조였지요. 그런 점에서는 지금이 각자 개성의 강도가 그대로 집단의 특징으로 나타나지요. 그리고 시라카바 시절은 인도주의니 해서 문예 활동에 국한되었는데, 요즘에 와서는 정치 방면으로도 활동하고 있는 모양입니다."

"역시 세대 차이야."

이마니시는 잘은 몰랐지만 어렴풋이 알 것 같기도 했다.

"돌아갈까요?"

젊은 요시무라는 슬슬 지루해지기 시작했다.

"돌아가지. 어차피 오늘 밤에는 차 안에서 보내야 돼. 나는 자네와 달라 잠을 못 자니까 지금 좀 쉬어야겠어."

4

기차는 비어 있었다. 혼조에서 급행으로 갈아 탄 두 사람은 삼등차 가운데쯤에 넉넉히 자리를 잡을 수가 있었다.

"이마니시 씨, 잠깐 나가서 도시락을 사 오겠습니다."

요시무라는 짐을 놓더니 총총히 일어서 나갔다. 여기서는 5분간 정차하니까 시간은 넉넉했다. 창가에서는 열차 안 손님과 배웅 나온 사람과의 대화가 여기저기서 이루어지고 있었다. 이마니시는 멍청히 그것을 바라보고 있었다. 대화는 이 지방 사투리여서 뜻을 확실히 알 수 없었다. 이윽고 요시무라가 도시락과 물을 가지고 돌아왔다.

"여어, 수고." 이마니시는 도시락 하나와 물병을 받았다.

"배가 고프군요. 당장 시작할까요?"

"열차가 출발한 뒤에 먹는 편이 좋아. 그게 덜 어수선할 테니까."

"그렇군요."

이윽고 열차가 출발했다. 역에는 벌써 불이 켜졌다. '우고 혼조'라는 역 이름이 플랫폼과 함께 뒤로 흘러갔다. 역 구내가 끊기자 이번에는 거리의 불빛이 물러났다. 건널목에는 사람들이 멈춰 서서 기차가 지나가기를 기다리고 있었다.

이마니시는 언제나 이렇게 먼 곳에 출장 올 때마다, 평생 언제 이곳을 다시 찾을지 모르겠다는 감개가 생기곤 했다. 혼조의 밤거리도 이윽고 사라지고, 검은 산들만이 천천히 움직였다.

"슬슬 시작할까요?" 요시무라는 도시락을 폈다.

"난 말이야, 요시무라." 이마니시는 도시락을 펴 놓고 말했다. "기차 도시락을 먹을 때마다 생각해. 어렸을 때는 이것이 제일 먹고 싶었는데 어머니가 좀처럼 사 주질 않았어. 당시 얼마였더라? 그래, 30전 정도였을 거야."

"허, 그렇게 썼나요?"

요시무라는 흘끔 이마니시의 얼굴을 보았다. 그는 이마니시의 성장 과정이라고 할까, 어렸을 때의 환경을 알 수 있을 것 같았다. 거기에 비하면 아까 역에서 본 젊은 사람들은 정말 복 받은 환경을 가졌다. 모두 양가의 자제들이다. 그들은 모두 대학 교육을 받고, 부족함 없는 생활을 해 왔다. 요시무라는 이마니시의 얼굴을 보며, 이 노련하고 착실한 선배 형사와 그 젊은 그룹을 비교하지 않을 수 없었다.

사실 이마니시는 즐거운 듯이 기차 도시락을 다 먹었다. 그리고 병 속의 물을 따라 맛있게 마셨다. 길게 자란 그의 수염 근처에는 벌써 피로의 기색이 엿보였다. 이마니시는 도시락 뚜껑을 닫더니 정성스레 끈으로 묶었다. 그리고 반으로 자른 담배를 꺼내어 맛있게 피웠다. 담배를 다 피우고 난 이마니시는 웃옷을 뒤져 수첩을 꺼내, 딱딱한 얼굴로 들여다보았다. 마주 앉은 요시무라는 이마니시가 사건 수사에 관한 메모라도 검토하고 있는가 하고 생각했다.

"요시무라, 이걸 봐 주게."

이마니시는 조금 멋쩍은 웃음을 띠며 요시무라에게 수첩을 보였다.

말린 국수 타고 흐르는 새 잎의 반짝임
북국 여행, 남빛 바다에 남은 얕은 여름

"호옷, 건지셨군요." 요시무라는 싱글벙글 웃으며 다음 구절을 보았다.

누운 자리에 풀들이 몰려드는 고로모 강

"흐흥, 이것은 그 이상한 남자 이야기군요?" 요시무라는 그 구절을 읽고 말했다.

"그렇지."

이마니시는 역시 멋쩍은 듯 웃으며 창 쪽으로 향했다.

밖에는 어둠이 달리고 있었다. 이따금 산 아래 먼 인가의 불빛이 쓸쓸하게 흐를 뿐이다.

"저어, 이마니시 씨." 요시무라가 불렀다. "이 이상한 남자가 범인이 맞으면 좋겠는데요."

"그래. 그렇게 되면 우리 출장도 헛되지 않을 테니까 말이야."

"이 정도 탐문 수사를 위해 일부러 먼 곳까지 왔다가 나중에 그것이 사건과는 아무런 관계가 없다는 것을 안다면 뒷맛이 개운치 않겠지요."

요시무라는 장거리 출장을 자꾸 마음에 두었다. 수사본부의 비용은 빠듯했다. 그러니까 그 적은 비용 속에서 장거리 출장을 한 일이 마음에 걸렸던 것이다.

"어쩔 수 없지. 그때는 다른 사람들에게 용서를 빌 수밖에."

"그렇군요. 그러나 뭐랄까…… 우리가 이렇게 한가로이 기차를 타고 있는 사이에도 다른 사람들은 열심히 수사를 하며 돌아다닌다고 생각하니, 좀 미안한 생각이 드는군요."

"요시무라, 이것도 일이니까 그렇게 언짢게 생각할 건 없어."

이마니시는 젊은 요시무라를 이렇게 위로했지만, 그런 마음은 요시무라 이상으로 절실했다. 지금 이 수사는 꽉 막혀 있다. 수사의 진전이 활발하다면 이런 일로 일부러 아키타까지 찾아오지는 않는다. 수사 주임경감도 초조해한다는 증거였다. 특히 이 가메다라는 지방을 찾아 낸 사람은 이마니시니까, 이 출장의 책임이 그의 마음 위에 무겁게 덮어 씌워졌다. 우울한 얼굴로 창 쪽을 보고 있던 이마니시가 갑자기 중얼거렸다.

"셔츠는 찾아냈을까……?" 요시무라가 이 말을 듣고 물었다.

"셔츠라고요?"

"그래, 가해자가 입고 있던 옷 말이야. 그 옷에는 피해자를 죽일 때 튄 피가 상당히 묻어 있을 거야. 그대로 입을 수는 없을 테니까 어디엔가 숨겨 두었겠지."

"범인은 그런 것을 곧잘 자기 집에 숨겨 두지요."

"그런 예가 많아. 그런데 이번 사건은 경우가 좀 더 다를 것 같아. 생각해 보게. 피가 많이 묻었다면, 과연 범인은 그 옷을 입고 집까지 갈까? 남에게 들킬 염려가 있는데도 굳이 그 옷을 입고 돌아갔을지 모르겠어." 이마니시는 말했다.

"그러나 그때는 밤이었습니다."

"밤이지. 그러나 말이야, 가해자의 집이 먼 곳에 있다고 생각할 때, 설마 그런 꼴로 전차를 탈 수는 없겠지? 택시 역시 운전사가 수상하게 생각할 테고."

"자가용이 있잖아요?"

"자가용이 있지. 그것도 생각할 수 있는 일이야. 그런데 난 범인이 옷을 갈아입은 장소가 어디엔가 있다는 생각이 들어."

창밖에서는 여전히 어둠이 흐른다. 승객 가운데 성급한 사람은 벌써 잘 준비를 하고 있었다.

"범인이 피가 묻은 옷을 갈아입은 곳이 있다는 건 생각할 수 있는 일이군요. 그렇다면 그곳이 범인의 아지트가 되겠지요?" 요시무라는 말했다.

"그렇게 되겠지."

이마니시는 무엇을 생각하고 있는지 어두운 창밖을 바라보며 불쑥 말했다. 그는 주머니에서 반으로 자른 담배를 꺼내 피웠다.

"그럼 아지트는 범인의 여자라도 있는 곳일까요?"

"글쎄, 그건 모르겠어."

"하지만 그곳에서 옷을 갈아입어야 할 테니까 당연히 빈 집은 아니 겠지요. 누군가가 있었을 겁니다. 그렇다면 범인과 여간 특수한 관 계에 있는 사람이 아니면 곤란하잖아요?"

"그건 그래."

"애인이 아니라면 상당히 친한 친구거나 형제쯤 되지 않겠어요?"

"그렇겠지."

이렇게 되면 이마니시는 말을 많이 하지 않는다. 노련한 만큼 혼자 서 생각하고 싶어했다. 젊은 요시무라는 평소에 언제나 이마니시 옆 에 있는 형사가 아니었다. 요시무라는 사건이 일어난 지역의 관할 경 찰서 형사였다. 다만 이전에 어느 살인 사건이 일어났는데, 그때 경 찰청에서 온 이마니시와 한 조가 되었다. 그 후로 이 후배 형사는 이마니시를 존경해 왔다. 요시무라는 어려운 사건이 있으면 그에게 의견을 물으러 가곤 했다. 그런 일로 이마니시의 성질이나 취미도 알고, 가족과도 서로 알게 되었다.

뭔가 좋은 실마리를 잡았다 하면 동료에게도 말하지 않는 게 이마니시의 수법이었다. 보고할 때도 수사 1과장에게 직접 가는 일조차 있었다. 수사 1과의 1계는 살인 사건 전문인데, 방은 8개로 나누어져 있다. 각 방마다 형사가 대개 8명씩 있고, 본부 관계 일이면 이 중 어느 방 사람들인가가 출동한다. 8명의 형사는 각각 독자적인 입장을 갖고 있었다. 일단 주임 경감의 지휘를 받고 움직이지만, 범인에 대해 좋은 단서를 잡게 되면 이번에는 개인적으로 수사에 착수한다. 누구에게나 공명심이 있기 때문에 이것은 어쩔 수 없다. 수사 회의 석상에서 형사들이 반드시 속셈을 모두 털어놓는다고 할 수 없는 것도 이런 일 때문이었다. 낡은 방식이라고 한다면 그뿐이지만, 이 이마니시 형사 같은 사람도 그런 방법을 오래 믿고 행해 온 사람 가운데 하나였다. 어느 한 선까지 오면, 무엇을 생각하고 있는지 남에게는 돌처럼 침묵을 지킨다.

"이제 그만 자세."

이마니시는 지루한 듯 담배꽁초를 비벼 끄며 말했다.

"그러죠."

"아침 몇 시에 도착한다고?"

"6시 반입니다."

"그렇게 빠르면 신문쟁이(기자)가 마중하는 일도 없겠지……. 어쨌건 사치스런 출장을 했네."

이마니시 에이타로는 눈을 떴다.

창에 걸린 블라인드에서 엷은 빛이 새어들고 있었다. 이마니시는 블라인드를 조금 열었다. 밖에서는 젖빛 대기를 가르며 산이 달리고 있다. 지금까지의 산 모양과는 달랐다. 시계를 보니 4시 반이었다. 옆의 요시무라는 아직도 자고 있었다.

이마니시는 어디쯤인지 알고 싶어 밖을 내다보았다. 한참 만에 역이 하나 지나갔다. '시부카와'라는 역 이름이 보였다. 이마니시가 담배를 피우고 있는데 요시무라가 눈을 떴다.

"벌써 깨셨어요?" 요시무라의 눈이 빨갰다.

"내가 꼼지락거리는 바람에 깼군. 미안하네."

"아, 아뇨, 천만의 말씀을." 요시무라는 눈을 비비고 밖을 내다보았다. "어디입니까?"

"지금 막 시부카와를 지났어."

"아이구, 이제 다 왔군요."

"더 자는 게 어때?"

"글쎄요." 요시무라는 눈을 감더니 다시 떴다. "이제 잠이 안 오는데요."

"도쿄가 가까워졌기 때문인가?"

"그렇지도 않은데……."

요시무라도 주머니에서 담배를 꺼냈다.

두 사람은 한참 동안 멍청히 앉아 있었다. 열차는 산에서 평야로 달려 내렸다. 밖이 한층 밝아졌다. 이마니시는 블라인드를 활짝 열었다. 들판에는 부지런한 농부의 모습이 보였다. 이윽고 창에 인가가 많아지더니 기차는 오미야에 닿았다.

"요시무라, 미안하지만 신문을 사다 주지 않겠나?" 이마니시가 부탁했다.

"알았습니다."

요시무라는 좌석에서 일어나 통로를 지나 플랫폼에 내렸다. 그가 돌아오는 것과 동시에 열차가 출발했다. 요시무라는 신문을 세 가지 사 왔다.

"이거 미안한데."

이마니시는 바로 사회면을 폈다. 그가 자리를 비운 사이에 사건의 수사가 어떻게 진전되었는지 마음에 걸린 것이다. 새로운 사실이 나타나지 않았는지 걱정이었다. 아무것도 없었다. 문제의 살인 사건에 대해서는 단 한 줄도 씌어 있지 않았다. 이마니시는 다른 두 신문도 펼쳤다. 거기에도 사건에 관한 기사는 하나도 없었다. 요시무라도 같은 생각을 했는지 사회면을 뒤져 보고 있었다.

"아무것도 나오지 않았군요?" 신문을 덮으며 요시무라가 말했다.

"그렇군."

마음은 편해졌다. 이마니시는 제1면부터 천천히 읽기 시작했다. 주위 승객들도 대부분 깼다. 앞으로 30분이면 우에노 역에 도착한다. 성급한 사람은 벌써 짐을 챙기고 있었다.

"요시무라, 이거지?" 이마니시가 요시무라의 팔꿈치를 찌르고 보인 것은 문화란에 나 있는 사진이었다. 요시무라가 들여다보니 '새 시대의 예술에 관해서'라는 제목으로 '세키가와 시게오'의 이름이 있었다.

"아, 그겁니다." 요시무라가 들여다보며 말했다.

"혼조 역에서 본 그 네 청년 가운데 한 사람입니다."

"아, 그러고 보니 얼굴이 닮았어." 이마니시는 사진을 뚫어지게 바라보며 말했다. "역시 이런 곳에 글을 쓰는 것을 보니 대단한 모양이군."

"현재 매스컴의 스타니까요."

"누보…… ?"

"'누보 그룹'입니다."

"응, 그렇지. 이런 패들은 모두 그런가?"

"대개 그렇죠."

"난 이 문장을 읽어 봐도 잘 이해할 수가 없는데 그들은 머리도 좋겠지?"

"그렇겠지요."

요시무라는 이마니시가 넘겨 준 신문을 정성껏 읽었다.

"이봐, 도착했어."

열차는 벌써 우에노 역 구내에 들어와 있었다. 요시무라는 창밖을 흘끔 쳐다보더니 신문을 개켰다.

"요시무라, 만일이라는 게 있으니까 따로 따로 내리세."

누보 그룹

1

밴드가 쉴새없이 느릿한 곡을 연주하고 있다. 여가수가 무대 위에서 노래를 한다. 이 파티의 주최자인 R 신문사의 커다란 깃발이 벽에 붙어 있다. 작은 깃발은 이 호화로운 T 회관 홀에 몇 개나 교차해서 둘러쳐져 있었다. 그 아래에서 많은 손님들이 몇 개나 되는 테이블을 돌며 천천히 움직이고 있었다.

R 신문사의 어떤 사업이 완성된 기념 칵테일 파티였다. 초청된 손님도 저명한 인사들뿐이었다. 능숙한 카메라맨이 은쟁반을 받쳐 들고 다니는 웨이터 사이에 섞여 저명한 내빈들의 얼굴을 찍고 다녔다.

입구에서 사장 이하 중역들이 모닝코트 차림으로 서서 내빈을 맞이하고 있었는데, 연회가 꽤 진행되자 이제 그 열은 흩어져 보이지 않았다. 손님은 홀 가득히 넘쳐 있었다. 가수의 노래를 듣고 있는 손님도 있고, 이야기에 열중하고 있는 손님도 있었다. 화려하게 뒤섞인 사람들이 물에 뜬 모래처럼 흔들리고 있었다. 글라스를 들고 있는 손님도 있고, 테이블에 마련된 요리에 손을 대는 손님도 있었다. 모두 싱글거리며 웃고 있었다. 전체적으로 노인이 많은 것은 소위 '유명 인사'뿐이기 때문이다.

학자, 실업가, 문화인, 예술가 등 가지각색이었다. 그 사이를 다니며 서비스를 맡고 있는 사람들은, 이 파티에 동원된 긴자에 있는 일류 바의 마담과 극단의 젊은 여배우들이었다.

뒤늦게 도착한 손님들도 계속 참석했다.

그중에 한 젊은 손님이 빨간 융단을 깐 계단으로 올라왔다. 이 사람은 입구에 서서 조금 어리둥절한 듯 손님들을 바라보았다. 갸름하고 이마가 넓은, 신경질적인 용모의 청년이다.

"세키가와 씨." 소리친 사람은 그 무리 속에서 나온, 모닝코트를 입은 뚱뚱한 남자였다. "바쁘실 텐데 이렇게 와 주셔서 감사합니다." 이렇게 말한 사람은 R 신문사 문화부 차장이었다.

"뭘요." 청년은 점잖게 인사를 했다.

"매우 성대하지 않습니까?"

청년의 엷은 입술이 미소하고 있다. "그런데 노인들뿐이군요." 둘러보는 눈이 차가웠다.

"예, 이런 모임이어서. 그러나 모두 저쪽에 계십니다."

문화부 차장은 손을 들어 보였다.

홀은 꺾여 있었다. 평론가 세키가와 시게오는 손님들 사이를 가르고 문화부 차장이 가르쳐 준 곳으로 걸어갔다.

"어, 무라카미 준코(林上順子)였군." 세키가와는 무대에 시선을 돌리며 말했다. 가수는 두 손을 드레스의 벌어진 가슴 앞에 마주 잡고 소리를 높이고 있는 참이었다. 세키가와의 눈에 표정이 떠올랐다. 그는 손님들 사이를 걸었다. 혼잡해서 문화부 차장과 떨어졌다. 세키가와는 계속 손님의 얼굴을 그 눈가에 담고 있었다. 무리가 끝나는 곳에 한 무리의 젊은 손님들이 서 있었다.

"어어!" 세키가와를 보고 웃는 사람은 베레모를 쓰고 검은 셔츠를 입은 전위 화가 가타자와 무쓰오였다. "늦었잖아? 오늘은 안 오는가 했지." 그는 꾸중하듯 말했다.

"빠듯한 일이 있어서. 마감이 오늘이라고 해서 하는 수 없이 써 주고 왔지."

"야아, 요전엔……" 하고 옆에서 말한 사람은 극작가 다케베 도요이치로였다. 술로 얼굴이 붉그레했다.

"실례."

세키가와는 턱을 저었다. 여기에는 젊은 사람들만 모여 있었다. 동료들이다. 건축가도 있고, 사진작가도 있다. 연출가, 영화 프로듀서, 작가도 있었다. 모두 서른이 못 된 사람들이다.

"아키타로 로켓을 시찰하러 갔다구?" 건축가인 요도가와 류타(淀川龍太)가 하이볼 잔을 한 손에 들고 세키가와 옆으로 왔다. "어땠나, 감상은?"

"좋았어." 세키가와는 선뜻 대답했다. "그런 것을 보면 관념이 얼마나 믿음직스럽지 못한지를 알겠어. 관념은 자연 과학 앞에서는 심히 얄팍해. 우린 평소 여러 가지로 이론을 논하고 있지. 그런데 그런 것을 보면 모든 관념적 전개가 과학이라는 무게 앞에 짜부라지는 듯해."

"자네도 그런가?" 축가는 조금 야유하는 눈매였다.

"아아, 그래. 나는 내 이론에 대해 지금까지 상당한 자신을 가지고 있었는데, 솔직히 말해서 과학 앞에는 항복했다는 느낌이 들었어."

"그렇다면 자네가 요전부터 하던 가와무라 씨와의 논쟁 같은 것은……?"

"그런 것은 논외(論外)야." 세키가와 시게오는 의기양양하게 내뱉었다. "가와무라 잇세(川村一成) 따위는……" 하고 그는 당대의 유명한 문명비평가의 이름을 들먹였다. "이를테면 현대의 스크랩이야. 그런 사람은 전대의 망령을 언제까지나 짊어지고 제단에 앉아 있는 사람이지. 과거의 환영을 좇아 그 후광으로 벌어먹고 사는 무리야. 그러한 패는 빨리 우리 손으로 몰아내지 않으면 안 돼."

이때 머리가 벗어진 키 큰 남자가 모닝코트 차림으로 나타났다.

"여어, 모두 모이셨군요." 그는 싱글벙글하며 둘러보았다. 이 신문사의 문화부장이다. "여러분이 이렇게 한자리에 모이신 모습을 보니까 새 시대의 숨결이 여기서 회오리바람을 일으키고 있는 느낌입니다." 문화부장은 조금 취해 있었다.

"매우 성대하군요." 늦게 도착한 세키가와가 이렇게 칭찬했지만, 평소부터 이 젊은 평론가의 까다로운 말투를 아는지라 부장에게는 야유처럼 들렸다.

"좌우간 이런 행사는 구식일지도 모르나, 일종의 관습이어서요."

문화부장은 조금 얼굴을 붉히고 말했다.

"아, 그리고 저쪽에도 여러분 와 계세요."

그러면서 당대의 미술과 문학의 대가 이름을 서너 명 늘어놓았다.

"흥미 없어요. 우리는 그런 노인들에게는 관심이 없어요."

세키가와가 조소를 띠었다. 이때 회장 안에 한 가지 작은 변화가 생겼다.

그 변화의 소용돌이는 입구 쪽에서 시작되었다. 문화부장이 돌아보더니 무엇에 놀랐는지, 젊은 그룹을 그곳에 남겨 두고, 사람들을 밀어 제치고 허겁지겁 걸어갔다.

남은 젊은 패들은 그쪽을 응시했다. 방금 어느 노대가(老大家)가 이 회장에 늦게 달려온 참이었다. 그러나 달려왔다는 말은 적당하지 않다. 대가는 늙었다. 그는 훌륭한 일본 예복 차림인데, 여유 있는 걸음걸이로 홀의 중앙으로 걸어가고 있었다. 아이들 걸음처럼 느렸다. 좌우에서 부축하듯이 사람들이 따라갔다. 홀에 있던 내빈들이 대가를 발견하고 재빨리 달려간 것이다. 노대가의 뒤에도 두세 사람이 따랐다. 노대가가 지나는 앞길은 사람들이 길을 열고 맞이했다. 대가는 70세 정도로 보였다. 사람들은 존경과 아첨이 섞인 얼굴로 인사를 했다. 노대가는 환하게 웃으며 답례하고 어린아이처럼 아장아장 걸어갔다. 신문사 간부가 앞장서서 이 고명한 노대가를 상석으로 안내했다. 상석에는 소파가 네댓 개 놓여 있고, 화단, 학계, 문단 등 모든 방면의 대가들이 모여 있었다. 그 가운데 한 사람이 새로 오는 노대가를 보고 급히 일어나 자리를 양보했다. 작은 소용돌이는 그 노대가의 등장으로 생긴 간단한 웅성거림이었다.

"보게. 저기에 고색창연한 사람이 또 한 명 왔군."

멀리서 이 광경을 바라보고 있던 세키가와가 동료들에게 턱을 치켜올렸다. 같이 있던 젊은 동료들도 모두 이죽거렸다.

"저런 치는 가장 으뜸가는 망령이야."

"이름을 팔아먹고 사는 제일 뻔뻔스런 자야."

이 젊은 패들은 온갖 기성의 권위를 부정했다. 기성의 제도나 모럴을 파괴해 마지않는 것이 이 '누보 그룹'에 소속된 청년들의 주의였다.

"칠칠치 못하군." 세키가와가 차갑게 말했다.

"보라구. 아사오 요시오(淺尾芳夫)는 대머리를 굽실굽실하고 있어."

고명한 평론가가 뚱뚱한 몸을 노대가 앞에 자꾸 구부렸다. 그런데 노대가 쪽에서는 내민 아랫입술을 조금 움직였을 뿐, 이 고명한 평론가가 보이는 경의 따위는 문제 삼지도 않았다. 노대가는 이 파티에 참석하기 위해 일부러 쇼난에 있는 은둔처에서 상경한 것이었다. 당장 노대가 주위에 사람들이 모여들었다. R 신문사 사장이 대가 앞에 나와 공손히 인사를 했다.

플래시가 대가의 얼굴 앞에서 한동안 번쩍거렸다.

"아사오 요시오는 속물이야." 세키가와는 냉소했다. "쓰는 것을 보면 그럴듯한데, 저 꼬락서니를 보면 분명 녀석도 권위의 추종자야. 가엾은 녀석!" 문득 세키가와가 말하다 말고 모두의 얼굴을 둘러보았다. "그런데 와가는 어디 갔지?"

세키가와가 묻는 와가는 젊은 작곡가 와가 에이료를 가리킨다.

"와가는 오무라 다이이치(大村泰一) 씨와 같이 있어."

"오무라 씨?"

"저기 노인들이 모인 곳 말이야."

세키가와 시게오는 목을 돌렸다. 아까 노대가가 앉은 자리였다. 하지만 이곳과 그 자리 사이에는 끊임없이 사람들이 떼지어 움직이기 때문에 확실히 알 수는 없었다.

"흥." 세키가와에게 가벼운 반발의 빛이 나타났다.

"녀석, 뭘 하러 저런 사람에게 가는 것일까?" 이것은 저절로 나온 중얼거림 같았다. 오무라 다이이치 씨는 당대의 석학이다. 대학 학장을 지냈고, 오랫동안 자유주의자로서 너무나 고명했다.

"그야 어쩔 수 없지. 어쨌든 오무라 씨는 와가의 약혼녀와 친척이니까 말이야." 극작가 다케베가 말했다.

"그런가? 그렇군!" 세키가와는 이렇게 대답했으나, 반발의 표정은 오히려 짙어졌다.

연출가 사사무라 이치로(笹村一郎)가 사람들 틈에서 빠져 왔다.

"네에."

그의 버릇으로, 인사를 하는데 오히려 턱을 위로 올렸다.

"다들 모였군. 어때, 이 모임이 끝나면 모두 함께 어디로 몰려갈까?" 그가 만족해하며 말했다. 흥청거리는 것을 좋아하는 청년이다.

"좋지." 다케베가 대답했다. 이 연출가와는 늘 만날 기회가 많아서 죽이 잘 맞았다.

"세키가와, 자넨 어때?" 사사무라가 물었다.

"글쎄……." 세키가와는 잠깐 생각하는 시늉을 했다.

"자네가 그런 얼굴을 하면 뭔가 까닭이 있는 것 같아 묘해." 연출가가 가볍게 웃었다.

젊은 평론가 세키가와는, 논쟁이 급진적이라고 알려져 있었다. 이제까지 대가에게 덤벼든 일도 한두 번이 아니었다. 사람을 사람으로 생각지 않는 그 방자한 배짱이 젊은 세대로부터 갈채를 받았다. 상대가 불쾌감을 갖거나 말거나 상관하지 않았다. 말하자면 이 그룹은 이제까지의 모든 기성관념이나 제도, 그리고 질서를 파괴하기 위해 존재했다. 모두 젊은 사람들뿐이었다.

"세키가와, 기회주의는 자네가 가장 규탄하는 정신이 아닌가? 우리 제안에 망설이지 말라구."

연출가는 농담하며 다시 권했다.

이때, 저쪽 자리에서 와가 에이료가 사람들 사이로 돌아오고 있었다. 여자처럼 얼굴이 흰 청년이다. 이마 언저리도 여자처럼 선이 부드럽다.

"와가 선생님." 사람들 속에 다가와 그를 불러 세운 사람은, 조금 전까지 무대에서 노래를 부르던 무라카미 준코였다. "선생님."

그를 불러 세운 가수는 사람들 앞에서도 꺼릴 것 없이 요염하게 인사를 했다. 번쩍거리는 이브닝드레스 자락을 붙잡아 날개처럼 펴고 상반신을 낮추었다.

"네에."

와가 에이료는 멈춰 섰다. 가수에 비하면 동생처럼 어린 얼굴이었다. 그런데 가수 쪽이 오히려 그에게 기가 죽은 듯한 표정을 해 보였다.

"아까부터 선생님을 만나려고 했어요. 부탁이 있는데, 찾아뵈어도 되겠어요?"

선생님이라고 부르기에는 어울리지 않는 나이였다. 와가 에이료는 28세라는 나이보다 더 젊어 보였다.

"뭡니까?" 와가는 방약무인하게 이 유명한 미인 가수의 얼굴을 쳐다보았다. 그의 질리지 않는 시선에 가수는 얼굴을 붉혔다. 평소에는 그렇게 기질이 약한 여자가 아니었다.

"아, 아뇨. 뵙고서 말씀드리겠어요. 부탁드릴 일이 있어서요."

"여기서는 말할 수 없습니까?" 와가는 표정을 풀지 않았다.

"네, 조금······." 가수는 우물거렸다.

"그래요. 하지만 나도 바쁘니까요."

"잘 알고 있어요. 개인적인 일 때문인데, 중요한 부탁이에요. 꼭 만나 뵙고 싶어요."

"전화를 주십시오." 와가는 말했다.

"저어, 언제든지 괜찮을까요?" 가수는 겸연쩍어했다.

"전화만이라면. 어쨌든 여러 가지 일이 많아서 전화를 주셔도 곧 만날 수 있을지 모르겠습니다."

그의 말투에는 상냥한 데가 없었다. 이 무례한 말에도 인기 가수는 화를 내지 않았다.

"잘 알고 있어요. 그럼 조만간 전화 드리겠어요. 잘 부탁드립니다."

미인 가수는 상기된 얼굴로 미소짓고 드레스 자락을 잡고 다시 상체를 꺾었다. 주위 사람들은 무뚝뚝하게 가수 옆을 떠나가는 신진 작곡가의 시원스런 뒷모습을 보았다.

와가 에이료가 젊은 동료들이 있는 곳에 왔을 때는 표정이 풀어져 있었다.

"여어." 그는 세키가와와 요도가와 류타에게 미소를 보냈다. "오랜만이네" 하고 요도가와에게 말했다. 그리고 세키가와에게는 요전에는 즐거웠다고 했다. 동북 지방으로 로켓 견학을 같이 갔던 일을 두고 하는 말이었다.

"뭐야, 그 여자는?"

세키가와는 무라카미 준코가 인사하는 장면을 보고 있었던 듯, 엷은 웃음을 띠고 물었다.

"으응," 와가의 미간에 냉소가 감돌았다. "나에게 용건이 있다는데, 보나마나 자기를 위해 작곡을 해 달라는 거겠지. 경솔한 여자야."

"그런 사람이 있어." 세키가와가 바로 말했다. "자꾸 새로운 방향으로 눈을 돌리고 싶어 하지만, 유감스럽게도 저 여자는 본질적으로 그렇지 못해. 자기선전이나 보신을 위해 우리를 이용하자는 것뿐인데, 그 속셈이 빤히 들여다보여. 나한테도 비슷한 치들이 찾아와."

"그래서 분수를 모른다는 거야. 저런 통속적인 노래만 부르는 여자가 내 예술을 알 까닭이 없지. 신기한 것만 노려. 내가 그런 치들을 위해 일할 거라고 생각하나?" 와가는 말했다. 웨이터가 은쟁반 위에다 글라스를 가지고 오자, 와가는 하이볼 잔을 들었다.

"별로 재미 없는 모임인데? 그만 적당히 내빼세. 어차피 이런 곳에 있어 보았자 우리에겐 아무 보탬도 안 돼." 건축가 요도가와가 말했다.

"아니, 그렇지가 않아. 적어도 과거의 노폐한 무리들을 본 것만으로도 참고가 되니까." 세키가와가 점잖게 말했다.

"조금 전에도 의논했는데 말이야. 모두 지금부터 긴자 쪽으로 가 보자는데, 자넨 어때?" 건축가가 옆에서 요도가와에게 말했다.

"글쎄?" 와가는 손목시계를 보았다.

"약속이라도 있나?" 세키가와가 웃으며 물었다.

"약속은 있지만, 잠깐이라면 같이 가겠어."

와가의 대답에 세키가와는 미간을 조금 찡그렸다.

"결정이 됐으면 그렇게 하자구." 요도가와가 말했다. "그럼, 난 바로 나가겠어."

그가 맨 처음에 혼잡을 뚫고 사라졌다.

"세키가와" 하고 와가가 불렀다. "자네도 가나?"

"가 볼까나?" 세키가와가 대답했다.

무대에서는 새 음악이 시작되고 있었다.

2

보느르 클럽은 긴자 뒷골목에 있다. 건물 2층에 있는 아담한 크기의 고급 바였다. 사업가나 문화인이 모이는 곳으로도 유명했다. 초저녁인데도 손님이 제법 있었다. 번창하는 가게였다. 9시가 지나면 나중에 온 손님은 입구에서 서성거리지 않으면 안 될 정도로 꽉 찬다.

대학에서 철학을 가르치는 조교수와 사학을 가르치는 교수가 한쪽 칸막이 테이블에서 술을 마시고 있다. 그 밖에 회사 중역인 듯한 무리가 두 테이블 있었다. 아직 조용하다. 여종업원들은 대부분 이 세 테이블에 나뉘어 앉아 있었다. 중역들은 고상한 음담을 하고, 교수들은 대학에 대한 불만을 털어놓고 있었다.

그때, 다섯 청년들이 문을 열고 들어 왔다. 여종업원들이 돌아보았다.

"어서 오세요."

대부분의 여종업원들이 이 새 손님들에게로 몰려들었다. 키가 큰 마담이 중역들 옆을 떠나 이들에게 다가왔다.

"어머, 오랜만이에요. 어서 이쪽으로 오세요."

넓은 칸막이가 비어 있었는데도 자리가 모자라 다른 의자를 갖다가 옆에 놓았다. 손님들은 테이블에 마주 앉고, 그 사이에 여자들이 적당히 끼었다.

"모두 같이 오셨군요." 마담이 온 얼굴에 웃음을 띠고 말했다. "어디 모임에 다녀오시나요?"

"뭐, 시시한 모임이 있어서. 마침 모두 모였기에 입가심하러 왔지." 연출가인 사사무라가 말을 꺼냈다.

"감사합니다. 잘 오셨어요."

"사사무라 선생님," 얼굴이 갸름한 여종업원이 불렀다. "오랜만에 오셨어요. 요전에 오셨을 때는 상당히 취해서 돌아가셔서 걱정하고 있었어요."

"아아, 그땐 실례했어. 그러나 사고 없이 돌아갔어."

"사사무라, 자네 누구와 왔었나?" 세키가와가 옆에서 물었다.

"뭐, 잡지사 좌담회를 마치고 왔었지. 보기 싫은 녀석이 하나 있어서 집으로 바로 돌아갈 마음이 없어져 여기에 들렀지. 그만 너무 과음해서 실수를 했어."

"여럿이서 차까지 밀었어요. 굉장했지요."

여종업원이 세키가와에게 말하며 웃었다. 여기에 온 이들은 연출가 사사무라, 극작가 다케베, 평론가 세키가와, 작곡가 와가, 건축가 요도가와였다. 화가 가타자와는 딴 곳에 들렀다.

"여러분, 뭘 드시겠어요?"

마담이 애교 있는 눈길로 이들의 얼굴을 차례차례 보았다. 다섯 사람은 각각 주문했다.

"와가 선생님." 마담은 작곡가에게 얼굴을 돌렸다. "저번에는 실례했어요. 건강하세요?"

"보시다시피." 와가는 마담 쪽으로 몸을 돌렸다.

"선생님 말고, 그분 말이에요."

"와가" 하고 옆의 연출가가 어깨를 때렸다. "당했군. 자네 어디서 마담에게 들켰지?"

"좋은 곳. 그렇죠?" 마담이 윙크하며 웃었다.

"그야 나이트클럽이겠지?" 와가는 마담 얼굴을 보았다.

"기가 막혀서. 거침없이 말하는군." 사사무라가 옆에서 말했다.

"보았어요. 아름다운 분이었어요. 잡지 같은 데서 뵌 일이 있었지만, 실제로 보는 편이 훨씬 더 아름다웠어요. 선생님, 행복하시겠어요." 마담은 미소지으며 말했다.

"그런가?" 와가는 고개를 갸웃거리며 날라 온 잔을 들었다.

"와가의 약혼을 위해서!" 연출가가 선창했다. 글라스가 맞닿아 소리를 냈다.

"그런가라뇨? 선생님은 온 세상 행복을 혼자 차지하고 계신 것 같아요. 훌륭한 일을 하시는 젊은 기수시고, 훌륭한 분과의 결혼도 정해지시고, 정말 부러워요." 마담은 와가를 쳐다보며 말했다.

"저희도 부러워요." 같이 있던 여종업원들도 와가에게 저마다 말했다.

"그런가?"

와가는 다시 중얼거리며 눈을 내리깔았다.

"어머, 또 그런 말씀을……. 선생님 부끄러우신가 봐요?"

"별로 부끄러울 것도 없어. 다만 나는 무슨 일에 대해서나 회의적이어서, 나 자신을 볼 때도 언제나 제삼자처럼 볼 뿐이야. 천성이어서……."

"역시 예술가답군요." 마담이 지체 없이 말했다. "저희는 행복하면 금방 정신을 못 차리잖아요. 그래서 안 돼요. 와가 선생님처럼 냉정하질 못해요."

"그래서 가끔 실패하는군요." 다른 여종업원이 장단을 맞추었다.

"그러나 아무리 자기를 제삼자처럼 바라보아도 행복하신 것에는 변함이 없겠죠? 네, 세키가와 선생님?"

마담은 옆에 앉은 평론가에게 얼굴을 돌렸다.

"그래. 행복한 경우에는 아무 생각 없이 그것에 몰입하는 편이 좋다고 생각해. 쓸데없는 분석이나 객관적인 관망 따윈 집어치우고."

세키가와는 미간에 엷은 주름을 세우며 말했다. 그 얼굴을 와가가 흘깃 보았다. 그러나 아무 말도 하지 않았다.

"그래, 결혼식은 언제 하세요? 무슨 잡지에서 보았는데, 올 가을에 하신다구요? 두 분 사진도 나와 있었어요." 다른 여종업원이 말했다. 마른 편이었지만 예쁜 여자였다. 그 여종업원은 검은 비단 드레스를 입고 있었다.

"그런 것은 모두 엉터리야. 시시하지." 와가가 말했다. "흥미 위주로 쓴 기사에 대해 책임을 질 수는 없어."

"나이트클럽 같은 데에 그녀와 드나들 정도라면 상당히 다정한 모양인데?" 요도가와가 말했다.

"그야 뭐……" 하고 마담이 가로챘다. "춤을 추시는 모습을 뵀는데, 호흡이 잘 맞았어요. 전 손님과 함께 테이블에 있었는데, 그 손님도 두 분을 황홀한 눈으로 보신걸요."

극작가와 평론가는 동료들에 대한 이야기를 시작하고 있었다.

"뭐야, 저쪽은?" 교수가 흥청거리는 맞은편 칸막이 테이블 쪽을 돌아보며 말했다.

"누보 그룹 분들이에요." 보고 있던 여종업원이 설명했다.

"누보 그룹이 뭐야?"

"최근 한창 인기 있는 젊은 예술가들입니다." 철학을 가르치는 조교수가 말했다.

"모두 30세 전인데, 요즈음 젊은 세대를 대표하는 그룹이지요. 기존의 모럴이나 질서, 관념을 모두 부정하고, 그 해체를 부르짖는 사람들입니다."

"아아, 그러고 보니 들은 것 같군. 신문에서 그런 이야기를 읽은 것 같아." 사학 교수가 말했다.

"선생님 눈에도 띌 만큼, 최근 매스컴에서의 그들의 활동은 화려하답니다. 저기 이 집 마담 앞에 앉은 머리카락이 엉킨 것 같은 남자가 작곡가 와가 에이료입니다. 그의 예술도 역시 기존 음악의 해체를 시도하고 있습니다."

"설명은 안 해도 돼. 그 다음은 누구지?" 교수는 취한 눈을 젊은이들 쪽으로 돌렸다.

"그 옆에 앉은 사람이 연출가인 사사무라라는 사람입니다."

"연출가도 그런가?"

"그렇습니다. 그도 역시 과감히 연극 혁명을 시도하고 있습니다."

"내가 젊었을 무렵엔 매립지 가설극장이라는 게 있어서 청년들의 피를 들끓게 했지. 그런 운동인가?" 교수는 말했다.

"그것과는 조금 다른데요. 더 대담하다고 할까, 창조라고 할까…… 그런 것이 더 강합니다." 조교수는 당혹한 얼굴로 말했다.

"알겠네. 다음은?"

"다음은 극작가인 다케베 씨지?" 조교수는 조금 자신이 없어 여종업원을 보았다.

"네, 다케베 선생님이에요."

조교수는 잡지의 표지 사진에서 본 일이 있었다. "등 뒤를 보이는 사람은 누구야?"

"평론가인 세키가와 선생님이에요."

"그 다음은?"

"건축가인 요도가와 선생님이구요."

"모두 선생님이군. 저 젊음에 선생님이라고 불리다니, 훌륭해." 교수는 야유하는 웃음을 띠었다.

"지금은 뭐든지 선생님이에요. 폭력조직 간부도 선생님이니까요."

"저 사람들 왜 저렇게 웃고 있지?"

"와가 선생님 때문이 아닐까요?" 여종업원은 저쪽 이야기를 듣고 있었다.

"와가 씨가 어떻게 됐기에?"

"와가 선생님의 약혼녀가 다도코로 사치코(田所佐和子) 씨예요. 신진 여류 조각가로 인기 높은 분인데, 아버님이 전 장관인 다도코로 시게요시 씨니까 그런 면에서도 유명해요."

"아아, 그래?" 사학 교수는 그런 것에는 흥미가 없는 것 같았다.

같은 이야기가 다른 칸막이 테이블에 있던 중역들 사이에서도 오가고 있었다.

"아아, 다도코로 시게요시……!"

중역들은 젊은 예술가들의 이름은 몰랐으나, 전직 장관의 이름이 나오자 갑자기 경탄하는 모양이었다.

시간이 흐르면서 가게 손님들도 늘었다. 대개 두세 사람이 일행이었기 때문에 젊은이들이 흥청거리는 칸막이 테이블 손님들은 여전히 사람들의 눈길을 끌었다. 담배 연기와 떠들썩한 목소리가 어두컴컴한 실내에 가득 찼다.

이때 나이 지긋한 신사가 문을 열고 들어왔다. 긴 머리카락은 반백이었고, 굵은 쇠테 안경을 쓰고 있었다. 그는 거만한 걸음걸이로 안으로 들어오다가 문득 젊은 무리를 보고 어쩔 줄 몰라 했다.

"어서 오세요, 미타 선생님."

이 신사는 이른바 문명비평가였다. 문학뿐만 아니라, 미술이나 풍속에 대해서도 시평(時評)을 하는 유명인사이다. 미타 겐조(三田講三) 씨가 그 젊은 그룹을 보았을 때, 이 젊은 손님들도 그를 보았다.

"미타 선생님, 안녕하십니까?" 일어선 사람은 세키가와였다. 미타의 얼굴에 당혹스러운 미소가 퍼졌다.

"허어, 자네들 여기 와 있었군?"

"가끔 옵니다."

"그래? 매우 성대하군." 미타는 다음 말을 잃고 어쩔 줄 모르는 듯이 서 있었다.

"선생님, 미타 선생님, 어서 이쪽으로 오십시오." 건축가 요도가와가 말했다.

"아, 고맙소. 그러나 난 나중에 가겠어요."

그는 마침 맞으러 나온 여종업원과 함께 가면서 그들에게는 가볍게 고개를 숙여 보였다.

"도망쳤어." 재빨리 세키가와가 말했다. 작은 소리였으나, 모두 깔깔거리고 웃었다. 세키가와는 전부터 이 미타를 저속한 평론가라고 경멸했다. 그는 미타에게 '뭐든지 하는 사람'이라는 별명을 붙여 놓았다.

젊은 사람들이 모인 자리는 그 뒤로도 떠들썩했다. 제일 먼저 돌아가기를 제의한 사람은 와가였다.

"약속이 있어."

"어머, 선생님, 기쁘신 것 같군요." 마른 여종업원이 손뼉을 쳤다.

"나도 돌아가겠어. 용건이 생각났어." 세키가와가 조금 불쾌한 얼굴로 말했다.

그것을 계기로 모두 슬슬 일어났다. 다른 자리에 가 있던 마담이 달려와서 악수를 했다. 그들은 모두 밖으로 나왔다.

"세키가와." 극작가가 불렀다. "자넨 어디로 가지?"

"자네들과 반대 방향이야. 실례하네."

극작가는 그의 얼굴을 보고 있더니 금방 단념하고, 건축가와 연출가에게로 갔다. 이때 와가는 손만 흔들고는 혼자 큰길로 걸어가 버렸다. 세키가와의 눈이 그 뒷모습을 보고 있었다. 그는 물었던 담배를 길에 버리고, 다른 방향으로 걸어갔다.

"선생님, 꽃 사세요."

어린 소녀가 다가왔다. 세키가와는 그것을 매정하게 뿌리쳤다. 그는 거리 모퉁이에 있는 전화 부스를 발견하고, 성큼성큼 그 안으로 들어갔다. 그는 수첩도 안 보고 다이얼을 돌렸다.

세키가와 시게오가 택시를 타고, 그 집 앞에서 내린 것은 정각 11시였다. 그때까지 다른 곳에서 시간을 보내다 온 것이다. 그 집은 시부야의 고개를 올라간 주택가에 있었다. 문이 있지만 언제나 열려 있었다. 문뿐만 아니라 현관도 밤새도록 출입할 수 있도록 열려 있었다. 현관에는 전등이 켜져 있었다.

조심성이 없는 집 같지만 사실은 아파트였다. 현관에 들어서면 바로 계단이 나온다. 복도에도 약한 촉수의 전등이 켜져 있었다. 복도 양끝에는 방이 쭉 있고, 방문에는 안에서 자물쇠를 잠가 두었다. 세키가와는 낮에는 절대로 이곳에 오지 않는다. 그가 아무에게도 들키지 않고 제일 안쪽에 있는 방에 올 수 있는 것은 이 시간뿐이었다. 문에는 '미우라 에미코(三浦惠美子)'라는 명함이 붙어 있다. 세키가와는 손가락 끝으로 가만히 두드렸다.

안에서 문이 조금 열렸다.

"이제 오세요?" 젊은 여자였다.

세키가와는 말없이 들어갔다. 여자는 검은 옷을 평상복인 스웨터로 갈아입고 있는 중이었다. 아까 클럽 보느르에 있던 마른 여종업원이었다.

"덥지요? 벗으세요."

에미코는 세키가와의 웃옷을 받아 양복걸이에 걸었다. 6조 정도의 방인데, 삼면경, 양복장 등이 벽을 막고 있어 매우 좁았다. 여자 혼자 사는 방답게 깨끗이 정리되어 있었다. 방에서는 냄새가 났다. 그가 올 때면 그녀는 어김없이 향수를 뿌렸다.

세키가와가 앉자 여자는 곧 물수건을 가져왔다.

"언제 돌아왔어?" 세키가와는 얼굴을 닦으며 물었다.

"방금요. 전화를 받고 바로 가게에 이야기하고 나왔어요. 도중에 빠져나오기 어려웠어요."

"내가 가게에 갔으면 빨리 알아차려야지."

"하지만 아무 말씀도 안 하시고, 신호도 없었잖아요?"

"귀찮은 사람들이 그렇게 많으니 어쩔 수 없잖아."

"그래요. 모두 눈치가 빠른 분들이니까요. 어쨌든 기뻤어요, 예고 없이 갑자기 오셔서."

에미코는 세키가와 쪽으로 다가갔다. 갑자기 세키가와가 그녀의 어깨를 손으로 잡자, 여자는 그 팔 안으로 쓰러졌다.

"뭐야, 저 소리는?" 세키가와가 무슨 소리를 듣고, 입술을 떼고 물었다. 에미코는 눈을 떴다.

"마작이에요."

"그렇군. 패 소리군."

"학생들이에요. 오늘이 토요일이잖아요. 토요일 밤에는 어김없이 저래요."

"밤새워 하나?"

"네, 얌전한 학생인데 토요일만 되면 친구들이 모여들어요."

"건너편 방이지?"

"네, 처음엔 저 소리가 듣기 싫어 혼났는데, 젊은 사람이고 해서 참는 사이에 저도 익숙해져 버렸어요."

"그럼 밤새도록 자지 않겠군?"

세키가와는 싫은 얼굴을 했다.

3

"뭐 좀 드시겠어요?" 에미코가 물었다.

"글쎄, 배가 조금 고픈데." 세키가와는 와이셔츠를 벗어 던졌다. 에미코는 그것을 주워 펴서 양복걸이에 걸었다.

"그러리라고 생각했어요. 그 뒤 아무것도 잡수지 않으셨죠?"

"파티에서 샌드위치를 조금 집어 먹었을 뿐이야."

"산뜻한 음식을 만들어 두었어요."

에미코는 부엌에서 접시를 가지고 들어왔다. 식탁 위에 마련된 음식은 생선회와 소금에 절인 야채, 그리고 찐 가자미였다.

"뭐야, 이건?"

"농어예요. 횟집에 가서 간신히 얻어 왔어요. 지금은 농어가 아주 맛이 있대요."

에미코는 공기에 밥을 펐다. 이 방에는 언제나 세키가와의 공기가 있었다. 세키가와는 묵묵히 식사를 했다.

"뭘 생각하고 계세요?" 에미코는 정면에서 그의 표정을 들여다보고 있었다.

"아무것도."

"하지만 아무 말도 없이 드시기만 하니까."

"별로 할 얘기가 없어서."

"하지만 뭔가 얘기해 주지 않으시면 쓸쓸해요. 그분들과는 어디서 헤어지셨어요?"

"보느르에서 나와 바로."

"와가 씨는?"

"약혼녀한테라도 갔겠지."

에미코는 세키가와의 불쾌해 하는 얼굴을 흘끔 살폈다.

"한 공기 더?"

"됐어." 세키가와는 차를 달라고 했다. "가게는 바쁜가?" 세키가와는 말머리를 돌렸다.

"네, 요즈음 아주 바빠요. 그래서 오늘 밤 도중에 나오기가 미안했어요."

"내가 미안한데."

"아뇨, 당신이라면 괜찮아요."

"가게 사람들이 눈치 채지 못했나?"

"걱정 없어요. 아무것도 몰라요."

"전화를 받은 사람이 내 목소리를 기억하지 못할까?"

"괜찮아요. 알 리가 없어요. 저에게 걸려 오는 손님 전화가 많으니까요."

"인기가 있으니까!"

"뭘요. 하긴 장사를 하고 있으니까 조금은 단골을 가지고 있지 않으면 창피해요."

세키가와는 엷게 웃었다. 전체적으로 차가운 느낌이 들었다. 그런데 에미코는 그 얼굴을 황홀한 듯이 바라보았다.

복도를 성큼성큼 걷는 발소리가 들렸다.

"신경 쓰이는군. 오늘 밤 내내 저렇게 화장실에 다니겠지?" 세키가와는 얼굴을 찌푸렸다.

"그야, 하는 수 없죠."

"학생이 내 얼굴을 본 적은 없겠지?"

"괜찮아요……. 하지만 싫어요. 그렇게 일일이 신경을 쓰고."

세키가와는 코웃음을 치고 셔츠를 벗었다. 에미코가 전등을 끄고 스탠드를 켰다. 이불 머리맡만 환했다. 에미코는 슬립을 벗었다.

"담배를 줘." 세키가와는 몸을 뒤척이며 말했다.

"네."

에미코가 재빨리 옷을 주워 입고 껐던 스탠드 불을 켰다. 에미코는 식탁 위에 있는 담뱃갑에서 담배를 한 개비 뽑아 입에 물고 불을 붙인 다음, 그것을 세키가와의 입술에 물려주었다. 세키가와는 벌렁 누운 채 담배를 피웠다. 그는 담배를 피우며 눈을 뜨고 있었다.

"무얼 생각하고 계세요?" 에미코는 세키가와 옆에 돌아누웠다.

"음." 역시 담배를 문 채였다.

"보기 싫어. 아까부터 쭉 그러셔. 일 때문이에요?"

대답이 없다. 패를 섞는 소리가 멀리 들린다.

"조금 신경쓰이는데?"

"마음을 쓰시니까 그래요. 전 습관이 돼서 아무렇지도 않아요……. 어머, 재가 떨어져요."

에미코는 재떨이를 들고, 세키가와의 입술에서 담배를 뽑아 재를 털어서 다시 물려 주었다.

"와가 씨는 몇 살이에요?" 에미코는 세키가와의 옆얼굴을 쳐다보며 말했다.

"스물여덟일걸."

"그럼 당신보다 한 살 위군요. 사치코 씨는 몇 살이에요?"

"스물 둘인가 셋일 거야." 세키가와는 힘없이 말했다.

"나이도 꼭 어울리는군요. 가을에 결혼한다고 무슨 잡지에 실렸던데, 정말일까요?"

"하겠지. 그 녀석이 하는 일인데."

흥미가 없는 목소리였다. 머리맡의 스탠드 빛이 그의 이마와 콧등에만 엷게 비쳤다.

"사치코 씨는 신진 조각가에 아버지는 부자인 데다 유명인이고, 와가 씨는 참 복이 있는 분이에요. 당신도 그런 결혼을 하시는 게 어때요?" 에미코는 세키가와의 얼굴을 응시했다.

"바보같이." 내뱉듯 세키가와는 말했다. "난 와가와는 달라. 그런 정략 결혼 따윈 안 해."

"어머, 정략 결혼인가요? 잡지엔 연애라고 씌어 있었어요."

"어느 쪽이거나 마찬가지야. 와가의 마음속에는 그러한 출세주의가 숨겨져 있어."

"그렇다면 와가 씨의, 아니, 당신들 그룹의 주장과는 다르군요."

"와가 녀석은 그럴듯한 소리를 하고 있어. 난 누구의 딸을 얻어도 결코 타협하지 않는다, 사치코의 아버지 역시 저쪽 사람이라고 말하지. 그러면서 오히려 그런 결혼에 의해서 저쪽 사정을 알 수 있으니까 용감하게 싸울 수 있다고 그럴듯한 괴변만 늘어놓고 있는데, 근성이 빤히 들여다보여." 세키가와는 손을 뻗어 담배를 재떨이에 던졌다.

"그럼 당신은 그런 결혼은 안 하시겠다는 말이에요?"

"질색이야."

"정말?" 에미코는 그의 가슴으로 팔을 돌렸다.

"에미코, 요전번의 그건 내가 시키는 대로 했겠지?"

세키가와는 여자의 팔에 안긴 채 낮은 목소리로 말했다. 그의 눈은 천장을 보고 있었다. 눈동자가 움직이지 않는다.

"걱정 없어요."

그는 휴 하며 숨을 내쉬었다. 그는 에미코의 머리카락을 쓰다듬었다.

"안심하세요. 전 당신을 위해서라면 무슨 짓이라도 해요."

"정말인가?"

"네에, 무슨 일이라도요. 당신에게는 지금이 중요한 때라는 사실을 알고 있어요. 당신은 더 훌륭하게 되지 않으면 안 돼요. 그러니 저에게만은 무슨 비밀을 말씀하셔도 괜찮아요."

세키가와는 몸을 돌려 그녀의 목덜미 뒤로 손을 찔러 넣었다.

"정말이지?"

"당신을 위해서라면 죽어도 좋아요."

"우리 사이를 절대로 남들이 눈치채서는 안 돼. 알고 있겠지?"

"알고 있어요. 반드시 약속을 지키겠어요."

세키가와의 얼굴이 갑자기 어두워졌다. "지금 몇 시야?"

여자는 머리맡에 둔 손목시계를 들고 보았다.

"12시 10분이에요."

세키가와는 말없이 일어났다. 여자는 묵묵히 옷을 입는 남자를 체념한 눈으로 보고 있었다.

"돌아가세요?"

남자는 셔츠를 입은 다음 바지를 입었다.

"알면서도 자꾸 말하고 싶어져요. 때로는 주무셨으면 해서."

"바보 같은 소리. 지금 막 날이 밝으려고 하잖아. 밝으면 내가 이 아파트에서 나갈 수 있겠어?"

세키가와는 작은 소리로 나무랐다.

"그건 알아요. 하지만 알면서도 그렇게 말하고 싶어져요."

세키가와는 문을 조금 열었다. 복도에는 아무도 없었다. 그는 복도로 살짝 나왔다. 패를 섞는 소리가 옆방에서 새어 나왔다. 이 아파트는 공교롭게도 화장실이 공동이었다. 세키가와는 들어올 때나 나갈 때나 매우 조심스럽게 행동했다. 복도에는 촉수 낮은 전등이 켜져 있을 뿐이었다. 세키가와는 슬리퍼 소리를 죽이며 걸었다. 옆에서 문이 열렸다. 너무 갑작스러웠기 때문에 세키가와는 깜짝 놀랐다.

대학생 한 사람이 역시 뜻하지 않은 곳에서 사람을 만나 당황해하며 우뚝 섰다. 순간 세키가와는 얼굴을 돌리고, 옆으로 빠져 나왔다. 좁은 복도여서 갑자기 돌아갈 수도 없었다. 에미코의 방 앞까지 돌아왔을 때, 세키가와는 마음에 걸려 무심히 뒤를 돌아보았다. 그것이 잘못이었다. 상대편도 화장실 쪽으로 가다가 돌아보는 순간이었다. 두 사람 얼굴이 정면으로 마주쳤다. 문을 닫고 방으로 들어와 세키가와는 굳은 얼굴로 한참 그곳에 서 있었다.

"왜 그러세요? 그런 얼굴을 하고?" 에미코가 세키가와의 얼굴을 보고 이불에서 몸을 일으키고 물었다.

세키가와는 아직도 그 자리에서 움직이지 않았다. 안색이 나빴다.

"네, 왜 그러세요?"

세키가와는 대답하지 않았다. 그는 잠자코 앉더니 식탁 위의 담배를 꺼내 피우기 시작했다. 에미코가 이불에서 나왔다.

"무슨 일이 있었어요?"

에미코는 들여다보듯 하며 남자의 정면에 마주 앉았다. 세키가와는 연기만 내뿜었다.

"이상하군요, 그런 얼굴을 하시고."

세키가와는 낮게 대답했다.

"들켰어."

이 목소리가 너무 낮았기 때문에 에미코는 다시 물었다.

"뭐라고요?"

"들켰다니까." 여자의 눈이 휘둥그레졌다. "누구에게?"

"앞방에 사는 학생이야." 세키가와는 담배를 낀 손을 이마에 댔다. 에미코는 그 모습을 지켜보았다.

"걱정할 것 없어요. 상대방은 몰랐을 거예요, 스친 정도로는."

"그렇지가 않아. 내가 돌아보는 순간 저쪽에서도 물끄러미 내 얼굴을 보고 있었어."

"네?"

"정면으로."

에미코는 세키가와의 우울한 표정을 한참 보고 있더니 말을 이었다.

"괜찮아요. 당신이 그렇게 생각하고 있을 뿐이에요. 의외로 상대방은 당신 얼굴을 못 보았을 거예요……. 잠깐 보아서는 알 리가 없을 테고, 그리고 언제까지나 기억하진 않을 거예요. 그리고 복도 전등이 어둡잖아요. 낮이라면 몰라도 그 정도로는 괜찮아요."

세키가와는 아직도 표정을 풀지 않았다.

"기억하지 않으면 좋겠는데……."

"기억하지 않아요. 어떻게 생겼어요, 당신이 보았다는 학생?"

"글쎄, 얼굴이 둥글고 키가 작았어."

에미코는 끄덕거렸다.

"그렇다면 앞방 학생이 아녜요. 앞방 학생은 마르고 키가 커요. 당신이 본 학생은 틀림없이 놀러 온 친구일 거예요. 그러니까 더군다나 당신 얼굴을 알 리가 없어요."

"친구라……."

"안심하세요. 정말 보기 싫어요, 사소한 일에도 그러시면. 당신과는 벌써 일 년이나 됐는데도 늘 이렇게 조심스러워요." 여자는 한숨을 지었다.

"가겠어!"

세키가와는 이렇게 말하고 서둘러 일어났다. 돌아갈 채비를 하는 남자를 에미코는 아무 말도 하지 않고 거들었다.

세 학생이 패를 늘어놓고 기다리고 있는데, 화장실에서 돌아온 키가 작은 학생이 "실례" 하고 탁자 앞에 앉았다. "지금 몇 시야?" 그는 무심결에 물었다.

"12시 20분이야."

"정말 이제부터군. 새벽까지 앞으로 다섯 시간 남았어." 옆의 학생이 말했다.

"구보타(久保田). 이번에는 자네부터 시작이야."

맞은편 학생이 돌아온 학생에게 말했다. 구보타라는 학생은 주사위를 흔들었다.

"흠! 나쁘지 않군."

모두가 패를 집어다가 자기 앞에 세웠다.

"아오키(青木)" 하고 패를 먼저 버리며 구보타가 말했다. 아오키라는 학생이 이 방 주인이었다.

"건너편 방 주인이 바뀌었나?"

"건너편? 아니, 바뀌지 않았는데." 아오키는 패를 집으며 말했다.

"그 방엔 분명히 술집 여자가 있었지?"

"그래, 긴자의 여종업원이야."

"저런? 초장부터 홍중(紅中. 마작의 패 가운데 붉은 글씨가 새겨진 자패)을 버리는군. 무슨 꿍꿍이 속이지? 그 여종업원 미인이야?" 다음 학생이 버릴 패를 고르면서 물었다.

"본 적 없어?"

"여기엔 세 번째 왔는데, 아직 한 번도 만난 일이 없어."

"대체로 미인 축에 들 거야. 이봐 구보타, 그런데 왜 그런 걸 묻지?"

"지금 그 방으로 남자가 들어갔기 때문이야."

"남자?"

옆에서 패를 뜨던 학생이 잠깐 손을 멈출 정도로 이 말은 흥미를 불러일으켰다.

"그럼 하나 물어 들었나?"

"그런 여자가 아닌데……. 지금까지 한 번도 없던 일이야. 네가 잘못 본 게 아냐?" 아오키가 고개를 갸웃거렸다. 아오키는 맞은편에 앉은 구보타에게로 얼굴을 들었다.

"돌아보았을 때 상대편도 그 방 입구에서 나를 보고 있었으니까 틀림없어." 구보타가 대답했다.

"그래? 처음인데. 어떻게 생긴 남자든?"

"젊은 남자야. 글쎄, 27, 8살쯤 될까? 갸름한 얼굴에 머리를 더부룩하게 길렀더군. 가만있자, 어디서 본 얼굴 같은데……."

구보타는 생각하는 표정을 지었다.

"이봐, 네 차례야."

그로부터 대여섯 번 차례가 돌아갔다. 가운데에는 버린 패가 늘어갔다. 그 흰 상아 위에 전등이 흐린 빛을 떨어뜨리고 있었다.

"아무래도 어디서 본 듯한 얼굴인데……." 구보타가 다시 중얼거렸다.

"그렇게 마음에 걸려? 그렇다면 내가 나중에 그 아가씨에게 물어 봐 주지."

"흥, 그렇게까지 강한 흥미는 없지만 말이야. 복도에서 서로 돌아보았거든. 그 얼굴이 어쩐지 낯익어. 누구더라, 도무지 생각이 안 나는데." 구보타라는 학생은 혼잣말처럼 중얼거렸다.

세키가와 시게오는 복도로 나왔다. 발소리를 죽이고 계단 내려가는 곳으로 갔다. 다행히 이번에는 아무도 나타나지 않았다. 문 너머로 패를 버리는 소리와 이야기 소리가 섞여서 들려왔다. 살짝 계단을 내려가 구두를 신었다. 현관에서 나와 뒤로 격자문을 닫고 문 밖에 나오니 비로소 안심이 되었다.

거리의 집들은 모두 문이 닫혔고, 걸어 다니는 사람은 하나도 없었다. 오전 1시가 가까웠다. 세키가와는 어두운 큰길을 향해 걸었다. 택시를 잡으려면 큰길까지 가야 한다.

그는 학생에게 얼굴을 보인 일이 아직도 마음에 걸렸다. 에미코의 말대로 상대는 그의 얼굴을 기억하지 못할지도 모른다. 그렇지만 한편으론 상대가 자기 얼굴을 완전히 기억할 것 같은 걱정도 들었다. 요즘 학생들은 생각이 없다. 밤새도록 마작이나 하고 어쩌자는 것일까? 이런 어수선한 시대에 그런 노름으로 정력을 소모시키는 학생들의 마음을 이해할 수 없다. 가장 수준 낮은 인간들이다.

큰길로 나오니까 택시 헤드라이트 불빛이 계속 지나갔다. 깊은 밤인데도 택시는 낮처럼 달리고 있었다. 빈 차가 드물었다. 창에 비치는 손님은 아베크족이 많았다. 겨우 빈 차가 와서 세키가와는 손을 들었다.

"나카노까지요."

"알았습니다."

택시는 전철 선로를 따라 굉장한 속력으로 달렸다.

"손님, 꽤 늦으셨군요?" 운전사가 등 너머로 말을 걸었다.

"아, 친구들과 마작을 하다가 늦었어요. 그런데 요즈음 경기는 어떻소?" 세키가와는 담배에 불을 당겼다.

"글쎄, 작년보다는 조금 나은 것 같아요."

"요즈음엔 빈 차가 적다고 하던데, 경기가 좋아진 탓이겠지요?"

"택시를 이용하시는 손님이 늘어나서지요."

"그렇겠지요. 얼마 전까지는 러시아워나 비가 오는 날 외에는 빈차가 많았는데, 요즈음은 좀처럼 차 잡기가 힘들어요. 이번에 교통부에서 증차 할당이 결정되었다는데, 택시 회사에선 아주 좋아하겠네요?"

"그렇지 않습니다. 저희 회사는 비교적 큰 편인데도 겨우 열 대밖에 할당되지 않았답니다. 그래서 회사측에서도 분개하고 있답니다."

"교통부 방침으로는 기존 업자보다도 신규 영업자 쪽에 중점적으로 할당하는 모양이더군요."

세키가와가 여기까지 말했을 때 운전사가 갑자기 다른 말을 했다.

"손님은 혹시 동북 지방 분이 아니십니까?"

"맞아요, 어떻게 알지요?" 세키가와는 섬뜩했다.

"그야 사투리로 알지요. 아무리 도쿄에 오래 계셔도 지방 사람의 직감으로 안답니다. 저도 북쪽 야마가타가 고향이지요. 손님 말씀을 듣고 짐작했는데, 그 악센트는 아키타 지방 말투예요. 어때요, 맞지요?"

"글쎄, 뭐 그 근처예요."

세키가와는 얼굴을 찌푸렸다.

미해결

1

가마타 조차장에서 발생한 살인 사건은 관할서에 수사본부를 설치한 지 벌써 한 달이나 지났다. 수사는 완전히 벽에 부딪혔다. 경찰청 수사 1과에서 파견 온 수사관 8명과 관찰서 수사관 15명이 이 수사에 매달렸지만 유력한 단서 하나 잡을 수 없었다. 수사진은 두꺼운 벽에 부딪힌 채 꼼짝할 수가 없었다. 사건 발생 후 20일이 지날 무렵부터 본부의 사기는 침체되기 시작했다. 탐문이나 행적 조사 등 조사할 것은 모두 조사해 버려서 남은 것은 하나도 없었다. 이 무렵, 경찰청 관내에서는 흉악한 범죄가 계속해서 일어나고 있었다. 그쪽 수사가 활발해 가마타 쪽은 더욱 침체되는 듯했다. 아침마다 본부에서 나가는 수사관들의 발걸음에 힘이 없었다. 관할서에 설치된 수사본부는 사건이 미궁에 빠지게 되면 대개 한 달 만에 본부가 해체되면서 임의 수사가 시작되는데, 사실상 수사가 중단했다고 봐도 된다.

그날 저녁, 관할서 도장에 설치된 수사 본부실에는 24, 5명의 수사관이 모여 있었다. 본부장은 경찰청 형사부장으로, 이날 얼굴을 보인 사람은 본부장인 수사 1과장과 현지 경찰서장이다. 형사들은 힘없는 얼굴로 앉아 있었다. 자리마다 찻잔에 술이 따라져 있고 생선조림 같은 안주가 접시에 놓여 있었다.

형사들 사이에는 담소하는 소리가 없었다. 사건이 해결되어 본부를 해산할 때의 뒷풀이는 즐겁지만, 이렇게 사건이 미궁에 빠진 채 끝낼 때에는 거의 장례식처럼 침울하다.

"거의 모였습니다."

주임 경감이 모인 얼굴을 둘러보고 수사 1과장에게 보고했다. 수사 1과장은 일어섰다.

"여러분, 오랫동안 고생하셨습니다." 수사 1과장은 착 가라앉은 목소리로 말했다. "수사본부를 설치한 지 벌써 한 달이나 지났습니다. 그동안 여러분들의 수고는 이만저만이 아니었습니다. 하지만 불행하게도 끝내 유력한 단서를 잡지 못한 채 일단 본부를 해산하게 되었습니다. 실로 유감스러운 결과가 되었습니다. 그러나……" 하고 과장은 모여 앉은 사람들을 한 바퀴 둘러보았다. 모두들 고개를 숙인 채 듣고 있었다. "본건의 수사는 이것으로 끝난 것이 아니고, 앞으로도 계속 임의 수사를 할 것입니다. 이 사건을 반성해 보건대, 최초에 현장의 조건이 너무 갖추어져서, 다소 그것에 의존하여 조기해결되기를 과분하게 기대한 경향이 있습니다. 피해자의 신원조차 알아내지 못했으나, 그만한 조건이 갖추어진 상태여서 곧 밝혀낼 수 있으리라고 안

이하게 생각했던 것 같습니다. 그런데 실제 해보니까 도무지 해결할 수가 없었습니다. 피해자와 가해자인 듯한 자를 보았다는 목격자도 나타났고, 범행에 사용된 흉기도 나타났습니다. 그래서 사건이 간단히 해결되리라 생각했는데, 여러분이 수고한 보람도 없이 이런 결과가 되고 말았습니다. 최초의 수사 단계에서 좀 안심하고 덤볐다고 할까, 다소 안이하게 생각했다는 반성을 합니다."

이마니시 에이타로는 고개를 수그리고 수사 1과장의 말을 듣고 있었다. 과장의 말투는 일부러 모두의 마음을 격려하는 듯 힘이 있었다. 그러나 그 내용의 공허감까지는 숨길 수 없는, 역시 패배자의 변명이었다. 수사본부가 해산되면 그 뒤에는 임의 수사를 한다. 그런데 이제까지 수사본부가 해산된 뒤 임의 수사를 해서 범인이 잡힌 예는 극히 드물었다. 요즈음은 공개수사가 효과를 보이고 있었다. 이 경우는 범인을 알고 그 사진을 일반에게 제시하여 협력을 구하는 경우에 한정된다. 그런데 이번 사건은 범인은 고사하고 피해자의 신원조차도 몰랐다.

수사 1과장의 말대로 사건 당초에는 자료가 상당히 많았다. 그것에 의지하고 사건을 안이하게 생각했다는 과장의 반성을 수긍할 수 있었다. 사실 이마니시도 사건 처음에는 일찍 해결되리라고 생각했다. 목격자의 말에서 '가메다'라는 단서를 얻었을 때, 사건은 거의 해결된 것으로 알았다. 특히 '가메다'에 관해서 이마니시는 다른 수사관보다 책임을 느꼈다. '가메다'라는 지명을 밝혀 낸 사람이 그였고, 그 때문에 멀리 아키타까지 출장을 갔다 왔다. 그러나 헛수고였다. 이렇게 되자 이마니시는 '가메다'가 지명이 아니고, 처음 예상대로 인명이 아니었나 하고 고쳐 생각할 정도였다. 하긴 아키타 현 이와키 지방의 가메다까지 가서 이상한 남자의 이야기를 듣고는 왔으나, 그것이 이 사건과 관계가 있다고 생각되진 않았다. 역시 '가메다'는 인명이 아닐까? 그러나 이제 새삼 생각해 보았자 별 수 없는 일이었다. 실패하면 여러 가지 갈피를 잡을 수 없는 일이 생기는 법이니까.

수사 1과장의 이야기가 끝나자, 현지 경찰서장이 위로의 말을 했다. 내용은 수사 1과장이 한 말과 비슷했다.

그런 뒤에 술을 마시며 형사들은 잡담으로 들어갔다. 이야기에 힘들이 없었다. 사건이 해결되었을 경우라면 모두 큰 소리로 웃고 떠들 텐데, 오늘은 모두 별로 말이 없었다. 단지 모두의 표정에 씁쓸한 뒷맛과 피로한 기색만 짙을 뿐이었다. 활기 없는 술자리는 곧 끝났다. 수사 1과장과 서장이 일찌감치 자리를 뜨자, 모두 무너지듯 바로 흩어졌다. 뒤에 남아 술을 마시는 사람도 없었다. 이마니시도 혼자 발길을 돌렸다. 이제 수사본부가 있던 이 경찰서에 매일 얼굴을 내밀 일은 없겠지. 내일부터는 다시 경찰청 형사실로 돌아간다.

이마니시는 가마타 역 쪽으로 걸었다. 거리에는 불이 들어와 있었다. 어둠이 깔리기 시작한 하늘에는 맑은 푸른빛이 지다가 남아 있었다.

"이마니시 씨."

갑자기 뒤에서 부르는 사람이 있었다. 돌아보니 요시무라였다. 그는 이마니시 뒤를 쫓아 온 것이었다.

"여어, 자넨가." 이마니시는 멈춰 섰다.

"이마니시 씨와는 전철 방향이 같으니까 동행하고 싶어서요."

"그렇지."

어깨를 나란히 하고 두 사람은 역으로 걸어갔다. 플랫폼도 혼잡하고 그들이 탄 전차도 복잡했다. 이마니시와 요시무라는 나란히 설 수가 없었다. 러시아워여서 차내에선 꼼짝할 수도 없었다. 그래도 요시무라는 이마니시와 별로 떨어지지 않은 곳의 손잡이에 매달려 있었다. 그들은 창으로 흐르듯 지나가는 도쿄 거리를 내려다보았다. 네온

사인이 휘황한 빛으로 번쩍이고 있었으나 메마른 경치였다.

요시무라가 내리는 역은 요요기인데, 이마니시는 아직 멀었다.

"요시무라." 이마니시는 시부야 역이 보일 때 큰 소리로 불렀다. "여기서 내리자구."

이마니시가 혼잡한 승강장에 내려 군중 사이를 비집고 계단에 이르자, 요시무라가 뒤쫓아 왔다.

"어떻게 된 일이에요, 갑자기?" 요시무라가 눈이 휘둥그레져서 말했다.

"아니, 자네하고 좀더 이야기를 하고 싶어서 말이야. 갑자기 요 근처에서 한잔하고 싶은 생각이 났어." 이마니시는 혼잡한 계단을 내려가며 말했다. "괜히 붙들었나?"

"아뇨, 전 괜찮습니다. 사실 저도 이마니시 씨와 좀더 이야기하고 싶었습니다." 요시무라는 웃었다.

"그것 고마운데. 어쨌든 이대로 집에 돌아갈 수는 없어. 그런 술을 마시고 돌아갈 기분이 나지 않아서 말이야. 잠깐 어디 가서 가볍게 맥주라도 마실까?"

"좋습니다."

두 사람은 역전 광장을 지나 작은 골목으로 들어갔다. 근처에는 너저분한 술집이 많았다. 추녀 끝에 매단 빨간 등에도 불이 켜져 있었다.

"이 근처에 자네가 아는 집이 있는가?" 이마니시가 물었다.

"아뇨, 별로 아는 집이 없습니다."

"그럼, 아무 집에나 들어가세."

두 사람은 입구가 좁은 꼬치집으로 들어갔다. 아직 초저녁이라 손님은 그다지 많지 않았다. 두 사람은 구석에 있는 의자에 앉았다.

"맥주!"

찌개 냄비를 뒤적거리고 있던 여주인이 "알았습니다" 하고 긴 젓가락을 든 채 머리를 숙였다. 두 사람은 거품이 이는 맥주 컵을 쨍그렁 소리를 내며 부딪쳤다.

"맛있군. 역시 자네와 만나기를 잘했어." 이마니시가 단숨에 반을 마시고 말했다.

"저도 그래요. 하여간 이것으로 이마니시 씨와 일 관계로는 이별이니까요."

"신세를 졌어."

"천만의 말씀을. 저야말로."

"뭐 좀 시켜."

"예, 그럼 꼬치를 먹겠습니다."

"꼬치가 좋은가? 나도 꼬치를 좋아하지." 이마니시는 웃으며 말했다. 이마니시는 맥주를 마시고 나서, 휴 하고 어깨로 한숨을 쉬었다. 그 모습을 젊은 요시무라가 슬쩍 보았다.

밖에서 수사에 관한 이야기를 하는 것은 금물이었다. 두 사람은 되도록 그 이야기를 하지 않으려는데, 아무래도 이야기가 그쪽으로 나아갔다. 그러나 두 사람만 아는, 아무렇지도 않은 이야기나 태도로 일관했다.

"내일부터 경찰청이시군요?" 요시무라가 맥주를 마시고 나서 물었다.

"그래. 자네에겐 신세를 졌어. 오랜만에 옛집으로 다시 돌아가게 됐어." 이마니시가 꼬치 안주를 씹으며 말했다.

"곧 다른 수사에 착수하겠지요?"

"그렇게 되겠지. 우리 일은 끊임이 없으니까."

그들은 새로운 사건으로 자꾸자꾸 옮겨 간다. 해결되는 사건도 있고, 미해결 사건도 있다. 사건은 끊임없이 그들을 기다리고 있다.

"다른 일을 하더라도 이런 일은 언제나 마음에 남아 있는 법이지.

상당히 오래 일해 왔는데, 그중엔 미궁에 빠진 사건이 서너 가지 있었어. 오래 됐다면 오래된 이야기인데, 언제까지나 머릿속에서 떨어지지 않는단 말이야. 무슨 기회가 있을 때마다 그 사건들이 생각나. 이상하지? 해결된 사건은 이제 아무것도 생각나지 않는데, 미해결 사건은 피해자의 얼굴까지 똑똑히 기억하고 있으니 말이야. 제기랄! 이로써 꿈자리 사나운 사건이 또 하나 늘었어."

"이마니시 씨, 그 이야긴 이제 그만두시죠. 오늘은 일 관계로 함께 지낸 당신과의 이별이니까, 산뜻한 마음으로 마시고 헤어져요." 젊은 요시무라가 이마니시의 팔을 두들겼다.

"정말 그렇군. 이거 미안해."

"그런데 이마니시 씨, 역시 시내를 함께 걸을 때보다 먼 곳에 갔을 때의 일이 인상에 남는군요."

"그야 그렇지. 지방에 갔을 때의 일은 언제까지나 잊혀지지 않아."

"처음으로 동북 지방에 가 보았는데, 그 바다 빛은 정말 좋았어요."

"좋았지." 이마니시는 그 이야기에 웃음을 띠었다. "정년이 되어 일에서 떠나면 한가한 마음으로 다시 한번 가 보고 싶은 곳이야."

"저도 그렇게 생각하고 있습니다."

"무슨 소리야. 자넨 아직 젊지 않은가?"

"아니, 그런 뜻으로 말한 게 아닙니다. 전 이마니시 씨와 함께 걷던 그 가메다라는 곳을, 아무 속박도 받지 않고 한가롭게 혼자 거닐어 보고 싶습니다." 젊은 요시무라는 그 경치가 눈에 삼삼한 모양이었다. "그렇지, 그때 이마니시 씨의 하이쿠를 세 구쯤 들었죠. 그 뒤는 어떻게 됐습니까?"

"응, 뭐 짓기는 열 구쯤 지었지만……."

"그래요? 좀 읊어 보세요."

"안 돼, 안 돼" 하고 이마니시는 고개를 흔들었다. "서투른 하이쿠를 지금 여기서 읊다간 모처럼의 맥주 맛이 달아나. 그건 요다음에 읊기로 하지. 어때, 한 병만 더 하고 갈까?" 이마니시는 한 병 더 시켰다.

이 무렵쯤 되면 가게 안이 혼잡해진다. 손님들의 이야기 소리가 높아졌다. 그만큼 이쪽에서는 이야기하기가 좋아졌다.

"이마니시 씨, 가마타 건 말인데요." 요시무라가 상체를 들어 이마니시에게로 가까이 했다.

"음." 이마니시는 잽싸게 좌우를 살폈다. 아무도 이쪽에 신경을 쓰는 듯한 사람은 없었다.

"가해자의 집이 현장에서 멀지 않다는 이마니시 씨의 추정엔 저도 동감입니다."

"자네도 그렇게 생각하나?"

"그래요. 가해자는 상당한 피를 뒤집어썼으리라고 생각됩니다. 그래서 멀리는 못 갔을 겁니다. 역시 현장에서 가까운 곳이라고 생각됩니다."

"그렇게 생각하고 꽤나 찾는데 말이야." 이마니시는 힘없이 말했다.

"그런 꼴로 범인은 택시도 못 탑니다." 요시무라는 계속 이야기했다. "목격자의 말에 따르면 가해자는 별로 차림새가 좋지 않았다고 합니다. 가마타 근처에 있는 싸구려 바에서 싸구려 위스키를 마셨으니까, 대충 생활 수준 정도는 알 만합니다. 자가용 차를 가질 만한 사람은 못 됩니다."

"그렇겠지."

"범인이 택시를 탈 수 없었다면 걸어서 돌아갔을 것입니다. 범행 시각으로 보아 거리가 어두웠을 테니까 들키지 않고 걸을 수 있었겠지요. 그런데 걷는다면 역시 행동 범위가 한정됩니다."

"그건 그래. 새벽까지 걷는다고 치더라도 사람의 다리는 뻔해. 고작 걸어야 8킬로 정도겠지."

"이마니시 씨, 전 이런 생각이 들어요. 그런 꼬락서니로 자기 집에 돌아가는 남자라면, 어쩌면 독신자가 아닌가 싶어요."

"아, 그렇지." 이마니시는 요시무라 잔에 맥주를 따라 주고, 자기 잔도 채웠다. "그건 새로운 생각인데."

"이마니시 씨도 그렇게 생각하십니까? 피투성이가 되어 자기 집에 돌아가면 가족이 수상히 여깁니다. 당연히 그런 모습을 삼가야 하겠지요. 그럼 점으로 미루어 범인은 독신자, 더구나 별로 이웃과 친하게 지내지 않는 남자, 그리고 노동자풍. 이런 정도가 떠오릅니다."

"재미있는데."

"이마니시 씨는 달리 자기 집이 있으며, 범인이 그날 밤 도망쳐 들어간 곳은 아지트였다고 하셨지요?"

"내 추정은 이제 자신이 없어졌어."

"천만에, 겸손의 말씀이겠지요. 그런데 이마니시 씨, 당신 앞에서 주제넘은 이야기지만, 그런 아지트를 생각하면 범인의 정부나 친한 친구의 집이겠지요. 그런데 범인은 별로 유복한 남자가 아니었어요. 돈이 없는 사람이지요. 그러므로 친구라면 혹시 몰라도 정부가 있다는 생각은 전 별로 합당치 않게 여겨져요."

2

이마니시는 요시무라와 헤어진 뒤 혼자서 집으로 향했다. 이마니시의 집은 다키노가와에 있었다. 버스길에 면해 있기 때문에 차가 지날 때마다 집이 흔들렸다. 그의 아내는 소음에 질려 이사를 하고 싶어 하지만 적당한 집이 없었다. 이 집에서 산 지도 10년 가까이 된다.

급료가 적어서 비싼 집세를 주는 집으로 이사할 수가 없었다. 이 근처도 10년 전에 비해 몰라볼 정도로 집들이 들어섰다. 헌 집이 헐리고 새로 큰 건물이 들어서고, 빈 터에는 아파트가 들어서 전혀 달라졌다. 이마니시네 집이 있는 근처만 햇빛이 잘 들지 않는 저지대여서 집들이 별로 들어서지 않아 옛 모습 그대로였다.

이마니시는 술집 모퉁이에서 골목으로 들어섰다. 가는 길에 싸구려 아파트가 있다. 이 아파트 때문에 3년 전부터 이마니시 집에는 전혀 해가 들지 않았다. 그가 골목을 들어서며 보니까 누가 이사를 왔는지 이삿짐 트럭이 아파트 옆에 서 있었다. 많은 아이들이 좁은 길 가득히 놀고 있었다.

이마니시는 격자문을 열었다. "나 왔소." 그는 뒷굽이 닳아빠진 구두를 벗었다.

"지금 오세요? 어머, 오늘은 상당히 이르시군요." 안에서 아내가 웃으며 현관으로 나왔다.

이마니시는 말없이 안으로 들어갔다. 안이라고는 하나 6조 방 두 칸밖에 없다. 좁은 뜰에는 야시장에서 산 화분이 늘어서 있다.

"여보, 내일부터는 가마타에 가지 않아도 돼. 본청으로 돌아가게 됐어." 이마니시는 양복을 챙겨 넣고 있는 아내에게 말했다.

"어머, 그래요?"

"앞으로는 당분간 빨라져."

아내는 이마니시의 얼굴이 붉다는 사실을 비로소 알아차린 듯 "어디서 마시고 오셨어요?" 하고 물었다.

"요시무라와 시부야에서 내려 맥주를 마셨지."

"잘 하셨어요."

아내는 남편 일에 대해서는 참견하지 않았다. 이마니시가 이야기하지 않는 한, 아내는 아무 말도 하지 않는 습관이 되어 있었다.

"애는?"

"아까 친정 어머니가 오셔서 데리고 가셨어요. 내일이 휴일이니까 저녁까지 데려 오겠다고요."

"그래."

아내의 친정은 혼고였다. 장인, 장모가 모두 건재해서, 아버지의 보살핌을 제대로 받지 못하는 외손자를 딱하게 여기고 가끔 데리고 가서 돌봐 주었다.

그는 허리띠를 매며 툇마루에 걸터앉았다. 밖에서 이웃 아이들이 떠드는 소리가 들렸다.

"여보, 저 아파트에 누가 이사 왔나?" 이마니시는 갑자기 생각이 난 듯 아내에게 물었다.

"네, 보셨어요?"

"이삿짐 트럭이 와 있던데."

아내는 이마니시 옆으로 왔다.

"그래요. 이웃 사람들한테서 들었는데요, 이번에 그 아파트로 이사 오는 사람은 여배우래요."

"그래? 색다른 사람이 왔군."

"그래요. 누가 듣고 왔는지 모르지만, 그 일이 이 근처의 소문거리가 됐어요."

"그 아파트로 이사 올 정도라면 변변한 여배우는 아니겠지?"

이마니시는 한 손으로 자기 어깨를 두드렸다.

"영화배우가 아니고 연극을 하는 여배우래요. 그러니까 별로 수입이 없겠지요."

"연극은 돈이 덜 벌리니까."

이마니시도 그 정도는 알고 있었다. 식사가 끝난 다음, 이마니시는 문득 생각난 듯 아내에게 물었다.

"오늘이 며칠이지?"

"6월 14일요."

"역시 14일이었군."

"무슨 말씀이에요?"

"4의 날이야. 오늘은 스가모의 지장 보살 잿날이야. 오랜만에 가 볼까?"

"그렇군요."

사건 이래 이마니시는 집에 일찍 돌아 온 일이 없었다. 아내는 곧 외출 준비를 했다.

"야시장에서 또 화분을 사시겠어요?" 부지런히 준비를 끝내고 아내가 물었다.

"글쎄, 어떻게 할까?"

"이제 마당에 놓을 자리가 없어요. 될 수 있으면 사지 말아요."

"응, 그러겠어."

이마니시는 실은 마음에 드는 화분이 있으면 살 셈이었다. 오늘부터 당분간 사건에 관한 일은 잊고 싶었다. 전철을 타고 스가모에서 내려 역 앞 넓은 길을 건너 좁은 상점가로 들어갔다. 4자가 붙은 날이 지장 보살 잿날이었다. 좁은 길 입구에서 벌써 좌판이 늘어서 있었다. 시간이 늦어서 벌써 돌아가는 사람들이 많았으나, 그래도 아직 혼잡했다. 금붕어 건지기, 솜사탕, 자루에 담긴 상품, 마술도구, 약장수 등의 가게가 눈부신 전구 빛 속에서 손님들을 모으고 있었다.

이마니시 부부는 좁은 길을 걸어가, 지장 보살당을 참배했다. 그러고 나서 천천히 야시장을 구경했다. 이마니시는 야시장의 아세틸렌 가스 냄새를 좋아했다. 그런데 요즈음은 야시장에도 전등이 많아지고 아세틸렌을 쓰는 가게가 적어졌다. 그가 시골에 있을 무렵, 가을 축제 때에는 그런 가게가 생겼다. 그 무렵의 그리운 추억이 이 코를 자극하는 가스 냄새 속에 담겨져 있었다. 예쁜 지갑을 늘어놓은 가게, 땅바닥에 가마니를 깐 칠성장어 장수, 흰 옷을 입은 약 장수 등의 풍경을 보고 있으면 그는 어릴 때의 마음으로 돌아간다.

이마니시는 천천히 걸었다. 가끔 멈춰 서서 사람들 틈으로 가게를 들여다보았다. 야시장 구경은 각별한 재미가 있었다. 아내는 그것에는 별로 흥미가 없는지, 그때마다 길에 서서 이마니시가 사람들 틈에서 그가 돌아오기를 기다렸다. 화초 가게도 서너 집 있었다. 갖가지 화분이 전등 빛에 빛났다. 이마니시는 화초 가게 앞에 멈춰 섰다. 아내가 소매를 끌어당겼으나, 화분을 좋아하는 그는 그냥 지나칠 수 없었다. 그는 늘어선 화분 앞에 쭈그리고 앉았다.

재미있는 나무가 여러 가지 놓여 있다. 그는 그 가운데 탐나는 나무가 두세 그루 있었으나, 아내와의 약속 때문에 한 그루만 샀다. 분에 심은 나무가 아니어서, 흙이 묻은 뿌리째 신문지에 둥글게 싸게 했다. 그가 그걸 손에 들자, 떨어져 서 있던 아내가 체념한 듯 웃었다.

"이제 뜰이 가득 찼어요. 어디 마당이 더 넓은 곳으로 옮기지 않으면 늘어놓을 수 없어요." 걸으면서 아내가 말했다.

"너무 그렇게 불평하지 마."

사람들 뒤를 따라 스가모 역 큰길로 돌아왔다. 불과 한 시간 정도였지만 제법 즐거웠다.

이때 큰길에 사람들이 새까맣게 모여 있었다. 스가모 역 앞은 노면 전차가 다니는 길인데, 그 길 옆에 많은 사람들이 모여 무엇인가를 보고 있었다. 교통사고라는 것을 단박에 알 수 있었다. 승용차가 보도 위로 올라와 있었다. 차 뒷부분이 찌그러졌다. 택시 한 대는 10여 미터 앞에 서 있었다. 순경 대여섯이 조사하고 있었다.

가로등 빛 속에서 그 광경이 음산하게 보였다. 한 순경이 손전등으로 땅바닥을 비추고 있었다. 다른 한 순경은 길 위에 흰 분필로 원을 몇 개 그렸다.

"또 사고군." 이마니시는 그것을 보고 무심결에 말했다.

"어머, 위험해요." 아내도 얼굴을 찡그리며 보았다. 부부는 한참 동안 그곳에 서 있었다.

"사고가 일어난 지 얼마 안 되는 모양이야."

이마니시는 보도 위에 반쯤 올라간 차 안을 들여다보았다. 자가용차였는데, 안에는 사람이 없었다. 그 다음은 저쪽에 있는 택시를 보았다. 거기에도 아무도 없었다.

"모두 병원으로 운반되어 간 모양인데. 이런 정도라면 상당한 부상이겠지?" 이마니시는 보면서 중얼거렸다.

"타고 있던 사람들이 죽지 않았으면 좋으련만……."

아내는 미간을 찌푸렸다.

이마니시는 손에 든 나무를 아내에게 넘겨 주었다. 마침 서 있는 순경 가운데 아는 사람이 있었다. 이마니시는 순경들 앞으로 갔다.

"여어, 수고하십니다."

순경도 그를 보더니 머리를 숙였다.

이마니시는 전에 스가모 서에 수사본부가 설치되었을 때 그곳에서 근무한 일이 있어, 이들 중에 아는 사람이 몇 명 있었다.

"큰일이군요?"

"심합니다. 엉망진창입니다."

수첩을 꺼내 적고 있던 교통순경이 사고차를 가리키며 말했다.

"어떻게 된 겁니까?"

"과속입니다. 뒤따르던 택시 운전사가 옆을 보고 있었던 모양입니다. 앞에 가는 자가용차가 서는 줄도 모르고, 그대로 스피드를 낸 채 부딪혔으니 형편없지요."

"그래, 부상자는 어떻게 됐습니까?"

"택시 운전사와 승객은 곧 병원으로 운반됐습니다. 그런데 받힌 자가용에 탄 사람은 찰과상 정도입니다."

"그래, 택시에 탄 사람의 부상 정도는?"

"운전사는 앞 유리에 얼굴을 처박아 큰 상처를 입었습니다."

"손님은?"

"택시에 탄 손님은 25, 6세가량의 남자인데, 들이받는 순간 호되게 앞좌석에 가슴을 부딪혔습니다. 한때 의식을 잃었는데, 병원에 당도했을 때는 회복되었답니다."

"그것 다행이군요." 죽지 않았다는 말을 듣고 이마니시는 안도의 숨을 쉬었다. "손님은 어떤 사람이었나요?"

"음악가라고 들었는데요." 순경이 대답했다.

아침에 이마니시는 잠에서 깨었다.

수사본부 근무로 일과 씨름할 때에는 새벽에 뛰어나가는 때도 있고, 한밤중이 아니면 돌아오지 못하는 때도 있었다. 그러나 평소에는 그런 무리를 하지 않아도 된다. 천천히 정시에 경찰청에 가면 된다. 한 가지 일에서 해방된다는 사실은 설사 당장에는 뒷맛이 개운치 않은 경우라도 고마운 일이었다. 시계를 보니 7시였다. 8시에 일어나도 충분하다.

"신문을 줘요."

이마니시는 잠자리에서 딸그락 소리가 들리는 부엌에 대고 소리 질렀다. 아내가 손을 닦으며 신문을 가져왔다. 이마니시는 벌렁 누운 채 신문을 펼쳤다. 제1면에는 정계의 활발한 움직임이 나와 있었다. 타이틀도 화려했다. 지면이 활기를 띠고 있었다.

아직도 어딘지 기분 좋은 졸음기가 남아 있는 상태에서 이마니시는 신문을 넘겼다. 두 손으로 쳐든 채였다. 어떤 주제로 각계의 의견이 편집되어 있었다. 작은 얼굴 사진이 각자의 담화 기사 위에 실려 있었다. 무심코 보는 사이에 이마니시는 맨 마지막 부분에 나와 있는 '세키가와 시게오'라는 이름에 조금 놀랐다. 세키가와의 의견은 아무래도 좋았다. 흥미를 끈 것은 원형 속에 든 그의 사진이었다. 다른 12, 3명의 얼굴은 모두 나이 든 사람들뿐인데, 세키가와만이 유독 젊었다.

이마니시는 아키타 현의 우고 가메다 역에서 본 그의 모습을 생각해 냈다. 하기는 이 사진대로였는지 어떤지는 기억에 없었다. 이런 얼굴인 듯했다. 같이 동행한 요시무라가 세키가와를 '누보 그룹'의 한 사람이라고 말했는데, 과연 젊은 나이에 이렇게 명사 속에 낀 것을 보면 세상에서 상당한 주목을 받고 있는 사람임에 틀림없겠다. 아직 30세도 안 된 젊은 나이에 대단한 일이라고 새삼스럽게 감탄했다.

이마니시는 다음 면을 펼쳤는데, 스포츠란이어서 관심이 없었다. 요즈음 젊은 형사들이 스포츠지에만 열중하는 것을 그로서는 이해할 수 없었다. 그렇게도 야구가 재미있는가 싶었다. 전철을 타고 다른 사람이 읽고 있는 스포츠지를 보면, 전쟁 기사처럼 게임의 경과가 큰 타이틀로 보도되어 있었다. 형용사도 전쟁 용어 가운데 최상급이었다. 이마니시는 흥미가 없어 바로 사회면을 펼쳤다. 그랬더니 삼단에 걸친 기사가 그의 눈에 띄었다.

'작곡가 와가 에이료 씨, 교통사고로 부상! 어젯밤 택시 추돌이 기화(奇禍)!'

사진이 나와 있었다. 젊은 얼굴이었다. 이마니시가 놀란 것은 이 남자도 우고 가메다에서 본 사람이기 때문이었다. 이마니시는 기사 내용을 급히 읽었다. 그 기사는 어젯밤 야시장에서 돌아오다가 본 스가모 역 교통사고 기사였다. 이마니시는 젊은 얼굴 사진을 바라보며 묘한 인연을 느꼈다. 이마니시는 아내를 불렀다.

"여보, 이것 좀 봐. 어젯밤 일이 나와 있어." 그는 아내에게 신문 기사를 보였다.

"어머, 그래요? 역시 사망자는 없었군요?" 아내도 실제 사고를 목격했기 때문에 흥미 있는 듯 들여다보았다.

"그런가 봐. 이 사람도 병원에 옮겨졌지만, 별다른 부상은 없는 모양이야."

"다행이네요." 아내는 신문을 대충 읽었다. "사망자는 없지만 타고 있던 사람이 유명인이어서 이렇게 크게 다루었군요."

"당신도 알아?" 이마니시는 엎드려서 담배를 피웠다.

"네에, 이름만은요. 제가 읽는 여성지에도 가끔 사진이 나와요."

"그래?"

이마니시는 자기가 세상 물정에 어둡다는 사실을 깨달았다. 그는 요즈음 잡지를 읽지 않기 때문에 도무지 그 방면에는 어두웠다. 동북 지방에 갔을 때에도 동행한 요시무라가 여러 가지로 가르쳐 주었다.

"이분, 여류 조각가와 약혼했대요." 아내는 흥미가 있는 듯 아직도 사진을 들여다보고 있었다.

"그런 것도 잡지에 실렸나?"

"네에, 언젠가 그라비어 사진으로 두 사람이 나란히 서 있는 모습이 나온 적이 있었어요. 그 조각가는 얼굴도 예쁘던데요. 여자분 아버지는 전에 장관을 지내셨대요."

"그렇다더군." 이마니시는 기가 죽어 대답했다. 자기만 시대감각에 뒤떨어진 듯했다. "그건 그렇고, 난 이 사람을 만난 일이 있어." 이마니시는 아내에게 말했다. 어쩌면 뒤떨어진 자기를 되찾을 것 같은 생각이 들었다.

"어머 그래요? 역시 사건 때문이었나요?" 아내는 뜻밖이라는 듯 눈을 휘둥그렇게 떴다.

"아, 왜 요전에 아키타 현에 갔었지? 그곳 역에 갔을 때 마침 이 사람도 와 있었어. 하긴 난 몰랐지만 말이야. 요시무라가 가르쳐 주었어."

"어머, 그래요? 왜 그런 델 갔을까요?"

"우리가 간 곳은 이와키라는 고장인데, 그 근처에 T 대학 로켓 연구소가 있어. 그들은 로켓 연구소 견학을 마치고 돌아가는 길이었대. 지방 신문 기자들이 그들을 둘러싸고 있었어. 그 가운데 이 사람도 있었어."

이마니시는 신문을 넘겨 세키가와의 사진을 보였다.

"젊어도 대단하던데. 지방에서도 인기가 대단했어."

"그야 그렇죠. 지금 이 그룹은 인기 최고예요. 잡지에도 이들 이름이 자주 나와요."

"그렇다더군."

이마니시는 나머지 담배를 연거푸 피웠다. 아내는 식사 준비 때문에 나가 버렸다. 손목시계를 보았다. 이제 슬슬 일어나야 할 시간이다. 베개에 뒷덜미를 댄 이마니시는 어쩐지 그 젊은 그룹이 머리에 박혔다.

3

와가 에이료는 K 병원 특실에 입원했다. 머리맡에는 꽃다발이 많이 놓여 있고, 과일 바구니, 과자 등도 쌓여 있었다. 병실에 들어가는 순간, 그 화려한 색깔에 눈이 부실 정도였다. 텔레비전까지 있는 사치스런 병실이었다. 환자 침상만 없다면 고급 아파트 방으로 착각할 것 같았다.

와가는 침상에 파자마 차림으로 앉아 있고, 그 앞에서 신문 기자가 인터뷰 취재를 하고 있었다. 옆에서 카메라맨이 와가의 얼굴을 여러 각도에서 찍었다.

"당분간 일은 못하시겠습니다?" 신문 기자가 질문했다.

"이곳에 들어온 것이 마침 좋은 휴양입니다. 당분간 누워서 살 생각입니다."

"가슴을 부딪혔다는데, 아프지 않습니까?"

"글쎄요, 아직도 통증은 없어지지 않았지만 대단치는 않습니다." 와가는 미소 지으며 대답했다. 안색이 창백했다.

"그것 참 다행이군요. 그렇다면, 이 휴양 기간 동안에 다음 일을 여러 가지로 생각하시겠군요?" 신문 기자는 말했다.

"아니, 심각하게 생각하고 있지는 않습니다. 하다못해 이런 때나마 해방된 기분으로 있고 싶군요."

"그런데 와가 씨의 예술은 직감적이고 추상파니까, 이렇게 누워 있을 때에 뭔가 굉장한 이미지가 생기지 않을까요?"

"그래요. 그런 것이 없다고 할 수는 없지요. 밤엔 나 혼자 있지 않습니까? 누워서 여러 가지 일을 생각하노라면 갑자기 좋은 이미지가 떠오르지 않는 것도 아닙니다."

와가는 먼 곳을 보는 듯이 눈을 가늘게 떴다. 단정한 윤곽의 얼굴이었다.

"다음에 더 좋은 일을 하실 수 있다면, 교통사고로 입원한 것도 전적으로 나쁘다고 생각할 수만은 없겠군요?"

"그렇지요. 그런데 그렇게 잘될지……."

와가는 얌전하게 웃었다. 신문 기자는 머리맡에 장식된 꽃다발을 보았다.

"하, 꽤 여러 곳에서 예쁜 꽃들을 보내 왔군요?"

"예, 좀." 와가의 얼굴은 그리 기분 나쁜 표정이 아니었다.

"역시 음악계에 있는 분들에게서 온 거겠지요? 여성도 상당히 많은 것 같군요?"

"팬들이 가져다 준 거랍니다."

"그런데 오늘은……" 하고 신문 기자는 일부러 주위를 둘러보며 물었다. "다도코로 사치코 양은 오지 않으셨나요?"

기자의 눈이 흥미롭게 빛났다. 그는 약혼녀 이야기를 해서 와가를 놀릴 셈이었는데, 상대는 꿈쩍도 하지 않았다.

"아까 전화가 왔는데, 곧 올 겁니다."

"저런, 그럼 안 되지. 일찌감치 물러가겠습니다. 그런데 와가 씨, 이 꽃다발을 배경으로 해서 한 장 찍게 해 주시겠습니까?"

"좋습니다. 찍으십시오."

카메라맨이 옹색한 동작으로 꽃다발 사이에 들어가 카메라를 댔다.

신문 기자가 나가자마자 노크 소리가 났다. 들어온 사람은 베레모를 쓴 키가 큰 남자였다.

"여어." 키가 큰 남자는 한 손에 든 꽃다발을 머리 높이까지 흔들었다. "어떻게 된 거야?" 화가인 가타자와 무쓰오였다. 언제나 검은 셔츠를 입는 것이 이 남자의 습성이다. "엉뚱한 재난을 당했군."

가타자와는 침상 옆 의자에 앉더니 긴 다리를 포개었다.

"고마워, 일부러 와 주어서." 와가는 친구에게 인사를 했다.

"신문을 보고 놀랐어. 어떻게 됐나 걱정했는데, 와서 보니 안심이 되는군. 역시 멋진 방에 들었는데? 병원이란 느낌이 전혀 들지 않는군. 이봐, 꽤 비싸겠지?" 가타자와는 호화로운 병실 안을 둘러보았다. 그는 고개를 와가 쪽으로 돌렸다.

"아니, 그렇지도 않아. 하긴 정확히는 얼만지 모르지만 말이야."

"아," 젊은 화가는 무릎을 치며 소리쳤다. "자네 돈은 아니겠지? 사치코 씨 아버지가 병원비를 내겠지?" 화가는 히죽 웃었다.

"그렇지도 않아. 나도 자존심이 있으니까, 전부를 부담시키지는 않아." 와가는 미간에 엷은 주름을 세웠다.

"어쨌든 됐어. 부자에게 내게 하는 게 좋아." 가타자와는 이렇게 말하며 파이프에 담배를 채운 다음 "피워도 되나?" 하고 양해를 구했다.

"상관없어. 병이 아니니까."

"자넨 행복한 사람이야. 약혼녀 아버지가 부르주아니까 말이야. 아니, 비꼬아서 말하는 게 아냐. 자네 예술을 인정해 준 사치코 씨가 부러워서야." 가타자와는 거기까지 말하고 잠깐 고개를 갸웃했다. "하기야 사치코 씨는 자네 예술만을 인정해준 건 아니겠지. 다른 좋은 점이 더 많겠지."

"이봐."

"아니, 정말이야. 다도코로 사치코라는 신진 여류 조각가의 인격으로 작곡가 와가 에이료를 인정했다는 사실은 알고 있어. 그런데 그것만이 아냐. 자네의 인간적인 매력이 크게 작용했으리라고 생각해."

"뭐, 난 부르주아 따위를 목표로 하진 않아. 그들은 언제 어떻게 될지 모르니까 말이야. 어쨌든 현대 자본주의는 몰락 과정을 서두르고 있어. 그렇게 될 때까지 우리 젊은 예술가들이 전진할 수 있다고 생각하나?"

"그 의기는 좋아. 그런데 나는 가끔 마음이 약해져. 그야 내 그림을 비평가들이 여러 가지로 말하고 있는 것만은 사실이야. 그런데 말이야, 돈이 없는 비평가가 과대평가를 해줘 봤댔자 그림은 한 장도 팔리지 않아. 나는 피카소를 인정하지 않지만, 그의 그림이 막대한 돈이 된다는 사실만은 부러워. 빨리 나도 그렇게 되고 싶어."

"자네다운 이야기를 하는군." 와가는 쓴웃음을 지었다. "그런데 모두 뭘 하고 있지?" 이번에는 와가가 물었다.

"응, 요전 이후로 만나지 않았는데, 모두 열심히 일하고 있는 모양이야. 만나면 시치미를 떼지만 말이야. 그렇지, 다케베가 프랑스에 간다는 이야기 들었어?" 가타자와는 동료인 젊은 극작가에 대한 이야기를 했다.

"허, 그 녀석이 말이지?" 와가는 놀라는 눈을 했다.

"요전에 결정됐대. 프랑스에서 훨씬 북쪽을 돌 모양이야. 언제나 하는 녀석의 지론이 북유럽의 극을 더욱 재인식할 필요가 있다, 그 거야. 스트린드베리(스웨덴의 극작가·소설가)나 입센(노르웨이의 극작가)을 바라보고 싶다는 말이 아니라, 거기서 미래의 연극을 재구성하겠다는 거야. 현대는 너무 근대극의 의미를 잊고 있대. 녀석의 지론인데, 그 근대극의 자연주의를 추상관념으로 대치시킨다면 일본에 다시 새 연극의 방향이 나타날 수 있대. 그런 의미에서 마침내 녀석의 염원이 이루어진 셈이야."

"자네도 그렇지 않아? 북유럽의 화가를 동경하는 사람은 자네가 아니었나? 현대의 추상 유행을 좀더 북유럽의 리얼리즘에 되돌려, 거기서 다시 새로운 이념을 추구하고 그것을 지양시켜야 한다고 한 건. 뭐라는 화가였더라? 그렇지, 반다이크(플랑드르파 초상화가)나 브뢰겔(플랑드르파의 화가)이 자네의 모델이었지?" 와가는 그 이야기를 듣고 쏘아 붙였다.

"나 같은 건 아무리 발버둥을 치고 떠들어도 외국엔 갈 수 없어. 거기에 비하면 자넨 좋겠네."

"잠깐 기다려." 와가는 화가에게 손을 흔들었다. "그렇게 일일이 다도코로를 끌어들이지 말라구. 실은 아직 결정되지 않아서 아무에게도 말하지 않고 있지만, 나는 이번 가을에 미국에 갈지도 몰라. 요전부터 교섭이 있었어. 내 새로운 음악에 눈독을 들인 음악 평론가가 부디 미국에 와서 연주해 달라는 거야."

"허어, 그래? 그거, 정말인가?"

화가는 눈이 휘둥그레졌다.

"방금 말한 것처럼, 아직 구체화되지 않았기 때문에 아무에게도 말하지 않았어. 이런 소문이 새어 나가기라도 하면 매스컴은 금방 야단법석일 테니까."

"행복한 녀석이야." 가타자와는 와가의 어깨를 두드렸다.

"그 미국행에 자네의 다도코로 사치코 씨도 동행하나?"

"아직 모르겠어. 지금 말한 것처럼 아직 구체화되지 않았으니까."

"그렇게 신중히 조심하지 않아도 돼. 자네 정도의 사람이 입 밖에 내는 말이니, 거의 구체적이겠지. 좋겠네. 그것이 자네의 밀월여행이 될지도 모르겠는데? 난 다케베나 자네나, 그렇게 자꾸 외국으로 가서 자기 예술의 새로운 발전을 위해 많이 노력해 주었으면 하고 생각해. 우리 '누보 그룹'이 염원하는 일본의 예술 혁명이 가까워졌다는 느낌인데?"

"그렇게 기뻐하지 마." 와가는 말렸다. "우리끼리니까 하는 이야기인데" 하고 그는 목소리를 낮추었다. "내가 미국에 간다는 말을 세키가와가 들으면 또 뭐라고 할지 몰라. 이봐, 세키가와 녀석은 뭘 하고 있지?"

"세키가와 말인가? 세키가와는 잘 하고 있어. 이번에 큰 유력지 두 군데에 글을 썼더군." 가타자와는 말했다.

"아, 그건 읽었어. 세키가와다운 글이던데." 와가는 감동이 없는 소리로 말했다.

"요즈음은 세키가와 붐이야. 여러 잡지에다 긴 논문을 내고 있어. 완전히 매스컴을 탄 모양이야."

"그래서 사람들에게서 욕을 먹고 있어" 하고 와가는 내뱉듯이 말했다. "우리는 매스컴을 인정하지 않잖아? 경멸하고 있지. 그런데 세키가와만큼 매스컴을 이용하는 사람도 없을걸. 매스컴을 경멸하는 투로 말하면서도 그 녀석처럼 매스컴을 이용하는 사람이 없지. 우리 그룹이 욕을 먹는 것도 세키가와가 그렇기 때문이야."

젊은 화가는 와가의 표정에서 무엇을 알아차린 듯 고개를 끄덕거렸다. "그래. 그 녀석 좀 우쭐거리는 데가 있어. 최근에 한 정치 발언 같은 것도 다소 혼자 우쭐거리는 것 같아."

"그래. 얼마 전 선언할 때도 녀석이 혼자 대표인 체하고, 모두의 서명을 받아 가지고 어딘가로 가져갔지 않아? 그것도 녀석의 제스처야. 매스컴에서 자기 이름을 실어 주었으면 하는 속셈이 들여다보여."

"자네와 같은 말을 한 사람이 또 있더군." 화가인 가타자와는 동조해서 말했다.

"회의에서는 녀석이 하는 짓이 불쾌해서 중간에 퇴장한 사람도 있어. 어쩐지 녀석이 누보 그룹의 대표인 듯한 행동을 하고 있는 것 같단 말이야." 와가는 여기서 확실히 불쾌한 얼굴을 보였다.

그 말에 가타자와가 무엇인가 대답하려고 할 때 노크 소리가 들렸다. 문이 밖에서 천천히 열렸다. 젊은 여자의 얼굴이 들여다보았다.

"어머, 손님이 오셨군요?" 가슴에 안은 꽃다발 끝이 그녀의 뺨에 닿아 흔들렸다.

"괜찮습니다. 들어오세요." 와가가 밝은 눈으로 침상에서 일어나 새 손님에게 말했다.

"실례하겠어요."

초여름에 알맞은 밝은 핑크빛 슈트 차림이었다. 보조개가 팬 둥근 얼굴이었다. 이 사람이 와가의 약혼녀이며, 신진 여류 조각가인 다도코로 사치코였다.

가타자와가 황급히 의자에서 일어나 "실례하고 있습니다" 하고 외국식으로 그녀에게 정중히 인사했다.

"잘 오셨어요." 사치코는 가타자와를 보고 웃었다. 깨끗한 치열이었다. "문병을 와 주셨군요. 대단히 감사합니다." 그녀는 약혼자를 대신해서 감사를 표했다.

"와가의 부상이 가벼워서 천만 다행입니다. 안심했습니다."

"이 녀석 문병을 늦게 왔으니까, 그렇게 공손히 인사할 필요 없어요." 와가가 옆에서 말했다.

"어머." 사치코는 눈가에 웃음을 띠고, 가슴에 안은 꽃다발을 와가에게 넘겨주었다.

"야아, 예쁘군요." 와가는 자기 코에 꽃잎을 댔다. "냄새가 향기로운데. 고마워요."

와가가 그것을 머리맡에 놓으려는데, 가타자와가 옆에서 손수 받았다. 그 꽃다발을 장식하려니까 다른 꽃이 많아, 그는 다른 꽃을 제쳐놓고 사치코의 꽃다발을 한가운데에 놓았다.

"어머, 아름다운 꽃이에요." 자기가 가져온 꽃을 말하는 것이 아니라, 그녀는 무정하게 처리된 꽃다발에 눈을 떨어뜨리고 말했다. "어느 분한테서 온 꽃일까요?"

"무라카미 준코에게서 온 겁니다. 아까 여기로 밀어닥쳐 억지로 놓고 갔어요. 요전부터 나에게 뭔가 작곡해 달라고 조르고 있는데, 그런 뜻도 포함해서 온 거겠지요. 순진한 사람인가 봅니다. 그 분야의 가수를 위해 내가 일을 하리라고 생각하는 모양이니까."

와가가 야유하는 웃음을 띠었다.

사치코는 웃음을 참는 듯한 표정이었다.

"무라카미 준코뿐이 아냐." 가타자와가 바로 말을 받았다. "까닭도 모르는 패들이 우리를 이용하려고 드니까 말이야. 구제할 길 없는 통속 예술이 득실거리고 있어. 그들은 남을 이용하려는 일밖에는 생각지 않아."

"그럴까요?" 사치코가 얌전히 고개를 갸웃거렸다.

"그렇고말고요. 자신의 명성을 팔기 위해서 남을 이용하려는 일만 생각하고 있습니다. 당신도 조심하시는 편이 좋습니다." 가타자와는 사치코에게 말했다.

"어머, 저 같은 사람은 이용당할 가치가 없는걸요."

"천만의 말씀을." 가타자와는 과장되게 손을 흔들었다. "다도코로 씨도 조심하지 않으시면 이제 호된 꼴을 당합니다. 어쨌든 아버님께서도 특별한 분이시고, 당신 예술도 새롭고……."

"즉, 출신 성분이 좋다 그 말씀이시죠? 하고 싶으신 말씀은……?"

사치코는 얼굴을 찡그린 뒤에 총명한 미소를 띠었다. 가타자와는 당황했다.

"아니, 결코 그런 뜻이 아닙니다. 당신에게는 물론 그런 의식이 없습니다. 세상은 아무것도 모르니까, 반드시 진실을 받아들인다고 볼 수는 없습니다. 무서운 사실은 그겁니다. 저는 당신을 잘 알고 있으니까 배경이니 뭐니 하는 것을 전혀 느끼지 않습니다만."

"저도 전에는 꽤나 그걸로 고민했어요. 저라고 하는 예술가가 뭔가 그러한 후광을 업고 있는 듯한 생각이 들어 아주 괴로웠어요. 그러나 지금은 그렇지 않아요. 와가 씨는 아버지를 매우 경멸하신답니다. 그런데 전 와가 씨가 아버지를 경멸해 주셔서 살았어요. 저 자신의 눈이 떠진 것 같았답니다."

"지당하지요." 신예 화가는 두 팔을 펼칠 듯하며 동감했다. "와가의 의견은 옳아요. 저희는 언제나 기성관념을 타파합니다. 그런 뜻에서 현재의 질서나 제도를 절대로 인정하지 않습니다."

갑자기 가타자와의 어조가 강해졌다. 이때 노크 소리가 들렸다.

간호사에게 안내되어 한 신사가 들어왔다. 이 병실을 돌보는 간호사가 명함을 넘겨주었다. 신사는 잡지사 사람이었다.

"이번에 큰 사고를 당하셨네요." 머리카락이 성기게 난 편집자는 공손히 인사를 했다. 그는 과일 바구니를 가져왔다.

"고맙습니다."

와가는 손님과 마주보았다. 가타자와는 한쪽으로 비켜 주었다. 사치코는 환자인 와가가 새 손님과 의자에 마주 앉는 것을 거들었다.

"다름이 아니라 선생님께서 사고를 당하시기 전에 약속하신 일 때문인데, 인터뷰로도 좋습니다. 한 10분이나 20분간만 말씀해 주셨으면 합니다. 병중에 들이닥쳐서 죄송합니다만, 마감이 다가와서 어쩔 수 없이 찾아왔습니다."

"그렇습니까?"

약속이라고 하기에 와가는 마지못해 상대의 말에 대답했다. 이야기의 주제는 '새로운 예술에 관해서'라는 것이었다. 편집자는 일일이 메모를 하고 쉴새없이 맞장구를 치기도 하고 끄덕거리기도 하더니, 마지막에 와가에게 인사를 했다.

"정말 고맙습니다. 그런데 저희는 이 난에 넣으려고 선생님들께 간단한 약력을 부탁드리고 있습니다. 선생님께서도 약력을 좀 가르쳐 주셨으면 합니다. 뭐, 간단히 알려 주시면 됩니다. 문장 뒤에 작은 활자로 덧붙이는 것이니까요."

"아아, 그래요." 와가는 끄덕거렸다. "그럼, 간단히 말씀드리지요."

"예, 어서……."

"본적, 오사카 시 나니와 구 에비스 마을 2의 120. 현주소, 도쿄 도 오타 구 뎅엔초후 6의 867. 1933년 10월 2일생. 교토 부립 ××고등학교 졸업. 상경 후 예술대 가라스마루 다카시게 교수의 지도를 받음……. 이러면 되겠습니까?"

"예, 좋습니다. 그런데 엉뚱한 일을 여쭙는 것 같습니다만, 선생님이 왜 교토에 있는 고등학교를 다니시게 되었는지?"

"아, 실은 고등학교에 진학할 무렵 병을 앓았는데 아버지의 사업 관계로 교토에 아는 사람이 있어 한동안 그곳에서 요양했어요. 그러다 그만 교토에 남게 되어 학교도 교토에서 다니게 된 거죠."

와가는 살짝 미소지으며 대답했다.

"아, 그렇습니까. 그런 일이 있었군요. 잘 알았습니다." 편집자는 크게 끄덕였다.

가타자와는 의자에 앉아 책을 읽고 있었는데, 그 이야기를 듣고는 이 쪽으로 얼굴을 들었다.

"대단히 고마웠습니다."

편집자는 와가와 사치코에게 인사를 하고 일어섰다. 특히 사치코에 대한 태도는 공손했다.

"나도 이만 실례하겠네." 화가 가타자와도 일어섰다.

"어머, 더 있다 가셔도 되잖아요?" 사치코가 말했다.

"아닙니다. 약속이 있습니다. 마침 약속 시간이 돼서요."

"저런 녀석이야. 여기엔 데이트할 때까지 시간 보내기 위해서 왔어." 와가가 침상 끝에 걸터앉아서 말했다.

"어머 그러세요, 가타자와 씨?" 사치코가 밝은 목소리로 말하며 가타자와를 보고 웃었다.

"아니, 그렇지는 않습니다. 그림쟁이들 모임이 있습니다."

"숨기지 않으셔도 돼요. 그러는 편이 저희도 좋아요."

"아닙니다. 틀립니다." 젊은 화가는 손을 흔들며 문으로 갔다. "그럼 와가, 몸조리 잘 해." 그는 와가를 돌아보았다. "실례했습니다."

와가도 손을 들었다. 사치코가 가타자와를 복도까지 배웅했다. 곧 돌아온 그녀는 문을 단단히 잠갔다.

두 사람은 눈빛이 달라졌다. 몇 초 동안 서로 마주 보고 있더니 사치코가 와가에게로 급히 다가갔다. 와가는 사치코를 팔 안에 안았다. 와가의 입술이 사치코의 얼굴 위를 누르고 있었다. 오랜 시간이 지났다. 입술을 떼고 나서 사치코는 핸드백에서 손수건을 꺼내 남자의 입술을 닦아 주었다. 여자는 만족하여 한숨을 몰아쉬었다.

"오늘 손님이 많았나요?"

사치코는 황홀한 눈을 하고 물었다.

"응, 여러 사람이 왔어. 가타자와가 오기 전에 신문사에서 와 이야기를 듣고 갔어. 그 뒤에 가타자와 당신, 그리고 잡지사야."

"어머, 전 달라요. 전 그 가운데 안 들어요. 매일 정기적으로 오는걸요." 사치코는 항의했다.

"아아, 그렇던가? 좌우간 이곳에 있어도 한가하게 쉴 수가 없어."

"조금 거절하는 편이 나아요. 병인걸요. 뭐라고 할 수도 있어요. 시시한 사람과 만나 신경을 곤두세우는 것보다 가만히 누워 계시며 일에 대한 생각이나 하는 편이 훨씬 나아요."

"그야 그래. 아무래도 마음이 약해져서 탈이란 말이야. 이래 가지고 바빠지면 곤란하겠지?"

"어머, 그땐 제가 조정하겠어요."

"잘 부탁해."

"당신은 정말 둔중한 데와 도회적인 데가 함께 섞여 있어요. 그것이 뒤죽박죽이 되어 특별한 성격을 이루었어요."

"둔중해?"

"네에, 그런 데가 있어요. 그러면서도 도회적인 센스가 여기저기 엿보여요."

"즉, 복잡하군?"

"그래요. 하지만 그것이 와가 씨의 매력인걸요."

"그것 고맙군. 나도 내가 어떤 놈일까 궁금했는데."

두 사람은 함께 웃었다. 이때 탁상에 있는 전화가 울렸다. 사치코가 받으려고 하자 와가가 재빨리 수화기를 들었다.

"괜찮아요. 내가 받지. 예, 와가입니다." 작곡가는 전화에 대답했다. "예, 예, 조금."

사치코는 눈을 다른 곳으로 돌리고 와가의 목소리를 듣고 있었다. 벽에는 꽃을 그린 유화가 걸려 있었다.

"글쎄요, 전 이런 상태니까요." 와가는 전화에 대고 이야기했다.

"처음에 예정한 날짜에는 대지 못할 것 같지만, 공연까지는 반드시 맞추도록 하겠습니다. 그쪽에서 예정해 주셔도 좋습니다. 거기 누가 있으면 바로 의논해서 나중에 전화 주십시오. 아셨지요? 그럼, 안녕히 계십시오."

와가는 수화기를 놓고 사치코 쪽으로 돌아앉았다.

"일에 대한 전화예요?" 사치코는 미소 지었다.

"그래. 전위극단으로부터 작곡을 부탁받았어. 그 연극에 음악을 곁들이자는 취지야. 이것도 다치기 전에 맡았기 때문에 거절할 수가 없어. 재촉 전화야. 거기 일에 다케베가 관여해서 의리로 떠맡았지."

"그래, 구상은 되셨나요?"

"아니, 희미하게 머릿속에 떠올랐는데, 그 이상은 도무지 진척이 안 돼. 난처하게 됐어."

"다케베 씨라면 거절할 수 있잖아요?"

"아니, 반대야. 친구로부터 받은 부탁은 오히려 거절하지 못해."

"그래요? 하지만 극단에서 요구하는 작곡이라면 관객을 의식하니까, 상당히 타협적이어야 되지 않겠어요?"

"그래. 다케베는 대담하게 해 달라고 하는데, 그렇게는 안 되겠지. 그리고 극단은 가난하니까 그냥 봉사하기로 했어."

"그런 일은 되도록 거절하는 편이 좋으실 것 같아요. 지금 미국행 이야기가 있으니까, 웬만한 일은 되도록 거절하고, 그쪽에 정력을 집중하는 편이 좋다고 생각해요."

"그 말이 옳아. 내 곡이 미국에 팔리고, 미국에서 연주된다! 이것은 좋은 기회라고 생각해. 그래서 이 일에 전력을 집중하고 싶어. 앞으로는 음악도 유럽 중심으로 되지는 않아."

"그렇게 생각하신다면 더군다나 그렇죠. 그쪽으로 당신의 재능을 돌리세요. 그래, 미국 건은 순조롭게 진행되고 있나요?"

"응, 오전에도 연락이 있었어. 대체로 순조롭게 진행되고 있어."

"다행이에요. 아버지께 그 이야기를 했더니 아주 기뻐하셨어요. 그리고 미국행 비용을 주어도 좋다고 하셨어요."

와가의 눈이 빛났다.

"그래? 그건 정말 고마우신데. 아버님께 잘 부탁드린다고 말씀드려 줘. 그런데 내 곡을 미국에서는 상당히 비싸게 사 줄 것 같아."

"대충 언제쯤이 될까요?"

"글쎄, 11월경에는 떠날 수 있도록 하고 싶어."

4

가타자와는 K 병원에서 나와 주차장까지 갔다. 맞은편에서 택시가 병원으로 들어가려다가, 갑자기 가타자와 옆에서 멈췄다. 가타자와가 놀라서 눈을 뜨니, 택시 안에서 다케베 도요이치로가 손을 흔들고 있었다.

"어어."

가타자와도 손을 들고 웃었다. 다케베 옆에는 다른 남자가 앉아 있었다.

"자네도 와가한테 갔다 오는 길인가?" 다케베는 창으로 머리를 내밀고 물었다.

"응, 자네 지금 오는 길인가?"

가타자와는 택시 옆으로 다가갔다.

"그래, 지금 문병 가려고 하네."

가타자와는 고개를 흔들었다. "그만둬."

"왜 그래?"

"지금 다도코로 사치코가 와 있어. 나와 이야기하는데 왔기에, 불쌍해서 내가 사라져 주는 거야. 가려면 좀 나중에 가라구. 지금 가면 눈치 보인다구."

"그래?" 젊은 극작가는 혀를 내밀었다. "그럼 내리지."

문을 열고 다케베는 내렸다. 이어 동행한 남자가 내렸다. 이 사람은 가타자와가 모르는 얼굴이었다. 후리후리한 키에 베레모를 썼다. 30세 정도의 남자인데, 가타자와에게 목례했다.

"소개하지. 이분은 전위극단에 소속된 배우인데, 미야타 구니오(宮田邦郎) 씨야." 다케베가 말했다.

"잘 부탁드립니다." 미야타 구니오가 가타자와에게 인사했다.

"가타자와입니다. 그림을 그리고 있습니다."

"성함은 익히 알고 있습니다. 다케베 선생님이나 와가 선생님으로부터 말씀 많이 들었습니다."

"그래요, 와가를 알고 계십니까?"

"언젠가 내가 소개한 적이 있어. 세키가와도 같이 있었지."

다케베가 대답을 가로챘다.

이로써 미야타 구니오가 다케베를 따라 와가에게 병문안 가는 이유를 알 수 있었다. 아마 다케베가 병원에 간다니까 선뜻 따라갈 생각이 들었을 것이다.

"여기 서 있어도 별 수 없어. 어디 저 근처에 가서 차라도 마실까?"

다케베가 주위를 둘러보았다. 맞은편에 작은 찻집이 보였다. 세 사람은 찻집으로 들어갔다. 한낮이어서 가게는 한산했다. 역시 병원 문병객인 듯한 사람이 두세 명 있을 뿐이었다.

"와가는 어때?" 다케베가 물수건으로 얼굴을 쌱쌱 닦으며 물었다.

"충돌할 때 앞 시트에 가슴을 부딪혔다는데, 대단하지는 않은 모양이야. 건강해 보여."

"그래? 뭘 하고 있던가?"

"여전히 사람들이 찾아오던데. 이번에 미국에 갈 것 같다면서 아주 기운이 넘쳐 있어."

베레모를 쓴 미야타 구니오라는 배우는 두 사람 옆에 얌전하게 앉아 있었다.

"그러나저러나 와가가 택시를 타다니, 신기한데?"

다케베는 커피를 입 안에 머금고 말했다.

"녀석은 늘 자가용을 운전하고 다니는데, 왜 택시를 탔을까?"

"글쎄 말이야."

가타자와는 한참 생각하더니 "고장이라도 났나?" 하고 가볍게 말했다.

"그랬는지도 모르지. 아니면 교통 위반으로 면허 정지가 된 걸까? 어쨌든 녀석은 상당히 스피드를 내니까 말이야" 하더니, 다케베는 갑자기 생각난 듯이 물었다. "녀석이 어디서 사고를 당했지?"

"스가모 역전이래."

"그래? 무엇 때문에 그런 곳을 지나가고 있었지?" 다케베는 가벼운 의문이 생기는 듯 말했다.

"글쎄, 그건 못 들었는데. 그러고 보니, 무슨 일로 그 근처를 지나가고 있었을까?"

그런데 그 문제는 그걸로 그쳤다.

"그 택시에는 와가 혼자 타고 있었나?"

"그런 모양이야. 그때 다도코로 사치코가 같이 탔다면 재미있었을 텐데."

"바보로군, 자넨. 다도코로 사치코가 탔다면 당연한 일이야. 다른 여자가 같이 탔을 경우가 훨씬 재미있지."

"아, 그런가?"

"택시 사고로 다른 여자와 함께 다쳤다고 생각해 봐. 와가 녀석, 당장 다도코로 사치코와 약혼 취소가 될지도 몰라. 그래야 재미있지. 유감이군, 혼자 타고 있었다는 게."

두 사람은 서로 웃었다. 가타자와가 옆에 있는 배우를 보니, 그는 무슨 생각을 하고 있는지 미간을 찡그리고 침통한 표정을 하고 있었다. 그는 가타자와의 시선을 깨닫자 웃어 보였다. 뭔가 거북한 일이 있는 모양이었다. 다케베가 배우를 보고 말했다.

"자네도 조심하는 게 좋아. 함부로 여자 애와 택시를 탔다가 사고라도 만나면, 어디서 무슨 말이 나올지 몰라. 이봐, 이 사람은 꽤 인기가 있다구."

"시시한 말씀 하지 마세요."

미야타 구니오는 쓴웃음을 지었다. 그러고 보니, 그는 피부색은 검어도 입체적이고 조화로운 얼굴이다. 그리고 배우답게 세련된 느낌을 풍겼다.

"아니, 와가가 다른 여자와 같이 탄 사실이 탄로 나도 다도코로 사치코와의 약혼은 취소되지 않아. 오히려 결혼이 빨라질지도 몰라."

가타자와가 하던 이야기로 되돌렸다.

"그래, 왜 그렇지?" 극작가가 반문했다.

"뭐, 다른 게 아니고 다도코로 사치코가 와가에게 홀딱 반했으니까. 그녀 쪽에서 훨씬 더 열을 올리고 있거든."

"그래?"

"여자는 좋아하는 남자에게 그런 라이벌이 생기면 더 죽자 살자 하는 법이야. 상대 남자가 다른 여자와 교제가 있었다는 사실이 들통나면 화내거나 질투하거나 하는 것은 공통인데, 문제는 그 다음이야. 남자를 보고 불결하다느니 뭐라고 하며 헤어져 버리는 여자는 열의가 없는 편이야. 반해 있으면 오히려 함빡 빠져요."

"아니, 꽤 경험이 있는 듯한 이야기를 하는데?" 가타자와의 설명을 듣고 다케베가 웃었다. "그래, 다도코로 사치코가 와가에게 그렇게 반했나? 와가 녀석은 행복하군. 어쨌든 그녀 뒤에는 다도코로 시게요시가 있으니까 말이야. 그의 세력과 재력을 배경으로 하면 마음대로 행동할 수 있어."

"그런데 와가는 사치코 아버지의 일을 전혀 인정하지 않고 있어. 이것은 사치코가 직접 한 말인데, 와가가 자기 아버지를 경멸하기 때문에 좋아하고 있대."

"다도코로 사치코는 무르군. 하긴 입으로만 그렇게 말하겠지. 와가는 역시 다도코로 시게요시를 믿고 있어."

베레모를 쓴 배우는 얌전하게 듣고만 있었다. 잡담은 한참 계속되었다.

"이제 괜찮겠지?" 다케베 도요이치로는 손목시계를 보았다.

"글쎄. 상당히 시간이 지났으니까, 슬슬 들어가 보아도 괜찮겠지." 두 사람은 마주 보고 웃었다.

"그럼 실례."

"실례." 베레모를 쓴 배우도 천천히 일어났다.

"대단히 실례했습니다." 가타자와도 인사했다.

세 사람은 햇빛이 밝은 거리로 나왔다. 거기서 가타자와는 주차장에 놓아 둔 자가용차로 걸어갔다. 극작가와 젊은 배우는 차가 없어서 걸어서 공원 같은 K 병원 뜰을 지나 병동으로 갔다. 그들은 복도를 걸어 특실 앞으로 갔다. 방 번호는 문 위에 있었다. 번호를 확인하고 다케베가 문을 노크했다. 대답이 없었다. 다케베는 다시 두드렸다. 그래도 대답이 없었다. 다케베와 미야타는 얼굴을 마주 보았다.

그 순간 문이 안에서 열렸다.

"어서 들어오세요."

얼굴을 내민 사람은 사치코였다. 그녀는 방문자가 다케베인 줄 알자 "어머, 어서 오세요" 하고 웃었다. 얼굴이 붉게 상기되어 있었다. 사치코의 입술에서 립스틱이 조금 벗겨져 있었다.

종이 눈을 뿌리는 여인

1

가마타 조차장 살인 사건이 새로운 전환점을 맞았다. 사건이 일어난 지 이미 두 달 이상이 지났다. 수사본부가 해산되고 나서도 한 달 이상이나 된다. 그런데 이제야 비로소 피해자의 신원이 밝혀졌다. 그것도 수사 당국의 자력이 아니라 신고가 있어서.

어느 날 경찰청으로 한 남자가 찾아왔다. 그는 '오카야마 현 에미 마을 잡화상 미키 쇼키치(三木彰吉)'라는 명함을 내놓았다. 그는 자기 아버지가 3개월 전에 참궁(參宮, 신궁에 참배하는 일)하러 갔는데, 지금까지 행방불명이라고 했다. 혹시 가마타 조차장에서 살해된 피해자가 자기 아버지가 아닐까 하는 것이었다. 사건은 미궁에 빠진 채 수사본부를 해산했지만, 이 신고를 듣고 수사 1과에서는 곧 미키 쇼키치로부터 사정을 듣기 시작했다. 이제까지의 관례상 그 사정을 청취한 이들은 수사본부 시절의 주임 경감이던 계장과 이마니시 에이타로였다. 두 사람이 만나 보니, 미키 쇼키치라는 사람은 25, 6세의 시골 상인답게 정직하고 성실해 보이는 청년이었다.

"무슨 일입니까? 자세히 말씀해 주십시오."

주임 경감은 우선 이야기를 듣기로 했다.

"예, 제 아버지는 미키 겐이치라는 분으로 올해 51세입니다. 저는 이 명함에 씌어 있는 것처럼, 오카야마 현에 있는 에미라는 작은 도시에서 잡화상을 하고 있습니다. 실은 전 친자식이 아니고 양자입니다. 아버지는 일찍 아내를 여의고 아이도 없었기 때문에 저는 점원으로 고용된 후, 신용을 얻어 양자가 되었지요. 현재 저는 그 지방 처녀를 아내로 맞아 살고 있습니다."

"흐음, 그러세요?" 이마니시는 순박한 쇼키치의 이야기를 들으며 말했다.

"그런데 아버지는 아까 말씀드린 대로 3개월 전에 '이 나이가 되도록 아직 이세 신궁에 참배 한번 못했다. 이번에 이세에 갔다가, 다음에 나라, 교토를 구경하며 마음대로 여행하고 싶다'고 하셨어요. 그래서 저희도 꼭 그렇게 하시는 것이 좋겠다고 보내드렸지요."

"아."

"저희 아버지는 지금부터 22, 3년 전에 에미 시에다 잡화상을 벌이고, 꽤나 고생을 해서 시내에서 제일가는 가게로 만들어 놓으셨습니다. 저는 양자인 데다가 그간 아버지의 고생도 알고 있기 때문에 그 여행을 적극 권해 드렸지요. 떠나실 때 아버지는 별로 예정을 잡지 않고 한가하게 여행을 하고 오겠다고 말씀하셨습니다. 그래서 저희는 아버지가 이세, 나라, 교토를 돌아다니시는 줄로 알고 있었습니다. 아니, 사실 참배는 하셨습니다. 가시는 곳마다 그림엽서를 보내왔으니까요."

"그 뒤로 돌아오지 않으신 거군요?"

"그렇습니다. 마음 내키는 대로 하시는 여행이고, 예정도 잡지 않으셨기 때문에 오랫동안 돌아오지 않으셔도 별로 걱정하지 않았습니다. 그런데 3개월이 지나도 안 오시니까 조금 걱정이 됐습니다. 그래서 현지 경찰서에 수색원을 제출했습니다." 오카야마 현 에미 마을에서 온 미키 쇼키치는 이야기를 계속했다. "그런데 경찰은 서류를 뒤적거리더니, 그러고 보니 이런 조회가 왔다며 보여 준 것이 경찰청으로부터 온 가마타 사건이었습니다. 저는 그 인상서를 보고 깜짝 놀랐습니다. 틀림없이 짚이는 데가 있었습니다. 그래서 이곳으로 달려왔는데, 정말 수고스럽겠지만 피해자를 확인시켜 주셨으면 합니다."

그래서 이마니시 형사는 옷가지 등 피해자의 유품을 꺼내와 보여주었다. 미키 쇼키치는 그걸 보자마자 얼굴을 찡그리고 입 안에서 신음 소리를 냈다.

"틀림없이 제 아버지 것입니다. 아버지는 시골 분이어서 이런 낡고 허술한 양복을 입고 계셨습니다."

미키 쇼키치는 얼굴이 붉어지고 목소리가 변했다.

"그렇습니까? 그것 참 안됐습니다."

그러나 이마니시는 마음속으로 뛸 듯이 기뻐했다. 그토록 기를 쓰고 피해자의 신원을 찾았건만 끝내 단서조차 잡지 못했는데, 지금에서야 비로소 피해자의 신원이 밝혀진 것이다. 99퍼센트까지는 틀림없었다.

"그럼, 만일을 위해 사진을 보여 드리지요. 안됐습니다만, 유체는 벌써 화장했습니다. 그러나 본인의 특징은 기록해 두었습니다."

피해자의 얼굴은 감식반에서 여러 각도로 몇 장이나 찍어 두었다. 피해자의 얼굴은 엉망으로 짜부라져 있었다. 그 사진을 한 번 보고 미키 쇼키치는 그 참혹함에 숨을 죽이고 있더니, 겨우 특징을 찾아내어 아버지가 틀림없다고 증언한 다음 머리를 숙였다.

피해자의 신원이 밝혀졌다. 수사 1과는 갑자기 술렁거렸다. 요전에 수사본부를 철수할 때는 초상집에서 밤샘한 사람처럼 쓸쓸한 마음으로 해산했는데, 이제야 사건 해결 가능성을 알리는 등불이 비친 것이다. 따라서 미키 쇼키치에 대한 질문도 진지해졌다.

"아버지가 이세 참궁에 나설 때, 돈을 대략 얼마쯤 가지고 나오셨습니까?" 미키 쇼키치는 그 물음에 답했다.

그다지 큰 돈이라고는 생각되지 않았다. 이세 참궁을 마치고 긴키 지방(교토, 오사카 일대)을 돌아올 만큼의 여비 정도였다. 한가하게 예정이 없는 여행을 하고 싶다고 했으니까 숙박비를 포함해서 1개월분으로 계산할 때, 약 7, 8만 엔 정도였다고 한다.

"이세에서 나라로 계속 여행한다고 하셨는데 부친이 돌아가신 곳은 도쿄입니다. 그리고 가마타라는 곳은 시나가와에서 좀 들어간 지방입니다. 혹시 그런 곳에 무슨 용건이 없었을까요?" 이마니시가 물었다.

"글쎄요, 저도 그 점이 이상합니다. 이세와 교토를 돌아온다고 하신 아버지가 무엇 때문에 도쿄에 가셨는지 통 짐작할 수가 없습니다."

"도쿄에 간다고 하지는 않으셨습니까?"

"예, 그런 말은 한 마디도 안 하셨습니다. 아버지는 예정이 있으면 미리 그것을 저희 부부에게 말씀하시는데."

"그런데 가마타 역 가까이에서 돌아가셨으니까, 그 근처에 아버지의 친지가 있다고 생각되는데요?"

"아뇨, 짐작되는 사람이 없습니다."

"당신의 아버지 미키 겐이치(三木謙一) 씨는 그 지방 분이신가요?"

"예, 오카야마 현 에미 마을 분입니다."

미키 쇼키치가 대답했다.

"그럼, 쭉 그 지방에서 사셨군요?"

"그렇습니다."

"현재의 잡화상은 22, 3년 전부터 시작하셨다는데, 그때까지는 뭘 하고 계셨나요?"

"예, 방금 말씀드린 대로 저는 중간에 양자로 들어가서 자세한 것은 모릅니다. 양모도 돌아가셨기 때문에 아버지에게서 들은 이야기인데요, 아버지는 잡화상을 시작하기 전에는 순경이셨답니다."

"순경? 흠, 어디서 말입니까? 역시 오카야마 현인가요?"

"아마 그렇겠지요. 자세한 이야기는 듣지 못해서 잘 모릅니다."

"그럼 순경을 그만두고 바로 잡화상을 시작하신 거로군요?"

주임 경감이 웃으며 물었다. 순경이었다는 말이 친근하게 느껴졌기 때문이리라.

"그래, 지금 장사는 어때요? 잘 되십니까?"

"예. 에미는 작은 시골인 데다 산중이어서 인구가 적습니다. 그러나 장사는 그럭저럭 아버지 대부터 순조롭게 되고 있습니다."

"아버지는 남하고 원수진 일이 없었습니까?"

그랬더니 양자는 세게 고개를 흔들었다.

"절대로 그런 일은 없습니다. 아버지는 누구한테서나 존경을 받았습니다. 저를 양자로 삼으신 일도 그렇지만, 남을 위해 일하는 일이 많고, 그 때문에 예전에 억지로 시의회 의원이 된 일까지 있습니다. 아버지처럼 좋은 분은 다시 없습니다. 곤란한 사람을 잘 돌봐 주어 누구한테서나 부처님 같은 분이라는 말을 들었습니다."

"흐흠, 그런 분이 도쿄에서 생각지도 않은 죽음을 당해 유감이군요, 우리는 꼭 범인을 검거하려고 합니다." 주임 경감은 위로하듯 말하고 "그래 다시 한 번 묻겠는데, 아버지가 이세, 교토, 나라를 구경한다고 집에서 떠나실 때 도쿄에 간다는 예정은 전혀 없으셨군요?"

"예, 없었습니다."

"아버님이 그 전에 도쿄에 오신 일이 있었나요?"

"제가 아는 바로는 없습니다. 아버지가 도쿄에 거주했다거나 여행했다는 말은 들은 적이 없습니다."

옆에서 그 문답을 듣고 있던 이마니시 형사가 주임 경감의 허락을 얻어 질문했다.

"당신이 살고 있는 지방에 '가메다'라는 지명은 없습니까?"

"가메다라고요? 아뇨, 그런 지명은 없는데요."

미키 쇼키치는 이마니시 쪽을 보고 확실하게 대답했다.

"혹시 아버지를 아는 사람 가운데 가메다라는 사람은 없습니까?"

"예, 그런 이름을 가진 사람은 없습니다."

"미키 씨, 이것은 중요한 일이니까 잘 생각해 보십시오. 정말 가메다라는 이름으로 짐작 가는 분이 없습니까?"

미키 쇼키치는 그 말을 듣고 뭔가 생각하는 듯하더니 "글쎄요, 아무래도 저는 생각나지 않는데요. 대체 그 사람은 어떤 분인가요?" 하고 반문해 왔다.

이마니시는 주임 경감과 눈짓으로 의논했다. 수사의 비밀이 되는 일인데, 주임 경감은 괜찮다는 신호를 했다.

"실은 당신 아버지와 범인인 듯한 사람이 현장 부근에 있는 싸구려 바에서 술을 마시고 있었습니다. 거기엔 목격자가 있는데, 그 사람들 말에 따르면 당신 아버지와 그 상대방 남자 사이에서 가메다라는 말이 오르내렸답니다. 가메다가 지명인지 인명인지 지금으로서는 알 수 없는데, 어쨌든 그것은 둘이 다 알고 있는 이름이었습니다. 우리는 당시 그 가메다라는 이름을 단서로 수사를 폈었지요."

"그렇습니까?" 그 뒤에도 젊은 잡화상은 계속 생각을 했는데 결국 대답은 마찬가지였다. "아무리 해도 저는 생각이 안 납니다."

그 태도를 응시하고 있던 이마니시는 질문을 바꾸었다.

"미키 씨, 당신 아버지는 동북 지방 사투리를 쓰시나요?"

"예? 아뇨, 아버지는 동북 지방 사투리를 쓰지 않으시는데요?"

미키 쇼키치는 깜짝 놀란 듯한 눈매를 했다.

이 대답은, 이번에는 이마니시를 놀라게 했다.

"틀림없습니까?"

"예, 틀림없습니다. 방금도 말했지만 저는 점원으로 있다가 양자가 됐는데, 아버지가 동북 지방에서 살았다는 말은 듣지 못했습니다. 태어나신 곳이 오카야마 현 에미 마을이니까 동북 지방 사투리를 쓸 리가 없다고 생각합니다." 미키 쇼키치는 단언했다.

이마니시는 주임 경감과 얼굴을 마주 보았다. 이제까지 피해자가 동북 지방 사투리를 사용하고 있었다는 것이 하나의 결정적인 단서였다. 그것을 희망으로 이마니시는 아키타 현까지 출장을 갔었다. 그런데 미키 쇼키치의 대답은 그 결정적인 단서를 완전히 뒤집어 버렸다.

"그럼 묻겠는데, 당신 아버지의 부모, 즉 당신에게는 양조부모가 되는 그분들 핏줄 속에 동북 지방 태생인 분은 안 계십니까?" 이마니시는 다그쳤다.

미키 쇼키치는 즉석에서 대답했다.

"그런 분도 안 계십니다. 아버지의 부모님은 효고 현 태생이시랍니다. 동북 지방과는 연고가 없습니다."

이마니시는 생각에 잠겼다. 그렇다면 그 바에서 피해자를 목격한 사람이 동북 지방 사투리로 잘못 들었다는 말인가? 아니다. 그럴 리가 없다. 한두 사람이 아니었다. 그 바에 있던 손님이나 여종업원들은 입을 모아 피해자는 동북 지방 사투리로 이야기하고 있었다고 증언했다. 이마니시는 당혹스러웠다.

"다시 이쪽에서 연락할 일이 있을 것 같습니다. 그때에도 잘 협조해 주십시오." 옆에서 주임 경감이 미키 쇼키치에게 말했다.

"그럼 이대로 돌아가도 되겠습니까?"

"예. 뜻밖의 일로 상심되시겠습니다." 주임 경감과 이마니시는 애도의 뜻을 표했다.

"감사합니다. 그런데 아버지를 살해한 범인은 짐작이 가지 않습니까?" 피해자의 양자는 물었다.

"그걸 지금까지 모르고 있습니다. 그러나 이번에 피해자가 당신 아버지라는 사실을 알았기 때문에 수사하기가 매우 쉽게 됐습니다. 이제까지와는 달리 사정이 확실해져, 수사도 그쪽에 중점을 둘 수가 있습니다. 머지않아 범인을 검거할 수 있으리라고 생각합니다." 주임 경감은 부드럽게 말했다.

얌전한 양자는 머리를 숙였다.

"그런데 아버지는 어째서 도쿄에 오셨을까요?"

이것은 형사 쪽에서 묻고 싶은 말인데, 그도 풀 수 없는 수수께끼인 모양이었다.

"글쎄요, 그걸 알면 이 수사도 더 진척되리라 생각합니다. 그것도 이쪽에서 해결할 수 있을 것 같습니다."

주임 경감은 위로했다.

미키 쇼키치는 몇 번이나 인사를 하고 경찰청 현관을 나갔다. 이마니시가 현관까지 배웅했다. 자리로 돌아오니, 주임 경감은 아직도 그곳에 있었다.

"복잡하게 됐군." 주임 경감은 이마니시의 얼굴을 보고 말했다.

"야단났는데요." 이마니시도 쓴웃음을 지었다. "지금까지의 생각이 완전히 뒤집혔습니다. 피해자의 신원을 안 것은 좋은데, 다시 처음으로 되돌아갔습니다."

"그렇군." 그러나 주임 경감은 이마니시만큼 실망하진 않았다. 피해자의 신원이 밝혀졌기 때문에 표정이 밝았다.

"이로써 겨우 미궁에 빠질 뻔한 실점(失點)을 되찾을 수 있을 것 같군."

주임 경감과의 의논이 끝났다. 이마니시는 자기 방으로 돌아갈 셈이었다. 그러나 그는 이대로 그 좁고 붐비는 형사실로 돌아가기가 싫었다. 이마니시는 건물 뒤뜰로 돌아갔다. 은행나무가 높은 곳에 잎을 무성하게 달고 있었다. 햇빛을 머금은 눈부신 여름 구름이 그 위에 걸려 있었다. 이마니시는 은행나무를 바라보며 멍청히 서 있었다.

그는 아직도 '가메다'와 '동북 사투리'에 미련이 있었다.

이마니시는 돌아가기 전에 요시무라에게 전화를 걸었다. 요시무라는 사건이 일어난 관할서에서 근무하는데, 바로 전화를 받았다.

"요시무라인가? 이마니시야."

"요전에는 대단히 잘 먹었습니다."

요시무라가 말했다. 요시무라는 그 뒤에 한 번 이마니시의 집에 놀러 왔었다.

"요시무라, 자네하고 실컷 고생하던 그 가마타 조차장 사건의 피해자 신원이 밝혀졌어."

"그랬다더군요." 요시무라도 알고 있었다. "방금 서장님한테서 들었습니다. 그쪽 주임 경감님에게서 연락이 왔답니다."

"그래?"

"오카야마 현 사람이라지 않습니까?"

"그래."

"우리가 잘못 생각했군요?"

요시무라도 이마니시와 마찬가지로 피해자가 동북 지방 사람이라고만 믿고 있었다.

"예측이 빗나갔어." 이마니시는 허탈하게 대답했다. "그러나 피해자의 신원을 안 것은 큰 수확이야. 앞으로 내가 파견되어 가게 될 것 같으니, 다시 자네 신세를 질지도 모르겠군."

요시무라는 전화에 대고 기뻐했다.

"꼭 그렇게 되었으면 합니다. 이마니시 씨와 짝이 되면 공부가 되니까 말입니다."

"무슨 소리야? 이제 틀렸어. 이 사건에서는 처음부터 내 예상이 틀리지 않았는가?"

이마니시가 자조하자 요시무라가 위로해 주었다.

"그건 그렇지만, 앞으로 새 출발이라는 게 있잖습니까?"

"좌우간 내일이라도 만나고 싶네. 어차피 나보고 맡으라는 명령이 내릴 테니까 말이야."

"알았습니다. 기다리겠습니다."

이마니시는 그 후 바로 경찰청에서 나왔다. 집에 도착한 후에도 아직 밖은 환했다. 해가 길어졌다. 하기는 퇴근도 다른 때보다 일렀다.

"목욕을 갔다 오시는 게 어때요?" 아내가 말했다.

"글쎄, 그럼 애를 데리고 가서 한탕 뒤집어쓰고 올까?"

열 살짜리 외아들 다로는 드물게 일찍 돌아온 아버지와 목욕 가는 일이 기쁜 듯 날뛰고 다녔다. 근처 대중탕에 갔다가 돌아오니, 저녁 식사 준비가 되어 있었다. 아직 밖이 환해서 전등 불빛이 선명하지 않았다. 목욕 간 사이에 누이동생이 와 있었다. 누이동생은 가와구치에서 살고 있다. 남편은 주물 공장 노동자인데, 적은 돈을 모아 산 작은 아파트를 가지고 있었다.

"오빠, 안녕하세요?" 입고 온 외출복을 다른 방에서 평상복으로 갈아입은 듯한 누이동생이 얼굴을 내밀었다.

"왔니?"

"네, 방금요."

이마니시는 찌뿌드드한 얼굴을 했다. 이 누이동생은 늘 부부 싸움의 뒤처리를 떠맡기려 왔다.

"오빠, 덥군요." 누이동생은 오빠인 이마니시 옆에 와서 팔랑팔랑 부채질을 했다.

"응."

이마니시는 흘끔 누이동생의 얼굴을 살폈다. 부부 싸움 끝에 찾아오는 때와 그렇지 않은 때는 표정으로 알 수 있었다. 이마니시는 안심했다.

"뭐야, 또 한바탕하고 왔니?" 부부 싸움이 아닐 때면 이마니시는 일부러 이렇게 말했다. 그러나 확실히 부부 싸움을 한 것 같으면 건들지 않고 지나려 했다.

"아뇨, 오늘은 아니에요." 누이동생은 다소 멋쩍은 듯한 얼굴을 했다. "오늘은 그이가 야근이고, 아침부터 이사하는 걸 거들었더니 피곤해서 쉬려고 왔어요."

"이사하는 걸 거들었다고?"

"저희 집 아파트 방 하나에 사람이 들었어요."

"햇빛이 안 든다고 하던 그 방 말이냐?"

그 방이 나가지 않는다고 누이동생은 전부터 투덜거렸다. 그런데 그 방에 세 든 사람이 생긴 것이다. 그 때문인지 오늘은 기분이 좋았다.

"그것 잘 됐군. 그래서 네가 서비스로 거들어 주었어?"

"그렇지는 않지만, 이번 사람은 여자 혼자예요."

"그래, 독신녀인가?"

"그래요, 스물네댓쯤 돼 보이더군요. 달리 거들 사람이 오지 않은 것 같아 가엾어서 도와주었지요."

"그래, 여자 혼자라면 설마 세컨드는 아니겠지?"

"아녜요, 그런데 술장사하는 사람인 것은 틀림없어요."

"흐음, 요릿집 종업원인가?"

"아뇨, 긴자에 있는 바에 다닌대요."

"흥."

이마니시는 그만 말이 없었다. 계속 볕이 따가워 몹시 더웠다. 특히 이 집 둘레를 이웃집들이 벽처럼 막고 있어서 바람이 조금도 들어오지 않았다.

"가와구치 근처 아파트로 이사할 정도라면 그다지 경기 좋은 바에서 일하는 여종업원은 아닌데."

"그렇지도 않아요."

누이동생은 오빠가 재수 없는 소리를 하는가 해서 조금 뾰로통해져 반발했다.

"그야 긴자에 다니기 편리한 곳이라면 아카사카나 신주쿠 근처겠지만, 손님들이 몹시 귀찮게 군대요. 가게가 끝난 뒤에 이러쿵저러쿵하며 바래다 주겠다고 한대요."

"흥, 그럼 그것에 물려 가와구치로 옮겼다는 건가? 지금까진 어디에 있었는데?"

"아마 아자부에 있었다나 봐요."

"미인이든?" 이마니시가 물었다.

"네에, 아주 예뻐요. 어때요, 오빠, 한번 보러 오지 않으시겠어요?"

그때 이마니시의 아내가 자른 수박을 쟁반에 담아 들고 왔기 때문에 누이동생은 혀를 낼름했다.

"자, 찰 때 드세요. 다로, 너도 이리 오렴" 하고 그녀는 뜰에서 놀고 있는 아들을 부르고 쟁반을 놓은 다음, "쟤네 고모 아파트에 이번에 사람이 들었대요" 하고 이마니시에게 말했다.

"아, 지금 들었어."

2

젊은 평론가 세키가와 시게오는 에미코를 택시에 태우고 달리고 있었다. 밤 12시가 가까운 시각이라 나카센도에 있는 집들은 거의 문을 닫았다. 자동차 불빛만이 흐르고 있었다.

"피곤해요. 오늘 밤 가게를 쉴까 했어요. 하지만 당신과 약속이 있어서 무리해서 나왔어요." 에미코가 말했다.

에미코는 세키가와의 손을 꼭 쥐고 있었다.

"누구에게 거들어 달라고 했나?" 세키가와는 앞을 바라보며 물었다.

"아뇨. 집 안까지 나르는 일은 이삿짐 센터 사람이 해 주었는데, 그 뒤가 큰일이었어요. 그런데 주인 아주머니가 거들어 주었어요." 그녀는 세키가와에게 몸을 바싹 기대고 있었다. "그런 때 당신이 와 주셨으면 정말 좋았을 거예요." 그녀는 원망하는 듯한, 어리광을 부리는 듯한 어조가 되었다.

"그렇게는 안 돼."

"네, 그건 알고 있어요. 하지만 그런 때는 정말 속상해요." 세키가와는 말이 없었다.

택시는 고갯길을 오르고 있었다.

"먼데." 세키가와는 길을 바라보며 말했다.

"예. 하지만 전차로는 의외로 빨라요."

"얼마쯤 걸리지?"

"긴자까지 40분 걸려요."

"빠른데." 세키가와가 말했다. "먼저 집보다 좋지 않아? 시간도 그렇게 걸리지 않고 조용해서 좋은데."

"싫어요. 조용하긴요. 시골인 데다 근처에는 주물 공장뿐이에요. 별로 품위 있는 곳이 못 돼요."

"조금만 참아. 그러다가 좋은 장소가 있으면 이사하면 돼." 세키가와는 말했다.

"어머, 또 이사해요?" 여자는 남자의 옆얼굴을 보았다. "그렇게 자주 옮기지 않으면 안 되나요?"

"그런 것은 아니지만."

"이번 집으로 옮기고 나서야, 먼저 아파트의 좋은 점을 알았어요. 시장도 가깝고 도심으로 나가는 데도 마음이 편했어요. 지금 집은 어쩐지 흙냄새가 나고 기분이 우울해져요. 당신이 원하니까 하는 수 없지만."

"그야 하는 수 없어. 네가 나빠서 이렇게 된거야."

"그런 말씀을." 에미코는 쥐고 있는 세키가와의 손에 힘을 주었다. "제 탓이 아녜요. 들킨 당신이 나빴어요. 그것도……."

"그만둬." 세키가와는 턱을 앞으로 치켜올렸다.

운전사는 맹렬한 속도를 냈다. 헤드라이트 속에서 아스팔트 길이 자꾸만 흐르고 있었다. 한참 말없이 있었는데, 앞쪽에서 다리가 번쩍이며 다가왔다. 긴 다리를 건넌 곳에서 세키가와는 택시를 세웠다.

"여기면 됩니까?"

운전사는 좌우를 둘러보더니 길게 이어진 어두운 둑을 보고 히죽 웃었다. 세키가와를 뒤따라 에미코가 내렸다. 세키가와는 묵묵히 강둑을 걸었다. 아라카와의 어두운 수면이 앞에 펼쳐져 있었다. 둑 아래는 공장 지대인 듯 검은 건물이 이어져 있었다. 눈부신 가로등 불빛이 점점이 켜져 있었다. 세키가와는 둑길에서 강변으로 내려갔다. 여름풀이 무성했다.

"무서워요. 너무 멀리 가지 말아요."

에미코는 세키가와의 팔에 손을 걸었다. 세키가와는 상관하지 않고 물이 있는 쪽으로 내려갔다.

"어디까지 가는 거예요, 네에?"

밑에 잔돌이 있기 때문에 에미코는 하이힐을 염려하면서 그에게 기대었다. 맞은편 기슭에서 네온사인이 빛나고 있었다. 별이 많았다.

세키가와는 멈춰 서서 말했다. "이봐, 쓸데없는 말을 하는 게 아냐." 갑작스러운 말이었다.

"어머, 무슨 말씀이세요?" 에미코는 놀란 음성을 냈다.

"아까 택시 안에서 말이야. 운전사가 무슨 말을 들을지 몰라. 그렇게 하고 있어도 귀로는 다 듣고 있으니까 말이야."

"그래요, 잘못했어요." 여자는 순순히 고개를 끄덕였다.

"내가 말해 두지 않았어? 그런데 넌 들켰으니 운이 나쁘다는 둥, 쓸데없는 소리를 지껄였어."

"미안해요, 하지만……."

"하지만, 뭐야?"

"당신은 혼자 꽤나 걱정을 하시지만, 상대방 학생은 눈치 채지 못했을 거예요."

세키가와는 주머니에서 담배를 꺼내 손으로 가리고 불을 당겼다. 순간 얼굴 반쪽이 환해졌는데 불쾌한 표정이었다. "그 말은 네가 위로하기 위해서 하는 말이고, 난 믿지 않아." 그는 연기와 함께 메마른 소리를 냈다.

"앞 방 학생이 너에게 내 이야기를 물었다고 하지 않았어?"

"상대방은 당신인 줄 모르고 있어요. 단지 지난 밤에 오신 손님은 어떤 분이냐고 물어봤을 뿐이에요. 사소한 흥미뿐인 거예요. 특별히 깊은 뜻은 없다고 생각해요."

"그것 보라구." 세키가와가 말했다. "그런 이야기를 너에게 묻는 것은 내가 복도에서 만난 그 친구 학생이 무슨 말을 했다는 증거야. 그 학생이 나를 돌아볼 때의 눈매가 아무래도 내 얼굴을 아는 듯했어.”

“앞 방 학생이 저에게 물어볼 때는 그런 느낌이 아니었어요.”

“나는 가끔 신문에 평론을 쓰기 때문에 얼굴 사진이 나온단 말이야.” 세키가와는 어두운 강을 보며 말했다. “상대는 학생이야. 틀림없이 내가 쓴 평론을 읽고 있을 거야. 사진의 얼굴도 그의 기억에 어렴풋이 있었을 테고.”

어둠 속에서 검은 수면이 희미하게 빛났다. 먼 곳에서 전차가 철교를 지나고 있었다. 전차 불빛이 수면에 비치면서 길게 꼬리를 끌고 갔다.

“슬퍼요.” 에미코가 말했다.

“뭐가?” 세키가와는 짧아진 담배를 빨고 있었다.

“당신이 별 것에 다 신경을 쓰고 계시니까요. 저라는 여자가 점점 당신에게 방해가 되는 것 같은 생각이 들어요.”

맞은편 둑의 어둠 속에서 휘파람 소리가 들렸다. 젊은 사람이 걷고 있는 모양이다.

“넌 아직도 내 마음을 모르니?” 세키가와는 에미코의 어깨에 손을 얹고 말했다. “난 지금이 중요한 시기야. 여기서 너의 일이 표면에 나타나 봐. 나는 얼마나 욕을 먹을지 몰라. 나는 일 관계로 여러 사람을 비평하고 있기 때문에 그만큼 적도 많아. 너와의 관계가 드러나 봐. 그들은 ‘뭐야 그 자식은’ 할 게 아냐?”

“제가 바의 여종업원이니까 그렇죠. 와가 씨의 약혼녀처럼 어엿한 집 아가씨라면 당신도 그런 사람들을 꺼릴 이유가 없을 테죠?”

“와가와 난 달라.” 세키가와는 갑자기 화가 난 듯이 말했다. “와가는 출세주의자야. 나는 녀석처럼 입으로는 새로운 사상을 말하면서

실은 가장 낡은 근성을 가지고 있는 사람과는 달라. 네가 바에서 일하는 여자든 뭐든 나에게는 조금도 상관없는 일이야."

"그렇다면……그렇다면 어째서 그렇게 남의 눈만 걱정하세요? 전 어떤 곳에서라도 좀더 당당히 당신과 함께 걷고 싶어요." 여자는 말했다.

"말을 못 알아듣는군." 세키가와는 가볍게 혀를 찼다. "넌 내 입장을 알고 있겠지?"

"그야 알고 있어요. 당신은 보통 사람과는 다른 일을 하신다는 사실도요. 정말로 존경하고 있어요. 그러기에 당신의 사랑을 받는 저는 행복해요. 할 수만 있다면 친구들에게 자랑하고 싶을 정도예요. 하지만 그런 말은 아무에게도 하지 않았어요. 생각이 그렇다는 말예요. 그것은 알고 있지만, 가끔 이런 일이 슬퍼져요. 이번 일도…… 그 아파트의 학생에게 얼굴이 알려지게 됐으니 당장 이사하라고 하시잖아요. 어쩐지 전 언제까지나 당신의 그늘에 있는 여자가 될 것 같은 생각이 들어요."

"에미코, 그 마음은 나도 잘 알고 있어. 그러나 몇 번이나 말한 것처럼 내 입장을 이해해 주었으면 해. 어느 시기까지는 너의 희생을 강요하지 않을 수 없어. 나는 지금 겨우 세상에 나타나기 시작한 중요한 시기야. 여기서 시시한 소문 때문에 초장에 한방 먹으면 지금까지의 노력이나 앞으로의 희망도 엉망이 돼 버려. 나는 내 동료에게 지고 싶지 않으니까 말이야. 너는 내가 너무 조심스럽다고 경멸할지 몰라도, 내가 있는 세계는 그런 세계야. 의외로 그런 스캔들 같은 것이 좌절을 가져오는 그런 세계야. 힘들어도 참아 주었으면 해."

세키가와는 여자의 얼굴과 어깨를 느닷없이 끌어 당겼다.

3

한 남자가 밤의 긴자 뒷골목을 거닐고 있었다. 그는 어느 신문사의 문화부 기자였다. 길은 사람들로 붐볐다. 그는 막 바에서 나왔는데, 번화한 쇼윈도가 늘어선 곳으로 걸어가다가 한 젊은 여성과 엇갈렸다. 쇼윈도 불빛이 그 여자의 옆얼굴을 줄무늬로 비췄는데, 그것을 보는 순간 문화부 기자는 고개를 갸웃거렸다. 어디선가 본 적이 있는 것 같았다. 그 여자는 바삐 걸었기 때문에 금방 복잡하게 오고 가는 사람들 속으로 사라져 버렸다.

어느 바의 여자였던가 하고 그는 생각했으나 알 수 없었다. 그는 그대로 걸어서 4가 쪽으로 갔다. 서점이 아직 열려 있었다. 서점 안으로 들어가 신간서가 꽂힌 진열장을 바라보았다. 고를 만한 책이 바로 눈에 띄지 않았다. 그는 막연히 책장을 바라보며 안으로 걸어갔다. 《당신을 위한 즐거운 여행》이라는 책이 눈에 띄었다. 요즈음 계속 나오는 여행 안내서였다. 그것을 보는 순간 문화부 기자의 눈에 놀라는 표정이 나타났다. 생각해 낸 것이다.

얼른 본 옆얼굴이 확실히 기억에 있었다. 바에서 만난 여자는 아니었다. 여행길에서 같은 기차에 탔던 여성이었다. 신슈의 오마치에서 돌아오는 길이었다. 이등차(일등차로 개칭되기 전)는 비어 있었다. 승객은 20명도 채 못 되었다. 그 여자는 고후에서 탔다. 그가 앉은 좌석의 통로를 사이에 둔 맞은편에 자리를 잡았다. 창가였다. 상당한 미인이었다. 옷은 그다지 고급이 아니었으나, 옷을 고른 안목이나 맵시에 센스가 엿보였다. 분명히 그 여자였다.

그것은 벌써 꽤 오래전 일이었다. 그렇다. 오마치에 지금 개발 중인 구로베 협곡 댐 이야기를 취재하러 갔을 때니까 5월 18, 9일경이었다. 밤 기차였고, 아직 창을 열어 바람을 쏘일 정도로 차 안은 덥지 않았다. 그 여자는 고후를 지나고 나서 창을 반쯤 열었다. 아니,

그것뿐이라면 그의 기억에 이렇게 남을 리가 없었다. 그 다음 동작이 조금 이상했다.

거기까지 생각하고 있는데, 뒤에서 어깨를 누르는 사람이 있었다.

"무라야마(村山)."

그는 문화부 기자의 이름을 불렀다.

돌아다보니 가와노(川野)라는 대학 교수로, 평론도 쓰는 사람이었다. 가와노 교수는 베레모를 쓰고 있었다. 그것은 교수의 숱이 적은 머리를 감추기 위한 모자였다.

"뭘 멍하니 서 있어? 책을 앞에 놓고 매우 심각한 얼굴을 하고 있는데?"

가와노는 안경 속의 눈까풀에 주름을 잡으며 웃었다.

"아, 선생님이십니까? 통 찾아뵙지 못했습니다." 무라야마라고 불린 문화부 기자는 황급히 인사를 했다.

"아냐, 나야말로. 오랜만인데?"

"선생님도 산책 중이십니까?"

"어때, 오랜만인데 저기 가서 커피라도 마실까?"

교수는 술을 못 마셨다.

"서점에서 뭘 그렇게 심각하게 생각하고 있었나?" 밝은 찻집에 들어가 커피를 마시고 나서 교수는 다시 말을 꺼냈다.

"아닙니다. 생각에 잠겨 있지 않았어요. 잠깐 뭘 좀 기억해 내느라고 그랬습니다." 무라야마는 웃으며 말했다.

"그래? 난 또 자네가 심각한 얼굴을 하고 있기에, 어떤 책이 자넬 신음하게 하나 해서 들여다보았더니 여행 책이더군."

"그렇습니다. 실은 그 여행 안내서 때문에 문득 생각나는 일이 있어서요. 다른 게 아니고 여행길에서 만난 여자를 아까 지나쳤는데, 그때는 생각이 나지 않다가 책 덕분에 떠올랐거든요."

"흘려들을 수 없는 일인데? 뭐, 여행 중 짧은 로맨스라도 꽃피웠나?" 교수는 웃었다.

"아니, 그렇지는 않습니다. 시시한 이야기입니다."

"지루했던 참이야. 시시한 이야기라도 들어 주지. 어떤 사연이야?"

교수는 뻐드렁니를 드러내며 무라야마에게 이야기를 재촉했다.

"글쎄요. 그럼 심심하시다니까 이야기해 드리지요." 무라야마는 이야기했다.

심심하기로 말하면, 그때 무라야마야말로 긴 기차 여행에 심심했다. 그래서 고후에서 탄 그 여자에게 관심을 기울였다고 할 수도 있다. 그 여자는 핸드백 외에 작은 손가방을 갖고 있었다. 스튜어디스들이 가지고 다니는 작고 세련된 파란 철가방이었다.

고후를 지나면 기차는 쓸쓸한 산지로 접어든다. 그녀는 처음에 문고본처럼 보이는 책을 읽고 있었는데, 기차가 엔잔 근방을 지날 무렵에 창을 열었다. 아직 그렇게 더울 때가 아니어서 맞은편 열린 창에서 찬 바람이 들어왔던 것을 기억하고 있다.

여자는 그 창으로 어두운 밖을 내다보고 있었다. 밤이니까 경치가 보일 까닭이 없었다. 멀리 인가의 등불이 흐를 뿐, 검은 산만 잇닿아 있었다. 그래도 여자는 창가로 몸을 돌리고 열심히 밖을 바라보고 있었다. '흐음, 이 노선 기차를 별로 타 본 일이 없는 여자구나' 하고 무라야마는 생각했다. 그녀가 고후에서 탔다는 사실을 알고 있는 그는 지방 사람이 도쿄로 놀러 가는지도 모르겠다고 생각했다. 그러나 그런 것 치고는 복장이 어딘지 세련되어 보였다. 평범한 검은 슈트인데 맵시가 좋았다. 도쿄에서 생활하는 사람 같았다. 갸름한 옆얼굴에 몸매도 날씬했다.

무라야마는 자기가 읽던 책으로 눈을 돌렸다. 그가 한 페이지도 다 읽지 않았을 때, 여자가 어떤 동작을 하는 것을 알아차렸다. 여자는 무릎에 놓은 작은 가방을 열더니, 뭔가 흰 것을 집어서 창밖으로 버리기 시작했다. 조금 천진해 보이는 동작이었다. 그는 이상하다고 생각했다. 무라야마는 곁눈질로 슬쩍 보았다.

대체 무얼 버리고 있을까? 작은 손가방에서 집어내는 것을 보니 흰 것이었다. 밖에는 기차의 움직임으로 바람이 일었다. 여자는 창밖으로 손을 내밀어 뭔가를 버렸다. 엔잔 근처에서부터 다음 역인 가쓰누마 사이에서의 일이었다. 처음에 그는 뭔가 불필요한 종이라도 버리는가 했다.

그런데 그녀는 다시 한참 책을 읽고 있더니, 이번에는 하지카노와 사사고 사이에서 또 작은 가방에서 뭔가 집어서는 창밖에 버리기 시작했다. 뭔가 궁금해서 무라야마는 가벼운 흥미를 느꼈다. 그는 화장실에 가는 시늉을 하고 차량 끝으로 걸어갔다. 거기서 창밖을 무심히 보았는데, 어둠 속에 흰 작은 종이가 눈보라처럼 바람에 흩어지고 있었다. 대여섯 조각이니까 눈보라라는 형용은 너무 과장된 것이지만, 좌우간 그런 느낌이었다. 무라야마는 미소를 지었다. 그 아이 같은 행위에 미소가 나온 것이다. 그녀가 기차 속에서의 지루함을 그런 장난으로 때우는가 싶어서였다.

무라야마는 자기 자리로 돌아왔다. 그리고 책을 들고 읽기 시작했는데, 아무래도 통로 너머에 있는 그녀의 행동이 마음에 걸렸다. 그런데 오쓰키 역이 가까워지자 또 그녀는 작은 슈트케이스에서 꺼낸 종이 조각들을 뿌렸다. 25, 6세 정도의 교양이 있어 보이는 여자 같은데, 그래서 더욱 그 장난스러운 행동이 색달랐다.

이윽고 기차가 오쓰키 역에 닿았다. 그리고 새로운 승객들이 이등차로 들어왔다. 그중 50세 가까운 뚱뚱한 신사가 차 안을 두리번거리더니 그 여자의 맞은편 자리에 앉았다. 그 신사는 옅은 갈색의 고급 양복을 입고, 같은 색깔의 헌팅캡을 쓰고 있었다. 신사는 주머니에서 둘로 접은 주간지를 꺼내어 읽기 시작했다.

무심히 보고 있자니까, 그녀는 자기 앞자리에 새 승객이 앉아 좀 당황해하는 듯했다. 그래도 그녀는 창을 닫으려 하지 않았다. 열차가 계속 달려, 오쓰키를 출발해서 작은 역 몇 개를 지날 무렵부터 그녀는 다시 흰 종이 조각을 어둠 속에 뿌리기 시작했다. 신사는 찬 바람이 들어와 얼굴을 조금 찡그리고 젊은 여자를 흘끔 보았을 뿐 불평하지는 않았다.

무라야마는 책에 열중했다. 그가 한참 만에 보니 창문이 닫혀 있었다. 신사가 불평하는 말을 듣지 못했으니까, 그녀 쪽에서 자발적으로 창을 내린 모양이라고 생각했다. 그녀는 작은 책을 읽고 있었다. 검은 스커트 아래로 예쁜 다리가 엿보였다.

다시 한참 지났다. 열차는 아사카와를 지나 하치오지 가까이 와 있었다. '아이구, 이제 다 왔구나' 생각하고 무라야마가 눈을 드니까, 신사가 자라목을 뻗치고 열심히 그녀에게 이야기하고 있었다. 그 태도가 몹시 상냥했다. 신사와 젊은 여자는 이야기를 나누고 있었다. 그런데 주로 이야기하는 사람은 신사이고, 그녀는 짧게 응답할 뿐이었다. 어느 사이에 신사는 그녀의 정면으로 몸을 옮겨 앞으로 구부린 채 이야기에 열성적이었다. 그녀는 조금 귀찮은 듯했다.

물론 두 사람은 아는 사이가 아니었다. 신사가 나중에 타고, 자리가 같아서 지루한 차에 이야기를 나누는 것 같았다. 그런데 무라야마가 상황을 보니 단순한 잡담이 아닌 모양이었다. 신사의 얼굴은 매우 열심이었다. 신사가 담배를 꺼내 권하자 그녀는 고개를 흔들었다. 다음에는 껌을 꺼내어 권했는데, 그녀는 좀처럼 그것을 받으려 하지 않았다. 신사는 상대가 예의상 사양하는 줄 알았는지 다소 억지로 권했다. 마침내 그녀는 그 끈기에 졌는지 그것을 받아 들었으나, 껌 껍질을 벗기려고 하지도 않았다.

그 뒤로 신사의 태도가 점점 수상쩍어졌다. 그는 여자의 다리 쪽으로 아무렇게나 무릎을 뻗었다. 그러면 그녀는 깜짝 놀라서 다리를 오므렸다. 그래도 신사는 모르는 척하고 뻗은 다리를 그대로 둔 채 이야기를 계속했다.

무라야마는 차 안에서 중년 남자가 젊은 여성을 유혹한다는 이야기를 전부터 듣고 있었다. 그는 긴 노정이라면 몰라도 오쓰키와 도쿄 사이에서 벌써 이런 행동을 하는 신사가 괘씸하게 생각되었다. 이 이상 그녀에게 함부로 한다면 그는 뛰쳐나갈 작정이었다. 그래서 그는 책을 읽으면서도 마음을 쏟을 수가 없었다. 끊임없이 맞은편 좌석의 상황을 관찰하고 있었다. 그녀가 확실히 귀찮은 빛을 띠자 그 신사도 차마 그 이상의 노골적인 태도를 보이진 않았다. 그러나 그 신사는 여전히 그녀에게 이런저런 이야기를 했다.

기차가 다치카와를 지나자 차차 도쿄의 전등불이 보였다. 차내에서는 슬슬 선반에서 짐을 내리는 사람도 있었다. 뻔뻔스러운 신사는 아직도 이야기를 그치지 않았다. 그 신사는 오기쿠보 역이 지나가고 나카노 근처를 지나도 일어서려 하지 않았다. 그녀는 작은 손가방밖에는 가진 것이 없기 때문에 짐 걱정은 없었다. 그녀는 나카노 근처의 거리 불빛이 보이기 시작하자, 결심한 듯 신사에게 인사하고 일어섰다.

그런데 신사도 따라서 일어나더니 재빨리 그녀에게 다가가 뭐라고 속삭였다. 여자는 얼굴을 붉히고 급히 문간으로 향했다. 무라야마가 거기서 보고 있다는 것은 전혀 안중에 없이 신사는 바로 그녀를 따라갔다.

무라야마도 책을 덮고 일어섰다. 열차는 신주쿠 역 플랫폼으로 미끄러져 들어갔다. 그가 출구로 가 보니, 신사는 여자 등에 딱 붙어서 있었다. 그리고 거기서 아직도 작은 소리로 이야기하고 있었다.

분명히 그녀를 지금부터 어디로 꾀려는 것이었다. 무라야마는 이 이상 신사가 그녀에게 귀찮게 굴면 자기가 기사역을 자청하고 나설 생각이었다. 열차는 종착역에 정차했다.

"이런 일이 있어서 그 여자가 생각났습니다." 무라야마가 가와노 교수에게 이야기했다.

"재미있군. 요즈음 그런 사람들이 늘었다더군. 젊은이들에게 지지 않을 만큼 행동적인 늙은이들도 있는 모양이야." 교수는 웃었다.

"조금 어처구니없었습니다. 이야기는 듣고 있었지만, 실제 제 눈으로 본 것은 처음이었습니다."

"그런데 그 처녀가, 아니, 처녀인지 부인인지 모르지만, 그 젊은 여성이 창으로 눈보라처럼 종이를 뿌리고 있었다는 이야기는 재미 있군. 자네에겐 천진해 보였다는데, 나는 어딘지 시적으로 느껴지는군."

"그렇군요." 무라야마도 동감이었다. "그 뒤 그런 속된 일이 있었기 때문에 더욱 이상하게 느껴졌습니다."

"상대방은, 즉 젊은 여성 말인데, 자네를 처음부터 의식하지 않았는가?"

"않았다고 봅니다. 아까 서로 엇갈릴 때, 상대방이 저를 알았다면 하다못해 목례 정도는 했을 텐데요."

"아, 밤의 긴자에서 그 여자를 만났는데 바로 생각이 나지 않고, 서점에서 생각났다는 사실도 색다르군." 교수는 그 이야기에 흥미를 갖고 있었다. "무라야마, 마침 내가 어느 잡지사에서 원고를 부탁 받았는데, 수필거리가 없어 곤란했어. 지금 그 이야기를 내가 쓰겠어."

"이런 것이 이야깃거리가 됩니까?"

"적당히 윤색해서 한 다섯 장 정도로 만들어 내겠어." 교수는 수첩을 꺼냈다. "무라야마, 다시 한 번 묻겠는데, 그게 언제쯤 일이지?"

"글쎄요, 5월 18일이나 19일이 아닌가 싶습니다."

"응, 그렇지. 아직 창을 열 정도로 덥지는 않았다고 했지."

교수는 그 날짜를 수첩에 메모했다.

"선생님, 제 이름은 나오지 않겠지요?"

무라야마는 걱정이 되었다.

"안심하라구. 자네 이름을 내 보았자 별 수 없어. 이것은 남의 이야기로 하면 약해져. 나 자신이 실제 본 걸로 하겠어."

"그렇군요. 그러는 편이 독자가 좋아하겠지요. 실은 선생님도 그 여성에게 생각이 있었다는 걸로 하면 어떻습니까?"

"못된 말을 하는군." 교수는 웃었다. "나도 망측한 초로(初老)에 든 남자 중의 한 사람이야. 그러나 이래 봬도 행동파는 아니니까 안심하게. 그런데 무라야마, 자네도 차 안에서 그 여성과 단둘이 있을 때 뭔가 기회를 만들고 싶지 않았나?"

"그렇지는 않았습니다만⋯⋯." 무라야마는 조금 멋쩍은 얼굴을 했다.

"미인인가?" 교수는 갑자기 물었다.

"예, 미인인 편입니다. 조금 마른 날씬한 모습이었습니다. 귀여운 얼굴이었어요."

"음, 음."

교수는 만족한 듯 수첩에 뭘 적어 넣었다.

4

이마니시는 누이동생이 돌아간다기에 역까지 배웅하기로 했다.

"고모, 자고 가는 게 어때요?" 하고 아내가 말했지만, 누이동생은 집이 걱정된다면서 돌아갈 채비를 했다.

"그것 보라구. 남편이 야근이라고 날개를 펴러 왔다면서도 역시 여자는 집을 잊을 수가 없지?" 이마니시가 말했다.

"역시 안 되는군요." 누이동생도 웃었다.

"보통 때에는 자고 갈 수가 없어요. 부부 싸움을 할 때가 아니면 그런 생각이 들지 않아요."

누이동생을 배웅하러 이마니시 부부는 집에서 나왔다. 꽤 늦은 시각이어서 큰길의 집들은 반 이상 문을 닫았다. 좁은 골목은 어둡고 군데군데 늦게까지 문을 연 가게의 불빛이 길을 비출 뿐이었다. 오고 가는 사람들도 별로 없었다. 이윽고 새로 지은 아파트 옆을 지났다. 누이동생은 멈춰 서서 그 아파트를 바라보았다.

"나도 하다못해 이 정도 아파트의 반이라도 갖고 싶어요." 그녀는 탄식했다.

"젊었을 때 부지런히 돈을 저축해서 자금으로 삼는 거야." 이마니시가 웃었다.

"안 돼요. 자꾸만 생활비가 더 드니까, 도저히 따라갈 수가 없어요."

세 사람은 다시 걷기 시작했다.

그런데 맞은편에서 양장을 한 여자가 걸어오고 있었다. 가게의 등불이 그 앞을 지나는 그녀의 옆얼굴을 순간적으로 비췄다.

키가 크고 날씬한 젊은 여자였다. 그녀는 이마니시 일행이 걷는 옆을 꺼리듯하며 빠른 걸음으로 지나갔다.

대여섯 걸음 갔을 때 아내가 속삭였다. "저 사람이에요."

이마니시가 무슨 말인가 생각하고 있는데 아내는 말을 계속했다.

"저 아파트에 사는 극단 사람이에요. 왜 언젠가 이야기했잖아요? 연극 여배우라고 했는데, 그것은 잘못 안 말이고 사무 직원이래요. 극단에 다닌다니까 틀림없이 여배우이리라는 소문이 난 거예요."

이마니시는 돌아다보았다. 그때 벌써 여자는 아파트 안으로 사라져 버렸다.

"그래?" 이마니시는 다시 걷기 시작했다.

"무슨 이야기예요?" 누이동생이 옆에서 물었다.

"아니, 지난 달에 저 아파트로 극단에 다니는 사람이 이사를 왔어요. 얼굴이 예쁘니까 모두 여배우로 잘못 생각했어요."

"어느 극단일까?"

"글쎄요, 그 이야긴 못 들었는데요."

누이동생은 영화나 연극을 좋아했다. 그래서 극단 이름을 물어본 것이다.

"저 아파트는 방세가 얼마일까?" 누이동생의 관심사는 이제 그 아파트로 돌아갔다. 이마니시의 아내가 대답했다.

"글쎄, 6천 엔 정도라는가 봐요. 보증금은 별도겠지만요."

"6천 엔이라면 극단 직원에게는 벅차겠지요. 뒤를 봐주는 사람이 있는지 모르지요."

전위극단의 직원 나루세 리에코는 아파트의 자기 방으로 돌아왔다. 이층의 구석진 방이었다. 그녀는 주머니에서 열쇠를 꺼내어 문을 열었다. 어둠 속이지만 자기 집의 공기였다. 이사한 지 얼마 안 되지만 역시 다른 공기와는 달랐다. 그 공기에 닿기만 해도 안심이 되었다. 방은 새로 지은 6조 원룸인데 편리하게 만들어져 있었다. 리에코는 라디오 스위치를 넣었다. 옆집을 배려해 소리를 작게 했다. 음악이 흘러 나왔다. 아무도 없는 곳이었기 때문에 라디오만 들어도 고독감이 다소 덜했다. 이층으로 올라올 때 우편함을 보았으나 엽서 한 장 들어 있지 않았다.

그녀는 공복을 느끼고 토스트를 구웠다. 냄새가 코끝으로 흘러들었다. 지금까지 아무도 없던 방이 갑자기 따뜻하게 느껴졌다. 작지만 생활이 시작된 것이다. 그녀는 끓인 홍차와 빵을 먹었다. 그리고 한참 멍청히 앉아 있었다. 라디오에서 음악이 흐르고 있었으나 별로 좋아하는 곡이 아니었다. 그러나 깨어 있을 동안 유일한 이 소리조차 끄는 것은 쓸쓸했다.

리에코는 책상 앞에 앉아 노트를 꺼냈다. 일기장 대신 가끔 쓰는 노트였다. 스탠드에 불을 켰으나 바로 쓸 수가 없었다. 턱을 괴고 꼼짝하지도 않고 앉아 있었다. 뭔가 생각이 정리될 듯하면서도 그것이 이내 무너져 버렸다. 쉽사리 문장으로 되어 나오지 않았다. 생각하는 시간이 길었다.

복도에서 발소리가 났다. 그녀는 그 소리가 방 앞에 멈춰 섰기 때문에 무심결에 눈을 들었는데, 노크 소리가 들렸다. 그녀가 대답을 했더니 문이 조금 열렸다.

"나루세 씨, 전화예요." 관리인 아주머니였다. 그녀는 이렇게 늦게 웬 전화인가 싶어 미간을 찡그렸으나, 관리인의 호의에는 웃는 얼굴을 보였다.

"미안해요."

그녀는 아주머니 뒤를 따라 복도를 걸었다. 전화기는 아래층의 관리인 방에 있었다. 어느 방이나 문이 닫혀 있고 슬리퍼가 단정히 놓여 있었다. 불이 꺼진 방이 많았다.

"미안합니다."

그녀는 관리인 등에 대고 인사를 했다. 리에코가 관리인 방을 여니까 주인이 셔츠만 입고 신문을 읽고 있었다. 그녀는 그에게 머리를 숙였다. 수화기가 전화기 옆에 놓여 있었다.

"여보세요, 나루세입니다." 리에코는 수화기를 귀에 대고 작은 목소리로 말했다.

"네? 누구세요?" 그녀는 상대방 이름을 알고 나서 깜짝 놀랐다.

"어머! 무슨 용건이세요?"

그녀의 표정은 결코 유쾌하다고 할 수 없었다. 수화기를 귀에 대고 상대방의 말을 듣고 있던 리에코는 "안 돼요, 그건 곤란해요" 하고 대답했다. 관리인 때문인지 오므라드는 듯한 조심스런 목소리였다.

나루세 리에코는 어떤 남자의 전화를 받고 있다. 일부러 들으려고 하진 않았지만, 관리인에겐 너무 가까워서 자연히 그녀의 목소리가 귀에 들어왔다.

"곤란해요." 나루세 리에코는 자꾸 당황해했다. 상대 남자가 무슨 말을 하고 있는지 잘 모르지만 전화의 상황으로 보아 뭔가 부탁하는 것을 거절하는 것 같았다. 그녀는 관리인 때문에 확실하게 말할 수 없는 모양이었다. 그래서 자연히 말이 적어졌다. 전화 저쪽에서는 열심히 뭔가 말하고 있었다. 그에 대해서 그녀는 "안 돼요"라든가 "곤란해요" 하고 대답했다. 전화는 마침내 상대방이 체념을 했는지 3분 정도 통화 후에 끊겼다.

"고맙습니다."

그녀는 관리인에게 인사를 하고 그 방에서 나왔다. 그녀는 우울한 표정이었다. 같은 아파트에 있는 젊은 남자가 복도에서 옆을 스칠 때 그녀의 얼굴을 들여다보는 것처럼 하고 지나갔다. 이 아파트에서는 리에코가 극단의 여배우라는 소문이 나 있는 탓인지 모두 호기심 어린 눈으로 보는 듯했다.

그녀는 방으로 돌아왔다. 그리곤 우울한 얼굴로 멍청히 서 있었다. 창밖에 밤이 깊어가고 있었다. 먼 곳의 네온사인이 상당히 많이 꺼졌다. 그 근처가 신주쿠였다. 나루세 리에코는 생각에 잠긴 듯 계속 창밖을 보고 있었다. 먼 곳의 불빛이 박힌 듯이 밤하늘 아래 빛나고 있었다. 별이 적은 밤이었다.

리에코는 커튼을 닫고 책상 앞으로 와 앉았다. 노트를 폈다. 펜을 잡았으나 바로 쓰지는 않았다. 턱을 괴고 한참 생각했다. 펜이 움직였다. 그녀는 생각하고 또 생각하며 썼다. 한 줄 쓰고는 그 위에 줄을 그어 지우곤 했다.

사랑이란 고독한 사람에게 운명지어진 것일까? 3년 동안 우리의 사랑은 계속되었다. 그러나 쌓아 올려진 것은 아무것도 없다. 앞으로도 이렇게 계속될 것이다. 그는 영원토록 사랑한다고 말한다. 그 공허한 말에 나는 손가락 사이로 모래가 흘러 떨어지는 듯한 허무함을 맛본다. 절망이 밤마다 나의 꿈을 채찍질한다. 그러나 나는 용기를 갖지 않으면 안 된다. 그를 믿고 살아야 한다. 고독한 사랑을 끝내 지켜나가야 한다. 고독한 자신을 타이르고 그 속에서 기쁨을 가져야만 한다. 자신이 쌓은 덧없는 사랑에 매달려 살아야만 한다. 이 사랑은 언제나 나에게 희생을 요구한다. 나는 이 일에 순교자적인 환희마저 갖지 않으면 안 된다. 그는 영원히 사랑한다고 말한다. 내가 살아있는 한, 나에게 계속 희생을 요구할 것인가?

휘파람 소리가 들렸다. 그녀는 노트에서 얼굴을 들었다. 휘파람은 가락을 띠고 있었다. 그 소리는 창밖을 왕복했다. 그녀는 일어나 밖을 내다보지도 않고 전등불을 껐다.

이마니시는 누이동생을 역까지 배웅하고 돌아오고 있었다. 그런데 마침 역 바로 옆에 야시장이 섰다. 역에서 비탈진 도로를 따라 올라간 장소로, 아침마다 날품팔이 인부들이 모이는 곳이었다. 근처에 직업 안내소가 있었다. 가게는 그곳에 쭉 늘어서 있었다. 시간이 늦어서 반은 문을 닫고 있었다. 나무 가게도 있었다. 이마니시는 그 앞에서 걸음을 멈추었다.

"이제 그만 사세요. 뜰에 들여 놓을 데가 없어요."

아내가 옆에서 말렸으나, 그냥 지나갈 수 없는 것이 그의 성품이다.

"보기만 할 거야, 사지는 않고."

이마니시는 아내를 달래고 나무 화분들 앞에 섰다.

손님은 거의 돌아가고 없었다. 상인은 문을 닫을 참이니까 아주 싸게 팔겠다고 이마니시를 꾀었다. 이마니시는 화분들을 대강 보았는데 다행히 마음에 드는 것이 없었다. 발밑에는 나뭇잎이니 신문지 등이 흩어져 있었다. 이마니시는 다시 보도로 내려갔다.

배가 조금 고팠다. 초밥집이 한산해서 "초밥이나 먹을까?" 하고 아내에게 말했다. 아내는 초밥집 열린 문틈으로 안을 흘끔 보더니 "그만둡시다" 하고 내키지 않는 목소리로 대답했다.

"어리석은 짓이에요. 이런 데 돈을 쓰다니. 내일 뭐 맛있는 음식을 만들어 둘게요."

배가 고픈 것은 지금이다. 내일의 산해진미가 무슨 소용인가? 그러나 이마니시는 아내의 마음을 모르는 게 아니어서 그만 입을 다물어 버렸다. 그는 어쩐지 못마땅한 얼굴로 골목길을 돌아왔다. 다랑어의 감촉이 생각났지만 그는 참았다.

골목은 가게들이 거의 문을 닫아 가로등 빛뿐이었다. 그 불빛 속을 한 남자가 휘파람을 불며 어슬렁거리고 있었다. 무슨 노래인 듯 휘파람은 선율을 지니고 있었다. 최근에 생긴 아파트 앞 근처였다.

가로등 빛 속에서 보니 베레모를 쓴 남자였다. 여름인데도 멋을 부린 것인지 새까만 셔츠를 입었다. 그는 이 남자가 아까부터 휘파람을 불며 근처를 어슬렁거린다는 사실을 알 수 있었다. 이마니시 부부가 가까이 가자, 남자는 휘파람을 그치고 얼굴을 감추며 어두운 쪽으로 아무렇지도 않은 듯 걸어갔다.

이마니시는 그 남자를 보며 지나갔다. 별로 수상한 남자는 아닌데 직업적인 습관 때문인지 이마니시는 자연히 눈이 매서워졌다.

"배가 고프시면 집에 돌아가 물에 밥이라도 말아 잡수시겠어요?"

초밥을 못 먹게 말린 아내가 이렇게 말했다.

"그래."

이마니시는 불만스러운 마음에 별로 입을 열지 않았다.

별이 적은 밤이었다. 두 사람은 나란히 집으로 걸음을 옮겼다.

그 부부가 지나가고 나서 베레모를 쓴 남자는 방금 불이 꺼진 창을 향해 다시 휘파람을 불었다. 어두운 창에 커튼이 쳐져 있었다. 아파트 옆은 좁은 골목이고 한쪽에는 작은 집들만 늘어서 있다. 지붕 너머로 신주쿠 근처의 밝은 불빛이 새벽녘 하늘처럼 희게 빛나고 있었다. 어디선가 갓난아이 울음소리가 들렸다. 남자는 일부러 구두 소리를 내며 몇 번이나 그 근처를 왔다갔다 했다. 아파트의 창은 열리지 않았다.

조금 전 그 부부가 지나가 버린 뒤 인적이 끊겼다. 좁은 골목에서 이 남자만 어슬렁거리고 있었다. 남자는 그 뒤로도 한 20분 정도 그러고 있었다. 그는 몇 번이나 아파트 창을 올려다보았지만 반응이 없었다. 그는 단념한 듯 겨우 그 골목에서 한길로 나왔다. 그러면서도 미련이 남은 듯 몇 번이나 아파트를 돌아보았다.

그는 힘없는 걸음걸이로 역으로 향했다. 택시를 잡기 위해 그는 가끔 좌우를 살폈는데, 빈 택시가 보이지 않았다. 택시 몇 대가 지나갔다.

그의 눈길은 도로 맞은편에 있는 초밥집으로 향했다. 반쯤 열린 문사이로 두세 명 손님의 모습이 보였다. 그는 길을 건너 가게 안으로 들어갔다. 젊은 남녀 손님이 세 사람쯤 앉아서 김초밥을 먹고 있었는데, 그 가운데 한 사람이 들어오는 그의 얼굴을 보고 의아하다는 표정을 지었다. 그는 초밥을 주문했다. 먼저 온 여자 손님이 동행자에게 뭐라 속삭이고서는 그의 옆얼굴을 함께 바라보았다.

베레모를 쓴 남자는 주문한 초밥을 차례로 먹어치우고 있었다. 마르고 윤곽이 뚜렷한 얼굴이었다. 먼저 온 젊은 여자 손님이 핸드백에서 수첩을 꺼냈다. 그리고 생글생글 웃으며 베레모를 쓴 남자 옆으로 다가갔다.

"저어……혹시 전위극단의 미야타 구니오 씨가 아니신지요?" 그녀는 조심스럽게 말을 꺼냈다.

베레모를 쓴 남자는 먹고 있던 초밥을 꿀꺽 삼켰다. 그는 잠시 어떻게 해야 좋을지 몰라 하더니, 그 여자의 얼굴을 보고 하는 수 없다는 듯 고개를 끄덕거렸다.

"예, 그렇습니다만……?"

"역시 그렇군요. 미안하지만 여기 사인 좀 해 주세요."

그녀는 동행한 두 남자를 돌아보며 웃었다. 그녀는 너덜너덜한 수첩을 내밀었다. 남자는 마지못해 만년필을 뽑아 들고 익숙한 솜씨로 자기 이름을 썼다.

이 남자는 전에 극작가 다케베 도요이치로와 함께 와가 에이료를 문병하러 간 연극 배우였다.

방언 분포

1

이마니시 에이타로는 가마타 조차장 살인 사건의 피해자가 말했다는 '동북 지방 사투리'와 '가메다'라는 말이 계속 잊혀지지 않았다. 피해자의 신원은 알았으나 처음에 그가 생각했던 동북 지방 출신자가 아니었다. 뜻밖에도 정반대인 오카야마 현에 사는 사람이었다. 목격자들이 동북 지방 사투리로 잘못 들었을 경우도 있으나 그럴 것 같지가 않다. 그는 '동북 지방 사투리'에 대해 끈질기게 집착했다.

이마니시는 오카야마 현 지도를 사 왔다. 피해자 미키 겐이치는 오카야마 현 에미 사람이었다. 이마니시는 지도 위에서 그 도시를 중심으로 눈을 접시처럼 크게 뜨고 가메다라는 지명을 찾았다. 그는 우선 가메(龜)라는 글자부터 찾았다.

'가메, 가메' 하고 중얼거리는데 마침내 그 글자가 눈에 들어왔다. 이마니시는 깜짝 놀랐다. '가메노코(龜甲)'라는 글자가 눈에 띈 것이다. 가메노코는 오카야마에서 쓰야마에 이르는 쓰야마선에 있고, 거리는 쓰야마에 가까웠다.

이마니시는 생각에 잠겼다. '가메다(龜田)'와 '가메노코(龜甲)'라는 글자 모양이 매우 닮았다. '田'과 '甲'. 그렇지만 가마타에 있는 바의 목격자들은 글자로 읽지 않고 귀로 들었다. '가메다'와 '가메노코'는 어감이 상당히 다르다. 만약 그 피해자와 상대방이 모두 가메노코라는 지명을 가메다로 잘못 읽고 말했다면? 허나 그럴 가능성은 아주 드물었다.

이마니시는 그 두 사람을 가메다와 연고가 깊은 사람으로 추정하고 있었다. 그러니까 타향사람이라면 몰라도, 그들이 가메노코를 가메다로 읽는다고 생각할 수는 없었다. 이마니시는 다시 지도 위에서 오카야마 현 전체를 정성들여 찾았으나, '가메' 자가 붙은 지명은 거기밖에 없었다. 우연히 '가메노코'가 나타나 이마니시의 초조함을 비웃는 듯했다.

이마니시는 실망했다. 그는 지도를 접고 집에서 나왔다. 출근 시간이었다. 아침 햇살이 길 위를 산뜻하게 비추고 있었다. 이마니시는 아파트 앞을 지나다가, 어젯밤 이 근처에서 휘파람을 불며 어슬렁거리던 베레모 쓴 남자가 생각났다. 그러나 그 생각은 얼른 머리를 스쳤을 뿐 이내 사라져 버렸다.

전철 안은 혼잡했다. 이마니시는 사람들에게 밀려 사람들 등 사이에 끼였다. 잘못하다간 한 발로 서야만 한다. 사람들 때문에 창밖은 전혀 보이지 않았다. 그는 차 안에 매달아 놓은 포스터를 멍청히 바라보았다. 창을 통해 들어오는 바람에 포스터가 흔들렸다. 잡지 광고 포스터였다. 그중에 '여행 디자인'이라는 글자가 눈에 띄었다. 여행에도 디자인이 있나 싶었다. 요즈음 광고는 하도 기발한 제목을 붙여서 내용을 짐작하기 어렵다.

이마니시는 신주쿠 역에서 내려 지하철로 갈아탔다. 여기에도 같은 광고가 매달려 있었다. 이때 이마니시는 광고와는 전혀 관계가 없는 어떤 생각이 번뜩 떠올랐다.

이마니시는 경찰청에 출근하자마자 바로 홍보과로 갔다. 홍보과장은 지난날 이마니시의 상사였다. 홍보과라는 곳은 경찰청의 활동 내용을 일반에게 알리는, 말하자면 경찰청을 홍보하는 부서였다. 여기서는 팸플릿 같은 것도 발행하기 때문에 여러 가지 참고가 되는 책들을 모아 놓았다.

"여어, 이게 누군가! 자네가 이런 곳에 나타나리라고 생각지 않았는데?" 홍보과장은 이마니시가 인사하자 웃는 얼굴로 맞았다. 그러다가 "아, 그렇지! 무슨 하이쿠 책이라도 찾으러 왔나?" 하고 농담을 했다. 과장은 수사계장 시절의 부하인 이마니시가 하이쿠를 짓는다는 사실을 알고 있었다.

"아니, 그렇지 않습니다. 좀 여쭐 말씀이 있어 왔습니다." 이마니시는 조금 딱딱하게 대답했다.

과장은 좌우간 앉으라고 하며 이마니시를 자기 옆 의자에 앉혔다. 그리고 담배를 꺼내어 이마니시에게 한 개비 권하고 자기도 피웠다. 아침의 맑은 공기 속으로 두 가닥 파란 연기가 퍼졌다.

"뭐지?" 과장은 이마니시에게 눈을 돌렸다.

"예, 다름이 아니라 과장님은 박식하시니까 여쭈어 보려고 왔습니다."

"별로 아는 건 없지만, 내가 아는 것이라면 말해 주겠네." 과장은 소리 없이 웃으며 말했다.

"동북 지방 사투리에 관한 겁니다." 이마니시는 말을 꺼냈다.

"뭐, 동북 지방 사투리? 난 규슈 태생이어서 동북 지방 사투리에는 어두워." 과장은 머리를 긁었다.

"아니, 그런 것이 아닙니다. 동북 지방 사투리를 쓰는 곳이 혹시 동북 지방 외에 일본 어딘가에 또 없나 하는 점입니다."

"글쎄? 자네 말뜻은 개인적인 것이 아니라 지방으로서 말이지? 즉 동북 지방 출신자가 다른 곳에 가서 사투리를 쓴다는 게 아니라, 그 지방 전체가 그 말을 쓴다는 말이지?" 과장은 고개를 갸웃했다.

"그렇습니다."

"흠, 글쎄? 있을 수 없는 일 같은데." 담배를 피우고 있는 과장의 얼굴은 부정적이었다. 과장은 생각 끝에 말했다. "동북 지방 사투리는 그 지방 특유의 것이니까 말이야. 후쿠시마, 야마가타, 아키타, 아오모리, 이와테, 미야기 지방을 제외하면 아마 없을 걸세. 하긴 군마다 이바라키 북쪽, 즉 후쿠시마에 가까운 지방에서는 그 영향을 받고 있으리라고 생각되지만."

"그렇다면 그밖의 지방에서는 동북 사투리를 쓰지 않을까요?"

"글쎄, 아마 그렇지 않을걸. 대개 사투리 분포는 정해져 있을 거야. 북쪽부터 말하면 동북, 관동, 관서, 중국, 시코크, 규슈 등으로 크게 나누어졌을 거고, 그러니까 자네 질문처럼, 동북 지방 사투리가 시코크의 일부나 규슈 일부에서 쓰인다든가 하는 일은 생각할 수 없지 않을까?"

박식한 홍보과장은 눈을 껌벅거렸다.

이마니시는 그 대답에 낙담했다. 그의 생각도 사실 그러했다. 그런데 홍보과장은 생각났다는 듯이 "좋은 책이 있어" 하고 일어서더니, 뒤 책장에서 크고 두꺼운 책을 뽑아 들고 왔다. 백과사전 가운데 한 권이었다. 홍보과장은 그 책을 끙끙거리며 책상 위에 놓더니 페이지를 넘겨 어떤 곳을 찾아내 먼저 대강 훑어보았다.

"자네, 여길 읽어 보게." 그는 그 책을 이마니시에게 내밀었다. 그리고 그 부분을 읽기 시작했다. 글씨가 빽빽했다.

메이지 시대 이후 오시마 마사다케(大島正健)가, 발음을 기준으로 일본 내륙, 동일본, 서일본이라는 3분설을 주창하여 주목을 끌었고, 이어 문부성 《어법 조사 보고서》가 대규모 조사를 바탕으로 어법에 따라 동일본, 서일본, 규슈의 3분설을 내어 한동안 기준이 되었다. 현재 가장 권위 있다고 인정되는 설은 도조 미사오(東條操)가 이상의 설을 종합한 것으로, 처음 세상에 내놓은 《일본어의 방언 구획》 이래 몇 번이나 수정을 가했다. 가장 최신판이 《일본 방언학》이라고 볼 수 있는데, 그곳에서는 다음과 같이 방언을 나누고 있다.

동부 방언——홋카이도·동북(에치고 북부를 포함)·관동(야마나시 현 군지방 포함)·동해 산간 동부(에치고 남부 포함)·하치죠지마 방언
서부 방언——북부 내륙·근기(와카사 지방 포함)·중국(다지마, 당고 지방 포함)·운파크·시코크 방언
규슈 방언——도요비·히치쿠·사쓰구 방언

여기에 대한 이설(異說)로는 도다케 쓰네(都竹通年雄) 및 오쿠

무라 미쓰오(奧村三雄)의 설이 주목된다.

도다케의 설은 전체를 동일본·서일본·규슈로 나누는 점은 도조와 일치하는데, 동부는 동해 산간 동부 가운데 시즈오카·야마나시·나가노 3현만을 포함하고, 아이치·기후를 서일본 쪽에 넣었다. 그리고 동부 방언에서는 동북 방언을 북오우 방언과 남오우 방언으로 나누고, 홋카이도 방언은 북오우 방언에 넣고, 도치기·이바라키 방언은 관동 방언에서 제외하여 동북 방언으로 편입시키고, 에치고 방언을 동부 방언에 넣었다. 서부 방언은 대개 도조의 설과 같은데, 근기 방언에서 도쓰가와·구마노 방언을 분리, 독립시켰다.

오쿠무라의 설에서는, 우선 서부 방언과 규슈 방언을 한종류로 보고, 일본어 전체를 동일본 방언과 서일본 방언으로 크게 분류했다. 동일본 방언은 도쿄의 동부 방언과 거의 일치시키고, 오우·관동 북부(이바라키·도치기)·에치고 동북부 방언과 관동 방언 대부분·동해 산간 동부 방언으로 양분했다. 이 경우, 하치조지마 방언은 후자에 넣었다. 다음 서일본 방언은 규슈 방언과 관서 방언으로 양분하고, 이 경우 규슈 동북부 방언(후쿠오카 동부·오이타)은 후자에 편입시켰다.

……관서 방언은 다시 근기·시코쿠·북부 내륙 각 방언 대부분과 중국·당고·다지마 및 시코쿠 서남부·규슈 동북부 방언으로 양분했다.

이 여러 설 가운데 어느 것이 뛰어난지는 방언 연구가 더 진척된 후에 결정된 문제다. 현재 방언의 여러 분야 가운데 가장 연구가 진전된 것은 악센트 분야이다. 핫토리 시로(服部四郎), 히라야마 데루오(平山光軍男) 등, 열성적인 연구가의 손에 의해 거의 전국 각 지방 방언의 악센트 유형이 대개 잡혀지면서 상호관계도 거의 밝혀지고 있다. 전국의 방언은 도쿄어와 닮은 방언, 교토·오사카어와 닮은 방언, 그 밖의 다른 특징을 가진 방언(예를 들면 규슈 서

남부에 분포하는 방언), 형태 구별을 갖지 않은 방언으로 나누어지고, 그 분포 상태도 매우 복잡하다.

이마니시는 이상과 같은 내용을 읽고 얼굴을 들었다. 이 백과 사전의 내용은 그에게 조금도 도움이 되지 않았다. 자기가 막연히 생각하고 있던 것을, 이 해설은 과학적으로 권위 있게 설명해 놓은 데 불과했다. 결국 거기에서는 이마니시가 생각하는 것 같은 새로운 발견은 없었다. 한 가지 가능성이 끊어졌다.

"어떤가?" 홍보과장은 이마니시의 실망한 얼굴을 보고 말했다.

"예, 잘 보았습니다." 이마니시는 머리를 숙이고 대답했다.

"어쩐지 우울한 얼굴인데 만족스럽지 못한가?"

"그렇지는 않습니다. 단지 제 생각과 같은 단서가 뭐 없을까 해서 사투리에 대한 것을 확인해 보고 싶었을 뿐입니다."

"동북 사투리가 다른 지역에서도 사용되고 있다면 자네는 만족하겠지?"

"그렇습니다. 그러나 잘 알았습니다. 이 사전을 읽고선 그런 사실이 없다는 것을 납득할 수 있었으니까요." 이마니시는 긍정했다.

"잠깐 기다리게. 이 사전엔 개략적인 내용밖에 실려 있지 않으니까 말이야. 그렇지, 더 자세한 전문 서적을 보는 편이 나을지도 모르겠어. 그 속에는 자네가 찾는 내용이 있을지도 모르지." 홍보과장은 무엇인가 생각난 듯한 얼굴로 말했다.

"그런 전문서를 읽으면 알까요?"

이마니시는 그 책을 읽기도 전에 지겹다는 생각부터 들었다. 개략적이라는 이 백과사전의 내용도 상당히 까다로웠다. 그런데 전문서라면 더 까다로울 테니 마음이 무거웠다.

"여러 가지 책이 나와 있으니까 어느 것을 취하느냐가 문제지. 간단하고 단적으로 알 수 있는 책이 있으면 좋은데 말이야." 홍보과장은 책상 끝을 손가락으로 두드리고 있더니 이윽고 입을 열었다. "그렇지, 내 대학 동창 한 사람이 문부성 편수관으로 있어. 일본어가 전공이니까, 어쩌면 그 녀석에게 물어보면 알 수 있을지 모르겠군. 지금 전화를 걸지." 홍보과장은 이마니시가 너무 열성적이어서 안되었는지 그런 주선을 해 주었다. 과장은 전화를 걸어 상대방과 이야기를 하더니, 전화를 끊고는 이마니시에게 얼굴을 돌렸다.

"녀석이 자기 있는 곳으로 와 보래. 직접 이야기를 듣고 싶대. 어때, 소개해 줄 테니 가 보겠나?"

"예, 가겠습니다."

이마니시는 즉석에서 대답했다. 이마니시는 노면 전차로 히토쓰바시에서 내렸다.

그가 한더위 속을 도랑가 쪽으로 걸어가니까 낡은 흰 건물이 나왔다. 작은 건물이었다. '국립 일본어 연구소'라는 간판이 걸려 있었다. 접수원에게 명함을 내밀었더니, 40세가량 되는 남자가 계단을 내려왔다.

"방금 전화를 받았습니다" 하고 남자는 이마니시의 명함을 보고나서 말했다. "사투리에 관해 물어보고 싶으시다고요?"

이 사람이 홍보과장과 동창이라는 문부성 편수관 구와하라(桑原)였다. 깡마르고 안경을 썼다.

"어떤 문제를 묻고 싶으신가요?"

응접실인지 회의실인지도 모를 곳에 이마니시를 안내한 후 구와하라 편수관이 물었다. 이마니시는 홍보과장에게 물어본 이야기를 여기서도 되풀이했다.

"동북 사투리가 동북 지방 이외의 지역에서도 사용되지 않느냐, 그 말씀이군요?"

구와하라 편수관의 안경에 파란 하늘이 반쯤 비쳐 보였다.

"예. 혹시 그런 지역이 있나 해서 여쭈어 보러 왔습니다."

"글쎄요……." 전문가는 머리를 갸웃거렸다. "그런 얘기는 별로 들어본 일이 없지만, 동북 출신자가 다른 지방으로 이주해서 거기서 동북 말씨를 사용하는 예는 없지도 않습니다. 예를 든다면 홋카이도의 개척지에서는 한 마을이 이주했기 때문에 현재도 동북 말씨를 사용하는 곳이 있습니다. 그러나 본토에서는 그런 곳이 없지 않을까요?" 구와하라 편수관은 차분한 음성으로 설명했다.

"그렇습니까?" 이마니시는 마지막까지 버리지 않았던 가능성이 사라진 것 같았다.

"대체 어떤 것을 조사하시려는데요? 당신들 일이니까 뭔가 사건과 관계 있는 일이겠지요?" 구와하라 편수관이 물었다.

"예. 실은 그렇습니다."

이마니시는 대충 사건을 설명하고, 가마타의 바에서 목격자들이 들었다는 동북 말씨에 대한 설명을 했다. 편수관은 한참 생각하고 있더니 "그 말이 확실히 동북 지방 사투리였을까요?" 하고 되물었다.

"목격자라고 할지 하여튼 옆에서 그 말을 들은 사람들 이야기로는 동북 지방 사투리 같다고 했습니다. 짧은 대화니까 정확히 사실인지 아닌지는 모르지만, 다섯 목격자들이 모두 동북 말씨 같다고 했습니다."

"그렇습니까? 그렇다면 동북 지방에서 온 사람이 그 바에서 이야기하지 않았을까요?" 편수관은 당연한 질문을 했다.

"한때 그런 경우도 생각했습니다. 그런데 그 뒤 여러 가지를 조사해 보니, 아무래도 동북 지방은 아닌 것 같습니다. 실제로 그 두 사람 중의 한 사람이 피해자인데, 그 피해자의 신원이 밝혀지고 보니 동북이 아니라 오카야마 현에 사는 사람이었습니다."

"뭐요, 오카야마 현? 오카야마 현에선 동북 말씨 비슷한 말은 쓰지 않는데……?"

편수관은 혼잣말을 중얼거렸다. 그는 조금 생각하더니 "좀 기다려 주십시오" 하고 일어섰다. 구와하라 편수관은 책장으로 걸어가서 책 한 권을 뽑았다. 그는 한참 서서 그 책을 읽었다. 마침내 그가 이마니시에게 돌아왔을 때는 매우 기쁜 얼굴이었다.

"이것은 중국 지방 사투리에 대해서 쓴 책인데요." 편수관은 두꺼운 책을 이마니시에게 보였다. "당신은 오카야마 현이라고 하셨는데, 이 책에는 오카야마 현은 아니라 좀 재미있는 내용이 실려 있습니다. 자, 여기를 읽어 보십시오."

이마니시는 편수관의 표정에서 무엇인가 발견했음을 직감했다. 그래서 이마니시는 기대를 가지고 가리키는 글자를 읽었다.

중국 방언이란, 산요·산인 지방 가운데 오카야마·히로시마·야마구치·돗토리·시마네 현의 방언을 총칭한다. 이 방언을 다시 2구역으로 나뉜다. 하나는 이즈모·오키·호키 3국(國) 방언으로, 흔히 운파크 방언이라 하고, 그 밖의 지방에서 사용되는 방언을 가칭 중국 방언이라 이름하고 싶다. 이나바 방언은 산요도 일대 방언과 다른 점도 있으나, 편의상 오카야마·히로시마·야마구치와 이와미·이나바 방언을 일괄하여 생각하기로 한다.

이즈모도 세분하면 한이 없으나, 이시 남부 같은 곳은 거의 중국계로 이즈모 방언이 아니지만, 이와미의 안노 군 같은 곳은 오히려 이즈모 계열이다. 호키에서 도하크 군은 차라리 이나바에 가깝고, 사이하크·히노는 이즈모계라고 하여도 크게 틀리지 않다.

이즈모의 음운이 동북 방언과 유사하다는 사실은 옛날부터 유명하다. 예를 든다면 '하'행 입술음이 존재하는 점, '이에' '시스' '치츠' 같은 음이 애매하다는 점, '구우' 음이 존재한다는 점, '시에' 음이 우세하다는 점 등을 들 수 있다. 그러므로, 학자 간에는 이 두 지방의 유사한 음운 현상을 설명하려고 여러 가지 가설도 내세우고 있다. 이를테면 일본해 연안 일대가 원래 동일한 음운 상태를 보유하고 있다는 데서 교토 방언이 진출하고, 이것을 중단했다고 보는 견해 등도 그 일설이다……

여기까지 읽은 이마니시는 가슴이 몹시 뛰었다. 동북 말씨를 사용하는 곳이 또 있다! 더구나 동북 지방과는 전혀 반대인 중국 지방 북쪽에서 말이다.

"이런 책도 있습니다." 구와하라 편수관은 다른 책을 한 권 내주었다. 《이즈모 오지의 방언 연구》라는 책이었다.

이즈모에서는 에치고 및 동북 지방과 마찬가지로 콧소리가 사용되고 있다. 사람들은 이 말을 이즈모 사투리 또는 콧소리라 하면서 알아듣기 힘들다고 경멸하고 있다. 이런 말씨의 원인에는 다음과 같은 여러 학설이 있다.

　(1)일본의 고대음이라는 설──일본 고대의 음운은 콧소리였다고 한다. 즉, 고대에는 일본 전국에서 이 말을 사용했지만 도회에서 경쾌한 말소리가 발달되어 확대됨에 따라 비음을 많이 쓰는 구역은 점차 감소되고, 남은 구역이 이즈모·에치고·오우 같은 벽촌으로 국한되었다.

　(2)지형 및 기후의 영향이라는 설──이즈모 지방은 벽지여서 결혼도 대부분 근친만으로 행해지고, 부락에서 통하는 말만으로 충분하여 불명료하게 이야기해도 괜찮아 그런 습관이 축적되었다. 그리고 강우가 많고 쾌청한 날이 드물어서 사람들이

활기를 잃고, 또한 겨울철에 서풍이 강하게 불어 입 벌리기를 싫어하는 버릇이 심한 콧소리의 요인이 되었다.

이마니시는 이것을 두 번 천천히 읽었다. '동북 지방과 같은 말이 이즈모의 오지에서도 사용되고 있다.' 이마니시는 이 문장을 머릿속에 집어넣었다.

그런데 구와하라 편수관은 어느 사이에 또 다른 책을 한 권 찾아다 주었다. 그것은 도조 미사오가 편찬한 《일본 방언 분포도》라는 책이었다.

"이 책을 보더라도 그 설명을 알 수 있습니다."

편수관은 손가락으로 짚어 보였다. 그 책은 일본 각지의 방언 구역이 빨강, 파랑, 노랑, 보라, 초록 등으로 구분되어 칠해진 분포도인데, 동북 지방은 노랑, 중국 지방은 파랑으로 되어 있었다. 그런데 중국 지방 중에서도 이즈모의 일부분만이 동북 지방과 같은 노랑이었다. 즉, 이즈모의 일부분만이 동북 지방과 같은 색으로 파랑 속에 점처럼 떨어져 있었다. 그 밖의 지방에는 동북과 같은 노랑은 아무 데에도 없었다.

이마니시는 크게 숨을 쉬고 나서 말했다.

"이상하군요? 이즈모의 이런 곳에서 동북 지방과 같은 콧소리가 쓰이고 있으리라고는 생각지도 않았습니다."

이마니시는 기쁨을 누르며 말했다.

"그렇군요, 저도 실은 이번에 처음 알았습니다. 당신 덕분에 제가 오히려 배운 것이 많습니다." 편수관은 웃었다.

"대단히 고맙습니다." 이마니시는 공손히 인사를 하고 일어섰다.

"도움이 됐습니까?"

"크게 참고가 됐습니다. 여러 가지로 신세를 졌습니다."

이마니시는 편수관의 배웅을 받으며 일본어 연구소에서 나왔다. 여기까지 온 보람이 있었다. 아니, 기대 이상의 수확을 거두었다. 이마니시는 가슴이 뛰었다. 피해자 '미키 겐이치'는 오카야마 현 사람이었다. 오카야마는 이즈모와 바로 이웃하는 곳이다.

이마니시는 전차를 타기 전에 가까운 서점에 가서 시마네 현 지도를 구했다. 그는 경찰청까지 돌아가는 시간도 참지 못하고 서점 바로 옆 찻집으로 뛰어들었다. 그는 좋아하지도 않는 아이스크림을 주문한 후 지도를 테이블 위에 폈다. 이번에는 이즈모에서 '가메' 자를 찾기 시작했다. 지도에는 벌레가 기어가는 듯한 글자가 가득 차 있었다. 그 글자를 일일이 읽어 가기란 이제 노안이 시작된 이마니시에게는 벅찼다. 그는 창가로 다가가서 작은 글자를 하나하나 찾았다. 그는 오른쪽 끝에서부터 하나하나 차례대로 정성껏 찾았다. 그러다가 그는 중간에서 갑자기 숨을 죽였다.

'龜嵩'라는 곳이 있다! '가메다카'라고 읽는 것일까? 이마니시는 순간 멍청해졌다. 기대하던 이름이 너무도 간단히 바로 나온 것이다.

돗토리 현의 요네고에서 서쪽으로 가면 신지라는 역이 있다. 그곳에서 기스키라는 지선(支線)이 남쪽에 있는 중국 산맥 쪽으로 달리고 있는데, '가메다카'는 그 신지 역에서 열 번째 역이었다. 가메다카는 이즈모의 오지에 있었다. 방금 일본어 연구소에서 본 자료에 따르면 심한 콧소리가 쓰이는 지방의 한가운데였다.

지도에서 보면 가메다카는 뒤쪽이 중국 산맥으로 막히고, 동서로는 산지에 끼여, 겨우 신지 방면으로 평지가 열려 있는 좁고 답답한 지역이었다. '龜嵩'는 '가메다카'라고 읽겠지? '가메다'와 '가메다카'는 비슷하다. 마지막의 '카'는 불명료한 어미(語尾)여서 목격자의 귀에 미치지 못한 것 같았다. 이즈모 사투리와 가메다카라는 지명……. 더구나 피해자 미키 겐이치가 살고 있는 오카야마 현의 바로 이웃 현이었다. 조건은 갖추어져 있었다.

도조 미사오 편 《일본 방언 분포도》의 음운 분포도

이마니시는 여기서 피해자의 양아들 이야기를 생각해 내지 않을 수 없었다. '아버지는 잡화상을 시작하기 전에는 순경이셨답니다.' 그렇다면 미키 겐이치는 시마네 현에서 순경으로 근무하지 않았을까?

이마니시는 뛰는 가슴을 억누를 수가 없었다. 이번에야말로 진짜다! 그는 온몸에 힘이 넘치는 것을 느꼈다. 그는 경찰청으로 돌아가는 전차 안에서 이 발견에 대한 생각만으로 머릿속이 꽉 찼다. 좁은 차 안은 매우 혼잡했으나, 그에겐 주위의 이야기 소리가 전혀 들리지 않았다.

경찰청에 돌아온 그는 바로 주임 경감한테 갔다. 그는 주임 경감에게 지도를 보이고, 수첩에 적은 방언에 관한 참고 문서의 문구를 봐가며 상세히 설명했다.

"이거 대단한 걸 발견했군! 자네 생각이 옳은 것 같네. 그래, 지금부터 어떻게 하려나?"

경감도 눈을 빛냈다.

"피해자 미키 겐이치는 오카야마 현 에미 시에서 잡화상을 시작하기 전까지는 순경이었다고 양아들이 말했습니다. 제 추측으로는, 이 피해자가 혹시 순경 시절에 시마네 현에 있는 지서를 돌아다녔으며, 이 가메다카에도 한동안 지내지 않았나 싶습니다. 겐이치와 바에서 만난 남자는 그 시기에 안 사람인 것 같습니다. 즉, 함께 있었던 남자는 전에 가메다카에서 산 일이 있는 사람일 겁니다." 이마니시는 자신을 침착하게 달래며 말했다.

경감은 크게 숨을 들이마셨다. "그럴지도 모르겠군. 좋아. 그럼 당장 시마네 현 경찰청에 미키 겐이치라는 사람이 순경으로 근무한 일이 있는지 없는지 알아 보세. 이 일이 선결 문제 같아."

"꼭 부탁드립니다." 이마니시는 머리를 숙이고 진심으로 부탁했다.

"오래된 이야기군" 하고 경감은 중얼거렸다. "피해자가 순경이었던 때는 벌써 20년 이상이나 된 오래전 일이 아닌가? 그 무렵의 어떤 일이 이번 사건의 원인일까?"

"그것까지는 아직 잘 모르겠지만 그 시절에 이 사건의 열쇠가 있을지도 모르겠습니다."

"좋아. 오래된 일이니까 현 경찰청에서 조사하는 데 시간이 걸리겠지. 경찰 전화를 이용하지 않고 문서상으로 조회하겠어. 난 지금부터 과장한테 가서 이야기해 보겠네."

2

시마네 현 경찰청에서 3일 후에 회답이 도착했다. 이날 아침, 이마니시가 경찰청에 나가니까 경감이 바로 그 회답을 보여 주었다.

"이보게, 좋은 소식이야!" 경감은 이마니시의 어깨를 두드렸다. 이마니시는 급히 그것을 읽었다.

　수사번호 제626호, 경찰청 조회 건에 대한 답신입니다.
　조사 결과 미키 겐이치는 1928년부터 1938년까지 시마네 현 경찰청 경관으로 근무한 사실이 판명되었습니다. 자세한 내용은 다음과 같습니다.
　1928년 2월 시마네 현 순경에 임명, 마쓰에 서에 배속. 1929년 6월 오하라 군 기스키 서로 전속. 1933년 1월 경사로 승진. 같은 해 3월에 니타 군 니타 시 미나리 서에 배속되어 가메다케(龜嵩) 지서 근무. 1936년 경위로 승진, 미나리 서 경비계장이 되었다가 1938년 12월 1일 의원 면직.
　이와 같이 조사 결과를 보고합니다.

이마니시는 자기도 모르게 한숨이 나왔다.
"자네가 생각한 그대로인데? 역시 피해자는 오랫동안 이즈모 오지에서 경찰 생활을 했어." 경감이 옆에서 말했다.
"그렇군요."
이마니시는 꿈을 꾸는 듯했다. 이번에야말로 틀림없었다. 그는 비로소 어두운 미로에서 나와 눈앞이 환해지는 느낌이었다. 이마니시는 당장 지도를 꺼냈다.
　기스키 서나 미나리 서나 모두 가메다케와 가까운 곳에 있었다. 같은 이즈모 오지였다. 다시 말해 동북 지방 사투리와 닮은 콧소리가 나는 이즈모 말씨가 사용되는 지역이었다. 피해자 미키 겐이치는 그 지방에서 10년간 경찰 생활을 했다. 그러므로 미키 겐이치가 그 지방 사투리를 사용했다는 사실은 이상하거나 부자연스럽지가 않았다.

공문서에는 '龜嵩'에 '가메다케'라는 토가 달려 있었다. '龜嵩'는 '가메다카'가 아니고 '가메다케'라고 읽는 것이다. 그러니까 목격자들이 들었다는 '가메다'가 실제로는 '가메다케'였겠지. 연구소에서 읽은 자료에도, 그 지방 사람들이 하는 말엔 어미가 확실하지 않다고 기록되어 있었다.

이마니시는 전화로 요시무라를 불러냈다.

"자네에게 잠깐 할 이야기가 있어. 오늘 저녁 퇴근하고 만나 주지 않겠나?" 이마니시는 밝은 목소리로 말했다.

"그럼요. 어디서 만날까요?"

"글쎄. 요전에 갔던 꼬치집으로 할까?"

"알았습니다. 뭔가 반가운 일이 생겼습니까?"

"응, 조금. 만나서 이야기하지." 하고 이마니시는 전화에 대고 웃었다.

6시 반에 두 사람은 시부야 역에서 만났다.

"대체 뭡니까?" 요시무라는 이마니시의 얼굴을 보자마자 대뜸 물었다.

"천천히 이야기하지."

이마니시는 이 발견을 지금까지 함께 고생한 요시무라에게 꼭 말해 주고 싶었다. 이마니시는 웃지 않으려고 해도 자연히 미소가 나왔다.

"어쩐지 기뻐 보이시는데요?" 요시무라는 잔을 들고 이마니시에게 말했다.

"실은 피해자와 동북 말씨와의 관계가 잡혔어. 그것만이 아냐. 가메다도 나타났어."

"정말입니까?" 요시무라는 눈을 크게 떴다. "제발 빨리 이야기해 주십시오."

이마니시는 일본어 연구소에서 알아 낸 자료에 따라 동북 사투리

분포에 관한 이야기를 해 주었다.

"이봐, 여기야. 글자를 잘 보라구." 이마니시는 손가락으로 지도 위에 동그라미를 그렸다. "보라구, 이 지역 일대가 지금 말한 동북 사투리를 사용하고 있네. 우리가 착각했어. 가마타에 있는 싸구려 바에서 이야기한 두 사람은 이 지방 사람이었어." 이마니시는 말에 힘이 있었다.

"그것을 목격자가 그만 동북 지방 사투리로 생각한 거야. 그리고 피해자 미키 겐이치는 시마네 현에서 경관 생활을 한 일이 있어. 더구나 말이야." 이마니시는 더욱 어조를 높였다. "그는 이 가메다케를 중심으로 10년이나 경관 생활도 했단 말이야."

요시무라는 젊은 눈동자를 이마니시에게 고정시키고 설명을 듣고 있더니, 이윽고 선배의 손을 잡았다.

"굉장합니다. 훌륭하십니다, 이마니시 씨!" 요시무라가 소리쳤다.

"자네도 그렇게 생각하나?"

이마니시도 잡았던 잔을 놓고 요시무라의 손을 잡았다.

"이번에 난 이 지방에 다녀 오겠어. 자네도 데리고 가고 싶지만, 범인을 찾으러 가는 게 아니고 조사 때문에 가니까……."

"저도 가고 싶습니다. 그렇지만 하는 수 없지요. 선배님의 좋은 소식을 기다리겠습니다. 어쨌든 정말 잘 됐습니다."

요시무라의 목소리에도 탄력이 넘쳤다.

"응, 그런데 지금부터가 큰일이야."

3

이마니시 에이타로는 도쿄 출발 이즈모행 급행열차를 탔다. 22시 30분에 출발했다. 다른 때는 누군가와 같이 다녔는데 이번에는 이마니시 혼자였다. 잠복이나 범인을 인수하러 가는 길이 아니어서 마음이 편했다. 아내가 역까지 배웅을 와 주었다.

"몇 시경에 도착하나요?" 아내 요시코가 플랫폼을 거닐며 물었다.

"내일 밤 8시경일 거야."

"어머, 21시간도 더 걸리는군요, 꽤 멀군요?"

"아아, 멀고말고."

"큰일인데요, 그렇게 계속 기차만 타게 돼서." 아내는 걱정스레 말했다.

"이마니시 씨."

이때 뒤에서 부르는 사람이 있었다. 돌아보니 낯익은 S 신문사의 젊은 기자였다. "어디 가십니까?" 신문 기자는 이마니시 형사가 기차를 타는 것을 알고 의미심장한 눈빛을 했다.

"아아, 오사카까지야." 이마니시는 시치미를 떼고 대답했다.

"오사카라구요? 무슨 일입니까?" 신문 기자는 안색이 달라졌다.

"친척 가운데 결혼하는 사람이 있어서 말이야. 부득이 가야만 할 처지야. 보라구, 이렇게 마누라가 배웅을 나왔잖아?"

신문 기자는 이마니시의 아내를 보고 황급히 고개를 숙였다. 그리고 이마니시의 말을 믿었다.

"난 또 뭐 범인이라도 잡으러 가나 했습니다." 신문 기자가 웃었다.

"형사들이 기차를 타면 자네들은 언제나 그렇게 생각한단 말이야. 형사도 사람이야. 때로는 개인적인 일도 있어."

"그렇지요, 그럼, 다녀오십시오." 신문 기자는 손을 흔들고 플랫폼을 떠났다.

"마음을 놓을 수 없군요?" 요시코가 말했다.

"오늘 밤엔 나 혼자니까 다행이지. 요전처럼 요시무라와 함께 있었다면 귀찮게 돼." 이마니시는 찌뿌드드한 얼굴로 말했다.

기차가 플랫폼을 떠날 때, 아내가 손을 흔들었다. 이마니시도 창으로 고개를 내밀고 그에 답했다. 다른 때와 달리 정말 여행을 떠나는 기분이었다. 좌석은 비어 있었다. 이마니시는 요시코가 사준 포켓용 위스키 병을 꺼내어 두세 모금 마셨다. 앞자리에는 아이를 거느린 중년 여자가 벌써 보기 흉한 꼴로 의자에 기대 자고 있었다. 한동안 신문을 보고 있던 이마니시도 슬슬 졸렸다. 이마니시는 옆 자리에 아무도 없기에 좌석에 누워 팔짱을 끼었다. 팔걸이를 한동안 베고 있었더니 뒤통수가 아팠다. 몸의 방향을 바꾸어도 옹색했다. 이등차는 손님이 편히 잠들 수 없게 만들어져 있다. 그래도 그는 어느 사이엔가 잠에 빠져 들었다.

그는 꿈속에서 연거푸 외치는 나고야라는 역 이름을 들었다. 그는 다시 몸이 아파 무의식중에 돌아누웠다. 이마니시는 7시 반에 잠에서 깨었다. 마이바라를 지나고 있었다. 창밖을 내다보니 아침 해가 넓은 전원을 비추고 있었다. 밭 끝에서 물이 반짝반짝했다. 비와호(琵琶湖)였다.

이곳에 오는 것도 몇 년 만이었다. 전에 오사카까지 범인을 인수하러 간 일이 있었다. 그는 여행을 하고 있어도 기억은 모두 그런 일로만 얽혔다. 그는 그때 오사카까지 도망친 살인강도를 인수하러 갔었다. 22, 3세 된 어린애 같은 얼굴을 한 청년이었다. 이마니시는 교토에서 도시락을 사서 아침 식사를 마쳤다.

어젯밤 묘한 꼴로 잔 탓인지 목덜미가 아팠다. 이마니시는 목덜미를 문지르기도 하고 어깨를 두드리기도 했다. 그 뒤부터가 긴 여행이었다. 교토를 지나 후쿠치야마에 나설 때까지 기차는 산 속만을 지나지루했다. 그는 도요오카에서 점심을 먹었다. 1시 11분이었다. 돗토리 2시 52분, 요나고 4시 36분. 다이센이 왼쪽 창으로 보였다. 야스기 4시 51분, 마쓰에 5시 11분.

이마니시는 마쓰에 역에서 내렸다. 이대로 가메다케까지 가면 3시간 이상 걸린다. 거기까지 가더라도 이미 경관들은 퇴근했을 것이다. 오늘 중으로 찾아가도 헛일이었다. 이마니시는 마쓰에가 처음이었다. 그는 역전에 있는 싼 여관에 들었다. 형사의 출장비는 적다. 넉넉하게 쓸 수 없다.

그는 저녁을 먹고 거리로 나갔다. 긴 다리가 있었다. 어둠 속에 신지 호수가 펼쳐져 있었다. 쓸쓸한 등이 호수 안을 둘러싸고 있었다. 다리 바로 밑에 불을 켠 보트가 나와 있었다. 처음 온 지방에서 밤의 물 경치를 바라보노라니 그는 여수(旅愁)를 느꼈다. 피곤했다. 어젯밤 좌석이 옹색해서 충분히 자지 못했고, 오늘도 기차를 계속 타고 와서 몸이 쑤셨다.

이마니시는 바로 여관으로 돌아가 안마사를 불러 달라고 했다. 형사의 출장비로 안마는 사치인데, 큰마음을 먹었다. 젊었을 때는 아무리 무리를 해도 이런 일이 없었다. 나이를 먹은 탓이다. 안마사는 30세가량 된 남자였다. 이마니시는 안마사에게 선금을 주고 미리 일러두었다.

"도중에 잠이 들지 모르니까, 잠들면 적당히 하고 돌아가도 좋아요."

이불 위에 손발을 뻗은 채 안마를 받고 있으니까 정말 졸음이 왔다. 피곤한 탓이다. 안마사가 무슨 이야기를 했고, 이마니시도 적당한 대꾸를 하고 있었다. 이마니시는 자기 대답이 이상한 소리로 변하고 있음을 알 수 있었다. 이마니시는 그대로 깊은 잠 속에 빠졌다.

이마니시가 한번 눈을 뜬 것은 4시경이었다. 베갯머리에 약한 불이 켜져 있었다. 이마니시는 엎드려 담배를 피운 다음, 수첩을 꺼내 놓고 생각에 잠겼다. 그는 하이쿠를 생각하다가 다시 잠이 들었다.

이마니시는 신지 역에서 기스키선으로 갈아탔다. 뒤떨어진 구식 열차인가 했는데 의외로 디젤 기관차여서 새로운 느낌이 들었다. 그런데 그 뒤부터의 경치는 이마니시가 어렴풋이 예상한 대로였다. 산이 많고 논이 적었다. 시종 강이 보이다 안 보이다 했다.

승객들은 대부분 지방 사람들이었다. 이마니시가 그 사람들의 이야기를 들어 보니 확실히 악센트가 달랐다. 끝이 올라가는 말씨였다. 그러나 기대한 만큼 강한 콧소리는 들을 수 없었다.

강한 여름 햇살이 산의 나무들을 희게 말리고 있었다. 도중에 역을 몇 개나 지났는데, 인가는 역 근처에 조금 모여 있을 뿐이었다. 열차는 바로 골짜기로 들어갔다.

이마니시는 이즈모 미나리 역에서 내렸다. 니타 군 니타 시인데, 가메다케는 이 미나리 경찰서 관내의 유일한 파출소였다. 그는 우선 미나리 경찰서부터 갈 필요가 있었다.

역은 작았다. 그러나 니타 시는 이 지방 중심지답게 상점가도 늘어서 있었다. 역전의 밋밋한 고개를 내려가면 상점가로 들어가는데, 잠든 것 같은 가게 앞에는 전기 기구, 잡화, 옷감 등이 있었다. '명주 아치요(銘酒八千代)'라는 간판이 보이는데, 이 근처에서 양조되는 술인 모양이었다. 그는 다리를 건넜다. 아직도 집들이 계속되었다. 기와도 있으나, 노송나무 껍질로 이은 지붕이 의외로 많았다. 우체국을 지나고 초등학교를 지나니까 미나리 경찰서가 나왔다. 경찰서는 이 시골 건물로는 생각되지 않을 만큼 훌륭했다. 도쿄에 있는 무사시노 경찰서나 다치카와 경찰서 정도의 크기였다. 이 흰 건물 뒤에는 산이 가까이 산이 있었다.

이마니시가 경찰서 안에 들어가 보니 겨우 다섯 사람밖에 앉아 있지 않았다. 이마니시가 접수과에 있는 정복을 입은 순경에게 명함을 내니까, 안에 앉아 있던 노타이 셔츠 차림의 뚱뚱한 남자가 일어나서 나왔다.

"도쿄 경찰청에서 오셨군요? 제가 서장입니다. 어서 오십시오."

뚱뚱한 남자는 싱글벙글 웃었다.

이마니시는 제일 안쪽에 있는 서장 책상 앞으로 안내되었다. 이마니시는 거기서 인사를 했다. 40세 정도로밖에 보이지 않는 뚱뚱한 서장은 먼 길을 찾아온 이마니시의 노고를 치하했다.

"이야기는 현 경찰서에서 들었습니다. 미키 겐이치 씨 일을 조사하러 오셨지요?" 서장은 서랍 속에서 서류를 꺼냈다.

이마니시는 고개를 끄덕였다.

"그렇습니다. 서장님께서도 대략 아시리라고 생각하는데, 미키 겐이치라는 사람이 도쿄에서 살해되었습니다. 우리가 수사를 맡아 조사해 보니, 미키 씨가 이 미나리 경찰서에서 경찰관으로 근무했다는 사실을 알 수 있었습니다. 그래서 일단 여기서 근무하던 무렵의 미키 씨에 대해 이것저것 좀 알아보려고 왔습니다."

순경이 차를 가져왔다.

"오래된 이야기군요. 벌써 20년도 더 된 일이어서 부하 가운데에는 미키 씨를 아는 사람이 없습니다. 그렇지만 할 수 있는 데까지 물어보았습니다." 서장이 말했다.

"바쁘실 텐데 죄송합니다." 이마니시는 고개를 숙였다.

"아뇨. 그런데 자세한 이야기는 그다지 모릅니다. 방금 말한 것처럼 꽤 오래된 이야기니까요." 서장이 설명을 시작했다. "도움이 될지 안 될지 모르지만 대강 말씀드리지요. 미키 겐이치 씨는 1929년 6월에 기스키 서로 전속. 1933년 3월에 이 미나리 서로 부임받아 가메다케 지서에서 근무했습니다. 이때 벌써 경사가 되었습니다. 1936년에는 경위가 되어 이곳 경비계장으로 있다가 1938년에 퇴직하셨습니다."

그것은 이마니시가 이미 도쿄를 출발하기 전에 시마네 현 경찰청에서 온 회답으로 알고 있는 사실이었다.

"서장님, 그 약력에서 느꼈는데, 미키 씨는 승진이 매우 빠른 것 같더군요?"

"그렇습니다. 그런 승진도 조금 드물겠지요." 서장도 수긍했다. "그것은 미키 씨가 일에도 열심이었지만 인품이 매우 좋았다고 할까, 여러 가지 선행을 하셨기 때문입니다."

"예."

"예를 든다면 이 미나리 서에 오셔서도 표창을 두 번이나 받았습니다. 여기 기록이 있는데……." 서장은 서류에다 눈길을 떨구었다. "첫 번째는 이 근처에 수해가 발생한 때였습니다. 무슨 태풍인지 모르지만 그 때문에 강이 범람했습니다. 그렇지, 당신도 여기 오는 도중에 보셨겠는데, 바로 그 강입니다." 이마니시는 아까 건너 온 다리 아래로 흐르던 강을 떠올렸다. "그 강이 범람하고, 게다가 벼랑이 무너져 상당한 사상자가 나왔습니다. 그때 미키 씨는 구조 활동을 펴 세 사람이나 구했습니다. 강물에 떠내려가는 어린아이를 구하고, 벼랑이 무너져 부서진 집 속으로 몸을 돌보지 않고 들어가 안에 있는 노인과 어린아이를 구해 냈습니다." 이마니시는 메모했다. "두 번째는 이 근처 일대에 불이 났을 때였습니다. 이때도 미키 씨는 몸을 돌보지 않고 불타는 집 안으로 뛰어 들어가 갓난아기를 구해 냈습니다. 미키 씨는 일단 뛰쳐나왔다가 불 속으로 되돌아가려는 아기 어머니를 말린 다음, 대신 갓난아기를 구한 것입니다. 이 일로도 현 경찰청장에게서 감사패를 받았습니다."

"아, 그래요." 이마니시는 그것도 메모했다.

"매우 평판이 좋은 분입니다. 미키 씨를 기억하고 있는 사람은 모두 칭찬합니다. 그렇게 좋은 분은 없다고요. 이마니시 씨, 나는 당신들 연락을 받고서야 비로소 그 사실을 알았는데, 그토록 선량한 미키 씨가 도쿄에서 불행한 죽음을 당하시다니 납득이 안 갑니다."

이마니시는 미키 겐이치가 살해된 원인을 그의 경찰관 시절에서 찾고 있었다. 즉, 미키의 어두운 과거를 기대하고 온 것이나 같았다. 그러니까 지금처럼 미키 겐이치에 대한 밝은 이야기를 들으면 기대가 어긋나는 셈이다.

"미키 겐이치 씨라는 분은…… 들으면 들을수록 훌륭한 분이었습니다. 그런 분이 여기 계셨다는 사실은 우리의 자랑거리인데, 무슨 까닭인지 모르나 그런 불행한 꼴을 당하셨으니 정말 안된 일입니다."

"그렇군요."

이마니시는 미키 겐이치의 양자가 말한, 아버지는 부처님 같은 호인이었다는 말이 생각났다.

"그러나 제 이야기만으로는 참고가 되지 않을 겁니다." 서장은 덧붙였다. "미키 씨에 대해 여러 가지 사실을 더 알고 싶으시지요? 아주 적당한 분이 계십니다. 이 시(市)가 아니고, 미키 씨가 지서 근무를 한 일이 있는 가메다케인데요. 그곳 사람에게 당신이 오신다고 연락해 놓았으니까, 오늘쯤은 기다리고 있을 것입니다."

"예, 어떤 분인데요?"

"아실지 모르지만 가메다케라는 곳은 주판 생산지입니다. 고급 주판이 그 가메다케에서 만들어지는데, 이즈모 주판이라고 전국적으로 유명합니다. 바로 그 주판 제조업을 하는 기리하라 고주로(木同原小十郞) 씨입니다. 여기서 제일 오래된 가게를 갖고 있지요. 그 기리하라 씨가 전에 미키 씨와 친했습니다. 내가 이야기를 듣고 당신에게 전달하는 것보다, 도쿄에서 모처럼 오셨으니 직접 찾아보시는 편이 좋으리라 생각됩니다."

"그렇군요. 그럼, 기리하라 씨를 만나게 해 주시겠습니까?"

"가메다케는 여기서 좀 멉니다. 버스가 다닙니다만, 운행 횟수가 적어서 경찰서의 지프차를 준비시켜 놓았습니다. 사양치 마시고 사용해 주십시오."

"정말 고맙습니다."

이마니시는 인사를 한 다음에 물었다.

"좀 이상한 질문이긴 한데요?"

"예, 뭡니까?"

"서장님 말씨는 표준어와 조금도 다르지 않으시군요? 이 지방에서 태어나셨다고 들었는데, 실례지만 그렇게 생각할 수 없을 정도로 사투리가 없습니다."

"아, 그건 말입니다. 일부러 이곳 말씨를 쓰지 않기 때문입니다. 요즘 젊은이들은 시골 말씨를 쓰지 않으려고 노력하는 모양이더군요." 서장은 웃으며 말했다.

"그것은 무슨 까닭인가요?"

"이 지방 사람들은 자기가 쓰는 시골 사투리에 창피함을 느끼고 있습니다. 그래서 타관 사람과 이야기할 때는 되도록 표준어에 가까운 말씨로 이야기합니다. 그리고 디젤 기관차를 타고 신지 시에 나갈 때에도, 신지 시내가 가까워지면 시골 말씨를 쓰지 않으려고 합니다. 말하자면 그만큼 열등감을 가지고 있다는 거겠지요. 또 다른 이유는 교통이 발달해서 그렇겠지요. 어쨌든 이 근처 말씨로 그냥 이야기하면 심한 콧소리가 나옵니다. 지금은 깊은 산중 사람이나 노인이 아니고는 그런 말씨를 사용하지 않는 것 같습니다."

"가메다케는 어떨까요?"

"글쎄요. 가메다케는 여기보다 많이 사용하고 있겠지요. 당신에게 소개해 드린 기리하라 씨는 노인이니까 우리보다 사투리가 심하겠지요. 그러나 시골 말씨 그대로 이야기하진 않을 겁니다."

이마니시는 실은 그 이즈모 말씨가 듣고 싶었다.

이마니시는 서장이 호의로 내 준 지프를 타고 가메다케로 향했다.
길은 내내 선로와 나란히 이어졌다. 양쪽에서 골짜기가 에워싸 논밭
은 거의 없었다. 그 때문인지 군데군데 모여있는 마을은 가난하게 보
였다.

이즈모 미나리 역에서 4킬로미터를 가니 가메다케 역이었다. 길은
거기서 두 갈래가 되고, 선로에 면한 길은 요코타라는 곳으로 간다고
운전하는 순경이 알려 주었다. 지프차는 강을 따라 산골짜기로 들어
갔다. 이 강은 중간에서 둘로 갈라졌다. 그중 하나가 가메다케 강이
었다. 가메다케 역에서 가메다케 마을까지는 4킬로미터 정도 되었다.
도착할 때까지 거의 집다운 집이 없었다.

가메다케 부락은 이마니시의 생각보다 큰, 오래된 거리로 되어 있
었다. 근처 집도 노송나무 껍질로 이은 지붕이 많고, 그중에는 북쪽
지방처럼 돌을 올려놓은 집도 있었다. 가메다케는 주판 명산지라고
서장이 설명해 주었는데, 거리를 지나며 보니 정말 가내 공업으로 주
판 부품을 만드는 집이 많았다.

지프차는 거리 복판을 달려 커다란 집 앞에 섰다. 서장이 말한 대
로 주판을 만드는 기리하라 고주로의 집이었다. 운전을 하고 온 순경
이 앞장서서 문으로 들어갔다. 집 옆에 깨끗한 뜰이 있었다. 놀랄 만
큼 운치 있게 만들어진 뜰이었다. 현관을 여니, 안에서 기다리고 있
었던 듯 60세쯤 된 남자가 나왔다.

"이분이 기리하라 고주로 씨입니다." 순경이 이마니시에게 소개했다.

"더운데 수고가 많으십니다." 기리하라 고주로는 공손히 인사를 했
다. 흰머리가 나고 갸름한 얼굴에 눈이 작은, 학처럼 마른 노인이었
다. "누추한 곳이지만 이리로 올라오십시오."

"실례하겠습니다."

이마니시는 노인을 따라 잘 닦인 마루를 걸었다. 마루에서도 돌과 작은 못이 있는 깨끗한 뜰을 바라볼 수 있었다. 주인은 이마니시를 차를 마시는 방으로 안내했다. 이런 시골에 이토록 본격적인 차 마시는 방이 있으리라고 생각할 수 없을 정도로 훌륭했다. 노인은 이마니시를 상석에 앉게 하고 차를 따라 주었다. 더운 날이었으나 단 것도 같고 쓴 것도 같은 가루 녹차를 마시니 이마니시도 피로가 약간 풀리는 듯했다.

차 도구들도 공을 들여 만든 물건이었다. 차에 대한 지식이 없는 이마니시지만 칭찬을 했다.

"이런 송구할 데가! 칭찬 받을 만한 물건도 아닙니다. 시골이라 아무것도 없지만 차 마시는 습관만큼은 옛날부터 남아 있지요. 아마 이즈모 성주가 마쓰다이라 후마이(松平不昧) 공이어서 이런 풍습이나마 남아 있는 것 같습니다."

이마니시는 수긍이 갔다. 뜰이 이 시골에 걸맞지 않게 교토풍인 데가 있는 것도 이해가 되었다.

"도쿄에서 오신 분에게는 부끄럽습니다만…… 그저 이런 시골이다 보니……." 기리하라 고주로는 거기까지 말하고, 그제서야 깨달은 듯이 이마니시의 얼굴을 들여다보았다. "아아 그렇지…… 쓸데없는 말만 지껄였습니다. 서장님으로부터 미키 겐이치 씨에 관해 이야기해 드리라는 부탁을 받았는데……."

기리하라가 하는 말에는 노인이라 그런지 사투리가 있었다. 동북 말씨와는 조금 가락이 다르지만 비슷하게 들렸다.

"서장님한테서 들으셨으리라고 생각합니다만 미키 겐이치는 최근 도쿄에서 불행한 죽음을 당하셨습니다." 이마니시가 말했다.

"그러게 말입니다. 가엾게도! 무슨 원한인지 몰라도 그렇게 좋은 사람이 남의 손에 살해되리라고는 꿈에도 생각지 않았습니다. 그래,

범인을 아직도 모릅니까?" 품위 있는 노인의 얼굴에 어두운 그림자가 스쳤다.

"유감스럽게도 아직 알 수가 없습니다. 저희는 미키 씨가 경찰관이었기도 해서 꼭 범인을 검거해야겠다고 생각하고 있습니다. 그래서 이렇게 우선 미키 씨의 과거를 알고 싶어 찾아뵈었습니다."

기리하라는 크게 고개를 끄덕였다.

"기필코 그 원수를 갚아 주어야죠. 그렇게 좋은 사람을 죽인 놈이 원망스러워 못 견디겠습니다."

"기리하라 씨께선 미키 씨와 옛날에 친하셨다는데……."

"그렇습니다. 요 앞에 지금도 옛날 그대로의 지서가 있는데, 미키 씨는 그곳에서 3년쯤 근무했습니다. 그렇게 훌륭한 경관은 여간해서 없을 겁니다. 미키 씨가 경찰 생활을 그만두고 사크슈의 쓰야마 근처에서 잡화상을 시작한 뒤로도 나와는 오랫동안 서신 왕래가 있었습니다. 그런데 최근 사오 년간은 어쩐지 소원해졌는데, 이번 사건은 아닌 밤중에 홍두깨 격이었습니다. 나는 미키 씨가 지금도 번창하게 장사를 하는 줄로만 알고 있었습니다."

"사실……." 이마니시는 숨기지 않고 말했다. "저희는 이번 사건이 단순한 강도 살인 사건이 아니라, 원한 관계에 의한 살인 사건이라고 생각하고 있습니다. 미키 씨의 양자분에게 그런 점에 관해 물었더니, 이 지방에서는 그럴 만한 일을 생각할 수 없다고 하더군요. 선생님 말씀대로 대단히 좋으신 분으로서 누구에게나 존경받는 일은 있어도 원한을 살 만한 일은 없다고 양자 되시는 분도 말하더군요." 이마니시는 열심히 듣고 있는 노인에게 이야기를 계속했다. "그러나 저희는 이 사건이 원한 관계에 의한 살인이라는 생각을 버리지 않고 있습니다. 에미 시에서 그 원인을 찾을 수 없다면 혹시 그 전에, 즉 이 지방에서 경찰 생활을 하고 계실 무렵에서 그 원인을 찾을 수 있지 않을까 하고 생각한 것입니다. '설마 20년 전의 일을 가지고……' 하고 생각하실지 모르지만, 이렇다 할 단서가 나타나지 않은 이상은 일단 거기까지 확인해 보고 싶습니다."

"이거, 정말 수고 많으십니다." 기리하라는 가볍게 고개를 숙이고 말했다. "그렇군요. 지금 양자분이 한 이야기가 나왔지만, 나로서도 똑같은 대답을 하는 수밖에 도리가 없습니다."

"아니, 말씀을 듣고 이런 점은 어떻고 저런 점은 어떻냐고 여쭙진 않겠습니다. 그저 미키 씨에 관해 생각나는 것이 있으면 말씀해 주시면 됩니다."

이마니시는 기리하라 노인에게 부탁했다.

"그렇다면 얼마든지 이야기하지요." 기리하라는 조금 얼굴이 밝아졌다. "미키 씨가 이곳 지서에 오셨을 때는 젊었습니다. 나와 나이가 비슷해 친구처럼 지냈지요. 내가 전부터 서투르나마 하이쿠를 짓는다고 하니, 미키 씨도 그렇다고 했습니다."

이마니시는 자기도 모르게 눈을 빛냈다.

"흐음, 이건 초문입니다. 하이쿠를 짓고 계셨습니까?"

"예, 이 지방은 원래 하이쿠 짓기가 성한 곳이었지요. 매년 마쓰에 와 요나고, 그리고 하마다 근방에서도 일부러 하이쿠를 하는 사람이 이곳에 모일 정도랍니다. 옛날 시킨(子琴)이라고 하는 바쇼^(芭蕉, 일본의 유명한 하이쿠 작가)의 계보를 잇는 작가가 이 이즈모에 내려오셔서 내 선조 대에 이 집에서 오래 묵으신 일이 있었습니다. 이 가메다케는 그런 인연으로 마쓰에 영주의 문화적인 영향도 있어서 하이쿠로도 알려져 왔습니다."

"예에, 그렇군요."

이마니시는 갑자기 흥미가 생겼다. 자기도 하이쿠 비슷한 것을 취미삼아 짓고 있기 때문이었다. 그러나 이마니시는 이런 사사로운 일은 뒤로 돌리고 미키 씨 이야기를 먼저 듣고 싶었다. 그런데 노인은 바로 마치기가 아까웠던지 이 이야기를 계속했다.

"그 당시엔 시킨이 묵으면, 이 두메산골 가메다케에 중부 지방의 하이쿠 작가들이 전부 모였지요. 그때 사용했다는, 시제를 제비뽑아 정할 때 쓰는 상자가 저한테 가보로 남아 있습니다. 무라카미 기치고로(村上吉五郎)라는 목수가 솜씨를 다해 만든 상자인데, 지혜 상자처럼 뭘 좀 아는 사람이 아니면 열리지 않게 돼 있습니다. 아시는 바와 같이 이 가메다케는 운슈 주판 산지인데, 이 기치고로라는 목수가 사실 주판 제조의 원조랍니다. 아니, 이건 이야기가 곁길로 나갔군요." 기리하라 노인은 쓴웃음을 지었다. "아무래도 늙은이 이야기는 중간이 길어져서 탈입니다. 나중에 그 지혜 상자도 보여 드리겠습니다. 그런 까닭으로 미키 씨도 하이쿠니 뭐니 해서 잘 오셨고, 특별히 다정하게 지냈습니다. 그래서 미키 씨의 일이라면 가족처럼 잘 알고 있지요. 그렇게 좋은 사람은 없습니다."

"지서에 계실 때 미키 씨에겐 부인이 계셨습니까?"

"계셨습니다. 오후미 씨라는 분인데, 불쌍하게도 미키 씨가 미나리 경찰서로 전근하셨을 때 돌아가셨습니다. 그분도 좋은 분이었지요. 부부가 다 같이 부처님 같았습니다. 이곳에선 순경이라면 누구나 싫어했는데, 미키 씨만은 모든 사람들이 좋아했지요. 사실 그만큼 남을 돌봐준 사람도 없을 겁니다."

노인은 당시를 회상하는 듯 눈을 감았다. 잉어가 뛰는지 작은 못에서 물소리가 났다. 노인은 이야기를 계속했다. "미키 씨는 아주 겸손한 사람이었습니다. 지금은 많이 달라졌지만, 그 당시는, 특히 이런 지서에서는 거만한 경관도 있었습니다. 미키 씨는 그런 마음 없이 누구의 일이나 돌봐 주었지요. 당신도 보셨겠지만 이 가메다케에는 논이 거의 없습니다. 그래서 농사꾼은 모두 가난합니다. 생업이란 숯

굽기, 버섯 재배, 나무를 해 파는 일뿐입니다. 그 밖의 사람들은 주판 공장에 근무하는 정도여서 가계가 넉넉지 못합니다." 뜰의 나무들 위에 강한 햇빛이 비치고 있었다. 바람이 조금도 들어오지 않았다.

"갑자기 병이라도 나면 의사에게 치를 돈을 마련하기조차 곤란할 정도랍니다. 그래서 부부가 맞벌이하는 집이 많은데, 아이가 많은 집은 그것도 어렵습니다. 미키 씨는 그런 데에 착안을 하고, 친구들로부터 기부금을 모아 절에다 탁아소 같은 것을 만들었지요. 지금은 복지부라는 것도 있지만, 당시에는 그런 제도가 없어 미키 씨는 가난한 사람들을 위해 그런 일까지 하셨습니다. 덕분에 모두 얼마나 도움이 되었는지 모릅니다."

이마니시는 일일이 메모했다.

"경관의 봉급이란 뻔한 건데, 미키 씨는 그 얼마 안 되는 봉급을 쪼개, 가난한 사람이 병이 나면 몰래 약값을 치러 주곤 했습니다. 아이가 없는 미키 씨에게 단 한 가지 낙이 있다면, 저녁에 술을 두 홉쯤 마시는 일이었지요. 때로는 그 얼마 안 되는 술값까지 아껴 남을 돕는 데 쓸 정도였습니다."

"과연 훌륭하신 분이었군요."

"그렇습니다. 그렇게 훌륭한 사람은 없습니다. 내가 친구여서 특별히 칭찬하는 게 아니고 실제로 보기 드문 사람이었습니다. 그게 언제였더라……, 이 마을에 문둥병이 걸린 떠돌이 호이타가 왔었지요."

"호이타가 뭡니까?"

"거지 말입니다. 이 지방에서는 이렇게 말하는데, 그 거지가 아이를 데리고 이 마을에 들어온 적이 있었지요. 미키 씨가 그걸 발견하고는 직접 이 문둥병에 걸린 거지를 격리시키고, 아이는 절의 탁아소에 맡겼습니다. 그런 데까지 자상하게 돌보는 사람이었습니다.

화재로 타 죽을 뻔한 아기를 구하기도 하고, 수해가 났을 때 익사 직전에 있는 사람을 구하기도 했다는 이야기는 서장님한테서 들으셨겠지요? 이 가메다케에 오신 뒤로도 그와 비슷한 이야기가 있습니다. 언제였더라…… 나무꾼이 산 속에서 급병으로 쓰러진 일이 있었습니다. 급한 산길이어서 의사를 데려가지 못하고 있는데, 미키 씨가 병자를 업고 험한 산길을 넘어 의사에게 데려간 적도 있었습니다. 마을에 다툼질이 있다가도 미키 씨가 얼굴을 내밀면 대개 화해되었고, 집안에 다툼이 있으면 사람들은 미키 씨에게 의논하러 갈 정도였습니다. 인품도 좋았고, 그렇게 모두의 흠모를 받은 경관은 없을 겁니다. 그래서 미키 씨가 미나리 서로 전근되어 갈 때에는 온 마을이 아까워하여 유임 운동을 벌일 정도였습니다. 미키 씨가 삼 년이나 이 지서에 계신 이유도 모두가 만류했기 때문이라고 볼 수 있습니다."

기리하라 고주로의 긴 이야기는 끝났다. 요컨대 미키 겐이치가 훌륭했다는 이야기였다.

이마니시는 여기서도 실망하지 않으면 안 되었다. 미키 겐이치의 죽음이 그의 경찰 시절의 무엇과 관계가 있으리라고 예상하고 왔는데, 기리하라 노인의 이야기에는 그럴듯한 실마리조차 없었다. 미키 겐이치에 대한 원한 관계는 찾을 수가 없었다. 원한은커녕 들으면 들을수록 미키 겐이치는 훌륭한 사람이었다. 이마니시는 이런 산중에 그토록 훌륭한 경관이 있었는가 생각하니 같은 동료로서도 자랑스러웠다. 이마니시는 그것에 만족함과 동시에 커다란 공허감을 느꼈다. 이 모순된 생각을 이해할 수 없었다.

"대단히 고마웠습니다."

이마니시는 노인에게 치하했는데, 그 표정이 어딘지 쓸쓸해 보였다.

"이거 아무런 도움도 못 드리고……" 하고 기리하라 노인은 정직하게 말했다. "도쿄 경찰청 나리가 일부러 이런 시골까지 오셔서 수고가 많습니다만, 미키 씨가 남에게 원망을 받았다거나 이중인격을 가지고 있었다거나 하는 일은 절대로 없었습니다. 그 사람은 원래부터 착한 사람이었습니다. 그 사람을 아는 누구에게 물어봐도 마찬가지 대답을 들으실 겁니다."

"잘 알았습니다. 저도 경찰관으로서 미키 씨가 훌륭했다는 말을 듣는 것은 기쁩니다. 제 착오였는지도 모릅니다." 이마니시는 이렇게 대답했다.

"이렇게 더운데 정말 수고 많으셨습니다." 노인이 안됐다는 듯이 이마니시를 보았다.

"끝으로 한 가지만 더 여쭈어 보겠는데요, 이 가메다케 사람으로 현재 도쿄에 사는 사람은 없습니까?"

"글쎄올시다." 노인은 고개를 갸웃했다. "마을이 이래서 일찌감치 타관으로 나간 사람들은 상당히 있습니다. 도쿄에 간 사람이라면 대개는 알 터인데…… 여긴 시골이라서 부모, 형제, 친척들과 편지 왕래가 있고, 그렇게 되면 자연 우리 귀에 아무개는 도쿄에 있다는 이야기가 들어옵니다. 동네가 좁으니까요. 그런데 그런 이야기가 없는 걸 보면 난 잘 모르겠는데요."

"서른 전후의 젊은 사람입니다. 도쿄로 나간 그런 나이의 젊은이가 없습니까?"

"들은 적이 없습니다. 이 지방에서 오래 살았고, 이런 가게를 하고 있어서 대개의 이야기는 들려오는데요."

"그렇습니까? 이거 실례했습니다."

이마니시는 인사를 하고 일어서려 했다.

"모처럼 오셨는데 좀더 계셔도 좋지 않습니까? 미키 씨에 관한 이야기는 지금 한 것 말고는 없습니다만, 아까 말씀드린, 시제를 제비뽑아 정할 때 쓰는 상자를 보여 드리지요. 이마니시 씨라고 하셨지요? 혹시 하이쿠를 지으시지 않습니까?"

"흥미가 없는 것은 아니지만······."

"그렇다면 더욱 잘 됐습니다. 지금 갖다가 보여 드리지요. 신기한 상자랍니다. 옛날 명인이 만든 상자인데 지금 사람은 도저히 흉내를 못 냅니다. 모처럼 여기까지 오셨으니 이야깃거리로 한번 보고 가십시오."

기리하라 노인이 손뼉을 쳤다.

이마니시는 기리하라 노인 집에서 두 시간쯤 보내며, 이 집에 소장된 시제를 제비뽑아 정할 때 쓰는 상자와 옛날부터 내려온 하이쿠 작가가 남겼다는 족자 등을 구경했다. 이마니시는 서투르게나마 하이쿠 짓기를 좋아해 이런 것들을 보면 시간 가는 줄 몰랐다. 이것이 여기까지 온 목적을 이룬 다음이라면 더 즐거웠을 텐데, 그렇지 못한 그의 마음은 무거웠다. 살해된 미키 겐이치가 훌륭한 사람이었다는 사실을 알고 기대에 어긋났다면 우스운 이야기지만, 수사상으로 보면 피해자는 너무 깨끗해서 단서라고는 찾아볼 수 없었던 것이다. 이 마을에서는 이 기리하라 노인보다 미키 겐이치를 잘 아는 사람이 없으니, 달리 물어볼 데도 없었다. 이마니시는 예의바르게 인사를 하고 기리하라 노인 집에서 나왔다.

이마니시는 다시 지프차를 탔다. 거리 모퉁이에 왔을 때 지서가 보였다. 이마니시는 차를 세우게 했다. 지서를 들여다보니 젊은 경관이 책상에서 무엇인가 쓰고 있었다. 지서에 이어진 주택에는 파란 발이 드리워져 바람에 흔들리고 있었다. 미키 겐이치가 근무하던 지서였다. 낡은 정도로 보아 옛날과 별로 달라지지 않은 듯했다. 이마니시는 무슨 기념품을 보는 듯한 생각이 들었다. 미키 겐이치라는 사람을 깊이 알고 나니, 이런 것에도 일종의 감회가 생기는 모양이었다. 다시 먼저 길로 돌아갔다.

가메다케 마을을 떠난 지프차는 강을 따라 난 외줄기 길을 달렸다. 아키타 현의 가메다에 갔을 때는 단서 비슷한 것이라도 있었다. 그런데 이 가메다케에 와서는 무엇 하나 찾지 못했다. 이마니시는 아키타 현의 가메다에서 들은 그 이상한 남자의 일이 마음에 떠올랐다. 그 남자는 누구일까? 사건에 관계가 있을까?

지프차는 논밭이 없는 산골짜기 길을 되돌아갔다.

그러나저러나 미키 겐이치는 훌륭한 사람이었다. 그런 사람이 왜 얼굴까지 짓이겨지는 죽음을 당하지 않으면 안 되었을까? 범인은 미키 겐이치를 꽤나 원망했던 모양이다. 인격이 뛰어난 사람이 남에게 원한을 사다니, 이쪽에서 알지 못하는 다른 이유가 있을까? 그런 방법으로 사람을 죽인 범인은 상당한 피를 뒤집어썼을 텐데, 그 처리를 어떻게 했을까? 범인은 피 묻은 옷을 자기 집에 감추어 두었을까? 지금까지 다루어 온 여러 사건의 경우, 범인은 대개 피 묻은 옷을 천장 위에 감추거나 마루 아래에 묻어 두었다. 이 사건의 범인은 어떻게 했을까?

이마니시는 전에 요시무라에게 이야기한 일이 있다. 범인은 차를 타고 도망쳤다, 자기 집으로 직접 돌아가지 않았다, 틀림없이 다른 곳에서 피 묻은 옷을 다른 옷으로 갈아입고 돌아갔을 것이라고. 지금도 그 생각엔 변함이 없었다. 범인의 아지트는 어디일까? 처음 예측한 대로 가마타에 가까운 장소일까? 그 아지트는 범인의 애인이 있는 집일까?

가메다케 역이 보이고, 길은 선로에 바싹 붙어 있었다. 경종을 매단 소방망루가 보였다.

핏자국

1

이마니시 에이타로는 보람 없이 도쿄로 돌아왔다.

보람 없다는 느낌이 이토록 절실했던 적이 없었다. 기대가 큰 만큼 실망도 컸다. 그는 미키 겐이치의 과거에 사건의 원인이 있다는 확신을 가지고 이즈모 오지까지 갔었는데, 단서 하나 얻지 못했다. 들은 것은 미키 겐이치가 훌륭한 사람이었다는 이야기뿐이었다. 보통 때라면 틀림없이 기분 좋은 이야기일 것이다. 그러나 그것이 불만스러운 것은 형사라는 직업 탓인지도 몰랐다. 경찰청에 돌아온 이마니시는 계장, 과장에게 결과를 보고했다. 힘이 없었다. 오히려 상관에게서 위로를 받았다.

이마니시는 '가메다'와 '동북 말씨'에 너무 집착하지 않았나 반성해 보았다. 이 두 가지에 너무 끌려 다닌 것 같았다. 수사는 항상 냉정하고 객관적이어야 하는데, 이번 사건에서는 선입관 때문에 방향을 잃은 것 같았다.

우울한 나날이었다. 새로운 사건이 계속 일어났다. 이마니시는 기분을 바꾸기 위해서라도 새로운 수사에 열중했다. 그러나 한번 생긴 공허감은 좀처럼 메워지지 않았다. 그의 착안은 좋았다. 그러나 사실은 이마니시가 생각한 것을 하나도 증명해 주지 않았다.

이마니시는 전화로 요시무라에게도 이 결과를 알렸다.

"먼 곳까지 수고하셨습니다. 저는 이마니시 씨의 생각이 틀리지 않았다고 생각합니다. 머지않아 틀림없이 뭔가 나올 겁니다."

요시무라는 이렇게 위로해 주었다. 틀림없이 뭔가 나온다……. 이 말을 이마니시는 젊은 동료가 위로하는 말로밖에 받아들이지 않았다. 이마니시는 한정되어 있는 수사비로 동북 지방과 이즈모 지방까지 출장하느라고 여비를 쓴 것이 송구스러웠다.

우울한 나날이 계속되었다. 사건 발생 이후 어느새 3개월이 지났다. 아침저녁으로는 조금 가을을 느끼게 하나, 낮에는 찌는 듯한 더위가 계속되었다. 그런 어느 날, 이마니시는 퇴근하는 길에 주간지를 사 가지고 전차 안에서 보았다. 그 속에 수필이 있어 이마니시는 무심히 그것을 읽었다. 다음과 같은 내용이었다.

여행을 하면 여러 색다른 장면을 보게 된다. 지난 5월의 일이다. 신슈에 갔다 돌아오던 밤 기차 안이었다. 고후 근처였다고 생각되는데, 내 앞자리에 젊은 여자가 올라탔다. 상당한 미인이었다. 그것뿐이라면 미인이었다는 인상밖에 받지 않았을 것이다. 그런데 이 젊은 여자가 열차의 창을 열고 무엇인가 뿌리기 시작했다.

나는 무엇일까 하고 보았다. 잘게 자른 종이 조각이었다. 더구나 한 번으로 그친 것이 아니라 기차가 오쓰키 역을 지나서도 몇 번이나 뿌렸다. 이 아가씨는 핸드백 속에서 종이 조각을 집어내 조금씩 뿌렸다. 그러면 종이 조각은 눈보라처럼 바람에 흩날렸다.

나는 무심결에 미소했다. 요즈음 세상에 건조하다고 생각되기 쉬운 젊은 여자가 이런 어린애 같은 로맨틱한 짓을 하리라고는 생각하지 않았기 때문이었다. 나는 아쿠타가와 류노스케의 《밀감》이라는 단편 소설이 생각났다……

이마니시는 집에 돌아왔다.

요즈음엔 큰 사건이 없어 수사본부를 설치할 일도 없었다. 이것은 시민 생활의 평화를 위해서는 기뻐해야 할 일인데, 이마니시는 어딘지 불만스러웠다. 그는 형사란 직업이 자기에겐 숙명이라고 생각했다. 그는 집에 돌아오자마자 바로 아들 다로를 데리고 목욕탕에 갔다. 시간이 일러 그렇게 혼잡하지 않았다. 다로는 목욕탕에서 이웃 친구를 만나 좋아하며 놀았다. 자그마한 아이가 수도꼭지에 통을 대고 장난을 하고 있었다. 이마니시는 목욕통 물에 몸을 잠그고 있는데, 문득 돌아오는 길에 읽은 수필이 생각났다.

재미있었다. 그런 어린애 같은 짓을 하는 아가씨가 요즈음 세상에도 있을까? 그 아가씨는 혼자 고후에서 도쿄로 여행하며, 자기의 불안을 그런 짓으로 얼버무렸는지도 모르겠다. 이마니시는 그 수필을 쓴 사람이 인용한 아쿠타가와 류노스케의 《밀감》이라는 작품을 읽지 않았으나, 그러한 아가씨의 마음을 어쩐지 알 것 같았다. 그는 밤 기차를 타고 가며 어두운 창밖으로 종이를 뿌리는 여자와, 어둠 속에서 펄펄 춤을 추며 선로에 떨어져 내리는 작은 종이 조각들이 눈앞에 선했다.

이마니시는 물속에 풍덩 얼굴을 담갔다. 그리고 탕에서 나와 몸을 문질렀다. 그는 다로를 붙잡아다 씻어 준 다음, 탕에 들어갈 생각이 없어 그냥 앉아 있었다. 기분이 좋았다. 종이 조각을 뿌리는 여자의 일이 아직도 머릿속에 남아 있었다. 10분 정도 그러고 있었다. 이마니시는 다시 한 번 탕에 들어갔다. 어깨까지 물속에 잠갔을 때였다.

이마니시의 머리에 무엇인가가 번뜩였다. 그는 소스라쳤다. 갑자기 눈길을 한 점에 고정시키고, 물속에서 움직이지 않았다. 그때까지 느긋했던 얼굴이 긴장으로 딱딱하게 굳었다. 그는 건성으로 몸을 닦고, 친구와 더 장난치고 싶어하는 아들을 재촉해서 집으로 돌아왔다.

"여보, 오늘 내가 사 온 주간지를 어디에 두었지?"

"어머, 지금 제가 읽고 있어요."

부엌에서 아내의 목소리가 들렸다. 이마니시는 찌개를 끓이며 읽고 있는 아내의 손에서 주간지를 낚아챘다. 그는 급히 차례를 찾아 수필란을 펼쳤다.

제목은 '종이 눈 뿌리는 여인'이었다. 필자는 가와노 히데조라는 사람이었다. 이 이름이라면 이마니시도 알고 있었다. 대학교수로, 잡지에 가끔 여러 가지 글을 쓰는 사람이었다. 이마니시는 시계를 보았다. 7시가 지났다. 그래도 잡지사에는 아직 사람이 있을 것이다.

그는 집에서 뛰어나와 근처에 있는 공중전화에 매달렸다. 잡지에서 메모한 전화번호를 돌렸다. 편집부 직원이 남아 있었다. 이마니시의 질문에 그 직원은 공손히 가르쳐 주었다. 가와노 히데조 교수의 집은 세타가야 구 고토크지에 있다는 것을 알았다.

다음 날 아침, 이마니시는 가와노 히데조 교수 집으로 찾아갔다. 어젯밤 전화를 걸었더니, 교수가 이 시간을 지정했던 것이다. 가와노 교수는 경찰청 형사는 의외라는 얼굴로 맞아들였다. 학자의 응접실이어서 삼면의 벽이 책으로 꽉 메워져 있었다.

교수는 평상복 차림으로 나와 곧 이마니시에게 용건을 물었다.

"주간지에서 선생님의 수필을 읽었습니다. '종이 눈 뿌리는 여인'이라는……."

이마니시가 말을 꺼내자 "아아, 그것 말입니까?" 하고 멋쩍은 듯이 웃었다. 그리고 '그 수필과 경찰청이 어떤 관계가 있는가?' 하고 되묻고 싶은 눈치였다.

"선생님이 열차에서 보셨다는 그 젊은 여자에 관해 여쭈어 볼 말씀이 있어 왔습니다."

"그 수필에 나오는 여자 말인가요?"

"그렇습니다. 어느 사건 관계로 그 여자가 조금 마음에 걸립니다. 그래서 그 여자의 인상이나 복장에 대해 여쭈어 보려고 왔습니다."

이마니시가 이렇게 말하자 교수의 얼굴에 당황하는 빛이 흘렀다.

"이거 놀랐는데요, 그런 것까지 경찰청에서 조사하시는가요?"

교수는 머리를 긁었다.

"예, 방금 말씀드린 대로 어느 사건에 관계가 있어서요."

"이거 곤란한데⋯⋯." 교수는 난처하다는 듯한 웃음을 띠었다.
"실은 말입니다. 그 아가씨는 제가 만난 여자가 아니랍니다."

이번에는 이마니시가 놀랐다.

"그렇다면 선생님의 그 수필은?"

"이거야 정말⋯⋯." 교수는 손을 흔들었다. "엉뚱하게 허점을 드
러내게 됐군요. 실은 말입니다. 그 이야기는 제가 아는 사람한테서
들은 것입니다. 그런데 아는 사람 이야기를 듣고 썼다면 아무래도 시
시해지기 때문에 제가 실제로 본 것처럼 썼습니다. 이런 일이 있으리
라고는 생각지 못했습니다. 이거 정말 면목 없습니다."

가와노 교수는 머리를 긁적였다.

"그렇습니까?" 이마니시도 쓴웃음을 지었다. "잘 알겠습니다. 그
런데 선생님" 하고 이마니시는 진지한 얼굴로 돌아갔다. "그 아시는
분 이야기는 정말이겠지요?"

"예, 그건 사실입니다. 그 사람은 거짓말 할 사람이 아니니까 실화
라고 생각합니다. 그 사람까지 저처럼 적당히 남의 이야기를 듣고
옮기지는 않았겠지요."

"선생님, 그분을 소개해 주시지 않으시겠습니까? 저는 어떻게든지
그 여자에 관해 조사해 보고 싶은 이유가 있습니다."

"그렇습니까? 저도 이렇게 된 이상 책임이 있으니 소개해 드리지
요. 그 사람은 무라야마(村山)라고 ××신문사 문화부 기자입니
다."

"감사합니다."

이마니시는 이른 아침의 방문을 사과했다.

그날 오후 이마니시는 ××신문사 문화부에 있는 무라야마 기자에
게 전화했다. 전화를 받은 무라야마가 신문사 가까운 다방으로 나온
다고 했다. 이마니시는 거기서 그와 만났다. 무라야마 기자는 머리카

락이 텁수룩하고 깡마른 남자였다.

"그 여자 말입니까?" 무라야마는 이마니시의 이야기를 듣더니 웃었다. "틀림없이 가와노 교수님께 이야기한 그대로입니다. 어느 서점에서 가와노 교수님을 만나 제가 경험한 이야기를 했습니다. 그랬더니 교수님께서 몹시 좋아하시더군요. 그리고 당장 주간지에 쓰신 겁니다. 원고료가 들어오면 저한테 한턱내신다고 하셨는데, 그 소재가 경찰청에 걸리리라고 생각하지는 않았습니다."

"우리 쪽에서는 꽉 막힌 사건이 가끔 이상한 일에서 해결되는 수가 있거든요. 무라야마 씨가 그 이야기를 하지 않으셨다면, 교수님은 그 수필을 쓰지 않으셨을 것이고, 저도 그런 사실을 알 수 없었을 겁니다. 당신이 가와노 교수님에게 말씀하신 데에 대해 감사하고 싶습니다."

"고맙습니다." 무라야마는 머리를 긁었다. "내용은 가와노 교수님께서 수필로 쓰신 그대로입니다. 그 여자는 고후에서 올라타 엔잔 부근에서부터 그 흰 종이 조각을 창밖에 뿌리기 시작했습니다."

"인상은?" 이마니시가 물었다.

"글쎄요, 스물대여섯가량 된 몸집이 작고 예쁜 여자였습니다. 화장은 별로 짙게 하지 않았더군요. 복장도 세련돼 보였습니다."

"어떤 복장이던가요?"

"글쎄요, 저는 여자들 옷에 대해서는 잘 모르는데, 평범한 검은 슈트와 흰 블라우스를 입고 있었던 것 같습니다."

"그래서요?"

"슈트는 그렇게 고급이 아니었지만 맵시가 좋다고 할까, 아무튼 잘 어울렸습니다. 그리고 검은 핸드백과 파란 천가방을 가지고 있었습니다. 별로 크지 않은, 멋진 모양의 가방이었지요."

"아, 매우 상세하군요. 좋습니다." 이마니시는 만족했다. "얼굴에 대해 좀더 자세히 말씀해 주십시오."

무라야마는 눈을 반쯤 감더니 말했다.

"눈이 크고 입매가 야무진 얼굴이었습니다. 글쎄요, 여자 얼굴을 묘사하자니 어려운데, 지금 영화배우로 말한다면 오카다 마리코(岡田茉利子)를 닮았다고나 할까요?"

이마니시는 그 여배우의 얼굴을 몰랐으나 나중에 사진을 보기로 했다. "그 종이 조각을 보신 곳은 가와노 교수님이 수필을 쓰신 그 장소입니까?"

"그렇습니다. 틀림없습니다. '이상한 행동을 하는군' 하고 보고 있었으니까요."

"언제쯤의 일입니까?"

"신슈에서 돌아오는 길이었으니까, 아마 5월 19일이었을 겁니다."

2

이마니시 에이타로는 중앙선 열차를 탔다. 행선지는 엔잔이었다. 그는 갈 때, 오른쪽 창을 열고 어린아이처럼 목을 내밀었다. 사가미 호수를 지날 무렵부터 선로가를 응시했다. 골짜기에 여름풀이 무성하고, 논에 푸른 벼가 자라고 있었다.

이마니시는 주의해 보았으나 달리는 열차에서는 자기가 찾는 것이 눈에 띌 리가 없었다. 아침 일찍이 신주쿠 역에서 떠났다. 그는 하루 종일을 이 중앙선을 왕복하는 데 쓸 작정이었다. 갈 때는 준급행, 올 때는 각 역에서 정차하는 완행을 타기로 했다. 그것도 몇 번 갈아타야만 한다.

무라야마 기자가 목격했다는 여자가 기차 창에서 종이를 뿌린 곳은 대체로 다음과 같은 지점이었다.

엔잔──가쓰누마

하지카노──사사고

하쓰카리──오쓰키

사루하시──도리사와

우에노하라──사가미 호

　귀찮고 힘이 드는 일이었다. 그리고 확실성도 없는 이야기였다. 그 여자가 종이 조각을 뿌린 지 이미 3개월 이상이 흘렀다. 무라야마가 한 이야기에 따르면 작은 종이 조각이었다고 하니, 현재 그대로 남아 있는지 없는지조차 알 수 없었다. 유일한 소망은 보통 길이 아니고 선로 옆이니까, 뜻밖에 풀숲 속에 들어가 남아 있을지 모른다는 가능성이었다. 그런데 그로부터 벌써 1백 일 이상 경과했다. 작은 종이 조각이니까 어디로 흩날렸을지도 모르고, 그 뒤 비가 몇 번이나 왔으니까 그 비에 흘러가 버렸을 가능성도 있었다.

　이마니시는 엔잔 역에서 내려 역장을 만나, 선로를 따라 걸을 수 있게 허가를 요청했다. 수사를 위해서라고 하니 "정말 수고가 많으시겠습니다. 그런데 열차가 자주 왔다갔다 하니 부디 조심하십시오" 하며 승낙해 주었다. 선로는 엔잔에서 가쓰누마까지 대부분 산을 따라 뻗어 있었다.

　이마니시는 눈길을 땅 위에 떨구고, 선로 옆에 있는 작은 길을 천천히 걸었다. 더운 날이었다. 그는 침목 사이에 있는 자갈과 선로 옆에 난 풀숲에도 정성껏 눈길을 돌리지 않으면 안 되었다. 이마니시는 어려운 일이라고 생각했으나, 실제로 해 보니 자신의 계획이 거의 절망적이라는 사실을 알았다. 철저히 그 종이 조각을 찾으려면, 인부라도 고용해서 연선의 풀베기라도 하지 않으면 안 되었다. 그런 경우라도 범위가 넓으니 사막 속에서 한 알의 다이아몬드를 찾는 것과 같았다. 한 가지 가망은 그 조각이 희다는 것뿐이었다. 푸른 풀 속에 떨어져 있다면 그 흰색이 두드러져 보일 것이다. 그런데 걸어 보고 안 사실인데, 선로 옆에는 여러 가지 물건들이 떨어져 있었다. 종이 조각, 헝겊 조각, 빈 병, 도시락 껍데기 등 가지각색이었다. 이마니시는 5백 미터도 못 되어 걷기가 지긋지긋해졌다. 그러나 모처럼 온 길이다. 단념하고 돌아갈 수 없다. 어떻게 해서라도 그 종이 조각 한 쪽만이라도 발견하고 싶었다. 이마니시 앞을 도마뱀이 파란 등을 번쩍이며 지나갔다.

이마니시는 걸었다. 대단한 고생이었다. 뜨거운 햇볕이 확확 내리쬐는 땅바닥만 보고 걷자니 현기증이 일 것 같았다. 레일도 뜨겁게 달아 있었다. 엔잔에서 가쓰누마 사이까지는 헛수고였다. 이마니시는 가쓰누마 역에 당도하자마자 물을 마셨다. 한참 쉬고 다시 걸었다. 가쓰누마에서 하지카노까지도 멀었다. 이윽고 하지카노를 지났다.

여기 선로 옆 둑에도 여름풀이 우거져 있었다. 그 아래에 작은 도랑이 있고, 파란 벼가 자라는 논이 펼쳐져 있었다. 이마니시는 땀을 닦으며 걸었다. 눈을 크게 뜨고 끊임없이 땅바닥을 보지 않으면 자칫 놓칠 것만 같았다. 찾는 것이 작은 종이 조각이었기 때문이다. 그 사이에 상행과 하행 열차가 몇 번 지나갔다. 열차가 통과한 직후에는 바람이 일지만, 그 뒤에는 다시 찌는 듯한 더위가 계속되었다. 선로 옆에 있는 풀 속에도 잡다한 물건들이 떨어져 있었다. 이것들이 이마니시의 눈길을 어지럽게 만들었다. 몸이 지쳤는데, 무엇보다 눈이 아파 못 견디겠다. 이래서는 안 된다고 용기를 내어 걸었다. 선로에서 멀리 떨어진 곳에 고슈 거리가 뻗어 있었다. 흰 신작로를 트럭이 먼지를 일으키며 달렸다.

이마니시는 터벅터벅 걸었다. 걸어도 걸어도 찾는 것은 눈에 띄지 않았다. 이마니시는 절망하기 시작했다. 꽤 오래된 것이어서 찾아낸다면 기적일 정도였다.

선로는 산길로 접어들었다. 멀리 터널 입구가 보였다. 사시고 터널이었다. 선로를 향한 양쪽 비탈이 몹시 가파랐다. 무너지는 사태를 방지하기 위한 콘크리트의 흰 색이 눈을 아프게 했다. 터널 속까지 수색할 수는 없었다. 회중전등도 없었다.

이마니시가 터널 바로 앞까지 가 돌아오려고 할 때였다. 갑자기 눈길이 옆의 풀 사이에 멈춰졌다. 더러워진 갈색 비슷한 작은 것이 풀숲 속에 두세 조각 걸려 있었다. 이마니시는 허리를 굽혔다. 조심스럽게 손가락 끝으로 이 조각을 주워 올렸다. 이것을 눈에 가까이 대고 조사하는 이마니시의 가슴이 쿵쿵 뛰기 시작했다.

"있다!"

거의 3센티 정도의 천 조각이었다. 색이 변한 무명인 듯한 셔츠 조각이었다. 그것은 비를 맞고 많은 날짜가 지나 거무스름하게 변색되었고, 그 위에 아주 조금 다갈색 물감으로 물들인 듯한 반점이 있었다.

이마니시는 또 한 장을 주웠다. 이것은 다갈색 부분이 더 크게, 거의 절반 가까이를 차지하고 있었다. 그는 차례차례 주웠다. 모두 여섯 장이었다. 어느 천이나 거무스름해졌는데 다갈색 부분은 가지가지였다. 이마니시는 가지고 있던 빈 담뱃갑 속에 채집품을 정성스레 넣었다. 그리고 뚜껑을 닫았다.

"있어! 있었다구! 있었다!" 이마니시는 정신없이 중얼거렸다. 지금까지의 괴로움이 단번에 날아갔다.

천 조각은 가위로 자른 것처럼 깨끗이 절단되어 있었다. 천은 이마니시가 보아도 고급품이었다. 잘 모르지만 무명과 테토론의 혼방인 것 같았다. 이마니시는 가마타 바에 나타난 남자가 엷은 회색 스포츠 셔츠를 입고 있었다는 이야기를 생각했다. 천은 더러워졌지만 분명히 바탕색은 엷은 회색을 띠고 있는 듯했다.

이마니시는 이로써 용기가 생겼다. 그는 하지카노 역에서 다음 기차를 타고 터널을 지나 사사고 역에서 내렸다. 여기서도 선로 연변을 따라 걸었다. 습득한 천이 확실히 색깔의 특징을 보여 주어 이제는 찾는 데 목표가 섰다.

이마니시는 걸었다. 이 근처는 첩첩 산과, 그 산자락에 펼쳐진 좁은 논이 교차되어 있었다. 이마니시는 풀숲을 중심으로 수색을 계속했다. 아까 발견한 천 조각이 떨어진 상태로 보아 그것들은 풀숲 속에 있을 가능성이 컸다. 열차의 진행과 바람의 형편에 따라 그렇게 된다는 것을 확실히 알았다.

이마니시는 5백 미터쯤 가서는 쉬고 3백 미터쯤 가다가 쉬었다. 그렇게 하지 않으면 현기증이 날 것 같았다. 푸른 논 저쪽, 자그마한 산이 겹친 골짜기로 열차가 달리는 것이 보였다. 후지 산록으로 가는 선로였다.

다시 걸었다. 이번에는 힘이 생겼다. 그는 희망과 용기를 되찾았다. 몇 번이나 쉬면서 1천 미터쯤 걸었을 무렵, 도시락 껍질 바로 옆에 뭉쳐진 천 조각이 두세 장 떨어져 있었다. 풀숲 깊은 곳에 있어 여간 정신 차려 보지 않으면 모를 정도였다. 이마니시는 비탈을 조금 내려가 그것을 정성스레 주웠다. 이번에는 거의 흰 천 조각뿐이었으나 틀림없이 빈 담뱃갑에 넣은 것과 같은 종류였다.

이마니시는 1시간쯤 들어서 그 근처를 중점적으로 찾았다. 그런데 다른 천 조각은 날아가 버렸는지, 더 깊은 곳에 숨어 있는지 발견할 수 없었다. 무라야마 신문 기자가 한 이야기는 거짓이 아니었다. 그의 말대로 눈보라처럼 날린 종이 조각은 존재하고 있었다.

이마니시는 오쓰키 역까지 걸었다. 번화한 거리가 많아지고, 선로는 건널목과 교차했다. 그는 역전 음식점에 들어가 머리에 물을 뒤집어쓰고 마음을 가라앉혔다. 이대로 있다가는 일사병을 일으켜 쓰러질 것 같았다.

이번엔 사루하시와 도리사와 사이였다. 기차를 탈 정도로 먼 거리는 아니었다. 다음 열차를 기다리는 것보다 걷는 편이 빠를 듯했다. 히로시게의 그림에도 그려진 사루하시 다리를 왼쪽으로 바라보며 철교를 건너니, 다시 찌는 듯한 풀의 훈김이 나는 길이 나왔다. 타는 듯한 태양이 서쪽으로 기울었는데도 더위는 여전했다. 뜨거운 지열이 이마니시의 눈과 코를 아프게 했다. 그래도 그는 걸었다.

"있다! 여기 또 있어!"

이마니시는 걸었다. 구부러져 보이는 선로 앞이 햇빛에 빛나고 있었다. 이마니시가 하는 수사는 긴 노정이었다. 그러나 이제야 겨우 그의 눈에 수사의 궤도가 보이는 듯했다.

이마니시는 경찰청으로 돌아왔다. 중앙선 엔잔 역과 사가미 호수 역 사이에서 채집한 천 조각은 전부 열세 장이었다. 전부 같은 천을 작게 자른 것이었다. 매우 힘이 들었으나, 그래도 3개월 이상이나 지나 그것을 발견할 수 있었다는 것은 요행에 가까웠다. 바람이 불면 어디로 날아갈지 모르는 작은 천이었다. 문화부 기자가 종이 눈이라고 생각한 것은 이마니시가 추정한 그대로였다. 이마니시가 천 조각을 생각한 것은, 목욕탕에 갔을 때 피가 묻었을 범인의 옷이 떠올랐기 때문이었다.

범인은 피해자에게서 뿜어나온 피가 묻은 옷을 어떻게 처분했을까? 자기 집에 감쪽같이 감추거나, 불에 태우거나, 땅 속에 묻거나, 바다나 강에 버리거나, 여하튼 처분하는 방법은 여러 가지가 있다.

범인 측에서 본다면 이상적인 것은 그 형태를 없애는 일이었다. 땅속에 묻거나 바다에 흘려 보내면 누군가에게 발견될 염려가 있다. 이렇게 생각하면 태워 재로 만드는 방법이 제일이다. 그러나 의복을 태운다는 것은 남의 눈에 띄는 일이다. 숨어서 몰래 태운다고 하더라도 그 냄새까지는 지울 수 없을 것이다. 이마니시는 그런 일이 범죄자에 겐 실제 이상으로 마음에 걸린다는 사실을 경험상 잘 알고 있었다.

가마타 조차장 살인 사건의 범인은 상당한 피를 뒤집어썼을 것이다. 이마니시는 범인이 자기 집에 돌아가는 도중에 그것을 어디선가 갈아입었다고 추정했는데, 그렇다면 당연히 범인에게 협력하는 사람이 있어야만 되었다.

범인이 피 묻은 옷가지를 처분하라고 해서 협력자가 그 일을 떠맡지 않았을까? 여기서 이마니시는 그 협력자를 여자라고 생각했다. 그리고 '종이 눈' 이야기를 들었을 때, 그것은 종이가 아니고 증거가 되는 천 조각이 아니었을까 하고 생각했다. 이마니시는 이 착상에서 수필에 있는 중앙선 선로를 따라 하루 종일 뜨거운 햇볕에 시달리며 찾아 다녔는데, 다행히 노력한 보람이 있었다.

확실히 이 천 조각은 3개월 이상이나 현장에 버려졌다는 사실을 증명이라도 하듯, 비 맞은 흔적도 있고 흰색이 쥐색으로 변해 있었다. 그뿐 아니라 제일 중요한, 핏자국이라 생각되는 다갈색 부분이 그 열세 장 가운데 일곱 장에나 묻어 있었다.

그러나 그것이 사람의 피인지 아닌지는 감식과로 보내 화학 검사를 해 보지 않으면 모른다. 이마니시는 감식과를 찾아갔다. 그는 언제나 사건 때마다 신세를 지는 요시다(吉田) 기사에게 천 조각을 내밀었다.

"피군요." 요시다 기사는 그 천 조각을 손바닥 위에 놓고 본 다음 말했다. "혈액인지 알아보는 방법에는 벤치진과 루미놀이 있는데, 이 경우에는 루미놀 시험을 해 봅시다."

요시다 기사는 이마니시가 준 천 조각을 가지고 암실로 들어갔다.

이마니시는 벤치진 시험은 몇 번이나 보았다. 그것은 솜에 피를 묻히고, 그 위에 벤치진을 떨어뜨리면 흰 솜이 짙은 감색으로 물든다. 사건이 야간에 발생해 어둠 속에서 시험할 경우엔, 루미놀을 뿜으면 형광을 발하는지 않은지로 핏자국을 판별하기도 한다.

요시다는 이마니시가 채집한 천 조각을 시험했다. 그랬더니 암실의 어둠 속에서 천 조각은 갑자기 형광을 발했다.

"역시 핏자국이었군요." 요시다 기사가 이마니시에게 말했다.

그러나 핏자국이라는 사실 말고는, 사람의 피인지 동물의 피인지 아직 판별되지 않았다. 그것은 제2의 시험을 하지 않으면 모른다.

그것을 시험하려면 생리 식염수를 시험관에 넣고, 천 조각을 그 속에 담근다. 생리 식염수는 무색투명하다. 요시다 기사는 이마니시가 보는 앞에서 그대로 했다.

"24시간이 지나지 않으면 모릅니다. 내일 밤쯤 이곳에 들러 주십시오."

24시간이라면 긴 시간이었다. 그러나 이것만은 어쩔 도리가 없었다. 그런데 여기까지 온 그는 이것이 사람의 피가 틀림없다는 확신이 섰다.

핏자국이 있는 천을 담근 생리 식염수는 24시간이 지나면 화학 작용으로 액이 스며 나온다. 액체에 환원한 이 핏자국을 항인혈색소(抗人血色素)라는 혈청을 사용해서 시험관 속에 넣으면 둥그스름한 흰 고리가 나온다. 그러면 확실히 사람의 피라고 결정할 수 있다.

이마니시가 기다리던 24시간이 지났다. 그는 이튿날 밤, 뛰듯이 감식과로 갔다.

"사람 피군요."

요시다 기사는 이마니시를 보자 웃으며 시험실로 안내했다. 요시다는 늘어세운 시험관 하나를 집어 들어 이마니시에게 넘겨주었다. 이마니시가 밝은 광선에서 비쳐 보니, 시험관 속 액체에 달걀 흰자위에 있는 것 같은 희고 둥근 반투명체가 보였다. 이것이 사람 피의 특징이었다.

"그렇지!"

이마니시가 바라보다가 갑자기 기쁜 소리를 냈다. 그는 확신을 가지고 있었지만, 한편 걱정도 했다.

"자아, 이제 혈액형 검출이군요." 기사가 말했다.

"잘 부탁합니다. 빨리 알았으면 좋겠습니다."

"이마니시 씨가 노력한 걸 생각하면 우리도 빨리 결과를 내고 싶습니다."

이 시험은, 우선 핏자국인가, 핏자국이라면 그것이 사람의 피인가, 사람의 피라면 혈액형은 어떤가 하는 3단계로 이루어진다. 첫 번째 경우가 루미놀과 벤치진 시험이고 두 번째 경우가 인혈 반응이다. 이번 시험은 혈액형을 검출하는 마지막 단계였다. 이것은 항A, 항B, 각각의 혈청을 사용하여 앞에서 침출한 액을 ABO식의 응집 흡착시험을 한다. 그 밖에 MN식, Q식 등의 혈청을 사용한 응집 흡착 시험을 하는 경우도 있다.

요시다 기사는 열심히 그 시험을 했다. 먼저 A형을 넣었는데, 이것은 응집했다. 다음엔 한 B형, AB형도 같은 결과였다. 결국 O형으로 나타났다.

"이마니시 씨, 이 천에 묻은 피는 O형입니다."

이마니시는 살해된 미키 겐이치의 혈액형을 수첩에 적어 두었었다. OM 라지Q. 이것이 미키 겐이치의 시체 혈액에서 감정해 낸 혈액형이었다. A, B, AB, O의 네 가지 혈액형은 다시 다른 감별법에 의해서 구분된다.

검출된 천 조각의 혈액형이 다시 피해자의 그것과 같이 OM 라지 Q로 나오면 문제가 없는데, 요시다 기사는 "거기까지는 검출할 수 없습니다. 아무래도 오래된 피인 데다 이렇게 천 조각에 묻은 소량으로는 자세한 것은 모릅니다" 하고 불가능함을 설명했다. 그러나 이마니시는 그 피가 O형이라는 사실만으로도 만족했다. 뜨거운 햇볕 아래서 하루 종일 타는 듯한 선로를 따라 엔잔 역에서 사가미 호 역까지 약 36킬로미터를 터벅터벅 걸은 보람이 있었다.

이마니시는 이것을 주임 경감과 수사 1과장에게 보고했다. 그들에게서 격려를 받았다. 이렇게 되면 이마니시가 추정한 대로 5월 19일 밤, 열차 창으로 천 조각을 뿌린 여자야말로 틀림없이 범인을 도와준 사람인 것이다. 이마니시는 춤이라도 추고 싶었다. 이번에는 그 여자를 찾아내야 한다. 그녀를 목격한 ××신문사 무라야마 기자는, 그녀가 검은 슈트를 입은 눈이 크고 예쁜 얼굴이었다고 했다. 영화배우 오카다 마리코를 닮았다고 했다.

이마니시는 19일 밤 신주쿠 역 개찰구에 근무했던 직원을 만나 보았다. 그 직원은 혼잡한 신주쿠 역인 데다 오래된 일이어서 기억나지 않는다고 했다. 그래서 이마니시는 그 여자가 고후에서 탔다는 사실을 떠올리고, 고후 역무원에게도 물어보도록 고후 경찰서에 부탁했다. 그러나 그가 예상한 것처럼 이 회답도 절망적이었다. 기억나지 않는다는 것이다.

모처럼 여기까지 왔는데 그 여자를 밝혀 내지 못하다니 정말 안타까운 일이었다. 그러나 이마니시는 선로를 따라 가며 작은 천 조각을 찾은 것처럼, 반드시 그 여자를 찾겠다고 결심했다.

3

'종이 눈 뿌리는 여인'을 찾는 것은 거의 절망적이었다. 3개월 전 중앙선 밤 열차를 타고 있었다는 것밖에는 전혀 단서가 없었다. 용모나 복장이 비슷한 젊은 여자라면 도쿄 시내에만 몇십만 명이 있을 것이다. 그러나 그 여자가 틀림없이 미키 겐이치 살해범을 도와 준 사람이었다. 열차 창으로 뿌린 천 조각의 혈액형이 피해자의 혈액형과 일치했다.

이마니시는 생각을 정리해 보았다. 범인은 미키 겐이치를 가마타에서 살해하고, 거기서 멀지 않은 곳으로 도망쳐 들어가 피 묻은 옷을 벗었다. 여자는 범인의 피 묻은 옷을 작게 오려, 5월 19일 열차에서 뿌렸다. 5월 11일 한밤중에 살인이 저질러졌고, 열차 창에서 천 조각이 뿌려진 것이 19일이니, 약 일주일 정도의 사이가 있었다. 그러면 그 동안 피 묻은 범인의 옷은 여자가 맡았던 셈이 된다. 그런데 발견된 것은 당시 범인이 입고 있었다고 생각되는 스포츠 셔츠였다. 그럼 피가 묻은 옷은 셔츠뿐이었을까? 당연히 바지에도 피가 묻었을 것이다. 스포츠 셔츠는 가위로 잘게 오린 다음 뿌려 처분할 수 있었지만, 바지는 어떻게 했을까?

셔츠 조각과 함께 열차 창에서 뿌렸을 것 같은데, 실제로는 그렇게 하지를 않았다. 셔츠에만 피가 묻었다고 생각하는 것은 부자연스럽다. 역시 바지에도 피가 묻었을 것이다. 그 바지는 틀림없이 아직 어디에 감추어져 있든지, 아니면 모양을 고쳤을 것이다.

어쨌든 범인에게는 정부가 있다. 그 정부가 열차를 탔던 여자다. 이마니시는 여기까지 알고 있지만, 실제로 여자를 찾는 일은 불가능함을 알았다.

맨 처음 추정대로 새삼스럽게 가마타 역을 중심으로 메카마선과 이케가미선 연변에 형사들을 돌아다녀 보게 했으나 헛일이었다. 여자의 인상을 말해 주고 셋방이나 아파트 입주자를 조사하게 했지만 아무런 단서도 없었다. 그리고 그 여자가 카바레나 바의 여종업원이라는 가정을 세우고, 이 방면에도 조사의 손길을 뻗었다. 무라야마 신문 기자가 본 그 여자의 특징이 썩 고급은 아닌 슈트를 멋지게 입었더라는 데서 생각해 낸 일이었다. 범인에게 협력해 증거를 없앨 정도의 여자니까, 보통 사람이라고 생각되지 않는다는 점도 있었다.

범인의 윤곽조차 잡지 못하고 있어서 이 여자를 유일한 목표로 쫓지 않으면 안 되었다. 그런데 통 단서가 잡히지 않았다. 이마니시는 전보다 더 우울하고 힘든 나날을 보냈다. 모처럼 수사가 궤도에 올랐나 싶더니, 그것이 금방 환영처럼 사라져 버린 것이다. 뜨거운 날 선로를 따라 또박또박 걸어다니며 겨우 찾아 낸 피 묻은 천 조각과 그 고생이 전부 소용없게 되는 듯했다.

답답한 날이 계속되던 어느 날 아침, 이마니시가 아침 식사를 마치고 출근하기 전에 잠깐 차를 마시고 있는데, 담배를 사러 갔던 아내 요시코가 황급히 돌아왔다.

"여보, 큰일 났어요!"

"뭔데?" 그는 찻잔을 입에서 떼었다.

"저 아파트에서 자살 소동이 일어났어요. 지금 그래서 관할 경찰서 사람들이 왔어요."

그는 자살 따위에 별 관심이 없었다. 그런데 아내는 눈을 치켜뜨고 말했다.

"그게 여보, 왜 언젠가 우리도 만났잖아요, 아파트에 사는 연극 극단 직원 말이에요."

"뭐? 그 여자가?"

이마니시는 그 말을 듣고 놀랐다. 이마니시는 순간적으로 골목에서 엇갈린 갸름한 얼굴의, 키가 날씬한 여자의 모습이 떠올랐다.

"그래? 놀라운 일인데."

"그렇죠? 저도 그 말을 듣고 깜짝 놀랐어요. 그 사람이 자살을 하다니 알 수 없는 일이군요."

"언제 발견했대?"

"오늘 아침 7시에 아파트 사람이 방에서 발견했대요. 수면제를 이백 알이나 먹었대요. 지금 아파트 앞에 사람이 많이 모여 있어요."

"흐음." 이마니시는 눈에 흐린 외등 빛 속에서 만난 젊은 여자의 얼굴이 다시 나타났다. "어째서 자살했을까?"

"글쎄요, 잘 모르지만 젊은 사람이니 연애 관계가 아닐까요?"

아내는 여자다운 말을 했다.

"그럴까? 저런 이제 한창 땐데 안됐군."

이마니시는 양복으로 갈아입었다. 그가 와이셔츠를 입고 단추를 채우는데 문득 머릿속을 스치는 것이 있었다.

"여보! 그 여자 얼굴을 자세히 본 일이 있어?"

"네."

"어떤 얼굴이었지?"

"글쎄요, 갸름하고 눈이 큰 귀여운 얼굴이었어요."

"오카다 마리코하고 비슷하지 않았어?"

"글쎄요……?" 아내는 눈을 허공으로 돌렸다. "그러고 보면 어딘지 비슷한 데도 있어요. 그래요, 전체적인 인상이 그런 느낌이었어요."

이마니시는 갑자기 딱딱한 얼굴이 되어 급히 웃옷을 입었다.

"다녀올게."

"다녀오세요."

아내는 출근하는 남편을 배웅했다.

이마니시는 아파트 옆까지 성큼성큼 걸어갔다. 이웃 사람들이 열네댓 명가량 밖에 서서 아파트를 바라보고 있었다. 관할 경찰서 자동차가 입구에 있었다. 이마니시는 아파트 계단을 올라갔다. 자살한 여자의 방은 이층 5호실이었다. 방 앞에 가니 관할 경찰서 경관이 서 있었다. 그 경관은 이마니시와 안면이 있어서 인사를 했다.

"수고하십니다."

이마니시는 죽은 사람 방으로 들어갔다. 두세 명의 경관이 서 있고, 검시의가 쭈그리고 앉아 자살한 여자를 살펴보고 있었다.

"수고들 하십니다. 잠깐 시체를 보여 주십시오."

모두 이마니시가 아는 직원들이었다. 이마니시는 자기 담당이 아니어서 양해를 구했다. 그들은 흔쾌히 이마니시를 시체 옆으로 보내 주었다. 이마니시는 죽은 사람을 위에서 내려다보았다.

시체는 이불 속에 누워 있었다. 머리를 깨끗이 손질하고 얼굴에는 약간 짙게 화장을 했다. 그녀는 죽은 후에 남이 얼굴을 볼 것을 의식했던 모양이다. 입은 옷도 외출복 같았다. 방이 깨끗이 정돈되어 있었다.

이마니시는 죽은 사람의 얼굴을 물끄러미 보았다. 아름다운 얼굴이었다. 확실히 골목에서 만난 그 여자였다. 갸름하고 모양이 예쁜 입술을 조금 벌리고 있었다. 눈은 감고 있었지만, 뜨면 큰 눈일 것 같았다. 검시의는 조사한 것을 조수에게 적도록 했다. 이마니시는 그것이 끝나기를 기다렸다.

"수면제라구요?" 이마니시는 작은 소리로 한 경관에게 물었다.

"그렇습니다. 이백 알 정도나 먹은 것 같습니다. 오늘 아침에 발견되었지만, 사망 시각은 어젯밤 11시경이라고 추정하고 있습니다." 경관이 대답했다.

"유서는?"

"특별히 없습니다. 그러나 유서라고 생각되는 수기 같은 것을 써놓았더군요."

"이름은?"

"나루세 리에코입니다. 24세, 전위극단 직원으로 돼 있습니다." 경관은 수첩을 보며 말했다.

이마니시는 방을 둘러보았다. 손님을 맞으려는 방처럼 단정히 정리되어 있었다. 이마니시는 방구석에 있는 작은 옷장을 응시했다.

"조금 마음에 걸리는 것이 있는데요, 옷장을 열어 봐도 될까요?"

이마니시가 경관에게 말했다.

"열어 보십시오."

경관은 흔쾌히 응해 주었다. 살인 사건이 아니고 분명히 자살이어서 그다지 엄격하지 않았다. 이마니시는 옷장으로 가서 슬쩍 그 문을 열었다. 네댓 벌의 양복이 옷걸이에 걸려 있었다. 이마니시는 그중 한 벌에 눈길을 쏟았다. 검은 슈트였다. 이마니시는 한동안 그것을 보다가 말없이 문을 닫았다.

그는 눈으로 방 안을 살폈다. 책상과 작은 책장 사이에 파란 천가방이 놓여 있는 것이 보였다. 스튜어디스가 가지고 다니는 것 같은 작은 가방이었다. 이마니시는 수첩을 꺼내 핸드백의 특징을 메모했다. 이제서야 겨우 검시가 끝났다. 이마니시는 일어선 검시의와 비로소 얼굴이 마주쳤다. 이제까지 사건 때마다 이마니시도 신세를 겼던 검시의였다.

"선생님, 수고하십니다." 이마니시는 검시의에게 머리를 숙였다.

"아, 자넨가? 어째서 이런 곳에?"

의사가 이상하다는 눈을 했다. 경찰청 형사가 올 사건이 아니었기 때문이다.

"요 근처가 집이라서요, 잠깐 들여다보러 왔습니다."

"그래, 자네 집이 요 근처였나?"

"이 아가씨도 길에서 몇 번 만나, 다소 인연이 있습니다."

"그것 참 기이한 인연이군. 명복이나 빌어 주시게."

의사가 자리를 떴다.

이마니시는 그 자리에 무릎을 꿇고 죽은 사람을 위해 합장했다. 나루세 리에코의 얼굴 반쪽이 창으로 들어온 광선에 비쳐 밝고 깨끗하게 보였다.

"선생님, 역시 자살입니까?" 이마니시는 검시의를 돌아보았다.

"그것은 틀림없어. 수면제를 이백 알 정도나 먹었어. 빈 병이 머리맡에 있었어."

"해부할 필요는 없겠군요?"

"그럴 필요는 없어. 확실하니까."

이마니시는 일어섰다. 이번에는 관할서 경관에게 갔다.

"아까 유서는 없어도 그 비슷한 수기가 있다고 하셨는데, 잠깐 보여 주실 수 없습니까?"

"보십시오."

경관은 책상으로 갔다. 책상 위는 깨끗이 정돈되어 있었다. 서랍을 열었다.

"이것입니다." 대학 노트가 펴진 채로 있었다. "가끔 감상을 적고 있었던 모양입니다."

이마니시는 말없이 고개를 끄덕거리고 글을 읽어 보았다. 여자로서는 달필이었다.

사랑이란 고독한 사람에게 운명지어진 것일까? 3년 동안 우리의 사랑은 계속되었다. 그러나 쌓아 올려진 것은 아무것도 없다. 앞으로도 이렇게 계속될 것이다. 그는 영원토록 사랑한다고 말한다. 그 공허한 말에 나는 손가락 사이로 모래가 흘러 떨어지는 듯한 허무함을 맛본다. 절망이 밤마다 나의 꿈을 채찍질한다. 그러나 나는 용기를 갖지 않으면 안 된다. 그를 믿고 살아야 한다. 고독한 사랑을 끝내 지켜나가야 한다. 고독한 자신을 타이르고 그 속에서 기쁨을 가져야만 한다. 자신이 쌓은 덧없는 사랑에 매달려 살아야만 한다. 이 사랑은 언제나 나에게 희생을 요구한다. 나는 이 일에 순교자적인 환희마저 갖지 않으면 안 된다. 그는 영원히 사랑한다고 말한다. 그는 내가 살아 있는 한, 나에게 계속 희생을 요구할 것인가?

이마니시는 노트를 팔랑팔랑 넘겼다.

어느 페이지를 보나 구체적인 내용은 하나도 없었다. 이러한 추상적인 감상밖에 씌어 있지 않았다. 생각하기에 따라서는 본인만 알고, 남에게는 알 수 없게 하는 기록 방법이었다. 이마니시는 다시 한 번 경관에게 양해를 구하고, 아까부터 눈독을 들인 핸드백을 집어 들었다. 이마니시는 핸드백을 열었다. 정리해 놓은 듯 아무 물건도 들어 있지 않았다. 그는 구석구석 찾았다. 그러나 그가 기대한 천 조각은 한 장도 들어 있지 않았다.

"역시 이 아가씨는 실연해서 자살했나 봅니다. 노트에 씌어 있는 글을 보아도 알 수 있습니다. 이 나이 또래의 처녀는 외곬로 생각하니까요." 경관이 이마니시에게 말했다.

이마니시는 고개를 끄덕였다. 그러나 그는 관할서 경관과는 다른 생각을 가지고 있었다. 아닌 게 아니라 이 여자는 남자에게 실연을 당하고 자살한 모양이었다. 그러나 과연 그것뿐일까? 이 여자는 달리 죄의식 같은 것이 있고, 그것이 그녀를 죽음으로 몰아넣은 한 가지 원인이 되지 않았을까? 이마니시는 밤 기차 창으로 피 묻은 남자의 스포츠 셔츠 조각을 바람에 뿌리고 가는 정경이 떠올랐다.

이마니시는 가만히 방에서 나와 아래층으로 내려왔다. 관리인 아주머니는 창백한 얼굴을 하고 있었다. 뜻하지 않은 사고로 얼굴이 굳어 있었다. 이마니시는 낯이 익었다.

"날벼락 같은 일이군요." 이마니시가 동정했다.

"정말 뜻하지 않은 일이 생겨서……." 아주머니는 울먹이는 듯한 목소리로 말했다.

"저는 잘 몰랐는데 가엾게도 예쁜 아가씨군요. 평소에 우울한 여자였습니까?"

"아뇨, 그렇지 않았던 것 같아요. 이곳으로 이사한 지 얼마 안 되었고, 말이 없어 잘 모르지만, 얌전하고 품위있는 아가씨였어요."

"극단 직원이라면서요?"

"예."

"그럼 이 여자 방에 남자 친구들이 가끔 놀러오지 않았나요?"

"아뇨." 아주머니는 고개를 저었다. "그런 일은 한 번도 없었어요. 이곳으로 이사 온 지 두 달 반쯤 되는데 아무도 찾아온 사람이 없었어요."

"아, 그래요?" 이마니시는 잠시 생각하다가 말했다. "방까지 오진 않았어도 이 아파트 근처에서 젊은 남자와 함께 있는 걸 못 보셨습니까?"

"글쎄요……? 그런 일도 없었던 것 같은데요." 아주머니는 고개를 갸웃거렸다.

"베레모를 쓴 젊은 남자와 어디서 이야기하는 것도 못 보셨습니까?"

"베레모라구요?"

"왜 그 검은 두건같이 생긴 모자 말입니다."

"글쎄요, 그런 사람도 보지 못한 것 같아요."

이마니시는 기억 속에 언젠가 밤에 베레모를 쓴 젊은 남자가 그녀의 방 아래를 어슬렁거리던 모습이 남아 있었다. 그 남자는 분명히 무슨 노래를 휘파람으로 불고 있었다.

"아주머니, 휘파람을 부는 남자가 어슬렁거리지는 않았어요? 그

아가씨에게 신호를 해서 꾀어내는 듯한 휘파람 말입니다."

"글쎄요……. 저는 기억나지 않습니다."

그렇다면 베레모를 쓴 남자가 휘파람을 분 것은 그날 밤뿐이었을까? 밤마다 불었다면 이 아주머니 귀에도 틀림없이 들렸을 텐데……….

이마니시는 밖으로 나왔다. 그토록 찾았던 여자가 바로 눈앞에 있었다. 등잔 밑이 어두웠다. 그는 '종이 눈 뿌리는 여인'이 전에 몇 번본 적이 있는, 이웃 아파트에 사는 연극 극단 직원이라고는 생각지 못했다. 마치 꿈같은 이야기였다. 그런데 그 여자가 자살을 했다. 이마니시는 놀라움이 겹쳤다.

이마니시는, 그녀의 방 바로 아래를 어슬렁거리던 키가 크고 베레모를 쓴 남자의 모습이 떠올랐다. 그때는 무심히 지나쳤는데, 지금생각해 보니 좀더 자세히 베레모를 쓴 남자의 정체를 확인했더라면……. 그러나 후회해도 이제는 소용없었다.

아파트 관리인 아주머니의 말에 따르면 그녀는 언제나 혼자였고 아무도 방문하는 사람이 없었다니까, 베레모를 쓴 남자는 그때 그녀를휘파람으로 불러냈을 것이다.

이마니시는 문득 전에 아키타 현 가메다에 가서 알게 된, 이상한행동을 했다는 남자가 마음에 떠올랐다. 그러나 떠올랐다는 것뿐이고, 베레모를 쓴 남자와 가메다의 그 남자가 동일인이리라는 것은 아니었다. 이마니시가 베레모를 쓴 남자를 본 것은 가와구치에 사는 누이동생을 역까지 배웅하고 오는 길이었으니까 11시가 넘었을 때였다. 이마니시는 베레모를 쓴 남자의 목격자를 근처에서 물어볼 셈이었다. 그러나 시간이 늦었고, 이 근처 사람들은 일찍 잠들기 때문에목격자가 있을 것 같지 않았다.

그는 생각하며 걸었다. 그 남자를 찾아 낼 수 없을까? 자살한 여자가 극단 직원이니, 그 남자는 극단에 관계된 사람, 즉 배우가 아닐까? 배우는 곧잘 베레모를 쓰고 다닌다. 이마니시는 전위극단을 찾아가 자살한 나루세 리에코의 생활이며 인간관계를 묻고, 슬쩍 베레모를 쓴 남자를 찾아보려고 했다.

이마니시는 골목에서 나와 조금 넓은 한길로 갔다. 거기서 왼쪽으로 더 가면 전차가 다니는 도로가 나오는데, 도로로 가기 전 골목에서 나오는 모퉁이에서 초밥집을 보았다. 초밥집은 이제 문을 열 준비를 하고 있었다. 젊은 사람이 발을 매달고 있었다. 그렇다. 그날 밤은 11시가 지났으니까 어쩌면 베레모를 쓴 남자가 이 집에 들러 초밥이라도 먹지 않았을까? 이마니시는 이런 생각이 들어 초밥집으로 갔다.

"안녕하십니까?"

발을 매달던 젊은 사람이 돌아보고 이마니시에게 머리를 숙였다. 가끔 음식을 배달시켜 먹어, 이 가게에서는 이마니시를 알고 있었다.

"아직 준비가 되지 않았는데요." 가게 젊은이가 말했다.

"아뇨, 초밥 먹으러 온 게 아닙니다." 이마니시는 웃었다. "잠깐 물어보고 싶은 일이 있어서……. 주인어른 계십니까?"

"예, 안에서 생선을 씻고 계십니다."

이마니시는 "실례" 하며 안으로 들어갔다.

초밥집 주인은 들어오는 이마니시를 보고 생선 다루던 칼을 놓았다. "어서 오십시오."

"안녕하십니까?" 이마니시는 한창 청소 중인 가게 의자에 걸터앉았다. "바쁘신데 미안하지만 잠깐 묻고 싶은 게 있어서 왔습니다."

"예, 무슨 말씀이십니까?" 주인은 머리띠를 벗었다.

"꽤 날짜가 지나서 기억하실지 모르겠는데, 지난 달 말경, 어느 날 밤에 키가 크고 베레모를 쓴 남자가 여기 와서 초밥을 먹고 가지 않았습니까?"

"베레모요?" 주인은 생각에 잠겼다.

"키가 큰 남자인데……."

"인상은 어떻게 생겼습니까?"

"인상은 잘 모르지만 배우가 아닌가 싶습니다."

"배우라구요?"

"아니, 영화배우가 아니라 연극 배우 말입니다."

"아아!" 그 말에 알았다는 듯이 주인은 크게 끄덕였다. "왔었어요, 왔었어! 확실히 베레모를 쓴 배우가 왔었습니다."

"왔었습니까?"

이마니시는 자기도 모르게 바짝 다가갔다.

"예, 그런데 상당히 오래전 일입니다. 그렇지, 아마 7월 말경이었지요."

"음, 그래 초밥을 먹었습니까?"

"예, 11시경인데 혼자 훌쩍 나타났습니다. 그때 젊은 손님이 세 사람쯤 있었는데, 그중 한 젊은 여자가 성큼성큼 그 베레모를 쓴 남자에게 가더니 느닷없이 사인북을 내밀었습니다."

"그 배우 이름이 뭐였습니까?"

"미야타 구니오입니다. 미남배우로 인기가 있습니다."

"미남배우가 아닙니다. 성격파 배우여서 무슨 역이든지 소화합니다." 옆에서 젊은 사람이 참견했다.

"미야타 구니오랬지요?" 이마니시는 수첩에 적었다. "가끔 여기에 옵니까?"

"아뇨, 그때 한 번 왔을 뿐입니다."

4

이마니시는 아오야마 4가에서 전차에 내렸다. 전위극단이 있는 건물은 정류소에서 걸어 2분도 안 걸렸다. 전차가 다니는 한길에 있었다.

극장이어서 다른 건물에 비해 훨씬 컸다. 상연 중인 연극 간판이 붙어 있는 정면에는 관객용 출입구와 매표장이 있었다. 이마니시는 거기서 사무실을 물었다. 사무실은 건물 옆에 붙어 있었다. 보통 사무실처럼 현관이 유리로 되어 있었다. '전위극단 사무소'라고 금박 글자가 씌어 있었다. 이마니시는 문을 열었다. 들어가니 좁은 사무실에 책상이 다섯 개쯤 놓여 있었다. 바닥에는 짐들이 너저분하게 놓였고, 벽에는 극단의 여러 상연물을 인쇄한 화려한 포스터가 붙어 있었다.

직원이 세 사람 있는데, 한 사람은 여자고 두 사람은 젊은 남자였다. 이마니시는 카운터 너머로 말했다.

"잠깐 여쭈어 보겠는데요."

여직원이 자리에서 일어섰다. 17, 8세 정도인 슬랙스 차림의 아가씨였다.

"여기 미야타 구니오 씨라고 계십니까?" 이마니시가 물었다.

"배우 말씀이세요?"

"그렇습니다."

"미야타 씨가 와 계실까요?" 여직원이 한 남자를 돌아보았다.

"아아, 아까 보았어. 연습실에 계실 거야."

"계신답니다. 누구시라고 말씀드릴까요?"

"이마니시라고 말씀드려 주십시오."

"잠깐 기다려 주세요." 여직원은 사무실과 연습실 사이에 있는 유리문을 열고 안으로 들어갔다.

'운 좋게 여기서 미야타 구니오라는 남자를 붙잡을 수 있구나.' 이마니시는 담배를 꺼내 물고 연기를 뿜었다. 두 남자 직원은 이마니시를 거들떠보지 않고 일들을 했다. 이마니시는 '땅 밑 사람들'이라는 포스터를 바라보며 기다렸다.

한참 뒤에 안쪽 문이 열렸다. 여직원을 앞세우고 키가 큰 남자가 나타났다. 이마니시는 그 남자가 가까이 올 때까지 물끄러미 바라보았다. 27, 8세 정도였다. 머리를 길게 늘이고, 무늬 있는 반소매 셔츠와 바지를 입고 있었다.

"미야타입니다." 배우는 이마니시에게 가볍게 인사했다. 언제나 낯선 손님을 접하고 있는 듯한 익숙한 태도였다.

"바쁘실 텐데 미안합니다. 이마니시라는 사람입니다. 실은 당신한테 좀 물어보고 싶은 것이 있습니다. 잠깐 함께 나가 주실 수 없겠습니까?"

미야타 구니오는 잠시 불쾌한 눈을 했지만 이마니시가 슬쩍 경찰수첩을 내 보이니까 이번에는 깜짝 놀란 표정을 지었다. 얼굴빛은 검어도 눈이 예쁘고 콧날이 선, 배우다운 느낌을 주는 남자였다.

"뭐, 잠깐 물어볼 뿐입니다. 여기서는 좀……. 저 찻집에라도 가실까요?" 이마니시는 사무실을 둘러보았다.

미야타는 조금 불안한 표정으로 끄덕이더니 뒤따라 밖으로 나왔다. 이마니시는 미야타와 함께 가까운 찻집으로 들어갔다. 오전이어서 손님이 없었다. 가게 아이가 창유리를 닦고 있었다. 두 사람은 안쪽 테이블에 자리를 잡았다. 유리창을 통해 들어오는 햇빛에 드러난 미야타의 얼굴이 불안하게 보였다. 이마니시는 조금 이상하다고 생각했다. 형사가 찾아오면 누구나 별로 기분이 좋지 않게 된다. 특히 밖으로 데리고 나와 무엇을 묻는다면 태연할 수 없을 것이다. 그런데 미야타 구니오의 표정에는 그보다 더 불안한 그림자가 어렸다.

이마니시는 상대의 기분을 편하게 해 주려고 가볍게 웃으며 잡담부터 시작했다.

"나는 연극에 대해선 거의 모릅니다. 어렸을 때 매립지 소극장이라는 게 있었습니다. 도모다 교스케(友田茶助) 씨라는 분이 나오는 '밑바닥'이라는 연극을 단 한 번 본 일이 있었습니다. 그런 연극을 하시나요?"

"예, 말하자면 그런 겁니다."

젊은 배우는 짧은 말로 대답했다. 30년 전에 '밑바닥'이라는 연극을 단 한 번 본 사람에게 요즈음의 전위 연극을 설명해 보았자 소용없다고 생각했는지도 몰랐다.

"그렇습니까? 하여간 굉장히 세련되었더군요. 당신도 주역을 맡아서 하십니까?"

"아뇨, 저 같은 건 신출내기입니다."

"그렇습니까? 여러 가지로 고생이 많으시겠습니다."

이마니시가 담배를 권했다. 두 사람은 날라 온 커피를 함께 마셨다.

"미야타 씨, 바쁘실 텐데 오시라고 해서 미안합니다. 연습 중이 아니었습니까?"

"지금은 한가합니다."

"그렇습니까? 엉뚱한 말을 묻는 것 같은데 극단의 여직원인 나루세 리에코 씨를 아시겠지요?"

이 순간 미야타의 얼굴 근육이 경련을 하는 듯했다. 이마니시가 조금 전에 사무실에 갔을 때도 생각한 것이지만, 이 미야타를 포함한 극단 사람들은 나루세 리에코의 자살을 아직 모르고 있는 듯했다.

이마니시는 미야타가 얼굴 근육을 움직인 것은 다른 이유 때문이라고 생각했다.

"미야타 씨."

"예."

"나루세 씨가 자살했습니다."

"예?" 미야타는 눈이 휘둥그레지더니 펄쩍 뛸 것처럼 놀랐다. 그는 한참 형사를 응시하다가 "그, 그게 정말입니까?" 하고 얼굴색이 변해 말을 더듬었다.

"어젯밤입니다. 내가 오늘 아침에 검시에 입회했으니까 틀림없습니다. 극단에는 아직 통지가 오지 않았습니까?"

"아무것도 모릅니다……. 아, 사무장이 황급히 나갔다는 말을 들었는데, 그럼 그 일 때문일까요?"

"그럴지도 모르겠군요. 당신은 나루세 씨와 친하셨습니까?"

유리창에 파리 한 마리가 기어 다니고 있었다. 미야타는 한동안 고개를 숙이고 대답하지 않았다.

"그렇습니까?"

"예, 잘 알고 있었습니다."

"흐음, 미야타 씨, 내가 당신에게 묻고 싶은 것은 나루세 씨가 자살한 원인에 대해 뭔가 짚이는 데가 없는가 하는 건데요?" 배우는 침통한 표정으로 턱을 손으로 괴고 있었다. 이마니시는 그 표정을 가만히 살폈다. "미야타 씨, 나루세 씨는 자살했습니다. 타살이 아니니까 우리가 나설 성질의 것이 아닌지도 모릅니다. 그러나 우리는 돌아가신 분에게는 죄송하지만, 나루세 씨가 자살한 숨은 원인을 알고 싶습니다. 그것은 이 일이 다른 어느 사건과 관계가 있어서 그럽니다. 그것을 자세히 말씀드리지 못해 유감입니다만, 그런 형편이어서 묻는 겁니다."

"그러나 전……나루세 씨가 어떤 이유로 자살했는지 그건 모릅니다." 미야타는 낮은 음성으로 대답했다.

"유서 비슷한 수기가 있었습니다. 그것을 유서라고 해야 할지 잘 모르겠습니다만, 연애 문제로 실망했다고나 할까, 그런 비극적인 말이 씌어 있었습니다.”

“그렇습니까. 그래 상대의 이름이 씌어 있던가요?”

미야타는 얼굴을 들고 이마니시를 흘깃 쳐다보았다.

“아무것도 씌어 있지 않습니다. 나루세 씨는 사후에 폐를 끼치고 싶지 않다는 생각이 아니었을까요?”

“그렇습니까? 역시 그랬군요.”

“뭐, 역시라구요? 그럼 당신은 짐작되는 점이 있습니까?”

이마니시는 미야타의 표정을 하나도 놓치지 않겠다는 눈매가 되었다. 미야타는 말이 없었다. 그는 다시 눈을 내리깔고 입술을 물었다. 입술이 가늘게 떨렸다.

“미야타 씨, 나는 당신 말고는 아무도 나루세 씨가 죽은 원인을 모르리라고 생각하는데요?”

“뭐라구요?” 배우는 다시 깜짝 놀란 듯 눈을 들었다.

“미야타 씨는 밖에 나갈 때 베레모를 쓰십니까?” 이마니시는 머리카락을 길게 기른 미야타의 머리를 보며 말했다.

“예, 씁니다.”

“당신은 오래전 밤에, 나루세 씨가 사는 아파트 근처에 있는 초밥집에 들른 일이 있지요?”

배우의 얼굴에 새로운 동요가 일었다.

“당신은 초밥집에서 팬에게 사인을 해 주었지요? 그뿐 아닙니다. 당신은 나루세 씨의 아파트 가까이에서 휘파람을 불어 그녀를 불러내려고 한 일이 있었지요?”

배우는 얼굴이 순식간에 창백해졌다.

“아니, 제가 아닙니다. 전 나루세 씨를 불러내려고 한 일이 없습니다.”

“그러나 당신은 아파트 아래에서 휘파람을 불고 있었습니다. 미야타 씨, 나는 그날 밤 지나가는 길에 당신의 모습과 휘파람 소리를 보고 듣고 했습니다."

이마니시가 아파트 부근에서 보았다는 말을 하니, 미야타는 얼굴이 창백해졌다. 배우는 한동안 말이 없었다. 그 표정에는 고통이 배어 있었다.

"어떻습니까, 미야타 씨?" 이마니시는 여유를 주지 않고 다그쳤다. "이제 이것저것 모두 말씀해 주셨으면 합니다. 그렇다고 내가 당신을 어떻게 하겠다는 건 아닙니다. 나루세 씨는 자살했습니다. 경찰청은 타살일 경우가 아니면 움직이지 않습니다. 그러나 우린 나루세 씨를 다른 이유로 수사하고 있었습니다." 배우는 움찔했다. 그러나 말이 없었다. "그것은 다른 사건에 관계되는 일입니다. 수사상 자세한 말은 할 수 없지만 우리에게는 대단히 중대합니다. 나루세 씨를 그 참고인으로 생각하고 있었는데 갑자기 자살해 정말 실망했습니다." 이마니시는 배우의 표정을 살피면서 이야기를 계속했다. "이것은 내 의견인데, 나루세 씨가 자살한 원인이 어쩌면 우리가 알고 싶어 하는 일과 관련돼 있는지도 모릅니다. 미야타 씨, 사실대로 말씀해 주지 않으시겠습니까? 나루세 씨가 어째서 자살했는지……."

배우는 얼굴을 일그러뜨린 채 침묵을 지키고 있었다. 이마니시는 두 팔을 테이블 위에 세우고 손가락을 맞끼웠다.

"당신은 알고 있을 겁니다. 나루세 씨와 상당히 친하셨던 모양이니까요. 아니, 이런 건 문제가 아닙니다. 다만 당신이 나루세 씨가 자살한 원인에 대해 짚이는 점을 탁 털어 놓아 주시면 좋겠다는 생각뿐입니다."

이마니시는 미야타의 얼굴을 계속 응시했다. 이런 때의 이마니시의 눈은 평소와는 달랐다. 어느 피의자는 그가 응시하고 있으면 자백하지 않을 수 없다고 털어 놓았을 정도였다. 사람의 마음 깊은 곳까지 들여다보는 듯한 눈초리였다. 미야타는 머뭇머뭇하기 시작했다. 이마니시는 그 모양을 가만히 관찰했다.

"미야타 씨, 한 번 협력해 주지 않으시겠습니까?"

이마니시는 마지막으로 못을 박았다.

"예……. 말씀드리지요."

미야타는 손수건을 꺼내 이마의 땀을 닦았다. 그리고 심호흡과 함께 말을 토해 냈다. 미야타는 이마니시 앞에 무너지고 말았다.

"이야기해 주시겠습니까? 정말 고맙습니다."

"기다려 주십시오, 형사님." 미야타는 굳어진 음성으로 말했다.

"기다리라고요?"

"아뇨, 모두 이야기하겠습니다……. 이야기를 하겠습니다만, 지금은 좀 말이 안 나옵니다."

"왜 그런가요?"

"어쩐지 제 마음속이 정리되지 않았습니다……. 형사님, 나루세 씨의 자살에 관해서는 말씀하신 대로 저에게 짚이는 데가 있습니다. 아니, 그것뿐이 아닙니다. 저는 여러 가지를 이야기하고 싶습니다. 그러나……지금은, 지금은 그 말이 나오지를 않습니다."

배우는 괴로워 보였다.

이변

1

이마니시는 미야타의 얼굴을 응시한 채 고개를 끄덕였다.

이마니시는 미야타의 마음을 모르는 것도 아니었다. 그 표정을 보니 미야타는 확실히 나루세 리에코의 일을 여러 가지 알고 있는 듯했다. 그것도 남에게는 비밀이라고 해도 좋을 만한 것을 알고 있는 것 같았다. 이마니시가 보기에 미야타는 나루세 리에코에게 특별한 감정을 가지고 있는 듯했다. 미야타가 괴로워하는 이유는 그 때문이라고 그는 생각했다.

여기서 무리하게 다그칠 필요는 없었다. 사실 이 이상 미야타를 문책해 보아도 털어놓을 것 같지 않았다. 미야타는 가엾을 정도로 괴로워하고 있었다. 확실히 미야타의 얼굴엔 이마니시에게 뭔가 이야기하고 싶어하는 표정이 있었다. 미야타가 한 말에는 조금도 거짓이 없을 것 같았다.

"알았습니다. 미야타 씨, 그럼 언제 말씀해 주시겠습니까?" 이마니시는 끄덕이고 나서 물었다.

"한 이삼 일 기다려 주십시오." 미야타는 괴로운 듯한 호흡을 아직도 계속하고 있었다.

"이삼 일입니까? 좀더 일찍 안 되겠습니까?"

"……."

"이런 말을 하면 뭣하지만, 우리는 하루라도 빨리 그 사정을 듣고 싶습니다. 아까도 말한 것처럼 내 담당인 어떤 사건이 미해결로 남아 있습니다. 그 때문에 꼭 당신에게 빨리 나루세 씨에 관한 이야기를 듣고 싶습니다."

"형사님, 나루세 씨가 그 사건에 관계가 있습니까?" 미야타가 말했다.

"그건 아직 모릅니다. 나루세 씨가 그 사건에 관계했다는 증거는 없지만, 우리는 거기에서 사건을 해결하려는 희망은 갖고 있습니다."

이번에는 미야타가 이마니시의 얼굴을 응시했다. 무서운 눈매였다.

"알겠습니다, 형사님, 이야기를 듣는 동안에 협력해 드리고 싶어졌습니다. 무슨 말씀을 하시는지 그 뜻을 어렴풋이 알 것 같습니다." 미야타는 결단을 내린 듯 말했다.

"당신도 그렇게 생각하십니까?"

이때 이마니시는 미야타가 틀림없이 사건을 푸는 열쇠 하나를 쥐고 있다고 확신했다.

"그렇습니다." 미야타가 말했다. "아마 제 상상과 형사님의 생각은 일치할 것입니다. 알았습니다. 그럼 내일 뵙겠습니다. 내일 나루세 씨에 관한 모든 것을 이야기하겠습니다."

이마니시는 마음속으로 '고맙다'고 외쳤다.

"내일 어디서 만날까요?"

"글쎄요……." 미야타는 한참 생각하더니 "내일 밤 8시 긴자에 있는 S 다방에서 기다리겠습니다. 그때까지 이야기를 정리해 두겠습니다."

배우 미야타 구니오는 서글픈 목소리로 말했다. 이마니시는 이튿날 밤 8시 정각에 S 다방에 들어섰다. 문을 열고 입구에서 내부 전체를 둘러보았다. 손님이 많은데 배우는 보이지 않았다.

이마니시는 벽 쪽으로 자리를 잡고 입구를 향해 앉았다. 이렇게 하면 입구로 들어오는 미야타를 곧 발견할 수 있고, 미야타도 이마니시를 쉽게 발견할 수 있을 테니까. 이마니시는 커피를 주문했다. 그는 주머니에서 주간지를 꺼내 들고 읽기 시작했으나, 문이 열릴 때마다 신문에서 눈을 떼었다. 그는 나가는 사람, 들어오는 사람들을 문지기처럼 응시했다.

그는 되도록 오래 커피를 마셨다. 그렇게 한 잔을 다 마시고 나도 배우는 나타나지 않았다. 8시 20분이 되었다. 이마니시는 차차 침착성을 잃어 갔다.

어제 그렇게 한 약속이 거짓말일 리가 없다. 배우는 대사를 왼다든가 연습을 한다든가 시간적으로 여러 가지 구속을 받기 때문에 약속대로는 올 수 없을 것이다. 어쩌면 앞으로 한 20분쯤 더 늦을지도 모르겠다.

이마니시가 입구에 마음을 쓰며 주간지를 보고 있는데, 들어오는 손님이 많았다. 들어왔던 손님이 자리가 찬 것을 보고 나가는 경우도 많았다. 벌써 이마니시의 빈 커피 잔을 보고 종업원이 빨리 자리를 비우라는 듯한 눈길로 쳐다보았다.

이마니시는 미야타와 여기서 만나기로 했으니까 갈 수 없었다. 이마니시는 하는 수 없이 홍차를 부탁했다. 이것도 천천히 시간을 들여 마셨다. 8시 40분이 되었다. 배우는 나타나지 않았다. 이마니시는 마침내 초조해졌다.

거짓말을 했을까? 아니, 그럴 리가 없다. 어제 미야타는 진지했었다. 그렇다면 마음을 달리 먹었을까? 그것은 있을 수 있었다. 괴로워하는 것으로 보아 약속을 어겼다고 생각할 수도 있었다. 그러나 그렇지는 않을 것이다. 이쪽에서는 미야타가 소속된 전위극단을 알고 있다. 미야타도 그것을 잘 알고 있을 테니까, 오늘 밤에 전부를 이야기하지 않더라도 연락하려는 올 것이다. 전화라도 걸어올지 모른다. 이마니시는 기다렸다.

전화가 걸려 와 손님을 부르는 가운데 이마니시의 이름은 없었다. 홍차를 다 마셨다. 이마니시는 프루츠펀치를 주문했다. 그러나 가져온 펀치는 반도 먹을 수 없었다. 배가 출렁출렁했다. 한 시간이 지났다.

이마니시는 체념할 수 없었다. 어떻게든지 미야타의 이야기를 듣고 싶었다. 범인의 피 묻은 스포츠 셔츠를 오려 뿌린 여자……. 그 여자의 비밀을 제일 잘 아는 미야타에게서 모든 것을 듣고 싶었다. 이마니시는 초조하게 기다렸다.

2

이마니시는 6시에 잠에서 깨었다. 요즈음은 나이 탓인지 이런 시간에 반드시 눈이 떠졌다. 전날 밤 아주 늦게 잤거나, 사건으로 뛰어다녔거나 해도 6시가 되면 반드시 한번은 눈이 떠졌다. 그날 아침에도 그 시각에 잠에서 깨었다. 아내와 다로는 아직 자고 있었다.

이마니시는 어젯밤 일이 어리석기 이를 데 없었다고 생각했다. 그는 S 다방에서 나와서도 미야타가 올 것 같아 밖에서 기다렸다. 이상하게도 자기가 돌아가면 미야타가 올 것 같아서 미련스럽게 한참이나 서 있었던 것이다.

그러나 결국 허탕이었다. 왜 미야타 구니오는 약속을 어겼을까? 직업이 배우니까 무슨 돌발적인 일이 생겨 못 왔는지도 몰랐다. 그러나 만나기로 한 곳이 S 다방이니까 전화 연락이라도 할 수 있었다. 그런데 그것도 없었다. 극단으로 전화를 해 보았더니, 모두 돌아갔는지 아무도 받지 않았다.

미야타가 갑자기 마음이 변했을까? 어제 미야타는 상당히 괴로워했고, '모든 것을 이야기하겠습니다' 하고 이마니시에게 하루의 유예를 부탁했었다. 이야기하는 데 꽤 결심이 필요했던 모양이었다. 그러니까 나중에 생각을 바꿨을지도 모른다. 미야타는 이마니시로부터 정말로 도망쳤는지도 모른다.

그러나 이마니시는 별로 화를 내지 않았다. 일을 하다 보면 가끔 이런 일을 당한다. 형사는 끈기와 인내가 필요하다. 이마니시는 출근하면 바로 전위극단부터 가 볼 생각이었다. 그저께는 못 물어보았는데, 극단에 나오지 않았다면 미야타의 주소를 알아 집에까지 찾아갈 생각이었다.

어쨌든 미야타는 그 나루세 리에코에 관해 '좋은 일'이 아닌 뭔가를 알고 있었다. 거기에 나루세 리에코와 범인의 연관이 숨겨져 있는 듯했다.

이마니시는 잠자리 속에서 담배 한 개비를 피우고 나와 현관으로 갔다. 신문이 격자문 틈에 반쯤 끼여 있었다. 그는 그것을 가지고 다시 잠자리 속으로 들어갔다. 이마니시는 신문을 폈다. 그는 잠에서 깨었을 때 자리에 누워 담배를 피우며 신문을 읽는 것이 즐거운 일과 중 하나였다. 그는 바로 사회면을 폈다. 요즈음엔 별 사건이 없어 읽을 만한 기사가 적었다. 별것도 아닌 사건이 크게 다루어졌다.

이마니시의 시선이 한 가운데쯤에서 갑자기 고정되었다. 2단에 걸친 타이틀인데, 그것이 남은 졸음기를 몰아냈다.

'연극 배우 길에서 사망. 연습 마치고 귀가중 심장 마비로.'

이마니시는 그 타이틀 옆에 나와 있는 사진을 보았다. 약간 갸름한 얼굴이 웃고 있었다. 그저께 만났던 미야타 구니오였다. 사진 설명에도 그 이름이 나와 있었다.

이마니시는 바삐 기사를 읽기 시작했다.

8월 31일 밤 11시경, 세타가야 구 가스야 ××번지 부근에서 회사 중역 스기무라 이사쿠(杉村伊作) 씨(42세)가, 자가용차를 운전하고 귀가하는 도중 헤드라이트에 비친 시체를 발견, 즉시 관할 세이조 경찰서에 신고했다. 시체의 소지품을 조사해 본 결과, 전위극단 배우 미야타 구니오 씨(30세)로 판명되었다. 사인은 일단 심장 마비라고 판명되었으나, 확실한 것을 알기 위해 9월 1일 도쿄 감찰 의무원에서 해부하기로 했다.

미야타 씨는 전위극단에서 당일 오후 6시 반경 연습을 마치고 나왔다. 전위극단 스기우라 아키코(杉浦秋子) 씨는, 미야타 씨는 신진 배우 중에서 장래가 유망한 분으로 최근에는 팬도 상당히 생겨 기대가 많았는데 유감이라고 밝혔다.

이마니시는 막대기로 눈을 찔린 것 같았다. 미야타 구니오가 죽었다! 이마니시는 목소리가 나오지 않았다. 신문 기사만으로는 자세히 알 수 없으나 미야타의 사인은 심장 마비라고 보도되었다. 때가 때인지라 '정말 심장 마비였을까?' 하는 의문이 바로 생겼다. 어젯밤 그렇게 기다려도 미야타가 오지 않았던 것은 당연했다. 그 시각에는 이미 죽었는지도 모른다. 이마니시는 눈앞이 캄캄했다. 미야타 구니오가 죽었다. 이것은 우연일까?

이마니시는 자리를 박차고 일어났다. 아내를 바삐 몰아세워 아침밥을 정신없이 퍼먹었다.

"무슨 일 있어요?" 아내가 이상히 여겼다.

"아무것도 아냐."

이마니시는 화재 현장으로 출동하는 소방사처럼 빨리 채비했다. 집에서 나온 때가 8시 반이었다. 미야타 구니오의 시체는 이미 세이조 경찰서에 있지 않을 것이다. 오쓰카에 있는 도쿄 감찰 의무원은 9시부터 일을 시작하니, 그쪽으로 달려가는 편이 빠를 것이다.

오쓰카 역에서 걸어 10분쯤 걸리는 감찰 의무원에 이마니시가 도착한 때는 9시가 조금 지나서였다. 감찰 의무원 앞뜰은 깨끗한데 건물 안은 어둑어둑했다. 대합실에는 어느 유족인 듯한 두 남자가 불안한 듯이 앉아 있었다. 이마니시는 곧장 의무과장 방으로 갔다.

"여어, 오랜만이군요." 의무과장은 이마니시의 인사를 받고 얼굴을 돌렸다. 상냥하고 언제나 웃는 얼굴로 말하는 사람이다.

"선생님, 단도직입적입니다만 어젯밤 세이조 경찰서 시체는 벌써 이쪽에 와 있습니까?"

"예, 어젯밤 늦게 온 모양이더군요."

"그래, 해부는 언제 합니까?"

"많이 밀려 있어서 오후에나 할 것 같군요."

"선생님, 어떻게 빨리 해 주실 수 없을까요?"

"허어, 그건 병사가 아닙니까? 만일을 위해 행정 해부를 하는 것뿐인데, 무슨 의문이라도 생겼습니까?"

"조금 이상한 생각이 듭니다."

"그럼 병사가 아니고 살해당했을 가능성이 있다는 이야긴가요?"

의무과장은 이마니시의 수사 수완을 알고 있었다. 그는 이마니시의 부탁을 들어 제일 먼저 해부해 주었다. 이마니시는 해부 준비를 하는 동안, 세이조 경찰서에서 넘어온 서류를 보았다. 어젯밤에 본 신문 기사와 별로 다르지 않은 경과가 적혀 있었다. 그는 생각에 잠겨 기다렸다.

젊은 의사가 이마니시를 데리러 왔다. 그들은 좁은 통로를 지나 계단을 내려갔다. 해부실까지 가려면 도중에 구두에다 커버를 씌운다. 대합실 유리문 너머로 해부실이 보였다. 벌써 흰 옷을 입은 의사가 대여섯 명 모여 있었다.

콘크리트 바닥으로 된 해부실 중앙에 해부대가 있었다. 한 남자 시체가 벌거벗긴 채 누워 있었다. 창백한 몸이었다. 미야타 구니오와의 뜻하지 않은 대면이었다. 긴 머리카락이 해부대 위에 엉켜 늘어져 있었다. 시체는 눈이 떠진 채 입을 조금 벌리고 있었다. 괴로운 듯한 얼굴이었다. 미야타의 벌어진 입……. 조금만 죽음이 늦었으면 모든 것을 말했을 입이었다. 미야타는 왜 하필 이런 때 급사했을까?

이마니시가 사체에 대고 합장했다.

의사들이 사체를 향해 각각 자리를 잡았다. 해부할 사체 외관에 대해 의견을 말했다. 조수는 연필을 움직여 기록했다. 그 구술이 끝나자, 한 의사가 메스로 시체의 가슴 아래를 갈랐다. 중심선을 따라 Y자형으로 피부를 단숨에 갈랐다. 피가 스며 나왔다. 그 뒤로는 이마니시가 지금까지 여러 번 입회해서 보아 온 그대로였다.

먼저 복강 장기(腹腔臟器)가 조사되었다. 장, 위, 간장이 자세히 점검되었다. 각각 메스로 절단되어 몸속에서 들려 나왔다. 수조(水槽) 속에 넣은 기다란 장이 헤엄치는 것처럼 꿈틀거렸다. 이 사이에 조수는 굵은 가위로 갈비뼈를 자르기 시작했다. 이런 순서가 진행되는 동안에도 해부의는 의견을 구술시켰다. 갈비뼈가 소리를 내며 절단되고 밀려 올라갔다. 창문이 열린 셈이었다. 그곳으로 폐와 심장부가 들여다보였다. 의사가 다른 가위로 심막강(心膜腔)을 자르기 시작했다. 검시의가 심장을 꺼내 정성스레 조사했다. 주먹만 한 심장은 회적갈색이었다. 그것에 메스를 댔다.

이마니시는 꼼짝도 하지 않고 보았다. 이상한 냄새가 코를 찔렀으나 습관이 되어 괜찮았다. 다른 조수는 위를 꺼내 갈라 내용을 검사하고 있었다. 한 조수는 다갈색 간장을 가르고 있었다.

긴 시간이었다. 마지막으로 머리 부분이 잘려 두개골이 열렸다. 미야타의 긴 머리카락이 누운 얼굴 위로 덮였다. 두개골 속에 있는 아름다운 연분홍색 뇌수가 얇은 막에 싸여 들여다보였다. 이마니시는 언제나 뇌수를 볼 때마다 그 아름다움에 감탄했다. 셀로판에 싸인 값비싼 열대 과일을 보는 듯했다.

이마니시는 검시의가 아직도 검사를 계속하고 있는데 해부실에서 나왔다. 그는 이마에 땀이 배어 있었다. 이마니시가 복도로 나가 창으로 밖을 보니 파란 나뭇잎이 바람에 흔들리고 있었다. 맑은 햇빛과 신선한 공기였다. 이마니시는 살아 있는 기쁨을 새삼스럽게 느낄 수 있었다.

창밖을 보고 있는데, 어깨를 두드리는 사람이 있었다. 수술복을 벗은 해부의였다.

"선생님, 대단히 수고 많으셨습니다." 이마니시가 인사했다.

"고맙습니다. 잠깐 이쪽으로 와 주십시오."

검시의는 이마니시를 어느 방으로 안내했다. 주위의 벽이 얼룩으로 더러워졌다.

"이마니시 씨, 틀림없이 심장 마비입니다." 검시의가 웃으며 말했다.

"아, 역시 그렇습니까?" 이마니시는 의사의 얼굴을 쳐다보았다.

"예, 당신 요청이 있어 특히 정성들여 조사했습니다. 아무데도 외상이 없고 폭행을 당한 흔적도 없었습니다. 그리고 위를 조사했는데 독물 반응도 없었습니다." 검시의가 웃었다.

"예."

"복강 장기에도 이상이 없었습니다. 심장부가 약간 비대해 가벼운 판막증에 걸려 있지 않았나 싶은 흔적이 있었습니다. 모든 장기를 검사해 보니 심장 마비였습니다. 실제로 그것을 증명하듯 각 장기들에 울혈이 보였습니다."

"어떤 것입니까?"

"즉, 심장이 갑자기 정지했기 때문에 혈액 순환이 그대로 그쳐 그곳에 울혈이 생긴 거죠. 폐, 간장, 비장, 신장 등에 상당히 그런 징후가 있었습니다."

"그럼 역시 심장 마비에 의한 자연사라 그 말입니까?"

"내가 검사한 바에 의하면 그렇습니다. 달리 죽음의 원인이 발견되지 않습니다. 물론 외부의 힘에 의해 공격을 당한 곳이 한 군데도 없었습니다."

"그렇습니까?"

이마니시는 생각에 잠겼다. 그 모습이 실망한 것처럼 보였는지 의사가 반문했다.

"이마니시 씨는 어떤 점에 의심을 가지셨습니까?"

이렇게 질문을 받고 보니 이마니시로서도 적당한 대답을 할 수 없었다. 중대한 증언을 듣기 전에 그 사람이 죽었으니까 이상하다고 할 수는 없었다. 이런 의혹만을 말할 수 있었다.

"자택에서 죽은 것이 아니고, 길가에 죽어 있는 것을 발견했다지요?"

"그렇습니다. 세이조 경찰서에서 그런 연락이 와서 우리는 구급차스를 가지고 현장으로 달려갔습니다. 그것이 뭔가 이상한가요?"

"아니, 지금 잠깐 그런 생각이 났을 뿐입니다. 자택에서 죽었다면 별로 의문을 갖지 않겠는데 길가에서 죽은 일이 걸립니다."

"아, 이마니시 씨, 그런 예는 가끔 있습니다. 특히 급성 심장 마비라는 것은 장소를 택하지 않으니까요."

그러고 보니 이마니시는 항변할 말이 없었다. 미야타가 그 병으로 급사했다는 사실이 해부라는 과학적인 방법으로 증명되지 않았는가. 배우 미야타 구니오의 병사는 결정적이었다.

"아무래도 우리는 직업의식이 작용해서 일단은 의심해 보는 버릇이 있어 곤란합니다." 이마니시는 검시의에게 말했다.

"당연합니다. 우리 역시 이곳에 운반되어 오는 시체는 전부 타살이라고 생각하고 검사하니까요. 그래서 검사가 자연히 엄밀해집니다."

이 의견에는 이마니시도 동감이었다. 이마니시는 의사에게 고맙다는 인사를 하고 감찰 의무원에서 나왔다.

이마니시는 세이조 경찰서로 갔다. 경찰서에서 미야타 구니오가 시체로 발견된 사정을 들었는데, 그것은 신문 기사와 별로 다르지 않았다. 발견 당시 미야타는 길가에 엎어져 있었다고 했다. 부근에는 집이 적었다. 사망 추정 시각은 오후 8시부터 9시 사이로, 이것은 의사의 해부 의견과 일치했다.

오후 8시라면 미야타가 이마니시와 약속한 S 다방에 올 시간이었다. 그런데 미야타는 무슨 일로 세타가야 근처를 걸어 다녔을까? 이마니시는 이때도 미야타가 약속을 어길 의사가 없었다고 생각했다. 미야타가 세타가야를 걷고 있었다는 것은 그의 의사가 아닌 다른 이유가 있었다는 것을 뜻하지 않을까? 미야타의 의사가 아닌 다른 이유……? 가령 미야타가 어떤 집을 방문했다가 시간이 늦었다고 생각할 수도 있었다. 그가 방문한 데는 세타가야 근처일 것이다. 이마니시는 미야타가 쓰러져 있던 현장에 가 보기로 했다.

세이조 경찰서에서 현장까진 그다지 멀지 않았다. 이마니시는 버스를 타고 갔다. 그 근처는 주택이 별로 없는, 외따로 남겨진 듯한 전원 지역이었다. 그는 세이조 경찰서 경관이 그려 준 약도로 배우가 쓰러져 있었다는 지점을 찾았다. 버스가 다니는 국도에서 1미터쯤 밭으로 들어간 곳이었다. 맞은쪽 잡목 숲 아래에는 벌써 참억새 이삭이 하얗게 나와 있었다.

서 있으니, 자동차는 많이 지나가는데 걷는 사람은 적었다. 여기라면 밤에는 틀림없이 인적이 드물 것이다. 미야타 구니오는 왜 택시도 타지 않고 이런 곳을 걷고 있었을까? 이 점이 부자연스러웠다. 특히 이마니시와의 약속을 생각하고 있었다면, 미야타는 당연히 택시를 탔어야 했다.

하기야 이것은 달리 생각할 수도 있었다. 방문한 데가 바로 이 근처이고, 미야타가 여기서 택시를 기다리고 있었다는 가정이었다. 그렇다면 현장의 부자연스러움이 조금 덜해진다. 그럼, 미야타는 누구를 찾아 이 세타가야까지 왔을까? 더구나 그 일이 이마니시와의 약속을 어길 만큼 중요했을까?

이마니시는 미야타가 자기와 만나기 전에 누군가를 찾아가, 자기에게 할 이야기를 그 사람에게 확인한 것이 아니었을까 하는 생각이 들었다. 이마니시는 전위극단을 찾아갔다.

그가 죽은 미야타 구니오에 관해 묻고 싶다고 했더니, 사무실에 있는 사람이 그를 스기우라 아키코에게로 안내했다. 신문이나 잡지에서 사진으로 보던 스기우라 아키코는 상냥하게 이마니시를 맞았다. 이 극단을 이끌어 나가는 사람이며, 유명한 여배우인 그녀는 담배를 피우며 말했다.

"미야타 씨는 그날 6시 반까지 극단에서 새로 올릴 작품의 무대 연습을 하고 있었어요. 그때는 별로 괴로운 것 같지 않았어요. 그래서 죽었다는 말을 듣고 사실이 아닌 것 같았어요."

"평소 심장병이 있었습니까?"

"그러고 보니 별로 튼튼한 편이 못 되는 것 같았어요. 개막 전날엔 철야로 연습을 하는 일이 있는데, 그런 때면 몹시 피로해하는 것 같았어요."

"6시 반에 연습을 마치고 그 뒤에 어디로 간다고 하지 않았습니까?"

"글쎄요, 전 잘 모르겠는데요."

여기서 스기우라 아키코는 벨을 눌러 젊은 배우를 불렀다. 이 배우는 미야타와 친한 사이인 모양이었다.

"이 사람은요, 야마가타(山形) 씨라고 합니다." 그녀는 젊은 배우를 소개했다. "야마가타 씨, 미야타 씨가 어젯밤 이곳에서 나갈 때 어디로 간다고 하지 않았어요?"

젊은 배우는 손을 앞에 모으고 곧게 서 있었다.

"……8시에 긴자에서 누굴 만나야 한다고 했습니다."

"8시에 긴자에서? 정말 그렇게 말했습니까?" 이마니시가 자신도 모르게 끼어들었다.

"예, 그 말은 똑똑히 들었습니다." 야마가타라는 배우는 이마니시를 보며 대답했다. "실은 제가 어딜 가자고 했더니, 그는 그렇게 말하며 거절하더군요."

그렇다면 미야타는 이마니시와의 약속을 지킬 셈이었다.

"혹시 긴자에 가기 전에 어디 들렀다 간다고 하지 않던가요?"

중요한 질문이었다.

"예, 하지 않았습니다. 우리는 극단 앞에서 헤어졌는데, 그때도 그런 말은 하지 않았습니다."

"미야타 씨는 집이 어디입니까?"

"그 사람은 고마고메에 있는 아파트에서 살았습니다."

"고마고메?"

그것은 미야타가 죽은 장소와는 정반대 방향이었다. 역시 그는 틀림없이 세타가야 부근에 필요한 용건이 있어 갔었다.

"그때 미야타 씨는 태도가 어땠습니까?"

"별로 다른 데가 없었습니다. 보통 때와 같았습니다. 아, 그러고 보니 이런 말을 하더군요. '오늘 밤 긴자에서 어떤 사람을 만나야 하는데 곤란하게 됐군' 하더군요."

미야타는 최후까지 이마니시에게 나루세 리에코에 관한 이야기를 하기가 괴로웠던 모양이다.

"엉뚱한 것을 묻습니다만 이곳에 나루세 리에코라는 여직원이 계셨지요?" 이마니시가 이번에는 스기우라 아키코를 보며 물었다.

"예." 아키코는 깊이 끄덕거렸다. "조용하고 얌전한 애였는데, 갑자기 자살해 버렸어요."

"스기우라 씨는 그 원인에 대해 뭐 짚이는 데가 없습니까?"

"아뇨, 저도 이상해서 단원들에게 물어보았는데, 모두 사정을 모르더군요. 저는 나루세 씨를 직접은 잘 몰라 사무실 사람이 알고 있지 않나 해서 물어보았지요. 그런데 모두 짐작이 안 간다는 이야기였어요."

"실연해서 자살하지 않았을까요?"

"글쎄요, 모르겠어요. 하다못해 저에게 유서라도 남겨 주었으면 좋았을 텐데……." 아키코는 미소를 띠었다.

"이상한 걸 묻습니다만 나루세 리에코 씨와 미야타 씨의 사이가 좋았었나요?" 이마니시가 물었다.

"글쎄요, 그렇지 않았던 것 같은데요……. 이봐요, 그런 이야기 들은 적 없지요?"

아키코가 옆에 서 있는 젊은 남자 배우를 돌아보았다. 그런데 그는 엷은 웃음을 띠었다.

"실은 그런 소문이 있긴 했습니다."

"뭐라구요?" 아키코가 눈을 번뜩였다.

"아니, 두 사람이 특별히 사이가 좋았다는 뜻은 아닙니다." 입을 잘못 놀린 남자 배우가 변명하듯 말했다. "나루세 씨는 좋아하지 않았던 모양인데, 미야타 씨는 상당히 열렬했던 것 같았습니다. 그것은 저희 눈에도 띄었습니다."

"그래요? 어처구니없군." 스기우라 아키코가 얼굴을 찌푸렸다.

이 설명엔 이마니시도 납득이 갔다. 그는 전에 나루세 리에코가 사는 아파트 아래서 휘파람을 불며 어슬렁거리던 미야타를 보았다. 그것을 보아도 미야타가 나루세에게 열렬했다는 것을 알 수 있었다.

그런데 나루세 리에코는 분명히 실연한 듯한 글을 써 놓고 죽었다. 그 상대가 미야타 구니오가 아니었다는 것은 확실했다. 그렇다면 나루세 리에코가 죽음을 결심할 만큼 마음을 쏟았던 남자는 누구란 말인가?

이마니시는 나루세 리에코에게 다른 연인이 있었는가를 물었다.

"글쎄요, 그런 사람이 없었을 텐데요. 어쨌든 우린 잘 모릅니다만 나루세 씨는 성격이 수수한 편이었습니다. 방금 말한 미야타 씨도 상대하지 않았다고 말하는 편이 옳을 겁니다. 만약 그녀의 자살이 실연이라면, 그녀의 연인은 우리가 모르는 사람이 되겠지요." 남자 배우는 대답했다.

"그렇군요. 나루세 씨는 배우가 아니고 사무 직원이니까 저는 잘 모르지만, 그런 연인이 있는 듯한 태도는 보이지 않았어요." 아키코가 거들었다.

극단 사람들이 다 모르는 나루세 리에코의 연인……. 그 사람이야말로 이마니시가 알고 싶은 가마타 살인 사건의 범인이었다.

3

좌담회는 밤 8시 반에 끝났다. 평론가 세키가와 시게오는 회의장인 요정에서 나왔다. 옥외등 그늘에 검은 대형 자동차가 기다리고 있었다.

"세키가와 선생님, 지금 바로 댁으로 돌아가시겠습니까?" 잡지사의 편집장이 말했다.

"아뇨, 잠시 들를 데가 있어서……." 세키가와는 미소를 지었다.

"그럼 어디까지 모셔다 드릴까요?"

"이케부쿠로까지 태워다 주시면 좋겠습니다."

"그럼, 요시오카 선생님과 같은 방향이니까 함께 가시지요."

작가인 요시오카 시즈에〔吉岡靜枝〕 여사가 세키가와가 앉은 옆자리로 작은 몸집으로 비집고 들어왔다.

"도중까지 동행하겠습니다."

요시오카 여사는 마흔이 넘었는데, 독신인 탓도 있어 나이보다 훨씬 젊어 보였다. 이 여류작가는 무슨 이유인지 언제나 외출할 때는 중국옷을 입었다. 그 옷이 자기에게 제일 잘 어울린다는 자신을 가진 모양이었다. 자동차는 주최 측의 배웅을 받고 회의장인 아카사카에서 떠나 의사당 옆 고갯길을 올랐다.

"세키가와 씨, 오늘 밤 처음으로 세키가와 씨를 뵙고 전 정말 반가웠어요. 꼭 한 번 뵙고 싶었어요."

요시오카 여사가 조금 달콤한 목소리를 냈다.

세키가와는 무뚝뚝하게 담배를 피웠다.

"요전에 당신이 쓰신 평론을 읽고 전 감탄했어요. 정말이에요. 전 요즈음 글을 쓰면서도 자신의 방향을 몰라 힘들었어요. 그런데 당신이 쓰신 평론을 보니 제가 나아갈 길을 알 것 같았어요."

"그렇습니까?"

"정말이에요. 언제나 당신이 쓰신 평론은 주의깊게 살펴보고 있어요. 요전에 쓰신 글에서는 상당히 배울 게 많았어요."

창으로 흘러들어오는 가로등 불빛에 그녀가 입은 중국옷이 반짝거렸다.

"오늘 밤 좌담회에서도 당신 이야기는 아주 훌륭했어요. 전 정말 오늘 오기를 잘했다고 생각해요. 전 좌담회 같은 걸 정말 싫어해요. 평소엔 거절하는데, 오늘 세키가와 씨가 오신다는 말을 듣고 급히 수락했어요. 와서 새 시대의 문학을 배웠다는 생각이 들어서요."

그녀는 계속 수다를 떨었다.

"전 세키가와 씨를 만날 수 있어, 어쩐지 앞으로 좋은 글을 쓸 수 있을 것 같아요."

40세 여류작가는 존경심을 품고 27세의 청년 평론가에게 몸을 바싹 붙였다.

"그것 다행이군요."

세키가와는 입가에 엷은 비웃음을 띠었다. 그 뒤로도 그녀는 말을 계속했다. 새 시대의 문학에 자기들도 눈을 돌리지 않으면 안 되겠다, 그러려면 확실한 이론을 가져야겠다, 그렇기 때문에 세키가와 씨에게서 여러 가지 가르침을 받아야겠다는 등 그녀의 집이 있는 반에 갈 때까지 쉴새없이 지껄였다.

여류작가는 반 마을에서 내렸다. 세키가와는 코끝에 냉소를 띠었다. 자동차가 이케부쿠로 가까이 갔다. 운전사가 어디다 세우면 되는가를 손님에게 물었다. 역전이면 된다고 세키가와는 대답했다.

세키가와는 역전에서 택시로 바꿔 탔다. 그는 택시 운전사에게 시무라 쪽으로 가자고 일렀다. 전차 궤도가 헤드라이트에 비쳐 반짝이며 흘러갔다. 세키가와는 담배를 피웠다. 한참 가니 오르막길이 나왔다. '시무라 고개'라는 정류소의 빨간 표지가 보였다. 세키가와는 여기서 내렸다.

전찻길은 높은 곳에 있었다. 비탈 아래로 불 켜진 집들이 보였다. 세키가와는 전찻길에서 갈라진 길을 돌았다. 어두운 곳에 젊은 여자가 서 있었다. 그녀는 세키가와를 보자 빨리 다가왔다.

"당신이에요?"

세키가와는 말없이 고개를 끄덕였다.

"겨우 와 주셨군요. 기뻐요."

여자는 세키가와 옆에 바싹 붙어 걸었다.

"기다렸어?"

"네, 한 시간쯤."

"좌담회에서 시간이 걸려서 말이야."

"그럴 거라고 생각했어요, 저도. 혹시 오지 않으실까 싶어 걱정하고 있었어요."

세키가와는 대답하지 않았다. 여자가 세키가와의 팔을 끌어다 겨드랑이에 끼웠다. "오늘 밤엔 가게를 쉬었나?" 세키가와가 낮은 목소리로 말했다.

"네, 당신을 만나는걸요. 밤 직업을 가지고 있으면 부자유스러워요."

"이번 하숙은 어때?"

"네, 아주 좋아요. 주인 아주머니가 친절히 해 줘요. 전보다 훨씬 좋아요."

"그래?"

두 사람은 묵묵히 걸었다. 불빛이 아주 적어졌다.

"즐거워요. 당신을 만날 때뿐이에요, 제 행복은. 이런 때만 행복을 느껴요."

세키가와는 여전히 말이 없었다.

"당신은 그렇지 않겠지만……?"

"……."

"전 벌써부터 눈치채고 있는데, 당신은 이렇게 저와 만나는 외에 따로 좋아하는 분이 있죠?"

"그런 사람 없어."

"그럴까요? 하지만 문득 그런 생각이 들곤 해요. 제 그릇된 추측일까요?"

"그래."

"아뇨, 이것이 제 직감이라고 생각되는 때가 있어요. 이런 생각이 떠오르면 되도록 지우려고 하는데도 지워지지 않아요."

"그렇게 나를 믿을 수 없나?"

"아뇨, 믿고 있어요. 하지만 제 직감이 맞다고 해도 좋아요. 제가 당신의 유일한 여자가 아니라도 좋아요. 달리 좋아하는 분이 있어도 괜찮아요. 다만 저를 버리지 말아 주세요."

건너편에 여관 불빛이 보였다.

두 사람은 그 집에서 나왔다. 에미코는 세키가와의 팔에 매달려 걸고 있었다. 어두운 길이었다. 어두운 저쪽에서 전차 소리가 쓸쓸하게 들렸다.

"어머, 아직도 전차가 있군요." 그녀가 그의 어깨에 뺨을 대고 말했다.

"막차겠지."

세키가와가 담배를 버렸다. 빨간 불이 땅바닥에서 자그맣게 빛났다. 에미코는 하늘을 보았다. 별이 하늘 가득히 나와 있었다.

"밤이 깊었군. 저곳에 오리온자리가 있어." 세키가와가 말했다.

"오리온이 어느 별이에요?"

"저기, 저거야." 세키가와는 손가락으로 하늘을 가리켰다. "돛대의 불빛처럼 별이 세로로 예쁘게 세 개 나란히 있지? 그것을 에워싸듯 네 개의 별이 둘러 있는 거야."

"아아, 저거?"

"가을이 되면 저 별이 나와." 멈춰 섰던 두 사람은 다시 천천히 걸었다. "겨울이 되면 저 별자리가 맑은 대기 속에서 반짝반짝 빛나지. 저것이 나올 무렵이 되면 '아아, 이제 가을이 됐구나' 하고 생각하게 되지."

"별에도 정통하시군요?"

"그렇지 않아. 어릴 때 어떤 사람이 있었는데…… 벌써 죽었지만 그 사람이 나에게 여러 가지를 가르쳐 주었어. 그래서 별에 대해서도 알아. 내 고향은 시골인데, 산에 둘러싸여서 하늘이 좁아. 그래서 밤에 가까운 산봉우리에 올라가 그 사람이 별을 가르쳐 주곤 했어. 그곳에 올라가면 좁은 하늘이 단번에 넓어져서 아주 재미있었어."

"당신 고향은 그렇게 산중인가요?"

"응, 깊은 산골이야. 삼면이 산으로 둘러싸여 있어. 한쪽밖에는 하늘이 열려 있지 않아."

"뭐라는 곳이에요?"

세키가와는 한동안 말이 없었다.

"말해도 넌 몰라."

"어느 쪽이에요? 아아 그렇지, 아키타 현이라고 무슨 책엔가 나와 있었어요."

"아키타 현이라……. 아아, 그렇게 돼 있지."

"이상하군요, 그렇게 돼 있다니?"

"그런 거야 아무려면 어때? 하여간 네 말대로 나 같은 직업을 가진 사람은 여러 가지를 알아 두지 않으면 안 돼." 세키가와는 이야기를 바꾸었다. "내일 밤엔 또 음악회에 끌려 나가 뭔가 쓰지 않으면 안 돼."

"바쁘시군요. 어느 음악회인가요?"

"와가의 음악회야. 신문사 부탁으로 그만 가볍게 수락했는데 마음이 조금 무거워."

"와가 씨 음악은 굉장히 새롭겠죠? 뭐라더라…… 전위 음악이라고 하던가요……?"

"그래, 뮤지크 콩크레트(2차 대전 후에 생긴 전위음악의 한 종류)라고 해. 지금까지 그걸 먼저 해 온 사람이 있어. 와가는 거기에 착안하고 시작했어. 어차피 녀석은 그런 것밖에 못해. 독창성이라는 게 전혀 없어. 남의 것을 나중에 끼어들어 가로챈단 말이야. 그거야 쉽지."

4

무대에는 빨간 커튼이 드리워져 있었다. 장식이라고 하면 그 중앙에 기괴한 모양의 조각상이 놓여 있을 뿐이었다. 그것은 눈이 내린 것처럼 새하얗다. 흰색과 빨간색의 대조는 비할 수 없이 강렬하게 보였다.

게다가 아주 표현하기 어려운 형상을 지니고 있었다. 동굴인가 하면 그렇지 않고, 우주의 형상인가 하면 그것과도 다르고, 광야에 있는 큰 나무뿌리인가 하면 그것이라고 말할 수도 없었다. 요컨대 형태 그 자체가 없다고 하는 편이 좋겠다. 전위 조각상에는 형상이라는 관념이 필요 없었다. 조각상이라고 했지만, 이것은 전혀 새로운 전위 꽂꽂이 같았다. '누보 그룹'의 한 조각가가 같은 그룹의 와가 에이료를 위해 오늘 밤 리사이틀 무대를 장식한 것이다.

음악회에 가 본 사람에게는 이것은 도저히 연주회라고 생각할 수가 없었다. 연주가가 한 사람도 없는 것이다. 소리는 그 조각상을 놓아 둔 커튼 안쪽에서 들려 왔다. 소리가 흘러나오는 곳은 중앙뿐이 아니었다. 관객의 머리 위와 다리 아래에서도 감싸는 듯한 소리가 들려 왔다. 입체적인 효과 때문에 각각의 위치에 스피커가 장치되어 있었다. 기괴한 음악이 이 ××홀에 있는 청중의 머리 위를 흘러갔다. 아니, 이런 표현은 적당하지 않다. 음악은 아래쪽에서도 솟아나고 있었으니까.

청중은 해설서를 읽었다. 그럼으로써 작곡가의 의도를 알고, 흐르고 있는 이 음악을 이해하려고 노력했다. 청중은 많았다. 거의 젊은 사람들이었다. 여기에는 심각한 듯 고개를 숙이거나 눈을 감고 있는 사람은 없었다. 오래된 명곡을 듣는 것이 아니었다. 말하자면 오선을 쫓지 않고, 감상이 필요하지 않은 새로운 음악이었다. '적멸(寂滅)'이라는 곡이었다. 석가가 입적할 때, 모든 생물이 통곡하고 천지가 울었다는 전설이 이 '소리'의 모티프인 모양이었다. 이 날 밤 와가의 리사이틀에서는 이 곡이 마지막 곡이었다.

그 음색은 울부짖고, 떨리고, 외치고, 흔들렸다. 그것이 강하게 약하게 계속되었다. 금속성 소리, 둔한 소리, 사람의 떠들썩한 웃음소리 비슷한 소리가 여기서는 분해되고, 종합되고, 긴장되고, 이완되고, 정지되고, 고조되었다.

청중이 황홀하게 이 음악에 몰입하고 있다고 할 수는 없었다. 어떤 사람이나 새로운 음악을 이해하려고 얼굴을 찡그린 채 가슴을 펴고 있었다. 이해하기 어려워도 듣고 있으면 매우 새로운 데가 있는 것처럼 느껴졌다. 어느 표정에나 이해를 초월한 추상화 앞에 선 것처럼 당혹과 무지, 그리고 상쾌함이 교차되고 있었다.

지적이고 답답한 음악회였다. 사람들은 귀보다도 두뇌의 노동에 피로했다. 여기서는 이해하기 어렵다는 표정을 나타내면 안 된다. 청중은 이 음악 앞에서 열등감에 빠져 있었다.

음악이 끝났다. 굉장한 박수 소리가 일어났다. 무대에 눈부시게 화려한 오케스트라가 늘어 앉아 있지 않은 것이 이 박수의 행방을 모호하게 했지만, 이윽고 칭찬의 대상이 무대 오른쪽에 나타났다. 검은 양복을 입은 와가 에이료였다.

세키가와는 분장실로 갔다. 문에서부터 사람이 차 있었다. 그렇지 않아도 좁은 방이었다. 방 한가운데에 있는 세 테이블 위에 맥주와 오르 되브르(서양 요리에서 식욕을 돋우기 위해 식사 처음에 나오는 간단한 채소. 애피타이저라고도 함.) 접시가 놓여 있었다. 이것을 둘러싸고 많은 사람들이 꼼짝도 못하고 서 있었다. 담배 연기와 이야기 소리가 방 안에 꽉 찼다.

"여어, 세키가와." 바로 옆에서 세키가와의 어깨를 두드리는 사람이 있었다. 건축가인 요도가와 류타였다. "늦었군."

세키가와는 고개를 끄덕이고 사람들 어깨 사이로 몸을 비스듬히 넣어 앞으로 나왔다.

와가는 무대에서 인사할 때 입었던 옷을 그대로 입은 채, 방 가운데에 미소 지으며 섰다. 옆에는 순백색 칵테일 드레스를 입은 다도코로 사치코가 나란히 서 있었다. 희고 가는 목에는 진주 목걸이가 세 겹으로 감겨 있었다. 그 정성들인 디자인의 드레스를 입은 그녀는 그대로 패션 무대에 내세워도 좋을 만큼 화려하고 아름다웠다. 세키가와는 사람들을 가르고 와가 앞으로 갔다.

"축하해." 세키가와는 이날의 주인공인 친구에게 웃어 보였다.

"고마워." 와가는 맥주를 손에 들고 인사했다. 세키가와는 시선을 옆에 있는 여류 조각가에게로 옮겼다.

"사치코 씨, 축하합니다."

"감사합니다."

와가의 약혼녀이니, 같은 답례를 해도 우습지 않았다.

"세키가와 씨, 어땠어요? 어머, 어쩐지 무서워요, 의견을 여쭈어본다는 것이." 사치코는 아래에서 올려다보듯 세키가와를 바라보며 웃었다.

"신랄한 비평가에게 여기서 무슨 말 못 하도록 하는 게 좋을 거야." 와가가 농담 비슷하게 계속 말했다. "하여간 축하한다고 해 주었으니까 말이야. 지금은 그대로 받아들이겠어. 하긴 나는 자네의 축하한다는 말을 청중이 많이 들어와서 축하해 주는 거라고 조심스럽게 해석하고 있어."

"좋지 않은가?" 세키가와가 응수했다. "요즈음 이만 한 손님을 모은 리사이틀이 없었으니까."

"정말 굉장했어요. 세키가와 선생님, 음악이 멋지니 청중이 많이 들어온 거죠?"

가수 무라카미 준코의 목소리가 세키가와 바로 뒤에서 들렸다. 몸은 언제나 마찬가지지만 새빨간 슈트로 싸여 있었다. 그녀는 멋진 용모에도 자신을 갖고 있어, 웃는 얼굴이 대담하고 요염했다. 무대에 서면 무대가 빛나는 큰 얼굴이었다.

"그런 이야기가 되겠지요." 세키가와가 웃으며 동의했다.

"자아 선생님, 잔을 드세요."

세키가와는 가수가 따라 주는 술을 받았다. 세키가와가 다소 과장되게 컵을 눈높이까지 쳐들고 와가와 사치코를 보았다.

"성공을 축하해."

사치코가 요란스럽게 웃었다. "세키가와 씨, 신사시군요?"

"전 언제나 신사입니다."

세키가와는 사치코가 한 말과 거기에 포함된 뜻을 정면으로 받았다.

분장실에서 나눈 간단한 건배였는데, 마치 축하회처럼 푸짐했다. 굉장히 사람이 많았다. 와가 에이료를 중심으로 몇 겹이나 둘러싸고 있었다. 그런데도 자꾸자꾸 사람이 밀려 닥쳤다. 문을 닫을 수가 없어 아주 열어 놓았다.

"굉장한 인기로군." 세키가와의 귀에 건축가인 요도가와가 속삭였다.

"음악가는 좋겠어. 나 같은 사람은 아무리 집을 지어도 이렇게 사치스런 축하회를 열어 주지 않으니까 말이야."

건축가가 부러워하는 것도 무리가 아니었다. 음악 애호가뿐 아니라 전혀 관계가 없는 사람들도 와가의 주위에 얼굴을 나타내고 있었다. 그것도 나이 든 사람들이 많았다.

"저 사람들은 모두 다도코로 사치코 아버지와 관계있는 사람들이야. 사위도 대단해." 요도가와가 작은 소리로 말했다.

"그렇게 부러워 마. 본인에겐 귀찮은 일이야." 세키가와는 와가 쪽으로 등을 돌리고 떨어져 있었다.

"아니, 와가의 표정을 보니 그렇지도 않아." 요도가와는 계속했다. "꽤 만족스러워 보이는데……?"

"아냐, 자기 예술이 보다 많은 사람으로부터 인정받아 기뻐하는 거야."

"자네다운 야유군. 그런데 대체 오늘 밤 청중 가운데 몇 명이나 와가의 음악을 이해했을까?"

"자네, 조심해서 말해야 돼." 세키가와가 나무랐다.

"나는 자네처럼 말을 돌려서 할 줄 몰라. 솔직한 말을 그대로밖에는 못하는 사람이어서." 건축가는 조금 얼굴이 붉어졌다.

"이상한 말을 하는군."

"사실이야. 어쨌든 나는 잘 몰랐으니까 말이야."

"전위 건축을 하는 자네가 말인가?"

"자네 앞이니까 창피하게 생각하지 않아도 돼."

"민중은 항상 선구적인 난해함에는 손을 들지만, 머지않아 그것에 익숙해지는 법이야. 그 순응이 이해로 인도해 주는 거야." 비평가 세키가와가 의견을 말했다.

"자네는 모든 예술이 그렇다는 것을 와가의 경우에도 뜯어 맞출 작정인가?"

"개인적인 이야기는 그만두자구." 세키가와가 말을 피했다. "좌우간 여기서는 예의가 필요하니, 내가 하고 싶은 말은 나중에 신문에서 읽어 줘."

"자네의 본성을 말이지?"

"그런 거지. 서로가 이러니저러니 말들 하지만 어쨌든 와가는 훌륭해. 하고 싶은 짓을 마음대로 할 수 있으니 말이야."

"그런데 그것은 그의 풍족한 환경 탓이 아닐까? 누구나 그만큼 조건이 좋으면 자신이 생기는 법이야. 실제로 척척 이루어지니까 말이야. 다도코로 장관의 사위라는 사실만으로도 저널리즘이 돌아보게 돼 있어."

"세키가와 씨, 내일 조간이니까요, 저녁 5시까지는 꼭 써 주십시오."

키가 큰 신문사 사람이 세키가와의 팔을 찌르며 말했다.

와가 에이료의 작품 발표회에 갔다. 청중 가운데는 어리둥절한 표정을 짓는 사람이 많았다. 무리도 아니다. 무대에는 연주하는 사람도 없고, 악기 하나 놓여 있지 않으니. 있는 것은 조명과 추상적인 조각뿐이었다. 머리 위, 등 뒤, 발 아래에서 울려퍼지는 스피커 소리가 귀를 압도했다. 뮈지크 콩크레트는 현악기나 관악기의 세계와는 완전히 인연을 끊은 음악이었다. 그곳에 있는 것은 진공관의 발진(發振)에 의한 음계 제작이고, 자기 테이프에 의한 인공적인 조정──리듬, 강약, 점증, 점감, 충동 등으로 구성되었다. 작곡가의 정신적 창작이 전자 공학이라는 물질적 생산 수단과 결합한 작품이었다. 기존 관현악기에서 얻을 수 없는 음색을 이 방법으로 추구하고, 그 풍부한 소재를 조형하면서 과연 이념이 따라붙을 수 있는가 없는가가 그날의 문제였다. 청중의 얼굴은 그렇게 말하고 싶은 듯했다. 전위 작곡가 그룹은 '이론, 이론' 하는데, 음악의 모든 주요 매개변수에 의한 조직적 변주의 작곡이라는 사상은 작곡가의 이론이나 착상과는 별개의 것이다. 이 새로운 전위적인 수법이, 단지 연주가를 요구할 이유가 없어져 버렸다는 부차적인 문제를 얄궂게도 작곡가 자체의 관념 부재로 대치할 것 같았다. 적어도 그런 위험이 있었다.

와가 에이료의 이번 발표를 듣고, 필자 한 사람만이 이 위험을 느꼈을까? 필자는 감각적인 발상이라는 정신이 공학적 기법이라는 공업과 분리되고, 관념이 공업 기술에 의해 휘둘려지는 감상을 여기서도 갖지 않을 수 없었다. 전자 음악에 의한 예술적 표현이 불가능하다고 하는 선험적인 이유는 둘째 치고, 소재를 완전하게 구사한다는 순수예술적인 예술 이전의 문제에 그들은 이제 본격적으로 덤벼들어야 하지 않을까? 그들은 현재 너무 수리적 조작에 정신을 빼앗겨, 오로지 관념이 그 뒤를 받드는 경향이 보인다. 현실에 내재하는 내적 감각을 이 새로운 음악 법칙에 귀납시킨다는 것은 용이하지 않다. 그렇다고 해서 현재의 방법을 안이하게 받아들일 수는 없다. 필자의 말이 다소 지나칠지 모르나 이것은 항상 선구자에게 던져지는 가혹한 영광이다. 와가 에이료는 이 발표회에서도, 그 모티프를 불교 설화나 고대 민요 등의 동양적인 명상 또는 예술적인 영감에서 구했다. 그런데 그러한 발상에서 나온 형식의 고색 찬연함이, 늘 새로운 것은 고전에 순환한다는 통속적인 현상에서 벗어나지 못했다. 더구나 그 음렬의 설정은 인공적인 질서에 따랐을 뿐, 내적 의욕과는 거리가 먼 것이었다. ……

이마니시 에이타로는 여기까지 참고 읽다가 신문을 내던졌다. 신문에 실린 음악평은 아직도 3분의 1이나 남아 있었다. 그러나 도저히 끝까지 읽을 만한 끈기가 없었다. 그는 무슨 말인지 통 알 수 없었다. 그가 식탁을 앞에 하고 이 기사를 읽을 생각이 든 이유는, 세키가와 시게오라는 필자의 얼굴 사진이 눈에 띄었기 때문이었다. 그리고 이 필자가 비평한 와가 에이료라는 사람도 이마니시가 모르는 사람이 아니었다. 세키가와 시게오는 언젠가 동북 지방에 출장 갔을 때 우고 가메다 역에서 본 '누보 그룹'의 한 사람이었다. 그때 요시무라 형사가 그들의 이름을 가르쳐 주었다. 씩씩한 그들의 젊은 모습이 눈에 선했다. 세키가와는 젊은데도 머리가 여간 좋은 게 아닌 모양이다. 이마니시는 세키가와가 쓴 문장을 이해할 수 없었다.

이마니시는 남은 밥을 입에 넣고 차를 따랐다.

5

이마니시는 전차를 타고 기치조지에서 내렸다. 그는 죽은 배우 미야타 구니오의 주소를 수첩에 적어 두었다. 고마고메 ××번지는 기치조지 바로 옆이었다. 꽤 구식 아파트였다. 아파트 소유자인 부인이 나왔다. 경찰청에서 왔다고 하니 걱정스러운 얼굴을 했다.

"죽은 미야타 씨에 관해 조금 물어보려고 왔습니다." 이마니시가 말했다.

"수고가 많으십니다. 그런데 미야타 씨가 무슨 일을 저질렀습니까?"

두 사람은 입구 옆 그늘에 서서 이야기했다.

"아니, 미야타 씨가 무슨 일을 저질렀다는 것이 아닙니다." 이마니시가 익숙한 솜씨로 상대방의 마음을 가볍게 했다. "저는 미야타 씨의 팬인데, 아깝게 돌아가셔서 실망했습니다."

"정말 그래요." 부인에겐 아직 불안한 빛이 남아 있었다.

"댁에선 얼마나 있었습니까?"

"글쎄요, 벌써 3년 됐나요?"

"배우란 무대에서 떠나도 생활이 우리 상상과는 다른 법인데, 미야타 씨는 어땠습니까?"

"좋은 편이었어요. 얌전하고 착실했어요." 부인은 별로 흠잡을 데 없다고 칭찬을 했다.

"친구들을 데리고 와서 떠드는 일은 없었습니까?"

"그런 일은 별로 없었어요. 심장이 약하다고 술도 별로 마시지 않는 것 같았고, 몸을 아주 소중히 하고 있었어요. 배우치고는 드물게 조용한 분이었어요."

"엉뚱한 것을 묻습니다만, 미야타 씨는 지난 5월 중순경 동북 지방으로 여행하지 않았습니까?"

"네, 했어요." 부인은 바로 대답했다.

"했습니까?" 이마니시는 전등이 켜진 듯이 눈을 빛냈다. "그게 정말입니까?"

"틀림없어요. 아키타에서 사 온 선물까지 받았으니까요. 설탕에 절인 머위와 목각 인형을 받았어요."

"그렇다면 틀림없군요." 이마니시는 솟구쳐 오르는 기쁨을 감추었다. "역시 5월 중순이었습니까?"

"네, 그 무렵이었어요. 기다려 주세요. 제 일기를 보고 오겠어요."

"허어, 일기를 쓰십니까? 그렇다면 정확하겠군요."

이마니시는 기뻤다. 부인은 방 안으로 들어가더니 곧 나왔다.

"5월 22일에 미야타 씨에게서 선물을 받았어요."

부인은 선물 받은 것만 일기에 기록한 모양이었다.

"그건 돌아왔을 때겠군요. 그렇다면 미야타 씨는 동북 지방 여행을 며칠 동안이나 했습니까?"

"글쎄요, 4일 정도였다고 생각해요."

"그때 미야타 씨가 무슨 말을 하지 않았습니까?"

"마침 공연하는 작품이 없으니 이 참에 놀러 갔다 오겠다고 했어요. 돌아와서야 여행지가 아키타였다는 걸 알았어요."

"짐은 많았습니까?"

"뭔지 모르지만, 슈트케이스가 불룩했어요."

이마니시는 아파트에서 나와, 공중전화로 가마타 경찰서의 요시무라를 불렀다. 두 사람은 시부야에서 만났다. 마침 점심시간이어서 그들은 메밀 국수집으로 들어갔다.

"뭔가 큰 수확이 있는 듯한 얼굴이시군요?" 요시무라가 이마니시의 표정을 보고 물었다.

"그렇게 보이나?"

"예, 몹시 기쁜 표정이신데요?"

"그래?" 이마니시는 씁쓸히 웃었다.

"실은 말이야, 자네와 동북 지방으로 출장 갔던 목적이 이제야 이루어졌어."

"그래요?" 요시무라는 눈이 휘둥그레졌다. "그 남자를 알아냈습니까?"

"알았어."

"용케 알아 내셨군요. 어디서 단서를 잡으셨습니까?"

요시무라가 말한 '그 남자'란, 말할 것도 없이 가메다 거리를 어슬렁거리고 다녔다는 이상한 청년을 가리킨다. 마른 국수 가게 앞에 서 있기도 하고 강가에 누워 있기도 했다는, 그 지방에서는 본 일이 없었다는 노동자풍의 청년.

"단서는 내 직감이었어. 그것이 딱 맞았어."

"자세히 이야기해 주십시오."

주문한 메밀국수가 나와 이마니시의 이야기가 끊겼다.

"실은 요전에 연극 배우가 심장 마비로 죽었어."

"아아, 신문에서 읽었습니다. 미야타 구니오란 사람 말이지요?"

"그래그래, 자네 알고 있었나?"

"이름만 알고 있습니다. 하긴 연극은 별로 보지 않습니다만. 죽었다는 기사를 읽고 기억했습니다. 장래가 유망한 신인이었다고 씌어 있었으니까요."

"그 남자야."

"예, 뭐라구요?" 요시무라 형사는 하마터면 젓가락을 놓칠 뻔했다.

"그 미야타가 가메다에서 서성거리던 남자란 말이야."

"어떻게 그걸 알아 내셨습니까?"

"가만 있어. 천천히 이야기할게."

이마니시는 젓가락에 국수를 말아 양념 국물에 적셨다가 들이마셨다. 요시무라도 그랬다. 한동안 국수 들이마시는 소리만 들렸다.

"실은 말이야, 요시무라." 이마니시가 차를 한 모금 마시고 나서 말했다. "오늘 아침 신문을 보니, 우리가 돌아오는 길에 역에서 본 그 왜 누……."

"누보 그룹 말인가요?"

"그래, 그 누보 그룹의 한 사람이 신문에 나와 있었어. 아니, 그 사람과는 관계가 없는 일이지만 말이야. 연상이라는 것은 이상해. 난 말이야, 미야타 구니오라는 사람을 조금 염두에 두고 있었어. 그 이유는 나중에 이야기하겠어. 그런데 그가 중요한 때에 죽었어. 물론 심장마비니까 수상히 여길 만한 점이 없었지만, 오늘 아침에 신문을 읽고 있는데 '이 녀석, 배우지?' 하고 연상되었어. 배우라면 어떤 연기라도 할 수 있어. 그리고 분장도 자유자재로 할 수 있어. 특히 연극 배우니까 말이야. 그때 '녀석, 혹시 가메다에 가지 않았나?' 하는 생각이 내 머리를 스쳤어."

"그래, 그 생각대로였군요? 미야타 구니오가 아키타에 간 것은 확실했습니까?"

요시무라는 이마니시의 얼굴을 들여다보듯 하며 물었다.

"아파트에 들러 주인 아주머니에게서 확인했어. 미야타 구니오는 5월 18일경부터 나흘 동안 아키타에 가 있었어. 부인은 일기를 쓰고 있었으니까 틀림없다고 했어. 우리가 아키타에 간 것이 5월 말이었지? 그러니까 대강 날짜가 맞아. 죽은 사람은 말이 없으니 그에게서 들을 수는 없지만, 이건 틀림없어."

이마니시는 남은 국수를 먹었다.

"아아, 그래요? 그런데 용케 미야타 구니오를 생각하셨군요?"

"그것이 연상이야. 오늘 아침 그 누보 그룹의 어려운 비평을 읽다가 생각했어. 그 신문을 읽은 것은 가메다 역에서 그 사람들을 보았다는 반가움 때문이었어. 그런데 요전 날부터 조사하고 있던 미야타 구니오와 아키타가 문득 결부되지 않겠나?"

"이마니시 씨의 직감이 제대로 적중한 거로군요."

"아니, 거기까지는 괜찮아. 문제는 미야타 구니오가 무엇 때문에 가메다에 갔느냐 하는 거야."

"그렇군요."

"그는 가메다에 가서 아무것도 한 일이 없어. 어쩌면 아무것도 하지 않는 것이 그의 목적이었는지도 몰라. 그는 이상한 노동자 꼴을 하고 그 거리를 배회했어. 평소에 입던 미야타 구니오의 복장이 아니었어. 그리고 그곳 사람들은 모두 한결같이 말했어. 그 사람은 언제나 고개를 숙이고, 정면으로 얼굴을 보이지 않았다고 말이야."

"아, 과연!"

"그래도 그런 시골에서는 어딘지 두드러진 데가 있었던 모양이지. 한 여종업원이 '색은 검지만 콧날이 선 잘생긴 얼굴'이라고, 꽤 정확히 그의 용모를 말했어."

이마니시는 요시무라와 마주 보았다.

"알 수 없군요. 무엇 때문에 그런 변장을 하고 가메다를 어슬렁거렸을까요?" 요시무라가 이마니시에게 말했다.

"모르지. 하여간 미야타는 아무것도 하지 않았어. 단지 걸어 다니기만 한 거야. 남의 가게 앞에 서 있거나, 강가에 누워 있거나 하는 일만 했어."

"잠깐 기다려 주십시오." 요시무라가 이마에 손을 댔다. "그게 목적이 아니었을까요? 말하자면 그런 모습을 남에게 보이고 싶었던 게 아닐까요?"

"바로 그래. 나도 그렇게 생각해." 이마니시가 고개를 끄덕이며 대답했다.

"미야타는 가메다 사람들에게 그 모습을 보이러 간 거야. 바꾸어 말한다면 그는 남의 인상에 남도록 행동했어. 그렇지? 다만 그 거리를 지날 뿐이라면 아무에게도 인상이 남지 않아. 그래서 그는 일부러 남의 눈에 띄는 짓만 했어."

"무엇 때문일까요?"

"우리는 미야타 구니오의 그 분장에 속은 거야." 이마니시가 요시무라의 질문에 바로 대답하지 않고 말했다. "이상한 남자에 관한 소문은 그 지방 경찰의 귀에 들어갔어. 이것은 가마타 살인 사건으로 이쪽에서 의뢰했기 때문에 지방 경찰이 탐문 수사를 한 결과 알게 되었지만."

여기까지 말했을 때 요시무라의 눈이 빛났다.

모색

1

이마니시는 요시무라와 함께 시부야 역에서 이노카시라선을 탔다. 도중에 시모기타자와 역에서 오다큐선으로 갈아타고, 여섯 번째 역에서 내렸다. 역전에 있는 짧은 상점 거리를 지났더니, 신개발지인 듯한 주택지가 잡목 숲 사이로 보였다. 벼가 익어 가고 있었다.

두 사람은 버스가 지나는 길을 걸었다. 논 너머 주택 뒤로 숲이 보였다. 그 숲은 다시 주택이 있는 언덕으로 이어져 있었다. 교외다운 풍경이었다.

"여기야."

이마니시가 걸음을 멈추었다. 요시무라가 원해서 그들은 미야타가 심장 마비로 죽었다는 지점에 온 것이다.

"아, 여깁니까?" 요시무라는 이마니시가 가리키는 쪽으로 눈을 돌렸다. 국도에서 5미터쯤 좁은 길로 들어간 곳이었다. 발밑에는 여름 풀이 무성했다. "버스 정류장이 바로 저기군요."

그때 버스가 두 사람에게서 1미터쯤 떨어진 곳에 손님을 내려놓고 있었다.

"이렇다면 반드시 미야타가 버스를 기다리고 있었다는 생각이 무리라고 할 수는 없겠습니다."

"그래. 아, 요시무라. 저 버스 차장에게 이곳을 지나는 밤 8시경의 버스가 정확히 몇 시와 몇 시에 있는지 물어보고 오게."

이마니시는 갑자기 생각난 듯 말했다. 요시무라가 뛰어갔다. 그는 막 발차하려고 발판에 발을 올려놓은 차장을 붙들고 물었다.

"알아 왔습니다." 요시무라가 보고했다. "7시 40분에 세이조행 버스가 지나간답니다. 8시에는 기치조지행 버스가 지나고, 10분 뒤에는 다시 세이조행이 지나간답니다. 그 뒤 20분쯤 있다가 다시 지토세 카라스 산에서 세이조로 가는 버스가 지나간답니다. 그 뒤는 상하선이 다 20분 간격이니 여기서는 약 10분마다 버스가 왕복한다는 계산이 됩니다."

"꽤나 자주 지나가는군. 미야타 구니오의 사망 시각은 대개 오후 8시로 돼 있어. 미야타가 이 정류장 부근에서 기다리고 있었다고 가정하면, 버스가 대개 10분 간격으로 지나간다니까 그 사이에 심장 마비가 일어났다고 할 수 있어. 물론 이 10분간은 정확하지 않아. 반드시 상하선이 여기를 그 간격으로 지나간다고 할 수는 없으니 다소의 차이는 있겠지. 어쨌든 그렇게 오래 기다리진 않았을 거야. 그 사이에 심장 마비가 일어났다면 미야타는 어지간히 운이 나빴던 거야."

이마니시의 중얼거림은 자신을 타이르는 것 같았다. 그러나 요시무라에게는 이 혼잣말이 들리지 않았다. 요시무라는 이마니시와 떨어져 길 옆 밭 사이를 거닐고 있었기 때문이다.

"이마니시 씨." 요시무라가 밭 사이에서 허리를 굽힌 채 불렀다. 이마니시는 요시무라가 부르는 곳으로 갔다. "이런 것이 떨어져 있습니다."

요시무라가 땅 위를 가리켰다. 풀숲 사이에 사방 10센티 정도의 종이 조각이 떨어져 있었다. 그것은 가장자리가 불규칙하게 잘려 있었다.

"뭘까?"

이마니시가 그 종이 조각을 집어 들었다. 떨어져 있을 때는 뒷면이어서 아무것도 보이지 않았는데, 뒤집어 보니 글자가 씌어 있었다.

"허어, 표군요."

요시무라가 들여다보았다.

그 종이 조각에는 다음과 같은 것이 열거되어 있었다.

실업 보험금 급여 총액

1949년	——
1950년	——
1951년	——
1952년	——
1953년	25,404
	——
	——
1954년	35,522
	——
	——
1955년	30,834

	——
	——
1956년	24,362
	——
	——
1957년	27,435
1958년	28,431
	——
	——
1959년	28,438
	——

"실업 보험금이군요?" 요시무라가 말했다.

이 종이 조각은 몇 개로 잘린 것 중의 일부분인 모양이었다.

"이런 통계에 흥미를 가진 사람이 이 근처에 있을까요?"

"글쎄, 노총(勞總) 관리나 그 비슷한 직업을 가진 사람이 있는지도 모르겠군."

대체로 흥미가 가지 않는 통계였다. 이 종이 조각은 미야타가 쓰러져 있던 지점에서 10미터쯤 떨어진 곳에 있었다.

"이것이 언제부터 여기 있었을까요?" 요시무라가 말했다.

"얇은 모조지군. 별로 더러워지지 않았어. 요시무라, 비가 언제쯤 왔지?"

"글쎄요, 네댓새 전에 온 것 같은데요."

"이 얇은 종이가 떨어진 것은 그 이후야. 비를 맞은 흔적이 없어. 비를 맞아 더러워졌다면 이렇지 않을 테니까."

"미야타 구니오가 죽은 것이 3일 전이지요? 그 무렵의 것일까요?"

"글쎄……." 이마니시는 생각에 잠겼다. "이런 것은 미야타의 죽음과 아무 관계도 없을 거야. 설마 미야타가 이런 것을 가지고 있었으리라고 생각되지는 않으니까 말이야."

"그러나 만일을 위해 전위극단에 가서 물어보는 게 어떨까요? 연극에 필요한 소도구의 하나거나, 또는 대본인지도 모르잖습니까?"

요시무라의 말에 이마니시가 대꾸했다.

"그렇군. 이 종이가 바람에 날려 여기까지 왔다고 생각할 수도 있어. 자네는 그렇게 생각하는 거지?"

"그렇습니다. 그런 가능성을 계산에 넣어도 좋겠지요."

"미야타 외의 사람이 가지고 있었다는 추정 말이지?"

"그렇습니다. 미야타가 아는 사람으로 이런 통계를 쓴 사람, 즉 노동 관계에 흥미를 가진 사람이 있는지도 모른다는 추측입니다." 요시무라가 대답했다.

"그러면 그 사람이 여기까지 왔다는 뜻인가?"

"그럴지도 모릅니다. 미야타가 이 종이를 받아 주머니나 어디에 넣었는데, 여기에서 쓰러졌을 때 땅바닥에 떨어졌다. 그것이 바람에 날려 여기까지 왔다고 추정할 수도 있습니다." 이마니시는 웃었다.

"그렇지는 않겠지. 미야타가 아무 흥미도 없는 이런 것을 받을 리 없을 테니까 말이야. 그러나 다른 사람이 미야타와 함께 여기까지 왔으리라는 추정은 매우 흥미롭군."

이마니시는 종이를 다시 한 번 보았다.

"이건 뭘까?" 이마니시는 종이 위에 손가락을 짚었다. "보라구, 이 통계표는 1949년부터 돼 있어. 그런데 49, 50, 51, 52년은 막대 같은 것이 그어져 있고, 숫자는 공백으로 돼 있어."

"그것은 숫자가 불필요했든지 잘 몰랐기 때문이겠지요?"

"그건 좋아. 그런데 봐. 이 53년과 54년 사이에는 막대가 둘 그어져 있어. 그리고 54년과 55년 사이에는 셋이나 그어져 있어. 그 옆에는 물론 앞에 쓴 것 같은 연도가 없어. 이 공백은 무엇을 의미할까?"

"그렇군요." 요시무라도 고개를 갸웃거렸다. "모르겠는데요. 이 사이에 무슨 다른 숫자가 들어가는지도 모르겠습니다. 가령 피보험자 수라든가, 수급자 수 같은 것을 넣을 셈이 아니었을까요?"

"그렇다면 위에 그 항목이 있어야 할 텐데 그것도 없어. 아마 이것은 쓴 사람의 무슨 표시인지도 모르겠군."

"글씨가 서투르군요?"

"음, 서투르군. 중학생이 쓴 글씨 같아. 그런데 요즘엔 대학을 졸업한 사람들도 글씨가 굉장히 서툴러."

"어떻게 하시겠습니까, 이 종이 조각을?"

"무슨 참고가 될지 모르겠군. 내가 넣어 두겠네."

이마니시가 종이 조각을 수첩 사이에 끼워 주머니에 넣었다. 그 밖에는 현장에서 아무것도 발견할 수 없었다.

지금 수첩 사이에 끼운 종이 조각도 미야타의 죽음과는 아무 관계없을지도 모른다. 실업자 통계 같은 것은 대체로 배우와 관계가 멀기 때문이다.

"일부러 이런 곳까지 와서 미안하군."

이렇게 이마니시가 요시무라에게 말했다.

"아니요, 천만에요. 저도 한번은 보아 두는 편이 좋습니다. 이마니시 씨를 따라온 것이 오히려 잘 됐다고 생각합니다."

두 사람은 버스 정류장 쪽으로 걸어갔다. 이마니시는 본부로 돌아와 한동안 멍청히 앉아 있었다. 다행히 그날은 수사할 사건이 없어 같은 방 동료들은 장기와 바둑을 두고 있었다.

이마니시는 문득 어떤 일이 생각나 홍보과로 갔다.

"또 무슨 어려운 조사인가?" 이마니시를 보고 홍보과장이 물었다.

"뮈지크 콩크레트에 관해 알고 싶습니다." 이마니시가 진지한 얼굴로 말했다.

"뭐야, 그건?" 과장이 어이가 없다는 듯이 이마니시를 보았다.

"아마 음악인 모양입니다."

"음악과 자네와는 도무지 어울리지 않는 조합인데……?"

"제가 무슨 음악을 하는 것이 아닙니다. 뭐, 마땅한 책이 없을까요?"

"아이구 맙소사! 요전에는 사투리에 관해 물으러 오더니 오늘은 음악인가?" 과장은 그래도 일어나 백과사전 한 권을 꺼내 왔다. "이 책을 보면 뭔가 있을 거야."

이마니시는 두꺼운 그 책을 폈다.

뮈지크 콩크레트

구체 음악이라고 번역한다. 음악이든 아니든, 존재하는 모든 음향을 소재로 한다. 거기에 갖가지 전기적·기계적 가공을 하여, 테이프 몽타주 방법으로 구성한 음악이다. 이 음악의 감상은 전자 음악과 마찬가지로 전혀 연주 없이 스피커를 통해 이루어진다. 1948년 프랑스의 기사 피에르 셰페르에 의해 창시되어 음악계에 강렬한 충격을 주고, 일부 전위 작곡가들의 지지와 협력을 얻어 차차 세계적으로 퍼져나갔다. 이 명칭은, 소재음으로 주로 구체적 음향(자연음, 기계 소리, 사람 목소리 등)을 사용하는 데서 유래하는데, '구체 음악'이라는 명칭은 오해를 초래하기 쉽다. 이 소재음들은 모두 음향 본래의 의미(발음의 원인, 목적 등)와는 관계없이 개개의 독립된 음 자체, 즉 '음향 오브제'로 사용되기 때문에 '구체'라는 어휘는 '구체적 내용'이라든가 '묘사' 등의 사항을 의미하지 않는다는 점에 주의해야 한다. 이 '음향 오브제'라는 사상은 기존 음악에는 전혀 없던 것으로, 초현실주의에서 비롯되었다. 그러므로 구체 음악은 기존 어떤 음악과도 단절된 곳에서 발생했다고 볼 수 있다. 굳이 그 기원을 음악사 속에서 찾는다면, 1920년대의 에드가르 바레즈^(프랑스 태생, 작곡가)의 여러 전위적인 작품 《이온화》 등이나, 이에 앞선 1910년대의 한 시기에 이탈리아에서 활동한 미래파(마리네티 등)의 이른바 '소음예술' 등을 들 수 있다. 미래파에서 구체 음악에 이르는 일련의 '소음 음악'은 기존 음악에 대해 부정적이고, 이 부정에서 출발해 기존 음악에서는 거들떠보지도 않았던 새로운 음 소재(소음 등)가 지닌 강력하고 신선한 에너지와 표현력으로, 음악계에 매우 새로운 한 분야를 개척, 확립하려는 움직임을 보이고 있다. ……

모로이 마코토(諸井誠)

이마니시는 백과사전을 덮었다. 어려운 말만 있어 조금도 머리에 남지 않았다. 음악을 모르니까 무리도 아니었다. 이 해설에선 뮈지크 콩크레트가 무엇이냐 하는 해답을 얻을 수 없었다. 상당히 난해한 음악인 것은 분명했다. 지금까지의 음악과는 조금 다르다는 것도 알 수 있었다. 그러나 구체적인 것은 하나도 머리에 들어오지 않았다.

"대단히 고마웠습니다." 이마니시는 두꺼운 책을 돌려주었다.

"알았어?"

"잘 모르겠습니다. 저에겐 좀 어렵습니다." 이마니시가 쓴웃음을 지었다.

"그렇겠지. 음악과 자네와는 인연이 없으니까 말이야. 어째서 또 그런 것에 흥미를 갖게 됐나?"

"예, 좀 생각나는 것이 있어서요." 이마니시는 적당히 얼버무리고 홍보과에서 나왔다.

이마니시가 뮈지크 콩크레트를 알고 싶었던 이유는, 그날 아침 신문에서 누보 그룹의 세키가와가 같은 그룹에 있는 와가의 음악회를 평한 기사를 읽었기 때문이다.

이마니시는 그때까지 누보 그룹에 관해 특별한 주의를 기울이지 않았다. 자기들이 동북에서 돌아올 때 우연히 우고 가메다 역에서 만났다는 인연만으로 다소 흥미가 있었을 뿐이다. 그러나 죽은 미야타가 그 가메다에 갔었다는 추정이 확실해진 지금은 조금 사정이 달랐다. 이마니시가 가메다에 출장 갔을 때, 같은 지방에 로켓 견학을 왔던 누보 그룹에 관해 이번에는 다른 흥미가 가해진 것이다.

물론 그 그룹이 미야타 구니오의 '연기'와 관계 있으리라고 생각되지 않았다. 그러나 이마니시는 오늘 아침 신문의 화제가 된 뮈지크 콩크레트라는 음악에 관해 알아야겠다고 생각했다. 그것도 꼭 알아야 겠다는 것은 아니었다. 바쁜 때였다면 이런 것을 조사할 리가 없었다. 요즘은 사건이 없어 한가로우니까 백과사전을 들여다보고 싶어진 것이다.

그런데 미야타 구니오는 무슨 목적으로 그런 곳에 가서 어슬렁거렸을까? 이것이 세타가야에서 돌아오며 요시무라와 둘이서 이야기한 의문이었다.

저녁때였다. 요시무라에게서 전화가 왔다.

"이마니시 씨, 아까 미야타가 왜 가메다에 갔었는지 함께 생각했었지요? 전 겨우 짐작이 갑니다." 요시무라가 활기차게 말했다.

"그래? 듣고 싶은데?"

"가마타 살인 사건 당시의 신문을 뒤적거려 보았습니다. 그랬더니 사건이 일어나고 사나흘 뒤의 신문에 이따금 가메다와 동북 말씨에 관한 기사가 나 있었습니다. 즉, 범인과 피해자인 듯한 사람이 역전에 있는 싸구려 바에서 동북 말씨로 이야기했고, 그 이야기 가운데 가메다라는 이름이 나와 경찰청에서는 이 점을 중시하고 있다는 기사였습니다."

"아, 그래서?" 이마니시는 침을 삼켰다.

"이 신문 기사가 미야타를 가메다로 가게 한 거라고 생각합니다. 즉 범인은 가메다와 동북 말씨가 수사본부에서 문제가 돼 있으니까, 머지않아 동북에 있는 가메다가 수사 대상이 되리라고 생각했을 것입니다."

"바로 그거야!" 이마니시가 신음을 냈다. "거기까지는 생각 못했는데."

"그렇습니다. 저도 마찬가지였습니다. 범인은 조만간 본부의 주의가 동북쪽으로 돌려져 그곳에서 가메다라는 지명을 발견한다면, 당연히 수사하리라고 예상한 것 같습니다. 범인은 그쪽으로 수사의 눈길을 끌 목적으로 그러지 않았을까요?" 요시무라는 목소리에 신바람이 나 있었다.

"그거 굉장한데! 그래, 그럴지도 몰라." 이마니시가 전화에 대고 소리쳤다.

"그러니까 범인으로서는 가메다에 어떤 형태가 남아 있어야 하며, 경찰이 더욱 가메다에 주의하게 하려면 그곳에 수상한 현상이 일어나게 하지 않으면 안 되었던 것 같습니다. 그것이 미야타가 분장한 '이상한 남자'로 나타났고, 가메다 지방 경찰의 귀에 들어간 거라고 생각합니다. 즉 그것은 범인이 만들어 낸 상황이었다고 생각합니다."

요시무라는 이마니시의 칭찬을 받고 목소리가 상기되었다.

이마니시가 또 신음했다. "거기까지는 생각 못했군. 그러면 범인은?"

"범인은 동북 지방 사람이 아닙니다. 다른 지방 사람입니다."

"그럼 미야타의 역할은?"

"물론 범인이 시켜서 한 짓입니다. 아마 미야타는 사정도 모르고 그 역할을 떠맡았을 것입니다."

"그럼 범인은 미야타와 아는 사이였다는 말인가?"

"물론입니다. 그런 일을 부탁받을 정도니까, 여간 친한 사이가 아니었다고 생각합니다."

"고마워." 이마니시는 자기도 모르게 요시무라에게 감사했다. "그것 참 좋은 점에 착안했어. 용케 그걸 생각해 냈군?"

"뭘요. 우연히 문득 생각난 것입니다. 그것을 그대로 말씀드렸을 뿐입니다. 깊이 생각지 않아 틀렸을지도 모릅니다."

요시무라가 멋쩍어하는 것 같았다.

"아냐, 참고가 많이 돼."

"그렇게 말씀하시니 기쁩니다. 언제 다시 만나서 이 이야기를 천천히 하시죠."

전화가 끊겼다.

이마니시는 허리를 굽혀 책상 서랍에서 반으로 자른 담배를 꺼냈다. 그것을 낡은 대나무 파이프에 꽂아 물고 성냥불을 그었다. 그는 이 파이프를 3년 전 아내와 함께 에노시마에 갔을 때 사 왔다.

그는 연기를 뿜으며 요시무라가 전화로 한 말을 생각했다. 미야타가 가메다에 간 이유를 알았다. 그것은 요시무라가 추정한 그대로일 것이다. 이마니시는 그것으로 범인에 관한 여러 가지를 알 수 있었다. 범인은 끊임없이 가마타 살인 사건에 주의하고 있다는 것. 미야타를 그렇게 이용할 정도라면, 미야타와 범인은 여간 친한 사이가 아니라는 것. 단지 미야타는 자기가 하는 연기의 참 의미를 몰랐다는 것. 끝으로 범인은 동북 지방 사람이 아니고 다른 지방 사람이라는 것.

사실을 숨기려면 그것과 전혀 반대 방향으로 남의 눈을 돌리게 하는 것이 상식이다. 이 경우, 범인이 다른 지방 사람이어서 수사의 눈을 동북 지방으로 돌리게 했다고 할 수 있었다.

또 한 가지는 미야타의 죽음이었다. 미야타는 최근에야 진실을 안 것이 아닐까? 미야타는 이 사실을 이마니시에게 이야기하고 싶었을 것이다. 그런데 그것을 바로 말하기에는 일이 너무 중대했다. 그래서 미야타는 하루만 기다려 달라고 했던 것이다. 이마니시는 미야타에게 자살한 나루세 리에코에 관해 물어보았다. 그런데 미야타는 나루세 리에코에 관한 일과 함께 그 중대한 일도 털어놓고 싶었던 것이 아니었을까?

이마니시는 그 생각을 종이 위에 메모했다.

그는 이마에 손을 짚고 자기가 쓴 메모를 응시했다. 그리고 더욱 깊은 곳까지 생각해 내려고 했다. 그런데 가장 장애가 되는 것이 미야타의 죽음이었다. 미야타의 죽음은 살인 사건이 아니었다. 타살이라면 범인에 대한 단서를 찾을 수도 있을 텐데, 그것은 엄연한 자연사였다. 해부까지 했다. 틀림없이 심장 마비였다. 미야타가 평소부터 심장이 약했다는 사실은 주위에서도 알고 있었고, 경험이 많은 검시의도 증명했다. 이마니시는 단지 이 배우의 죽음이 너무나 시간적으로 딱 맞아떨어진다는 점이 의문스러웠다. 그러나 이것도 우연이라고 해 버리면 그만이다. 검시의가 말한 대로 심장 마비는 때와 장소를 가리지 않고 일어나기 때문이다.

그 다음엔 '범인은 동북 지방 사람이 아니다'라는 점이 중요했다. 이마니시는 착잡했다. 그는 동북 지방과는 전혀 반대인 시마네 현 니타를 생각했다. 동북 말씨와 비슷한 말을 쓰는 지방. 더위가 한창이던 때, 이마니시가 오랫동안 기차를 타고 찾아간 지방이었다.

그런데 그곳에 무엇이 있었던가? 아무것도 없었다. 범죄의 원인이라고 생각될 만한 작은 부스러기조차 얻을 수 없었다.

이마니시는 나루세 리에코에 관해 생각해 보았다. 그녀의 자살과 관련해서 미야타는 뭔가 중대한 일을 말하려 했다. 그렇다. 나루세 리에코는 범인의 부탁을 받고 피 묻은 스포츠 셔츠를 중앙선에 뿌렸을 것이다. 그렇다면 그녀는 범인과 특별한 관계에 있고, 미야타는 그 사실을 알고 있었다는 말이다.

미야타의 죽음은 이마니시에게 충격적이었다. 왜 미야타는 이런 중대한 때에 죽었을까? 미야타의 죽음이 자연사인 것에는 의심을 품지 않으나, 그 시간으로 보아 분명히 자연스럽게 이루어진 '타살'이었다.

2

이마니시가 집에 돌아와 보니 가와구치에 사는 누이동생이 놀러 와 있었다. 누이동생은 아내와 서로 웃고 있었다.

"오빠, 오셨어요?"

이마니시는 평상복으로 갈아입었다.

"오늘은 무슨 일이지?" 이마니시는 누이동생 앞에 앉아 차를 마셨다.

"전통극 초대권을 얻어서 구경하고 돌아오는 길이에요."

"어쩐지 네 얼굴빛이 좋구나 했지. 부부 싸움을 했다면 바로 알 수 있거든."

"어머, 싫어요. 그렇게 늘 싸우진 않아요." 누이동생은 웃으며 이마니시를 올려다보았다. "오빠, 피로하신 얼굴이에요."

"그래."

"일이 바쁘신가요?"

"그저 그래."

"하지만 오늘은 일찍 오셨는데요?" 아내가 옆에서 말했다.

"나이 탓이야. 피곤해."

"조심하지 않으면 안 돼요."

이렇게 말하는 누이동생은 연극을 보고 온 뒤여서 매우 쾌활했다. 이마니시는 마음이 무거웠다. 그것이 얼굴에 나타나, 아내와 누이동생이 웃으며 이야기하는 속에 낄 수가 없었다. 이마니시는 6조 방으로 들어갔다. 허술한 책상이 놓여 있었다. 간단한 책장에는 경찰 관계 책들이 있을 뿐이었다. 소설 같은 책은 별로 읽지 않았다.

이마니시는 서랍에서 수첩을 꺼냈다. 여기에는 기억해 두어야 할 것들이 적혀 있었다. 그는 수첩을 넘겨 가메다케에 갔던 일을 다시 읽어 보았다. 그는 미야타 구니오가 동북 지방에 수상한 연기를 하러 간 것을 알자 이 수첩을 볼 생각이 났다. 요시무라가 한 말처럼 그것이 범인의 연출이라면, 범인은 동북 지방 사람이 아니다.

여기서 다시 이마니시의 머리에 시마네 현에 자리한 산촌이 되살아났다. 동북 말씨 비슷한 말과 '가메다'라는 이름. 이것은 아무리 생각해도 그 지방에서 찾지 않으면 안 될 것 같았다. 피해자는 거기에서 오랫동안 경찰 생활을 한 사람이었다.

이마니시는 수첩에 눈을 떨어뜨렸다. 가메다케에서 들은 피해자 미키 겐이치의 경관 시절에 관한 이야기였다. 미키 겐이치는 누구한테서나 사랑받는 부처님 같은 사람이었다. 친절하고, 친자식이 없어서인지 남 돌보기를 좋아했다. 미키 겐이치의 아내는 그가 미나리 경찰서로 전근했을 때 죽었다. 그를 욕하는 사람은 한 명도 없었다. 들으면 들을수록 그를 칭찬하는 소리뿐이었다.

예를 들면, 그는 일하는 부인들을 위해 탁아소를 만들었다. 그러기 위해 기부금을 모으러 친구나 독지가들 사이를 뛰어다녔다. 그 탁아소를 절에 만들어 모든 사람이 편리하게 이용할 수 있게 했다. 생활고 때문에 의사의 치료를 받을 수 없고 약값도 치르지 못하는 마을 사람이 있으면, 미키 겐이치는 의사에게 부탁해서 치료비 갚는 기간을 연기해 주고 약값은 자기의 돈으로 갚았다. 얼마 안 되는 급료에서 떼어내 지불한 것이었다. 병약한 거지가 마을에 들어오면 보호해 주는 일도 했다.

그 지방에는 숯을 굽는 사람이 많았다. 그리고 나무를 벌채하기 위해 한겨울 내내 산에서 사는 사람도 있었다. 언젠가 나무꾼이 산 속에서 급병에 걸려 쓰러졌을 때, 미키 겐이치는 그 병자를 업고 험한 고개를 넘어 의사에게 데려간 일도 있었다. 그것뿐이 아니었다. 마을에 분쟁이 생기면 그곳에 가서 화해를 시키고, 가정에 괴로움이 있으면 그 집에 가서 의논 상대가 돼 주기도 했다.

이마니시는 이런 일들을 새삼스럽게 메모에서 읽고 있자니, 미야자와 겐지가 지은 시 한 구절이 생각났다.

> 동쪽에 병든 아이가 있으면
> 가서 간호해 주고
> 서쪽에 피로에 지친 어머니가 있으면
> 가서 그 볏단을 대신 져 주고
> 남쪽에 죽게 생긴 사람이 있으면
> 가서 무서워하지 않아도 된다고 달래 주고
> 북쪽에 싸움이나 소송이 나면
> 시시하니 그만두라고 말리고
> 가물 때에는 눈물을 흘리고
> 추운……

미키 겐이치는 이 시에 있는 그대로의 사람이었음에 틀림없었다. 그는 산촌에서 근무하는 경관이었지만, 도시의 어느 경관보다도 훌륭한 일을 했던 것이다. 같은 경찰에 몸담은 사람으로서, 이마니시는 미키 겐이치에게 더할 수 없는 경의를 품지 않을 수 없었다. 이토록 훌륭한 사람을 죽인 범인은 대체 어떤 사람일까?

이마니시는 메모에서 단지 미키 겐이치의 선행을 발견했을 뿐이었다. 이마니시가 피해자를 조사하러 현지에 가서, 듣고 돌아온 것은 범죄와는 조금도 인연이 없는 피해자의 이력뿐이었다. 그 지방에서 미키 겐이치 살해에 관한 범죄의 요인은 전혀 발견할 수 없었다. 즉 미키 겐이치에게서는 어두운 면을 조금도 찾을 수 없었다. 그가 원한을 살 만한 이유는 티끌만큼도 찾아낼 수 없었다.

이마니시는 수첩을 그곳에 놓고 다다미 위에 누워, 뒷덜미에 두 팔을 괴어 베개를 삼았다. 천장이 그을어 있었다. 옆방에서는 아내와 누이동생의 웃음소리가 아직도 계속되고, 가까운 곳에서는 버스가 통과하는 울림이 전해져 왔다.

다다미 위에 누웠던 이마니시는 벌떡 일어나 옆방으로 갔다. 아내와 누이동생은 계속 이야기를 하고 있었다.

"오빠, 여기 앉아서 함께 이야기하는 게 어때요?" 누이동생이 권했다.

"아냐, 난 일이 조금 있어."

이마니시는 옷걸이에 걸린 양복 주머니에서 작은 종이 조각을 꺼냈다. 아직도 양복장을 사지 못해 양복은 옷걸이에 걸어 비닐 커버를 씌워 놓는 형편이었다.

그는 다시 옆방으로 돌아왔다.

종이는 미야타 구니오가 죽은 지점, 세타가야에 있는 밭 속에서 주운 실업 보험금 일람표였다. 이것이 미야타 구니오의 죽음과 관계가 있는지 없는지는 아직 몰랐다.

아무 특별한 것이 없는 숫자였다. 이것으로 보면 일본의 실업 보험

금액은 증가 일로에 있었다. 세상이 불경기가 된 탓일까? 1952년이라면 한국 전쟁이 끝나 가던 무렵이었다. 특수(特需) 붐이 끝나고 중소 공장이 팍팍 쓰러지던 무렵이었다. 실업자가 많아진 것은 그 때문이리라. 숫자가 그것을 나타내고 있었다. 이런 의미에서 바라보니 숫자가 꽤 재미있었지만 사건과는 관계없는 일이었다.

이것을 발견한 요시무라는, 이 표를 쓴 사람이 미야타 구니오와 동행하지 않았을까 하고 추정했다. 일리가 있는 생각이었다. 이 종이엔 비를 맞은 흔적이 없었다. 미야타가 죽기 이삼일 전 밤에 도쿄에는 비가 내렸다. 그러니까 이 종이가 미야타 구니오와 관련된다고 해도 틀린 생각은 아닐 것 같았다.

이마니시는 미야타가 들른 곳이 자기에게 털어놓을 중대한 이야기와 관련이 있다고 생각했다. 이런 통계를 내는 노동관계 사회학에 흥미를 가진 사람을 찾아간 것이 아닌 듯했다. 도움이 될지 안 될지는 모르지만 이 종이는 일단 보관해 두자. 미야타는 종이를 접어 미키 겐이치에 관해 메모한 수첩 사이에 끼웠다.

아내가 저녁 식사 준비가 되었다고 부르러 왔다. 이마니시는 그녀들과 함께 식사를 했다.

"먹고 나서 바로 일어나기가 미안하지만, 늦었으니까 이만 돌아가겠어요. 연극 구경 때문에 아침부터 나왔거든요." 누이동생은 안절부절못했다.

"그럼, 요 앞까지 산책 겸해서 데려다 주지."

"아뇨, 괜찮아요……."

"아냐, 나도 조금 거닐고 싶어."

사실 이마니시는 머릿속이 복잡했다. 초저녁 거리를 거닐어 조금 기분을 바꾸고 싶었다. 아내도 같이 간다고 해서 세 사람이 가까운 역까지 가기로 했다. 아파트 앞까지 갔을 때, 아내는 누이동생에게 최근 이 아파트에서 젊은 여자가 자살했다는 이야기를 했다.

"곤란할 거예요, 그런 사람이 생기면." 누이동생이 같은 아파트 경영자 입장에 서서 말했다.

"집에도 젊은 여자가 있는데 괜찮을지 몰라." 누이동생이 아파트에서 자살했다는 이야기를 듣고 중얼거렸다.

"아아, 요전에 이사 왔다는 사람?"

아내가 말했다.

"그래요, 언니."

"바에 다닌다고 했죠?"

"그래요. 매일 밤늦게 돌아와요. 그래도 비교적 착실해요."

"손님이 바래다주는 일은 없어요?"

"글쎄요……. 그건 모르지만, 현관을 들어올 때는 언제나 혼자예요. 술에 취했어도 긴장을 하는지 멀쩡해요."

"신통하군요?"

"네에, 하지만 직업이 그러니 이상한 소동이 생기면 곤란하죠."

"그런 사람이라면 괜찮겠죠, 뭐."

"그렇게 생각하고 있지만, 지금 같은 이야기를 들으면 걱정이 돼요."

밝은 거리의 불빛 아래를 지났다.

"그런데 언니, 그 여자 조금 신통해요." 누이동생이 말했다.

"아주 어려운 책을 읽고 있어요."

"무슨 책인데요?"

"뭔지 딱딱한 책이에요. 요전에는 내가 일이 있어 좀 들어갔더니, 신문 기사를 오리고 있었어요. 들여다보았더니 음악 평론이었어요."

"음악에 취미가 있는 모양이군요?"

"아니, 음악에는 전혀 취미가 없대요."

"그래요? 그럼 뭣 때문에 그런 걸 오리지요?"

"뭐, 그 평론이 재미있다나요. 그래서 나도 읽어 보았는데 무슨 말인지 통 알 수가 없었어요."

그 소리가 이마니시의 귀에도 들렸다.

"얘, 그 평론이 혹시 뮈지크 콩크레트에 관한 것이 아니던?"

이마니시는 누이동생을 불렀다.

"아아, 그래요, 그랬어요. 오빠 잘 아시는군요?" 누이동생은 깜짝 놀랐다.

"응, 조금. 그런데 그 아가씨는 음악에 취미가 없다면서 그런 걸 읽고 있어?"

"네, 필자가 아주 머리가 좋은 훌륭한 사람이라나요."

"세키가와 시게오라는 사람이겠지?"

"어머, 놀랐어요. 오빠 뭐든지 잘 알고 계시는군요."

이마니시는 말이 없었다. 요즘 젊은 사람들은 세키가와 시게오를 그토록 숭배할까?

"그 어려운 책이란 어떤 책이었지?"

"뭔지 전 잘 모르겠어요. 그런데 그 세키가와 씨라는 사람이 쓴 책이 두세 권 있었어요."

"그 여자가 언제나 그런 딱딱한 책만 읽어?"

"그렇지도 않아요. 대중 잡지도 읽어요."

"이름은?"

"미우라 에미코예요."

"얘, 이 다음에 네 집에 놀러 가겠어. 그러면 나에게 그 여자를 아무렇지도 않게 만나게 해 줘." 이마니시가 말했다.

3

이마니시가 가와구치에 있는 누이동생 집에 간 것은 그 이튿날이었다. 2년 전에 세운 집인데, 겉은 모르타르로 발랐다. 건평은 2층을 포함해서 50평이고, 그것을 여덟 개의 방으로 나누어 쓰고 있었다.

현관을 들어서면 이층으로 올라가는 계단이 바로 오른쪽으로 나 있다. 계단 아래에는 한가운데 복도가 있고 방이 양쪽으로 갈라져 있었다. 누이동생 방은 맨 처음에 있는 오른쪽 방이었다.

"어머, 오빠 오셨군요." 누이동생은 이마니시를 보고 깜짝 놀랐다.

"응, 바로 이 앞 아카바네에 온 길에……."

"어머, 그래요. 어젯밤엔 폐를 끼쳤어요."

"그 사람은 회사에 갔니?" 매제에 대해 물었다.

"네에……. 차를 가져올게요."

"이걸 사 왔다." 이마니시는 과자를 내놓았다.

"잘 먹겠어요."

"잠깐."

"뭐예요?"

"어젯밤 네가 이야기하던, 왜 그 여기 있는 여자 말이야. 잠깐 아무렇지도 않은 듯이 나를 만나게 해 주지 않을래?"

"아주 열심이시군요. 뭐, 사건에 관계가 있어요?"

"음, 별일 아닌데 잠깐 모르는 척하고 만나보고 싶어. 너, 오빠가 경관이라는 말은 하지 않았겠지?"

"그런 말 할 리가 없잖아요. 오빠가 형사라고 하면 모두 기분이 나빠 나가 버릴 텐데요."

"그런 소리 하지 마. 이래 봬도 사람은 좋으니까."

"그건 그렇지만, 모르는 사람들은 오빠 직업을 알면 기분 나쁘게 생각해요."

"괜찮아. 좌우간 그 여자를 이리로 불러 줘. 차라도 준비했다고 하면 와 주겠지. 지금 있니?"

"네에, 지금이 두 시니까 세탁이나 뭘 하고 있을 거예요. 긴자에 나가는 시간이 5시경이니까요."

"알았어. 내가 주전자를 보고 있을게."

이마니시에게 밀려나듯 누이동생이 방에서 나갔다. 그 사이 이마니시는 조금 불안했다. 그는 자기가 앉을 자리를 두 번이나 바꾸었다. 이윽고 복도에서 두 사람의 발소리가 들렸다.

"오빠, 왔어요."

누이동생 뒤에 크림빛 스웨터를 입은 젊은 여자가 따랐다.

"자아, 어서 오십시오." 이마니시는 되도록 얼굴을 펴고 상냥하게 맞았다.

"오빠예요. 오늘 오랜만에 오셨어요. 마침 차를 준비했기에……."

젊은 여자는 얌전히 방으로 들어왔다. 그리고 언제나 신세를 지고 있다고 인사를 했다.

"자, 어서 앉으십시오. 이쪽이야말로 누이동생이 폐를 끼치고 있습니다." 이마니시는 웃는 눈으로 물끄러미 여자를 관찰했다. "일이 바쁘십니까?" 이마니시는 누이동생 집에서 기숙하는 그 여자에게 웃으며 물었다.

"아뇨, 그렇지도 않아요."

여자는 예쁜 얼굴이었다. 24, 5세쯤인데, 뺨 근처에 앳된 표정이 남아 있었다.

"고생하시는군요. 지금부터 출근이십니까?"

"네, 조금 있으면 나가요."

"밤에 늦을 테니까 돌아오시는 것이 고생스럽겠군요?"

"네, 하지만 이젠 습관이 돼서……."

"이쪽으로 옮기기 전에는 어디서 사셨습니까?"

"저어……." 에미코가 순간 대답을 망설였다. 그것은 한번 말하려다가 황급히 고쳐 생각하는 태도였다. "저어…… 여러 곳을 다녔기 때문에……."

"아, 역시 긴자에 나가기 편리한 곳을 생각하셨기 때문이겠지요. 여기 오시기 바로 전에는 편리한 곳이었습니까?"

"저어…… 아자부 쪽이었어요."

"아자부였습니까? 그 근처는 좋은 곳이지요. 긴자도 가깝고……."

"하지만 세든 아파트가 사정이 생겨서 다른 데로 팔렸어요. 그래서 이곳으로 옮겼어요. 여기서도 전차로는 그다지 시간이 걸리지 않으니까 생각보다 편리해요."

"정말이에요. 가와구치라고 하면 도쿄 분들은 상당히 먼 곳으로 생각하지만, 오히려 도쿄 교외보다는 훨씬 가깝답니다. 전차로 도심까지 30분밖엔 안 걸리니까요." 옆에서 누이동생이 끼어들었다.

"그러나 머니까……" 하고 이마니시는 차를 마시면서 계속했다. "마지막 전차를 놓치는 일도 있겠지요?"

"그런 일은 좀처럼 없어요. 마담도 제가 여기 산다는 걸 아시니까 되도록 마지막 전차에 늦지 않도록 보내 주거든요."

"그렇습니까? 그러나 주정뱅이 손님이 버티고 앉았다든가 하면 곤란하겠지요?"

"네에, 그런 일도 있어요. 하지만 그런 때에는 친구가 아무렇지도 않은 듯 대신해 주니까요."

"그렇습니까? 어때요, 요즘 바 손님들은?"

"저희 가게에는 비교적 얌전한 분들만 오세요. 그래서 괜찮아요."

"나는 그런 곳에 간 일도 없고, 갈 만한 돈도 없어서 잘 모르는데 ……요즘의 바나 카바레에는 회사 일로 오는 손님이 아니면 인기가 없다지 않습니까?" 이마니시가 씁쓸히 웃으며 말했다.

"아뇨, 그렇지도 않아요. 하지만 회사 일로 오시는 손님은 계산이 정확하니까 경영자가 환영을 하죠. 보통 손님은 역시 외상이 많은 데다, 그것을 수금하는 게 큰일이에요. 외상은 모두 담당 여종업원의 책임이 되니까요."

"그렇겠군요. 술을 마시고 재미있는 이야기 상대를 하고 있어도 역시 그런 면에서는 꽤 어렵겠군요." 이마니시는 여기서 어조를 바꾸었다. "그런데 음악을 좋아하십니까?"

"음악이라고요?" 에미코는 이마니시의 말에 깜짝 놀라는 태도였다. "아뇨, 그렇게 좋아하는 편이 아녜요. 전 잘 몰라요. 좋아한댔자 재즈 정도예요."

에미코가 놀란 것은 이마니시가 갑자기 음악으로 화제를 돌렸기 때문이었다.

"그래요? 나는 음악을 전혀 모릅니다. 그런데 뭡니까, 최근에 꽤나 새로운 음악이 나왔다더군요. 혹시 뮈지크 콩크레트라는 걸 알고 있습니까?"

"이름은 들은 적이 있어요." 에미코는 바로 대답했다. 그 눈이 순간적으로 빛을 띠었다.

"어떤 음악인가요?"

"잘 몰라요. 그냥 이름만 알고 있어요." 에미코는 금방 난처한 얼굴이 되었다.

"아, 그래요? 저 마찬가지군요. 실은 어제 신문을 읽다가 그 용어를 보았습니다. 우리 나이쯤 되면 자꾸만 나타나는 외래어에 어리둥절해집니다. 조금 한가해서 뮈지크 콩크레트라는 게 뭔가 하고 읽어 보았습니다. 아마 평론인 것 같았어요. 그런데 무슨 말인지 통 알 수가 없었어요. 씌어진 문장이 어려웠는데, 그 의미도 매우 고상한 듯했습니다."

"아마, 그것은 세키가와 선생님이 쓰신 글일 거예요. 저도 그 글을 읽었어요." 에미코는 갑자기 생기가 돌아 소리쳤다.

"예에, 당신도?" 이마니시는 뜻밖이라는 얼굴을 해 보였다. "이건 놀랐는데요. 그런 걸 다 이해하실 수 있군요?"

"아뇨, 저도 어려워서 잘 알 수 없어요. 하지만 세키가와 선생님이 쓰신 글은 가끔 읽고 있어요."

"허어 그래요? 무슨 개인적인 친분 때문인가요?"

에미코는 어리둥절해진 모양이었다. 대답에 조금 시간이 걸렸다.

"아뇨, 가끔 가게에 오셔서 알고 있어요."

"그래요? 실은 나도 이 세키가와 씨를 알고 있습니다."

"네? 어떻게 아시나요?" 에미코는 깜짝 놀랐다.

"아니, 개인적으로는 전혀 관계가 없습니다. 이야기를 나눈 일이 없어 세키가와 씨는 나를 모르실 겁니다. 내가 언젠가 아키타 현에 갔을 때, 역에서 우연히 세키가와 씨를 뵈었어요. 그때는 세키가와 씨만이 아니었습니다. 여러 친구 분들과 함께 있었는데, 그런 여행 길에서 만난 사람에게는 뭐랄까 나중까지 특별한 친밀감을 느끼게 되더군요."

"그런 일이 있었나요?" 에미코의 눈동자가 갑자기 호의적인 빛을 띠었다.

"젊은 사람은 좋더군요." 이마니시가 그때를 회상하듯 말했다. "그때 네댓 명이 역에 있었는데, 로켓을 견학하고 돌아오는 길이라던가…… 모두 원기가 왕성하더군요."

"그래요."

에미코는 빛나는 눈으로 듣고 있었다.

"그 가운데 세키가와 씨라는 분이 있었습니다. 나는 얼굴을 몰랐는데, 함께 간 사람이 잘 알고 있었어요. 그 사람이 가르쳐 주더군요. 그 뒤에도 가끔 신문에 사진이 나오던데요. 그때마다 반갑게 생각됐습니다. 그래서 그 신문 비평을 내용도 모르면서 읽었습니다."

"그런 일이 있었군요." 에미코가 가볍게 한숨을 쉬었다.

"세키가와 씨는 어떤 분입니까? 가끔 가게에 오신다는데……."

"아주 얌전하신 분이에요. 그런 분은 다른 손님과 다르답니다. 조용하고, 하시는 이야기도 저희에게는 배울 점이 많아요." 에미코가 황홀한 투로 말했다.

"좋은 분이 가게에 오시는군요. 당신은 세키가와 씨와 친하십니까?" 이마니시가 말했다.

"아뇨, 그렇게 친하진 않아요." 이때 에미코의 얼굴에는 약간 당황해하는 빛이 흘렀다. "그냥 가게에 오시는 손님으로서 알고 있을 뿐이에요."

"그래요? 우린 잘 모르는데, 그런 예술가라면 일상생활이 어떨까요? 늘 책을 읽거나 생각하거나, 그런 생활이겠지요?"

"그럴지도 모르죠. 그런 일을 하자면 공부가 제일이니까요."

"그렇군요. 나는 전혀 아는 게 없는데, 비평하는 사람은 음악뿐 아니라 그 밖의 것도 여러 가지를 알아야 되겠지요?"

"네, 여러 가지요. 특히 세키가와 선생님은 문예 비평에서 출발하신 분이에요. 하지만 그분은 재능이 많아 문학뿐 아니라 회화, 음악, 사회 비평도 하고 계십니다. 뭐랄까요, 대단히 영역이 넓어요."

"호오, 젊으신데 그건 대단한 연구가 필요하겠군요." 이마니시는 감탄했다.

"대접할 것이 없어서……." 누이동생이 귤을 가져왔다.

"어머, 이젠 됐어요." 에미코는 황급히 손목시계를 보았다. "슬슬 나갈 준비를 해야 할 시간이니까요."

"뭐, 아직 괜찮지 않습니까?"

"네." 권유를 뿌리치지 못하고 에미코는 그대로 귤을 집어 들었다.

"맛있군요." 그녀는 귤을 먹으며 칭찬했다. 그 사이에도 이야기는 계속되었다. 그러나 세키가와에 관한 이야기는 하지 않았다.

"잘 먹었어요."

에미코는 공손히 인사를 하고 일어나 나갔다. 이마니시는 그 뒷모습을 보고 있었다.

"얘." 이마니시가 누이동생을 불렀다. "꽤 좋은 여자인데?"

"그렇죠? 얌전한 아가씨예요. 긴자에 있는 바 여종업원이라고 생각하기 힘든 여자예요." 누이동생이 이마니시 옆에 앉으며 말했다.

"그렇군. 그런데 저 아가씨는 세키가와라는 사람에게 상당한 호의를 갖고 있어."

"그래요. 저도 그것을 느꼈어요."

"가게에 가끔 오는 손님이라고 했는데, 아무래도 그뿐이 아닌 것 같아."

"어머, 그럴까요?"

"너, 눈치 채지 못했어?"

"뭘요?"

"아가씨는 지금 임신했어."

"네?"

누이동생이 깜짝 놀란 얼굴로 오빠를 보았다.

"나는 그렇게 느꼈는데, 아닌가?"

누이동생은 바로 말을 하지 않고, 어처구니없다는 듯이 오빠를 바라보았다. "오빠" 하고 누이동생이 한숨을 쉬며 말했다. "잘 아시는군요, 남자가?"

"역시 그랬군."

"본인은 아무 말 하지 않지만, 실은 저도 그렇지 않은가 했어요."

"그래?"

"오빠 어떻게 알았어요?"

"어쩐지 그런 느낌이 들었어. 처음 보는 얼굴인데, 조금은 딱딱한 표정이었어. 내 상상인데, 그녀는 평소엔 더 순한 얼굴이 아닐까? 그리고 귤을 다 먹어 버렸어. 나는 시어 먹을 수 없었는데……."

"정말이에요, 귤은 아직 단맛이 덜한데."

"너한테도 짚이는 데가 있었어?"

"없지도 않아요. 언젠가 자기 방에서 토하는 것 같았어요. 그때는 뭔가 먹은 것이 얹혔나 생각했는데 그 뒤로도 조금 태도가 이상했어요."

"그래?"

"오빠, 대체 누구의 아이일까요? 역시 그런 직장에 다니니까 바에 오는 손님의 아이를 가졌을까요?"

"글쎄……."

이마니시는 담배를 피우며 생각에 잠겼다.

"그 평론가 세키가와 씨라는 분이 수상하지 않아요?" 누이동생이 말했다.

"그런 걸 내가 알 게 뭐야? 함부로 말하는 게 아냐." 이마니시는 조금 나무라듯 말했다.

"그야 그렇지만 우리끼리 하는 이야기인데요."

그로부터 조금 지난 뒤에 방 밖에서 가벼운 노크 소리가 들렸다.

방금 이야기한 에미코가 외출복으로 갈아입고 무릎을 꿇고 있었다.

"그럼, 다녀오겠어요." 그녀는 이마니시에게 인사했다.

"아, 이거……. 수고 많으십니다." 이마니시가 고쳐 앉았다.

"조심해서 다녀오세요."

누이동생이 말을 거들었다. 에미코를 배웅하던 누이동생이 오빠를 돌아보았다.

"그런 눈으로 보아 그런지 몰라도 역시 그런 것 같군요."

4

뎅엔초후에 있는 와가 에이료의 집은 전쟁 전부터 있던 건물로 별로 크지 않았다. 내부는 와가의 마음에 들도록 개조되어 있었다. 2년 전에 산 집이었다. 밖에서 보면 낡아서, 근처에 있는 고층 저택에 비하면 빈약하게 보였다.

하얀 슈트를 맵시 있게 입은 다도코로 사치코가 현관 벨을 누르니까 50세쯤 된 가정부가 나왔다.

"어머, 어서 오세요." 중년 여자는 사치코에게 공손히 머리를 숙였다.

"안녕하세요?" 사치코가 가볍게 고개를 끄덕였다.

"에이료 씨 계세요?"

"계십니다. 어서……."

역시 낡은 현관으로 들어갔다. 거기서부터 바로 복도가 이어졌다. 사치코는 증축된 별채로 안내되었다. 별채라지만 평수가 5평도 못 되었다. 바깥쪽은 콘크리트 벽으로 되었고, 창이 작았다. 가정부는 거기까지 가기 전에 장치된 인터폰을 눌렀다.

"다도코로 아가씨께서 오셨습니다."

"이리로 안내해 줘."

목소리가 들렸다.

복도 끝이 그 별채 문이었다. 가정부가 가볍게 노크하고 문을 연

다음, 안에 들어가지 않고 사치코 옆으로 비켜서며 "들어가세요" 했다. 사치코는 안으로 들어갔다.

와가 에이료의 작업실이었다. 책상과 책장이 있는 것은 보통 방과 같지만, 반으로 칸막이된 저쪽에 기계 같은 것들이 놓여 있는 점이 색달랐다. 마치 방송국 스튜디오 조정실처럼 갖가지 기구가 너저분하게 놓였다. 와가 에이료는 그 기계들을 등지고 녹음기를 들고 있었다.

"여어, 어서 오십시오." 와가는 녹음기를 멈추고 일어섰다. 스웨터의 깃으로 내다보이는 멋진 체크무늬 셔츠는 요전 날 사치코가 골라서 선물한 것이었다.

"안녕하세요?"

그 조정실 비슷한 칸막이 밖에 멋진 의자가 서너 개 놓여 있었다. 그곳에는 간단한 테이블이 놓여 있어 좌담하는 스튜디오 같았다.

"일하고 계셨죠?"

"아니, 괜찮아." 와가가 사치코에게 다가가 어깨를 안았다. 사치코는 얼굴을 들고 오랫동안 약혼자의 키스를 받았다.

밖에서는 아무 소리도 들려오지 않았다. 이 방은 와가가 음을 만드는 특별한 작업장이어서, 모든 벽이 완전 방음 장치로 되어 있었다.

"일하시는 데 방해가 되지 않아요?" 그녀는 키스가 끝난 뒤, 핸드백에서 손수건을 꺼내 남자의 입술에 묻은 립스틱을 닦아 주면서 말했다.

"마침 좀 쉴까 하는 참이었어. 좌우간 앉아요."

의자나 테이블은 멋진 디자인으로 만들어진 물건들이었다. 겉보기엔 초라한 집이지만 실내 장식은 사치스러웠다. 사치코가 담배를 입에 물었다. 와가는 재빨리 라이터를 컸다.

"일에 지장이 없으시다면 함께 밖으로 나가 보지 않겠어요?"

"응, 그것 좋은데? 무슨 일 있어?"

"아버지가 지금 세이후엔(霽風園)에 가 계세요. 손님을 접대하고 계시는데, 앞으로 30분만 지나면 저희에게 한턱내겠다고 하셨거든요."

"그것 고맙군요. 한턱내시겠다면 어디든지 가야지." 와가가 미소를 지었다.

"잘 됐어요."

"그런데 지금 몇 시지?"

"4시예요. 뭐 예정이 있으세요?"

"아니, 그 뒤의 일을 생각하는 거야. 오랜만인데 춤이나 추러 갈까?"

"정말 오랜만이에요."

"잠깐 기다려 줘. 하던 일을 정리할 테니까." 와가는 녹음기가 있는 데로 갔다.

"뭐예요?"

"지금 구성해 본 것을 재생하고 있어. 일부분이지만 들어 보겠어?"

"네, 꼭. 이번 테마는 뭔가요?"

"인간의 생명관, 이런 것을 표현하고 싶어. 음이 가진 에너지를 집성해 보았어. 가령 많은 사람이 러시아워에 전차로 몰려드는 소리라든가 강풍이 윙윙거리는 소리, 공장의 굉음…… 특히 공장의 굉음은 기계에서가 아니라, 공장 건물 바로 옆에 있는 땅을 깊이 파고 마이크를 밀어 넣어 진동까지 녹음해 보았어. 잘 됐나 안 됐나 한번 들어봐."

와가가 테이프를 돌렸다. 이상한 소리가 나오기 시작했다. 금속성 같기도 하고, 둔하게 배에 울리는 소리 같기도 했다. 관현악기 같은 악기를 사용하지 않고 새로운 음을 만든다는 것이 작곡가 와가 에이료의 주장이었다. 보통 사람은 멜로디나 미적 감흥을 느낄 수 없는 음악이었다. 갖가지 잡다한 소리가 기계적인 조작에 의해 느리게, 빠르게, 강하게, 약하게, 길게, 짧게, 여러 가지 변화로 물결쳐 나왔다. 거기에는 보통의 음악적인 도취가 없었다. 무질서하고 명료하지 않은 음향이 듣는 사람의 지능을 의미심장하게 자극했다.

"어때?"

와가 에이료가 엔지니어의 연구실처럼 늘어선 기계류를 등지고 사치코를 바라보았다. 그녀는 황홀하게 듣고 있더니 바로 칭찬했다.

"훌륭해요. 틀림없이 좋은 작품이 되겠는데요!"

와가는 멋진 회색 양복으로 갈아입고 사치코와 나란히 밖으로 나왔다. 그는 키가 크고 어깨가 넓어 양복이 잘 어울렸다. 밖에는 사치코의 차가 기다리고 있었다.

"돌아가도 돼요. 난 에이료 씨 차를 타고 갈 테니까요." 그녀가 자기 운전사에게 말했다. 운전사는 그녀에게 인사하고 차를 몰고 떠났다.

와가가 차고로 가서 자기 차를 운전하고 나왔다. 중형차였다. 그는 차를 사치코 앞에 세우고 "타십시오" 하고 공손히 뒷좌석의 문을 열었다.

"저, 에이료 씨 옆에 타겠어요."

와가 에이료가 운전석 옆에 있는 문을 열었다. 두 사람 눈앞으로 거리가 흘러갔다.

"에이료 씨, 이 다음에 함께 드라이브하고 싶어요."

"그래, 기후가 좋으니 가 보고 싶군." 와가가 앞을 바라보고 핸들을 움직이며 말했다.

"오쿠타마 같은 데는 단풍이 아주 예쁘대요. 하지만 에이료 씨는 바쁘지 않으시겠어요?"

"아니, 시간을 내도록 하겠어. 이 다음에 날짜를 잡아 약속하겠소."

"기뻐요."

목적지까지 한 시간 이상이나 걸렸다. 도쿄의 교통은 마비 상태로 엉금엉금 기어가다가, 약간 큰 교차로에서는 신호가 네 번쯤 바뀌지 않으면 통과할 수가 없었다. 트럭, 버스, 삼륜차, 택시 등 잡다한 차들이 좁은 길에 꽉 차 긴 행렬을 이루었다.

와가의 차는 겨우 세이후엔 안으로 들어갔다. 전에 공작이 살았던 이 저택은 정부가 지정한 영빈관으로도 사용되었다. 광대한 면적엔 도쿄 한복판이라고 생각할 수 없을 만큼 그윽하고 깊숙한 정원이 있었다. 현관에는 여러 단체의 친목회 표찰이 늘어뜨려져 있었다. 흰 보를 씌운 책상에 접수하는 사람이 앉아 있었다. 사치코가 내리자 남자들의 눈이 일제히 그녀에게로 돌려졌다.

"어서 오십시오."

나비넥타이를 맨 남자가 나와 와가와 사치코에게 공손히 허리를 굽혔다.

"아버지는 어디 계시지요?"

"예, 쇼난정(亭)에 계십니다."

"멀군요."

"예, 죄송합니다. 안내하겠습니다." 그 남자는 다도코로 사치코를 알고 있었다.

"괜찮아요, 알고 있으니까."

"죄송합니다."

본관에 있는 가운데 뜰을 지나니, 땅이 밋밋한 기복을 반복하며 비탈져 있었다. 한눈에 보이는 언덕이 있었다. 숲과 샘물이 있고, 오래된 오층탑이 있었다.

"에이료 씨."

사치코가 와가의 팔을 잡았다. 두 사람은 고상하고 아담한 좁은 길을 내려갔다. 산책을 나와 있던 손님이 두 사람을 만났다. 그들은 놀란 듯이 사치코의 세련된 복장을 돌아보았다. 벌써 해가 지고 있었다. 쇼난정은 이 광대한 뜰의 언덕 중턱에 있고, 그곳까지는 상당한 거리였다. 두 사람은 도중에 있는 연못, 탑 등을 보며 갔다. 외국인 손님이 어슬렁거리고 있었다. 어두워지면서 조명탑의 창백한 불빛이 넓은 잔디밭을 예쁜 색으로 드러나게 했다.

쇼난정은 다실처럼 만들어져 있었다. 사치코가 작은 문 앞에 서서 말했다.

"여기서 잠깐 기다리세요. 제가 아빠에게 말하고 올게요." 사치코가 와가를 기다리게 하고 먼저 들어갔다. 그녀는 바로 생글거리며 돌아왔다. "마침 잘 왔어요. 손님은 조금 전에 돌아가셨대요. 아빠는 우리를 기다리고 계셨어요."

"그래."

와가는 사치코를 따라 디딤돌을 딛고 갔다.

4조 반짜리 방에서 노신사가 두 여종업원을 상대로 술을 마시고 있었다. 전 장관 다도코로 시게요시는 이젠 회사 사장 두 군데와 중역을 수없이 겸하고 있었다. 다도코로 시게요시는 은발에 테 없는 안경이 어울리는 단정한 얼굴을 하고 있었다. 신문, 잡지에 그 얼굴이 가끔 나왔다. 사진으로 보는 것보다 혈색이 좋고 뚱뚱했다.

"아빠, 함께 왔어요." 뜰 앞에서 사치코가 불렀다. 다도코로 시게요시는 딸 뒤에 있는 와가에게로 눈을 돌렸다.

"아아, 이리 들어와."

와가가 인사했다.

"안녕하십니까? 실례하겠습니다."

두 사람이 구두를 벗자, 여종업원이 곧 가지런히 놓았다.

"저어, 뭘로 하실까요?" 여종업원이 다도코로 시게요시에게 물었다.

"너희는 뭐가 좋으냐? 난 벌써 끝났는데."

"배가 고프니 뭐든지 좋아요. 저, 에이료 씨, 당신은 어때요?"

"저도 뭐든지 좋습니다."

"마음대로 주문하라구." 다도코로 시게요시가 웃으며 말했다.

"바비큐 같은 거 어떨까요, 에이료 씨?"

"좋습니다."

"그럼 바비큐, 그리고 마실 것은…… 에이료 씨는 스카치를 좋아
하셔요. 난 핑크레이디."

"알았습니다."

여종업원이 물러갔다.

"오래 찾아뵙지 못했습니다."

와가가 두 손을 다다미 위에 짚고 다도코로 시게요시 앞에 머리를
숙였다. 다도코로 시게요시는 안경 속으로 흡족한 미소를 지었다.
"아냐, 나야말로 자네와 더 자주 만나고 싶은데 말이야. 여러 가지
일로 다른 사람들만 만나느라고 좀처럼 시간이 나질 않는군. 오늘은
마침 잘 됐어. 자, 어서 그리로 앉지."

시게요시는 눈은 자기 사위를 보는 것 같은 표정이었다.

"아빠, 오신 손님이 누구세요?"

"음, 오늘 말이야? 오늘 만난 사람도 정치가야."

"또 정치가군요. 정치란 돈이 들겠지요? 시시해요. 그런 돈을 절
약해서 저희 새살림을 위해 좀 내 주세요." 사치코가 거침없이 말하
며 어리광을 부리듯 아버지를 보았다.

"준비가 되었습니다." 여종업원이 미닫이 옆에서 무릎을 꿇었다.

"그럼 그쪽으로 옮길까?" 시게요시가 말했다.

"어머 아버지, 식사는 벌써 끝나지 않으셨어요?"

"아아, 식사는 필요 없지만, 난 너희 사이에 끼여 술을 마시겠다. 벌써부터 방해물 취급을 하지 말아라."

"어머, 그런 뜻이 아녜요." 사치코는 목을 움츠리고 와가를 보았다.

세 사람이 나온 방 옆이 넓은 본당이었고, 화로가 있었다. 벌겋게 단 숯불 위에 꼬챙이에 꿴 쇠고기, 돼지고기가 놓여 있었다. 두 여종업원이 시중을 들었다. 연기가 천장까지 피어올랐다.

"맛있을 것 같군요."

세 사람은 화로를 둘러싸고 앉았다.

"와가."

"예."

"건배하세."

세 사람은 컵을 치켜들었다. 시게요시는 정종, 와가는 스카치, 사치코는 핑크레이디였다.

"와가."

"예."

"어떤가, 일은?"

"조금씩 하고 있습니다."

"아버지, 에이료 씨는 굉장히 노력하는 사람이에요. 제가 모시러 갔을 때도 일을 하고 있었어요." 사치코가 옆에서 말했다.

"잠깐 새 곡을 실험해 보고 있었습니다."

"난 전자 음악에 대해 잘 모르지만, 이 다음에 한번 자네 작업장을 구경시켜 주겠는가?"

"기다리겠습니다."

"아버지는 아주 음치예요. 음악회에 가자고 권해도 한 번도 가시지 않으세요. 전자 음악을 들어도 틀림없이 뭐가 뭔지 모르실 거예요."

"뭐가 뭔지 모른다니까 말인데, 자네 음악회에 대한 비평이 신문에 나왔더군. 읽어 보았는데, 그야말로 뭐가뭔지 알 수 없더군."

"세키가와 씨가 쓰신 거예요. 세키가와 씨는 에이료 씨와 함께 누보 그룹이라는 걸 조직했어요. 그리고 젊은 분들끼리 모여 새로운 예술 운동을 하고 있어요." 사치코가 덧붙여 설명했다.

"그래, 그 비평은 칭찬하고 있는 건가, 헐뜯고 있는 건가?"

"헐뜯는 편일 것입니다. 세키가와 씨는 신랄한 젊은 비평가입니다. 최근 눈에 띄게 성장하고 있지요. 그런데 저보고 말하라면 연기를 많이 한다고 하겠습니다. 처음에도 선배를 앞에 놓고 사정없이 깎아 내려서 매스컴의 주목을 받은 거니까요. 이번 비평 역시 그런 냄새가 물씬 났습니다. 말하자면 '내 동료라도 내 펜에 걸리면 이렇다' 하는 허세가 보인다고나 할까요?" 와가가 꼬챙이의 고기를 씹으며 대답했다.

시게요시는 벙글거리며 들었다. "그런가? 정계에도 그런 일이 있어. 어느 세계나 마찬가지군." 시게요시는 끄덕거렸다.

"역시 인간이기에 그렇겠지만, 전 예술가 쪽이 더 노골적인 것 같습니다."

"난 예술가에 대해서는 잘 모르는데, 여러 가지 어려움이 많군." 전 장관은 대답했다. "그런데 와가, 자네가 미국 가서 할 일은 대충 정해졌는가?" 그 풍만한 얼굴을 음악가에게로 돌리며 말했다.

"예, 구체화되는 것 같습니다."

"11월에 떠날 수 있는가?"

"예, 걱정 없습니다."

"여러 가지로 바쁘겠군?"

"예, 이것저것 준비가 있어요. 미국에 조지 매킨레이라는 사람이 있는데, 이 사람이 각국에 있는 저와 같은 전위 음악가와 연락하고 있습니다. 그런 뜻에서 미국에서는 그가 중심이 돼 있습니다."

"그래?"

"그 사람과 연락이 됐습니다. 그곳 음악회라고 해도 뉴욕에서 여는 영광스러운 무대인데, 거기서 제 리사이틀을 하기로 결정이 됐습니다. 그래서 적어도 열 곡쯤 작품을 제작하지 않으면 안 됩니다."

"거기서 인정을 받으면 어떻게 되는 거지?"

"당연히 그곳 레코드에 취입하게 될 것이고, 미국의 유명한 극장에서 리사이틀을 갖게 되면 일류 비평가의 인정도 얻게 됩니다. 그 결과 잘 되면 세계적인 평가를 얻게 되는 것이 아닌가 생각합니다."

"좌우간 똑똑히, 그리고 열심히 해 줘. 나도 가능한 한 도와 주겠네." 다도코로 시게요시는 장래의 사위를 격려했다.

"아버지, 저도 부탁드리겠어요." 사치코가 부탁했다.

"알았다. 자아, 그럼 나는 지금부터 또 다른 회의에 가야 해. 그럼, 먼저 실례하겠어." 다도코로 시게요시는 손목시계를 보며 말했다.

"그렇습니까?" 젊은 두 사람이 일어나 시게요시를 정자 입구까지 배웅했다.

"다녀오세요."

"너희, 오늘은 이제부터 어디에 가지?"

"여러 가지 계획이 있어요."

"그래 늦어지겠네?" 아버지다운 눈매가 되었다.

"아니에요, 10시경까지는 돌아가겠어요."

세이후엔에서 나온 두 사람은 곧장 아카사카로 향했다.

나이트클럽엔 아직 손님이 그다지 많지 않았다. 마침 쇼가 있었다.

세 명의 필리핀 사람이 마이크 앞에서 노래를 부르고 손뼉을 쳐 박자를 맞추며 춤을 추고 있었다. 그것이 끝나자 홀이 밝아졌다. 밴드가 댄스곡을 연주하기 시작했다. 와가는 사치코에게 손을 내밀고 홀로 나갔다. 곡은 빠른 룸바였다. 손을 맞잡고 재치 있게 발을 움직이며 사치코는 행복한 듯 와가에게 웃음을 보냈다. 그녀는 두 사람의 몸이 밀착했을 때, 와가의 귀에 속삭였다.

"행복해요."

에미코

1

그 찻집은 긴자 뒤쪽 거리에 있었다. 오전 2시까지 영업을 하는데, 밤 11시 반이 지나면 특수한 손님으로 찬다. 카바레나 바의 여종업원들이 일을 마치고 나서 여기서 잠깐 쉬었다 가곤 했다. 커피를 마시거나 과자를 먹으면서 귀가하기 전에 피로한 몸을 달래는 것이다.

긴자 일대에서는 11시 반부터 한동안은 택시 잡기가 힘이 든다. 몇백 집이나 되는 바나 카바레에서 쏟아져 나온 손님과 여종업원들이 한꺼번에 차를 잡으려고 하기 때문이다. 최근에 와서 이곳은 자가용차마저 영업을 하는 장소가 되었다. 이 혼잡을 피하기 위해 12시가 지날 때까지 이 찻집에서 기다리는 사람도 있었다. 그 밖에, 손님이 몰래 말을 맞춘 여종업원과 여기서 만나기도 했다. 그래서 여기서는 보통 손님은 좀처럼 찾아볼 수 없었다.

가게는 깔끔하게 꾸며졌다. 객석 입구에는 주크박스가 놓여 있어서 10엔으로 음악을 즐길 수 있었다. 객석은 몇 개로 나누어졌고 안이 깊었다. 여종업원과 만나기로 한 손님은 대부분 안쪽 자리를 찾았다.

막 10월로 접어든 때여서 여자들의 복장은 슈트나 원피스가 많았다. 방금 문을 밀고 들어온 사람은 드물게 기모노를 입은 에미코였다. 그녀는 가게 안을 살펴, 안쪽 자리에서 이쪽으로 등을 돌리고 있는 세키가와 시게오를 발견했다. 그녀는 다른 손님들 눈에 띌까봐 얼굴을 조금 숙이고 세키가와 앞에 앉았다.

"기다리게 해서 미안해요. 많이 기다리셨어요?"

그녀는 검은 레이스가 달린 숄을 벗으며 그에게 기쁜 미소를 보였다. 세키가와는 흘끔 에미코를 보고 다시 곧 시선을 돌렸다. 조명이 어두운 탓인지 그는 어둡고 우울한 표정이었다.

"20분 기다렸어."

커피 잔이 거의 비어 있었다.

"미안해요." 에미코가 서먹서먹하게 머리를 숙였다. "초조했지만 오랫동안 버티고 있는 손님 때문에 도무지 빠져 나올 수가 없었어요. 미안해요."

웨이트리스가 주문을 받으러 왔다.

"나, 레몬티."

에미코는 웨이트리스가 가자 그에게 이야기를 계속했다. "갑자기 불러내 폐가 안 될지 모르겠군요?" 세키가와에게 쑥스러워하는 얼굴이었다.

"바쁘니까 앞으로 이런 짓은 하지 말았으면 좋겠어." 세키가와가 무뚝뚝하게 말했다.

"미안해요." 그녀는 또 사과했다. "하지만 꼭 이야기하고 싶었어요."

"무슨 일인데?"

"그건 나중에 말하겠어요."

바로 말을 못한 것은, 마침 그때 웨이트리스가 차를 날라 왔기 때문만이 아니었다. 바로 이야기할 수 없는 복잡한 망설임이 그녀의 얼굴에 나타나 있었다.

"지금 말할 수 없어?"

"네, 나중에요. 당신을 만나면 알려 드리고 싶은 것이 있었어요."

에미코는 낮에 세키가와에게 전화를 걸어 여기까지 오게 했는데, 그 용건을 바로 말하지 않았다. 그러기 위해선 한 가지 결심이 필요한 듯했다. 그때 그녀가 세키가와에게 꺼낸 이야기는 정작 하고 싶은 이야기와는 관계가 없었다.

"저는 아키타 현에서 당신을 보았다는 사람을 만났어요. 벌써 한 달 전 이야기지만……."

이것은 그녀에게는 그다지 중요한 화제가 아니었다.

"아키타 현에서?" 세키가와가 갑자기 눈을 들었다. 에미코가 뜻밖이라고 생각할 만큼 그는 놀랐다. "어떤 사람이지?"

"벌써 오래전 일인데 와가 씨랑 네댓 분이 아키타 현에 가셨던 일이 있었지요?"

"아, T 대학에 있는 로켓 연구소를 견학하러 갔을 때?"

"그래요, 그때였어요. 뭐라고 하는지 이름은 모르지만 그 가까운 역에서 당신을 보았다고 했어요."

"내가 아는 사람인가?"

세키가와는 열성적이었다.

"아뇨, 당신은 몰라요. 전혀 관계없는 사람이니까요."

"어째서 그런 이야기가 나왔지?"

"당신 글이 실린 신문을 읽었대요. 당신 사진과 이름이 나와 있기에 그때 일이 생각났다고 하더군요."

"가게 손님인가?"

"아니에요, 제가 세들어 사는 집 아주머니의 오빠예요."

세키가와의 말이 잠시 끊겼다.

"어째서 그 사람이 당신에게 그런 이야기를 했을까?"

"뮈지크 콩크레트 이야기에서 시작됐어요. 당신이 와가 씨를 비평한 글 있잖아요. 그래서 제가 세키가와 선생님을 알고 있다고 얼결에 말한 데에서 그 이야기가 나왔어요."

"알고 있다고 말했나?"

"걱정 마세요. 가게에 가끔 오시는 손님이라고 해 두었으니까요."

"설마 우리 사이를 짐작하진 않았겠지?" 세키가와는 진지한 눈매로 말했다.

"안 그래요. 거기까지 알 리가 있겠어요?"

그녀는 남자를 안심시키려고 미소 지었다.

"어떤 경우라도 내 이야기는 하지 마." 세키가와가 언짢은 목소리를 냈다.

"네, 조심을 하지만……. 당신 이야기가 나오면 저도 모르게 기뻐지거든요. 앞으로 조심하겠어요." 그녀는 미안한 얼굴을 했다.

"대체 그 오빠란 이는 뭐 하는 사람이야?"

주크박스에서 흐느껴 우는 듯한 여자의 노래 소리가 흐르고 있었다.

"저도 아주머니에게 그것을 물어보았는데 아주머니는 똑똑히 말해주지 않았어요. 하지만 아주 친절하고 좋은 아저씨였어요."

"그래, 지금도 그 사람 직업을 잘 몰라?" 세키가와가 물었다.

"아뇨, 알았어요. 아주머니한테서가 아니고 다른 방 사람한테 시치미를 떼고 물었어요. 그랬는데 조금 뜻밖이었어요."

"뭔데?"

"경찰청 형사래요."

"형사?"

세키가와는 갑자기 복잡한 얼굴이 되었다.

"네. 그런데 조금도 그렇게 보이지 않았어요. 아주 붙임성이 좋고 이야기를 좋아하는 분이었어요. 요즘 경찰은 옛날과 다르다더군요.

가게에도 가끔 경관들이 오는데, 아주 친절해요."

세키가와는 대답이 없었다. 그는 담배를 꺼내 불을 붙여 물고 생각에 잠긴 듯 말이 없었다.

다방은 손님이 들고 나고 했다. 기다리던 상대가 오면 함께 나가기도 하고, 두세 사람이 한꺼번에 들어오기도 했다. 12시가 지난 다방은 초저녁과는 손님의 종류가 전혀 달라졌다. 어느 손님의 얼굴에나 피로한 빛이 있었다. 이야기 소리도 작았다. 주크박스의 레코드가 가늘고 허무하게 울리고 있었다.

"나가자" 하고 먼저 말을 꺼낸 사람은 세키가와였다. 계산서도 자기 손으로 집어 들었다.

"네. 좀더 여기 있지 않겠어요?" 에미코는 마시다 남은 차를 보았다.

"이야기라면 다른 곳에 가서 듣지."

"그래요." 여자는 순순히 그의 말을 들었다.

"먼저 나가 택시를 잡아."

에미코가 고개를 끄덕이고 살짝 일어나 가게에서 나갔다. 세키가와는 2분 뒤에 일어섰다. 다른 테이블에 있는 손님에게 얼굴을 보이고 싶지 않아, 고개를 숙이고 계산대 있는 곳으로 걸어갔다.

밖에 나갔더니 에미코가 택시를 세워 놓고 기다렸다. 세키가와가 먼저 탔다. 두 사람은 차가 달리는 방향을 바라보며 한참 동안 말이 없었다. 에미코가 손을 살짝 뻗어 세키가와의 손가락을 잡았으나, 그에게서는 별 반응이 없었다.

"저어, 당신 말을 한 것이 잘못됐나요? 혹시 그것 때문에 화가 나셨다면 용서하세요." 그녀는 남자의 어두운 옆얼굴을 들여다보며 사과했다.

"이봐, 지금 집에서 이사해." 한참 만에 세키가와가 불쑥 말했다.

"뭐라고 하셨어요?" 에미코는 세키가와의 말을 알아듣지 못한 것처럼 반문했다. 세키가와는 도라노몽 근처에서 흘러나오는 불빛을 바라보며 말했다.

"그 집에서 옮기는 거야."

에미코는 눈이 휘둥그레졌다.

"왜요? 또 말예요? 요전에 옮겼잖아요? 아직 두 달밖에 안 됐어요. 제가 지껄인 것이 잘못이었나요? 그래서 다른 곳으로 옮기나요?" 그녀는 우울한 목소리가 됐다.

세키가와는 대답하지 않았다. 대신 담배만 뻑뻑 피우고 있었다.

자동차는 아카사카로 가는, 불빛이 드문 심야의 거리를 달리고 있었다.

"그 형사는 지금까지 가끔 그 집에 왔었어?" 세키가와가 한참 만에 말했다.

"제가 간 뒤로는 처음 왔던 것 같았어요."

"이야기할 때, 당신이 먼저 말을 걸었어?"

"아니, 그렇지 않아요. 차를 준비했다면서 아주머니가 부르러 왔어요. 가 보았더니 그 오빠라는 분이 앉아 있었어요. 그래서 차를 마시면서 그런 이야기를 했어요."

"그렇다면 그 형사가 너를 부르러 보낸 거로군."

이 말을 에미코는 의외라고 받아들였다.

"설마 그렇진 않을 거예요. 그저 우연이에요."

"어쨌든 좋아. 그런 집에서는 일찌감치 옮겨 주었으면 좋겠어. 내가 다른 집을 찾겠어." 세키가와가 이야기를 끝내듯 말했다.

에미코는 세키가와의 생각을 알 수 있었다. 세키가와는 이전 아파트에서는 학생에게 얼굴을 들켰다는 이유로 집을 옮기라고 주장했다. 이번에는 집주인 아주머니의 오빠가 형사고, 그 사람의 입에서 세키가와라는 이름이 화제로 나와 걱정하는 것이었다. 세키가와는 늘 그녀와의 관계를 남이 모르도록 더할 수 없이 경계했다. 그는 원래 신경질적인 성격이었는데, 이 일에 관해서는 아주 극단적인 정도였다.

"당신 마음에 들지 않는다면 지금 있는 집에서 나오겠어요." 여자는 풀이 죽어 말했다. 에미코는 언제나 남자의 말에 따르는 자기가 갑자기 가엾게 느껴진 모양이었다. 남자의 태도는 그녀가 지금부터 하려는 말에 어두운 그림자를 드리우고 있었다.

세키가와는 담배를 차 재떨이에 비벼 껐다.

"이제 밤에는 추울 정도예요."

에미코는 본심에 없는 말을 했다. 그녀는 그가 불쾌한 태도를 그만 바꿔 주었으면 하고 생각했다. 특히 오늘 밤엔 기분이 좋지 않으면 안 되니까. 세키가와는 아직도 말이 없었다. 아카사카의 네온 불빛이 보이기 시작했다. 차는 아카사카미쓰케로 향했다. 오른쪽에 새로 지은 큰 호텔이 있었다.

"어머! 저분, 와가 씨 아네요!"

에미코가 창밖을 보고 있다가 갑자기 세키가와의 무릎을 찔렀다.

호텔 옆에 나이트클럽이 있었다. 정면만이 밝았다. 고급차가 그곳에 모여 있었다. 시간이 늦어 홀에서 나온 손님들이 돌아가는 길이었다. 외국인이 많았다. 서부극에 나오는 것 같은 빨간 옷을 입은 도어맨이 회중전등을 흔들며 차를 부르고 있었다. 그 손님들 가운데 와가 에이료의 모습이 보였다.

"흐음." 세키가와도 내다보았다.

"예쁜 분과 함께로군요. 저분의 약혼녀인가요?"

"그래, 다도코로 사치코야."

와가와 사치코는 차를 기다리고 서 있었다. 그 모습이 이쪽 차의 속도 때문에 금방 뒤로 흘러가 버렸다.

"행복해 보이는군요." 에미코가 한숨을 쉬었다.

"뭐가 말이야?" 세키가와는 코끝에 냉소를 띠고 있었다.

"곧 결혼하시잖아요. 그 전에 저렇게 교제하시면서 즐기시니까요."

이것은 에미코가 자기와 비교해서 한 말이었다.

"알 게 뭐야." 세키가와가 말했다.

"어머, 왜요? 하지만 저렇게 행복해 보이는걸요."

"현재는 그렇지. 그러나 내일 일은 아무도 모르는 법이야."

"그렇게 말씀하시는 게 아녜요. 친구인데 기뻐해 주시는 것이 당연하잖아요?"

"물론 기뻐해 주고 싶지. 그런데 말이야, 형식적인 것과 실제는 다르단 말이야. 친구이기에 더욱 형식적인 말은 하고 싶지 않아."

"무슨 일 있었나요?" 에미코가 세키가와의 얼굴을 걱정스럽게 보았다.

"아무 일도 없었어." 세키가와는 밀어붙이듯이 대답했다. "아무 일도 없었지만, 와가는 저래 봬도 상당한 야심가인데 과연 정말로 그녀를 사랑하고 있는지는 아무도 몰라. 그의 목적은 다도코로 시게요시와 그 사람을 배경으로 한 자신의 영광된 길이야. 그런 것이 여자에게 있어서 행복하다고 생각해?"

"그 속에서 애정이 생기면 그걸로 좋지 않아요?"

"그럴까?" 세키가와는 그 말이 마음에 들지 않는 모양이었다. "그런 애정에 파탄이 오지 않으면 그게 바로 행복이겠지."

"하지만 부러워요. 그렇다 하더라도 지금의 두 분을 보면 저렇게 어디고 당당하게 다니잖아요. 저희는 언제나 남의 눈을 피해서만 만나고 있는걸요."

세키가와는 아무 말 없이 어두운 아오야마 거리의 흐름을 창으로 구경했다. 롯폰기 교차점을 건넌 그 부근에는 특별한 레스토랑이 많았다. 밤 3시경까지 가게를 열었다. 이 일대가 한밤중에 특별한 표정을 보이기 시작한 것은 그리 오래 되지 않았다. 부근에는 러시아, 이탈리아, 오스트리아, 헝가리 요리 등을 파는 색다른 가게들이 산재해 있었다. 경영자도 일본인이 아니라는 데서 저널리스트들은 '도쿄 조계(租界, 19세기 중국의 개항 도시에 있던 외국인 자치구역)'라는 별명을 붙였다.

세키가와 시게오는 도로 한 군데에만 밝은 빛을 비추고 있는 어느 레스토랑 앞에 차를 세웠다. 빨간 융단을 깐 계단을 올라가니 넓은 객석이 나왔다.

"어서 오십시오." 보이가 안으로 안내했다.

객석은 두 개의 방으로 갈라져 있었다. 깊숙한 곳에 자리한 두세 쌍의 젊은 남녀가 보였다. 세키가와가 하이볼을 주문했다.

"넌?"

"술엔 질렸어요." 에미코가 대답했다. "오렌지 주스를 마시겠어요."

보이가 돌아갔다.

"뭐야, 이야기라는 게?" 세키가와가 에미코를 쳐다보았다.

다른 남녀들도 낮은 목소리로 이야기하고 있었다. 시간이 늦어 레코드도 울리지 않았고, 앞의 전차길에서 전차 소리도 들려오지 않았다. 심야 찻집은 독특한 분위기를 지니고 있었다.

에미코는 세키가와의 재촉을 받고도 말이 나오지 않았다. 얼굴을 숙인 채 우물거렸다.

"낮에 전화를 할 정도니까 여간 중대한 일이 아니라고 생각하고 일부러 왔어. 빨리 이야기했으면 좋겠어."

"미안해요."

전화를 건 데 대한 사과였다. 전화를 걸면 난처하다는 것이 세키가와가 입버릇처럼 그녀에게 하는 말이었다. 그래도 에미코는 말을 못했다. 날라 온 주스만 열심히 마셨다.

"술을 너무 많이 마셨나?" 세키가와는 여자의 태도를 보고 말했다.

"아뇨." 에미코는 고개를 가만히 흔들었다.

"되게 목이 말랐던 모양인데?"

"네."

"배는 고프지 않아?"

"네."

세키가와가 하이볼을 마시고 있는데 보이가 간단한 안주를 가져왔다. 구워 말린 연어였다. 에미코가 그 접시를 물끄러미 보았다.

"먹고 싶으면 먹어." 세키가와가 그녀의 시선을 깨닫고 접시를 내밀었다.

"고마워요. 하지만 이것만 먹겠어요."

그녀는 접시 옆에 놓인 자른 레몬을 이쑤시개로 꿰었다. 그리고 그것을 입에 넣고 맛있는 듯 먹었다.

"그렇게 신 것이 맛있어?"

세키가와는 그녀의 얼굴을 지켜보았다. 이때 세키가와는 뭔가 깨달은 듯 표정이 동요되었다. 세키가와는 에미코의 얼굴을 노리듯 쳐다보았다. 그는 갑자기 의자를 당겨 그녀 옆에 자기 몸을 바싹댔다.

"너" 하고 귀에 대고 자그맣게 말했다. "설마……?"

에미코는 순식간에 이마까지 붉어졌다. 그때까지 움직이던 손도 갑자기 정지했다. 그녀는 가만히 몸을 안으로부터 힘을 주듯 굳혔다.

"그랬군."

세키가와는 다시 진지한 눈으로 그녀를 응시했다. 에미코는 말을 하지 않고 끄덕였다. 세키가와도 다음 말을 하지 않았다. 그는 갑자기 눈을 돌리고 잔을 잡았다. 그것을 입술에 대고도 시선은 다른 곳에 멈추고 움직이지 않았다. 이 침묵은 한동안 계속되었다.

"정말이야? 틀림없지?" 이렇게 세키가와가 말한 것은 상당히 지나서였다.

"네." 에미코가 짜낸 듯한 가는 목소리로 말했다.

"얼마나 됐어?"

그 대답도 바로 하지는 않았다. 용기를 낸 듯 에미코는 대답했다.

"4개월 가까이 돼요."

세키가와는 쥐고 있는 잔이 깨질 정도로 손가락에 힘을 주었다.

"바보 같으니!" 그는 에미코를 돌아보며 억누르는 목소리를 냈다. "왜 지금까지 잠자코 있었지?" 그는 수그리고 있는 여자의 앞머리 근처를 노려보았다.

"하지만 그 말을 하면 또 지난번처럼 될 것 같아서요."

입술을 물고 있는 듯한 목소리였다.

세키가와는 다시 컵을 들어 자기 입술에 댔다. "당연하지" 하고 그는 술을 한 모금 마신 뒤에 말했다. "당연한 조치야."

"아녜요." 여자가 갑자기 얼굴을 들었다. 이제까지 보이지 않았던 강한 눈길이었다. "전에는 당신이 하라는 대로 했지만, 지금은 후회하고 있어요."

"후회?"

"네, 당신은 제가 하는 말을 들어 주지 않았어요. 얼마나 분했는지 몰라요. 하지만 이번엔…… 이번엔 제 생각대로 하고 싶어요."

"안 돼. 무슨 소릴 하는 거야. 상식을 가지고 하는 말이야?" 남자가 말했다.

"……."

"지난번에 내가 시키는 대로 했으니까 아무 일 없이 여기까지 온 거야. 네 멋대로 했다면 우린 비극적으로 됐을 거야." 세키가와는 크게 숨을 내뿜었다. 그는 계속했다. "한때의 감상이나 흥분으로 결정해선 안 돼. 딱 잘라야 해. 무엇보다 태어날 아이를 생각해 보라고.

그 아이가 얼마나 불행해지는가……."

"아네요. 전 이번만큼은 제 멋대로 하겠어요." 여자는 세차게 저항했다. 그 가냘픈 목소리에 필사적인 데가 있어, 세키가와는 다음 말을 하지 않았다.

"부탁이에요. 정말 이번만큼은 제 부탁을 들어주세요. 벌써 두 번째 아네요? 처음에는 당신 말대로 했어요. 그러나 그것이 잘못이었다는 걸 알았어요. 어떻게든지 제가 책임을 지겠어요." 남자의 굳은 표정에 호소했다.

"책임? 무슨 말을 하는 거야?" 세키가와는 에미코를 불쾌한 듯 바라보았다.

"전 저 혼자서라도 키우겠어요."

"알지도 못하는 소릴 하는군. 그런 일시적인 감상으로 언제까지나 살 수 있을 것 같아? 오히려 그것이 네 불행이 되는 거야." 세키가와는 진저리난다는 듯 짜증을 냈다.

"아네요. 상관없어요. 행복하지 않아도 좋아요. 당신의 애정을 꼭 쥐고 기르는 것만으로도 행복해요."

세키가와가 어쩌지 못하겠다는 듯한 얼굴로 옆을 보았다. 그리고 남은 술을 단숨에 마셨다. 얼음이 달그락 소리를 냈다. 여자가 슬픈 듯이 얼굴을 숙였다.

"좌우간 그런 일에는 절대로 찬성할 수 없어. 내 말대로 해 주었으면 좋겠어." 세키가와는 억누르듯 말했다.

"……."

"넌 지금 네 감정만으로 꽉 찼어. 앞일이 어떻게 되리란 것도 생각지 않고 있어. 만약 네 말대로 해 보라고. 넌 반드시 후회하게 돼."

"아네요! 절대로 그럴 리 없어요. 전 제가 할 일은 제가 알아서 할 작정이에요." 여자가 강한 눈빛을 띠었다.

"자기 혼자 생각으로 말해선 안 돼. 이봐 에미코, 너의 그런 기분은 잘 알아. 그러나 애정만으로 어떻게 해결될 수는 없어. 자기 기분대로 한 일이 생각잖은 반대 결과를 낳는 일이 많아." 세키가와의 음성이 달래는 투로 변했다.

"당신은 저한테 애정을 갖고 계신가요?" 여자는 슬픈 듯이 말했다.

"알고 있잖아?"

"그렇다면…… 그렇다면, 그렇게 말씀하지 않으실 거예요." 그녀는 어깨로 숨을 쉬고 있었다. 얼굴빛이 창백했다. "제 말에 찬성해 주실 거예요?" 낮았으나 여자의 음성은 떨리고 있었다. 눈에 눈물이 괴어 있었다.

"에미코, 나가자. 나가 천천히 둘이서 의논하자." 세키가와는 그녀의 어깨를 갑자기 부드럽게 두드렸다.

에미코는 손수건으로 눈을 누르고 있었다.

2

그 일대는 밤 12시가 지나면 사람의 통행이 끊겨 쓸쓸할 만큼 고요해졌다. 낮에도 조용한 길이었다. 양쪽에서는 커다란 집이 있고, 긴 담이 뻗어 있었다. 가파른 고갯길에 디딤돌이 있었다. 가로등 빛이 둘의 모양을 무늬 비슷한 그림자로 그려 내고 있었다.

세키가와는 오버 포켓에 두 손을 찌르고 걸었다. 에미코가 그의 옆에 바싹 붙어 남자의 팔에 손을 걸고 있었다. 두 그림자가 고갯길을 천천히 내려갔다. 이따금 택시 헤드라이트가 두 사람을 비추며 지나갔다.

"끝까지 단념할 수 없단 말이지?"

아까 하던 이야기가 계속되었다. 남자의 불쾌한 표정도 먼저 그대로였다. 에미코는 남자의 어깨에 뺨을 비비듯 하며 걸었다.

"미안해요." 사과하는 그 목소리에서 강함이 느껴졌다. "제가 결정한 마음을 이번에는 바꾸고 싶지 않아요." 에미코는 자신의 말이 남자를 불쾌하게 만든다는 사실을 알면서도 되풀이했다. "당신에게는 절대로 폐를 끼치지 않겠어요."

연인이 불쾌해 하는 것을 두려워해서 사과하는 듯한 동작이고, 말투도 애원조였다.

"폐? 나만을 생각하는 게 아냐. 너를 위해서도 그러는 거야."

세키가와는 앞을 응시하며 걸었다. 길은 일단 아래로 내려갔다가 다시 오르막이 되었다. 이 근처에는 외국 대사관, 공사관 등이 있어 우거진 숲이 많았다.

"아무래도 안 되겠어?" 그가 마지막으로 확인하듯 물은 것은 여자의 결심이 굳다는 사실을 알았기 때문이었다.

에미코는 말이 없었다. 이 침묵이 그녀가 뜻을 바꿀 생각이 없음을 남자에게 전했다. 4개월이나 된 뒤에 털어 놓은 것도 그 때문이리라.

"그래……." 세키가와는 어둠 속에서 숨을 내뿜었다.

"미안해요. 무슨 짓을 해서라도 제 손으로 기르겠어요. 당신 이름을 밝히는 일은 없을 거예요." 그녀는 목소리가 떨렸다.

"하는 수 없지." 세키가와는 불쑥 말했다.

"네?" 여자가 놀란 듯 얼굴을 들었다.

"하는 수 없다고 했어."

"그러면?"

"네 의사에 따를 수밖에 없겠지." 세키가와는 자기 생각을 쫓는 것처럼 말했다.

"그럼 제 마음대로 하도록 허락해 주시는 거예요?" 그녀는 숨을 몰아쉬면서 기쁨을 누르고 있었다.

"졌어. 네 고집에 항복했어." 그가 내뱉었다.

에미코는 세키가와의 팔을 힘껏 졸랐다. 그때까지 풀이 죽었던 에미코가 갑자기 팔팔해졌다.

"기뻐요! 기뻐요, 정말!"

그녀는 세키가와의 팔을 붙잡고 흔들었다. 그녀는 온몸으로 덤벼들어 얼굴을 남자의 가슴에 문질렀다. 그리고 세키가와가 걸을 수 없을 정도로 매달렸다. 에미코는 남자의 가슴에 얼굴을 밀어붙인 채 어깨를 가늘게 떨었다.

"뭐야, 우는 거야?"

세키가와는 그녀의 허리를 안았다. 말투도 달라졌다. 그녀는 흐느끼고 있었다. 머리, 뺨, 어깨 할 것 없이 감동으로 떨리고 있었다. 옷깃 위로 내민 흰 목덜미에서 달콤한 향내가 났다.

"미안했어. 그 정도로 결심하고 있다면 이제 난 아무 말 않겠어. 되도록 네가 시키는 대로 하겠어." 세키가와가 다정하게 말했다.

"정말?" 여자가 울먹이는 소리로 말했다.

"정말이고말고. 아까 내 말이 조금 잔인했는지도 몰라."

"아녜요." 그녀는 고개를 세게 흔들었다. "저도 당신이 하시는 말씀을 잘 알아요. 그것이 당연하다고 생각해요. 하지만 이번만큼은 제 아기의 생명을 지키고 싶어 그랬어요. 제 아기라기보다 당신을 이어받은 생명을 지키고 싶어서……."

그녀는 감동 때문에 다음 말을 잇지 못하고 입술이 가늘게 떨렸다. 세키가와가 갑자기 여자의 어깨를 끌어당겨 그녀의 입술 위에 자기 입술을 밀어 붙였다. 그의 얼굴에 여자의 뺨에서 흐르던 눈물이 차갑게 닿았다. 옆의 담 위로 잎이 무성한 나무가 높이 솟아 있었다. 그 어둠 속에서 두 사람은 오랫동안 서로 안은 채 서 있었다. 갑자기 자동차 헤드라이트가 두 사람의 모습을 쓸고 옆으로 사라졌다. 둘이는 떨어져 걷기 시작했다.

"걱정하지 않아도 돼." 세키가와는 에미코의 용기를 북돋았다. "나도 할 수 있는 데까지 하겠어. 그 대신······" 하고 그는 걸어가며 말했다. "내가 시키는 대로 해 줘. 가게를 곧 그만둬."

에미코가 뜻하지 않던 친절한 말이었다.

"하지만 아직은 괜찮아요." 그녀는 기쁜 듯이 대답했다.

"아냐, 지금이 제일 중요한 시기야. 무리할 필요 없어. 몸이 상하면 어떻게 하게?"

"네." 그녀는 손수건을 꺼내 눈물을 닦았다.

"가게 마담에게 내일이라도 이야기해서 그만둬. 아니, 이유는 달리 이야기하고, 가게를 그만두고 싶어졌다고 하면 돼."

"네, 그렇게 하겠어요."

"그만두는 이유는 오늘 밤에 잘 생각해 두라구."

"네."

에미코는 5분 전과는 전혀 다른 걸음걸이가 되어 있었다.

"이제 됐어. 자아, 이야기가 정해졌으면 이번에는 내가 하자는 대로 해."

지나던 택시 운전사가 어두운 길을 걷고 있는 남녀를 곁눈으로 보며 지나갔다.

3

이마니시 에이타로가 드물게 일찍 집에 돌아왔다. 안에서 가와구치에 사는 누이동생 목소리가 들렸다. 누이동생 집에 갔다 온 지가 벌써 한 달이나 지났다. 목소리로 보아 누이동생이 부부싸움을 하고 온 것은 아님을 알 수 있었다.

"어서 오세요. 올케가 와 있어요."

아내가 현관에 나와 맞았다. 이마니시는 말없이 신발을 벗고 올라갔다.

"오빠, 실례하고 있어요." 누이동생이 오빠를 올려다보았다.

"응, 요전에는 내가 실례했다." 그는 아내의 도움을 받으며 양복을 벗었다.

"오늘은 그 일로 왔어요."

"뭐야, 그 일로라니?"

"오빠가 알고 싶어했던 그 여자가 갑자기 집에서 이사했어요."

"뭐라구?" 이마니시는 넥타이를 풀던 손을 멈추었다. "이사했어? 언제?" 그는 자기도 모르게 날카로운 눈이 되어 있었다.

"어제 오후에요."

"어제 오후? 지금 없나?"

"네, 저도 놀랐어요. 어제 오후에 갑자기 말을 꺼내잖아요. 그렇게 이사하는 법은 없어요."

"그래, 어디로 옮겼니?"

"센주 쪽으로 옮긴다고 하는 것 같았는데요……."

"센주 어디야?"

"그걸 자세히 말하지 않았어요."

"바보!" 이마니시가 갑자기 누이동생을 야단쳤다. "그런 걸 이제야 말하다니. 왜 바로 경찰청에 있는 나에게 연락 안 해?"

"그 여자가 그렇게 중요했나요?" 누이동생이 뜻밖이라는 얼굴을 했다.

"넌 몰라. 이사할 때 말해 주었다면 얼마나 도움이 됐을지 넌 몰라. 게다가 그 행선지도 모른다면 어떻게 되는 거야?"

누이동생은 오빠의 호통에 불만스러운 얼굴을 했다.

"그런 말을 조금도 해주지 않아서, 그만 나중에 이야기해도 되는 줄 알고……."

누이동생이 불평하는 것도 당연했다. 이마니시도 그녀가 두 달 만에 이사하리라곤 생각지 않았다.

"어느 이삿짐센터에서 왔어?"

"글쎄요." 누이동생은 그것도 눈여겨 보지 않았던 모양이었다.

"바보 같으니라구!" 이마니시는 풀던 넥타이를 다시 죄었다. "이봐, 웃옷."

"어머, 어디 가시게요?" 아내가 깜짝 놀라 올려다보았다.

"바로 애네 집에 가겠어."

"어머!"

아내와 누이동생은 얼굴을 마주 보았다.

"지금 저녁 준비를 시작했어요. 아가씨도 막 왔는데, 천천히 가시면……?"

"급해. 야, 가자! 바로 너희 집에 가자. 그 여자가 이사한 곳을 밝혀내야 해." 이마니시는 동생을 재촉했다.

"그 사람이 무슨 나쁜 짓을 했나요?"

누이동생은 눈이 휘둥그레졌다. 이마니시는 가와구치에 있는 누이동생 집으로 갔다. 누이동생은 에미코가 무슨 나쁜 짓을 했느냐고 자꾸만 물었다. 오빠가 일부러 함께 집에 올 만큼 신경을 쏟았기 때문이다.

"무슨 나쁜 짓을 하진 않았어. 그런데 조금 마음에 걸리는 일이 있어. 나중에 찾는 것보다 지금이면 그 이사한 집을 알아낼 수 있을지 모르니까 그래. 그 여자 방이 어디지?"

누이동생은 오빠를 이층으로 데리고 갔다. 이층은 다섯 개의 방으로 갈라져 있는데, 에미코가 있던 방은 제일 안쪽이었다. 누이동생이 문을 열고 전등을 켰다. 막 이사간 방은 텅 비어 있었다. 방엔 저녁

해가 비쳐 다다미가 빨갛게 보였다. 가구를 놓았던 자리만 색깔이 달랐다. 에미코가 뭉쳐 놓은 불필요한 것들이 한 구석에 있었다. 화장품과 비누 상자, 헌 신문지며 잡지 등이 쌓여 있었다. 떠나간 사람이 이 방에 남겨 둔 물건들이었다. 청소가 말끔히 되어 있었다. 어제 오후에 이사했다는데, 뒤처리를 깨끗이 해 놓고 갔다.

"얌전하고 좋은 아가씨였는데……. 바에 다닌다고 하기에 칠칠치 못한 사람일 줄 알았는데, 보통 사람보다 더 깔끔했어요."

누이동생은 더 있어 주었으면 좋았을걸 하는 말투였다.

이마니시가 헌 신문이며 잡지를 다다미 위에 펼쳤다. 그다지 색다른 것은 없었다. 헌 잡지는 비교적 인텔리가 읽는 종합지였다. 이마니시가 그 가운데 한 권을 집어 들었다. 목차를 훑어보았다. 그는 고개를 끄덕거렸다. 그는 다음에 화장품과 빈 비누 상자를 펴보았다. 그 속에는 헌 포장지가 얌전히 접어져 들어 있었다. 이것이 에미코의 깔끔한 성격을 말해 주었다. 이마니시는 그런 것들을 뒤적거리다가 상자 구석에서 성냥갑을 발견하고 집어 들었다. 바의 성냥갑이었다. 이마니시는 상호를 읽었다. '클럽 보느르'라고 찍혀 있었다.

"여기군, 나가던 곳이?"

이마니시가 누이동생에게 검은 바탕에 노랗게 상호가 찍힌 그 성냥갑을 보여 주었다.

"그런지도 모르겠군요, 저한테는 아무 말 하지 않았지만."

이마니시는 그 빈 성냥갑을 주머니에 넣었다. 그 밖에는 별 특별한 것이 발견되지 않아 그대로 두었다.

"어제 오후 이사할 때 어느 이삿짐센터에서 나왔지?"

"글쎄요, 그게…… 알아 두지 못했어요."

"하지만 넌 이삿짐센터 사람을 보았겠지?"

"네, 보았어요. 두 남자가 삼륜차에다 짐을 날랐는데……."

"이 근처에 이삿짐센터가 어디 있지?"

"역 앞에 두 집 있어요."

이마니시는 이층에서 내려왔다. 그리고 바로 현관에 가서 구두를 신기 시작했다.

"어머, 오빠. 벌써 가세요?" 누이동생이 깜짝 놀란 듯이 말했다.

"응." 그는 구두끈을 매며 대답했다.

"모처럼 오셨는데 차라도 한잔 드시고 가세요."

"그렇게 하고 있을 수 없어. 한가할 때 또 올게."

"꽤나 서두르시는군요."

이마니시는 구두끈을 매고 나서 허리를 폈다.

"오빠, 미우라 씨가" 하고 누이동생이 에미코의 성을 꺼냈다. "다시 집에 오는 일이 있으면 여러 가지 물어둘까요, 그렇게 마음에 걸리신다면?"

"음. 이제 여기는 오지 않을 거야." 이마니시는 내키지 않는 얼굴이었다.

"그럴까요?"

"그 여자는 내가 경찰청에 근무하고 있다는 사실을 알았어. 그래서 부랴부랴 이사한 거야."

"어머, 전 그런 이야기 하지 않았어요."

"네가 말하지 않았어도 틀림없이 이 집에 사는 누군가에게서 들었을 거야."

"그럼, 역시 뭔가 켕기는 일이 있나요?" 누이동생은 다시 눈을 크게 떴다.

"아직은 아무 말도 할 수 없어. 좌우간 네 말대로 만일 그 여자가 오거든 물어봐 줘."

이마니시는 누이동생 집에서 나와 급히 역 앞으로 갔다. 역 앞에는 이삿짐센터가 두 집 있었다. 그는 먼저 야마다 이삿짐센터를 찾아갔다.

"이런 사람인데요." 이마니시는 처음부터 경찰수첩을 내보였다. "어제 오후, 요 앞 ××마을 ××번지에 사는 오카다라는 사람 집에 이삿짐을 실으러 간 일이 있습니까? 그 집엔 방이 여덟 개 있고, 이사 가는 사람은 미우라라는 아가씨였는데요."

"글쎄요……."

이마니시와 말하던 직원이 다른 사람에게 물어보러 갔다. "아무래도 저희 집이 아닌 모양입니다." 그 직원이 이마니시 있는 데로 돌아와서 대답했다. "그런 일이 있었다면 어제 일이니 바로 알지요. 이 앞에 있는 이토 이삿짐센터가 아닐까요?"

"고맙습니다."

이마니시는 조금 떨어져 있는 이토 이삿짐센터로 들어갔다. 여기서도 마찬가지 대답이었다.

"어제라구요? 아무래도 그런 기억이 없는데요. 만일을 위해 종업원에게 물어보겠습니다."

이삿짐센터 직원이 이렇게 말하더니 사무실에서 나가 유리문으로 칸막이를 한 짐 보관소로 갔다. 알전구 불빛 아래 서너 명의 젊은 남자들이 소형 트럭에서 짐을 내리고 있었다. 이윽고 그는 한 젊은 남자를 데리고 돌아왔다.

"역시 저희 집에서 취급하지 않았습니다. 그런데 이 사람이 그 집에서 이삿짐을 나르는 것을 지나가는 길에 보았답니다."

"자네…… 그 이삿짐을 어디서 보았지?"

이마니시가 젊은 사람에게 물었다.

"말씀하신 집 앞에서요."

"이삿짐센터에서 왔던가?"

"그렇습니다. 두 사람이 삼륜차에 장롱이니 경대를 싣고 있더군요."

"그 이삿짐센터가 어딘지 알겠는가?"

"압니다. 삼륜차 옆에 커다랗게 이름이 씌어 있었으니까요. 오쿠보 쪽입니다. 야마시로 이삿짐센터라구요."

"오쿠보 어디 근처일까?"

"역 바로 앞입니다. 서쪽 출구로 나오면 바로 눈에 보입니다."

"고맙네."

이마니시는 이토 이삿짐센터에서 나왔다.

누이동생은 에미코가 이사 간 곳이 센주 방면이라 했다. 이것은 에미코가 누이동생에게 한 말이었다. 그런데 여기에서 들으니, 오쿠보에 있는 이삿짐센터에서 차가 왔다. 센주와 오쿠보는 전혀 방향이 달랐다. 이것도 에미코가 갑자기 이사한 일과 종합해 생각해 보니 부자연스러웠다.

이마니시는 전차를 타고 신주쿠로 돌아와, 중앙선으로 갈아타고 오쿠보로 갔다. 서쪽 출구로 나오니 그 젊은 사람 말대로 야마시로 이삿짐센터가 바로 앞에 있었다. 그 집 앞에 가니 밤인데도 불빛 속에서 사람들이 일하고 있었다. 이마니시는 신분을 밝히는 것이 좋을지 안 좋을지 조금 망설였으나, 손쉽게 하기 위해 경찰수첩을 보였다. 장부를 펴 놓고 있던 여직원이 일어나 이마니시의 이야기를 들었다.

"아아, 미우라 씨 말이군요. 네, 저희 집에서 짐을 나르러 갔어요."

그녀는 바로 대답했다.

"짐을 갖다 준 집을 압니까?"

"그게…… 집까지 직접 실어다 드리지 않았어요."

"그렇다면?"

"손님이 희망하신 대로 일단 이리로 가져 왔어요."

"이리로?"

이마니시는 희미한 전등이 켜진 어둑어둑한 실내를 둘러보았으나 그럴듯한 짐은 없었다.

"네, 그런데 곧 짐을 찾으러 오셨더군요."

"그럼 일단 이곳에다 짐을 내렸다가, 다시 인수하러 왔었군요?"

"그래요."

"왜 그렇게 이중의 수고를 했을까요?"

"글쎄 말예요. 저희도 귀찮았어요. 다행히 바로 짐을 찾으러 오셔서 그다지 방해되지는 않았지만요."

"미우라라는 여자가 찾으러 왔던가요?"

"아니요, 여자 분이 아니라 스물일고여덟쯤 된 남자 분이었어요."

"삼륜차였습니까?"

"네. 그런데 작은 차여서 두 번에 나누어 짐을 날라 가셨어요."

"그 삼륜차에는 상호가 씌어 있었습니까?"

"아니, 없었어요. 그 차는 이삿짐센터의 차가 아니었어요."

"스물일고여덟쯤 된 남자라고 했지요?" 이마니시는 인상을 묻기 시작했다. "어떤 용모였습니까? 가령 말랐다든가, 뚱뚱하다든가, 머리카락 모양이 어떻다든가 하는 거 말입니다."

"글쎄요……, 무척 마른 분 같았어요." 여직원이 생각한 끝에 대답했다.

"아니, 그렇게 마르지 않았어. 비교적 살이 쪘던데……." 같이 있던 다른 남자가 참견했다.

"그래요? 그랬던가?" 여직원이 자신이 없는 듯 돌아보았다.

"아냐, 그렇지 않아. 그렇게 뚱뚱하지 않았어." 이번에는 책상 맞은쪽에 앉은 남자가 자기 의견을 말했다.

"머리카락은 깨끗하게 갈랐던 것 같아. 얼굴빛이 희고 안경을 쓴 남자였어.”

“안경은 쓰고 있지 않았어요.” 여직원이 즉각 반대했다.

“아냐, 쓰고 있었어.”

“나는 쓰고 있지 않았던 것 같아.” 그녀는 다른 남자에게 얼굴을 돌려 판단을 구하는 시늉을 했다.

“글쎄, 쓰고 있었던 것도 같고 아닌 것도 같고…….”

세 사람은 눈과 입의 특징도 다 다르게 말했다. 짐을 나른 것이 어제였다. 그런데 벌써 이렇게 엇갈리는 것이었다.

“옷은 어땠습니까?”

이것도 세 사람이 말이 다 달랐다. 한 남자는 점퍼를 입었다고 했고, 다른 남자는 검은 스웨터를 입었다고 했으며, 여직원은 양복 차림이었다고 했다. 키도 컸다는 편과 작았다는 편으로 갈렸다.

그 남자가 이 이삿짐센터에 있었던 시간은 20분도 못 될 것이다. 이삿짐센터 사무원들은 바쁜 가운데 보아서 그런지 그 남자에 대한 인상이 희미했다.

“짐을 두 번에 나누어서 찾으러 왔다고 했지요?” 이마니시는 다른 것을 물었다.

“예.”

“어디로 짐을 나른다고 하던가요?”

“그런 말은 하지 않았어요.”

“그럼 처음 짐을 찾으러 왔을 때와 두 번째 찾으러 왔을 때, 그 사이가 대개 몇 시간쯤 거렸습니까?”

“글쎄요, 3시간쯤 걸렸을 거예요.”

이것은 세 사람 다 이론이 없었다.

“고맙습니다.”

결국 이 정도의 탐문으로 만족할 수밖에 없었다. 이마니시는 오쿠보 역에서 전차를 타고 긴자로 향했다. 그는 전차 안에서 생각했다.

에미코는 누이동생의 집에서 갑자기 이사한 것과 마찬가지로, 가는 곳도 남이 모르게 꾸민 흔적이 있었다. 일단 이삿짐센터에 맡겨 놓았던 에미코의 짐을, 두 번에 나누어 날랐다는 남자의 인상은 본 사람마다 달랐다. 그러나 그 남자의 연령과 한번 갔다 온 시간은 대개 일치했다.

그 남자는 짐을 꽤 먼 곳으로 나른 모양이었다. 삼륜차로 왕복 3시간이라면 상당한 거리였다. 짐 내리는 시간을 빼고도 말이다.

4

이마니시는 9시경 긴자 뒷거리로 들어갔다. 주머니 속에 넣어 둔 성냥이 그에게 행선지를 가르쳐 주었다. 에미코가 이사한 뒤에 방에 남아 있던 성냥이다.

'클럽 보느르'는 빌딩 안에 있었다. 계단을 올라가니 작은 바가 몇 개 모여 있었다. '클럽 보느르'는 그 안쪽에 있었다. 문을 밀고 들어서니, 가득 찬 연기로 침침한 조명이 더 흐려 보였다.

"어서 오십시오."

이마니시는 카운터 앞에 앉았다. 입구는 좁아도 안은 예상 외로 넓었다. 칸막이마다 손님이 꽉 찼다. 잘 되는 모양이었다. 그는 하이볼을 주문하고 아무렇지도 않게 객석을 둘러보았다. 양장과 기모노 차림의 여종업원들이 열 명쯤 있었다. 어느 얼굴이 에미코인지 알 수 없었다. 카운터여서 여종업원은 옆에 오지 않았다.

"이봐. 에미코 씨는 없는가?" 이마니시가 바텐더에게 말을 걸었다.

바텐더는 가볍게 인사하고 "에미코 씨는 어제 날짜로 가게를 그만두었습니다" 하고 상냥하게 웃으며 대답했다.

"뭐, 어제 날짜로?" 이마니시는 '아차' 했다.

"예."

"갑작스러운 일이군?" 이마니시가 중얼거렸다. 믿고 왔는데 멋지게 어긋났다. 에미코는 이사와 동시에 가게도 그만두었다.

"그렇습니다. 우리도 깜짝 놀랐습니다. 잘 모르지만, 본인이 기어이 그만둔다고 해서 마침내 마담이 승낙했답니다."

"어디 다른 바로 옮긴다던가?"

"아니요, 당분간 고향에 가 보겠다고 하더랍니다."

"정말인가?"

그랬더니 바텐더는 히죽히죽 웃었다.

"글쎄 저희는 잘 모릅니다."

이마니시는 자기 신분을 밝히기로 했다. 그는 되도록 그러고 싶지 않았지만, 이런 사람들을 상대할 때엔 그냥 있으면 결말이 나지 않는다.

"마담은 있나?"

"예, 계십니다."

"미안하지만 이리로 살짝 불러 주지 않겠나?"

바텐더의 눈빛이 비로소 달라졌다.

"이런 사람이야."

이마니시가 낮은 목소리로 말하며 수첩을 내보였다. 바텐더는 이마니시에게 절을 했다. 그리고 급히 카운터에서 나가 객석으로 갔다. 한참 있으니 바텐더가 마담을 데리고 돌아왔다. 마담은 32, 3세쯤 되어 보이는 늘씬한 여자로, 커다란 눈에는 요염한 빛이 감돌았다. 정성들여 만든 기모노 차림이었다.

"어서 오세요." 그녀는 이마니시에게 애교 있게 인사했다.

"미안합니다. 조금 묻겠는데, 에미코라는 아가씨가 어제 그만두었다구요?"

"네, 그런데요?"

"무슨 그만둘 만한 사정이라도 생겼습니까?"

"고향에 돌아간다고 하더군요. 저희도 갑작스러운 일이어서 놀랐어요. 게다가 이 가게에서 꽤 오래 일해 손님도 상당히 가지고 있어서, 지금 그만두게 되면 저희도 곤란했어요. 그런 이야기를 했더니 울먹거리며 부탁하기에 하는 수 없이 승낙했어요. 저, 에미코에게 무슨 일이 있었나요?"

"아니, 그렇진 않지만 참고삼아 그녀에게 조금 묻고 싶은 게 있었습니다. 마담은 그녀의 집을 모르십니까?"

"잘 모르지만, 가와구치 쪽이라고 했어요."

"어제 거기서 다른 데로 옮겼습니다."

"그래요? 그건 몰랐는데요." 마담은 정말 놀란 모양이었다.

"에미코를 찾는 손님은 대개 어떤 계통의 사람들이었습니까?"

"글쎄요, 뭐 여러 계통이에요. 그 앤 얌전하고 순정형이라고 할까요? 그런 타입이어서 손님들도 얌전한 분이 많았던 것 같아요."

"그 손님 가운데 세키가와 씨라는 사람은 없었습니까?"

"세키가와 씨? 아아, 그 누보 그룹의?"

"그렇습니다."

"훨씬 전에는 곧잘 에미코를 찾아오셨는데, 요즘엔 통 안 오셔요."

"훨씬 전이라면 언제쯤입니까?"

"글쎄요, 벌써 일 년쯤 됐을까요?"

"그 이후로는 발을 완전히 끊었습니까?"

"전혀 오시지 않는 건 아니지만, 거의 오시지 않는 편이에요. 두 달에 한 번 오실까 말까 할 정도고, 대개 다른 손님과 함께 오셔요."

"그 세키가와 씨와 에미코가 특별한 사이인 것 같지는 않았습니까?" 이마니시가 마담에게 물었다.

"글쎄요, 전에는 자주 오셔서 에미코를 부르곤 하셨는데, 그 뒤의 일은 잘 모르겠어요."

"뚝 발길이 끊겼다는 것은 오히려 두 사람 사이가 몰래 진행되고 있다는 증거가 아닐까요?"

"글쎄요, 이런 곳에서 일하는 아이들은 좋은 사람이 생기면 가게에는 오지 못하게 하는 모양이니 에미코도 그랬을지 모르겠군요." 마담은 여기까지 말하고 "세키가와 선생님이 정말로 에미코와 그런 사이가 됐을까요?" 하고 거꾸로 이마니시에게 물었다.

"그건 나도 모릅니다." 이마니시는 말을 흐렸다. 그는 이런 것을 추궁당하면 난처했다. 별로 수사와 관계가 없는 일이었다.

"세키가와 선생님과 그 아이에게 뭔가 이상한 일이 있었나요?" 마담이 계속 물었다.

"아니, 아무것도 없습니다. 특히 에미코 씨가 어떻게 했다는 말이 아닙니다. 다만 아까 말한 것처럼 그녀에게 조금 물어보고 싶은 것이 있어서 왔을 뿐입니다."

사실 세키가와와 그녀가 그런 사이거나 말거나 모두 쓸데없는 참견인 셈이었다. 이렇게 되면 형사라는 입장은 매우 곤란해진다. '개인'의 관심으로 받아들여 주지 않기 때문이다.

"세키가와 선생님이 설마 에미코와……?" 마담은 반신반의했다.

"그 점도 어떤지 모릅니다. 특별히 확인해 보진 않았으니까요." 이마니시는 이야기가 얽히는 것을 예방했다. "그럼 나중에 올지도 모르니, 혹시 에미코 씨의 새 일자리나 주소를 알게 되면 가르쳐 주십시오."

그는 묘한 입장이 되어 '클럽 보느르'에서 나왔다. 긴자 뒷골목을 걸으며 새삼스럽게 자신의 모순을 깨달았다. 에미코나 세키가와는 전혀 수사 대상이 아니었다. 그러니까 그 두 사람을 쫓는다는 것은 전혀 다른 일이었다.

이마니시는 아무래도 에미코가 갑자기 누이동생 집에서 다른 곳으로 옮긴 일이 이해가 되지 않았다. 분명히 자기가 형사라는 사실을 알고 황급히 이사한 것 같았다. 그리고 이사 방법도 묘했다. 이것도 생각하기에 따라서는 뭔가 꺼리는 데가 있어 숨었다는 느낌을 주었다. 그러나 그 기묘한 행동을 딱히 형사가 추적할 이유는 없었다. 그러나 그는 뭔가 에미코의 행방에서 어두운 그림자를 느꼈다. 확실한 이유가 아니고, 말하자면 예감과 같은 것이었다.

경찰은 언제나 사건이 일어난 뒤가 아니면 수사권을 발동할 수가 없다. 범죄 예방이라는 점에 있어서 경찰은 아주 무력했다. 피해자가 생기고 나서야 비로소 경찰이 움직이니까 수사를 예감만으로 할 수는 없다. 이마니시는 과거에도 몇 번인가 이런 모순에 부닥쳤었다.

그녀의 죽음

1

밤 11시 15분이었다. 전화를 받은 간호사는 자기 방으로 들어가 자려고 하던 때여서 이 시간을 잘 기억하고 있었다. 전화의 목소리는 남자였다.

"거기 우에스기(上杉) 의원입니까?"

"네, 그렇습니다."

"우에스기 산부인과 의원이지요?"

"네, 그런데요?"

"급한 환자가 있는데 선생님께서 급히 와 주실 수 없을까요?"

나중에 간호사가 한 진술에 따르면, 남자의 목소리는 젊었다고 했다.

"누구신가요?"

"아니, 처음입니다."

이 말은 아직 우에스기 의원에 한 번도 치료를 받으러 온 일이 없는 환자라는 뜻이었다.

"대체 어떻게 된 일이에요?"

"임신한 여자인데요, 갑자기 쓰러져 출혈이 심하고, 정신을 잃고 있습니다."

"벌써 늦은 시간이니 내일 아침에 가면 안 되겠어요?"

"내일 아침이면 죽을지도 모릅니다."

간호사에게는 남자의 목소리가 협박하는 것처럼 들렸다.

"잠깐 기다려 주세요. 선생님께 여쭈어 보겠어요."

간호사는 수화기를 놓고 복도를 지나 안으로 갔다. 병원 뒤쪽에 의사의 살림집이 있었다.

"선생님, 선생님!" 간호사는 안채 복도에 서서 장지문 너머로 불렀다. 장지문에 불빛이 비치고 있었다. 의사는 아직 잠들지 않았다.

"뭐야?"

"급한 환자라면서 전화가 걸려 왔어요."

"급해? 어디야?"

"그게, 처음이래요. 임부가 쓰러져 출혈이 심하다고 합니다."

"될 수 있으면 내일로 미뤄."

의사는 귀찮아했다.

"그런데 심각한 중태로 내일 아침까지 그냥 두면 죽을지도 모른다고 해요."

"누가 그래?"

"남자가요. 환자의 남편이 당황해하고 있는 것이 아닐까요?" 간호사가 상상해서 말했다.

"하는 수 없군." 죽을지도 모르겠다는 말이 의사에게 충격을 준 모양이었다. "주소를 잘 물어 둬."

간호사가 전화 있는 곳으로 돌아왔다.

"지금 곧 가겠어요."

"그렇습니까? 대단히 고맙습니다." 안도하는 목소리였다.

"주소는?"

"소시가야 오쿠라 정류장에서 북쪽으로 큰 도로가 나 있습니다. 그리 곧바로 오면 묘진샤라는 신사가 있습니다. 그 신사를 따라 왼쪽으로 들어오면 삼나무 울타리가 있는 집인데, '구보타 야스오(久保田保雄)'라는 문패가 걸려 있습니다."

"구보타 씨이신가요?"

"아니, 저는 그 구보타 씨 집 뒤에 있는 사랑채에 세 살고 있습니다. 뒤에도 쪽문이 있으니 그곳으로 들어오시면 됩니다."

"성함이 어떻게 되세요?" 간호사가 남자에게 물었다.

"미우라라고 합니다. 미우라 에미코입니다. 에미코가 환자의 이름입니다."

"알았어요."

"저, 바로 와 주시겠습니까?"

"네, 곧 가겠어요."

"부탁합니다."

간호사는 별로 기분이 좋지 않았다. 모처럼 자려는 참인데 방해를 받았기 때문이었다. 간호사가 주사기 등을 끓이며 준비하고 있는데 안에서 의사가 나왔다. 쉰이 넘은 남자였다. 감기에 걸려 기침을 하고 있었다.

"준비는 됐나?"

"네, 지금 주사기를 소독했어요."

의사는 주사약을 가지러 약국으로 갔다.

"3호실이 비어 있지?" 의사가 나와 간호사에게 말했다.

"네."

"형편에 따라서는 환자를 이리로 데리고 오게 될지도 몰라. 안에 가서 아주머니보고 청소를 해두라고 해."

의사는 가방에 의료기들을 넣었다. 차는 의사가 운전했다. 간호사는 옆자리에 앉았다.

"신사 근처라고 했지?"

"묘진샤 뒤쪽이래요."

차는 사람의 통행이 끊긴 도로를 달렸다. 거리가 이어지는가 하면 밤의 암흑이 계속되고, 다시 거리가 나타났다. 이윽고 헤드라이트 불빛이 앞에 있는 검은 숲을 비췄다. 신사 입구가 보였다.

"이쪽일 거예요."

간호사가 작은 길을 가리켰다. 가다 보니 길은 두 갈래로 갈렸다. 의사는 숲 옆에 붙은 길 쪽으로 차를 몰았다. 이 근처부터 집을 찾기 위해 천천히 몰았다.

"저 집이 아닐까요?"

간호사가 삼나무 울타리를 발견하고 말했다. 가까이 가 강한 라이트를 비춰 보았더니 문패에 '구보타 야스오'라고 씌어 있었다. 두 사람은 거기서 차를 세우고 내렸다.

"뒷집에 세들어 산다는데, 그곳에 다른 쪽문이 있대요."

문은 확실히 있었다. 의사가 손전등을 켜고 그 쪽문을 미니 저절로 열렸다. 사랑채는 바로 알 수 있었다. 안채와는 5, 6미터 떨어진 곳에 작은 집이 있었다. 거기에 전등불을 비췄더니 작은 현관 옆에 '미우라'라고 종이에 쓴 것이 문패 대신 붙어 있었다.

"실례합니다." 간호사가 현관 밖에서 불렀다. 현관에는 안쪽에 침침한 불이 켜져 있었다. "실례합니다!" 아무도 나오지 않았다.

"안쪽에 있는 게지? 상관없으니 문을 열라구."

문은 힘없이 열렸다. 간호사가 의사를 먼저 들여보냈다. 좁은 현관이었다.

"실례합니다." 역시 사람이 나오지 않았다.

"이상한데? 환자 시중이라도 들고 있을까?"

의사가 부부 단둘이 빌려쓰고 있는 집이라 생각하고 한 말이었다. 아무리 불러도 사람이 나오는 낌새가 없었다. 의사는 조금 화가 났다. 밤중에 전화로 깨워 불러내고도 아무도 나오지 않기 때문이었다.

"상관없으니 어디 올라가 보라구." 의사가 간호사에게 말했다.

간호사가 주춤하더니 의사의 말을 듣고 하는 수 없이 신발을 벗고 좁은 현관으로 올라갔다. 장지문을 여니 정면은 벽이었다. 왼쪽이 방으로 통하는 미닫이였다.

"여보세요, 실례합니다." 간호사가 계속해서 불렀다. 역시 대답이 없었다. 사람의 발소리마저 들리지 않았다. "선생님, 아무도 나오지 않아요."

"좋아, 내가 올라가 보지."

의사가 구두를 벗었다. 방에는 전등이 켜져 있었다. 사람이 없을 리가 없었다. 의사가 미닫이를 열었다. 안에도 전등이 켜져 있었는데, 환자를 생각해서 그랬는지 전등갓이 타월로 감싸져 있었다. 그래서 방안이 침침했다. 6조 정도였는데, 그 방 한가운데에 이부자리가 펴져 있었다. 이불을 쓰고 사람이 누워 있었다. 베개 끝에 머리카락이 보였다. 처음에는 남편이 얼음이라도 사러 갔는가 했다. 그러나 여기서 막연하게 남편이 돌아오기만을 기다릴 수는 없었다. 의사가 이불을 제쳤다. 여자가 벽 쪽으로 얼굴을 돌리고 누워 있었다.

"여보세요?" 간호사가 병자 옆으로 다가가서 낮은 음성으로 깨웠다. "여보세요!"

대답이 없었다.

"잠들었을까요?" 간호사가 의사를 돌아보았다.

"잠들었다면 대단하지도 않은 모양인데 말이야."

의사가 손전등을 쥔 채 이부자리 옆을 돌아 환자의 얼굴 쪽에 앉았다.

"미우라 씨!" 의사가 환자의 얼굴을 들여다보며 다시 불렀다.

의사가 불러도 환자는 조금도 움직이지 않았다. 대단히 괴로운 표정이었다. 미간을 찌푸리고, 입술을 조금 벌리고 있어 이가 보였다. 의사가 한참 바라보다가 갑자기 "이봐!" 하고 전에 없던 음성을 냈다.

"이 집에 아무도 없나?"

"네?"

"저 앞에 나가 찾아보라구."

간호사는 의사의 목소리로 환자가 중태임을 짐작한 모양이었다. 그녀는 부엌이라고 짐작되는 곳으로 갔다.

"아무도 없습니까?" 두세 번 불렀으나 대답이 없었다.

"선생님, 아무도 없어요." 간호사가 의사 뒤로 돌아왔다.

의사는 이미 이불을 걷어치우고, 환자 가슴에 청진기를 대고 있었다. 간호사는 심장의 고동을 진지하게 듣고 있는 의사의 태도가 심상치 않게 보였다.

간호사의 부름에 이 집 안채 사람이 일어나 나왔다. 50세 정도의 부부였다.

"어떻게 된 거예요?" 아주머니가 문지방에서 놀란 얼굴을 들이밀었다.

"저는 우에스기라는 의사입니다."

"네, 안면은 익히 알고 있어요."

"방금 전화 받고 왔습니다. 그래, 환자를 진찰하고 있는데…… 이분의 바깥양반은 안 계십니까?"

"바깥양반이라고요?"

"그런 분은 없습니다. 이분은 혼자 이사 오셨어요."

"혼자라구요? 그런데 아까 전화를 건 분이 계셨는데요?"

의사가 간호사를 보았다.

"네, 남자 분 목소리였어요. 바로 이리로 와 달라고 하셨어요."

"아뇨, 우리 집에선 연락하지 않았어요. 우리는 이 여자가 아프다는 것을 조금도 몰랐으니까요."

"선생님, 대체 어떻게 된 거예요?" 아주머니는 조심조심 방으로 들어와 이부자리 옆에서 병자를 들여다보았다.

"위독합니다."

의사가 말했다.

"뭐라구요? 위독하다고요?" 부부가 동시에 눈을 크게 떴다.

"아마 절망상태 같습니다. 심장이 희미하게 뛰고는 있지만 아마 이제는……."

"어, 어떻게 된 걸까요?"

"이 여자는 임부군요?"

"임부?"

"임신했습니다. 4개월쯤 되었습니다. 잘 진찰해 보아야겠지만…… 유산입니다."

의사는 유산이라는 말을 꺼내는 데 조금 시간을 들였다. 의사는 다른 생각이 있었다. 그러나 이때는 부드러운 말을 골라 한 듯한 느낌을 줬다. 부부는 얼굴을 마주 보았다.

"선생님, 어떻게 하면 좋을까요? 야단났네." 아주머니가 말했다.

"보통이라면 입원시키겠는데, 입원시켜도 이 상태로는 도저히 살아

날 길이 없습니다.”

“큰일났군!” 집주인이 말했다. 그 말투엔 여기서 죽으면 어쩌나 하는 생각이 노골적으로 나타나 있었다.

“친척은 없습니까?” 의사가 물었다.

“예, 아무도 모릅니다. 오늘에야 이사를 온 사람이니까요.”

“오늘? 그건……?”

의사가 환자의 얼굴을 다시 보고 간호사에게 재빨리 강심제 주사를 놓게 했다.

“의식이 있습니까?” 집주인이 들여다보며 물었다.

“이미 의식을 잃었을 겁니다.”

그때, 갑자기 여자의 입술이 움직였다. 의사가 놀라 바라보았다.

“……멈춰 주세요. 아아, 싫어싫어. 어떻게 되어 버릴 것 같아요. 이제 그만, 그만 해요…….”

창백한 얼굴을 한 여자가 헛소리를 냈다.

“이마니시 씨, 전화입니다.”

젊은 형사가 수화기를 들고 이마니시 에이타로를 불렀다.

이마니시는 자기 책상에서 사건 조서를 작성하고 있었다. 그는 어떤 작은 사건을 담당하고 있었다.

“응.” 그는 의자를 뒤로 물리고 일어섰다.

“다나카(田中)라는 분한테서 왔습니다.”

“다나카?”

“여자 분입니다.”

이마니시는 기억이 없었다. 하기야 사건을 취급하다 보면 흔히 기억에 없는 사람에게서 전화가 걸려 왔다.

“이마니시입니다.” 그는 수화기를 들고 말했다.

"어제는 실례했어요." 여자의 목소리였다.

"무슨 말씀이신지……?" 이마니시는 상대방의 정체를 알 수 없어 망설였다.

"다나카라고 해도 모르실 거예요. 어제 선생님께서 찾아 주신 '클럽 보느르' 바에 있는 사람이에요."

"아아!" 이마니시는 고개를 끄덕이며 전화에 대고 웃었다. "어제는 정말 미안했습니다."

이마니시는 그녀가 에미코의 행방을 알려주리라는 것을 직감했다. 어젯밤 바에 찾아가 부탁했는데 마담이 일부러 전화를 주었으니 그렇게 생각할 수밖에 없었다.

"에미코 일로 알려 드릴 것이 있는데, 이미 아시는지 모르겠군요?"

역시 그랬다.

"아니, 아직 잘 모르고 있습니다. 어디 있습니까?"

"에미코는 죽었어요."

"죽었어요?" 이마니시는 멍해졌다. "정말입니까?"

"그럼 아직 모르고 계셨군요. 어젯밤 선생님께서 돌아가신 뒤, 에미코가 이번에 이사한 집주인이라는 분한테서 전화가 왔었어요. 확실히는 몰라도 에미코가 가지고 있던 성냥으로 저희 가게 전화번호를 알았다더군요. 에미코가 죽어 급히 그녀의 부모님께 연락하고 싶은데, 자기들은 모르니 가르쳐 달라는 전화였어요."

"어째서 죽었답니까?"

이마니시는 아직도 놀라움이 풀리지 않았으나 순간적으로 에미코는 살해되었다고 생각했다. 그러나 타살이라면 당연히 이 수사 1과로 연락이 올 텐데, 없는 걸 보니 그렇지 않은 모양이라고 고쳐 생각했다.

"잘 모르지만, 임신한 몸이었대요. 그런데 넘어졌거나 해서 어디에 잘못 부딪혀, 그것이 원인이 되어 죽은 모양이에요."

"……."

"전 그애가 임신했다는 것을 조금도 몰라, 그 말을 듣고 깜짝 놀랐어요."

마담은 에미코가 죽었다는 사실보다 임신했다는 사실에 더 놀란 모양이었다.

"에미코가 어디서 죽었답니까?"

"자기가 세든 방에서래요. 막 이사했다는데."

"주소는?"

이마니시는 한 손에 연필을 들었다.

"그 집주인에게 들은 대로 말씀드리겠어요. 세타가야 구 소시가야 ××번지, 구보타 야스오 씨 집이에요. 에미코는 그 집 뒤에 있는 사랑채를 세들었다는군요."

"고맙습니다."

이마니시는 고맙다고 인사를 했다.

2

소시가야 안쪽에는 아직 밭이 많았다. 구보타의 집 바로 옆도 꽤 넓은 밭이었고, 그 끝이 다시 쓸쓸한 주택가로 이어져 있었다. 이마니시가 만나보니, 구보타 야스오라는 사람은 50세 정도에 사람 좋아 보이는 남자였다.

"어쨌든 저희도 몰랐습니다." 구보타 씨는 형사의 질문에 대답했다. "밤 12시 가까워서인데, 갑자기 뒷사랑채에서 간호사가 이쪽에다 대고 사람을 불렀습니다. 막 이사 온 여자가 죽어 가고 있다는 겁니다. 놀라 가 보았더니, 벌써 이사 온 여자는 마지막 숨을 할딱이고 있었습니다."

"그럼 선생님께서 의사를 부르시진 않으셨군요?"

"그렇습니다. 누군가가 의사에게 전화를 걸어 알린 모양입니다."

"잠깐 묻겠는데, 이 집을 빌린 것은 본인이 직접 와서 빌렸습니까?"

"예, 본인이 왔습니다. 저희는 사랑채를 바로 요 근처 역 앞에 있는 복덕방에 부탁해 두었거든요. 거기서 듣고 왔다고 했습니다."

"그래서요?"

"이렇게 되리라고 생각하지는 않았습니다. 여자 혼자라고 하기에 그리 귀찮지 않아, 적당한 사람이라고 기꺼이 계약을 했습니다."

"그 여자가 바에 있다는 말을 했습니까?"

"아니, 그때는 말하지 않았습니다. 낮에는 양재 학원에라도 다니고 싶다기에 여종업원이라고 생각지 못했습니다. 죽은 다음에 그녀의 짐 속에서 바의 성냥이 나와, 어젯밤 그곳으로 연락한 것입니다."

"그녀가 짐을 날라 왔을 때는 어떤 태도였습니까?"

"그걸 잘 모릅니다. 짐을 날라 넣은 것은 그저께 밤이었거든요. 저희 집은 보시다시피 뒤에서 직접 그 사랑채로 드나들게 돼 있습니다. 삼륜차 소리며 짐을 넣는 낌새가 있었지만, 밤인 데다 귀찮아서 보러 가지를 않았습니다."

"짐은 몇 번에 날랐나요?"

"글쎄요, 삼륜차 소리가 두 번 왕복한 것 같았으니까, 두 번이 아닐까요?"

이 두 번은 야마시로 이삿짐센터의 점원이 한 말과 맞아 들어갔다. 시간도 거의 일치했다.

"그녀가 방을 계약한 날은 짐을 넣은 날과 한날입니까?"

"그렇습니다. 아침에 그 여자가 와 계약을 하고, 그날 밤 바로 이삿짐을 나른 겁니다."

"옮길 때 누구 거드는 사람의 목소리는 없었습니까?"

"저희 집은 보시다시피 이 안채와 사랑채 사이에 뜰이 있거든요. 그리고 덧문을 꽉 닫으면 뒤에서 나는 소리는 들리지 않습니다. 그래서 유감스럽게도 이삿짐센터 사람 외에 다른 사람이 와 있었는지 없었는지 몰랐습니다."

이마니시는 그 사랑채에 있는 방을 보여 달라고 했다. 시체는 이미 치워져 있었다.

"경찰에서 시체를 가져가 줘서 마음을 놓게 됐습니다. 인수하는 사람이 오질 않아 이대로 놓아둔다면 어떻게 될까 걱정했으니까요."

이마니시를 안내한 집주인이 말했다.

이마니시는 에미코의 유품을 둘러보았다. 옷장, 경대, 책상, 트렁크, 아직 풀어 놓지 않은 고리짝……

이마니시가 고리짝 외의 물건을, 문을 열고 서랍을 빼고 하며 대강 조사해 보았다. 별로 새로운 것을 발견할 수 없었다. 옮겨 놓고 하룻밤을 지냈을 뿐이어서 거의 정리되지 않았다.

"피투성이가 된 이불은 하는 수 없이 가마니로 싸서 뒤에 있는 곳간에 처박아 두었습니다. 빨리 그것도 어떻게 처분했으면 좋을 텐데……"

집주인은 생각지도 않은 일을 만나 어쩔 줄을 몰라 했다.

"시체는 해부가 끝나면 어떻게 될까요?" 집주인이 이마니시에게 물었다.

"글쎄요, 인수인이 오지 않으면 공동묘지에 매장하는 수밖에 없겠지요."

"짐은 어떻게 되는 걸까요?"

"경찰에서 지시가 있겠지요. 좀더 참고 계십시오."

이마니시는 구두를 신었다.

이 구보타 씨의 집에서 우에스기 산부인과까지는 걸어서 20분쯤 걸렸다. 우에스기 의원은 이 근처에 어울리게 대문 안에 서 있었다. 주택을 개조한 듯, 현관까지 가는 오솔길이 정원석과 나무들이 있는 정원으로 꾸며져 있었다.

"하여간 놀랐습니다. 가 보았더니 그 모양이었습니다. 벌써 어떻게 손을 쓸 수가 없었습니다."

우에스기 의사가 이마니시에게 이야기했다.

"사인은 뭡니까?"

"넘어지면서 복부를 무엇에 부딪혀 급격한 유산이 된 겁니다. 태아가 죽어서 나와 있었습니다. 직접적인 사인은 출혈 과다입니다. 복부를 진찰했는데, 분명히 내출혈이 있었습니다. 넘어졌을 때 생긴 반점이지요."

"선생님이 진찰하셨을 때 의식은 있었습니까?"

"갔을 때는 없었습니다. 그러나 숨을 거두기 전이던가, 순간적으로 이상한 말을 했습니다."

"예? 이상한 말이라면?"

"정상적인 의식이 아니었으니까 헛소리인데…… '멈춰 주세요. 아아, 싫어싫어. 어떻게 되어 버릴 것 같아요. 이제 그만, 그만해요……' 하는 말이었습니다."

"기다려 주십시오."

이마니시는 급히 수첩을 꺼냈다.

"다시 한 번 말씀해 주세요."

우에스기 의사는 그 말을 되풀이 했다. 이마니시는 수첩에 정성껏 받아 쓴 다음, 다시 읽어 보았다.

"'멈춰 주세요. 아아, 싫어싫어. 어떻게 되어 버릴 것 같아요. 이제 그만, 그만해요……' 이거군요?"

"대충 그런 말입니다."

"선생님이 곧바로 관할 경찰서에 신고하신 것은 무슨 까닭이셨습니까?"

"제가 전부터 보아 오던 환자가 아니었으니까요. 그래서 제가 사망 진단서를 쓸 수 없었습니다. 나중에 문제가 됐을 때 난처합니다. 그래서 일단 경찰에 신고해서 행정 해부를 부탁했습니다."

"잘 하셨습니다."

이마니시가 칭찬했다. 사실 그 시체를 바로 화장터로 가져가 뼈만 남긴다면 곤란했다.

"그런데 선생님, 그 환자를 봐달라고 이 병원에 알린 사람이 집주인이 아니었다면서요?"

"그렇습니다. 전화로 연락을 받았습니다. 11시 넘어서였던가, 술잔을 놓고 그만 자려던 참인데 간호사가 '전화가 왔는데 왕진을 어떻게 할까요?' 하고 물으러 왔습니다."

"그 목소리가 남자였답니까, 여자였습니까?"

"잠깐 기다리십시오. 간호사를 이리로 부르겠습니다."

27, 8세쯤 된, 얼굴에 좀 주름이 많은 간호사가 왔다.

"젊은 남자의 목소리였습니다. 일단 거절했는데, 갑자기 쓰러져 출혈이 심하여 정신을 잃고 있으니 곧 왕진을 와 달라고 했습니다."

간호사는 의사의 말을 듣고 이마니시에게 대답했다.

"그 사람이 환자를 자기 아내라고 하지 않던가요?" 이마니시가 물었다.

"아니, 그런 말은 하지 않았습니다. 그런데 저는 환자의 남편이라고 생각했습니다. 내일 아침에 가면 안 되느냐고 했더니, 그 사람이 환자가 내일이면 죽을지도 모른다고 했습니다."

'죽을지도 모른다······.' 이마니시는 이 말을 듣고 잠깐 생각에 잠겼다.

"경찰에서 시체를 가져간 것은 어제였습니까?" 이마니시가 의사에게 물었다.

"그렇습니다. 환자의 심장이 멈춘 것은 그날 밤 0시 32분이었습니다. 전 간단히 시체 뒤처리를 하고 돌아와, 날이 새자 바로 경찰에 연락했습니다. 그러니까 어제 오전 중에 감찰 의무원으로 옮겨 가지 않았을까요?"

"여러 가지로 고맙습니다."

이마니시는 인사를 하고 그 의원에서 나왔다. 그는 소시가야 오쿠라에서 신주쿠행 전차를 탔다. 이대로 곧장 오쓰카에 있는 감찰 의무원으로 갈 작정이었다. 전차가 역에서 떠나니까 창 너머 있던 잡목 숲이 흘러 왔다. 그 사이에 밭이 있었다.

이마니시는 잡목 숲을 바라보다가 문득 자기가 전에 이 근처에 왔던 일이 생각났다. 바로 한 달 전이었다. 미야타 구니오가 죽어 있던 곳도 여기서 멀지 않았다. 이마니시는 그것을 깨닫자 수첩을 꺼내 급히 페이지를 넘겼다. 미야타 구니오의 시체가 있던 장소는 세타가야 구 가스야 ××번지였다. 그렇다면 방금 자기가 갔다 오는 소시가야의 집에서 얼마 떨어지지 않았다. 풍경이 비슷한 것도 당연했다.

"여어, 또 오셨군요."

감찰 의무원의 의사가 이마니시를 보고 웃으며 말했다. 미야타 구니오의 일로 지난 달 초에 왔던 것을 기억하고 하는 말이었다.

"이번에는 뭡니까?" 의사가 웃었다.

"선생님, 살인은 아니지만, 어제 아침 행정 해부를 하려고 이쪽으로 온 미우라 에미코라는 시체 건으로 왔습니다."

"아아! 뭔가 이상한 게 있습니까?" 의사가 의외인 듯한 얼굴을 했다.

"아니, 무슨 사건은 아니고, 그 시체에 관해 조금 여쭈어 보고 싶은데 해부하신 선생님은 어느 분이십니까?"

"접니다." 의사가 눈에 웃음을 띠었다.

"그렇습니까? 그래, 해부하신 소견은?"

"출혈사였습니다. 임신을 했더군요." 의사는 가볍게 이야기했다.

이처럼 가볍게 이야기하느냐 묵직하게 이야기하느냐에 따라 대개 사건의 종류를 추측할 수 있었다.

"흐음, 그럼 역시 병사입니까?"

"병사입니다. 4개월 된 태아를 지니고 넘어져, 그 압박으로 태아의 생명이 끊겨 유산되었습니다. 말하자면 사산입니다."

"틀림없겠지요?"

"제가 보는 바로는 그렇습니다만, 명형사님께선 뭔가 의문 나는 점이 있습니까?"

"이야기하지 않으면 알 수 없는 여러 가지 이상한 일이 있습니다."

여기서 이마니시는 간단히 에미코에 관해 이야기했다. 의사에게 전화를 건 사람은 남자였다는데, 그 사람이 에미코가 사망한 뒤에도 모습을 나타내지 않았다는 이야기도 했다.

"그건 이상한데요? 확실히 남자가 전화로 의사를 불렀답니까?"

의사는 비로소 얼굴에서 웃음을 거두고 조금 진지한 눈매가 되었다.

"예, 그렇습니다. 그런데 죽은 뒤에 나타나지도 않았습니다."

"으음." 의사는 생각했다. "그 사람은 어찌 됐건 여자와 특별한 관계에 있던 남자겠지요? 즉, 그 남자가 아이의 아버지인지도 모릅니다. 흔히 있는 일인데, 자기 위신을 생각해서 죽은 여자에게 돌아오지 않았겠지요."

"저도 같은 생각입니다. 선생님, 그 사인이 사산에 의한 출혈이라고 하는데, 해부 결과도 그대로이겠지요?"

이마니시는 확인했다.

"틀림없습니다. 복부에 내출혈이 있었는데, 넘어졌을 때에 받은 타박상이었습니다. 글쎄요, 달리 외력이 가해진 듯한 흔적은 없었습니다."

"그렇다면 살인은 아니겠군요?"

"살인이 아닙니다. 급격한 사산에 의해 생긴 출혈 과다에 의한 사망입니다."

이마니시는 다시 질문했다. "임부가 넘어져서 사망하는 일은 가끔 있습니까?"

"없는 것도 아닙니다. 어쨌든 꽤 운이 나쁜 여자입니다."

"복부에 타박상인 듯한 피하 출혈이 있다고 하셨는데, 틀림없이 타박상일까요?"

"틀림없습니다."

"그 상처로 보아, 어떤 장소에서 넘어졌는지 짐작이 됩니까?"

"부딪혔습니다. 돌 같은 것이겠지요. 상피가 벗겨지지 않은 점으로 보아 모가 없는 둥근 돌이라고 생각해도 좋겠지요."

"태아는 어땠습니까?"

"제가 보았을 때, 태아는 요 위에 나와 있었습니다. 그래서 태아도 함께 이쪽으로 인수해서 검사했습니다. 태아는 어머니의 뱃속에 있을 때 이미 죽어 있었습니다."

"죽어 있었어요?"

"그러니까 유산이라고 볼 수도 있습니다. 우리는 태아가 나온 경우, 어머니의 쇼크로 분만했는지 태내에서 죽어서 나왔는지를 확인합니다. 이 여자의 경우는 이미 태아가 사망하고, 유산이 시작되기 직전에 넘어지는 이중의 불운이 겹쳤던 것입니다. 그래서 출혈이 많았습니다. 대개 2,000cc 정도였으니까요."

"다시 한번 묻겠는데요. 해부해 봐도 내장에 특별한 변화는 없었군요?"

"아아, 이마니시 씨가 묻고 싶은 것은 임부의 죽음이 타살이 아니었느냐 하는 뜻이군요?"

"그렇습니다."

"당신의 입장이라면 거기까지 확인해 보고 싶겠지요. 하지만 유감스럽게도 제가 보는 바로는 독물을 마신 징후는 보이지 않았습니다."

"예에." 이마니시는 우울한 얼굴을 했다.

"태아의 성별은 어땠습니까?"

"여자 아이였습니다."

대답하는 의사의 얼굴이 한순간 어두워졌다. 이마니시도 갑자기 그림자가 눈앞을 지나가는 기분이었다.

"여러 가지로 고마웠습니다."

"아니, 뭐든지 이상한 데가 있으면 물어 주십시오."

"어차피 나중에 또 여쭤어 보러 올지 모르겠습니다."

"이 임부에게 뭔가 이상한 일이 있습니까?"

"아니, 그렇게까지 확실한 형태는 아닙니다. 그러나 전후 사정으로 미루어 보아 시원치 않은 데가 있어서요."

"그러나 해부 소견으로는 타살된 기미가 없습니다."

"알았습니다."

"이마니시 씨, 해부가 끝났는데 유족이 언제 인수하러 옵니까?"

"관할 경찰서에서 아직 연락이 없습니까?"

"아직 안 왔습니다. 여하튼 그녀의 고향에서 조회하고 있다는 이야기였습니다."

이마니시는 다시 마음이 어두워졌다.

이마니시는 감찰 의무원에서 나왔다. 의사가 끝으로 '태아는 여자 아이였다'고 한 말이 계속 그의 머릿속에 남았다.

이마니시는 장래 어머니가 되었을 에미코의 얼굴이 눈앞에 떠올랐다. 가와구치에 있는 누이동생 집에 갔을 때 그녀를 처음 만났는데, 바의 여종업원이라는 직업에서 받는 느낌과는 다른 것이 있었다. 그 계통의 젊은 아가씨처럼 세파에 닳은 듯한 느낌이 아니라 어떤 순진함이 보였다. 말씨가 공손하고 행동도 얌전했다. 누이동생은 깔끔한 성격이라고 칭찬을 했었다.

의사는 그녀의 죽음에서 별로 이상한 점이 발견되지 않았다고 했다. 넘어져 복부를 다쳐 출혈한 것이 죽음의 원인이었다고 했다. 왜 에미코는 이마니시와 만난 지 한 달 후에 이사를 했을까? 이마니시는 누이동생의 변명에도 불구하고, 에미코가 형사라는 직업을 알았기 때문이라고 생각했다.

이사하는 방법도 별났다. 처음에 짐을 가지러 온 사람은 이삿짐센터 사람이었는데, 그 짐을 이사 가는 집으로 날라 간 사람은 다른 사람이었다. 날라 간 짐을 잠깐 이삿짐센터에 맡겨 놓고, 다른 사람이 자가용인 듯한 삼륜차로 다시 나른 것은 계획적인 냄새가 났다.

에미코가 위독하다는 사실을 우에스기 의사에게 통고한 사람도 그 삼륜차로 짐을 날라 간 사람인 듯했다. 이 남자의 인상을 몰랐다. 청년이었다는 말은 오쿠보 역 앞에 있는 이삿짐센터의 사람들도 했고, 우에스기 의원의 간호사도 했다.

그 남자는 분명히 에미코가 위독한 장소에 함께 있었다. 그런데 왜 전화로 의사에게 통고만 해 놓고 모습을 감추어 버렸을까? 마치 살인범 같았다. 해부에 의해 에미코의 죽음이 타살이 아님을 알았더라도, 그 점은 의심하기에 충분했다.

더구나 에미코가 죽은 집이 있는 소시가야는, 미야타 구니오가 죽은 그 한적한 밭에서 그리 떨어져 있지 않았다. 이 두 지점의 간격을 직선거리로 한다면 2킬로미터 정도나 될까? 이것도 희한한 우연의 일치였다.

또 한 가지 생각나는 점이 있었다.

미야타 구니오는, 이마니시가 그를 만나기 직전에 죽었다. 긴자의 찻집에서 만나 중대한 이야기를 들을 수 있다고 생각한 직전에 급사했다. 에미코는 이마니시가 그녀의 이사 간 집을 찾고 있을 때에 죽었다. 두 사람 다 이마니시가 눈여겨보던 사람이었다. 여기에도 공통점이 있었다. 장소로 보나 경우로 보나, 너무나 비슷한 죽음의 조건이었다. 그리고 둘 다 타살이 아니고 자연사라는 점도 같았다.

이마니시는 전차에 흔들리며 생각에 잠겼다. 전차는 스이도바시에서 간다 방면으로 느릿느릿 달렸다. 사색하기에는 썩 좋은 장소였다. 이마니시는 수첩을 꺼냈다. 에미코가 숨이 끊어지기 직전에 했다는 헛소리를 읽어 보았다.

'멈춰 주세요. 아아, 싫어싫어. 어떻게 되어 버릴 것 같아요. 이제 그만, 그만해요…….'

대체 누구에게 한 말일까? 그리고 무엇을 '멈춰' 달라고 소리쳤을까?

3

이마니시 에이타로의 수첩에는 다음과 같은 것이 적혀 있었다.

세키가와 시게오
1934년 10월 28일생.
본적 ; 도쿄 도(都) 메구로 구(區) 가키노키자카 1028번지.
현주소 ; 메구로 구 나카메구로 2103번지.
아버지 ; 세키가와 데쓰타로(關川徹太郎).
어머니 ; 시게코.

약력 ; 히몬야 초등학교, 메구로 고등학교, R 대학 문학부 졸업. 문예 비평가.

가족 ; 아버지는 1935년에 사망, 어머니는 1937년에 사망, 형제 없음. 독신.

현재 사는 주택으로 1953년에 이주. 집주인은 나카메구로 316번 지에 사는 오카다 쇼이치(岡田庄一).

하녀를 두지 않고, 근처에 사는 나카무라 도요(54세)를 파출부로 쓰고 있음.

취미 ; 음악. 유도 2단. 술은 많이 안 마시나 상당히 즐김(양주를 좋아함).

성격 ; 직업상 사교적이나 실제는 고독함. 생활태도는 깔끔한 편임.

교우 관계 ; 비슷한 또래의 예술인이 많음.

사흘 후 이마니시는 나카메구로에 있는 세키가와의 집 가정부 나카무라 도요를 찾아갔다. 도요는 골목 안 작은 집에 살고 있었다. 그녀는 십 년 전에 남편을 잃고 현재는 아들 부부와 함께 살고 있었다. 아직 손자가 없어, 세키가와의 부탁으로 낮에만 가사를 봐주고 있었다. 이마니시가 찾아간 때는 오후 9시가 지나서였다. 도요는 키가 크고 마른 여자였다.

"저는 흥신소에서 왔는데, 세키가와 씨에 대해서 조금 물어보고 싶은데요?" 이마니시가 현관에 나온 도요에게 말했다.

"어떤 일인가요?"

흥신소에서 왔다니까 도요는 눈이 휘둥그레졌다.

"날마다 세키가와 씨 댁의 가사를 봐주고 계시지요?"

"네, 그렇습니다. 지금도 막 세키가와 씨 집에서 돌아온 참입니다.”

“실은 혼담 때문인데요.”

“네, 혼담이라구요?” 도요는 흥미를 느낀 모양이었다. “세키가와 씨의 혼담이군요. 어떤 혼담이 생겼나요?”

“그것은 말할 수 없습니다. 의뢰하신 분이 절대로 비밀로 해 달라고 했으니까요. 그래서 여러 가지로 세키가와 씨의 일을 여쭈어 보고 싶습니다.”

“네, 반가운 이야기니까 제가 알고 있는 거라면 뭐든지 이야기하지요.”

“미안합니다.”

현관에 이어진 안방에는 그녀의 아들 내외 모습이 보였다.

“여기서는 좀 뭐하니까, 미안하지만 요 앞까지 함께 가시겠습니까? 뭘 좀 먹으면서 이야기를 듣고 싶습니다.”

도요는 덧옷을 벗고 목도리를 두르더니 이마니시를 따라 밖으로 나왔다. 한길을 조금 가니 중국 음식점이 있었다.

“어떻습니까, 여기서 완탕이나 먹을까요?” 이마니시가 도요를 돌아보았다.

“좋지요.” 도요가 웃었다.

두 사람은 추녀 끝에 빨간 등불이 매달린 유리문을 열었다. 두 사람은 구석자리에 마주 앉았다.

“이봐, 여기 완탕 둘.”

이마니시는 주문을 하고 담배를 꺼냈다.

“드시지요.”

도요는 담배를 즐기는 듯 조금 머리를 숙이고는 한 개비 뽑았다. 이마니시가 성냥을 켜 불을 붙여 주었다.

“그러나저러나 고생이 많으시겠군요. 아침 일찍부터 밤까지 세키가와 씨 집의 일을 돌보자면 말입니다."

도요는 입을 오므려 연기를 뿜었다.

"아뇨, 예상외로 마음이 편해요. 세키가와 씨는 독신이니까요. 그리고 집에서 노느니 가서 일하면 용돈쯤은 버니까요."

"몸이 튼튼하셔서 다행이십니다. 어쨌든 사람은 일할 수 있는 동안엔 일하는 편이 몸을 위해 오히려 좋을지 모릅니다."

"그래요. 저도 세키가와 씨 집에 가게 되면서부터는 감기 한번 안 걸렸으니까요."

이마니시는 잡담을 하면서 어떻게 입을 열까 생각했다. 이윽고 완탕이 나왔다.

"자, 어서 드십시오."

"잘 먹겠어요."

도요는 생글 웃고 젓가락을 입으로 날랐다. 맛있게 소리를 내며 완탕 국물을 마시기 시작했다.

"어떻습니까, 세키가와 씨는 까다로운 사람입니까?"

이마니시는 이야기를 시작했다.

"아니, 그렇지 않아요. 어쨌든 달리 가족이 없어 저는 아주 마음이 편해요." 그녀는 완탕을 먹으며 대답했다.

"그러나 글쓰는 사람 중엔 까다로운 사람이 많다는데요?"

"글쎄요, 원고를 쓸 때는 자기 방에 틀어박혀서 저도 절대로 들여보내 주지 않아요. 뭐, 제 편에서는 오히려 편하지요."

"일할 땐 문을 닫고 합니까?"

"네에, 자물쇠는 안 잠가도 꼭 닫고 해요."

"상당히 긴 시간입니까? 방에 틀어박혀 있는 시간 말입니다."

"날에 따라 다르지요. 긴 때는 대여섯 시간이나 나오지 않아요."

"서재는 어떻게 생겼습니까?"

이마니시는 도요에게 물었다.

"서양식으로 꾸며져 있어요. 8조 정도인데요. 북쪽 창가에 책상이 놓여 있고, 그 옆에 세키가와 씨 혼자 잘 수 있는 침대가 있고, 책장이 벽에 늘어서 있어요."

이마니시는 가능하다면 그 서재를 보고 싶었다. 편의상 흥신소 사람이라고 했지만, 그런 식으로 남의 방을 검사한다는 것은 직무상 양심이 허락하지 않았다. 경찰관일지라도 거주자의 허락 없이는 어떠한 집에도 들어갈 수 없다. 허락되는 때는 가택 수색 영장을 가지고 있을 때뿐이다. 이마니시는 자기가 흥신소 직원이라고 거짓말을 하고 있는 것만도 양심의 가책을 받았다. 그러나 어쩔 수가 없었다. 형사라고 한다면 도요는 무서워서 틀림없이 한 마디도 지껄이지 않을 것이다.

"창은 몇 개나 됩니까?"

"창은 북쪽에 둘, 남쪽에 셋, 그리고 서쪽에 두 개가 있어요. 출입문은 동쪽에 있지요."

"아, 그래요."

이마니시는 대강 그 모양을 머릿속에 그렸다.

"그런데…… 이런 것이 결혼 조사에 필요합니까?"

도요는 갑자기 수상하게 여긴 듯 완탕을 먹으며 이마니시의 얼굴을 바라보았다.

이마니시는 잠시 당황했다.

"아아, 실은 그 뭡니까……, 이것은 상대방의 희망인데, 세키가와 씨의 생활 상태를 알고 싶다고 해서……." 그는 꾸며댔다.

"그래요? 딸을 시집보낼 부모의 입장이 되면 조그마한 일까지 알고 싶겠지요." 도요는 쉽게 수긍했다. "이것은 제 짐작인데 세키가와 씨는 그렇게 글을 쓰고 있지만 젊은 나이에도 불구하고 뭐랄까, 인기가 있어 상당히 바빠요. 언젠가 저보고 '수입은 보통 월급쟁이로 과장급일까요?' 하고 말하며 웃었으니까요." 이번에는 그녀 쪽에서 자진해서 이렇게 이야기해 주었다.

"아, 그렇게 수입이 많습니까?"

"네, 일이 제법 많아요. 그리고 가끔 잡지의 좌담회니 라디오 방송이니 하는 자질구레한 일이 있으니까요. 뭔지는 저는 어려워서 잘 모르는데, 우리 아들 이야기로는 젊은 사람이 인기가 대단하대요."

"그런 모양이더군요."

"형편은 이 정도니까 새색시가 오더라도 생활은 걱정 없어요."

"알겠습니다. 이 이야기를 상대방에게 하면 안심하겠지요. 그런데 또 한 가지 안심시켜 주고 싶은데, 사귀는 여자 친구는 없습니까?"

"글쎄요……." 도요는 완탕 국물을 훌쩍 마셨다. "젊은 분이고, 잘생겼고, 그만한 수입과 사회적인 명성이 있으니, 애인이 없는 편이 도리어 이상하겠지요?" 도요는 입가를 손수건으로 닦았다.

"그럼 여자가 있습니까?" 이마니시는 몸을 앞으로 굽혔다.

"있는 것 같아요."

"세키가와 씨는 여자를 집으로 데리고 오지는 않습니까?"

"네, 그런 일은 한 번도 없었어요."

"그럼 애인이 있다는 걸 어떻게 아셨습니까?"

"가끔 전화가 걸려와요."

"들은 일이 있습니까?"

"전화기가 둘 있어 세키가와 씨 방으로 바꾸게 돼 있어요. 여자에게서 가끔 걸려 와 듣는 일이 있어요. 젊은 사람인 듯 고운 목소리였어요."

"그래요? 이름은?"

"언제나 이름을 말하지 않아요. 세키가와 씨를 바꿔 주면 바로 안다는 거예요. 그러니까 보통 사이가 아니라고 봐요."

"그렇군요. 최근에도 걸려 왔습니까?"

"아니, 못 들었어요. 그러고 보니 요즘은 좀 뜸한 것 같군요. 하긴 그 전화가 늘 걸려 오는 건 아녜요. 한 달에 두세 번쯤일까……?"

"정말 횟수가 적군요. 혹시 두 사람이 통화하는 내용을 어쩌다 들으신 적은 없습니까?"

"그건 없어요. 세키가와 씨는 언제나 서재에서 받으니까요."

"그러나 뭔가 행동으로 알 수 있잖습니까? 깊은 관계에 있는 여자인지 그렇지 않은 보통 여자 친구인지?"

"꽤 깊은 사이가 아닌가 싶어요. 하지만 이건 제 상상이에요. 확실한 건 몰라요."

"전화가 걸려 온다는 여자 목소리는 그 사람 하나뿐입니까?"

"아뇨, 하나가 아녜요."

"예, 하나가 아닙니까?"

"네에, 그야 몇 사람 있어요. 하지만 그 사람들은 세키가와 씨와 일 관계로 연락한 모양이어서 내 앞에서도 태연히 이야기해요. 그런데 서재에서 이야기하는 사람은 그 여자뿐이에요. 하기야 그 전 일은 모르지만요."

"……."

"그런 것이 혼담에 지장이 될까요?"

도요는 조금 걱정스러운 얼굴을 했다.

"아니, 그것은 적당히 말해 두겠습니다. 그 여자와는 이제 관계가 없을 테니까요." 이마니시는 깜빡 입을 잘못 놀렸다.

"아니, 당신이 어떻게 그런 걸 아시지요?"

도요는 놀란 얼굴을 했다.

"어쩐지 그런 생각이 들 뿐입니다. 그렇지, 또 한 가지 묻고 싶은

게 있습니다." 이마니시는 차를 마시고 나서 말했다. "이 달 6일 밤에, 세키가와 씨는 집에 있었습니까, 아니면 밖에 나갔었습니까?"

"6일이라구요? 닷새 전이군요. 글쎄……저는 그 집에는 밤 8시까지밖엔 없으니까……." 도요는 말을 이었다. "그 뒤의 일은 몰라요. 가만 있자, 6일이라면 세키가와 씨는 틀림없이 내가 나오기 두 시간쯤 전에 외출한 것 같아요."

"어떻게 그걸 알지요? 아니 6일이라는 날짜를 확실히 기억하고 있습니까?"

"그날은 우리 며느리네 부모가 오셨거든요. 아들 부부가 '오늘은 일찍 돌아오세요'라고 해서 그날을 기억하고 있어요."

"아아, 그렇습니까. 그럼 세키가와 씨는 6일 오후 6시경에 집에서 나갔군요?"

"그래요. 그런 것까지 조사에 필요한가요?"

도요는 점점 수상쩍다는 얼굴이 되었다.

"아니, 조금 마음에 걸리는 게 있어서요. 아무것도 아닌 일입니다. 그런데……." 이마니시는 이야기를 바꾸었다. "전화가 걸려 와, 세키가와 씨가 서재에서 이야기하는 여자는 한 사람이라고 하셨지요? 그 이전의 일은 모른다고 하셨지요?"

"네."

"제가 묻고 싶은 것은, 그런 전화를 하는 여자가 한 사람만이 아니라는 걸 당신이 아실 것 같은데요. 어떻습니까?"

"글쎄요……." 도요는 잠시 생각하더니 대답했다. "반가운 혼담인데, 너무 세키가와 씨에게 좋지 않은 이야기를 하는 것도 좋지 않겠지요?"

"염려 마시고 말씀해 주십시오. 상대방에게 전해서 좋은 일과 나쁜 일은 제가 구별해서 할 작정이니까요."

“그래요?　실은 당신이 짐작한 대로예요.” 도요는 털어 놓았다.
“세키가와 씨가 반드시 서재에서 전화를 받는 여자는 실은 또 한 사람 있어요. 그런데 요즘엔 그 여자에게선 걸려 오지 않더군요.”

　“언제부터 걸려 오지 않았습니까?”

　이마니시는 도요의 입을 응시했다.

　“글쎄요, 벌써 한 달 이상이나 되는데요.”

　이마니시는 섬뜩했다. 나루세 리에코가 자살한 때가 그 무렵이 아닌가! 가만 있자, 이것은 더 자세히 들어 두어야 하겠다.

　“그 여자 이름을 모르십니까?”

　“몰라요. 역시 세키가와 씨를 불러 달라고 할 뿐이었어요. 제 생각인데, 아무래도 바에 나가는 여자가 아닌가 싶어요.”

　“바에 나가는?”

　이마니시의 예상이 빗나갔다. 나루세 리에코는 극단 사무원이었다.

　도요는 계속했다.

　“아주 말괄량이 같은 말투였어요. 말버릇이 난폭할 정도예요.”

　조금 이상했다. 나루세 리에코가 그런 말투를 했을까? 그러나 시기는 맞았다. 이마니시는 도요가 리에코의 목소리를 그렇게 들었을지도 모른다고 고쳐 생각했다.

　“그 여자의 전화는 분명히 한 달쯤 전부터 걸려 오지 않았군요?”

　“그렇다니까요. 요즘엔 아까도 말한 것처럼 예쁜 목소리의 여자뿐이에요.”

　두 사람 사이에 잠시 침묵이 흘렀다. 이마니시가 생각에 잠기는 바람에 도요는 말똥말똥 그의 얼굴만 보게 되었다.

　“세키가와 씨는 자기 친구를 집으로 데려 오지는 않습니까?”

　이마니시는 다시 질문을 시작했다.

　“아니, 그런 일은 별로 없어요. 어떻게 된 건지, 그분은 사람을 싫

어하는 편이어서 친구를 놀러 오게 하는 일은 좀처럼 없어요. 단지
손님이라면 잡지사 편집자 정도예요.”

“아, 그러나 밖에서는 상당히 즐기는 편이 아닐까요? 밤에는 늦게
돌아오지요?”

“아까도 말한 것처럼 저는 8시까지 일하니까 그 뒤의 일은 잘 몰라
요. 그러나 말씀대로 밤에는 늦게 돌아오는 모양이더군요. 이웃 사람
들 이야기로는 오전 1시경에 자동차 멎는 소리가 난대요.”

“역시 젊군요. 또 이야기가 달라지는데, 세키가와 씨가 어디서 태
어났는지 아십니까?”

“그분은 저한테 별로 자기 이야기를 하지 않아요.” 도요는 조금 불
만인 것처럼 대답했다. “하지만 그런 거야 호적을 보면 알 게 아녜
요?”

“압니다. 우리 쪽에서도 일단 호적 초본을 떼어 보았는데요, 도쿄
의 메구로가 본적으로 돼 있었습니다.”

“도쿄라구요?” 도요는 생각에 잠겼다. “글쎄요, 도쿄 태생은 아닌
듯한데요. 저는 도쿄 토박이라 지방의 일은 잘 모르지만, 그분 말씨
를 들으면 도쿄 사람은 아녜요.”

“그럼 어디라고 생각하십니까?”

“그것은 모르죠. 하지만 그런 것 같아요. 초본에는 도쿄로 돼 있군
요?”

“그렇습니다.”

그러나 이마니시는 세키가와가 도쿄 태생이 아닌 것은 알고 있었
다. 메구로 구청에 가서 호적 원부를 보았더니, 본적이 다른 곳에서
옮겨 온 것으로 되어 있었다.

“여러 가지로 고마웠습니다.”

이마니시 형사는 나카무라 도요에게 공손히 인사를 했다.

"아니, 천만에요. 저야말로 잘 먹었어요."

이마니시는 나카무라 도요와 헤어져 전차를 타러 고갯길을 올라갔다. 먼지투성이 바람이 발밑에서 춤을 추었다. 이마니시는 어깨를 움츠리고 고개를 숙인 채 걸었다.

4

그로부터 나흘이 지났다. 이마니시가 밖에 나갔다가 돌아오니 책상 위에 편지가 두 통 놓여 있었다. 요코테 시청과 요코테 경찰서에서 온 편지였다. 이마니시는 시청에서 온 편지부터 보았다.

조회하신 세키가와 시게오 씨의 본적에 관해 회답합니다.

세키가와 시게오 씨는 요코테 시 아자야마우치 1361번지에서 1957년에 도쿄 도 메구로 구 가키노키자카 1028번지로 전적되었습니다.

메구로 구청에서 조사해서 안 전적 사항에 대해 만일을 위해 확인해 본 것이었다. 이어 이마니시는 요코테 경찰서에서 온 편지를 뜯었다.

사건 1 제2509호 조회에 관해 다음과 같이 회답합니다.

요코테 시 아자야마우치 1361번지에 대해 조사하니, 현재는 농기구 판매상 야마다 쇼타로(현재 51세) 소유의 가옥으로 되어 있고, 현재 거주하고 있습니다.

야마다 쇼타로에게 세키가와 시게오 및 아버지 세키가와 데쓰타로와 어머니 시게코의 생전의 상황을 물었더니, 이 세 사람에 관해서는 전혀 아는 바 없다고 했습니다.

야마다가 이 번지로 이주한 것은 1943년인데, 그때는 잡화상을 하는 사쿠라이 히데오(櫻井秀雄) 소유였고, 그 이전의 일은 모른다고 했습니다.

그래서 사쿠라이 히데오에 관해 알아보았더니, 관서 지방으로 이주했다고 합니다. 사쿠라이에 대해 더 조사하려면 오사카 시 히가시나리 구 스미요시 ××번지인 이전지로 조회 바랍니다.

그리고 세키가와 일가에 대해 아는 시민을 찾아보았으나, 사정을 아는 해당자가 없어 부득이 조사를 중단했습니다. 이상으로 회답을 마치겠습니다.

이마니시는 맥이 탁 풀렸다. 이로써 아키타 현 요코테 시의 세키가와 시게오의 소식은 끊겼다.

이마니시는 마지막 노력을 기울였다. 그것은 오사카로 이주했다는 사쿠라이 히데오를 만나보는 일이었다. 이 사람이라면 세키가와 시게오의 아버지 데쓰타로를 알고 있을지 몰랐다. 그런데 사쿠라이가 옮겨 간 오사카에서 그냥 살고 있는지가 불명이었다.

이마니시는 책상 서랍에서 경찰청의 복사용 편지지를 꺼내어 펜으로 조회장을 쓰기 시작했다. 그것을 다 써서 봉투에 넣고 상대방 주소를 막 다 썼을 때, 젊은 형사가 이마니시 옆으로 왔다.

"이마니시 씨 앞으로 소포가 왔습니다."

"고마워."

소포는 가늘고 길었다. 소포의 앞면에는 '도쿄 경찰청 수사 1과 이마니시 에이타로 귀하'라고 씌었고, 뒷면에는 '시마네 현 니타시 가메다케 주판 주식회사'라고 인쇄된 옆에 '기리하라 고주로'라고 붓글씨로 씌어 있었다. 이마니시는 당장 그 소포를 풀었다. 케이스에 든 주판이 나왔다. 케이스 겉면에 '운슈 특산 가메다케 주판'이라는 글씨가 박혀 있었다. 이마니시는 주판을 꺼냈다. 쓰기에 알맞은 크기였다. 테는 흑단이고, 알은 매끈매끈하고 무거웠다. 전체가 검게 빛났다. 그가 손가락으로 알을 튕겨 보니 아주 잘 미끄러졌다.

기리하라 고주로는 지난여름 이즈모 사투리를 들으러 가메다케까지 가서 만난 노인이었다. 이마니시는 기리하라 노인을 잊고 있었는데 노인은 이마니시를 잊지 않고 있었다. 이마니시는 기리하라 노인이 이제 와서 왜 이런 물건을 보내 주었는지 짐작이 가지 않았다. 달리 편지가 딸려 있지 않아 노인의 의도는 알 수 없으나, 무슨 일로 생각이 나서 보내 주었는지도 모르겠다.

이마니시가 주판을 케이스에 넣으려는데, 접어 갠 종이가 케이스 속에서 밀려 나왔다. 편지였다. 이마니시는 편지를 폈다.

이마니시 에이타로 씨, 그 후 어떻게 지내시는지 궁금합니다. 소생은 여전히 운슈 산중에 처박혀 있습니다. 이번에 소생의 자식이 경영하는 공장에서 신제품이 나왔습니다. 사무실에서 쓰기 좋게 기존 규격을 약간 축소한 제품이지요. 이것을 자식이 소생에게 나누어 주기에 귀하께 실례인 줄 알면서도 한 개 보냅니다. 다행히 지난 여름에 오셨던 추억의 실마리라도 된다면 기쁘기 이를 데 없겠습니다.

주판알 손에 차가운 가을 마을에서.
고주로

시골 사람은 친절하다. 이마니시는 가메다케에 있는 차 마시는 방과 운치 있는 뜰을 생각했다. 그곳에 앉은 스러져 가는 노인의 목소리가 이 편지에서도 들리는 듯했다.

하이쿠도 기리하라 노인에게 어울렸다. 그 집은 에도 시대의 옛 하이쿠 작가가 종종 들르던 곳이었다. 이마니시는 자기도 하이쿠를 하기에 노인의 편지가 한층 친절하게 생각되었다. 그때 일부러 먼 곳까지 찾아갔는데 목적을 이루지 못하고 부수적으로 기리하라 노인과 알게 된 것뿐이었다.

이마니시의 귀에 알아듣기 힘든 노인의 콧소리 심한 말씨가 다시 떠올랐다. 그 사투리 때문에 꽤나 갈피를 잡지 못했었다. 이 세키가와 시게오도 동북 지방 태생인 모양이었다.

이마니시는 가메다케 주판을 서랍 속에 잘 넣어 두고 책상 위에 턱을 괴었다.

세키가와 시게오는 어렸을 때에 메구로에 살고 있던 다카다 도미지로(高田富二郎)라는 사람이 맡아 길렀다. 학교 생활 기록부에는 친척으로 되어 있는데, 호적에는 그렇지 않았다. 그렇다고 다카다 도미지로가 동북 지방 태생이냐 하면, 본적지가 도쿄로 되어 있었다. 세키가와 시게오처럼 다른 곳에서 본적을 옮긴 것이 아니었다. 도쿄 태생인 다카다 도미지로와 아키타 현 요코테에서 태어난 세키가와 시게오는 어떤 관계로 맺어지게 됐을까? 호적을 보면 친척이 아닌 것은 확실했다.

하다못해 요코테에 죽은 세키가와 데쓰타로를 아는 사람이라도 있다면 혹시 이 사정을 알 수 있을지 모르는데, 요코테 경찰서에서 온 회답은 그 희망마저 끊어 버렸다.

남은 희망은 옛날에 세키가와 데쓰타로가 있던 집에서 살았다는 사쿠라이 히데오에게 알아보는 일이었다. 오사카로 이주했다는 이 사람에게서 단서가 잡힌다면, 다소 기대를 걸 수 있을지 모르겠다.

이마니시는 지금까지의 조사로 보아, 이것도 아마 헛일이 될 것 같아 우울한 얼굴이 되었다.

혼미

이마니시 에이타로는 세키가와 시게오에 대해서 갖가지 조건을 설정했다.

①가마타 살인 사건 때, 피해자의 동행자(범인)는 약간 사투리를 썼다.

●세키가와 시게오는 아키타 현 요코테 태생이다. 범인은 가마타에서 그다지 멀지 않은 곳에서 살았으리라 생각된다. 현장을 조차장으로 택한 것은 그 근방 지리를 잘 알았기 때문이라 생각된다.

●세키가와 시게오는 메구로 구 나카메구로 2103번지에 산다. 가마타와 메구로는 메카마선을 이용할 수 있다.

②범인은 피해자 미키 겐이치를 살해했을 때 상당한 피가 묻었으리라고 생각된다. 그래서 범행 후에 전차를 이용했다고 생각할 수는 없다. 택시를 조사했으나 해당자를 발견하지 못했다.

그러나 신고가 없다고 해서 택시에 대한 의문이 전혀 없다고 할 수는 없다. 운전사에게 핏자국을 보이지 않고 승차할 수도 있고, 특히 밤이니까 얼마든지 속일 수도 있다. 그리고 자가용차를 사용했을 가능성도 있다.

●세키가와 시게오는 운전면허를 가지고 있다. 그러나 그는 자가용차가 없다.

③범인은 피 묻은 옷을 처분했다.

●나루세 리에코는 핏자국이 묻은 셔츠를 잘게 썰어 중앙선 밤 기차에서 뿌렸다. 즉 나루세 리에코는 범인과 어떤 관계를 가지고 있다.

●나루세 리에코와 세키가와의 관계는 아직 밝혀지지 않았다. 나루세 리에코는 실연한 듯한 문구를 써 놓고 자살했다. 그 자살을, 실연

에 의한 충격 때문이 아니고 범인에게 협력했다는 도덕적 책임감 때문이라고 볼 수도 있었다.

그러나 현재까지 세키가와와 나루세 리에코의 관계는 떠오르지 않았다. 그녀는 내성적인 성격으로 남자 친구가 있다는 소문은 없는 모양이지만, 그것만으로 세키가와와의 사이에 아무것도 없었다고 할 수는 없다. 아무도 모르게 사귀고 있었다고 생각할 수도 있다.

나루세 리에코는 전위극단 직원이었다. 그 전위극단은 이상하게 죽어 버린 배우 미야타 구니오가 소속되어 있다. 미야타와 세키가와는 일 관계로 안면이 있었다. '누보 그룹'이 전위극단의 후원자적인 존재였으니, 세키가와와 리에코가 알게 된 기회가 있었을 것이라고 생각된다.

④나루세 리에코의 죽음은 확실히 자살이었다. 유서 비슷한 수수께끼의 문장에서도 알 수 있듯, 그녀의 죽음은 실연 때문이라 추정된다.

●세키가와 시게오는 에미코와 관계가 있었다. 에미코는 죽었을 때, 이미 임신 4개월이었다.

●나루세 리에코의 실연이 에미코의 존재를 알았을 때 시작되었다 해도 불합리하지는 않다. 미야타는 리에코에게 마음을 쏟고 있었던 것 같다. 따라서 미야타가 나루세 리에코와 세키가와의 사이를 알고 있었다 해도 이상할 것이 없다. 그는 이마니시에게 뭔가 이야기하려고 했다. 그 이야기는 매우 중대했다. 미야타가 하루 유예를 달라고 할 정도였다. 그 미야타가 급사한 장소는 세타가야 구 가스야 ××번지라는 쓸쓸한 곳이었다.

●메구로와 세타가야는 가깝다. 세키가와가 있는 집부터 미야타가 쓰러졌던 현장까지는 택시로 20분 거리였다.

가마타 살인 사건 당일 세키가와의 알리바이를 추궁할 방법이 없다. 이미 5개월이나 지난 일이고, 사람들의 기억도 희미해졌기 때문이다. 다만 미우라 에미코가 죽은 시간에 세키가와는 자기 집에 없었다. 이것은 세키가와의 집에서 파출부로 일하고 있는 나카무라 도요의 증언이다.

다음은 에미코의 문제였다.

그녀는 가와구치에 있는 누이동생 집에서 오후 늦게 나왔다. 그리고 소시가야에 있는 새로운 셋방에는 8시경에 도착했다고 한다. 구보타의 집에서는 짐이 도착한 소리로 에미코가 그때 왔다고 생각한 모양이다. 사실은 에미코의 모습을 본 것이 아니다. 그렇다면 짐만 뒷사랑채로 운반되고, 그녀는 오지 않았을지도 모른다는 추정도 가능하다. 의사가 이상한 남자의 전화를 받고 왕진 나온 것은 11시경이었다. 이때 에미코는 이미 죽음 직전에 있었다. 이러한 일로 생각할 때, 8시경에 짐은 도착했으나 그녀는 구보타의 집에 도착하지 않았을지도 모른다.

그렇다면 가와구치의 누이동생 집에서 나와 바에서 이야기를 끝낸 뒤, 그녀는 어디에 있었을까? 의사의 진단에 따르면 그녀는 넘어져서 유산했고, 그 출혈로 사망했다는데, 넘어진 장소는 어디일까? 그것이 구보타의 집이 아니라는 것은 분명하다. 이마니시는 감찰 의무원 의사의 이야기로, 복부에 강하게 부딪힌 것은 둥근 돌과 같은 물체라는 걸 알았다. 그런데 구보타의 사랑채에서는 그런 것이 발견되지 않았다.

그래서 이마니시가 세운 추정은 다음과 같은 순서가 된다.

에미코의 짐은 이삿짐센터 직원에 의해 가와구치에 있는 누이동생 집에서 일단 이삿짐센터로 운반되었다가, 한참 후에 젊은 남자가 찾으러 왔다. 짐은 두 번에 나누어 운반되었다. 그 왕복에 3시간이 걸리고 8시경쯤에 끝났다. 이것은 구보타의 말과 일치했다.

그 사이 에미코는 긴자에서 바로 그 소시가야로 가지 않고 다른 장소에 있었다. 짐은 그 젊은 남자가 운반했다. 즉, 긴자의 바에서 나온 에미코가 소시가야에 있는 구보타의 집에 의사가 갈 때까지 뭘 하고 있었는지 알 길이 전혀 없다. 이마니시는 이것만 확실히 알아도 속이 시원할 듯했다. 그러나 이 열쇠를 쥐고 있는 사람은 짐을 나른 남자였다. 그리고 의사에게 전화를 한 남자였다. 이 두 남자는 동일인일 것이다.

이마니시는 생각하면 할수록 알 수가 없었다. 그러다가 문득 자신이 살인 사건이 아닌 보통 병사 사건을 자꾸만 쫓고 있다는 데에 생각이 미쳤다. 에미코의 죽음은 자연사였다.

이마니시는 연필로 턱을 두드리다가 생각을 바꾼 듯 책상 위에 있는 전화 다이얼을 돌렸다.

"요시무라인가?" 이마니시는 전화기에 대고 말했다.

"그렇습니다. 아, 이마니시 씨군요?"

오랜만에 듣는 목소리였다. 후배인데도 오래 만나지 않으면 어쩐지 그리워졌다. 이마니시는 생각에 시달려 머리가 아파, 휴식 같은 것을 이 젊은 형사에게서 구하고 싶었다.

"건강하십니까? 오래 못 뵈었습니다."

요시무라의 목소리는 웃음을 머금고 있었다.

"어때, 돌아가는 길에 오랜만에 만날까?"

"좋습니다."

"바쁜가?"

"그렇지는 않습니다. 이마니시 씨는 어떻습니까?"

"특히 바쁜 일은 없어. 좌우간 만나지."

"알았습니다. 늘 만나는 그 집이겠지요?"

"응."

전화를 끊었다.

이마니시는 근무 시간이 끝나자 곧바로 시부야로 향했다. 육교 옆에 있는 작은 꼬치집이었다. 이 일대는 6시 반이면 사람이 득실거리는데, 꼬치집 안은 비어 있었다.

"어서 오십시오." 안주인이 냄비가 있는 저쪽에서 이마니시에게 웃어 보였다. "기다리고 계십니다."

안주인은 언제나 함께 오는 두 사람을 기억하고 있었다. 구석에서 요시무라가 웃으며 손을 흔들었다.

"여깁니다."

이마니시는 요시무라와 나란히 앉았다.

"오랜만에 뵙습니다."

"정말이야. 아주머니, 부탁합니다."

이마니시는 요시무라를 보며 작은 소리로 말했다.

"어때? 그 조차장 건은 그 뒤 소식이 없나?"

이마니시는 여기까지 와서 이런 이야기는 하고 싶진 않았지만, 요시무라를 보니 참을 수가 없었다. 그것을 생각하던 참이었기 때문이다.

요시무라는 가볍게 머리를 저었다.

"아무것도 나오지 않습니다. 틈이 나는 대로 해 보지만……."

수사본부가 해체되면 그 뒤는 임의 수사가 되는데, 자칫하면 사건 수사가 반 중단되는 꼴이 되었다. 형사가 개인적으로 여간 열심히 하지 않으면 수사를 계속하기는 사실상 어려웠다.

"야단이군."

이마니시는 요시무라와 술잔을 부딪쳤다. 한동안 두 사람은 말이 없었다.

"이마니시 씨는 어떻습니까?" 요시무라가 물었다.

"조금씩 하고 있는데 자네와 마찬가지로 통 진척이 없어."

이마니시는 자기 생각을 이야기하고 싶었다. 이야기하는 동안에 뭔가 좋은 지혜가 떠오를 것 같았다. 그러나 술을 마시기 시작해서 바로 그러고 싶지는 않았다. 조금 후에 요시무라에게 털어 놓을 작정이었다. 이렇게 마음이 맞는 젊은 동료와 술을 마시는 것은 기분 좋은 일이었다. 이때까지 복잡했던 기분이 이 시간만이라도 가벼워졌다.

"이마니시 씨와 동북 지방에 갔다 온 지 벌써 다섯 달이나 됐군요." 요시무라가 이야기했다.

"그렇군, 6월이 되려는 때였으니까⋯⋯."

"의외로 더웠다는 기억이 납니다. 저는 동북 지방이라 추울 듯해 두툼한 속옷을 입고 갔었는데요."

"빠른 세월이야."

이마니시는 술을 머금고 눈을 가늘게 떴다.

그 뒤로 여러 가지 일이 있었다. 상당히 오래된 것도 같고, 요시무라 말대로 짧은 시간 같기도 했다. 그 뒤 이마니시는 이즈모까지 갔으니 나름대로 충실했다고 볼 수 있었다.

이때 어떤 남자가 요시무라의 어깨를 가볍게 두드렸다.

"여어. 오랜만인데."

요시무라가 돌아보며 웃었다. 이마니시는 모르는 사람이었다. 나이는 요시무라와 비슷했다.

"잘 지내는가?" 요시무라가 물었다.

"잘 지내지."

"지금 뭘 하고 있나?"

"보험 회사 외판원이야. 아직도 역경에서 헤어나지를 못하고 있어."

요시무라가 이마니시에게 살짝 속삭였다. "제 초등학교 시절 친구입니다. 미안합니다. 5분 정도만 녀석과 이야기하고 오겠습니다."

"아아, 괜찮아. 천천히 이야기하고 와."

이마니시가 고개를 끄덕였다. 요시무라가 옆에서 떠났다. 이마니시는 외톨이가 되었다. 그 모양이 쓸쓸해 보였던지, 여주인이 재치 있게 신문을 내주었다.

"고맙습니다."

석간이었다. 이마니시는 그것을 폈다. 특별한 기사는 없었다. 그러나 심심풀이로 신문을 넘겨보았다. 가을의 가정 기사 등이 크게 실려 있었다. 문화면에는 음악이나 미술 행사에 관한 기사가 실려 있었다. 이마니시는 그 표제를 보다가 문득 눈에 익은 활자를 발견했다. '세키가와 시게오'라는 글자였다. 세키가와가 가을 음악계에 관해 짧게 쓴 기사였다. 이마니시는 술잔을 놓고 급히 그 기사를 보았다.

'와가 에이료의 업적'이라는 제목이었다. 이마니시는 주머니에서 안경을 꺼내어 썼다. 그는 이제 안경 없이는 전등불 밑에서 작은 활자를 읽을 수 없다. 신문에는 이렇게 씌어 있었다.

작년에 이어 금년의 음악계도 전위 음악 이론이 한창이다. 그러나 왈가왈부하는 이 이론도 예술 그 자체 앞에서는 의미가 없다.

전위 음악에서 와가 에이료 같은 사람은 이미 신진 작곡가라고 할 수 없게 되었다. 수년 전 신기한 듯이 뮈지크 콩크레트니 전자 음악을 엿보던 비평가들은, 와가 에이료의 시도를 외국 유행을 그대로 받아들이는 것이라고밖에 보지 않았다. 사실 수년 전의 와가 에이료는 그런 말을 들어도 어쩔 수 없는 점도 있었다.

그러나 현재의 와가 에이료는 받아들이는 것을 떠나 독자적인 수많은 작품을 발표하는 사람이 되었다. 물론 작품 하나하나에는 결함도 있고, 비평가 입장에서도 할 말이 있었다. 사실 나만 해도 그에게 좀 심한 작품평을 해왔다. 그러나 이 새로운 음악을 누구나 시인하지 않으면 안 되게 된 현재에 이르러, 와가 에이료의 존재를 인정하지 않으면 안 된다. 바꾸어 말한다면 그는 그만큼 성장한 것이다.

외국에서 직수입한 경우엔 그 본보기를 당연히 외국 작품에 의존하지 않을 수 없다. 이것은 와가 에이료의 불명예가 되지는 않는다. 19세기 전기의 회화는 세잔의 흉내를 내지 않았던가? 그리고 5, 6세기의 일본 회화는 수나라나 당의 모방이 아니었던가? 음악이라 할지라도 이 숙명적인 원시 모방에서 피할 수는 없다. 문제는 그 속에서 어떻게 독자성을 만들어 내느냐에 달려 있다.

와가 에이료는 전위 음악에 몰두한 지 2년밖에 되지 않았지만 돌아다보면 그 예술적 성장에 새삼 놀라게 된다. 우리가 개개의 작품에 관해 정신을 빼앗기고 있는 사이에, 그는 시간의 흐름과 함께 여기까지 성장했다. 조금씩 그리고 확실히, 와가 에이료는 서구의 영향에서 벗어나 그의 독창성을 창조해 가고 있다.

이 새로운 예술에 끌려 들어오는 추종자가 많다. 그러나 확실한 기반을 가진 와가 에이료의 실력에는 도저히 미치지 못한다. 나는 짧은 기간이지만, 그것을 하나의 역사로 바라볼 때면 저절로 눈이 휘둥그레진다. 지칠 줄 모르는 노력을 거듭해서 겨우 열매를 맺게 된 그의 예술이, 그 풍부한 재능에 의해 더욱 비약할 것을 기대하고 싶다.

이마니시는 여기까지 읽고 이상하다고 생각했다. 음악에 대해서는 물론 알 수 없었다. 그리고 이런 이론 비슷한 문장도 싫었다. 그러나 요전에 세키가와가 와가 에이료에 대해 쓴 비평과 이 신문에서 읽은 문장과는 상당히 그 투가 다른 것 같았다. 이마니시는 잘 모르지만 저번에 비하면 이번은 굉장히 칭찬한 것처럼 느껴졌다.

이마니시가 자기 생각을 확인하기 위해 다시 한 번 처음부터 읽는데, 요시무라가 돌아왔다.

"실례했습니다." 요시무라는 이마니시 옆에 앉았다.

"이봐" 하고 이마니시가 요시무라에게 신문을 보였다.

"허, 세키가와 시게오군요." 요시무라도 그 활자가 제일 먼저 눈에 띄었다.

"읽어 봐."

요시무라가 말없이 읽기 시작했다. 그는 다 읽고 나서 "맞는 소리야!" 하고 한쪽 팔을 괴었다.

"어떤가, 나는 잘 모르지만 이 문장은 와가 에이료를 칭찬하는 거지?"

"그야 그렇습니다." 요시무라가 서슴지 않고 대답했다. "대단한 칭찬입니다."

"흠." 이마니시는 잠깐 생각하더니 곧 물었다. "비평가가 짧은 기간에 평가를 달리 할 수 있을까?"

"무슨 뜻입니까?"

"전에 세키가와가 와가 에이료의 음악에 대해 쓴 비평을 읽은 적이 있는데, 이렇게 칭찬하진 않았거든."

"그렇습니까?"

"말은 벌써 잊었는데, 그다지 신통치 않게 여기는 듯했어. 그런데 이걸 읽어 보니 그때와는 전혀 다른 느낌이야. 몹시 칭찬하고 있군."

"비평가의 말은 가끔 변덕이 있다니까요."

"흐음, 그런가?"

"아니, 저도 잘 모릅니다. 제 친구 가운데 저널리스트가 있는데,

그 녀석한테서 들었습니다. 여러 가지 뒷이야기가 있지만, 요컨대 비평가도 인간이니 그때그때 기분에 따라 비평이 달라진다는 겁니다."

"그럼 세키가와가 이걸 쓸 때는 기분이 좋았겠군?"

"글쎄요……, 이걸 보니 대체로 요즘 와가의 활동에 대한 종합 비평 같군요. 그러니 와가에게 영광이 가게 쓴 비평이 아닐까요?"

요시무라가 핵심을 찌르는 듯한 말을 했다.

"그럴까?"

이마니시는 모르겠다는 얼굴을 했다. 모른다는 것은 이마니시 자신이 이런 문장의 세계에 익숙지 못한 탓이었다. 어쨌든 남을 칭찬하는 것은 나쁘지 않은 일이었다.

이마니시는 술을 마시면서 겨우 요시무라에게 자기의 조사 결과를 이야기할 기분이 되었다. 그런데 이 이야기는 세키가와 시게오를 피의자에 상당히 가깝게 생각하는 것이었다. 아무리 상대가 요시무라일지라도 이런 이야기는 신중을 기하지 않으면 안 되었다. 이마니시는 신문 기사에서 세키가와의 이름을 보고 생각을 바꾸었다. 당분간 이야기하는 것을 보류해야겠다고 생각했다. 설명은 언제라도 할 수 있다. 좀더 자신의 생각을 굳힌 뒤라도 늦지 않다.

"이마니시 씨, 슬슬 끝내십시다." 요시무라가 먼저 말했다. 벌써 술병이 네댓 개 비었다.

"그렇군, 마침 기분 좋을 정도가 됐어. 나갈까?"

이마니시는 세키가와의 비평이 아직 마음에 걸렸다.

"여기, 계산."

이마니시가 말하자, 요시무라가 황급히 "오늘은 제가 내겠습니다. 언제나 얻어먹기만 하니까요" 하고 주머니에 손을 넣었다.

"이런 것은 늙은이가 내도록 하는 법이야."

이마니시가 말렸다.

여주인은 볼품없는 커다란 주판을 끌어당겨 계산을 했다. 이마니시는 그것을 보고 자기 코트 주머니에 넣어둔 '가메다케 주판'이 생각났다.

"요시무라, 좋은 걸 보여주지."

"예, 뭡니까?"

이마니시는 옆에 놓았던 코트를 집어 들었다. "이거야." 주머니에서 상자에 든 주판을 꺼냈다.

"허, 가메다케 주판이군요." 요시무라가 상표를 읽었다.

"모두 7백 50엔이에요. 매번 감사합니다." 여주인이 술값을 말했다.

"아주머니, 이걸 좀 보세요."

이마니시는 요시무라가 손에 들고 있는 주판을 턱으로 가리켰다. 검은 윤기가 있는 작은 알 하나하나가 전등 빛을 담고 있었다. 요시무라는 기분 좋은 듯이 손가락으로 알을 튕겼다.

"아주 매끄럽군요?"

"주판으로서는 일본 제일이래요. 현지 업자의 선전 문구인데, 이 실물을 보면 전혀 과장만은 아닌 듯해요."

"어디서 만듭니까?" 여주인이 들여다보았다.

"이즈모, 시마네 현에 있는 오지요. 아주 깊은 산중이지요."

"어디 저에게도 잠깐 보여 주세요."

여주인은 그것을 손에 들고 요시무라와 마찬가지로 시험하듯 알을 튕겨 보더니 "훌륭한 주판이네요." 하고 이마니시를 돌아보며 말했다.

"지난여름, 이 주판 생산지에 갔던 적이 있어요. 그때 그곳에서 아는 분이 생겼거든요. 그런데 이번에 이걸 보내 주셨어요." 하고 이마니시가 설명했다.

"어머, 그래요?"

"그럼, 최근에 보내 왔습니까?" 요시무라가 옆에서 이마니시의 얼굴을 들여다보며 말했다.

"그래, 오늘 도착했어."

"그분은 무엇이 생각난 모양이지요?"

"아냐, 내가 만난 기리하라라는 노인인데, 아들 공장에서 만든 주판이라고 보내준 거야."

"아아, 언젠가 말씀 들었지요." 요시무라가 고개를 끄덕였다. "역시 시골 사람은 성실하고 정직하군요."

"그래, 나도 좀 뜻밖이었어. 지난여름 단 한 번밖에 간 일이 없는데……"

이마니시가 계산을 했다.

"매번 감사합니다." 여주인이 머리를 숙였다.

이마니시는 주판을 코트 주머니에 다시 찔러 넣고 요시무라와 함께 꼬치집에서 나왔다.

"재미있는 일이야." 이마니시는 요시무라와 어깨를 나란히 하고 걸었다. "가메다케 일을 까마득히 잊고 있던 참에 이런 것을 보내 왔더군."

"그땐 이마니시 씨가 꽤 신이 나서 이즈모에 가셨는데……"

"그랬어. 분발하고 갔었지. 한창 더울 때였어. 이제 두 번 다시 그 산중에 갈 일이 없겠지. 직업이 이렇다 보니 생각지 않은 지방엘다 가고 말이야."

두 사람은 육교 옆을 걸었다.

"기리하라 노인이 자작 하이쿠를 편지에 적어 보냈더군. '주판알 손에 차가운 가을 마을에서'라고."

"전 잘되고 못 된 것은 모르겠지만 표현은 생생하군요. 하이쿠 말이 나왔으니 말인데, 요 얼마 동안 이마니시 씨 작품을 못 보았습니다?"

"바쁘니까……."

요시무라의 말 그대로였다. 요즘엔 하이쿠를 적는 공책이 공백으로 있었다. 그렇게까지 사건에 쫓겨 뛰어다니는 편은 아니지만, 마음의 여유가 없다는 것이 역시 그런 데에도 나타났다.

"오늘 밤 자네를 만나길 잘 했어." 이마니시가 말했다.

"어째서입니까? 별로 말씀도 못 들은 것 같은데……."

"아냐, 자네를 만난 것만으로도 기분이 상쾌해졌어."

"이마니시 씨는 그 사건을 꾸준히 조사하고 계시지요? 그런데 지금 뭔가 작은 벽에 부닥친 것 아닙니까?"

"말하자면 그래." 이마니시는 손으로 얼굴을 쓱 문질렀다. "여러 가지 하고 싶은 이야기가 있어. 그러나 현재 내 머리는 솔직히 말해서 혼란해."

"알겠습니다." 요시무라 형사는 미소를 지었다.

"이마니시 씨가 하시는 일이니 곧 한 가닥으로 정리될 것입니다. 전 그때까지 기대를 가지고 기다리겠습니다."

2

이마니시가 집에 돌아온 것은 10시경이었다.

"물에 만 밥을 먹고 싶어. 요시무라와 한잔했어." 그는 아내 요시코에게 말했다.

"요시무라 씨는 건강하시던가요?" 아내가 이마니시의 웃옷을 벗기며 물었다.

"응."

"한번쯤 집에 오시면 좋을 텐데……."

"바쁜 모양이야."

"바쁘기는 당신도 마찬가지 아녜요?"

아내는 이마니시가 요 며칠 계속해서 늦게 돌아오니 이렇게 생각하는 모양이었다. 이마니시는 가족에게 일에 대해서는 되도록 말하지 않기로 하고 있었다.

"이런 것을 받았어."

그는 코트에서 주판 상자를 내놓았다.

"뭔데요?" 아내가 상자에서 주판을 꺼냈다. "어머, 훌륭한 주판이네요! 누구한테서?"

"지난 여름 시마네 현에 갔을 때, 거기서 알게 된 노인이 보내 주셨어."

"아아, 그때 말이죠?"

아내는 고개를 끄덕였다. 그녀는 이마니시가 출발할 때 도쿄 역까지 배웅을 갔었다.

"이걸 당신에게 주지." 이마니시가 말했다. "이걸로 가계부를 잘 정리해 낭비하는 일 없도록 하라구."

"우리 같이 빈약한 가계로는 이런 훌륭한 주판이 울겠어요."

그래도 요시코는 소중한 듯 장롱에 넣었다.

이마니시가 책상 위에 편지지를 내놓고 기리하라 고주로에게 보낼 편지 문구를 생각하고 있는데 "자, 준비가 됐어요" 하고 아내가 부르러 왔다. 이마니시는 만년필을 놓고 일어섰다. 식탁에는 무조림과 정어리 자반이 놓여 있었다.

"무가 맛이 들었어요."

요시코가 이마니시의 찻종에 차를 따르며 말했다. 이마니시는 소리를 내며 물에 만 밥을 입에 퍼 넣었다.

"음, 가마타라……." 이마니시가 중얼거렸다.

"네, 뭐라구요?" 요시코가 들여다보며 물었다.

"아냐, 아무것도 아냐." 이마니시는 반찬을 씹었다.

'가마타라……' 하는 말은 뜻하지 않은 중얼거림이었다.

이마니시는 밥을 먹을 때 한 가지 버릇이 있었다. 뭔가 생각할 일이 있으면 식사 중에 신경이 그리로 집중되었다. 밥을 먹고 반찬을 혀 위에 올려놓으며 저절로 생각에 잠기는 것이었다. 식사가 사고에 한 가지 리듬감을 주었다. 그는 이런 때엔 앞뒤 연결 없이 불쑥 중얼거렸다. 그렇게 중얼거리면 사고가 명확해졌다. 이때 가마타라고 한 것은 그 사건을 머릿속에 되새기고 있다는 증거였다. 늦은 식사가 끝났다.

이마니시는 책상 앞에 앉아 편지를 쓰기 시작했다.

오래 소식 드리지 못했습니다.

이번에 뜻밖에 선물을 보내 주셔서 감사합니다. 생각지도 못한 일이어서 깜짝 놀랐습니다. 주판을 보았는데 저 같은 풋내기 눈에도 아주 훌륭한 작품이어서 오래도록 소중히 보관하고자 합니다. 다만 우리 같은 사람은 모처럼 얻은 소중한 물건을 제대로 활용할 수 없다는 것이 유감스럽습니다. 그러나 가메다케에서 이런 훌륭한 주판이 만들어진다는 것은 기회 있을 때마다 사람들에게 선전하겠습니다.

주판을 보고 있으니 말씀대로 그곳의 기억이 생생하게 떠오릅니다. 그때는 정말 감사했습니다. 그리고 주판에 덧붙인 기리하라 씨의 하이쿠도 반갑게 감상했습니다.

가을을 맞아 마을을 둘러싼 고운 산들이 눈에 선합니다.

이마니시는 여기까지 단숨에 쓰고 나서 문장을 다시 읽었다. 그런데 앞으로 어떻게 쓸 것인가? 여기서 끝을 맺어도 좋겠지만 인사 편지로서는 조금 싱거울 듯했다. 자기도 기리하라 노인처럼 답하는 하이쿠를 지어 곁들일까 했다. 그러나 좋은 생각이 떠오르지 않았다. 요즘 하이쿠를 통 짓지 않았더니 그 방면으로 두뇌 활동이 둔해진 모양이었다.

이마니시가 펜을 멈추고 생각하는데, 아내가 차를 가져왔다.

"인사 편지인가요?"

이마니시는 아내의 말에 담배 한 개비를 피워 물었다.

"이쪽에서도 무슨 답례품을 보내는 편이 좋지 않을까요?" 아내가 말했다.

"그렇군. 뭐가 좋을까?"

"글쎄요, 도쿄 물건에 특별한 것이 있어야죠. 역시 아사쿠사 김 같은 게 무난하지 않을까요?"

"내일 백화점에 가서 사 보내 드려. 그런데 비싸겠지?"

"비싸다고 해도 천 엔 정도 주면 괜찮아요."

"그럼, 그래 주구려."

이마니시는 편지 말미에 '그리고 보잘것없는 물건을 따로 보냈습니다. 웃고 받아 주시면 감사하겠습니다'라는 문구를 잊지 않고 쓰려 했다. 그런데 담배꽁초가 수북해지도록 좀처럼 하이쿠를 짓지 못했다. 쓸데없이 기리하라 고주로의 얼굴만이 눈앞에 떠올랐다.

그때였다!

이마니시는 뭔가 전기에 감전된 듯했다. 머릿속을 비스듬히 가르고 달리는 빛을 느꼈다. 그는 담뱃재가 무릎에 떨어질 때까지 꼼짝도 하지 않았다. 그대로 10분쯤 가만히 있었다.

그러다가 갑자기 꿈에서 깬 듯, 편지의 나머지를 맹렬한 속도로 쓰기 시작했다. 그것은 지금까지 생각해왔던 끝맺음과는 전혀 다른 문구였다.

3

이마니시는 아침에 일어나서 다시 편지 한 통을 더 썼다. 기리하라 노인 앞으로 어젯밤 늦게까지 편지를 썼는데, 또 편지를 보내야 할 사람이 더 있었다. 그 사람은 아침 잠자리 속에서 생각났다. 이마니시는 잠이 빨리 깨는 편이었다. 그는 자리 속에서 담배 한 대를 피우고 일어나는 습관이 있었다.

이런 때 문득 뜻하지 않은 생각이 떠오르기도 하는 것이다. 어디엔가 아직 졸음기가 남아 있는 듯한 의식 가운데에서 떠오르는 거품처럼 불쑥…….

가마타 조차장에서 살해된 미키 겐이치는 이세 신궁을 참배 후 바로 도쿄로 나왔다. 이것은 양아들 미키 쇼키치가 경찰청에 와서 진술한 말이었다. 그때는 이세 참궁을 마치면 곧 돌아갈 예정이었는데 도중에 생각이 바뀌어 도쿄 구경을 하게 됐다고 이마니시는 쉽게 생각했다.

그러나 미키 겐이치에게 그 예정을 변경시킨 무엇인가가 있었던 것이 아닐까? 단순히 생각이 바뀌었다는 것만으로 설명할 수 없는 어떤 필연성이 있지 않았을까? 미키 겐이치가 이세 참궁 도중에 도쿄행으로 바꾼 것이, 그가 살해된 원인으로 이어진 것 같다.

이마니시는 담배를 재떨이에 비벼 끄고, 잠자리에서 일어나 세수를 하고 책상 앞에 앉았다. 그가 어젯밤에 기리하라 노인 앞으로 쓴 편지가 봉투에 넣어진 채 놓여 있었다. 그는 다른 편지를 쓰기 시작했다. 보낼 곳은 미키 쇼키치 앞이었다.

그 후 별고 없으십니까? 저는 경찰청 수사과 형사입니다. 잊으셨을지 모르나, 부친의 불행한 일로 상경하셨을 때 당신께 이야기를 들었던 사람입니다.

아시는 바와 같이 이 사건은 아직도 단서를 잡지 못하여, 돌아가신 부친의 영혼께 실로 죄송하기 그지없습니다. 그러나 수사본부를 해산했다고 해서 범인 수사를 중단한 것은 아닙니다. 어디까지나 가증스런 범인을 찾아내어 하루라도 빨리 부친의 영혼을 위로해 드리고 싶습니다. 수사를 맡고 있는 우리는 어떤 수를 써서라도 범인을 체포하지 않으면 안 됩니다. 절대로 이 사건을 미궁에 빠지게 하지는 않을 작정입니다.

사건 수사는 현재 매우 곤란한 상태가 되었습니다. 아무래도 해결하려면 유족 여러분의 협력을 얻지 않고는 효과를 기대할 수가 없습니다.

따라서 부친께서 이세 신궁으로 출발하신 후, 도쿄 가마타 조차장에서 유체가 발견되기까지 어떤 곳을 여행하셨는지, 아시면 알려 주셨으면 합니다. 며칠에는 어디 있는 무슨 여관에 묵으셨다는 것을 알면 제일 고맙겠습니다. 그때엔 여행 도중에 그림엽서가 왔을 뿐이라고 하셨는데, 그 후 위와 같은 일이 판명되었다면 상세히 통지해 주시기 바랍니다.

그로부터 5일이 지났다. 그 5일 동안 이마니시에게 특별한 변화는 없었다. 작은 사건을 두세 가지 다루었을 뿐이었다. 그 사건들은 곧 해결되었다.

그날 밤, 이마니시가 집에 돌아와 보니 책상 위에 편지가 놓여 있었다. 편지 봉투 뒤를 보니 '오카야마 현 에미 시 ××거리 미키 쇼키치'라고 깔끔한 서체로 씌어 있었다. 이마니시는 옷을 갈아입지도 않고 바로 편지를 뜯었다. 기다리던 답장이었다.

편지 잘 받아 보았습니다. 돌아가신 아버님 일로 여러 가지 수고를 끼쳐 드려 죄송합니다.

그리고 아버님을 위해 범인을 잡으려고 밤낮 노력하신다는 글을 읽고 감격했습니다. 유족으로서는 되도록 수사에 협력하고 싶습니다만, 무력해서 도움이 되지 못함을 유감스럽게 생각하고 있습니다.

제 입으로 말씀드리기가 뭣하지만, 선친은 남에게 인정을 베풀기는 했을망정 절대로 남에게 원한 살 만한 일은 하지 않으셨습니다. 거듭 말씀드리지만 정말로 좋은 분이셨습니다. 그런 분을 살해한 범인이 언제까지나 밝혀지지 않을 리 없고, 하늘도 그것을 용서하지 않으리라고 생각합니다. 저희는 매일 아침저녁으로 불단에 향불을 피우고 범인이 체포되기를 기원하고 있습니다.

질문하신 건에 대해 다음과 같이 회답 드립니다.

선친이 여행길에 보내신 그림엽서는 모두 여덟 통이었습니다.

○ 4월 10일자──오카야마 역전 오미야 여관

○ 4월 12일자──고토히라 ××번지 사누키 여관

○ 4월 18일자──교토 역전 고쇼 여관

○ 4월 25일자──히에이 산에서

○ 4월 27일자──나라 시 아부라 골목 야마다 여관

○ 5월 1일자──요시노에서

○ 5월 4일자──나고야 역전 마쓰무라 여관

○ 5월 9일자──이세 시 ××번지 후타미 여관

이상과 같습니다.

이것으로 알 수 있는 것처럼, 선친은 4월 7일 이곳을 출발하신 뒤 각지를 자유로이 여행하셨습니다. 예를 들어 오카야마 시에서 하루 묵으신 것은, 가까운 고라쿠엔이나 구라시키 같은 데를 가고 친지를 방문했기 때문이겠지요. 사누키로 건너간 것은, 곤피라 (金比羅, 항해의 안전을 지켜주는 불법의 수호신) 님을 참배하고 다카마쓰로부터 야시마를 구경했기 때문이라고 생각됩니다. 선친은 늘 그 말씀을 하셨으니까요. 교토에서는 느긋이 체재하시며 비와호(琵琶湖)를 구경한 뒤 히에이 산에 올라가셨습니다. 그리고 다시 요시노까지 발길을 옮겨 고적을 찾아 보셨습니다. 선친은 사적에 흥미를 갖고 계셨습니다. 나고야에서도 4일 구경하고 다니셨습니다. 그러고 나서 마침내 그렇게 바라던 이세 참궁을 하셨습니다. 모두 그림엽서인데, 거기엔 즐거운 여행을 하고 있다는 짧은 글만 적혀 있었습니다.

선친은 이세 참궁을 마치고 곧 귀향할 예정이셨습니다. 실제로 나고야에서 보내 온 엽서엔 '앞으로 3일이면 고향에 돌아간다'고 씌어 있었습니다. 이 엽서에는 도쿄에 간다는 말이 한 마디도 언급되지 않았습니다.

이마니시는 그 이튿날도 한 통의 편지를 받았다. 시마네 현 기리하라 고주로로부터였다. 붓글씨로 쓴 달필이었다. 편지지는 먹글씨가 잘 받는 우아한 화지였다.

이마니시는 편지지 다섯 장에 걸쳐서 쓴 그 글을 읽었다. 이쪽에서 문의한 미키 겐이치에 관한 회답이었다. 이마니시는 이것을 몇 번이나 다시 읽었다. 전에 순경이었던 미키 겐이치의 선행에 대해 상세히 적은 편지였다. 미키 겐이치의 선행은 이제까지 몇 차례나 들었다. 기리하라 노인은 이것을 더 구체적으로 썼다.

이마니시는 이 편지를 서랍 속에 소중히 넣어 두었다. 거기에는 어제 온 미키 쇼키치의 편지도 함께 넣어 두었다. 이마니시는 하루 종일 생각에 잠겼다. 경찰청에 나가 일을 하고 있어도 그 생각이 머리에서 떠나지 않았다. 그리고 어떤 곳으로 문의 편지를 썼다.

저녁때 이마니시는 경감을 찾아가 2일간 휴가를 얻기로 했다.

"신기하군. 자네가 연 이틀 휴가를 내는 일은 지금까지 없었지?"
경감은 이마니시의 얼굴을 보고 웃었다.

"예." 이마니시는 머리를 긁었다. "조금 피로한 듯해서……."

"조심하라구. 휴가는 사흘이고 나흘이고 좋아."

"아닙니다. 이틀이면 됩니다."

"어디 가는가?"

"예, 이즈 근처에 있는 온천에 가서 한가하게 온천에나 들어갈까
합니다."

"그거 좋은 생각이군. 어쨌든 자네도 쉴새없이 일해 왔으니…….
사람은 휴식을 취하지 않으면 피로해서 엉뚱한 병에 걸리기 쉬워.
탕에라도 들어가서 안마라도 하며 푹 쉬고 오는 거야."

경감은 이마니시의 휴가서에 도장을 찍고 과장에게 돌렸다.

이마니시는 일찌감치 경찰청에서 나와 급히 집으로 돌아왔다.

"잠깐 여행을 갔다 오겠어. 지금 곧 출발할 테니까 준비해 줘."

"출장이세요?" 아내가 이마니시의 들뜬 태도를 보고 물었다.

"출장이 아냐. 휴가야. 한 이틀 관서 지방을 갔다 오겠어."

"관서 지방? 어머, 급하시군요. 어째서 그런 생각이 드셨어요?"

"갑자기 기차를 타고 먼 곳에 가 보고 싶어졌어."

"오늘 밤 기차예요?"

"그래. 생각이 나니까 하루라도 빨리 가고 싶어졌어."

"혼자서요?"

"혼자야."

"이상하군요. 뭔가 용건이 있겠죠?"

"아냐, 용건 같은 건 없어. 이세 참궁을 하고 올 뿐이야."

"그래요? 그건 또 무슨 바람이 불었을까요?"

요시코는 어이가 없다는 듯이 웃었다.

열차는 이튿날 아침에 나고야 역에 닿았다. 이마니시는 플랫폼을 걸어, 참궁선(參宮線) 철도로 갈아탔다. 이세 시에는 두 시면 닿는다. 이마니시는 이세 시라는 말이 아무래도 마음에 썩 들지 않았다. 옛날부터 불러 온 우지야마다 시라고 하는 편이 이세 참궁에 어울린다는 생각이 들었다.

전쟁 전에 한 번 온 일이 있는데, 시가지는 별로 변하지 않았다. 후타미 여관은 곧 찾을 수 있었다. 역에서 걸어 5, 6분 걸렸다. 여관은 단체 손님을 보내느라 혼잡했다. 아직 10시경이었다. 여관은 한낮이 제일 한가하다. 지금 곧 여관으로 가는 것보다 조금 더 시간이 지난 때가 말을 묻기에 좋을 듯했다.

이마니시는 그때까지 그냥 기다리며 보낼 수 없어 이세 신궁으로 향했다. 모처럼 여기까지 온 길이니 참배를 하지 않고 돌아갈 생각은 없었다. 이마니시는 1910년대에 태어난 사람이었다. 내궁(內宮)은 전에 왔을 때와 별로 다름이 없었다. 참배객이 많았다. 다만 얼마 전에 분 태풍으로 경내의 나무들이 꺾이거나 죽어 있었다. 이마니시는 어제 생각을 하니, 오늘 벌써 자기가 이세 신궁에 와 있다는 사실이 이상하게 느껴졌다.

이마니시가 1시간 정도로 참배를 끝내고 후타미 여관 앞에 돌아왔다. 현관은 조용하고 청소도 끝난 뒤였다. 이마니시는 물이 뿌려진 현관 앞에 섰다. 이런 여행엔 본래 지방 경찰에 말해 수사 협조를 구하는 법인데, 이번엔 정식 수사로 온 것이 아니었다. 이마니시는 과연 성과가 있을지 없을지 자신이 없었다. 전에 멀리 동북 지방과 가메다케까지 출장갔지만 두 번 다 헛수고로 끝났다. 그런 이유 때문에도 그는 경감에게 털어 놓을 수 없었다.

현관에 한 젊은 여자가 청소복 차림으로 나왔다.

"어서 오십시오."

그녀는 손님인 줄 알고 황급히 꿇어앉았다. 안내된 방은 이층 뒤쪽에 있었다. 신관 정면은 역으로 곧장 통하는 넓은 도로인 데 비해 뒤쪽은 거리의 지붕만 복잡하게 보이는 살풍경한 전망이었다.

하늘에 비행기 한 대가 천천히 날고 있었다. 현관에 나왔던 여자와는 다른 여자가 차를 가져왔다.

"아주머니." 이마니시는 자기 명함을 꺼냈다. "저는 이런 사람인데, 주인이나 안주인이 계시면 잠깐 뵙고 싶다고 전해 주지 않겠습니까?"

그녀는 이마니시의 명함을 손에 들고 조금 놀라는 얼굴을 했다.

"조금 기다려 주십시오."

명함에는 도쿄 경찰청 수사 1과라고 박혀 있었다.

이마니시는 주인이나 여주인이 올라올 때까지 담배를 피우며 기다렸다. 창문 아래는 지붕만이 펼쳐져 있었다. 그중에서 한층 크게 보이는 집이 영화관인 듯했다. 벽에는 이세 신궁의 숲을 그린 묵화가 걸려 있었다. 다른 벽에는 후타미 해변에 있는 부부 바위를 박은 두루마리가 걸려 있었다. 그런 것들을 보는 사이에 20분쯤 지났다.

"실례하겠습니다." 미닫이 밖에서 남자의 목소리가 들렸다.

"들어오십시오."

이마니시가 앉은 채 대답하니, 미닫이를 열고 머리가 벗겨진 50세쯤 된 남자가 나타났다. "오셨습니까? 제가 이 집 주인입니다. 먼 곳까지 수고가 많으십니다." 남자는 미닫이를 닫고 나서 이마니시 앞에 굳은 자세로 인사했다.

이마니시는 정식 출장이 아니어서 마음이 찔렸으나, 말을 물으려면 역시 정면으로 직함을 대는 편이 손쉽고 편리했다.

"자, 이리 오십시오." 이마니시는 주인이라는 남자를 자기 앞으로 불렀다.

"감사합니다."

접객업자는 대개 경찰관에게 정중했다. 이 여관 주인의 태도에도 손님이라기보다 경찰관에 대한 저자세가 노골적으로 나타나 있었다.

"언제 이곳에 오셨습니까?" 주인이 이마니시에게 물었다.

"어젯밤에 출발해서 오늘 아침에 도착했습니다." 이마니시는 되도록 상냥한 얼굴을 했다.

"그럼, 매우 피곤하시겠습니다."

주인은 말을 할 때마다 머리를 숙였다. 주인은 도쿄 경찰청에서 일부러 왔다는 데서 내심 걱정이 되는 모양이었다. 여관은 여러 종류의 사람들이 자고 간다. 절도범도 있다. 수배중인 사람도 있다. 그러한 일이 나중에 여관 측에 예상외로 귀찮은 문제를 일으킨다.

"조금 묻고 싶은 말이 있어 도쿄에서 왔습니다."

이마니시가 조용히 말을 꺼냈다.

"예, 그렇습니까?"

주인은 작은 눈으로 이마니시를 물끄러미 쳐다보았다.

"걱정하실 만한 일은 아닙니다. 참고로 묻는 것에 불과하니까요."

"예예."

"금년 5월 9일에 묵은 손님에 대해 알고 싶습니다. 수고스럽지만 잠깐 숙박부를 보여 주지 않으시겠습니까?"

"예예, 알았습니다."

주인은 탁상에 있는 전화를 들고 숙박부를 가져오도록 말했다.

"나리들도 고생이 많으시군요?"

주인은 약간 안심했는지, 다소 마음 가볍게 이마니시를 위로했다.

"예, 그러나…… 일이니까요."

"도쿄 경찰청에 계신 분이 오시기는 처음입니다. 이런 장사를 하고 있으니 지방 경찰서에는 늘 폐를 끼치고 있습니다만……."

이야기 도중에 여종업원이 들어왔다. 주인은 여종업원에게서 숙박부를 받았다.

"그러니까 5월 9일이지요?"

"그렇습니다."

주인은 철한 전표를 넘기기 시작했다. 요즘 숙박부는 옛날처럼 장부가 아니라 전표 형식으로 되어 있었다.

"요 근처가 5월 9일인데요." 주인은 이마니시를 향해 얼굴을 들었다. "뭐라고 하시는 분이십니까?"

"미키 겐이치라는 사람입니다." 이마니시가 말했다.

"미키 씨? 아아, 여기 있군요."

주인은 이마니시에게 숙박인 명부를 보여 주었다. 이마니시는 그것을 받아 들고 보았다.

"현주소 오카야마 현 에미 시 ××번지, 직업 잡화상, 성명 미키 겐이치, 51세."

그야말로 성실하게 빠짐 없이 씌어 있었다.

이마니시는 이 글씨를 물끄러미 바라보았다. 불행하게 살해된 미키 겐이치의 필적이었다. 이 글씨와 이마니시 자신이 가마타 조차장에서 검증한 무참한 시체가 아무리 생각해도 결부되지 않았다. 미키 겐이치는 이 숙박부에 쓸 때까지만 해도 자기 앞길에 비참한 운명이 있으리라고는 생각지도 않았을 것이다.

미키 겐이치는 오카야마 현에 있는 산속에서 평생 남을 추억을 위해 시코쿠로 건너가, 근처 명소를 찾아본 뒤 겨우 그렇게 바라던 이세 참궁을 왔을 것이다. 그렇게 생각해서 그런지, 이 필체에서도 마음의 긴장이 엿보이는 듯했다.

명부 옆에는 '스미코(澄子)'라고 담당 여종업원의 이름이 적혀 있었다.

"이 사람은 9일 하루밤에 묵지 않았군요?" 이마니시가 물었다.

"예, 그렇습니다." 주인도 숙박부를 들여다보았다.

"주인께선 이 손님을 모르시겠지요?"

"예, 저는 쭉 안에 있으니까……."

"스미코라는 사람이 담당 종업원이었군요?"

"그렇습니다. 물으실 말씀이 있으시면 스미코를 이리로 부를까요?"

"부탁합니다."

주인은 다시 전화를 걸어 그녀를 불렀다. 스미코는 22, 3세쯤 된, 키는 작으나 다부진 체격을 지닌 아가씨였다. 차림새엔 별로 신경을 쓰지 않는 모양이었고, 볼이 붉었다.

"스미코, 이 손님이 네가 담당했던 미키라는 손님에 관해 뭔가 묻고 싶으시대. 기억하고 있는 대로 모두 말씀드려." 주인이 그녀에게 말했다.

"당신이 스미코 씨군요?" 이마니시가 웃으며 말했다.

"네."

"당신은 기억하고 있나요? 숙박부에는 당신이 담당했던 걸로 돼 있는데, 이런 사람을 기억하고 있어요?"

이마니시는 숙박부를 그녀에게 보였다.

스미코는 가만히 보고 있더니 "싸리실이군요" 하고 혼잣말처럼 중얼거리고 생각하다가 "아, 기억이 나요. 분명히 제가 담당했던 분입니다" 하고 똑똑히 대답했다. 이마니시는 그녀가 기억하고 있다기에, 그 손님의 인상과 특징을 말하게 했다. 그녀의 진술을 들으니, 틀림없이 미키 겐이치였다.

"말씨는 어땠나요?" 이마니시가 물었다.

"조금 색다른 말씨였어요. 콧소리를 많이 내서 전 동북 지방 분이 아닌가 했어요."

이마니시는 이것이 절대적인 증거라고 생각했다.

"그렇게 알아듣기 힘들던가요?"

"네, 확실하지가 않았어요. 그래서 '숙박부에는 오카야마 현이라고 쓰셨는데, 손님께서는 동북 지방분이 아니세요?' 했더니, 그 손님은 말씨 때문에 가끔 그런 말을 듣는다고 하시며 웃으셨습니다."

"동북 말씨와 혼동이 된다고 하던가요?"

"네, 자기가 오래 있던 마을에서는 이런 사투리를 쓴다고 하셨어요."

그녀의 말에 따르면 미키 겐이치는 그녀와 꽤 마음을 터놓고 이야기한 듯했다.

"그 손님은 여기서 묵을 때 별로 색다른 데가 없었던가요?"

"네, 이렇다 할 색다른 행동은 없었어요. 이 집에 오셨을 때는 낮에 신궁 참배를 마친 뒤여서 내일은 고향에 돌아간다고 하셨어요. 아, 색다른 일이라면……, 그렇게 말씀하시더니 이튿날에는 갑자기 도쿄에 가겠다고 하신 말이 떠오르는군요."

"흐음, 그 이튿날이군요, 도쿄에 간다고 말을 꺼낸 것은?"

그 점이 중요했다.

"그래요."

그렇다면 미키 겐이치가 고향에 돌아갈 예정을 변경한 것은, 확실히 이 여관에서 묵은 그 이튿날이었다.

"그 손님이 이 여관에 들어온 것은 몇 시쯤이었나요?"

"저녁때였어요. 6시경요."

"여관에 들어온 뒤 한 번도 외출하지 않았나요?"

"아녜요, 나가셨어요."

이마니시는 이 외출에 주의했다. 이 이세 신궁에는 전국에서 많은 사람이 참배하러 온다. 미키 겐이치는 외출했을 때, 우연히 누군가 아는 사람을 만나지 않았을까? 그 우연한 만남이 미키 겐이치에게 도쿄행을 결심하게 하지 않았을까?

"산책이었을까요?" 이마니시는 그녀에게 질문을 계속했다.

"아뇨, 영화를 보러 가신다고 하셨어요."

"영화?"

"'심심하니 영화나 보고 와야겠군. 영화관이 어디 있나요?' 하고 물으시기에 제가 가르쳐 드렸어요. 저기, 이 창에서 보이는 저 높은 건물이에요."

아까 이마니시가 창밖으로 본 건물이었다.

"그래, 영화관에서 몇 시쯤 돌아왔어요?" 이마니시가 그녀에게 물었다.

"글쎄요, 9시 반쯤이 아니었을까요? 그 무렵이었을 거예요."

"즉, 영화가 끝났을 때군요?"

"그래요."

이마니시는 조금 실망했다. 만약 미키 겐이치가 영화를 보러 가는 도중에 누군가를 만났다면, 여관에 돌아오는 시간이 더 빨랐든지 더 늦었든지 했을 것이다. 영화가 끝나는 시간에 돌아왔다면, 그는 아무도 만나지 않았다고 생각해야 한다.

"방에 돌아왔을 때 손님의 태도는 어땠나요? 벌써 상당히 오래된 일이어서 기억할 수 없을지 모르지만 잘 생각해 봐요."

"글쎄요." 그녀는 옆에 앉은 주인의 얼굴을 흘끔 보고 고개를 갸웃거렸다.

"중요한 대목이니 잘 생각해서 틀림없도록 대답해야 해."

주인이 곁들였다. 이렇게 되자 그녀는 더욱 진지한 얼굴이 되었다.

"아니, 그렇게 딱딱하게 생각하지 않아도 좋아요. 마음 가볍게 생각나는 대로 말해 주어요."

"글쎄요. 돌아오셨을 때는 별로 달라진 데가 없는 듯했어요. 다만, 내일 아침 식사 시간을 좀 늦추었으면 좋겠다고 하셨어요."

그녀는 겨우 대답했다.

"즉, 손님이 떠난다는 다음 날이었지요?"

"그래요. 처음에는 '고향으로 돌아갈 테니 아침 식사를 8시경으로 해 줘요. 9시 20분 기차를 타야겠으니까요'라고 말씀하셨어요."

"그게 어떻게 변했나요?"

"'아침 식사는 10시면 돼요. 형편에 따라서는 저녁때까지 이 여관에 있을지도 몰라요'라고 하셨어요."

"저녁때까지 말이지요?" 이마니시는 앞으로 다가앉았다. "무슨 이유라고 말하지 않던가요?"

"말씀 안 하셨어요. 단지 자꾸만 무슨 생각을 하시는 것 같았어요. 별로 말씀을 안 하시기에 '편히 쉬십시오' 하고 바로 물러나왔어요."

"아, 그래 다음 날 아침에는 그 말씀대로 했나요?"

"네, 말씀대로 10시에 아침 식사를 갖다 드렸어요."

"그리고 저녁때까지 방에 있었군요?"

"아뇨, 그러지 않으셨어요. 점심때가 지나자 영화관에 가셨어요."

"뭐, 영화관에?" 이마니시는 놀랐다. "정말 영화를 좋아하는 사람이군?"

"아네요. 그런데 그게 같은 영화관이었어요. 제가 일이 있어 도중까지 함께 가서 알아요."

"전날 밤에 본 영화를 다시 한 번 보러 갔었군요?"

이마니시는 생각에 잠겼다. 여행길에서 같은 영화를 두 번이나 계속해서 본다. 그것도 어린아이도 젊은 사람도 아닌 이미 쉰이 넘은 노인이 말이다. 그 영화의 무엇이 미키를 사로잡았을까?

"다음 날 그 영화를 보고 돌아와 그날 밤에 이 여관에서 떠났군요?"

"네, 그래요."

"몇 시 차로 출발했나요?"

"제가 시간표를 보고 가르쳐 드렸으니 기억하고 있습니다. 방에서 전화로 문의를 해서, 22시 20분 나고야발 상행 준급행으로 갈아탈 수 있는 열차를 가르쳐 드렸습니다." 주인이 말했다.

"그것이 도쿄 역에 몇 시에 도착합니까?"

"이튿날 오전 5시입니다. 이 열차를 이용해서 도쿄에 가시는 손님이 많아 알고 있습니다."

"그 손님이 이곳에서 출발할 때 특별히 다른 말은 하지 않던가요?" 이마니시가 다시 그녀의 얼굴을 보았다.

"아뇨, 제가 '전날 밤까지 오카야마로 돌아가신다고 하셨는데 어째서 도쿄로 가시느냐'고 물었어요."

"그랬더니?"

"갑자기 생각이 났다고 하시더군요."

"갑자기 생각이 났다, 그 말뿐이었나요?"

"네, 그 밖의 말은 못 들었어요."

"가만 있자……." 이마니시는 잠깐 생각하더니 말했다. "그 손님이 보았다는 영화는 무엇이었나요?"

"글쎄요, 그것은 잘 생각나지 않아요."

"그럼 됐습니다. 그건 이쪽에서 조사해 보면 알겠지요. 바쁜데 고맙습니다."

"이 정도면 됐습니까?" 주인이 옆에서 말했다.

"예, 참고가 많이 됐습니다. 주인장, 계산을 해주시겠습니까?"

"아, 벌써 떠나십니까?"

"저도 그 열차를 이용해서 도쿄로 돌아갈까 합니다. 아직 시간 여유가 있는 것 같으니까요."

"그렇습니까?"

이마니시는 계산을 끝내고 여관에서 나왔다.

이마니시는 곧바로 역으로 가지 않고 영화관으로 향했다. 영화관은 상점가 안에 있었다. 정면에는 현란한 간판이 나붙었다. 시대물을 두 편 상영하고 있었다. 입장권을 받는 아가씨에게 지배인을 만나고 싶다며 명함을 내보였더니 안으로 안내해 주었다. 영화관 뒤쪽으로 돌아가니 방이 있었다. 문을 열어 보니 훤히 넓은 곳에서 직원이 다음에 상영될 영화 간판을 그리고 있었다. 지배인은 뒷짐을 지고 서서 그것을 보고 있었는데, 이마니시의 명함을 보고 상냥하게 맞이했다.

"엉뚱하게 들리겠지만 5월 9일에 상영한 영화가 뭐였나 알 수 있을까요?" 이마니시는 바로 물었다.

"5월 9일에 상영한 영화라구요?" 지배인은 도쿄에서 온 형사가 느닷없는 것을 물으니 놀라 되물었다.

"예, 그 영화 제목을 알고 싶은데요."

"흐음, 그것이 사건에 무슨 관계라도 있습니까?"

"아니, 조금 참고가 될까 해서 알고 싶습니다. 곧 알 수 있을까요?"

"찾아보면 금방 알 수 있습니다."

지배인은 이마니시를 데리고 그 방에서 나왔다. 영사실에 가까운 사무실이었다. 벽에는 영화 포스터가 처덕처덕 붙어 있고, 책상 위에는 서류가 어지럽게 놓여 있었다. 젊은 남자 한 사람이 장부를 보며 주판알을 튀기고 있었다.

"이봐, 5월 9일에 우리 영화관에서 상영한 영화가 뭐였지? 조사해 줘."

젊은 남자는 앞에 있는 장부를 뽑아 들었다. 페이지를 넘기더니 바로 찾아냈다.

"〈도네의 풍운〉과 〈사나이의 폭발〉입니다."

"들으신 바와 같습니다. 하나는 시대극, 하나는 현대극입니다." 지배인이 옆에서 이마니시에게 말했다.

"어디 영화입니까?"

"우린 남영 영화사 부설 영화관이어서 모두 그 회사 작품입니다."

"미안하지만 그 영화의 팸플릿이랄까, 배우 이름이 나와 있는 것이 없을까요?"

"벌써 상당히 오래된 영화여서 있을지 모르겠습니다. 찾아보도록 하겠습니다."

지배인은 젊은 남자에게 지시했다. 젊은 남자는 책상 서랍, 선반 구석 등을 뒤적거리더니, 몇 장이나 겹쳐진 포스터 밑에서 종이 한 장을 뽑아 가지고 왔다.

"있습니다." 지배인은 팸플릿을 받아 이마니시에게 넘겨주었다. "이것이 등장인물입니다."

"고맙습니다."

〈도네의 풍운〉이나 〈사나이의 폭발〉은 모두 요즘 인기있는 배우가 주연을 맡고 있었다. 단역 이하 시시한 역까지 상당히 많은 배우의 이름이 나와 있었다. 가령 '하녀 A, B, C'나 '부하 A, B, C'까지도 친절하게 배역이 씌어 있었다.

"이 영화, 지금 어디선가 상영하고 있지 않습니까?"

이마니시는 팸플릿을 정성껏 개켜 주머니에 넣었다.

"글쎄요, 꽤 오래된 영화여서 재개봉관에서도 이제는 대부분 끝났을 겁니다."

"그런 경우에 필름은 회사로 돌려보내나요?"

"그렇습니다. 다 쓰고 나면 회사로 보냅니다. 그 영화도 회사 창고
에 있을 겁니다."

"고맙습니다." 이마니시는 머리를 숙여 인사했다.

"아, 그것만 있으면 됩니까? 여보세요, 그 영화에 무슨 사건이 얽
혀 있습니까?"

하지만 이마니시는 이미 사무실 밖에 나와 있었다.

실

1

이마니시는 도쿄로 돌아와, 남영 영화사를 찾았다. 그는 긴자에 있
는 남영 영화사 기획부에 몇 번이나 갔다. 그는 〈도네의 풍운〉과
〈사나이의 폭발〉, 그리고 이세에서 조사한 그때 뉴스 영화까지 함께
보여 달라고 부탁했다. 영화사는 쉽사리 받아들여 주지 않았다. 필름
이 창고에 있으니 꺼내기는 문제가 아니지만, 영사는 좀 곤란하다고
했다. 시사실은 언제나 만원이었다. 일주일에 두 번 신작 영화가 나
와, 쉴새없이 사람들을 초빙하여 시사회를 하고 있었다. 그래서 단
한 사람을 위해, 두 편의 영화를 세 시간 반에 걸쳐 영사하기는 곤란
하다는 것이다.

"대체 그런 영화가 범죄 수사에 무슨 참고가 됩니까?" 상대방이
물었다.

"참고가 된다기보다 어떤 사정으로 꼭 보았으면 합니다. 영화관에
서 하고 있으면 말할 것도 없이 가겠지만, 아무 데서도 하고 있지
않아서 당신들에게 부탁하는 겁니다. 수사에 직접 관계가 있는 것
은 아닙니다만, 꼭 보고 싶습니다."

이마니시는 이유를 확실히 말할 수가 없었다. 그것이 괴로웠다. 경찰청에서 정식으로 공문이나 뭐로 요청하면 문제가 없겠지만, 이마니시는 거기까지 상관에게 부탁할 수는 없었다. 그의 착상이니까 되도록이면 혼자 힘으로 영화사의 호의를 얻고 싶었다.

"그럼 다음에 영사실이 비는 일이 있으면 연락하겠습니다."

상대방은 이렇게 말했다. 그러나 이렇게 약속한 뒤에도 쉽사리 그 연락이 없었다. 이마니시는 초조하게 삼사 일을 기다렸다. 기다리고 있는데 부탁한 직원으로부터 전화가 왔다.

"오늘 오후부터 영사실 형편이 좀 나아지니 오십시오."

이마니시는 곧장 뛰어갔다. 남영 영화사 시사실은 어느 극장 지하실에 있었다.

"이거, 신세를 지겠습니다." 이마니시는 직원에게 인사를 했다.

"겨우 비어서요, 천천히 보십시오."

이마니시는 오륙십 명은 충분히 앉을 수 있는 관객석 한가운데에 혼자 앉았다. 평소에는 비평가, 신문 기자 등 관계자로 거의 가득 차는 시사실이 오늘은 이마니시 한 사람을 위해 영화를 상영하는 것이다. 그도 미안하다는 생각을 했다.

영화가 시작되었다. 보통 영화관과 달리 화면 넓이가 반 정도였다. 그래도 영화관에서 보는 것 이상으로 목소리나 음이 밝았다. 맨 처음에는 뉴스였다. 정치 토픽부터 시작해서 사회 특종, 심한 교통지옥 풍경, 새로 생긴 지방철도 개통 풍경 등이 차례로 상영되고, 이윽고 스포츠 토픽으로 끝났다. 다음은 시대극 〈도네의 풍운〉이었다. 그것은 도네 강을 사이에 둔 노름꾼들의 싸움 이야기였다. 이오카 스케고로(飯岡助五郎) 일파와 사사가와 시게조(笹川繁蔵) 일파가 요란한 싸움을 하고, 그 사이에서 히라테 미키가 활약했다. 이마니시는 접시처럼 크게 뜬 눈을 깜박이지도 않고 화면의 흐름을 응시했다. 줄거리가 재미있어서가 아니었다. 그는 어떤 단역이라도 나오는 인물들 하나하나를 뚫어지게 바라보았다. 〈도네의 풍운〉은 한 시간 반쯤 걸렸다. 끝이라는 자막이 나오고 장내가 환해졌다. 이마니시는 한숨을 지었다.

화면이 낡아 비가 내리는 것처럼 지지직거렸다. 이마니시는 화면에 나오는 아무리 시시한 사람, 가령 노름꾼, 졸때기, 통행인, 포졸 한 사람까지도 진지하게 주시했다. 그래서 영화가 끝나자 눈이 피로했다. 이 영화에서 아무 수확도 얻지 못해 더 피로했다.

5분쯤 쉬고 나자 "다음 영화를 상영합니다" 하고 영사부 직원이 말했다.

"부탁합니다."

이마니시는 좌석을 고쳐 앉았다. 이윽고 다시 어두워지고 〈사나이의 폭발〉이라는 타이틀이 나왔다.

이마니시는 등장인물은 대부분 프로그램에서 알고 있었으나, 막상 자막에 나오는 배우의 이름과 얼굴을 몰랐다. 영화를 별로 보지 않는 편이어서 어떤 이름의 사람이 어떤 얼굴을 하고 있는지 몰랐다. 젊었을 때는 뻔질나게 영화관에 다녀 옛날 배우들은 낯익은데, 요즘 나오는 젊은 배우들은 통 알 수 없었다.

〈사나이의 폭발〉은 지금 인기 절정에 있는 젊은 배우가 주연했다. 이것도 역시 불량배 영화로 빈번히 권총이 나왔다. 이마니시는 〈도네의 풍운〉과 마찬가지로 어떤 단역도 놓치지 않고 보았다. 잠깐밖에 나타나지 않는 통행인, 바의 손님, 불량배 졸때기까지도 하나하나, 그 얼굴을 자세히 보았다. 줄거리는 통 머릿속에 들어오지 않았다. 어렴풋이 알 수 있는 것은 역시 번화가를 주름잡는 사람들끼리의 구역 쟁탈전으로, 거기에 주연으로 나오는 청년이 통쾌하게 설치고 다닌다는 하찮은 내용이었다. 그러나 현대물이어서 도쿄가 빈번히 나왔

다. 바가 많은 긴자 뒷골목은 말할 것도 없고, 혼잡스러운 유락초,
빌딩 안, 심지어 하루미 부두의 창고 거리 등 로케이션이 많았다. 따
라서 엑스트라도 많았다. 이마니시가 흥미를 갖고 있는 사람은 주연
급 배우가 아니었다. 차라리 조연이나 엑스트라에 주목했다.

마침내 1시간 반이 지났다. 이마니시는 장내가 환해졌을 때, 의자
에 멍청히 앉아 있었다. 이번에 상연한 영화에도 그를 만족시킬 만한
사람이 없었던 것이다.

"이것으로 다 끝났습니다. 어땠습니까?" 직원이 말했다.

"대단히 수고를 끼쳤습니다. 덕분에 잘 보았고, 이것으로 납득이
갔습니다." 이마니시는 의자에서 일어났다.

"그렇습니까? 한 관람자를 위해 두 편의 영화를 상영한 것은 이번
이 처음입니다." 직원이 웃었다.

"미안합니다."

이마니시는 지하실에서 밖으로 나왔는데, 밖의 빛에 갑자기 눈이
부셔 잠시 눈을 가리고 있었다.

이마니시는 힘없는 걸음걸이로 한참 걸었다. 기를 쓰고 영화 두 편
을 보았으나 아무것도 발견할 수 없었다. 예상이 보기 좋게 빗나갔
다.

미키 겐이치는 이세에서 〈도네의 풍운〉과 〈사나이의 폭발〉을 두
번이나 보았다. 어린 아이도 아닌 그가 두 번이나 보았으니, 그 영화
가운데 특히 흥미를 끈 장면이 있었을 것이다.

겐이치는 일단 여관으로 돌아왔으나 다시 한번 그 영화가 보고 싶
었을 것이다. 이것은 자신이 눈으로 본 것을 더 확실히 확인하기 위
해서였다. 여관 종업원은 겐이치가 여관에 돌아왔을 때 생각에 잠겨
있었다고 증언했다.

이마니시가 지금 본 두 편의 극영화와 뉴스에서 어떤 중요한 장면

이 미키 겐이치로 하여금 두 번이나 보게 했을까?

2

이마니시가 경찰청에 돌아오니 자기 책상 위에 갈색 봉투가 있었다. 봉투 뒷면에는 오카야마 현 고지마 군 ××마을 '자광원(慈光園)'이라고 씌어 있었다. 이마니시는 곧 봉투를 뜯었다. 이것이야말로 그가 고대하던 편지였다. 그는 전에 가메다케에 있는 기리하라 노인에게 의뢰한 용건으로 회답이 온 다음, 다시 그 일과 관련해 이 자광원에 문의 편지를 냈었다.

도쿄 경찰청 수사 1과 제1계
경사 이마니시 에이타로 귀하
조회하신 모토우라 지요키치(本浦千代吉) 씨 건에 대해 회답 드립니다.
모토우라 씨는 1938년 시네마 현 니타 시청의 소개로 본 자광원에 들어오셨습니다. 그 후 쭉 요양 생활을 계속하셨는데, 1957년 10월에 돌아가셨습니다. 본적지에는 사망 통지를 냈습니다(본적지, 이시카와 현 에누마 군 ××마을 ××번지). 그리고 모토우라 씨가 이곳에 요양할 때는 친지로부터 한 통의 편지도 없었고, 한 사람의 문병객도 없었습니다.
만일을 위해 여기에 있는 호적 초본을 아래와 같이 적어 두겠습니다.

부모의 성명은 생략함.
호주 ; 모토우라 지요키치
1905년 10월 21일 출생

1957년 10월 28일 사망

아내 ; 마사

1910년 3월 3일 출생

1935년 6월 1일 사망

(아내 마사는 이시카와 현 에누마 군 야마나카 시 ××번지 야
마시타 주타로의 차녀. 1929년 4월 16일 혼인)

장남 ; 히데오

1931년 9월 23일 출생

위와 같이 간단하나마 회답합니다.

자광원 서무과장 인

이마니시는 이 편지를 물끄러미 바라보았다. 그가 이 간단한 문
장에서 눈을 떼기까지 족히 담배 한 대 피울 정도의 시간은 지났
다. 물론 내용이 어려워서가 아니었다. 여기에 쓰인 호적 초본 사
본에서 갖가지 상상이 떠올라서였다. 영화 시사실에서 돌아왔을 때
의 피로가 이 한 장의 편지로 반은 풀렸다.

이마니시는 성실하고 정직한 사람이다. 그는 서랍에서 편지지를
꺼내 곧 감사하다는 편지를 쓰기 시작했다. 그런데 그것뿐이 아니
었다. 감사 편지를 다 쓰고 나서, 그는 다음과 같은 새로운 조회문
을 썼다.

갑작스러운 부탁이나 아래의 건도 조사해 주시기 바랍니다.

이시카와 현 에누마 군 야마나카 ××번지 야마시타 주타로 씨의
가족 및 친척 되시는 분이 현존하고 계시면 주소·성명을 알려 주시
기 바랍니다.

조회문을 보낼 곳은 이시카와 현 야마나카 경찰서였다. 이마니시는 다 쓰고 나서 다시 읽어 보고 펜을 들어 다음과 같이 덧붙였다.

위 조회는 대단히 급하므로 죄송하오나 빠른 선처 바랍니다.

이마니시가 집에 돌아온 것은 8시경이었다. 현관이 닫혀 있었다. 집 안이 캄캄하고 자물쇠가 잠겨 있었다. 아내가 집을 비웠을 때 이마니시가 돌아와도 열쇠가 어디 있는지 약속이 되어 있었다. 그는 현관 옆에 있는 나무 화분 밑에서 열쇠를 꺼내 문을 열었다. 전등을 켜니 책상 위에 놓인 아내의 메모가 보였다.

아가씨가 놀러 와서 오랜만에 둘이서 영화 구경 갑니다. 다로는 외가에 갔습니다. 9시까지는 돌아올 생각입니다. 찬장 속에 반찬을 넣어 두었으니 진지 드세요.

이마니시는 양복을 입은 채 찬장을 열었다. 근처 생선 가게에서 포를 뜬 듯한 생선회, 무와 쇠고기로 만든 조림 반찬이 있었다. 그는 식탁 위로 접시를 날랐다. 요즘엔 전기밥통이라는 편리한 것이 있어, 이런 시간에 밥통을 열어도 김이 모락모락 났다. 화톳불 위에 주전자가 있었다. 이마니시는 밥에다 물을 부어 먹기 시작했다. 식은 조림 반찬과 뜨거운 밥이 상쾌하게 어울려 혀에서 목구멍으로 넘어갔다.

그는 밥을 먹으며 이날 오카야마 현의 자광원에서 온 회답 내용을 생각했다. 그는 밥을 먹으며 무슨 일을 생각하는 것이 즐거웠다. 아내가 없으니 마음이 흐트러지지 않아서 좋았다.

뜨거운 밥을 먹은 탓인지 옷을 갈아입을 생각이 들었다. 이쑤시개로 이를 쑤시며 석간을 읽고 있는데, 현관문 열리는 소리가 났다.

"어머, 돌아오셨어요?" 하는 아내의 목소리에 이어, 둘이서 킬킬거리며 웃는 소리가 들렸다.

"늦었어요."

아내가 조금 어색한 듯 웃으며 들어왔다. 그 뒤에 가와구치에 사는 누이동생이 싱글벙글 웃는 얼굴을 내밀었다.

"미안해요. 아가씨가 온 김에 갔다왔어요."

"어머, 거짓말이에요. 제가 언니를 데리고 갔어요."

둘은 서로 자기 탓이라고 했다. 이마니시는 신문 연재물을 읽고 있었다.

두 여자는 옆방에서 옷을 갈아입으며 아직도 영화 이야기를 하고 있다. 가와구치에 사는 누이동생은 영화를 좋아했다. 누이동생은 배우의 연기에 대해 지껄이고 있었다.

아내가 평상복으로 갈아입고 왔다.

"진지 잡수셨어요?"

"응, 먹었어."

"당신이 오기 전에 돌아오려고 했는데……."

"자요, 오빠 선물."

누이동생이 군밤 봉지를 내밀었다.

"뭐야, 너, 오늘 돌아가지 않니?"

누이동생은 아내의 평상복을 입고 있었다.

"네, 남편이 또 출장을 가서요."

"아이고 맙소사! 부부 싸움을 하면 찾아오고, 남편이 출장 갔다 하면 자러 온단 말이야? 곤란한 애야. 어때, 영화는 재미있었니?"

"네, 그저……."

아내와 누이동생은 이마니시 옆에서 아직도 영화 감상을 계속 이야기하고 있었다. 이마니시가 신문에서 잠깐 얼굴을 들었다.

"실은 나도 영화를 보고 왔어."

"어머, 오빠 정말이세요?"

누이동생은 좀처럼 영화 같은 것을 보지 않는 오빠가 영화를 보고 왔다니까 놀랐다.

"그래서 오늘 밤엔 늦으셨나요?" 아내가 물었다.

"아니, 일 때문이야."

"형사님도 영화를 보는 일이 있나요?"

"경우에 따라서는 있지."

"뭘 보셨는데요?"

"〈도네의 풍운〉과 〈사나이의 폭발〉이야."

"어머! 꽤 오래된 영화군요." 누이동생이 웃었다.

"넌 알고 있니?"

"본 적이 있어요. 벌써 반년쯤 됐어요. 그저 그런 영화죠?"

"그렇더군."

이마니시는 눈을 신문으로 돌렸다. 아내가 옆에서 밤을 깠다. 껍질을 벗긴 알맹이를 이마니시가 읽는 신문 위에 놓았다. 이마니시는 신문 기사가 지루했지만, 달리 읽을 것이 없어 그냥 뒤적거리고 있었다.

초경질 합금에 구멍을 뚫는 혁명——강력 초음파의 응용. 극동 야금(極東冶金)에서는 최근 강력 초음파 원리를 응용해 지금까지 불가능하다고 여겨지던 경질 금속에 구멍을 뚫는 데 성공했다. 이렇게 되면 기존의 한정된 절단기로는 할 수 없었던, 구멍 뚫기를 자유자재로 쉽게 할 수 있을 뿐 아니라, 깊은 데까지 철저히 뚫을 수 있고, 이 기술의 응용 여하에 따라서는 앞으로 어떠한 모양으로도 도려낼 수 있는 가능성이 열렸다. 극동 야금은 이 기술 혁명에 의해 지금까지 힘들게 여기던 경질 합금의 대량 가공에 일대 비약을 가져왔다고 했다. 이 공정에 따르면 여태까지보다 열 배의 가공이 가능해 각계에서는 혁명적인 기술 완성이라고 말하고 있다.

또한 이것은 임의의 형태를 한 금속 공구를 피가공물에 대고, 주파수 16~30킬로사이클, 진폭 10~30미크론 진동을 가하고, 그 사이에 탄화규소 분말을 물에 섞어 공급하면 공구의 형태로 구멍이 뚫린다. 공구를 회전시키지 않으니 원형이 아닌 색다른 모양의 구멍이 뚫리는 데 그 특징이 있다.

재미없는 기사였다. 이마니시는 눈을 막연히 신문에 돌리고 있을 뿐, 귀로는 누이동생과 아내가 주고받는 이야기를 듣고 있었다.

"영화는 진짜보다 예고편이 더 재미있더군요." 아내가 말했다.

"그래요. 예고편은 나중에 손님을 끌기 위해 재미있는 부분만 골라 편집한 거니까요." 누이동생이 대답했다.

"오늘 밤에 본 예고편도 꽤 재미있잖아요?"

"그렇더군요."

이마니시는 신문을 내던졌다.

"애, 영화관에서는 반드시 예고편을 상영하니?"

"그때 보신 영화의 예고편 말씀이죠?"

이튿날 이마니시 에이타로가 영화사에 찾아갔더니, 낯익은 직원이 별로 싫은 얼굴을 하지 않고 장부를 넘겨 조사해 주었다.

"아아, 했군요. 다음 주에 개봉되는 예고편과 예보편(豫報篇)을 상영했습니다."

"예보편이란 뭡니까?"

"대작이 있으면 한 달쯤 전부터 선전하는데, 그걸 말합니다. 다음

주에 개봉되는 예고편이란 문자 그대로 다음 프로를 예고하는 겁니다." 직원이 설명했다.

"그때 예고편은 뭐였습니까?"

"〈아득한 지평선〉입니다. 현대극이지요."

"예보편은?"

"외국 영화였습니다."

"외국 영화?"

그거라면 문제가 되지 않았다.

"그 화면에는 일본 사람이 한 사람도 나오지 않겠지요?"

이마니시가 다짐을 했다.

"물론입니다. 미국 영화니 그곳 장면밖에는 나오지 않습니다. ……
하긴 그 전에 도쿄에서 한 로드 쇼의 스냅이 붙어 있습니다. 평이
대단한 대작이어서 로드 쇼 때는 황실에 계신 분들도 오셔서 보셨
으니까요."

"그럼 그런 장면이 예보편에 찍혀 있겠군요?"

"그렇습니다."

"여러 차례 죄송한데, 그것을 보여 주실 수 없으십니까?"

"글쎄요……."

직원은 곤란하다는 듯이 고개를 갸웃했다.

"예보편 필름은 그렇게 언제까지나 창고에 있는 것이 아니니까요.
지금 남아 있는지 없는지 조사해 보지 않으면 알 수 없습니다."

"그럼, 일정한 기간이 지나면 그 필름은 폐품으로 처리합니까?"

"그렇습니다. 그렇지 않아도 창고가 필름으로 꽉 차 있으니까요.
기한이 지나면 가차없이 처분한답니다."

"그 처분이란 어떻게 하시는 겁니까?"

"필름을 토막토막 잘라 고물상에 팝니다. 우리는 그 작업을 '잭'이

라고 부릅니다.”

“그럼, 처분했는지 안 했는지 조사해 주지 않겠습니까?”

직원은 필름 창고에 가더라도 바로 알 수가 없으니 한 시간 뒤에 와 보라고 했다. 이마니시는 일단 밖으로 나왔다.

영화관에서 상영하는 영화는 극영화와 뉴스뿐이라고 생각했는데 예고편도 있었다. 그것을 알고 있으면서도 마치 부록처럼 여겨져 생각이 나지 않았다.

이런 곳에 예상외의 맹점이 있었다. 이마니시는 한 시간쯤 밖에서 돌아다니다가 영화사로 갔다.

“아아, 알았습니다.” 직원은 이마니시를 보더니 곧 자리에서 일어났다. “예고편은 있는데, 외화의 예보편은 역시 처분했더군요. 아까웠습니다. 사흘 전에 고물 장수에게 팔았습니다.”

결국 예고편만을 보았는데 별로 도움이 되지 않았다. 〈아득한 지평선〉이라는 예고편인데, 단지 장면을 이어 붙인 것으로 거의 감독이며 카메라 맨이 어정거리는 모습이 박혀 있을 뿐이었다. 이것은 3분 정도로 싱겁게 끝났다.

“여러 차례 신세를 졌습니다.”

이마니시는 직원에게 송구스러워했다. 이 직원은 어제부터 이마니시를 위해 결국 4편을 시사한 셈이었다.

“예보편은 외화였지요?”

“그렇습니다.”

그것은 이미 절단하여 고물 장수에게 처분했다는 필름이었다.

“영화 제목이 뭡니까?”

“〈세기(世紀)의 길〉입니다.”

“그것에는 영화 장면 외에 로드 쇼 공개 풍경이 붙어 있군요? 분명히 그렇게 들은 듯한데……?”

"그렇습니다."

"프린트가 몇천 개는 있을 텐데, 한 편쯤 어디에 남아 있지 않을까요?"

"글쎄요, 조금 어려운 이야기입니다. 처분하게 되면 전부를 하니까요. 말씀은 잘 알았으니까 어딘가에 남아 있다면 반드시 알려 드리겠습니다."

"꼭 부탁합니다."

이마니시는 이렇게 말할 수밖에 없었다. 처분했다고 하니 찾을 도리가 없었다. 프린트가 없어 유감이었으나 달리 방법이 없는 것은 아니었다.

이마니시는 요시무라에게 전화를 했다.

"요전에는 미안했어."

"저야말로 실례했습니다." 요시무라가 말했다.

"요시무라, 자넨 영화를 좋아하는가?"

"좋아하기는 하는데…… 갑자기 무슨 말씀이십니까?"

"〈사나이의 폭발〉이라는 영화를 보았는가?"

요시무라의 웃음소리가 들렸다.

"그것은 안 보았습니다."

"그런가?"

이마니시는 조금 실망했다. 그러나 반드시 그 〈사나이의 폭발〉 때만 〈세기의 길〉이라는 예보편이 상영되었다고 볼 수는 없었다.

"자네, 〈세기의 길〉이라는 외화를 보았어?"

"예, 보았습니다."

"그럼, 그 예보편도 보았어?"

"예보편이라면 훨씬 전부터 선전하는 것 말이지요?"

"그래, 그거야."

“가만 있자…… 아, 보았습니다, 보았어요.”

“보았어?”

“예, 로드 쇼 풍경을 기록한 것이지요?”

“그래!” 이마니시는 소리쳤다. 이것은 말 그대로 소리쳤다고 해도 좋았다. “자네를 지금 꼭 좀 만나고 싶은데…… 그 이야기를 자세히 듣고 싶어.”

“영화 이야기 말입니까?”

“그래, 그 예보편 내용인데, 나와 만날 때까지 되도록 많이 생각해 봐.”

이마니시는 가마타 경찰서로 갔다. 요시무라는 형사실에 있다가 이마니시를 보자 곧 함께 밖으로 나왔다.

“경찰서에서 차를 마셔도 되는데요, 아무래도 다른 사람 눈이 있어 느긋하게 이야기할 수가 없습니다.”

경찰서 맞은쪽에 작은 찻집이 있어 그곳으로 들어갔다.

“잘 다녀오셨습니까?”

요시무라가 갑자기 이마니시에게 인사했다. 이마니시가 이세에서 돌아온 뒤 처음 만났기 때문이었다.

“어땠습니까, 그쪽에선?”

“아, 실은 그걸 이야기하려고 말이야…….” 이마니시는 이제까지의 경과를 자세히 이야기했다. “거기서 돌아온 후, 이런 형편으로 겉돌고만 있어. 문제는 미키 겐이치가 무엇을 보고 움직였느냐야. 결국 외국 영화의 예보편에서 찾을 수밖에 없어. 그런데 이건 영화사에서 벌써 필름을 처분했다는 거야. 자네가 그 예보편을 보았다니, 어떤 내용이었는지 생각해 내서 이야기해 주게.”

“글쎄요……. 상당히 오래 되어 거의 잊었는데…… 예보편이니 역시 영화의 내용 소개가 중심이었어요. 장면 장면을 편집한 겁니다.”

요시무라는 팔짱을 끼었다.

"도쿄에서 로드 쇼할 때의 광경도 있었다면서?"

"있었습니다. 황실에서도 부부 동반으로 그 영화를 보러 갔었는데, 그 모습을 자주 비치더군요."

"그 밖에 어떤 장면이 있었나, 영화 외의 이야기 가운데는?"

"그 밖에는……." 요시무라는 열심히 생각해 내느라고 아래를 보고 있었다.

"명사들이 나오지 않았던가? 회장 풍경 같은 곳에서……."

이마니시가 암시를 주듯 말했다.

"네에, 있었습니다!" 요시무라가 고개를 번쩍 들었다. "그런 장면이 분명히 있었습니다. 누구라고 기억은 안 납니다만."

"자네, 그 속에 누보 그룹의 사람들이 찍혀 있지 않던가?"

"기다려 주십시오, 지금 그걸 생각하고 있습니다." 요시무라는 다시 한 번 고개를 수그렸다. "……여러 사람이 나왔습니다. 소설가, 감독, 일본의 스타……." 그는 혼잣말처럼 천천히 말했다. "누보 그룹이라는 말은 없었지만 역시 나왔던 것 같습니다. 젊은 예술가라는 말이 자주 나왔습니다. 그땐 마음에 두지 않고 보아 기억이 애매합니다."

"그런가?"

요시무라는 기억이 확실하지 않다고 했다. 역시 직접 필름을 보는 수밖에 없었다. 그러나 처분되었다니 다시 보기란 불가능했다. 이마니시는 요시무라의 이야기로 대개는 짐작이 가는 듯했다. 좋아, 그 화면에 누보 그룹이 나와 있었다고 가정하자. 미키 겐이치는 그 사람들 가운데 누구를 보고, 갑자기 도쿄에 갈 생각을 했을까? 문제는 그 얼굴이 누보 그룹의 누구냐 하는 것이었다.

이마니시의 수첩에는 다음과 같은 메모가 되어 있었다.

○세키가와 시게오

1934년 10월 28일생

1957년 아키타 현 요코테 시로부터 도쿄 도 메구로 구 가키노키자카 1028로 전적

현주소 ; 메구로 구 나카메구로 2103

아버지, 세키가와 데쓰타로

어머니, 시게코

아버지는 1935년에 사망, 어머니는 1937년에 사망, 형제 없음. 독신

○××××

1933년 10월 2일생

본적 ; 오사카 시 나니와 구 에비스 2의 120

현주소 ; 오타 구 뎅엔초후 6의 867

○모토우라 지요키치

본적 ; 이시카와 현 에누마 군 ××마을 ××번지

1905년 10월 21일생

1957년 10월 28일 사망

아내, 마사

1910년 3월 3일생

1935년 6월 1일 사망

이시카와 현 에누마 군 야마나카 ××번지 야마시타 주타로의 차녀. 1929년 4월 16일 혼인

장남, 히데오
1931년 9월 23일생

　어느 한 사람 몫이 더 있었다. 이마니시는 왜 이 사람을 수첩에 써넣었을까? 이마니시는 평론가 세키가와 시게오가 신문지상에 쓴 글이 아직도 마음에 걸렸다. 이것 역시 문제가 아닐지 몰랐다. 그러나 형사란 숙명적으로 모든 것을 의심하고 덤비지 않으면 안 되는 직업이다.

　이마니시는 어려운 말을 몰랐다. 그리고 최근의 평론가가 쓰는 문장에는 처음부터 열등감을 가지고 있었다. 지적으로 씌어진 장엄한 문장이었다. 이마니시는 무슨 말을 하는지 이해할 수가 없었다. 세키가와 시게오가 쓴 그 글은 알기 쉽게 씌어졌으나, 이마니시는 그것도 과연 문자 그대로 받아들여야 될지 안 될지 자신이 없었다. 이런 평론가가 쓴 것은 짧은 문장에서도 말하고자 하는 바가 헤아려지지 않으면 안 되는 모양인데, 그것을 예민하게 해독하지 못하면 자칫 '모국어를 모르는 머리가 나쁜 독자'로 지적될 것 같았다. 머리야 나쁘거나 말거나 상관없었다. 이마니시는 자기가 느낀 대로 생각했다.

　이마니시가 누보 그룹 중에서 관심을 갖고 있는 사람은 세키가와 시게오뿐 아니었다. 그 밖에도 여러 젊은 예술가가 있었다. 극작가, 음악가, 소설가, 시인, 화가 등 여러 명사가 있었다. 이마니시는 와가 에이료에 관한 문의에 대한 회답을 두 가지 가지고 있었다. 하나는 오사카 시 신카와의 나니와 구청 호적과에서 보내 온 호적 초본이었다.

　　오사카 시 나니와 구 에비스 2의 120
　　아버지, 에이조(英蔵)

1908년 6월 17일생

1945년 3월 14일 사망

어머니, 기미코

1912년 2월 7일생

1945년 3월 14일 사망

본인

1933년 10월 2일생

어머니 기미코는 본적에 의하면 센다이 시 히가시 3의 47 야마모토 지로의 장녀로, 1929년 5월 20일 에이조와 혼인 신고.

다른 하나는 교토 부립 ××고등학교에서 온 회답으로, 그것에 의하면 와가 에이료는 1948년 중퇴했다고 되어 있었다.

이마니시는 다음 세 이름을 머릿속에 떠올렸다.

(A) 1934년 10월 28일생. (B) 1933년 10월 2일생. (C) 1931년 9월 23일생.

본적지도 각각 달랐다. 한 사람은 도쿄, 한 사람은 오사카, 한 사람은 이시카와 현이었다.

이마니시는 연필 끝으로 이 세 이름 위를 두드리며 오래 생각했다. 그는 달력을 들여다보았다. 다음 일요일에 이어 월요일이 공휴일로 되어 있었다.

"나, 이번 토요일 밤부터 북부에 갔다 오겠어." 이것이 이마니시가 집에 돌아와 아내 요시코에게 한 말이었다.

"또, 말예요?"

아내는 '요 며칠 전에 이세에 다녀왔는데……' 하는 표정이었다.

"놀러 가는 게 아냐. 또 휴가를 달랠 수가 없으니, 이번 이틀 연휴가 절호의 기회야."

이마니시는 화난 듯한 목소리를 냈다.

"출장으로는 안 되나요?"

"좀 말하기 곤란해. 수확이 있을지 없을지 모르니까 말이야. 이시카와 현까지 갔다 올 텐데 여비가 있는지 몰라?"

"그 정도는 여유가 있어요."

"고마워. 좀 줘."

"이시카와 현의 어디예요?"

"야마나카라는 온천 근처야."

"어머, 좋은 곳에 가시는군요. 돌아오실 때에 선물을 사다 주세요."

이마니시는 아직 한 번도 아내를 데리고 온천에 간 일이 없었다. 아내 말이 이마니시의 가슴을 조금 아프게 만들었다.

"좋아, 그런데 모처럼 모은 돈인데 미안하군."

"아뇨, 하는 수 없지요. 다 일 때문인걸요."

이마니시는 이번만큼은 무언가 얻어 가지고 돌아오고 싶었다. 생각하면 지난번 출장을 포함해서 여러 번 여행을 했는데 빈손뿐이었다. 이마니시는 이튿날 전화로 요시무라를 불렀다.

"난 내일 토요일 밤부터 이시카와 현의 야마나카에 가네."

"야마나카라구요? 야마나카, 야마시로, 아와주 온천으로 이어지는 그 야마나카 말입니까? 이번에는 무슨 용건입니까?" 요시무라가 큰 소리로 말했다.

"역시 그 사건이야." 이마니시는 조금 멋쩍은 듯이 대답했다.

"예, 꽤 여러 곳에 걸려 있군요?"

"그런 셈이야."

"이마니시 씨, 제가 할 수 있는 일이 있다면 거들게 해 주십시오."

요시무라의 음성이 진지했다. 원래 이 사건은 요시무라의 관내에서 일어났다. 수사본부가 해산된 뒤에도 그 관할 경찰서에서는 임의 수사를 하기로 되어 있었다. 임의 수사는 전임 수사관을 두는 것이 아니었다. 요시무라 형사는 처음부터 이 사건에 가장 열심이었다.

"글쎄……. 나는 내일 밤 도쿄 역을 출발해. 시간은 밤 9시 40분이야."

"21시 40분이군요. 알았습니다. 배웅 겸해서 나가겠습니다."

토요일 밤, 이마니시는 슈트케이스를 들고 도쿄 역 플랫폼에 서 있었다. 배웅하는 사람들 사이에서 요시무라가 다가왔다.

"여어, 와 주었군." 이마니시가 웃었다.

"고생이 많습니다." 요시무라는 머리를 숙였다. "이번은 출장이 아닙니까?"

"나로서는 출장으로 하겠다는 말을 할 수 없어서 말이야. 다행히 연휴가 아닌가. 그래서 연휴를 이용해 놀러 가는 꼴이 됐어. 아내가 몰래 모은 돈을 내줘서 다행이야. 다소 기분이 언짢기는 해도 말이야."

"사모님은 참 성품이 고우시니까요."

"이 사람아, 그런 거야 어쨌든 좋아. 자네에게 부탁할 게 있어. 잠깐 귀를 빌리세."

이마니시는 좌우를 둘러보며 말했다. 이마니시는 요시무라를 앞으로 끌어당겨 속삭였다. 요시무라는 눈이 휘둥그레졌다.

"알겠습니다." 요시무라는 이야기가 끝난 다음 이마니시의 얼굴을 보고 크게 끄덕였다. "돌아오실 때까지 반드시 그걸 끝내 놓겠습니다."

"부탁해."

5분 후면 떠나려고 하는데, 아내 요시코가 사람들 사이를 뚫고 다가왔다. "여보, 차 안에서 이걸 드세요." 그녀는 보자기에 싼 것을 내밀었다.

"뭔데?"

"열어 보면 아실 거예요."

"미안하군, 여러 가지로 돈을 쓰게 해서……."

이마니시는 자기도 모르게 서먹서먹한 인사를 했다.

요시무라는 열차가 플랫폼을 떠나 작아졌을 때, 옆에 있는 요시코에게 말했다.

"사모님께서도 고생이 많으십니다. 이마니시 씨 같은 분은 좀처럼 없으니까요……."

"일이 좋아 견딜 수가 없는 모양이에요." 요시코가 말했다.

4

세키가하라 근처에서 날이 밝았다. 마이바라에서 북부내륙선으로 갈아탔다. 요고노우미에 아침 해가 비치고 있었다. 시즈가타케 산악지대에는 벌써 눈이 쌓여 있었다. 다이쇼지에는 정오가 되기 전에 닿았다.

이마니시는 전차를 탔다. 작은 전차는 남쪽 산기슭을 향해 달려갔다. 야마시로를 지났다. 평야가 오므라들어 산에 부딪혀 멈춘 곳이 종점 야마나카 온천이었다. 전차에서 내린 승객들은 반 이상이 온천욕을 하려고 온 사람들이었다. 여기까지 오니 관서 말씨가 몹시 귀에 거슬렸다.

이마니시는 역전에서 경찰수첩을 보이며 길을 물었다. 역전부터 바로 온천 거리가 시작되었다. 이마니시가 볼일이 있는 곳은 여기서 떨어진 산 방향이었다. 이마니시는 택시를 탔다. 차는 시골길을 달렸다. 길옆에는 냇물이 흐르고 있었다. 먼 곳에 집들이 모여 있는 곳이 야마나카 온천이었다.

"손님은 이곳이 처음이십니까?"

중년 운전사가 등 뒤로 물었다.

이마니시가 그렇다고 하자, "온천에 오신 것이 아닙니까?" 하고 물었다.

"아, 온천에 왔는데, 좀 아는 사람이 있어 그곳을 찾아가는 겁니다." 이마니시는 담배를 피우며 대답했다.

산 위에 추워 보이는 구름이 퍼져 있었다.

"××마을로 손님을 모시고 가는 일은 좀처럼 없습니다."

"흐음, 그렇게 외진 곳입니까?"

"아무것도 없는 곳이니까요. 그리고 마을이라고는 해도 집 수가 50 호 정도가 고작입니다. 띄엄띄엄 흩어져 있어요. 모두가 농사꾼이어서 좀처럼 택시를 이용하지 않습니다."

"그렇게 쓸쓸한 마을인가요?"

"가난한 거죠. 야마나카, 야마시로 근방에는 관서 지방 손님들이 와서 야단법석을 떠는데, 8킬로미터도 떨어지지 않은 그곳에서는 먹느냐 굶느냐 하는 사람들이 많습니다. 세상이란 참 묘한 거지요. 이런……." 운전사는 말을 멈추었다. "손님은 ××마을에 친척이라도 계십니까?"

"아니, 친척은 없고 야마시타 씨라는 분을 찾고 있어요."

"야마시타 씨라구요? 그 마을은 반 이상이 야마시타라는 성입니다. 야마시타 뭐라는 사람인가요?"

"야마시타 주타로."

"물어볼까요?"

이곳에 좀처럼 오지 않는다고 말한 것처럼, 운전사는 그 마을에 대해서는 그다지 잘 알지 못하는 모양이었다.

길은 평지에서 산길로 접어들었다. 쓸쓸한 좁은 밭이 여기저기 산

사이에 흩어져 있었다. 차는 험한 길이어서 배처럼 흔들렸다. 고개를 둘쯤 넘었을 때였다.

"손님, 저기가 ××마을입니다. 지금은 야마나카 동에 포함되었지만, 보시다시피 마을이라고 할 수도 없는 곳입니다."

운전사가 가리키는 쪽에서 여기저기 작은 지붕이 빤짝였다. 운전사가 대신 물어보겠다고 했지만 이마니시는 말렸다. 이마니시는 택시를 집 가까이에 세우지 않고 조금 떨어진 곳에다 세웠다. 자동차가 선 곳엔 농가가 대여섯 있었다. 그것도 밭을 사이에 두고 한 집씩 흩어져 있었다. 눈이 많은 곳이어서 처마가 길었다. 밖에 어린 아기를 업은 22, 3세쯤 된 여자가 서서, 택시가 설 때부터 이쪽을 보고 있었다. 이마니시가 가볍게 고개를 숙여도 여자는 웃지 않았다.

"잠깐 묻겠는데요? 야마시타 주타로 씨네 집이 어딥니까?"

여자는 화장을 조금도 하지 않았다. 노동 탓인지 피부가 거칠고 주근깨가 나 있었다.

"야마시타 주타로 씨 말인가요?" 여자는 천천히 말했다. "그 집은 이 산 너머예요."

여자가 턱으로 가리키는 곳에 산 능선이 흐르고 있었다.

"고맙습니다."

이마니시가 인사를 하고 가려는데 "잠깐, 여보세요" 하고 여자가 불렀다.

"야마시타 주타로 씨는 벌써 돌아가셨어요."

그것은 이마니시도 반쯤 예상하고 있던 일이었다. 살아 있더라도 꽤 늙었을 것이다.

"예, 언제쯤 돌아가셨나요?"

이마니시는 발길을 멈추었다.

"글쎄요, 벌써 십이삼 년이나 돼요."

"그럼 현재는 어느 분이 계십니까?"

"지금 말예요? 지금은 그 집 딸인 오타에(お女少) 씨가 데릴사위를 얻었지요."

"옳아, 따님이 오타에 씨라고 하셨지요? 그래, 사위의 이름은?"

"쇼지(庄治)라고 해요. 당신께서 가셔도 집에 없을 거예요. 밭에 갔을지도 몰라요."

"고맙습니다."

이마니시는 택시로 돌아왔다. 산 능선 너머로 가자고 했더니, 운전사는 내키지 않는 얼굴을 했다.

"손님, 길이 굉장하군요."

그 길은 차가 겨우 갈까말까한 폭으로, 그것도 지금까지 온 길 이상으로 울퉁불퉁했다. 그러나 이마니시는 어떻게든지 가야만 했다.

"미안하지만 가 봅시다. 팁을 드리지요."

"그런 것은 필요 없습니다만……."

운전사는 마지못해 승낙했다.

차는 마치 논두렁길 같은 좁은 길을 달려갔다. 비탈져 있어 밭도 계단식으로 되어 있었다. 차는 고생을 하며 달렸다. 능선을 돌아가니 경치가 바뀌었다. 마치 후미진 바닷가처럼 그 부락을 안은 듯한 지형이었다. 거기에도 부락이 네댓 집씩 산재해 있었다.

이마니시는 자동차에서 내려 논두렁 같은 좁은 길을 갔다. 밭을 가는 노파가 있었다. 그는 노파 앞에서 발을 멈추었다.

"말씀 좀 묻겠는데요" 하고 공손히 말을 걸었다. "야마시타 주타로 씨 댁이 어딘가요?"

노파는 괭이를 쥔 채 허리를 폈다.

"주타로는 상당히 오래전에 죽었는데요."

노파는 트라코마(Trachom. 만성 전염성결막질환)라도 앓는 듯, 짓무른 눈을 하고 있었다.

"그분의 양자인 쇼지 씨라는 분이 계신다더군요?"

이마니시는 조금 전에 들은 지식으로 물었다.

"쇼지네 집은 저기예요."

노파는 다시 허리를 펴며 흙투성이가 된 손가락을 들었다. 대여섯 채 늘어선 농가의 맨 안쪽 집이었다. 집이 구릉을 따라 서 있어 지붕이 높아 보였다. 이마니시가 인사를 하고 가려는데 "쇼지를 찾아가도 지금은 없어요" 하고 노파가 말했다.

"집에 없습니까?"

"쇼지는 타관으로 벌이를 나갔어요."

"타관으로요? 어디로 말입니까?"

"아마 오사카로 갔다지요. 이 근처에선 이제 봄이 될 때까지 남자 일손이 필요 없어, 대개 타관으로 일하러 가지요."

"그럼, 지금은 누가 계신가요?"

"쇼지의 마누라가 있지요. 오타에 씨라고 하지요."

"오타에 씨요? 고맙습니다."

이마니시는 걸었다. 농가는 어느 집이나 가난해 보였다. 집이 작고 낡았으며 지저분했다. 이마니시가 문 앞을 지날 때, 문께서 말똥말똥 바라보는 노인도 있었다. 제일 위에 있는 집까지 길에는 계단처럼 돌이 놓여 있었다. 이마니시는 시든 밭 사이를 걸었다. 그 집 앞에 가니, 낡은 기둥에 '야마시타 쇼지(山下庄治)'라는 때 묻은 문패가 걸려 있었다. 문은 닫혀 있었다. 이마니시가 옆으로 돌아가 보았더니, 그곳도 덧문이 닫혀 있었다. 집 전체가 비어 있는 듯했다. 이마니시는 다시 정면으로 돌아와 문을 두드렸다. 대답이 없었다. 그가 문에 손을 대니 저절로 열렸다.

"실례합니다, 실례합니다."

이마니시는 어두운 안쪽을 향해 불렀다. 그랬더니 안에서 작은 그림자가 비쳤다. 그림자는 소리를 내지 않고 이마니시 쪽으로 천천히 걸어왔다. 밝은 햇빛 아래서 보니, 머리가 큰 깡마른 사내아이였다. 열한두 살쯤 되었을까? 지저분한 꼴을 하고 있었다.

"누구 없니?"

이마니시는 아이에게 물었다. 아이는 말없이 눈을 쳐들었는데, 그 한쪽 눈이 하얗다. 다른 쪽도 눈동자가 작았다. 이마니시는 그것을 보는 순간 섬뜩했다.

"누구 없니?"

이마니시가 조금 큰 소리를 냈더니 안에서 무슨 소리가 났다.

아이는 말없이 이마니시를 올려다보았다. 이 기분 나쁜 애꾸눈은 그에게 혐오감을 일으켰다. 어린아이인데 하고 생각해도 가엾다는 마음은 금방 일어나지 않았다. 그 아이의 창백한 혈색을 보고 있으니 병적인 느낌이 강했다.

어두운 안쪽에서 사람이 나타났다. 이마니시는 눈길을 옮겼다. 55, 6세쯤 된 여자였다. 머리숱이 적고 앞쪽이 벗어졌다. 얼굴이 창백하게 부었다.

"야마시타 쇼지 씨 댁이지요?"

이마니시는 그 여자에게 머리를 숙였다.

"네, 그런데요?"

여자는 흐린 눈으로 이마니시를 보았다. 애꾸눈 아이의 어머니인 모양이었다. 이마니시는 이 여자가 쇼지의 아내 오타에라고 직감했다. 끄덕거리는 표정이 둔했다.

"저는 모토우라 지요키치 씨와 잘 아는 사람인데요."

이마니시는 이렇게 말하며 그녀의 얼굴을 살폈다. 그러나 그녀는 졸리는 듯한 눈동자를 조금도 움직이지 않았다.

"저는 오카야마 현에서 지요키치와 좀 알게 됐지요. 그래서 여기가

지요키치 씨의 처가라고 듣고, 이 근처까지 온 길에 찾아왔습니다."

"그렇습니까?" 오타에는 조금 고개를 끄덕였다. "하여간 이리 좀 앉으세요." 이것이 오타에라는 여자가 처음으로 한 인사다운 말이었다.

사내아이는 아직도 흰 한쪽 눈을 부라리며 보고 있었다.

"애, 저쪽으로 가."

오타에는 아이에게 손을 흔들었다. 그러니까 아이는 말없이 느릿느릿 안쪽으로 걸어갔다.

"앉으세요."

오타에가 안으로 들어가는 아이를 보고 있는 이마니시에게 권했다. 어두운 마루 귀틀에 얇은 방석이 나와 있었다.

"고맙습니다." 이마니시는 앉았다. "괜찮습니다." 그는 차 준비를 하는 그녀에게 말했다.

오타에는 이마니시에게 쟁반에 받친 찻잔을 권했다. 깨끗하지 못했으나 이마니시는 쾌히 단숨에 마셨다.

"쇼지 씨께선 집에 안 계시다면서요?" 그가 말했다.

"네, 오사카에 가 있어요."

오타에는 이마니시와 마주 앉았다.

"저는 묘한 인연으로 댁의 동생의 남편 지요키치 씨와 알게 되었는데, 좋은 분이었지요."

"여러 가지 신세를 졌으리라고 생각됩니다." 오타에가 머리를 숙였다.

오타에는 이마니시를 오카야마에 있는 자광원 직원이나 의사로 생각한 모양이었다. 지요키치와 알게 된 것도 거기서였다고 생각하는 듯했다.

"지요키치 씨로부터 야마나카 온천 이야기를 여러 가지로 들었습니다. 저도 한번 찾아가 보려던 차에 마침 여기까지 왔기에 들렀습니다."

"네에."

"그런데 동생이신 마사 씨는 1935년에 돌아가셨다는데, 그 아들은 어떻게 됐습니까? 지요키치 씨와 댁의 동생 사이에서 낳은 아들 말입니다."

"히데오(秀夫) 말입니까?"

오타에가 반문했다.

"아참, 히데오 씨라고 했지요. 지요키치 씨한테서 들었습니다. 뭐라더라, 히데오와는 지요키치 씨가 자광원에 들어가기 전에 생이별을 했다던데요?"

"그래요…… 지요키치가 당신께 무슨 말을 하던가요?"

"아뇨, 다만 히데오가 그 뒤 어떻게 됐을지 모르겠다고 늘 이야기했습니다."

"글쎄요, 어쨌든 동생은 히데오를 낳고 4년 후에 죽었거든요. 죽을 때까지 끝내 그 아이가 성장한 모습을 보지 못했지요."

"그것은 무슨 말입니까? 동생께선 지요키치 씨와 헤어져서 이곳, 친정에 돌아와 있지 않았습니까?"

"모두 다 알고 계시는 것 같으니까 숨김없이 말씀드리자면, 지요키치가 그런 병에 걸린 뒤 동생은 곧 헤어졌어요. 어쨌든 동생의 행동에도 부실한 데가 있었지만 병이 병이니 만큼 하는 수 없었겠지요. 그런데 지요키치는 자식을 끔찍이 사랑하고 아껴, 히데오를 데리고 여행을 떠났습니다."

"그게 몇 년쯤입니까?"

"아마 1934년경이 아닌가 싶어요."

"지요키치 씨는 무슨 목적이 있어 나갔던가요?"

"네, 목적이라기보다 그런 병에 잘 듣는다는 절 순례를 시작했던 거예요."

"그럼 전국을 도셨겠군요? 말하자면 순례자 노릇을 하신 거로군요?"

"그런 셈이지요."

"그때 아들을 데리고 갔었는데, 지금 그 아들의 행방을 모르십니까?"

"지요키치가 어디를 어떻게 돌아다녔는지 몰라요. 어쨌든 친어머니인 동생에게도 소식이 없었으니까요." 오타에는 조금 고개를 수그리고 대답했다. "동생은 지요키치와 헤어진 후 오사카에서 요릿집 종업원 노릇을 했어요. 그런데 일 년쯤 뒤에 병에 걸려 거기서 죽었어요."

처음 만났을 때는 어수룩하게 보았는데, 이야기를 해 보니 오타에는 그 외모와는 달리 똑똑했다.

"그럼 동생께서도 지요키치 씨나 히데오의 그 뒤 소식은 전혀 모르고 돌아가셨군요?"

"네, 동생에게서 가끔 편지가 왔었는데, 부자가 어디로 갔는지 도무지 알 수 없다고 씌어 있었어요."

"그럼 현재는 어떻습니까? 히데오 말입니다. 당신에게는 조카가 되겠군요. 아마 올해 서른이지요?"

"그렇게 되나요?" 오타에는 그 말을 듣고 새삼스럽게 손가락을 꼽는 것 같았다. "벌써 그런 나이가 됐나요?"

"전혀 소식이 없군요?"

"없어요. 그애가 죽었는지 살았는지조차 몰라요."

"제가 지요키치 씨한테서 들은 얘기에 따르면, 지요키치 씨가 오카야마 현의 자광원에 가신 것은 1938년이고, 아들과는 시마네 현의 시골에서 생이별을 했다고 하더군요."

"그래요? 저희는 전혀 모르고 있었어요."

"그 후 히데오의 소식은 모릅니다. 지요키치 씨도 그 일을 계속 걱정하고 있었는데, 이쪽에서도 전혀 모르고 있었군요?"

"네, 지금 당신에게서 이야기를 듣고, 비로소 시마네 현에서 지요키치가 아이와 헤어졌다는 것도 알았어요."

"관청에서 히데오의 거주지 증명을 청구해 온다든가, 호적 초본이나 등본 청구가 온 사실도 없었습니까?"

"그것도 없었어요. 이곳 관청 사람은 저도 잘 아는데, 가끔 이야기를 합니다. '히데오는 그 후 어떻게 되었는가? 만약 다른 지방에서 죽어 신원을 안다면 신고가 이쪽으로 올 텐데……' 하고 말했어요."

"그렇습니까?"

"어쨌든 동생도 불행했어요. 동생은 지요키치가 그런 혹독한 병이 있는 줄 모르고 결혼했는데, 중간에 병이 나타나니 깜짝 놀랐지요. 지요키치가 자식이 사랑스러운 나머지 떼어 놓지 않고 여러 곳으로 데리고 다녀, 혹시 그 병이 아이에게 옮지 않았을까 하고 걱정했어요. 마침내 동생은 고생 끝에 죽어 버렸지요."

오타에는 한숨을 쉬었다.

"그럼 마지막으로 여쭈어 보겠습니다. 가끔 낯선 젊은 남자가 훌쩍 이곳에 나타나는 일은 없었습니까?"

이마니시는 그 젊은이를 히데오로 생각하고 말했다. 히데오가 어머니의 고향을 알고 있다면, 그리운 나머지 슬며시 이곳을 보러 오지 않았을까 해서였다.

"아뇨, 그런 사람은 한 번도 본 일이 없어요."

이마니시는 오타에의 집에서 나왔다. 그녀는 그를 문간까지 배웅했다. 그가 택시를 대기시켜 놓은 곳까지 내려가는 모습을, 그녀는 어두운 입구를 등지고 서서 바라보았다. 이마니시는 도중에 두 번이나 돌아보고 손을 흔들었다. 이 집도 그렇지만 마을 전체가 음침했다. 택시를 타고 달려가는데, 길가에 서 있는 사내아이가 보였다. 그 아이도 창으로 내다보는 이마니시를 보았다. 야마시타의 집에서 본 그 애꾸눈 아이였다. 이마니시는 어쩐지 어두운 기분을 떨쳐버릴 수가 없었다. 그는 같은 나이 또래인 아들 다로가 생각났다.

이마니시는 이곳에 온 목적을 달성했다. 이마니시는 야마시타 히데오라는 지요키치의 아들이 어떻게 되었는가를 알고 싶었다.

오타에의 이야기로 다음과 같은 사실을 알 수 있었다.

①히데오는 지요키치가 데리고 여행을 떠난 뒤 소식이 없다.

②히데오는 생사가 불명이다. 그러나 죽었다는 통지는 본적지 관청으로 오지 않았다.

③히데오라고 추정되는 사람이 이 근처에 온 적이 없다.

④히데오에 대해 현재 이 마을에 사는 어떠한 사람도 모르고 있다.

이마니시 에이타로는 마지막에 중대한 일을 했다. 오타에에게 어떤 사람의 사진을 보였던 것이다. 신문에서 오려 낸 사진이었다.

"글쎄요……?"

오타에는 그 사진을 한참 들여다보고 고개를 갸웃거렸다.

"그애가 네 살쯤 되었을 때 헤어져, 이 사람과 닮았는지 말할 수가 없군요."

"당신 동생이나 지요키치 씨와 닮은 데는 없습니까?"

"글쎄요, 아버지를 닮은 것 같지는 않군요. 그렇게 말씀하시니 눈 근처가 약간 동생과 닮은 것 같기도 한데, 확실하지가 않아요."

그러나 이 대답은 그만하면 충분했다. 여기서 처음부터 이 사진으로 확인할 수 있으리라고 생각하고 오지는 않았다.

이마니시는 야마나카 읍내에 도착해 택시에서 내렸다. 마침 배가 고파 눈에 띄는 음식점으로 들어갔다.

"메밀국수를 주십시오."

그가 메밀국수 국물을 마시는데, 가게에 있는 라디오에서 경제 방송이 흘러나왔다.

"……주식 시장의 현황을 말씀드리겠습니다. 먼저 대체적인 상황입니다. 도쿄 시장은 전반 내수 재료에 '사자' 주문이 늘면서 활기를 띠다가 점차 이익을 남기고 '팔자' 주문으로 돌아서는 등, 전체적으로는 일정하지 않았습니다. 다음 일반 품목으로는 화학 약품, 차량 기계, 금속 공업주, 늦게 나오기 시작한 석탄, 종이가 물색된 이외에, 이윤이 많은 전력주에도 매기가 보였고, 자동차, 전기 기구 등 일류주에는 이윤 차액을 노리는 것이 많았지만 싼 것이 두드러졌습니다. ……일본 석유 1엔 하락한 132엔, 쇼와 석유 2엔 하락한 125엔, 마루젠 석유 3엔 상승한 116엔, 미쓰비시 석유 4엔 하락한 192엔, 동아연료 283엔 보합세, 다이쿄 석유 1엔 상승한 127엔…… 요코하마 고무 1엔 하락한 134엔, 아사히 유리 4엔 상승 276엔, 판유리 6엔 상승한 446엔, 일본 시멘트 146엔 보합세, 제1시멘트는 거래가 없었습니다……."

이시니시는 국수를 후루룩거리면서 이 뉴스를 듣고 있노라니 산처럼 기어가는 그래프 곡선이 눈앞에 떠올랐다.

"……나고야 설탕 188엔 보합세, 오사카 설탕 거래 없음, 시바우라 설탕 역시 거래 없음, 도쿄 설탕 마찬가지로 거래 없었습니다. 덴사이 설탕 205엔 보합세, 요코하마 설탕 340엔 보합세, 유키지루시 148엔 보합세, 기린 맥주 550엔 보합세, 호슈조 163엔 보합세……."

보합세, 보합세란 말이지……!

마치 이마니시의 행동을 말하는 듯했다.

이리저리 움직이고 뛰어다녔지만 대체 얼마만큼 전진했는가? 전체적으로 보면 이전 상태와 거의 변함이 없었다.

이곳 북쪽 지방까지 사비를 써서 왔으나, 여기서도 결정적인 타개책은 없었다.

이마니시의 눈앞에는 주가의 높낮이가 한 가닥 곡선이 되어 기어다녔다. 작은 산, 큰 골짜기를 그리며 굴절되는 커브……. 그런데 문득 배우 미야타가 죽은 현장 부근에서 주운 종이 조각이 떠올랐다. 그것에도 숫자가 나열되어 있었다. 이마니시는 국수를 다 먹고 나자, 수첩을 꺼내 그 종이 조각에서 베낀 숫자를 다시 읽어 보았다.

1953년 25,404
54년 35,522
55년 30,834
56년 24,362
57년 27,435
58년 28,431
59년 28,438

라디오에서 들은 주식 시장 시황 보도 때문에 이 실업 보험금 급여 총액이 떠올랐다. 이 숫자가 미야타 구니오의 죽음과 관계가 있을까? 우연히 그 지점에 떨어진 것인지, 아니면 미야타의 죽음과 무슨 관계가 있는지? 미야타가 이런 숫자에 흥미가 있으리라고 생각되지는 않았다. 그렇다면 누군가가 거기에 버렸거나 떨어뜨린 것이 되는데, 그 '누군가'는 미야타와 관계있는 사람일까? 이마니시는 수첩을 덮었다. 그는 그날 밤 기차를 탈 생각이었다. 여기까지 온 목적은 달

성했으나, 하룻밤 온천에 들어가 느긋이 보낼 생각이 들지 않았다.

그는 음식점에서 나왔다. 거리를 걷노라니 온천의 관광품 가게들이 즐비했다. 그는 한 가게로 들어갔다. 온천지 선물이라고 해야 어느 가게나 타월이나 양갱, 만두 등이 많았다. 다로에게 주려고 양갱을 사고, 문득 보니 그 진열장 속에 와지마 특산인 칠기로 된 허리띠 핀^(기모노에 두르는 허리띠 정면에 다는 장식품)이 있었다. 이마니시가 그것을 바라보고 있는데 여자 점원이 다가왔다.

"어서 오세요. 선물 받으실 분은 몇 살쯤 되신 분이신가요?"

이마니시는 멋쩍은 얼굴을 했다.

"서른일곱."

그것이 아내의 나이였다.

"그럼 이것이 좋겠어요."

여자 점원은 허리띠 핀을 대여섯 개 눈앞에 늘어놓았다. 이마니시는 그중 하나를 골라 포장해 달라고 했다. 야마나카 온천에 와서 산, 아내에게 줄 유일한 선물이었다.

무성 (無聲)

1

이마니시는 북부에서 돌아온 이튿날 출근했다. 경찰청에서 요시무라에게 전화했다.

"잘 다녀오셨습니까?" 요시무라는 일찍 돌아온 것에 놀랐다. "꽤 빨리 다녀오셨군요?"

"밤차로 왕복했지."

"피곤하시지요?"

"하루 쉬었더니 그렇지도 않아. 요시무라, 오늘 밤 할 이야기가 있으니 집에 와 주지 않겠어?"

"괜찮습니까? 피곤하지 않습니까?"

"아니 괜찮아. 그렇지, 전골이나 해 먹자구."

"그럼 가겠습니다."

다행히 바쁜 사건은 없었다. 이마니시는 6시 반쯤 집에 돌아왔다.

"여보, 오늘 밤 요시무라가 올 텐데 말이야. 바로 준비해 주지 않겠어? 전골을 먹기로 약속했어." 그는 아내에게 말했다.

"그래요? 요시무라 씨가 오랜만이군요."

"오랜만이야."

"하지만 당신 피곤하지 않으세요?"

"요시무라도 같은 말을 하던데. 뭐, 하루 쉬었으니 괜찮아. 곧 올 테니 빨리 해 줘."

"네에."

요시코가 나가려다가 다시 돌아와 "여보, 그 허리띠 핀을 이웃집 부인에게 보였어요"라고 말했다. 이마니시가 야마나카 온천에서 사 가지고 온 와지마 칠기 선물 말이었다. "칭찬받았어요. 아주 예쁘다구요. 저에겐 다소 사치스럽지 않을까 싶었는데 꼭 어울린다고 하더군요."

간단한 선물이었는데 아내가 이토록 좋아할 줄은 몰랐다. 아내는, 모처럼 가셨는데 하룻밤 푹 쉬고 돌아오지 그랬느냐 했다. 그러나 이마니시는 그럴 수가 없었다. 사비로 가도 역시 출장과 같은 생각이 들었다. 한 시간쯤 있으니 요시무라가 "안녕하십니까?" 하며 들어왔다.

"어머, 어서 오세요."

현관에서 아내와 요시무라가 인사를 주고받는 목소리가 들려 왔다.

"오셨어요."

아내 뒤에 요시무라가 싱글벙글 웃으며 나타났다.

"피곤할 텐데 오라고 해서 미안해."

"이마니시 씨야말로 피곤하시겠지요. 왕복 밤기차를 타셨으면 몹시 피곤하셨을 텐데……."

"그렇군. 아직 등이 아파. 젊었을 땐 아무렇지도 않았는데 역시 나이는 못 속여."

"아니, 젊은 사람이라도 못 견딥니다. 전 이마니시 씨의 정력에는 늘 놀란답니다."

"너무 치켜세우지 말게."

아내가 전골냄비를 가져왔다. "차린 건 없습니다만……." 그녀는 쟁반에 받친 술병과 잔을 그곳에 놓았다.

"미안합니다, 폐를 끼쳐서."

아내가 두 사람 잔에 술을 따랐다.

"자, 어쨌든 건배하지. 피차 몸만은 튼튼하니까."

요시무라도 눈높이까지 잔을 들었다. 이마니시는 냄비를 젓가락으로 쿡쿡 찌르고 가끔 물도 붓고 설탕도 뿌리며 간을 맞추었다.

"어땠습니까, 그곳에선……?"

요시무라가 두세 잔 마시고 나더니 본론으로 들어갔다.

"하여간 상대방을 만나기는 했는데 말이야."

이마니시가 야마나카 온천 가까운 마을에서 있었던 일을 처음부터 끝까지 이야기해 주었다.

요시무라는 이야기 사이사이에 '아', '그렇군요' 하며 맞장구를 치며 열심히 들었다.

"대충 이런 이야기야. 대단한 것은 없으나, 좌우간 생각대로의 말은 듣고 왔어." 이마니시가 이야기를 끝냈다.

"그것만으로도 상당한 입증이 됩니다."

요시무라는 이마니시의 이야기를 다시 한 번 머릿속에서 정리하는 듯했다.

"자, 어서 들어. 고기가 너무 익으니까."

"예, 먹겠습니다."

"이 근처 가게에서 사 왔으니 대단한 고기는 아니지만……. 그런데 요시무라, 자네는 어땠나?"

"이마니시 씨가 떠나간 뒤 바로 부딪쳐 보았습니다. 하루뿐이어서 충분히 들을 수는 없었습니다."

"흐음, 어떤 일인데?" 이번에는 이마니시가 눈을 빛냈다.

"별로 이웃과 접촉이 없어 잘 모르지만, 평판이 그리 나쁘지는 않은 모양입니다."

"흐음."

"그 근처에는 비교적 큰 집들이 많습니다. 그래서 원래부터 이웃과의 접촉이 별로 없다는데, 특히 그 사람은 예술가이니 이웃에서도 접촉하기 어려운 거겠지요."

"그래 재미있는 일이란 뭐지?"

"이런 이야기입니다." 요시무라가 잔을 비웠다. "그 근처는 강매하는 상인들이 많답니다. 이야기는 거기서 나온 건데요."

"음."

"한 강매하는 상인이 그 집에 들어갔답니다. 그리고 한 30분이나 버티고 있었다는데, 나왔을 때에는 얼굴이 창백하더랍니다."

"강매하는 상인이 창백한 얼굴을 하고 나왔단 말이지? 그러면 몹시 꾸중을 들었던가?"

"아니 그게 아닙니다. 집 안으로 들어가 현관에 물건을 펴 놓고, 늘 그렇듯이 위협적인 말을 늘어놓았답니다. 응대를 한 것은 주인인데 말입니다. 그런데 그 상인은 조금 있다가 무슨 생각을 했는지 허둥지둥 짐을 싸 가지고 말없이 집에서 나가더랍니다. 이것은 집

안 일을 하는 가정부 아줌마 이야기가 이웃에 전해진 겁니다.”

“흐음.”

“어쨌든 위협적인 말을 늘어놓던 녀석이 말없이 물러갔다고 해서 이상한 이야기가 된 겁니다.”

“사 줄 가망이 없다고 생각한 것이 아닐까?”

“아니, 그렇지가 않습니다. 그 사람들은 단돈 백 엔짜리 물건이라도 사게 하지 않고는 물러가지 않습니다.”

“그럼 어떻게 된 거야?”

요시무라는 강매 상인 이야기를 계속했다.

“뭔지 잘 모르지만, 좌우간 강매 상인이 말없이 나온 것은 사실입니다. 그것뿐이 아닙니다. 그 뒤 다른 상인이 다시 그 집에 들어갔답니다. 그런데 재미있는 이야기는, 그 상인도 협박을 늘어놓다가 당황한 것처럼 물건을 싸 가지고 나왔답니다.”

“그래, 어떻게 된 거지?”

“그걸 모르겠습니다. 이것은 좀 재미있는 이야기라 생각되어, 이마니시 씨를 만나면 이야기하려고 했습니다.”

이마니시는 말없이 냄비 속에 물을 부었다. 요시코가 다시 술병을 가져왔다.

“잘 먹고 있습니다.” 요시무라가 머리를 숙였다.

“아녜요, 차린 것도 없는데…….”

이마니시는 아내가 나가자 잔에서 얼굴을 들었다.

“그 강매 상인 이야기는 확실히 재미있는데…… 언제쯤 있었던 일이지?”

“열흘쯤 전이랍니다.”

“강매 상인 두 명이 계속해서 그런 꼴을 했단 말이지?”

“그렇습니다.”

"자네, 그 강매 상인을 찾아 낼 수 없을까?"

"강매 상인 말입니까?" 요시무라는 입에 문 쇠고기를 젓가락으로 잘랐다. "그야, 조사 못할 것은 없겠지만……."

"어떻게든 그 두 사람을 찾았으면 좋겠어. 꼭 만나서 이야기를 듣고 싶어."

"뭐, 참고가 될 일이 있나요?"

"그 이야기를 듣고 싶어. 자세히 말이야."

"이마니시 씨가 꼭 만나고 싶으시다면 이쪽에서 수배를 해도 좋습니다. 그들은 한 사람씩 다니는 게 아니고, 그래 봬도 조직이 있으니까요. 그쪽에 물어보면 찾을 수 있지 않을까요?"

"부탁해. 서둘러 주었으면 좋겠어."

"그럼 내일 당장 착수하지요. 그쪽 일을 하는 직원을 알고 있으니까요."

이마니시는 담배를 피우기 시작했다. 그는 혼자서 무엇인가 생각하는 듯했다.

"아, 또 한 가지 부탁하셨지요? 그 필름 말입니다."

"아아, 그것?"

"현재 한창 찾고 있는 중이랍니다. 전국에 돌렸던 것은 거의 회수했는데, 아직 어딘가에 남아 있을지 모른다는 이야기였습니다. 앞으로 이삼 일 있으면 확실한 대답을 할 수 있다고 하더군요."

"그래, 고마워."

"꽤 오래 걸렸습니다만, 이 사건도 겨우 조금씩 막바지에 이른 것 같이 느껴지는군요."

"그렇게 생각되나?"

"예, 아직 아무것도 확실한 형태가 잡히진 않았지만 직감이 그렇습니다. 뭔가 해결되기 직전의 기분이 듭니다."

지금은 수사본부를 설치하고 많은 형사가 팔방으로 흩어지는 그런 수사가 아니었다. 수사본부가 해체되면 그 사건 수사는 거의 중단된다고 보아도 되었다. 다른 사건에 자꾸자꾸 쫓기면서 짬을 내 조금씩 조금씩 하는 임의 수사는 고독하고 고되었다.

2

그로부터 이틀이 지났다.

이마니시가 저녁때 늘 가는 시부야 꼬치집에서 기다리는데, 요시무라가 한 남자를 데리고 들어왔다.

"오래 기다리셨지요?"

요시무라 옆에는 서른이 조금 넘어보이는, 광대뼈가 나오고 눈썹이 엷은 남자가 따랐다. 가죽 점퍼를 입고 있으나 머리형이며 모든 것이 한눈에 실업자임을 알 수 있었다.

"이 사람입니다. 다나카(田中) 씨라고 합니다."

"안녕하십니까?"

다나카라는, 눈썹이 엷은 남자는 요시무라 옆에서 이마니시에게 공손히 인사했다. 그 행동도 보통 사람과는 달리 처음부터 이상하게 은근하고 허물없는 데가 있었다.

"수고하시는구려. 좌우간 이리 앉으시오."

이마니시가 그 남자를 자기 옆에 앉히고, 그 옆에 요시무라가 앉았다.

"아주머니, 술." 이마니시가 주문했다.

"다나카 씨는 말입니다. 아사쿠사의 사쿠라다파(派) 사람입니다. 또 한 명은 구로카와(黑川)라는 사람인데, 지금은 다른 곳에 가 있답니다. 그래서 다나카 씨만 소개를 받아 이렇게 만나게 되었습니다." 요시무라가 이마니시를 보고 말했다.

그저께 밤 이마니시네에서 전골을 먹으며 요시무라는 강매 상인 이야기를 했다. 요시무라는 그때 이야기에 나온 남자를 찾아 벌써 이렇게 데려온 것이다.

"자, 우선 한잔 합시다."

이마니시는 세 사람의 컵에 술이 채워진 다음 컵을 들었다.

"예, 감사합니다. 잘 먹겠습니다."

사쿠라다파 다나카는 컵을 들고 머리를 숙였다.

"바쁠 텐데 정말 미안하오." 이마니시는 벙글벙글 웃었다.

"천만의 말씀입니다. 언제나 나리들께는 신세를 지고 있으니, 저희들도 도움이 되는 일이 있다면 뭐든지 하겠습니다." 다나카는 머리를 숙이고 말했다.

"대강 요시무라 씨한테서 들었을 텐데…… 강매하러 가서 이상한 꼴을 당했다면서요?"

"예예." 다나카는 모나게 깎은 머리를 손으로 쓰다듬었다. "놀랐습니다. 그런 것까지 나리들 귀에 들어갔다니 말입니다."

"재미있는 이야기여서 당신한테 자세히 들어보고 싶군. 뭐라더라, 당신이 그 집에 들어가 물건을 늘어놓았을 때 이상한 일이 있었다면서?"

"그렇습니다. 그런데 나리, 원래는 제가 아니고 쓰네(常) 녀석이 먼저였습니다."

"쓰네?"

"또 한 사람 있었다는 구로카와 씨 말입니다." 요시무라가 설명했다.

"아아, 그래? 그래, 쓰네가 어떻게 했다는 거지요?"

"쓰네가 돌아와 이상한 말을 했습니다." 다나카는 술을 마시며 이마니시의 물음에 대답했다. "그날 쓰네는 뎅엔초후 안쪽을 돌아다녔는데요, 한 집에 들어가 물건을 늘어놓고 날카롭게 닦아세우고 있었답니다. 그런데 주인인 듯한 젊은 남자가 나와 그 말을 가만히 듣고 있더랍니다. 그런데 한참 있으니까 쓰네는 어쩐지 머리가 멍해지고 기분이 나빠졌답니다. 그래 다소 으스스한 기분이 들어 바로 그 집에서 물러나왔다는 겁니다. 그런 이야기를 하기에……."

"그래서 당신이 쓰네 대신 간 거군요?" 요시무라가 옆에서 물었다.

"예, 그렇습니다. 쓰네 자식이 칠칠치 못한 소릴 한다 싶어 '그런 집이라면 내가 시험삼아 가 주지' 하고 나섰던 것입니다. 친구가 그런 꼴을 당했다기에 복수는 아니지만 오기가 난 겁니다."

"당신이 그 집에 간 것은?"

"이틀 뒤였습니다. 그땐 양말을 가지고 갔습니다."

"쓰네가 갔던 집이 틀림없었소?"

"틀림없습니다. 쓰네 자식한테서 장소를 자세히 듣고 갔으니까요."

"그리고 어떻게 했지?"

"처음에는 가정부 같은 아주머니가 나왔습니다. 그 여자는 제가 물건을 늘어놓으니까 안으로 들어가 주인을 데리고 왔습니다. 스물일고여덟쯤 된 젊은 남자였습니다. 아주 화려한 셔츠와 바지를 입고 있었습니다. 이 남자가 쓰네에게 꼬리를 감추고 도망치게 한 사람인가 생각하며, 전 여러 가지로 꼬투리를 늘어놓았습니다. 대개 보통 사람들은 이때쯤부터 안색이 변하는데, 그 남자는 태연히 제 말을 듣고 있었습니다. 그런데……." 다나카는 고개를 저었다. "머리가 멍해지고 아무래도 안 되겠어요. 저도 이상하다고 생각했습니다. 그런데 어쩐지 몸 안이 찡하고 기분이 나빠지더군요. 마치 엘리베이터를 타고 내릴 때 느끼는 그런 느낌이었어요. 정말 기분이 나빠지더군요."

"기분이 나빠졌다니, 구체적으로 어떤…… ?"

"어쩐지 가슴이 메스껍고 자꾸 토하고 싶어졌습니다. 저 스스로 안색이 나빠지는 것을 알겠더군요. 그래서 이거 안 되겠구나 하고 물건들을 허둥지둥 싸 가지고 나왔습니다. 쓰네를 비웃을 수가 없었습니다.”

“그때 집 안에서 뭔가 달라진 일은 없던가요?”

“예, 없었습니다. 조용했습니다.”

“아무 소리도 나지 않던가요?”

“나지 않았습니다. 그 일대는 그렇지 않아도 조용한데, 집 안은 더 조용했습니다.”

“흐흥, 이상한 이야기군요.” 이마니시는 술잔을 놓았다.

“정말입니다, 나리. 저도 처음 있는 일이었습니다.”

그로부터 3일 후, 한 순경이 경찰청으로 이마니시를 찾아왔다.

“어서 오십시오.” 이마니시가 그 순경을 보고 자기 책상 옆으로 불렀다. “지난번에는 수고스러운 걸 부탁해 미안합니다.” 이마니시가 머리를 숙였다.

“천만의 말씀입니다.”

히가시초후(東調) 파출소에 근무하는 순경이었다. 서른이 넘은 뚱뚱한 사람이다.

“부탁받은 건인데요.”

“예에.” 이마니시가 의자에서 무릎을 내밀었다.

“그 집에 가 보았습니다. 강매 상인의 피해가 없었느냐는 구실로 주인을 만났습니다.”

“정말 수고하셨습니다.”

“다른 곳에서 강매 상인이 붙잡혔는데, 이 댁에도 왔었다기에 조사하러 나왔다고 했습니다. 주인은 ‘우린 아무것도 사지 않아 아무 피해도 없다’고 하더군요.”

“음.”

“전 말을 하며 되도록 현관 앞에 버티고 서서 시간을 끌었습니다.”

“얼마나 있었습니까?”

"글쎄요, 넉넉히 15분은 있었을 겁니다. 우선 세상 이야기부터 시작해서 강매 상인 건을 천천히 캐물었으니까요."

"그래, 뭔가 이상한 일이 없었습니까?"

"정신을 차리고 있었는데, 이상한 일은 아무것도 없었습니다."

"집 안에서 무슨 소리가 나지 않았습니까?"

"아무 소리도 나지 않았습니다. 그렇지, 소리가 났다면 부엌에서 가정부가 접시인가 뭘 씻는 소리가 들렸습니다."

"당신은 기분이 나빠지지 않았습니까?"

"아뇨, 전혀 그런 느낌이 없었습니다. 말씀을 듣고 조심하고 있었는데 말입니다. 전혀 기분이 이상해진다든가 하는 일은 없었습니다."

"아."

이마니시는 손가락으로 책상 위를 똑똑 두드렸다. 생각에 잠기는 눈매였다.

"전 결국 아무 일도 없어서 15분쯤 뒤에 그 집에서 나왔습니다."

"그렇습니까?" 이마니시는 개운치 않은 얼굴을 했다. "다시 한 번 묻겠는데, 집 안에 달라진 데는 없었군요?" 이마니시는 체념할 수 없다는 듯이 다시 물었다.

"네, 보통 집과 다름이 없었습니다. 제 기분은 상쾌했습니다."

파출소 순경은 이것을 보고하러 이마니시에게 왔던 것이다.

"대단히 수고하셨습니다." 이마니시는 머리를 숙였다.

"이것으로 되었습니까?"

"네, 고맙습니다. 또 뭔가 부탁할 것이 있을지도 모르는데, 그땐 잘 부탁합니다."

"좋습니다. 파출소 근무는 사고가 없는 한 한가하니, 언제라도 말씀해 주십시오."

이마니시는 파출소 순경을 현관까지 배웅했다. 순경은 찬바람이 부는 전찻길로 나갔다. 이마니시가 방으로 돌아왔을 때였다.

"이마니시 씨, 전화 왔습니다."

젊은 형사가 수화기를 들고 불렀다. 이마니시는 수화기를 들었다.

"이마니시 형사님이십니까?" 상대는 남자였다. "여기는 남영 영화사인데요."

"아, 감사합니다." 이마니시는 언젠가 부탁해 놓은 〈세기의 길〉 예보편 필름 건이라고 바로 깨달았다. 그 직원이었다. "요전부터 여러 가지로 폐를 끼쳐드리고 있습니다."

"천만에요. 그 〈세기의 길〉 예보편이 하나 있었습니다."

"예? 있었습니까?"

이마니시는 힘이 났다.

"그걸 좀 보여 주셨으면 좋겠습니다."

"동북 지방의 영화관에 있는 것을 겨우 회수했습니다. 오늘 시사실 형편은 괜찮습니다. 언제든지 상영됩니다."

"고맙습니다. 그럼 지금 곧 찾아뵙겠습니다."

"알았습니다. 준비해 두겠습니다."

이마니시는 경찰청에서 뛰어나갔다. 황궁을 에워싼 도랑에는 백조들이 추운 듯이 헤엄치고 있었다. 가로수 가지 끝이 바람에 떨면서 누렇게 된 잎이 지고 있었다. 이마니시가 보고 싶던 필름이 발견된 것이다. 하나 남아 있는 것은 정말 뜻밖의 행운이었다. 거의 체념하고 있던 참이었다. 이번에야말로 단서가 잡힐 것 같았다.

그러나저러나 그 덴엔초후에 있는 집은 이상했다. 강매 상인이 두 사람이나 갔는데, 둘 다 묘한 기분이 되어 황급히 그곳에서 나왔다고 했다. 한 강매 상인 이야기에 따르면, 마치 엘리베이터가 내려갈 때와 같은, 몸에 찡 하는 언짢은 느낌을 받았다고 했다. 한참 있으니 머리가 무거워지고 토하고 싶은 생각마저 들었다고 했다. 집안은 조용해 소리라고 하면 부엌에서 접시 부딪히는 소리 정도였다고 했다. 주인은 말없이 상인의 말을 듣고 있었다고 했다. 한 상인만 그랬다면 당시의 생리 상태로 그렇게 되었다고 볼 수도 있으나, 두 사람 다 같은 상태가 되었다니 이상하기만 했다. 대체 어떻게 된 것일까?

혹시나 해서 관할 파출소 순경에게 가 보라고 했다. 순경은 그 집 현관에서 15분이나 있었으나 기분이 상쾌했고, 조금도 변화가 없었다고 했다. 즉, 강매 상인들만 묘한 기분이 되었고 다른 사람은 괜찮았다. 도무지 알 수가 없었다. 대체 그건 뭘까?

이마니시가 그런 걸 생각하며 전차 손잡이에 매달려 있는데, 어느새 미하라바시 정류소에 닿았다.

"어서 오십시오." 이마니시가 남영 영화사 건물 안에 들어가니, 요전부터 신세를 지고 있는 직원이 그를 보고 웃었다. "형사님, 바로 시사실로 가십시오. 준비가 다 됐습니다."

이마니시는 다시 시사실에 혼자 앉았다. 그는 장내가 어두워지자 심장이 떨렸다. 대체 무엇이 비칠 것인가? 미키 겐이치는 이 필름에서 무엇을 발견했는가? 이마니시는 완전히 미키 겐이치가 되어 화면을 응시했다.

〈세기의 길〉은 미국 영화로 상당한 대작이었다. 고대 오리엔트를 배경으로 한 스펙터클 영화였다. 중간에 쉬는 시간이 10분 들어가고, 전후편 상영에 3시간 이상이나 걸리는 긴 영화였다.

예보편은 먼저 제작 의도부터 설명했다. 그것이 끝나자 도쿄의 일반 공개에 앞선 로드 쇼 광경이 뉴스 영화처럼 나왔다. 도쿄에 있는 일류 극장이었다. 어느 황족이 입장해서 늘어선 영화 관계자들 앞을 인사하며 통과했다. 이마니시는 눈을 크게 뜨고 바라보았다. 황족을 맞는 영화 관계자들의 얼굴이 순식간에 보였는데, 미키 겐이치가 흥미를 가질 듯한 사람은 없었다.

다음 화면은 그날 극장에 왔던 각계 명사들의 스냅사진이었다. 신문 잡지 등을 통해 잘 알고 있는 얼굴들이 홀 여기저기서 담소하고 있었다. 재계 인사도 있었으나, 대부분 문화인이나 예능 관계 인사들이었다. 이마니시는 숨을 죽이고 응시했다. 화면은 자꾸자꾸 변했다. 이마니시는 눈도 깜박거리지 않았다. 명사들은 작게 무리지어 이야기하며 웃고 있었다. 그것에 해설하는 소리가 흘렀다. 화면에 얼굴이 나올 때마다 목소리가 그 이름을 불렀다. 이마니시가 아는 얼굴은 없었다. 아니, 이마니시가 기대하는 얼굴은 나오지 않았다.

화면은 곧 바뀌어 영화를 감상하는 광경이 되었다. 어두운 좌석에서 열심히 바라보는 관객들의 얼굴이 어렴풋이 떠올랐다. 그중에도 이마니시가 기대하는 얼굴은 없었다. 다시 황족의 얼굴이 나왔다. 옆에 앉은 사람이 설명을 해 주고 있었다. 다시 변해서 명사들이 관람하는 장면이 되었다. 그러나 멤버엔 변화가 없었다. 그것도 겨우 3, 4초 동안이었다. 이어 스크린에는 바로 〈세기의 길〉 장면이 시작되었다. 이번에는 마지막까지 극의 소개로 끝났다. 이마니시가 멍청히 앉아 있는데 장내에 불이 켜졌다.

"어땠습니까?" 어느새 직원이 이마니시 옆에 와 서 있었다. 이마니시는 눈을 비볐다.

"미안하지만, 다시 한 번 상영해 주십시오."

시간으로 해서 4, 5분이었다. 조금만 정신을 차리지 않으면 그만 놓쳐 버린다. 이마니시는 다시 한 번 확인해 보고 싶었다. 미키 겐이치가 이세에서 같은 영화를 두 번이나 본 것처럼 말이다.

기사는 처음부터 다시 한 번 상영했다. 이마니시는 이번에도 눈에 온 신경을 집중했다. 쥔 주먹에 땀이 배어 있었다. 그러나 끝내 별다른 것을 찾을 수 없었다. 이것이야말로 틀림없다고 생각했는데, 마지막 희망도 완전히 사라져 버렸다. 이마니시는 영화 기사실에서 나와 밖을 걸었다.

대체 미키 겐이치는 이세 시에 있는 영화관에서 무엇을 보았을까? 〈세기의 길〉예보편도 아니었던 것이다. 이마니시는 자기 눈을 믿고 있었다. 한 장면도 놓치지 않으려고 구멍이 뚫릴 만큼 스크린을 보았다. 잘못 보았다고 생각되지는 않았다. 예보편을 두 번이나 되풀이해서 보았다. 미키 겐이치만 아는 무엇인가가 그 네 편의 화면 어딘가에 있었던 것일까? 이마니시는 미키 겐이치가 도쿄에 나온 동기를, 이세 시에서 본 영화에서 찾았다. 이것 외에 생각할 방법이 없었다.

그 범인은 자기의 모습을 단 한 번 제삼자에게 보였다. 그것은 가마타 조차장 근처의 싸구려 바에서였다. 한쪽 구석에서 피해자와 둘이서 소곤소곤 이야기하던 남자였다. 이 남자야말로 범인이라고 생각되었다. 그 바의 여종업원과 손님들이 목격했다. 증인 수로 보아 부족하지 않았다. 그런데 아직도 범인 그림자조차 찾지 못했다.

미키 겐이치는 이세 시에서 상경해 가마타에 있는 바에서 범인과 만났는데, 그 사이에 별로 시간적인 여유가 없었다.

미키 겐이치가 이세 시의 후타미 여관에 묵은 것은 5월 9일이었다. 그는 그날 밤 영화를 보고 10일 낮에 다시 한 번 영화관에 들어갔다가 밤에 출발했다. 그는 나고야발 22시 20분 열차에 연결되는 열차를 탔다. 미키 겐이치가 이 기차를 이용했다면 11일 아침 4시 59분에 도쿄 역에 도착했을 것이다. 그의 시체가 가마타 조차장에 발견된 것은 12일 오전 3시가 지나서였다. 해부해 본 결과 그의 사망 추정 시각은 11일 밤 12시에서 1시 사이였다. 그렇다면 11일 아침 도쿄에 도착한 미키 겐이치는 그날 밤에 살해된 것이 되었다. 미키 겐이치는 도쿄에 도착해서 이 세상 공기를 19시간밖에 마시지 않은 것이 된다. 이 사이의 행동이 문제인데, 그 행적을 전혀 알 수 없다. 그러나 미키 겐이치가 도쿄에 만나러 간 남자가 범인이 틀림 없다.

게다가 살해 방법이 잔인했다. 조차장 전차 밑에 시체를 두었다. 목을 졸라 죽인 후에 다시 돌로 마구 친 점으로 보나, 그 시체를 첫 출발 전차 아래에 둔 점으로 보나, 범인은 피해자에게 여간 원한이 있는 사람이 아닌 듯했다.

3

미키 겐이치는 이세의 영화관에 두 번이나 들어갔다. 두 번이나 들어갈 만한 필연성이 있으리라.

세 가지 경우가 생각되었다.

①미키 겐이치는 네 편 중 어느 한 영화에 흥미를 일으켰다. 그리고 그것이 상경 동기가 되었다. 그러나 이마니시 같은 제삼자는 그것을 알 수 없었다. 즉, 미키 겐이치만이 아는 장면이 있었다.

②이마니시가 중요한 화면을 놓쳤다.

③영화 관계 이외의 사실이 있다.

이마니시는 이중 ②는 그럴 리가 없다는 자신이 있었다. 온 신경을 집중해서 화면을 노려보아, 아무리 작은 움직임이라도 놓치지 않았다는 자신이 있었다.

①의 경우에는 자신이 없었다. 그러나 미키 겐이치만 알고 제삼자는 모르는 경우란 이마니시의 생각으로는 있을 수 없었다.

끝으로 영화 이외의 사실이었다. 이마니시는 영화관이라면 영화를 보는 것과 바로 결부된다고 생각했다. 그러나 그렇게 정해 버려도 좋을까?

이마니시는 ③의 경우가 가장 연구되어 마땅한 경우라고 생각했다. 미키 겐이치가 두 번이나 영화관에 들어간 것은 영화 이외의 것을 확인하러 갔는지도 몰랐다. 그 이외의 것이란 무엇일까? 사람일까? 관객은 아니었다. 관객이라면 한 번밖에 오지 않으니까. 그래도 이마니시는 미키 겐이치가 영화관이 계기가 되어 상경했다는 확신에는 변함이 없었다. 그럼 무엇일까? 영화관에 미키 겐이치가 아는 사람이 근무하고 있었을까? 이 대목부터 까다로웠다.

이마니시는 경찰청으로 돌아왔다. 문제는 이세 시에서 떠나지 않았다. 그곳에 열쇠가 있는 듯했다. 그렇다. 영화관 경영주에게 편지를 보내 보자. 미키 겐이치를 아는 사람이 영화관 종업원 가운데 있는지 없는지를. 그리고 미키 겐이치가 그곳에 간 뒤로 영화관을 그만둔 사람은 없는지도. 이참에 경영주의 약력을 대강 알려 달라고 하자. 미키 겐이치가 혹시 영화관 주인을 만나러 갔는지도 모르니까 말이다. 좋은 착상 같았다. 그렇다. 이 점은 더 조사해 볼 필요가 있었다. 그렇다면 경영주에게 직접 편지를 내는 것보다 현지 경찰서에 부탁하자.

이마니시는 책상 서랍에서 편지지를 꺼내, 이세 경찰서 수사과장 앞으로 의뢰장을 쓰기 시작했다. 옆에서는 동료들이 한가한지 장기를 두고 있었다.

"장군! 장군이야. 자, 항복해."

동료의 목소리가 호기로웠다.

"그렇게 간단하게 항복하다니, 천만에."

이마니시는 이세 경찰서에서 올 회답을 기다렸다. 편지는 하루면 그곳에 닿을 것이다. 그러면 조사가 시작되겠지. 간단히 끝날 일이었다. 그러나 그쪽도 바쁠 테니, 혹 이삼 일 동안 내버려둘지도 모른다. 그리고 편지가 온다면 사오 일은 걸릴 것이다.

이마니시는 그런 것까지 계산하고 학수고대했다. 그런데 답장은 비교적 빨리 왔다. 문의 편지를 부친 지 나흘째였다. 이마니시는 편지를 뜯었다.

조회하신 건에 대해 회답 드립니다.

찾으시는 영화관은 아사히 영화관입니다. 주인은 다도코로 이치노스케(田所市之助)라고 하며, 나이는 49세입니다. 다도코로 씨에게 물어보았는데, 조회하신 것 같은 사람을 만나거나 대화를 나눈 직원은 없었다고 합니다.

그리고 그날은 말씀하신 대로 극영화 두 편과 그 다음주에 개봉될 영화 예고편과 〈세기의 길〉 예보편을 상영했답니다. 그 외에는 단편 영화나 PR 영화도 상영하지 않았답니다.

다도코로 씨도 그날 미키 씨를 만난 기억이 없다고 합니다.

다도코로 씨는 오래전부터 이세 시에 거주하는 사람으로, 영화관 직원에서 시작해 오늘날 영화관 주인이 된 입지전적인 인물입니다. 현재 일남 일녀가 있습니다. 출생지는 후쿠시마 현 니혼마쓰 시에 가까운 ××마을입니다. 그러나 청년기에 고향을 떠나, 지금까지 이세에 살고 있습니다.

위와 같이 간단하나마 보고 드렸습니다.

이것으로 미키 겐이치가 영화관에 어떤 사람을 만나러 간 것이 아님이 확실해졌다. 그러면 역시 그 네 편의 영화였을까? 아니 그럴 리가 없다. 미키 겐이치는 뭔가 다른 것을 보았다. 그렇지 않다면 두 번이나 들어갈 이유가 없고, 그것이 끝난 뒤 바로 예정을 변경해서 상경할 일도 없었으리라. 미키 겐이치를 죽음의 도쿄로 불러들인 것은 무엇일까?

이마니시는 이세 경찰서로부터 회답을 받았지만, 이것으로는 아무것도 해결되지 않았다. 오히려 곤혹이 깊어질 뿐이었다. 이마니시는 생각에 잠겼다. 옆에서 젊은 형사가 피의자를 신문하고 있었다.

"지금 어디 있지?"

피의자는 35, 6세가량의 창백한 얼굴을 한 깡마른 남자였다. 그는 젊은 형사 앞에 고개를 숙이고 있었다.

"후카가와 쪽에 있는 백 엔짜리 합숙소에 묵고 있습니다."

"이름을 다시 한 번 말해 봐."

"사사오카 하루오(笹岡春夫)입니다."

"본적은?"

"후쿠오카 나카타 군 쓰야자키 시 ××번지입니다."

"현재도 그곳에 호적이 있단 말이지? 이쪽으로 본적을 옮기지 않고?"

"예."

이마니시는 호적이라는 말이 귀에 들어와 자기도 모르게 옆을 보았다. 젊은 피의자는 죄송하다는 듯이 어깨를 늘어뜨린 채 고개를 숙이고 있었다.

"전과는?"

이마니시는 강매 상인이 들어갔다는 그 집 일도 마음에 걸렸다. 그가 직접 확인하러 가려고 생각하지 않은 것도 아니었다. 강매 상인 두 사람이 그 집 현관에서 이상한 기분이 되어 나왔다. 그러나 파출소 순경은 아무렇지도 않았다. 그러나 이마니시가 직접 가기는 조금 곤란했다. 상대방이 얼굴을 알게 되기 때문이다.

당분간 이쪽 얼굴을 나타내고 싶지 않았다. 그것은 요시무라도 마찬가지였다. 나중에 무슨 일이 있을지 몰랐다. 그래서 일찍부터 상대방에게 얼굴이 알려지면 곤란했다.

"전과 2범이란 말이지? 이번에도 절도죄군." 옆에서는 젊은 형사가 계속 피의자를 조사하고 있었다. "그 집에는 어디로 해서 들어갔지?"

"뒤로 들어갔습니다."

"뒷문으로 말이지? 문이 잠겨 있었겠지?"

"유리문이어서 촛불로 태워 잘랐습니다. 깨어진 유리를 조용히 벗겨 내고, 손을 안으로 밀어 넣어 자물쇠를 벗겼습니다."

"그곳으로 들어가서 이 부엌으로 나왔군?"

형사는 약도를 보며 물었다.

"예, 그렇습니다."

"그리고 나서 어떻게 했어?"

이세 시의 영화관에 들어간 이유를 알 수 없었다. 미키 겐이치는 거기서 상경의 동기를 무엇에서 구했다는 말인가?

이마니시는 머리에 두 가지 일이 이리저리 뒤섞였다.

"거기서 어쩔 셈으로 식칼을 들었나?"

"그만 저도 모르게 그런 생각이 들었습니다. 보니 부엌 찬장에 식칼이 있기에, 만약 떠든다면 그것으로 위협하려고 생각했습니다."

"그리고 이층에 올라간 거로군?"

"그렇습니다."

"아래는 물색하지 않았나?"

"중요한 것은 이층에 있다고 짐작했습니다."

"그리고 어떻게 했어?"

이마니시는 자리에서 일어섰다. 마침 퇴근 시간이 되었다. 그는 책상 위를 치웠다. "먼저 실례" 하고 이마니시는 옆에서 피의자를 조사하고 있는 형사에게 말했다.

밖에 나오니 어두웠다. 전차 불빛도 자동차 헤드라이트도 눈부신 빛이 되어 있었다. 이마니시가 전찻길을 따라 걷고 있는데, 맞은쪽에서 대여섯 명의 검은 그림자가 다가왔다.

"어이" 하고 저쪽에서 먼저 말했다. 경비과 사람들이었다. 이마니시가 아는 사람들이다.

"수고하십니다. 매일 고생이시군요?"

"이제 앞으로 이삼 일이면 끝납니다." 상대방이 웃으며 말했다.

이즈음 정계에 변동이 있었다. 내각이 사직하고, 새 내각이 성립되는 중이었다. 경비과 사람들은 수상 관저를 경계하고 있었다.

이튿날 아침, 이마니시는 자리에 누워 신문을 읽었다. 제일면에 새 내각 명단이 나와 있었다. 전부터 신문에서 이러쿵저러쿵하더니, 어제 심야에 명단이 확정된 것이었다.

이마니시는 커다란 활자로 찍힌 이름을 골라 읽었다.

외무부 장관, 미쓰이 고로(三幷伍郎. 야마가타 현 선출. 당선 4회. 64세)

재무부 장관, 모로오카 히데오(諸岡秀雄. 지바 현 선출. 당선 3회. 68세)

상공부 장관, 야스다 다케시(保田武. 오사카 부 선출. 당선 4회. 54세)

농림부 장관, 다도코로 시게요시(田所重喜. 후쿠시마 현 선출. 당선 6회. 61세)

보사부 장관, 홋타 미쓰오(堀田光雄. 시마네 현 선출. 당선 5회. 48세)

문교부 장관, 하마다 가즈오(浜田和夫. 에히메 현 선출. 당선 4회. 52세)

......

이마니시는 이 장관 명단 중에서 다도코로 시게요시의 이름을 응시했다. 이 사람은 전에도 장관을 한 일이 있는 보수당의 유력자로, 온

후하다고 알려져 있었다. 다도코로 시게요시는 다른 의미로도 저널리즘에 알려져 있었다. 그 딸이 신진 조각가여서 가끔 부녀의 사진이 잡지 같은 데에 나왔다. 그러나 이마니시는 다른 의미에서도 이 새 장관에게 흥미가 있었다. 장관 이름 아래에 선거구가 나타나 있었다. 이마니시는 다도코로 시게요시가 후쿠시마 출신이었다는 사실을 비로소 알았다. 이 장관이 후쿠시마 현 사람이었던가? 이렇게 생각하며 신문을 자세히 보았다.

"여보, 슬슬 일어나셔야 할 시간이에요."

미닫이 너머로 아내의 목소리가 들렸다.

이마니시는 신문을 내던졌다. 새 내각이 생기거나 반대당이 천하를 잡거나, 자기 같은 말단 공무원에게는 영향이 없었다. 이마니시는 엉거주춤 일어나 세수를 했다.

이를 닦고 있는데 된장국 냄새가 풍겼다. 파 냄새도 났다. 그는 방으로 올라와 상 앞에 앉았다.

아내도 같이 밥을 먹으며 이것저것 이야기를 하는데, 이마니시는 묵묵히 듣고만 있었다. 아니, 듣는지 안 듣는지 말없이 밥만 먹고 있었다.

'외무부 장관 미쓰이 고로라…… 농림부 장관 다도코로 시게요시라…….' 이마니시는 리듬처럼 입 안에서 중얼거렸다. '다도코로 시게요시는 후쿠시마 현이었군.'

이마니시는 된장국 그릇을 놓고 찻잔을 들었다. 싸구려 차지만 냄새가 구수했다.

'후쿠시마 현…… 가만 있자.' 이마니시는 고개를 갸웃거렸다. '누구인가, 이 현에는 연고가 있는데……?'

"베개를 잘못 베고 주무셨어요?"

고개를 자꾸 갸웃거리니까 아내가 앞에서 물었다. 이마니시는 말이 없었다.

'아, 그렇다.' 이마니시는 물그릇을 놓았다. '어제 영화관 주인이 후쿠시마 현 출신 아닌가. 그 사람은 니혼마쓰 시에 가까운 ××마을 태생이다.'

4

새 농림부 장관 다도코로 시게요시의 저택은 아자부 이치베에 있는 언덕바지에 있었다.

그날 저녁때 임명식에서 돌아온 다도코로 시게요시는 모닝코트를 입은 채 집안사람들의 축하 인사를 받고 있었다. 다도코로 시게요시는 깨끗이 빗어 넘긴 흰 머리에 단정한 풍모를 하고 있었다. 혈색 좋은 얼굴을 지닌 그는 시종 벙글거렸다. 장관 자리에 여러 차례 앉았지만 몇 번 되어도 기쁜 모양이었다. 손님이 끊임없이 와서, 다도코로 시게요시가 겨우 차분해질 수 있었던 것은 밤 9시가 지나서였다. 그는 부인이 식당에 마련한 간단한 축하연 장소로 옮겼다. 집안사람들끼리 모여 축배를 드는 것이다.

다도코로 사치코는 어머니를 도와주고 있었는데, 와가 에이료가 이 집에 얼굴을 나타내자 그쪽으로 가 버렸다.

"축하합니다." 와가 에이료는 미래의 장인에게 머리를 숙였다.

"고맙네." 다도코로 시게요시는 기분이 좋은 듯 고상한 눈을 가늘게 떴다.

"자아, 자, 여러분, 자리에 앉읍시다."

다도코로 시게요시의 동생 부부, 부인의 조카, 사치코의 동생 등 식탁에는 일고여덟 명이 앉았다. 다도코로 시게요시를 정면에 앉히고, 그 옆에 부인이 앉았다. 와가 에이료와 사치코는 새 장관 부부의 맞은편에 앉았다. 노인도 있고 아이도 있었다. 식탁에는 일류 레스토

랑에서 요리사를 불러 만든 정성스런 요리가 놓여 있었다. 여기서 남
이라면 비서뿐이었다.

"자, 여러분, 잔에 술이 다 차셨나요?"

부인이 테이블을 둘러보았다.

"아버님, 축하드립니다."

"숙부님, 축하드립니다."

각각 주인공을 부르는 명칭은 달랐으나, 눈높이까지 올린 술잔 높
이는 가지런했다.

"고마워." 새 장관은 얼굴을 풀고 웃었다.

"아버지, 분발하세요!"

모두가 잔에 입을 댄 뒤, 사치코가 맞은편에서 큰 소리로 말했다.

"걱정 없어."

신문에는 다도코로 시게요시가 경력으로 보아 농림부 장관 자리에
는 만족하지만은 않으리라는 소문이 있었지만 각 파벌의 균형상 어쩔
수 없었고, 그에게는 앞으로 기대되는 데가 많다고 씌어 있었다. 어
쨌든 새 장관은 기분이 좋았다. 웃음소리가 많이 들리는 연회였다.

이날 밤 와가 에이료는 짙은 회색에 흰 줄무늬가 든 양복을 입었
고, 희게 빛나는 와이셔츠를 입은 가슴에는 연지색에 검은 무늬가 든
넥타이를 단정히 매고 있었다. 보기에 좀 화사한 듯했으나 원래 양복
이 잘 어울리는 몸매여서, 그 균형 잡힌 얼굴과 함께 이 자리에 모인
사치스런 차림의 사람들 가운데에서도 두드러지게 뛰어났다.

옆에 있는 사치코도 이 날 밤은 새빨간 드레스에, 가슴에는 커다란
열대 난초꽃인 카틀레야(cattleya)를 달고 있었다. 꽃향내 풍기는,
잘 차려입은 모습이었다. 다도코로 시게요시는 정면에 있는 두 사람
의 모습을 흐뭇한 눈길로 바라보더니 부인에게 속삭였다.

"오늘 밤은 나를 위한 축하연이라기보다 어쩐지 젊은 애들의 결혼

식 같군."

부인이 웃었다.

"어머, 아버지, 무슨 말씀을 하셨어요?"

사치코가 머리를 내밀고 부모의 속삭임을 타박했다. 즐거운 식사가 반쯤 진행될 무렵이었다. 가정부가 사치코에게 작은 소리로 손님이 왔음을 알렸다. 사치코는 옆의 와가 에이료에게 그 말을 전했다. 와가는 흘끔 눈을 들어 다도코로 시게요시를 보았다.

"뭐야?" 아버지가 빨리 눈치 채고 사치코에게 물었다.

"지금 와가 씨 그룹이 아버지를 축하해 드리러 왔대요. 세키가와 씨, 다케베 씨, 가타자와 씨예요."

"허어, 일부러 와 주다니⋯⋯. 이젠 두 사람의 동료로군. 물론 사치코도 알고 있겠지?"

새 장관은 붙임성있게 말했다.

"예, 늘 만나는걸요. 와가 씨가 자동차 사고로 입원했을 때도 문병와 주셨어요."

"누보 그룹은 비교적 의리가 깊군 그래. 응접실로 안내하렴."

다도코로 시게요시는 웃으며 말했다.

"아니, 여기가 좋을 거야. 뭐, 새삼스런 손님도 아니고, 여기 합석하는 편이 가족 같은 느낌이 들어서 좋아." 부인이 말했다.

테이블이 넓어 아직도 앉을 자리가 있었다. 부인은 가정부에게 삼인분 요리를 곧 날라 오도록 일렀다. 가정부의 안내를 받으며 세키가와를 앞세운 세 젊은이가 들어왔다. 세 사람은 약간 이 분위기에 어리둥절한 듯 머뭇거렸다. 와가 에이료가 의자에서 일어나 친구들에게 웃음을 띠었다. 평론가 세키가와 시게오, 극작가 다케베 도요이치로, 화가 가타자와 무쓰오는 자세를 곧바로 하고 새 장관 앞으로 갔다.

"진심으로 축하드립니다."

다도코로 시게요시도 의자를 물리고 일어섰다.

"일부러 와 주어 고맙습니다." 부인도 반가이 맞았다.

"일부러 이렇게…… 고맙습니다. 마침 집안 식구끼리 모여 있던 참인데, 자, 어서 이리 앉으십시오."

세 사람의 자리가 새로 마련되었다. 아이들은, 새로 들어온 손님들을 신기한 듯 바라보았다. 세키가와는 와가의 어깨를 두드리고 자리에 앉았다. 새로 술잔이 들어왔다.

"축하합니다." 먼저 말한 사람은 역시 세키가와였다. 다른 두 사람도 그에 따라 잔을 올렸다.

"고맙소이다." 다도코로 시게요시가 정중히 인사를 했다.

와가가 일어서서 세 사람 뒤로 가 "잘 와 주었어" 했다. 이어 사치코도 허물 없이 인사를 했다.

"세 분 모두 바쁘실 텐데 고맙습니다."

"아닙니다. 축하드릴 일이니까요. 만사를 제쳐놓고 달려왔습니다."

세키가와가 대표해서 대답했다.

"정말 믿음직스럽군요."

천장에는 북유럽의 민예풍인 샹들리에가 걸려 있었다. 밝은 불빛 속에 사치코의 진홍 드레스가 반짝였다. 세 사람의 눈에 잠깐 놀라는 빛이 있었다.

"허어, 오늘 밤은 마치 와가의 결혼식 예행연습 같군요."

세키가와가 농담처럼 말했다.

집안 식구끼리의 축하 자리는 중간에 새 손님을 셋이나 맞아, 다시 분위기가 무르익었다.

젊은 세 사람은 처음부터 말이 많았다. 잘 지껄이고 잘 마셨다. 다도코로 시게요시는 싱글벙글하며 젊은이의 고상한 예술론에 귀를 기울였다. 제일 활발히 이야기를 하는 사람은 평론가였다. 글과 마찬가지로 말도 잘했다. 다른 두 사람은 창작하는 사람이어서 이론을 꾸며 내는 데는 평론가 세키가와를 따르지 못했다. 세키가와는 새로운 예술론을 오랜 관료 출신인 다도코로 시게요시도 알 수 있게 이야기했다. 요컨대 여태까지의 기성 예술은 절대 인정하지 않으며, 자기들 손으로 참예술을 창조한다는 이론이었다.

"현재의 단계로는 와가의 음악 역시 아직 만족스러운 것은 아닙니다. 그러나 기존의 작품과 비교한다면 와가의 음악은 우리의 이상에 가깝습니다. 따라서 그가 하는 일은 그 점에서 창시적인 것으로 기대해도 좋다고 생각합니다. 뒤를 잇는 사람이 현재의 불완전을 바로 잡고 고쳐 주겠지요. 그건 그렇다 치고 거칠긴 하지만 새로운 분야를 개척한 와가의 공적은 인정해 주어도 좋다고 생각합니다." 세키가와는 거침없이 미래의 장관 사위를 보고 지껄였다.

"콜럼버스의 달걀이죠." 사치코가 말참견을 했다.

"그렇습니다. 해 보면 아무것도 아니지만 창조는 어려운 일입니다. 그런 점에서 저는 지금까지 와가에게 여러 가지 불만을 말해 왔는데, 그것은 그를 인정하는 데서 비롯한 말입니다."

"와가" 하고 옆에서 극작가가 불렀다. "평론가라는 녀석에게는 잘 대접해야겠군."

모두 웃음을 티트렸다.

이때 가정부가 전보를 가져왔다. 다도코로 시게요시가 받아 읽고, 옆에 있는 부인에게 넘겨주었다. 무늬가 든 축전이었다. 부인이 전문을 소개했다.

"장관 취임을 축하합니다. 다도코로 이치노스케…… 어머, 이세 시에 있는 다도코로 씨한테서 온 거군요." 부인이 남편 얼굴을 보았다.

"응." 다도코로 시게요시가 고개를 끄덕였다.

"친척이십니까?" 화가인 가타자와 무쓰오가 물었다.

"아니, 그렇지 않습니다. 이분은 이세 시에 영화관을 가지고 있는 동향 사람입니다."

"예에, 그런데 성씨는 같군요?"

"그래요. 내가 살던 마을에는 다도코로라는 성이 많아요. 타관 사람이 가면 다도코로 투성이어서 어리둥절하지요. 먼 조상은 하나겠지만, 분가하고 분가하다 보니 지금은 한 마을의 반이 다도코로라는 성이지요. 이세 시에 있는 이 사람도 젊었을 때 거기서 온 사람인데, 늘 후원해 주고 있어요."

"아버님을 굉장히 숭배하고 계시는 분이에요." 옆에서 사치코가 덧붙였다.

집안 식구끼리의 축하연은 이때부터 한 시간쯤 뒤에 끝났다. 모두 슬슬 거실로 나갔다. 노인이나 아이들은 중간에 빠져 나가고, 어른들만 예닐곱 명 쿠션에 기대앉았다. 커피, 과일 등이 들어왔다.

와가와 사치코는 자연히 세 친구와 이야기를 나누었다. 이때의 이야기도 식당에서 나온 예술론의 연장이었다. 그들에 의하면 현재의 대가나 중견은 매도 대상에 불과했다. 다도코로 부부는 옆에서 방청하는 꼴이 되었다. 젊은 사람들이어서 기운도 좋고 목소리도 높았다. 나이 많은 어른들이 압도되었다.

그러는 중에도 이 저택에는 축하객이 속속 찾아왔다. 다도코로 시게요시는 젊은 예술론을 듣고 있을 수 없게 되었다. 손님은 정당 관계자들뿐이 아니었다. 신문이나 잡지 기자들도 왔다. 사진을 찍게 해달라는 사람도 끊임없이 많았다.

"마침 잘 됐어. 여기 젊은 사람들과 찍어 줘."

새 장관은 가벼운 마음으로 모두와 나란히 섰다. 다도코로 시게요시 부부를 중심으로 와가와 사치코가 나란히 서고, 세키가와, 가타자와, 다케베 등도 이 집 식구들 틈에 끼였다. 어쨌든 경사스런 밤이었다. 다도코로 시게요시는 손님들을 만나기 위해 부인을 데리고 물러갔다.

"자, 우리도 그만 돌아갈까?" 역시 세키가와가 주도권을 쥐고 있었다.

"아직 괜찮잖아?" 와가는 벌써 이 집 사람이 다 된 태도였다.

"아니, 늦었으니 이만 실례하겠어."

"어머, 시시해요. 좀더 이야기해요." 사치코가 만류했다.

"우리는 빨리 돌아가는 편이 좋을 것 같아." 가타자와가 사치코와 와가를 번갈아 보며 말했다.

"또 그런 말씀, 놀리지 마세요."

"아버님, 어머님께 잘 말씀드려 주십시오. 대단히 잘 먹었습니다." 세키가와가 모두를 대표했다. 현관까지 와가와 사치코가 배웅했다.

이날 밤엔 늦게까지 현관에 밝은 불이 켜져 있고, 문도 활짝 열려 있었다. 집 앞에는 축하객들의 자동차가 즐비했다. 세 사람은 뭉쳐서 걸었다.

"과연 굉장한데?" 다케베가 말했다.

"음, 그런데 와가 녀석, 이제 완전히 사위 기분을 내고 있군." 가타자와가 혀를 차며 말했다.

밤길에는 안개가 자욱했다. 먼 곳에 있는 집이 희미하게 번져 보였다. "안개가 짙군. 요즘엔 자주 안개가 낀단 말이야." 세키가와가 관계없는 말을 중얼거렸다.

세키가와, 다케베, 가타자와는 함께 택시를 타고 긴자로 향했다.

"내가 잘 아는 바로 가서 다시 마시자구."

극작가인 다케베가 꾀었다. 화가인 가타자와가 찬성했다.

"세키가와, 자네는 어때?"

"난 그만두겠어."

"왜 그래?"

"일이 생각났어. 운전사 양반, 유락초에서 세워 줘요."

차는 고속도로가 지나는 굴다리 밑을 지나 섰다.

"실례. 그럼 또……." 세키가와는 길에 내려 친구들에게 손을 흔들었다.

"세키가와 녀석, 이상한데?" 화가가 극작가에게 말했다.

"어째서 이런 곳에 혼자 내릴까? 이렇게 시간이 늦었는데 용건이 생각나고 말고가 어디 있어?"

10시가 가까웠다.

"녀석은 지금 마음이 조금 편치 않은 데가 있지 않을까?"

"어째서?"

"오늘 밤 와가의 태도를 보고 조금 쇼크를 받지 않았을까?"

"음."

화가도 모르는 것은 아니었다. 실은 극작가나 화가도 다도코로 집에서의 와가 에이료의 모습이 어쩐지 불쾌하게 생각되었다.

"그러나 녀석은 요즘 와가와 아주 잘 지내잖나? 오늘 밤도 기분이 좋아 혼자 지껄였고."

"그것이 바로 인간이야. 그런 경우에는 오히려 떠들썩하게 행동하는 법이야. 그 뒤에 쓸쓸해지는 것이 인간의 마음이겠지." 화가가 말했다.

"좋아, 우리는 마시자." 극작가가 소리쳤다. "흠뻑 취해 보자."

세키가와 시게오는 차에서 내려 혼자 걸었다. 서두르는 걸음걸이가 아니었다. 일이 있다고 친구들과 헤어졌으나 당장 갈 곳이 없는 꼴이었다. 영화가 끝났는지 왕래하는 사람이 많아졌다. 유락초 방면에서 긴자를 보면 네온의 바다였다. 불빛이 밤하늘에 퍼져 있었다. 세키가와는 번화한 곳으로 발길을 돌리지 않고 옆으로 들어갔다. 그저 한가하게 산책하는 것처럼 보였다. 아니면 눈길을 보도 위에 떨어뜨리고 사색하는 것 같기도 했다.

밝은 가게 앞에 나왔다. 세키가와는 슬롯머신이 있는 오락실에 들어갔다.

"이백 엔어치 줘."

세키가와는 동전을 손바닥에 들고 슬롯머신 앞에 섰다. 엄지손가락으로 차례로 튕겼다. 특히 겨냥하는 것 같지도 않은 눈매였다. 소리를 내며 동전이 쏟아져 나오거나, 그대로 죽거나, 통 개의치 않는 듯했다. 그저 튕기고만 있었다. 그 옆얼굴에 세키가와답지 않은 외로운 표정이 드리워져 있었다.

항해 흔적

1

미에 현 이세 경찰서 수사과장으로부터 이마니시에게 온 편지.

의뢰하신 건에 대해 다음과 같이 보고합니다.

의뢰한 내용은 이세에 있는 '아사히 영화관' 경영주 다도코로 이치노스케 씨에 대한 문의였습니다.

다도코로 씨의 말에 따르면 미키 겐이치를 알지 못하고, 그날 그런 사람을 만난 일도 없다고 합니다. 이것은 저번에 회답드린 그대로입니다.

다도코로 이치노스케 씨는 아시는 바와 같이 이번 새 내각의 농림부 장관이 되신 다도코로 시게요시 씨와 같은 마을 출신입니다. 이치노스케 씨는 시게요시 씨를 매우 존경하고 있습니다.

이치노스케 씨는 상경 때마다 시게요시 씨 댁에 들러, 이 고장

특산물을 거르지 않고 갖다 드리면서 인사를 거르지 않았다고 합니다. 그리고 다도코로 시게요시 씨 부부에게서 특별한 은총을 받고 있다고 했습니다.

그런 까닭에 이치노스케 씨의 자택에는 다도코로 시게요시 씨가 보낸 편지, 휘호, 사진 등이 많이 보관되어 있었습니다. 그리고 이치노스케 씨는 자기가 경영하는 아사히 영화관에 숭배하는 다도코로 시게요시 씨와의 기념사진을 장식했던 일도 있다고 합니다. 혹시나 싶어 5월 9일의 일을 물었더니, 영화관 객석으로 가는 복도 벽에 다도코로 시게요시 씨가 가족과 함께 촬영한 기념사진을 크게 확대해서 걸어 두었다고 했습니다. 그리고 이 사진은 5월 한 달 내내 걸어 두었다가 철거하고, 현재는 이치노스케 씨 댁에 보존되어 있답니다.

이치노스케 씨에게 요청해 확대하기 전 사진을 빌려 따로 보내겠으니, 일이 끝나는 대로 돌려주시기 바랍니다. 이것에는 제 명의로 차용증을 써 놓았으므로 부디 분실하는 일이 없도록 부탁드립니다.

이만 줄이겠습니다.

편지는 그것뿐이었다. 사진을 따로 보낸다고 했으니, 하루이틀 뒤면 사진을 보게 될 것이다.

이마니시는 비로소 미키 겐이치가 두 번이나 그 영화관에 들어간 이유를 알았다. 미키 겐이치는 틀림없이 영화관 벽에 걸어 두었던 다도코로 시게요시 씨 일가의 사진을 본 것이다. 그 사진에는 영화관 주인 다도코로 이치노스케도 찍혔다. 이 영화관 주인은 숭배하는 다도코로 시게요시 씨 일가와의 기념사진을 자랑삼아 입장하는 관객에서 보였던 모양이다.

기간은 편지에 따르면 5월 내내였다. 따라서 미키 겐이치가 영화관에 들어간 5월 9일에도 당연히 그곳에 걸려 있었다. 이마니시가 아사히 영화관을 조사하러 간 것은 가을이었다. 당연히 기념사진은 그의 눈에 띄지 않았다. 지금까지 영화관이라고 해서 당시 상영되었던 필름밖에는 생각하지 않았는데, 미키 겐이치를 상경케 한 동기가 이런 식으로 존재했던 것이다.

이마니시는 이세 경찰서에서 올 사진을 고대했다. 이마니시는 경찰청에 출근하는 것이 오랜만에 마음이 부풀었다. 집에서 부랴부랴 나왔다. 몇 년 만에 이토록 즐거운 기분을 맛보는 듯했다. 그는 경찰청에 9시에 닿았다. 아직 두 젊은 형사밖에 나오지 않았다.

"이봐, 우편물은 아직 안 왔나?" 그는 맨 먼저 그것부터 물었다.

"예, 아직 안 왔습니다."

"보통 몇 시에 오지?"

"글쎄요, 곧 오겠지요."

"이세 경찰서에서 사진이 오기로 돼 있어."

"잘 알겠습니다."

이마니시는 침착해질 수가 없었다. 오늘 아침처럼 사건이 일어나지 않았으면 하고 생각한 적도 없었다. 사건이 생기면 그대로 밖으로 뛰어나가야 하니, 우편물이 와도 언제 볼 수 있을지 모른다.

10시가 다 되어서 경감이 왔다.

"이마니시."

경감이 자기 책상에서 불렀다. 이마니시는 섬뜩했다. 밖에 나가는 일이 아니었으면 좋겠다고 생각했다. 그러나 경감의 이야기는 사건에 관한 것이 아니었다. 두세 가지 사무적인 이야기를 했을 뿐이다.

자리에 돌아오니 우편물이 배달되어 있었다. 이마니시의 책상에는 없었다.

"이봐, 나한테는 오지 않았나?" 그는 우편물을 나눠주는 젊은 형사에게 물었다.

"예, 없었습니다."

"이상한데?"

"아침에 그렇게 말씀하셔서 정신 차리고 보았는데, 이번 편에는 보이지 않았습니다."

"다음 편은 언제 오지?"

"오후 3시경일 겁니다."

"음, 어쩌면 그때 올지도 모르겠군."

이마니시는 불만스러운 듯 신출내기 형사가 가져온 차를 마셨다.

오후 우편물이 도착하기를 기다릴 수가 없었다. 어떻게 시간을 보내야 할지 모르겠다. 만약 우편물이 내일이나 온다고 한다면, 이 초조감을 어떻게 감당해야 할지 고통스럽게 느껴질 정도였다.

오후에 걸친 긴 시간이 흘렀다. 이마니시는 3시 전쯤부터 자기 책상에서 버티고 앉았다. 급할 것도 없는 서류를 쓰기도 하며 계속 시계만 보았다. 우편물은 젊은 형사가 접수과에서 이 방 몫만을 가져온다. 3시 15분, 문간에 나타난 그 형사와 이마니시의 눈이 마주쳤다. 형사는 우편물을 옆에 끼고 있었다.

"이마니시 씨, 왔습니다." 그 형사는 갈색 봉투를 흔들어 보였다.

"어디 봐." 이마니시는 의자에서 벌떡 일어났다.

봉투에는 두꺼운 종이가 들어 있었다. 사진은 상하지 않게 그 사이에 끼워져 있었다. 사진은 캐비닛판(12×16.5㎝ 정도가 표준) 정도의 크기였다. 그는 사진을 보았다. 주위의 소리가 들리지 않았다. 사진에는 예닐곱 사람이 늘어서 있었다. 깨끗한 저택의 뜰 앞이었다. 이마니시는 그 기념 사진 속의 한 사람에게 초점을 집중시켰다. 그는 한눈을 팔지 않고 오랫동안 보았다. 긴 시간이었다. 캐비닛판이어서 사람의 얼굴이 작았다.

"이봐, 돋보기를 빌려 줘."

그는 젊은 형사에게 말했다. 형사는 지름이 7센티 정도의 돋보기를 가지고 왔다. 이마니시는 돋보기를 사진 속 얼굴 위에 댔다. 그것을 댄 부분이 이마니시의 눈에 크게 다가왔다. 그는 꼼짝도 하지 않았다. 일종의 감개가 솟아 나왔다.

미키 겐이치가 본 것은 이 사진이었다. 보내 온 사진은 캐비닛판이었는데, 이세의 아사히 영화관에 걸었던 것은 이것을 사절이나 반절 정도로 확대했을 것이다. 이마니시는 액자 속에 넣어져 벽에 걸렸을 이 사진을 상상했다.

상상은 계속되었다.

미키 겐이치는 여관에 묵으면서, 시간을 보내기 위해 그 영화관에 들어갔다. 그는 관람석으로 가려고 이 액자 앞을 지나갔다. 눈이 이 액자로 향했다. 미키 겐이치는 무심히 사진을 보았다. 영화관 주인이 자랑으로 걸어 놓은 것이니, 말할 것도 없이 구경꾼이 알 수 있도록 설명이 첨부되어 있었을 것이다. 중앙 다도코로 시게요시 선생, 그 오른쪽 옆이 부인, 왼쪽 옆은 영애, 이어 영식…… 하는 식으로.

이때 미키 겐이치는 아마 고개를 갸웃거리는 정도로 이 앞을 지나 영화를 보고 밖으로 나왔을 것이다. 그는 여관에 돌아와 문득 그 액자가 생각났을 것이다. 아니, 액자 속에 담겨진 사진의 얼굴이 떠올랐을 것이다. 그는 고개를 틀었을 것이다. 그는 무엇을 생각했을까? 미키 겐이치는 다시 한 번 자기 눈으로 확인하고 싶었다. 이튿날 그는 그 사진을 다시 한 번 보기 위해 일부러 요금을 치르고 다시 한 번 입장했다. 그리고 이번에야말로 사진을 똑똑히 보았을 것이다. 예 닐곱 사람이 찍힌 사진 속에서 미키 겐이치의 시선은 한 얼굴에만 응집해 있었다. 그는 사진에 붙어 있는 설명서를 메모했다. 그것은 어느 사람의 이름이었다. 설명서에 주소는 없었다. 그러나 없어도 도쿄로 찾아가면 곧 알 만한 사람이었다.

미키 겐이치는 곧 귀향하려던 예정을 변경했다. 급히 상경할 생각이 들었다. 원래 미키 겐이치는 이 세상에서의 추억을 위해 관서에서 근기, 이세로 돌아온 사람이었다. 그는 이 세상 추억으로 또 하나 만나고 싶은 사람이 있었다. 그것이 사진에 있는 사람이었다.

미키 겐이치는 아침 일찍 도쿄에 닿았다. 5월 11일이었다. 그는 사진 속에 있는 그 사람의 주소를 어떤 책에서 찾아보았다. 전화번호부에서 알았는지도 모른다. 그는 전화를 걸었을 것이다.

이마니시는 요시무라를 전화로 불러서 대강 말했다. 사진이 왔다니 요시무라도 신바람이 났다.

"곧 가겠습니다. 어디서 만날까요?"

"아니, 내가 가지."

"그러시겠습니까?"

"가마타 역 앞에서 만나지. 서쪽이야."

"알았습니다."

이마니시가 가마타로 가겠다고 한 것은, 언제나 시부야에서 만났기에 기분을 전환할 생각도 있었으나 되도록 사건 현장 부근에서 이야기하고 싶었기 때문이었다. 형사란 이상해서 현장에 가까우면 그 사건의 분위기가 살아나 기분이 긴장되었다.

6시 반이 요시무라와 만나기로 한 시각이었다. 이마니시는 사진을 봉투에 넣어 주머니 속에 정성스레 간직했다. 요시무라는 사람들 사이에 멍청히 서 있었다.

"왔나?"

이마니시는 옆에서 어깨를 두드렸다. 두 사람은 나란히 걸었다.

"어디서 이야기할까요?"

"글쎄……."

이마니시는 상점가를 보았으나 적당한 곳이 없었다. 이마니시는 찻집과 과자점을 함께 하는 가게로 들어갔다. 여기라면 큰 소리를 내는 취객도 없고, 여자 손님이 많아 비밀 이야기를 하기에는 안성맞춤이었다. 두 사람은 제일 구석 자리에 앉았다.

"드디어 왔군요."

요시무라는 이마니시의 얼굴을 들여다보았다. 이마니시는 귀여운 여자 아이에게 주스 두 잔을 주문하고 주머니에서 봉투를 꺼냈다.

"이거야."

"보겠습니다."

요시무라는 봉투를 받아 들고 알맹이를 꺼냈다. 그도 기다리던 사진이었다. 요시무라는 사진을 찬찬히 보았다. 그 눈매가 이마니시가 처음 사진을 볼 때와 같았다. 이마니시는 요시무라가 보는 것을 방해하지 않기 위해 조용히 담배를 피웠다.

"이마니시 씨! 드디어 발견하셨군요?" 요시무라가 얼굴을 들었다. 눈이 번들번들 빛나고 있었다.

"응, 드디어지."

이마니시는 이 얼굴을 확인하기까지 꽤나 먼 길을 돌았다. 이 얼굴이 미키 겐이치를 도쿄로 오게 했던 것이다. 이마니시는 '후욱' 하고 한숨을 쉬었다. 요시무라도 한숨으로 답했다. 주문한 주스가 오자, 두 사람은 목이 말랐을 때처럼 정신없이 마셨다. 이마니시나 요시무라는 이제 그 사진 이야기는 하지 않았다. 할 필요가 없었다. 남은 것은 사건의 진상을 어떻게 추궁해 나가야 하는 문제였다.

"요시무라, 자네 언젠가 나루세 리에코의 주소를 관내에서 조사해 본 적이 있었지?"

"예, 끝내 못 찾았습니다만……."

"그래, 못 찾았지. 꽤 열심히 찾아 본 것 같은데."

"할 수 있는 데까지는 했습니다."

이마니시는 종이 눈을 뿌리던 여인, 나루세 리에코의 하숙집을 요시무라에게 찾게 했었다.

나루세 리에코는 이마니시가 사는 근처 아파트에서 세들어 살다가 자살했다. 이마니시는 나루세 리에코라는 이름도, 그녀가 종이 눈을 중앙선에서 뿌렸다는 사실도, 그 자살을 계기로 처음 알았다.

이마니시는 이 사건이 일어난 당초부터 범인의 아지트가 가마타 역에서 그다지 멀지 않은 곳에 있다고 추정했다. 그것은 범인이 피해자의 피가 묻은 옷을 입었다는 상상에서였다. 그 당시 택시 등 탈것을 찾았으나 단서가 없었다.

이마니시는 범인이 걸어서 가까운 아지트로 가, 거기서 피 묻은 옷을 벗었다고 추측했다. 그것은 범인이 가마타 가까이에 거주하지 않는다는 입증도 되었다. 대개 범행을 계획할 경우, 자기가 사는 근처로 피해자를 불러들이진 않는다. 되도록 자기 얼굴이 알려지지 않은 먼 곳에서 범행하는 것이 보통이었다. 따라서 가마타 역을 범인이 범행 장소로 택했다면, 범인은 그보다 훨씬 먼 곳에 거주하고 있다고 추정할 수 있다. 그러나 까다로운 것은 범인이 현장 가까운 곳에서 옷을 갈아입지 않았느냐 하는 점이었다. 그러자면 여간 친한 사람의 집이 아니면 그런 행동을 할 수 없을 것이다. 이마니시는 이런 점에서 가마타 부근에 살고 있는 범인의 정부를 생각했었다. 그 증거는 나루세 리에코가 피 묻은 스포츠 셔츠를 가위로 잘게 오려, 밤 기차에서 뿌려 증거를 인멸한 것으로 알 수 있었다. 그녀는 분명히 범인과 밀접한 연락이 있었다. 나루세 리에코가 이마니시의 집 근처에 있는 아파트로 이사 온 것은 사건이 일어난 후였다.

이마니시는 자기 집으로 돌아가던 길에 아파트 앞에 이삿짐이 와 있던 것을 기억하고 있었다. 당시 이웃의 소문에는 여자 연극배우가 이사왔다고 했다. 그러나 그녀는 전위극단의 직원이었다. 이마니시는 문제의 여자가 바로 이웃에 살고 있었다는 것이 얄궂었다. 그녀는 이전하기 전에 어디에 거주했을까? 아파트 관리인에게 물었으나 잘 모른다고 했다. 그녀의 전 주소를 알고 싶었다. 이마니시는 나루세 리에코의 전 주소지가 가마타 역에서 멀지 않은 곳에 있다고 상상했다.

이 의견에 의해 당시 관할서에 있던 요시무라 형사는 나루세 리에코의 사진을 가지고 관내를 이 잡듯이 뒤지고 다녔다. 물론 그뿐이 아니었다. 수사본부가 있을 때여서, 다른 형사들도 팔방으로 퍼졌었다. 각 파출소 순경에게도 담당구역을 찾게 했다. 그러나 모두 헛수고였다. 그 뒤로도 나루세 리에코의 전 주소를 파악하지 못했다.

"요시무라, 우리는 잘못 생각하고 있었어. 나루세 리에코는 실연하고 자살했어. 이것은 틀림없어. 그러니 우리는 그 상대를 잘못 알았던 거야."

"그렇군요."

"이렇게 된 이상, 다시 한 번 사건 당시의 나루세 리에코의 주소를 조사해 보자구. 그녀의 사진은 자네가 있는 경찰서에 보관되어 있겠지?"

"있습니다."

"한번 조사했지만 어딘가 빠졌어. 나는 아직도 그녀의 전 주소지가 가마타에서 걸어서 20분 이내의 거리에 있다고 봐. 범인은 조차장에서 범행을 하고, 그 아지트까지 걸어갔어." 이마니시는 담배를 피우며 계속했다. "오래 걷다가는 아무래도 남의 눈에 띄게 돼. 피로하기도 했을 테지만, 범인에게는 그런 위험도 있었어."

"그렇군요. 알았습니다. 다시 한 번 조사해 보지요. 이번에는 가마타를 중심해서 도보로 20분 이내의 거리를 중점적으로 조사해 보겠습니다."

사건 후 철저히 조사했던 일이었다. 그때도 찾지 못했는데 이번에라고 찾을 수 있을지…… 그러나 상황은 새롭게 변했다. 요시무라는 경찰서로 돌아가 수사과장에게 보고하고 재조사를 진언할 것을 이마니시에게 약속했다.

"사건 후 별로 시일이 지나지 않은 그때도 단서가 없었는데, 지금에 와서는 재조사가 상당히 곤란할 것 같습니다. 그러나 해 보겠습니다."

"그래 줘. 먼저 조사한 것은 말소해 버리고, 처음 하는 일이라고 생각해. 꼭 부탁해."

2

그로부터 사흘째 되던 날, 요시무라에게서 중간보고가 있었다.

"아무래도 생각대로 되지 않습니다." 요시무라는 어두운 표정이었다. "저희 수사과장도 이마니시 씨 이야기를 듣고 몹시 관심을 보이는 것 같았습니다. 그 사건이 미해결인 채로 돼 있어, 지금까지 뒷맛이 개운치 않았는데 말입니다. 이번에 다시 전담 수사반을 만들었습니다."

"그거 고맙군." 이마니시는 만족했다. 이쪽에서 아무리 안달복달해도 현지에 있는 경찰서가 무성의하면 성공할 가망이 없었다.

"다만 신문 기자들이 뭔가 하고 달려들기 시작해서 좀 어려운 점도 있긴 합니다."

"신문 기자들에게는 절대로 모르게 해."

"물론 그렇게 노력하는데 신문 기자들은 워낙 눈치가 빠르니까요. 경찰서 내 공기가 조금만 이상하다 싶으면 착 달라붙어서 떨어지지 않습니다. 저보고도 말해 달라고 끈질기게 물고 늘어집니다."

"곤란한데……"

"아니, 걱정 마십시오. 어떻게 속이고 있으니까요. 그보다도 이마니시 씨, 이대로 가다간 당분간 단서가 없겠습니다."

"나도 그렇게 간단히 나타나리라고 생각하지는 않아."

"전에 한 번 경험이 있는데, 전망이 흐립니다. 사진을 들고 저와 세 사람이 나누어 돌아다니고, 각 구역을 담당한 파출소 순경에게도 협력을 부탁해 놓았습니다."

"지금 어느 정도까지 진척됐나?"

"가마타 역을 중심으로 해서 반경 2킬로미터 이내에는 거의 완료했습니다."

"수고하는군. 이것은 내 직감인데, 범인은 가마타 역 동쪽에 사는 것 같진 않아. 북쪽이나 서쪽이 수상한 것 같아." 이마니시는 잠깐 생각한 다음에 말했다.

이마니시는 이 사건이 일어난 직후, 범인의 아지트를 가마타 역에서 뻗어있는 두 지선, 즉 메카마선과 이케가미선 연변이라고 추정하고 조사한 적이 있었다. 이마니시는 지금도 그 두 연선을 체념하지 않았다. 아직 미련이 남아 있었다.

"가마타 중심이라고 하면 대단히 넓은데, 나는 이 두 연선 쪽이 중요한 것 같아. 범위를 넓혀가는 것도 좋지만, 이 두 연선을 중점적으로 조사해 보는 게 어떨까?"

"이마니시 씨는 처음부터 그랬지요." 요시무라도 그걸 알고 있었다. "하여간 해 보겠습니다. 오늘은 별로 반가운 이야기가 아니어서 이만 실례하겠습니다."

"그래, 좋은 소식 기다릴게."

"그 사이에 무슨 일을 하실 겁니까?"

요시무라는 이마니시가 멍하니 기다릴 사람이 아니라는 걸 알고 있었다.

"그저 뭐⋯⋯." 이마니시는 웃었다. 그는 요시무라와는 다른 간단한 일이 있었다.

그러나 이마니시의 가장 큰 희망은 가마타 경찰서에서 나루세 리에코의 전 주소지를 찾아내는 것이었다. 이마니시도 그것이 쉬운 조사가 아니라는 것을 알고 있었다. 이미 전에도 해 본 일이었다. 그때도 성과가 없었는데, 시일이 지난 이때 곧 성과가 오르리라고 생각되지는 않았다. 그러나 이것이 사건 해결의 중대한 열쇠였다. 그 당시와 비교한다면 여러 가지 사실을 알았다. 데이터가 쌓이면 쌓일수록, 오히려 나루세 리에코의 전주소지의 중요성을 증가시켰다.

그 뒤에도 요시무라로부터 중간보고가 있었으나, 역시 비관적이었다. 이마니시는 자신의 육감으로 가마타 역에서 나간 두 지선, 이케가미선과 메카마선 연변에 중점을 두고 있었다. 요시무라에게도 그렇게 말해 두었는데, 요시무라의 보고는 이마니시의 지시에 충실했다. 그런데 발견하지 못했다.

유일한 단서는 나루세 리에코의 사진 한 장이었다. 이것을 들고 수사관들은 뛰어다니고 있었다. 만약 그녀가 혼자 생활을 했다면 아침저녁 출퇴근 시간이나, 이웃에 가서 물건을 살 때나, 아니면 집주인이라도 반드시 얼굴을 본 사람이 있어야 한다. 조사는 거기에 중점을 두었는데, 아직 그녀를 본 사람이 나타나지 않았다. 이마니시는 초조했다. 일의 형편이 웬만하면 자기 자신이 그 사진을 들고 한 집 한 집 찾아다니고 싶은 심정이었다.

어느 날 아침이었다. 이마니시가 집에서 신문을 보고 있는데, 문화면 구석에 다음과 같은 보도 기사가 있었다.

작곡가 와가 에이료 씨는 이번에 미국 록펠러 재단 초청으로 도미할 것이 결정되었다. 와가 에이료 씨는 이 달 30일 팬아메리칸기

로 하네다를 떠나 당분간 뉴욕에서 체재한다. 그는 약 3개월 예정
으로 미국 여행을 떠나는데, 그간 각지에 그가 작곡한 전자 음악을
공개한다고 한다. 그 후 그는 유럽 각지를 순방, 각국의 전자 음악
을 시찰할 예정이다. 일본에는 4월 말에 귀국할 예정. 그 직후에
그는 약혼 중인 다도코로 농림부 장관의 영애 사치코 양과 결혼식
을 하게 된다.

이마니시는 이것을 두 번 읽었다. 유능한 젊은이는 연달아 세계를
향해 행동 반경을 넓혀 간다. 이마니시는 눈앞에 언젠가 동북 지방의
우고 가메다에서 본 누보 그룹의 얼굴들이 떠올랐다.

이마니시가 우울한 얼굴로 경찰청에 출근하니, 요시무라가 와 기다
리고 있었다.

"되게 빠르군."

"예."

요시무라는 얼굴에 피로한 기색이 있었다. 이마니시는 그 표정을
보고, 마침내 조사가 성공하지 못한 것을 알았다.

"틀렸는가?"

두 사람은 현관 옆 홀에 섰다.

"네, 찾지 못했습니다." 요시무라가 고개를 숙였다. "수사과장도
힘을 써 주었는데……."

"조사를 시작한 지 며칠쯤 됐는가?"

"벌써 일주일 가깝습니다. 조사할 만한 곳은 거의 조사했다고 봅니
다."

"그런가?" 이마니시는 팔짱을 꼈다.

가마타 경찰서는 만전을 기했을 것이다. 그것은 이마니시도 알았
다. 그러나 이렇게 찾아도 나루세 리에코의 주소를 알 수 없다면 대

체 그녀는 어디에 있었을까? 잘못 짐작했을까? 가마타 부근에 살았을 거라는 추정, 두 지선 연변에 거주했을 거라는 추정, 이것이 전부 틀렸다는 말인가? 아니다, 그렇지 않다. 범인은 피 묻은 옷으로 현장에서 도주했다. 물론 택시도 타지 못했을 것이다. 범인은 밤 12시가 넘은 어두운 길을 그 아지트까지 걸었을 것이다.

이 경우, 일단 자가용을 생각할 수도 있으나, 그것은 이마니시가 염두에 두지 않았다. 가마타 부근과 두 철로 연변이라는 추정이 틀리지 않았다면, 그녀는 이마니시가 알아차리지 못한 맹점 속에 살고 있었던 것일까?

"요시무라, 여러 가지로 수고했어."

"아닙니다. 조금도 성과가 오르지 않아 죄송합니다."

"아냐, 그런 일로 기가 꺾여서는 안 돼. 끝까지 힘을 내는 거야."

"예."

"아직도 우리 힘이 모자라는 데가 있는 거니까 용기를 내 줘."

"예."

"이렇게까지 온갖 방법을 다해 주었으니, 이번 조사에는 빠진 데가 없었다고 봐. 그러니까 이것은 틀림없이 우리가 알지 못하는…… 뭐랄까, 구멍이 뻥 뚫린 데가 있는 듯해."

"……."

"요시무라, 한편으로 보면 이번 조사도 헛일은 아니었어. 왜냐하면 범인의 아지트가 보통 집에는 없다는 증명이 됐으니까. 그렇지? 그렇다면 우리 생각도 자연히 다른 곳으로 한정하게 돼. 범위가 좁아진 거야. 그러니까 헛일은 아니었어."

이마니시는 요시무라를 위로했다.

"이마니시 씨가 그렇게 말씀하시니 저도 마음이 놓입니다. 말씀대로 어디에 맹점이 있었는지 모릅니다."

"음, 우리 좀더 생각해 보자구."

"예, 그러겠습니다."

요시무라도 기운을 되찾은 듯했다.

"그럼 수사과장님께 말씀 잘 전해 줘."

"그러겠습니다."

이마니시는 젊은 동료를 현관 밖까지 배웅했다. 요시무라가 밝은 전차길을 건너갔다. 이마니시는 방으로 돌아왔다. 그리고 찜찜한 얼굴로 차를 마셨다.

나루세 리에코는 어디서 범인과 연락을 취했을까? 나루세 리에코는 전위극단의 직원이었다. 극단은 아오야마 쪽에 있다. 그러니까 그녀도 어느 하숙집이나 아파트에서 통근하고 있었다. 그런데 그녀가 자살한 후, 이마니시가 극단 사무실로 조사를 갔을 때, 극단에 있는 사람들도 그녀가 어디서 통근했었는지를 몰랐다. 그리고 전차나 버스 정기권도 가지고 있지 않았다고 했다. 거기에 나루세 리에코의 비밀이 있었다. 보통이라면 정기권을 사 가지고 사무실에 통근했을 것이다. 그런데 그녀는 일일이 현금으로 표를 샀는지 회수권을 사용했는데, 보통 통근 방법은 아니었다. 그녀는 극단의 직원 사이에서도 외톨이였다. 교제도 전혀 없었다.

성격은 매우 순진하고 얌전했지만 자기 주소만은 완고하게 아무에게도 가르쳐 주지 않았다. 나루세 리에코가 이마니시 집 근처에 있는 아파트에서 자살했을 때 극단 관계자들이 비로소 그녀의 집 주소를 알았을 정도였다. 그러니 그 전 거주지도 모를 수밖에……. 그녀는 물론 극단에 주소를 알려 놓았다. 그러나 그 주소는 그녀가 극단에 취직할 당시의 것으로, 나중에 조사해 보니 친구 집 주소였고, 그 후 일 년쯤 뒤에 그곳에서 나갔다고 했다. 그 친구도 이사 간 집을 몰랐다. 어쨌든 자기 주소에 관해서는 이상할 정도로 비밀에 싸인 여자였다. 그녀는 전위극단에 근무하기 시작해서 4년 뒤에 자살한 것이다.

이마니시는 그것으로부터 그녀의 연애 관계를 상상했다. 즉, 친구의 집에서 나온 시기가 애인이 생겼을 때라고 생각했다. 거꾸로 말하면 그녀가 아무에게도 알리지 않은 집이 범인의 아지트였던 것이다.

그러나 가마타 경찰서가 조사한 범위로 모른다면, 이것은 달리 손쓰지 않으면 안 되었다. 그렇게 되면 범위가 방대해진다. 조사가 아주 곤란해진다고 보아도 좋았다. 그러나 이마니시는 희망을 버리지 않았다. 나루세 리에코의 연인 이름을 아는 사람이 있었다. 죽은 미야타 구니오였다. 미야타 구니오는 그 이름을 이마니시에게 말하기 직전에 급사했다.

이마니시는 요시무라의 보고를 받은 이날, 바로 집으로 돌아가지 않고 전차를 타고 아오야마로 향했다. 전위극단 사무실은 외원(外苑) 입구 가까이에 있었다. 저녁때인데도 사무실 안에 불이 켜져 있었다. 이마니시가 들어가 보니, 세 사람의 직원이 책상에서 포스터와 입장권을 정리하고 있었다.

이마니시를 아는 직원이 있었다. "어서 오십시오." 그 직원은 이마니시를 좁은 응접실로 안내했다.

"요전에는 매우 신세를 졌습니다."

이마니시는 레인코트를 벗고 앉았다.

"어떻습니까? 그 후 나루세 씨의 전 주소는 알았습니까?"

직원은 마침 좋은 손님이 왔다는 듯이 일을 떠나 담배 한 개비를 피워 물고 거꾸로 질문했다.

"아직 확실하지가 않습니다." 이마니시도 담배에 불을 붙였다. "그 후 이쪽에서도 알아 내지 못했겠지요?"

"전혀 모릅니다. 저도 신경쓰고 있었습니다만……."

그 직원이 대답했다.

이마니시는 직원과 잠시 잡담을 했다. 그 일로 왔으니 바로 돌아갈 수는 없었다. 여기서도 나루세 리에코의 주소를 알아내기는 틀렸다고 생각했으나, 그래도 나중 일을 생각해 매정하게 돌아갈 수는 없었다.

"왜 경찰청에서는 나루세 씨의 전 주소지를 찾고 있습니까?"

직원은 이상하다는 얼굴을 했다. 극단에서는 나루세 리에코와 가마타 조차장 살인 사건이 관련되어다는 사실을 꿈에도 알지 못했다.

"아니, 좀 사정이 있어서요." 이마니시는 얼버무렸다. "나루세 씨는 자살을 했지만, 병사가 아니니까 일단 변사로 보는 겁니다. 그래서 참고로 그녀의 사정을 잘 알아 두자는 거지요."

"아아, 그렇군요. 그렇게까지 쫓기게 되면 함부로 자살도 못하겠군요?"

"그렇고말고요." 이마니시가 대답하는데 먼 곳에서 외치는 소리가 들렸다. "뭡니까, 저 소리는?"

이마니시는 귀를 기울였다.

"아아, 저 소리 말입니까? 지금 연습장에서 다음에 공연할 작품을 연습하고 있습니다."

"아아, 그렇군요."

"어떻습니까? 시간이 있으시면 잠깐 들여다보지 않으시겠습니까?"

이마니시는 연극을 본 일이 없었다. 젊었을 때, 매립지 가설극장에서 본 정도였다. 이 극단은 이름 그대로 가장 진보적인 연극을 상연하는 것으로 정평이 나 있었다.

"그럼 잠깐 들여다볼까요? 그런데 저 같은 사람이 가면 방해가 안될까요?"

"상관없습니다. 무대 연습이라고 해도 모두 의상을 입고 하니까요. 진짜 연극을 보는 것과 조금도 다름이 없습니다. 관람석 같은 데가 있으니, 거기 앉아 계시면 아무도 모릅니다."

"그럼 실례할까요?"

"안내하겠습니다."

직원이 사무실 문을 열고 이마니시를 안내했다. 복도가 있는데, 바로 막다른 곳에 또 하나의 문이 닫혀 있었다. 직원은 그 문을 살짝 열었다. 이마니시는 따라갔다.

무대에서 나오는 음성이 한꺼번에 들렸다. 많은 사람이 조명 속에서 움직이는 모습이 갑자기 눈에 비쳤다. 직원은 이마니시를 어두운 벽 쪽에 늘어놓은 의자 앞으로 안내했다. 그 외에도 내댓 사람이 어둠 속에서 담배를 피우기도 하고, 팔짱을 끼기도 하고, 다리를 포개기도 하며 무대를 보고 있었다.

무슨 제목의 연극인지 모르지만 무대는 공장 한 모퉁이인 듯, 직공으로 분장한 사람들이 많이 모여 있었다. 그들은 같은 제복을 입은 한 남자를 둘러싸고 의논하고 있었다. 보고 있으니, 무대 아래에 있는 감독이 가끔 대사 도중에 연출상의 주의를 주고 있었다.

이마니시는 무대를 응시하고 있었다. 진짜 연극을 보는 것과 다름이 없었다. 매우 박력이 있었다. 내용은 잘 모르지만, 이 공장이 파업을 하느냐 안 하느냐로 노동자들이 의논을 하는 장면이었다. 모두 제복을 입고 있었다. 스무 사람 정도가 무대에서 움직이고 있었다.

이마니시는 구경하면서 이만한 의상을 갖추려면 큰일이겠구나 하고 생각했다. 그리고 그는 극의 진행을 바라보다가 중간에서 갑자기 눈을 반짝였다. 그는 눈으로만 연극을 보고 있을 뿐이고, 생각은 다른 곳을 달리고 있었다. 그는 어두운 장소에서 일어나 살짝 문을 열고 복도로 나왔다. 사무실로 돌아오니 직원들은 여전히 포스터 같은 것을 발송할 준비를 하고 있었다.

"어땠습니까?"

안내해 주었던 직원이 이마니시를 돌아보았다.

"아주 재미있었습니다." 이마니시는 싱글벙글 대답했다.

"그것 다행입니다. 끝까지 천천히 보시지 그러셨어요?"

"고맙습니다."

"저건 이번에 우리 극단에서 처음 상연하는 극으로, 공들인 작품입니다. 상연 전 평판도 매우 좋은 것 같습니다."

"그렇습니까? 모두 열연하시더군요. 잠깐 여쭤 보고 싶은 것이 있는데요? 지금 보니 꽤 많은 의상이 필요하군요?"

이마니시는 그 직원 옆에 서서 작은 소리로 말했다. 직원은 하던 일을 멈추고 이마니시 옆으로 왔다.

"그렇습니다. 의상을 만드는 것도 큰일이지요."

"공연이 끝나면 그 의상을 보관해 두십니까?"

"대부분은 보관합니다."

"그럼, 당연히 그것을 관리하는 분도 계시겠군요?"

"예, 있습니다."

"미안하지만 그분을 잠깐 만날 수 없을까요?"

"의상 담당 직원 말입니까?"

"예, 조금 물어보고 싶은 게 있습니다."

"그럼, 잠깐 기다리십시오. 지금 있는지 보고 오겠습니다."

직원은 다시 나갔다. 이마니시는 거기서 한참 담배를 피우며 기다렸다. 나루세 리에코는 이 극단 직원이었으니, 극단 내부 사정도 자세히 알고 있었겠지. 말할 것도 없이 극단 사람 모두와도 아는 사이였을 테고. 이마니시는 직원이 돌아오기를 기다리는 사이에도 상상의 날개를 폈다. 직원이 돌아왔다.

"있습니다. 지금 그 사람이 퇴근 준비를 하고 있습니다."

"그것 다행이군요. 잠깐만 만나고 싶습니다. 5분이나 10분쯤만…

…"

이마니시는 담배를 버렸다.

"안내해 드리지요." 직원이 이마니시를 안으로 데리고 갔다. "이분이 의상 관리를 하고 계십니다."

직원이 소개한 사람은 35, 6세쯤 된 뚱뚱한 여자였다.

"돌아가시려는데 미안합니다." 이마니시는 머리를 숙여 인사했다. 그녀는 이미 코트를 입고 돌아갈 채비를 하고 있었다.

"무슨 말씀을 물으시려는데요?"

키가 작은 그녀는 이마니시를 올려다보았다.

"엉뚱한 걸 묻겠습니다. 지금 무대에서 연습하는 것을 구경하고 있었는데요, 그 많은 의상을 전부 혼자 관리하십니까?"

"네, 그런데요?"

"대단한 숫자인 것 같은데, 가끔 분실하는 일도 있겠지요?"

"아뇨, 그런 일은 여간해서 없어요."

"여간해서? 그럼 때로는 분실하는 일도 있다는 말씀이시군요?"

"네, 거의 없는 일이지만 그래도 한두 가지 모자라는 때가 있어요. 하지만 그런 일은 일 년에 한 번 정도예요."

"예, 그건 당신의 관리가 철저하기 때문이겠지요. 그러나 불가항력이라는 일도 있겠지요. 아무리 조심해도 엄청난 숫자이니까요."

"네, 하지만 그것도 제 책임이 된답니다."

"예에, 그런데 지난 봄쯤, 남자용 의상이 없어졌던 일은 없었습니까?"

그녀는 이마니시가 꽤 구체적으로 말하자 약간 놀라는 표정을 지었다. "네, 한 번 있었어요."

"그래요? 언제쯤이었습니까?"

"5월부터 가와무라 도모요시(川村友義) 선생님의 '피리'라는 연극을 상연했었지요, 그때 남자용 레인코트 하나가 어디 갔는지 통 알 수 없었던 일이 있어요."

"레인코트? 그게 언제쯤입니까?"

"그 공연은 5월 내내 했는데, 아마 5월 중순경에 없어졌던 것 같습니다. 아무리 찾아도 없기에 제가 급히 다른 것으로 채워 놓은 일이 있어요."

"미안하지만 그것이 5월 며칠인지 정확히 알 수 없을까요?"

"기다리세요, 그거라면 제 근무 일지를 보면 알 수 있어요." 그녀는 급히 자기 방으로 돌아갔다.

"역시 없어지는 일도 있군요."

이마니시는 그 사이 직원과 이야기했다. 그러나 늘쩡거리는 그 말투와는 달리 그의 가슴은 두근거렸다.

"알았어요." 의상부 직원은 곧 돌아와서 말했다. "5월 12일에 없어졌어요."

"5월 12일요?" 이마니시는 '됐다'고 생각했다.

"그래요, 12일에 다른 레인코트를 찾아 채워 놓았어요."

"그럼 11일까지는 있었습니까?"

"네, 11일에는 이상이 없었어요, 수대로 정확히 있었어요."

"11일은 몇 시에 공연이 끝났습니까?"

"오후 10시였을 거예요."

"장소는?"

"시부야에 있는 도요코 홀이었어요."

이마니시는 다시 흥분했다. 시부야와 고탄다는 가까웠다. 고탄다에서 가마타까지는 이케가미선이 있다. 그리고 메구로는 더 가까웠다. 메구로에서 가마타까지 메카마선이 있었다.

"그 레인코트는 어떤 색이었습니까?"

"조금 짙은 쥐색이었어요." 여기까지 말하고 의상부 직원은 이상하다는 얼굴을 했다. "전 도난 신고를 하지 않았는데, 그게 잘못되었나요?"

"아니, 그게 아닙니다. 도난 신고와는 관계없습니다." 이마니시는 미소 지었다. "도난 신고라고 하셨는데, 그것을 도난당하셨습니까?"

"아뇨, 확실히 그렇다고 단정할 수는 없어요. 하지만 분실한 것은 확실해요."

"그것은 분장실에 보관했습니까?"

"네, 그래요. 공연이 끝나면 의상 창고에 보관하는데, 공연 중에는 분장실에 둬요."

"이상하군요. 분장실에 도둑이 드는 일도 있습니까?"

"네, 하지만 낡아빠진 레인코트 하나를 가져가는 도둑은 없겠죠. 돈을 잃은 일은 있어요."

"그 옷이 없어졌다는 사실을 안 것은 12일이었군요? 즉, 11일 밤에는 레인코트가 있어 무사히 연극을 했고, 그 다음 날인 12일에 연극을 시작하기 전에 분실한 사실을 아신 거군요?"

"그래요. 크게 당황했는데, 어쨌든 채워 넣기는 했어요. 미야타 씨는 키가 커서 긴 레인코트를 찾는 데 애먹었어요."

"예? 미야타?" 이마니시는 무심결에 큰 소리를 냈다. "그 레인코트가 미야타 씨의 의상이었습니까?"

"네." 이마니시가 큰소리를 내는 바람에 여자가 놀랐다.

"그런가요? 미야타 씨라면 미야타 구니오 씨 말이겠지요?"

"그래요."

이마니시는 숨결마저 가빠졌다.

"미야타 씨는 자기가 입을 레인코트가 없어진 것을 알고 뭐라고 말하던가요?"

"'곤란한데, 곤란한데' 하고 불평을 하더군요. 그리고 저보고 빨리 어떻게 해 달라고 부탁했어요. 어젯밤에 틀림없이 있었는데 이상하다고 몇 번이나 고개를 갸웃거렸어요."

"잠깐, 그때 미야타 씨는 공연 마지막까지 있었습니까?"

"네, 그 레인코트를 입는 장면이 마지막에 나와요."

이마니시는 팔짱을 끼었다. 미야타 구니오의 죽음이 이마니시에게 갑자기 크게 다가왔다.

"여기에 나루세 리에코라는 여직원이 있었지요? 자살했습니다만."

"네, 잘 알고 있어요."

"이런 걸 물어서 뭣하지만, 미야타 씨와 나루세 씨와 친했습니까?"

이마니시가 의상부 직원에게 물었다.

"글쎄요, 특별히 친했다고 할 수는 없겠지만, 미야타 씨는 나루세 씨를 좋아하는 듯했어요."

그것은 이마니시도 전에 들었다. 이마니시는 미야타 구니오가 나루세 리에코에게 연정을 품고, 아파트 아래에 서 있던 것을 목격했다.

"그날 밤 미야타 씨는 연극이 끝나고 바로 돌아갔습니까?"

"글쎄요, 그건 저도 모르겠는데요. 하지만 그분은 연극이 끝나면 대개 혼자 돌아가는 듯했어요. 별로 술도 않고, 친구도 적은 듯했어요." 의상부 직원은 웃었다.

"나루세 씨와는 어땠습니까?"

"저는 잘 몰라요. 그건 사무실 사람들이 잘 알고 있겠지요."

그녀는 옆에 있는 직원을 돌아보았다.

"글쎄요……" 하고 직원은 고개를 갸웃했다.

"며칠에 곧장 귀가했느냐고 날짜를 지적해서 물으시면 기억이 없지만, 나루세 씨는 아주 착실한 사람이어서 늘 끝까지 일을 마치고 갔습니다. 조퇴하는 일이 없었습니다."

"여기에는 타임레코더 같은 것이 없습니까?"

"그런 것은 없습니다."

이마니시가 알고 싶은 것은, 5월 11일 밤 나루세 리에코가 도중에 외출하지 않았나 하는 점이었다.

"나루세 씨가 하던 일은 중간에 잠깐 빠질 수도 있는 일입니까?"

"그야 할 수 있습니다. 그 사람 임무는 연극이 끝난 뒤의 총정리니까요. 상연 중에는 별로 바쁘지 않을 겁니다." 직원은 말했다. "그러나 나루세 씨는 그런 행동을 하는 법이 없었습니다. 언제나 공연 장소에서 떠나지 않는 사람이었습니다."

"그때 공연장소가 도요코 홀이라고 하셨지요? 그러니까 당연히 나루세 씨도 도요코 홀에 있었겠군요?"

"그렇습니다. 그것은 틀림없었습니다." 이것으로 알 것은 다 안 것 같았다. "여러 가지 귀찮은 질문을 했습니다."

이마니시는 두 사람에게 머리를 숙였다. 그러나 뜻밖의 수확이 있었다. 무대용 의상인 레인코트 하나가 분실되었다. 그 사실을 5월 12일에 발견했다. 그러니까 분실한 것은 11일 공연이 끝난 직후라고 볼 수 있었다. 11일은 가마타 살인 사건이 있었던 날이다. 공연 종료는 오후 10시였다. 가마타 조차장에서 피해자가 살해된 시간은 12시부터 1시 사이로 추정되었다. 가해자가 피 묻은 옷 위에 레인코트를 덮어 입었다면 아무에게도 의심받지 않았을 것이다. 택시도 유유히 탈 수 있었을 것이다. 그 레인코트는 미야타 구니오가 무대에서 입는 것이었다. 그런데 그 미야타는 나루세 리에코에게 호의를 갖고 있었다. 그리고 나루세 리에코는 어떤 사람에게 열렬한 애정을 갖고 있었다. 이제 실마리를 찾았다.

이마니시는 머리에 아직도 그 글이 남아 있었다.

사랑이란 고독한 사람에게 운명지어진 것일까? 3년 동안 우리의 사랑은 계속되었다. 그러나 쌓아 올려진 것은 아무것도 없다……. 절망이 밤마다 나의 꿈을 채찍질한다. 그러나 나는 용기를 갖지 않으면 안 된다. 그를 믿고 살아야 한다……. 이 사랑은 언제나 나에게 희생을 요구한다. 나는 이 일에 순교자적인 환희마저 갖지 않으면 안 된다. 그는 영원히 사랑한다고 말한다. 그는 내가 살아 있는 한, 나에게 계속 희생을 요구할 것인가?

자살한 나루세 리에코가 써 놓은 노트에 있는 글의 일부분이었다. 이 문장에 확실히 '3년 동안'이라고 나와 있었다. 나루세 리에코가 전위극단에 근무하기 시작한 것은 4년 전부터였다. 맨 처음 극단에 알린 주소에서 다른 곳으로 옮긴 것이 1년 뒤였다. 말하자면 그녀는 3년 동안 비밀로 하고 있는 주소가 있었다. 이마니시는 추정에 확실한 자신이 생겼다.

노트에 적힌 글은 나루세 리에코가 평소에 느낀 감상이라고 볼 수도 있고, 유서라고 볼 수도 있었다. 이 글 속에는 연인의 이름이 없었다. 자기의 마음을 자기에게 호소한 글이었다. 나루세 리에코는 신중한 여자였나 보다. 이 노트만 보아도 남의 눈에 띄는 경우를 염려해 연인의 이름을 쓰지 않았을 것이다. 그녀 자신을 위해 그러지 않았다. 상대방에게 폐가 될 것을 염려한 배려였다.

'이 사랑은 언제나 나에게 희생을 요구한다.'

그녀는 이렇게 썼다. 그리고 실제로 희생이 되었다. 애인을 위해 극단 의상을 훔쳐 내 애인이 기다리는 곳으로 가져갔다. 그리고 피묻은 셔츠를 애인을 위해 작게 오려서 뿌린 사람도 그녀였다. 그녀는 법에 저촉되는 행위를 해도 후회가 없었다.

'나는 이 일에 순교자적인 환희마저 갖지 않으면 안 된다.'

이마니시는 지금까지 잘못 알고 있었던 것이다. 그녀의 애인을 잘 못 알고 있었다는 것만이 아니었다. 그녀가 아지트를 가지고 있었다는 추정도 큰 실수였다. 가마타 역을 중심으로 조사해도 그 비밀 집을 찾아 낼 수 없었던 것은 당연했다. 그런 것은 처음부터 존재하지 않았던 것이다.

이마니시는 차근차근 상상해 보았다.

어느 남자가 살인을 결심했다. 그는 자기 옷에 피가 묻을 것을 미리 알았다. 그대로는 택시를 탈 수 없을 것이다. 그는 범행 전 공중 전화로 도요코 홀에 있는 전위극단에 전화를 걸었다. 늦은 시간이었으나 그녀는 아직 남아 있었다. 그는 그녀에게 위에 입을 옷을 가져 오도록 했다. 장소는 지시했다. 그녀는 순간적으로 무대 의상인 레인 코트를 훔쳤다. 그것은 미야타 구니오가 입은 의상이었다. 어쩌면 그녀는 미야타에게 몰래 그것을 갖다 달라고 부탁했는지도 모른다. 그렇다. 틀림없이 그랬을 거다. 그러지 않고서야 아무리 레인코트 하나라도, 자기 극단의 물건을 훔친다는 것은 그녀의 양심이 허락지 않았을 것이다. 시부야에서 현장까지는 택시로 가면 시간이 얼마 안 걸린다. 전차를 탄다 해도 고탄다나 메구로에서 갈아타면 된다. 그녀는 어두운 곳에 서서 기다리는 연인을 만나 그 레인코트를 넘겨주었다.

4

이마니시는 범인이 살인을 한 날 밤에 어떻게 행동했는지 대개 짐작할 수 있었다. 범인은 가마타 부근에 아지트를 가지고 있지 않았다. 여자는 있었으나 연락 장소가 집이 아니었다. 이마니시는 오랜 수수께끼가 비로소 풀렸다고 생각했다. 꽤나 시간과 수고를 필요로 했다. 그러나 그대로 미망 속을 방황하기보다 늦게나마 아는 편이 훨씬 낫다. 그래도 이마니시는 모르는 일이 많았다. 아니, 중요한 점을 통 파악할 수 없었다.

이마니시는 우선 그런 대로 자기 생각을 요시무라에게 전했다.

"정말 그렇군요, 좋은 점에 착안하셨습니다. 과연 이마니시 씨이십니다." 요시무라도 공감했다. 이번 수사에서 제일 마음을 쓰는 사람이 이 젊은 동료였다.

"그렇게 말하지 마. 이걸 단번에 알 수 있었다면 칭찬받을 만하겠으나 빙빙 돈 끝에 겨우 알아냈으니⋯⋯." 이마니시는 멋쩍었다.

"아니, 그렇게라도 고생한 보람이 있었습니다. 역시 그런 수가 있었군요."

가해자의 범행은 간단했다. 피해자를 돌로 마구 쳐 죽인 단순한 범죄였다. 그런데 그 다음이 좋지 않았다. 범인은 자기의 피묻은 옷을 가릴 의복을 여자를 시켜 가져오게 했는데, 그는 뒤에 어떻게 했을까? 그 직후의 행동에 대해서만이 아니었다. 그 범죄가 행해진 뒤, 세 사람이나 죽었다. 이마니시는 가마타 조차장 살인 사건의 그림자를 이 세 사람의 죽음에서 찾고 있었다.

이튿날 3시경, 이마니시는 공복을 느꼈다. 경찰청 식당은 1층과 5층에 있었다. 1층은 형사들을 위해 실용적인 식당으로 되어 있고, 5층은 말하자면 찻집과 같았다. 여기서는 싼 커피나 주스 외에 과자나 아이들 선물 따위를 시중 가격보다 싸게 팔았다. 이마니시는 일이 일단락되어 5층으로 올라갔다. 다른 사람의 배도 마찬가지인지 이 시간에는 꽤 손님이 있었다.

이마니시는 커피와 카스텔라를 주문하고 자리에 앉았다. 바로 옆자리에 보안과 사람들이 있었다. 이마니시는 안면이 있으나 서로 이야기를 나눌 만큼 허물없는 처지는 아니었다. 경찰청 직원이 아닌 사람이 둘 섞여 있는데, 방범 협회 사람들 같았다. 대여섯 사람이 모인 자리여서 떠들썩했다.

이마니시는 카스텔라를 먹으며 커피를 마셨다.

"요즘엔 각 가정에서도 상당히 방범 시설을 철저히 하는 모양이던데요." 방범 협회 사람이 말했다.

"역시 경찰청의 홍보가 상당히 주지된 것으로 생각됩니다."

이마니시는 카스텔라와 커피를 번갈아 입으로 날랐다.

형사 생활을 하노라면 괴로운 일이 많다. 추운 겨울의 철야 신문, 여름 밤 모기에 물리며 밤새도록 하는 잠복근무, 하나의 물건을 가지고 온 시내를 10여 일씩이나 걸어 다니며 하는 증거 확인……, 그런 바쁜 때를 생각하면 요즘은 천국에 있는 것 같았다.

"시민의 가장 골칫거리는 빈집을 터는 좀도둑일 겁니다. 그러나 이것도 서로 이웃끼리 집을 비울 때 연락하도록 한 뒤로부터 상당히 달라졌습니다. 도쿄의 서민 생활은 별로 이웃과 왕래가 없는 것이 특징인데, 이것이 도둑맞기 쉬운 원인 가운데 하나입니다. 요즘은 빈집털이도 훨씬 줄어들었습니다." 옆에서 방범과 직원이 말했다.

"현관문 안쪽에 벨을 다는 집도 많아졌어요."

"그것은 심리적으로 효과가 있어요. 다만 앞에만 하지 말고 뒤에도 똑똑히 달아 둘 필요가 있어요. 그런데 정작 뒤에는 해 놓지 않는 집이 많습니다."

"어쨌든 빈집털이는 그걸로 된다고 치더라도 여전히 줄지 않는 것이 강매 상인입니다." 방범과에 있는 형사가 말했다.

"정말 이건 고민거리입니다. 일백 엔짜리 하나를 그냥 준다는 건 모르지만, 뻔히 비싼 줄 알면서 산다는 건 어리석으니까요. 솔직히 말해 주부들은 시장에 가서 겨우 삼십 엔짜리 물건을 사는 데도 진지하니까요."

"식구가 적은 집은 이내 공포심이 앞서, 그만 돈을 내고 말거든요. 그러면 또 강매 상인은 우쭐해서 이번에는 이걸 사라, 저걸 사라고 억지를 부리는 경우도 있거든요. 이웃에 가 도움을 청하려 해도 집을 비운 사이에 또 무슨 짓을 할지 모르고, 모처럼 부르러 가도 강매 상인이란 말을 들으면 이웃 사람들도 꽁무니를 빼거든요. 정말 골치입니다."

"아니, 그런데 말입니다. 최근에 강매 상인을 격퇴하는 좋은 방법이 생겼어요." 한 방범 협회 사람이 웃는 목소리로 말했다.

"그래요? 뭔데요?"

"간단한 장치를 하는 건데요."

이마니시는 이야기하는 쪽을 돌아보았다. 그는 아까 강매 상인이라는 말이 나왔을 때부터 귀를 기울이고 있었는데, 강매 상인 격퇴 장치란 말을 듣고 그의 관심은 갑자기 커졌다.

"그건 말입니다……." 방범 협회 사람이 설명을 시작했다. "먼저 그 효과부터 이야기한다면, 그 장치를 하면 강매 상인이 자연히 기분이 나빠져 살금살금 퇴각한다는 겁니다."

"예? 그게 정말입니까?"

"정말입니다."

상대방은 고개를 끄덕였다. "그거 기발한 생각인데요. 실제로 그런 편리한 장치가 있다면 각 가정에 큰 도움이 되겠네요. 심장이 강한 강매 상인이 기분이 나빠져 도망치다니 재미있는데, 어떤 장치인지 말씀해 보십시오."

이마니시는 옆에서 이야기하는 강매 상인 퇴치법에 비상한 흥미를 가졌다. 보통 퇴치법이 아니었다. 무슨 장치를 해서 강매 상인의 기분을 나쁘게 만든다고 했다. 이것은 요전부터 눈독을 들이고 있는, 어느 집에서 일어났던 일과 똑같지 않은가! 그 때문에 일부러 요시무라 소개로 그 강매 상인까지 만나지 않았던가. 그와 똑같은 이야기가 지금 바로 옆에서 진행되고 있었다. 이마니시는 커피를 마시며 귀에 온 신경을 모았다.

"그 기계는 말입니다. '일렉트릭 강매 상인 퇴치기'라는 겁니다."
방범 협회 사람이 이야기했다.

"일렉트릭…… 흐음, 이름으로 보면 전기 장치군요?"

"아니, 전기제품이 아닙니다. 그것은 높은 소리를 내 상대방의 기
분을 나쁘게 하는 장치라는군요."

"높은 소리라면 이웃까지 쿵쿵 울릴 게 아닙니까?"

"그 높은 소리와는 다릅니다. 저는 그 원리를 잘 모르는데, 소리가
울린다기보다 뭔가 몸에 직접 영향을 주면 묘한 기분이 된다는군
요."

"그런 기계를 어디서 만들고 있습니까?" 방범과 사람이 물었다.

"지금은 어느 기사가 시험적으로 만드는 과정인데요, 이것이 일반
에 보급되면 상당한 효과가 있을 것 같습니다."

그 뒤의 이야기는, 그런 것이 있다면 주부 혼자 있어도 간단히 강
매 상인을 퇴치할 수 있을 테니 얼마나 편리하겠느냐는 식으로 넘어
갔다. 이마니시는 옆자리에 있는 사람들이 일어서기를 기다렸다. 그
들은 5분쯤 있다가 일어섰다. 이마니시는 재빨리 낯이 익은 방범과
형사를 붙들고 속삭였다.

"지금 뭐라든가 하는, 강매 상인 퇴치기 이야기를 한 분은 누굽니
까?"

"그분은 방범 협회에 있는 야스히로(安廣) 씨라는 분입니다. 자전
거 가게를 하고 있지요." 그 형사가 말했다.

"미안하지만 나한테 소개해 주지 않겠습니까? 조금 물어볼 것이
있어 그러는데요."

"그래요? 좋습니다."

방범과 형사는 마침 문간을 나가려던 일행 중 한 사람을 붙들었다.

강매 상인 퇴치기 이야기를 하던, 얼굴이 붉고 키가 작은 사람이었다. 방범과 형사가 이마니시를 그 사람에게 소개했다.

"저는 이런 사람입니다."

이마니시는 명함을 내놓고 "늘 협력해 주셔서 감사합니다" 하고 인사를 했다.

"천만의 말씀입니다."

야스히로라는 사람도 이마니시에게 명함을 주었다.

"실은 조금 전에 언뜻 강매 상인 퇴치기 이야기를 들었는데, 그것에 관해 꼭 알고 싶습니다."

이마니시는 부탁했다. 이마니시가 방범 협회 사람으로부터 들은 그 기술자는 T 무선 기술 연구소 직원이었다. 연구소는 지토세 후나바시에 있었다.

이마니시는 방문에 앞서 연구소에 전화를 걸었다. 그 사람은 하마나카 쇼지(浜中省治)라는 젊은 기사였다.

"낮에는 연구 때문에 바쁘니, 오늘 오후 5시경이나 내일 아침 10시경에 만납시다."

하마나카 기사는 전화로 대답했다. 이마니시는 한시라도 바삐 그것이 알고 싶었다. 저녁때 5시에 연구소로 방문한다고 했다. 이마니시는 용건도 전화로 말했다.

"어디서 그런 말을 들었습니까?"

상대방이 히죽거리는 것을 알 수 있었다.

일단 이렇게 말해 두면 상대방이 자료를 준비하고 기다릴 것이다.

이마니시는 4시가 조금 지나 경찰청에서 나섰다. 경찰청에서 지토세 후나바시까지는 상당히 멀었다. 평상시라면 전차나 버스를 갈아타며 갈 테지만, 이날은 택시를 탔다. 경찰청이 있는 사쿠라다몬에서 아카사카, 시부야를 거쳐 가는 노선이 한창 혼잡한 때였다. 차는 생각대로 달리지 못했다. 목적지인 지토세 후나바시까지는 한 시간 가까이 걸렸다.

연구소는 잡목 숲이 보이는 공터에 있었다. 형식적으로 가시 철망이 둘러져 있고, 하얀 대리석으로 지은 2층 양옥 지붕에는 주발 같은 파라볼라 안테나 (^{미약한 전파도 잘 탐지}_{하는 접시형 안테나})와 무선 철탑이 서 있었다.

이마니시가 접수처로 들어가니 하마나카 씨로부터 통지가 있었는지, 수위 같은 사람이 응접실로 안내했다. 이마니시는 거기서 기다리며 창 밖으로 바라보았다. 상수리나무 숲 가지 끝에 노란 잎이 보였다. 이윽고 문이 열리며 34, 5세가량의 머리카락이 듬성듬성 나 있고 이마가 넓은 사람이 나타났다. 눈이 둥글둥글하고 컸다.

"하마나카입니다."

서로 명함을 교환했다. 하마나카의 직함은 '우편행정 기술관'이었다.

"공무원인데 이 연구소에 나와 있습니다." 하마나카는 자기 신분을 설명했다.

"전화로 말씀드린 대로 방범 협회 사람한테서 '전자 강매 상인 퇴치기'에 관한 이야기를 들었습니다. 하마나카 씨께서 그걸 발명하셨다던데요?"

"아니, 제 발명이랄 것까지는 없습니다." 하마나카는 커다란 눈을 가늘게 뜨고 웃었다. "이론은 간단합니다. 하지만 실용적으로 조립한 것은 제가 처음일지도 모르겠군요."

"그 이론이란 어떤 겁니까? 우리 같은 사람이 잘 알아들을 수 있게 가르쳐 주십시오."

이마니시가 하마나카에게 물었다. 무시무시한 소리를 늘어놓는 강매 상인을 간단한 장치로 바로 물리칠 수 있다면 이 이상의 묘책이 없다.

하마나카 기술관은 얼굴에 계속 미소를 띠고 있었다.

"그건 말입니다, 결국 소리입니다."

"소리?"

"예, 좀 자세히 말씀드린다면 우린 매일 여러 가지 소리 속에서 생활하고 있는데⋯⋯." 하마나카는 쉬운 말을 찾아 가며 말했다. "그 소리에는 음악 같은 것도 있고, 그렇지 않은 잡음도 있습니다. 그중에서 특히 불쾌한 느낌을 가진 소리가 있지요. 이를테면 톱이 내는 찍찍 하는 소리라든가, 유리에 손톱을 세워 긁을 때 소름 돋는 듯한 소리 말입니다. 그런 소리라면 불쾌하지 않겠습니까?"

"그렇군요."

"그것은 음색의 차이로 이러한 불쾌감을 일으키게 되는데, 이 음색은 공기 속을 소리가 물결모양으로 전해지고 있어 파형(波形)이라고 합니다. 이 파형을 주기적으로 보내면 특정한 주파수가 되어, 남이 불쾌하게 느끼는 일이 있습니다. 말하자면 강매 상인 퇴치란 이러한 음감 작용을 이용한 것입니다."

"예에."

이마니시는 이제부터 이론이 어려워진다고 각오하고 다음 말을 기다렸다.

"한 예를 들면⋯⋯" 하고 하마나카 기술관은 싱글벙글하며 계속했다. "10수 사이클의 낮은 주파수 소리를 몇 분간 들었다고 가정합시다. 이 경우 낮은 음은 우리가 보통 소리라고 하는 것이 아니고, 진동이라고 하는 편이 옳을지도 모릅니다. 그러니까 이 소리는 듣는 것이 아니라 느낀다고 하는 편이 옳은 것입니다."

"⋯⋯."

이마니시는 아는 듯 모르는 듯 애매한 얼굴을 하고 있었다. 하마나카 기술관은 그래서 더욱 설명적인 말투가 되었다.

"그러니까 그런 소리를 계속 듣고 있으면 어지간히 싫어집니다. 머리가 아파지거나 몸이 떨리거나 해서 아주 묘한 기분을 느끼게 되지요."

"정말 그런 상태가 됩니까?" 이마니시가 몸을 내밀었다.

"예, 그런데 지금 말씀드린 것은 귀에 들릴락 말락 한 낮은 음 이야기인데, 높은 음에 대해서도 똑같이 말할 수 있습니다."

"높은 음?"

"그렇습니다. 10,000사이클 이상의 고음, 즉 20,000에서 30,000사이클의 음을 내면, 어떤 종류의 동물은 민감하게 느끼는데, 인간에게는 들린다기보다 몸이 이상해지거나 머리가 아파집니다. 그래서 우리 귀에 들리는 주파의 한계를 상한과 하한으로 구분합니다. 그 것은 모두 우리에게 불쾌한 소리로 느껴지는 것에는 변함이 없습니다."

하마나카 기술관은 장치를 설명하기 전에 이렇게 음이라는 개념을 꼭꼭 씹어 먹이듯 이마니시에게 자세하게 설명했다.

어느 호적

1

이마니시 에이타로 앞으로 시마네 현 니타 동사무소로부터 편지가 왔다.

　도쿄 경찰청 이마니시 에이타로 경사님께.

　조사에 시간이 걸렸지만, 요전에 조회하신 모토우라 지요키치 씨에 대해 현재까지 판명된 자료를 다음과 같이 보내드립니다.

　당시의 오래된 기록을 뒤적거려 보았더니, 모토우라 지요키치 씨가 오카야마 현 고지마 군 ××마을 자광원에 수용된 것은 1938년 6월 22일이었습니다. 어쨌든 오래된 일이어서 상세한 것은 알 수 없었는데, 겨우 그 당시의 기록이 발견되어 정확한 일자를 이에 보고합니다.

단, 그때 지요키치 씨가 데리고 다녔다는 장남 히데오의 일은 이 기록부에 실려 있지 않습니다. 아마 이것은 모토우라 지요키치 씨를 주선해 준, 그 당시 가메다케 지서에 근무하던 미키 겐이치 순경이 처리한 것이라고 생각됩니다.

따라서 히데오를 어떻게 처리했는가는 지서에 비치된 일지라도 보지 않고는 알 수 없습니다. 그런데 1938년분은 이미 처분되어 상세한 내용은 알 수 없을 것입니다. 일지는 당시 규정으로 15년 동안만 보존하게 되어 있어 1938년분은 소각되었으리라고 생각됩니다.

전후 사정으로 보아 미키 순경은 환자인 모토우라 지요키치 씨만을 오카야마 현 자광원에 입원시키고, 건강한 히데오는 아버지와 격리해서 보호한 것으로 생각됩니다.

가장 알고 싶어 하신, 히데오가 그 후 어떻게 처신했는가 하는 문제는 위와 같은 사정으로 끝내 알 수 없는 것이 유감입니다. 상식적인 추측이라면 미키 순경의 인품으로 보아 히데오를 아마 적당한 독지가에게 맡긴 것으로 사료되지만, 이 지방을 조사해 보아도 그런 사실이 발견되지 않는 점을 감안해 보면 히데오가 스스로 사라진 것이 아닌가 생각됩니다. 이것은 유랑하는 부랑아에게 흔한 일입니다.

좌우간 조회하신 모토우라 히데오의 그 후에 관해서는 수개월에 걸쳐 당 관내를 조사했으나 누구 하나 그간의 사정을 아는 사람이 없고, 히데오를 인수했다는 사람도 없습니다. 이에 본 조사를 중단함에 있어 최종적인 회답을 드리는 바입니다.

니타 시청 서무과장

이마니시는 오랫동안 생각에 잠겼다. 초여름의 가메다케 거리가 눈에 선했다.

어느 더운 날, 이 거리에 떠돌이 부자 거지가 나타났다. 아버지는 온몸에 고름이 나 있었다. 이 불행한 부자를 발견한 미키 순경은 아버지를 설득해 오카야마 자광원에 입원 수속을 밟았다. 데리고 있던 사내아이는 7세였다.

미키 순경은 그 아이를 보호했다. 그러나 아버지와 함께 방랑 생활을 하던 아이는 순경의 보살핌에 익숙지 못했다. 어느 날 그 아이는 갑자기 도망갔다.

7살짜리 아이는 때와 먼지를 뒤집어쓰며 중국 산맥의 남쪽 등성이를 넘었다. 그러고 나서 그 아이는 두 길 중 한 길을 택했다. 하나는 히로시마 현 북쪽 경계인 히바 군으로 가는 길. 다른 하나는 빙고치아이에서 사크슈쓰야마로 빠져 오카야마로 가는 길. 그 아이는 어느 길을 걸어서 갔을까? 아니다. 그 아이는 중국 산맥을 넘지 않아도 되었다. 그 아이는 아버지와 함께 온 방향으로 혼자 돌아갔을지도 모른다. 그것은 신지로 나와 야스기, 요나코로 걸어가는 길이었다. 그리고 거기서 돗토리 쪽으로 갔는지도 모른다. 이 아이가 택했을 방랑의 길은 이 세 가지가 예상되었다. 그러나 어느 길을 택했든지 그 아이는 오사카로 나갔다. 오사카에서는 어떤 사람이 이 아이를 데려갔다. 아직 고향에 대해 잘 모르는 아이였다.

데려간 사람은 이 아이를 어떻게 길렀을까? 우선 양자로 삼는 일을 생각할 수 있다.

여기서 이마니시는 작고 낡은 노트를 뒤적거려 보았다.

부랑아의 고향은 이시카와 현 에누마 군 ××번지였다. 그러나 그곳에는 '장남 히데오'의 출생 신고는 있지만, 성장 기록은 없었다. 그러나 다른 호적부에는 그 후의 상황이 실려 있었다.

오사카 시 나니와 구 에비스 2의 120

아버지, 에이조(英蔵)

1908년 6월 17일생

1945년 3월 14일 사망

어머니, 기미코

1912년 2월 7일생

1945년 3월 14일 사망

본인

1933년 10월 2일생

이 아이가 시마네 현 산골에서 어느 길로 갔거나 간에 기록은 오사카에서 '재생'되어 있었다. 그런데 이 '본인'의 생년월일과 이 아이 히데오의 생년월일이 달랐다. 뿐만 아니라 이 호적부엔 '양자 결연' 사실이 기재되어 있지 않았다. 이마니시는 이 호적부에 의혹을 품고 있었다. 이 의혹은 전부터 품고 있었는데, 이번에 니타에서 온 회답으로 그 형태가 더욱 확실해졌다. 양자 결연 관련 기재가 없다는 사실과, 본인의 생년월일이 다른 사실이 그의 신념을 굳혔다.

우물쭈물하고 있을 수가 없었다. 편지를 보내 조사를 의뢰하기가 지루하게 느껴졌다. 이마니시는 그날 밤 오사카행 열차를 탔다. 도쿄발 21시 45분 급행이었다. 이마니시는 포켓용 위스키를 홀짝이며 옹색한 좌석에서 눈을 감았다. 밤 기차가 단조로운 리듬을 내며 달렸다. 이것은 불쾌한 소리가 아니었다. 어느 의미에서는 자장가처럼 경쾌한 음향이기도 했다.

소리, 소리인가!

'음에 관해서는 우리 귀에 들리는 주파의 한계를 상한과 하한으로 구분합니다. 그것은 모두 우리에게 불쾌한 소리로 느껴지는 것에는

변함이 없습니다.'

하마나카 기술관의 목소리였다.

2

이마니시는 아침 8시 반에 오사카 역에 닿았다. 이마니시가 파출소에 들러 나니와 에비스 마을이 어디냐고 물었더니, 순경은 벽에 걸린 커다란 지도를 돌아보았다.

"덴노지 공원 서쪽입니다." 순경이 가르쳐 주었다.

"구청도 그 근처에 있습니까?"

"거기서 5백 미터쯤 북쪽에 있습니다."

이마니시는 택시를 잡았다. 차는 오사카의 아침 거리를 남으로 달렸다.

"나니와 구청은 어디입니까?" 덴노지 고개를 오를 때 이마니시가 운전사에게 물었다.

"나니와 구청은, 저기 보이지요? 저겁니다."

시계를 보았다. 9시 10분 전이었다. 구청은 아직 문을 열지 않았다.

"손님, 구청에 가시는 겁니까?"

"아니, 나중에 가지요."

차는 공원을 오른쪽으로 보며 달렸다. 학생이 많았다. 운전사에게 번지를 말했다. 이윽고 상점가로 들어섰다. 가게들도 아직 문을 열지 않았다.

"이 근처 가게는 깨끗하군요?" 이마니시가 밖을 보며 말했다.

"예, 전쟁 후에 완전히 새로 지었으니까요."

"그럼 이 일대는 공습으로 불탔나요?"

"예, 그야말로 완전히 불타 버려 들판처럼 됐습니다."

"언제적 공습이지요?"

"그게 종전 직전인 1945년 3월 14일이었죠. B29가 대편대로 와서 소이탄 비를 내렸죠. 미국 사람들, 조금만 더 기다려 주었으면 이 일대는 불에 타지 않았을 텐데……."

"사람이 상당히 죽었겠지요?"

"예, 몇천 명이나 죽었죠."

이마니시는 지금 운전사가 이야기하는 공습 날짜를 도쿄에서부터 머리에 새기고 왔다.

"손님, 다 왔습니다."

이마니시가 보니 양복 도매점 앞이었다. "여기가 그 번지인가요?"

"예."

이마니시는 요금을 치렀다. 그는 내린 지점에서 둘레를 살피듯 둘러보았다. 어느 집이나 새 집이었다. 전쟁 전의 낡은 건물은 하나도 없었다. 에비스 2의 120번지에는 양복 도매점 '당고 상점'이라는 간판이 붙어 있었다.

이마니시는 옷감을 선반에 가득 늘어놓은 가게 앞에 섰다. 그는 점원보고 주인을 불러 달래 놓고 한참 기다렸다.

"어서 오십시오."

예순이 넘은 노인이 나왔다. 이쪽 신분은 미리 알려 놓았다.

"수고하십니다. 무슨 용건이십니까?"

노주인은 무릎을 꿇었다.

이마니시는 당고 상점 주인에게서 이야기를 들었다. 죽은 나무처럼 깡마른 예순이 넘은 이 노인은 오사카에서 4대째 산다고 했다. 그래서 이 일대의 일이라면 옛날 것도 잘 알고 있었다.

이마니시는 여기서 30분쯤 이야기를 듣고 밖으로 나왔다. 그는 구청으로 걸었다. 밋밋한 고개를 올라갔다. 근처에 학교가 있는 듯, 아이들이 떠드는 소리가 들렸다. 당고 상점에서 들은 이야기는 이마니시에게 한 가지 확신을 갖게 했다.

길을 걷고 있으니 맑은 아침 공기 속에서 아이들이 떠드는 소리가 한층 높이 들렸다. 시끄러운 소리였다. 그 소리를 듣고 있으니 또다시 음에 대한 연상이 생겼다.

귀찮은 소리. 불쾌한 소리. 이마니시는 한 가지 기억이 떠올랐다. 에미코가 죽기 전에 했다는 헛소리였다.

'멈춰 줘요. 아아, 싫어싫어. 어떻게 되어 버릴 것 같아요. 이제 그만, 그만해요.'

이마니시는 걸었다. 고개를 숙이고 생각하며 걸었다. 전차가 옆을 스치고 달렸다. 선로가 커브로 되어 있어, 전차는 바퀴를 삐걱거리며 끼익 하는 금속음을 냈다. 불쾌한 소리였다.

불쾌한 소리, 불쾌한 소리……! 하늘에 비둘기가 떼지어 날았다. 밝은 햇살을 받아 비둘기 날개가 빛났다.

구청 건물 앞에 이르렀다. 옆에 나이 든 법무사가 있었다.

"호적과가 어딥니까?"

노인은 펜을 멈추고 귀찮다는 듯이 가르쳐 주었다. "이대로 곧장 가시오. 들어가 막다른 오른쪽이 호적과요."

이마니시는 돌계단을 올라가 어두운 건물 안으로 들어갔다. 구청 안에는 많은 사람들이 움직이고 있었다. 호적과로 갔다. 창구에는 젊은 여직원이 있었다. 이마니시는 수첩을 꺼냈다.

"조금 묻겠는데요."

"네." 여직원이 얼굴을 돌렸다.

"나니와 구 에비스 2의 120에 이런 호적이 있습니까?"

수첩째 직원에게 보였다. 22, 3세의 얼굴이 납작한 여직원은 가는 눈으로 알아보기 힘든 이마니시의 글씨를 들여다보더니 "잠깐 기다려 주세요" 하고 일어나 호적 원본을 보관한 선반으로 걸어갔다.

그녀는 거기서 장부를 뒤적거렸다. 이마니시는 손에 땀을 쥐는 마음으로 기다렸다. 2, 3분 기다리니, 이윽고 장부를 든 여직원이 이마니시 앞으로 돌아왔다.

"그 이름의 호적이 있어요."

"있습니까?"

"네, 확실히 그 호적은 원본에 실려 있어요."

"진짜 원본인가요?" 이마니시가 그만 입을 잘못 놀렸다.

"물론이에요." 여직원이 화가 난 듯 말했다. "구청 원본에 가짜가 있을 리 없어요."

"그건 그런데……."

이마니시는 원본임에 틀림이 없어도, 사람이 일부러 조작했을 수 있다고 생각했다. 예를 든다면 남의 호적을 무단으로 떼는 경우도 흔히 있지 않은가.

"미안합니다만 그 원본을 잠깐 보여 주지 않겠습니까?" 그는 부탁했다. "나는 이런 사람입니다." 이마니시는 경찰수첩을 꺼내 자기 신분을 밝혔다. 여직원은 그것을 흘끔 보고 나서 "보세요" 하고 창구에서 두툼한 호적 원본을 내밀었다. 이마니시는 호적 원본이라면 종이가 갈색으로 낡고 귀퉁이 같은 데가 너덜너덜하게 된 것을 예상했는데, 이 원본은 아직 새것이었다.

문제의 페이지를 보았다.

　본적 ; 오사카 시 나니와 구 에비스 2의 120

이마니시는 자기 수첩에 적은 것과 비교했는데, 글자 한 자 틀리지 않았다.

"호주인 에이조 씨와 아내 기미코 씨는 사망한 연월일이 같군요?

둘 다 1945년 3월 14일 사망으로 돼 있는데, 공습으로 사망한 것인 가요?" 이마니시는 확인해 보았다.

여직원은 그것을 들여다보더니 대답했다. "그래요. 그날 나니와 구 일대에는 대공습이 있었지요. 대부분의 집들이 타 버렸어요. 이 두 분도 그 때 돌아가셨을 거예요."

"역시 그렇습니까?"

이마니시는 호적 원본이 새 것인 점에 다시 주의를 기울였다. "이 호적 원본은 종이가 꽤 새 것이군요?"

"네, 전의 호적 원본은 그 공습으로 타 버려, 그 뒤에 새로 만들었 어요."

"탔습니까?"

그랬구나! 원본이 탔단다.

호적 원본은 구청과 관할 지방 법원에 놓아둔다. 만약 구청에 있는 게 탔다면 지방 법원에 있는 원본을 복사해서 조정한다.

"이 원본은 지방 법원에 있는 것을 복사한 것입니까?"

"아니, 그렇지 않아요. 지방 법원도 그날 공습으로 전소해, 원본도 함께 탔어요."

"예?" 이마니시는 눈이 번쩍였다. "그럼, 이것은 무엇을 근거로 작성했습니까?"

"본인 진술로지요."

"본인의?"

"네, 전쟁 등으로 원본이 탔을 경우, 호적을 재생할 수 있도록 법 률로 정해져 있어요. 이걸 보세요."

여직원은 호적 원본 제1페이지에 인쇄된 글을 보여 주었다. 그 글 은 다음과 같았다.

'전쟁으로 호적 지역의 구청 및 각 현청이 소실된 경우에는, 전후

1946년부터 1947년에 걸쳐 호적 재생 신고를 하도록 한다.'

이마니시는 눈을 들었다.

"그럼, 이 호적이 전부 1946년부터 1947년 사이에 재생 신청된 건가요?"

"아니, 그렇지 않아요. 나중에 신고된 경우도 있어요."

"미안합니다만 이 사람의 경우는 몇 년에 재생신고가 있었는지 조사해 주실 수 있습니까?"

"그것은 바로 알 수 있어요." 여직원은 그 원본을 넘기더니 곧 대답했다. "이분은 1949년 3월 2일에 신고했어요."

"1949년?" 이마니시는 생각하는 눈이 되었다. 1949년이라면 그가 16세 때였다. "재생에는 본인의 진술이 틀림없다고 증명하는 보증인 같은 사람이 필요합니까?"

"되도록이면 그런 사람이 있는 것이 바람직하지요. 그런데 전쟁 등의 특별한 경우엔 증명해 줄 사람이 없을 수도 있어요. 그런 때는 하는 수 없이 본인의 신고대로 재생하게 돼 있어요."

"그럼 이 경우도 본인의 신고대로 호적을 재생했군요?"

"기다려 주세요. 조사해 보겠어요."

여직원이 자리에서 떠났다.

이제 보니 호적과라는 곳은 선반을 몇 개나 가지고 있었다. 그녀는 쌓아 올린 선반 아래에 쭈그리고 앉아 무엇인가 열심히 찾았다. 거의 10분이나 걸렸다. 찾는 데 시간이 걸리는 모양이었다. 창구에는 손님이 밀렸다. 이마니시는 조금 미안하다는 생각이 들었다. 여직원이 이마니시 앞으로 되돌아왔다.

"조사해 보니 그 신청서는 5년간 보존용이어서 벌써 처분했어요."

"예." 이마니시는 조금 머리를 숙였다. "수고를 끼쳐 드렸습니다."

"아닙니다."

"호적 재생 신청시는 본인 진술이 있으면 그대로 쓰겠군요?"

"네?"

"이를테면 여기 어떤 사람이 있어, 허위로 호적을 등록했다고 합시다. 그런 경우에도 분별이 안 되겠군요?"

"그래요. 저희는 모든 원본을 태워 버려서 거짓신고를 받아도 발견할 도리가 없어요."

"그렇습니까……?" 이마니시는 거기 서서 생각했다. 아직 물을 것이 남아 있었다. "조금 전에 신고가 거짓이라도 그걸 발견할 도리가 없다고 하셨지요?"

"네." 여직원은 고개를 끄덕였다.

"어떻게 해도 그 계략을 알 수 없을까요? 뭔가 알 수 있는 방법이 있겠지요?"

그렇지 않고서야 수속이 너무 안이했다.

"그건 있어요." 여직원은 대답했다.

"허, 있습니까?"

"네, 예를 들어 이 호주 에이조 씨의 출생지가 기재되었으면, 그 지방 시청 등에 문의해서 확인해 보는 거예요. 아내 기미코 씨의 경우도 마찬가지예요."

아! 그렇지. 그런 것은 할 수 있지.

"그래, 이 경우는 그런 수속을 하셨습니까?"

"분명히 했을 거예요. 그렇지 않고서야 접수할 리가 없으니까요."

이마니시는 그것을 추궁했다.

그랬더니 여직원은 '조금 기다리세요' 하고 자리에서 떠났다. 그녀는 다시 선반 있는 곳에 가서 두껍게 철해 놓은 책을 찾고 있었다. 꽤 오래 걸렸다. 이윽고 그녀가 돌아왔다.

"당시의 사고기록을 보았는데, 그것을 접수한 직원은 그만두어서 지금 여기에 없어요. 기록부에는 그 신고를 접수했을 당시, 호주 에이조 씨나 아내 기미코 씨의 본적지에 관해서는 추완 신고(追完 申告)로 돼 있어요."

"추완 신고?"

이마니시는 무슨 말인지 알 수 없었다. 여직원은 그걸 눈치 챈 듯 그에게 설명해 주었다.

"이것은 제 추측인데요, 그때 신고하신 분이 호주 에이조 씨와 그의 부인인 기미코 씨의 출생지를 잊었던 게 아닐까요?"

"잊어요?"

"그렇게 생각되어요. 하여간 이 신고를 한 분은 당시 16세였어요. 부모가 전쟁 통에 갑자기 돌아가셔, 그분들의 출생지에 대해 정확히 몰랐다고 생각되어요. 그래 어쩔 도리가 없어 그만 그대로 호적을 재생했을 거예요. 나중에 호주의, 즉 부모의 본적지를 알면 본인에게 신고하도록 약속하고 편의를 봐 주었을 거예요. 이러한 신고를 추완 신고라고 해요."

그렇군, 그런 일도 생각할 수 있구나. 있음 직한 일이었다. 있음 직하다는 것은, 신고한 16세짜리가 부모의 호적 출생지를 기억하고 있지 않았다는 것에 대한 납득이 아니었다. 머리가 좋은 그 신고한 사람의 진술이 자못 그럴듯하다고 생각되었기 때문이다.

"여러 가지로 감사합니다."

이마니시는 오래 시간을 뺏어서 미안하다고 사과했다. 이마니시는 밖에 나와 들뜬 발걸음을 옮겼다. 그 아이는 일찍이 이 오사카에 살았던 적이 있었다. 이것만은 확실했다.

이마니시는 그로부터 교토 부립 ××고등학교로 향했다. 교토 부립이니 교토 시내에 가까울 거라고 생각했는데 오히려 오사카 시에 더 가까웠다. 고등학교는 시에서 벗어난 언덕 위에 서 있었다. 이마니시

는 학교 바로 아래까지 택시로 가서 높은 돌계단을 올라갔다. 땀이
났다.

그가 만난 사람은 그 학교 교장이었다. 54, 5세가량이었다. 마르고
키가 작고, 호인다워 보였다. 이마니시가 찾아온 이유를 말했다.

"그렇습니까? 그럼 그 학생은 몇 년도에 졸업했습니까?"

"아니, 졸업이 아닙니다. 중도 퇴학으로 돼 있습니다." 이마니시가
대답했다.

"중도 퇴학? 그럼 몇 학년 때였습니까?"

"그걸 잘 모릅니다."

"그렇다면 퇴학한 해는 언제입니까?"

이마니시는 머리를 긁었다. "그것도 실은 확실치가 않습니다."

교장이 당황하는 빛을 보였다. "그거 곤란한데요. 그럼 연령으로
따지는 수밖에 없겠군요. 그 사람은 몇 년생입니까?"

이마니시는 그 생년월일을 말했다.

"그렇다면 구제도 시절의 얘기군요……." 교장은 얼굴을 찡그렸다.
"본교는 전쟁으로 구제도 시절의 중학 기록은 모두 소실됐습니다."

"예? 여기도 말입니까?" 이마니시는 실망했다. "역시 1945년 3월
14일입니까?"

"아니, 이 시는 더 빨리 탔습니다. R 군수공장이 있어, 맨 처음에
공격을 받았습니다. 1945년 2월 19일에 대공습을 당해, 시의 태반
이 잿더미가 됐습니다. 물론 시 한복판에 자리한 본교(당시의 중학
교)도 타 버렸습니다."

"그럼 중학교 당시의 졸업생 명부라든가 재학생 명부 같은 것은…
…?"

"예, 완전히 잃어버렸습니다. 지금 급히 손을 나누어 재생하고 있
습니다만 어쨌든 오래된 것일수록 잘 모릅니다."

"유감이군요!" 이마니시로서는 유감스러운 일이었다.

"유감입니다. 1910년대에 창립했는데, 당시의 기록을 잃었다는 것은 정말 죄송할 뿐입니다."

"어떻게 알 도리가 없을까요? 제가 여쭤어 보는 이 사람에 대한 것인데요."

"글쎄요, 지금 생년월일을 들어 보니, 그걸로 미루어 입학 당시의 일을 생각하는 것도 하나의 방법이라고 생각됩니다."

"그것은?"

"그렇습니다. 그 무렵의 졸업생은 대개 짐작이 갑니다. 만약 물으시는 사람이 2학년 때 퇴학했어도 틀림없이 반은 한반이었을 테니 기억하고 있을지도 모릅니다."

확실히 좋은 생각이었다.

"그런 사람이 이 근처에 있습니까?"

"있습니다. 현재 양조장을 하고 있는데, 딱 그 무렵의 학생이었다고 생각됩니다."

이마니시는 시내로 돌아왔다.

시의 반 이상이 전쟁의 참화를 겪었다더니, 번화가랄까 중심가의 대부분이 새 집으로 되어 있었다. 그러나 외진 곳은 낡은 거리였다. 전화를 입은 거리와 남아 있던 거리와는 완전히 달랐다. ××고등학교 교장이 가르쳐 준 행선지는 '교노하나'라는 이름의 양조장이었다. 담 밖에서도 술 곳간이 넘겨다 보였다. '교노하나'라는 간판이 지붕 위로 크게 올라와 있었다.

이마니시는 가게로 들어가 주인을 만나고 싶다고 말했다. 27, 8세의 젊은 남자가 나왔다. 이마니시는 어떤 사람의 일로 ××고등학교에 들러, 그 무렵의 동급생으로 생각되는 댁을 소개받아 왔다고 말했다.

"잠깐 기다리십시오." 젊은 주인은 팔짱을 끼고 천장을 쳐다보았다
. 그는 열심히 생각했다. "아, 알았습니다. 그런 사람이 있었습니다."

"예, 아셨습니까? 그런 사람이 있었습니까?"

이마니시는 자기도 모르게 상대의 얼굴을 응시했다.

"확실히 있었던 것 같습니다. 2학년 때라고 생각되는데요."

"그 사람이 어디서 학교에 다니고 있었는지 모르십니까?"

"가만 있자…… 이 동네 어딘가에서 하숙했던 것 같습니다."

"하숙?"

"예, 집이 오사카여서 이곳에서 하숙을 하고 있다고 했습니다."

"그 하숙집은 어딥니까?"

"지금은 없습니다. 그 근처는 완전히 타 버려 흔적도 없습니다."

"그 하숙집 주인 이름도 모릅니까?"

"글쎄요, 확실히 모르겠는데요. 그 사람은 2학년이 되자 바로 학교를 그만두어, 아마 옛 동급생도 모를 겁니다."

"그렇습니까?"

여기서도 전쟁이 수사의 벽이 되었다. 이마니시는 여기서 그 사람이 현재 도쿄에서 활약하고 있는 것을 아느냐고 물어보았다.

"아뇨, 모르겠는데요." 주인은 고개를 흔들었다. 이마니시는 수첩에 낀 신문 조각을 꺼냈다. 거기에는 사진이 실려 있었다.

"현재의 얼굴은 이건데요. 기억나지 않습니까?"

젊은 주인은 손에 사진을 들고 찬찬히 바라보았다.

"글쎄요, 이런 얼굴이었지요. 하지만 짧은 기간이었으니 희미하게 이런 얼굴이었다는 인상뿐입니다. 허, 그 녀석 도쿄에서 그렇게 훌륭한 사람이 됐습니까?" 그는 놀라워하며 말했다.

"당시의 담임선생님은 지금 살아 계십니까?"

이마니시는 신문 조각을 수첩에 끼우고 나서 물었다.

"그 선생님은 전쟁 때 가엾게도 돌아가셨습니다."

이마니시는 이날 저녁 교토 역으로 갔다. 8시 반 상행선 급행까지는 아직 시간이 있었다. 그는 역전 식당에서 카레라이스를 먹었다.

일부러 여기까지 온 보람이 있었다. 대충 예상하고 있었지만, 일단 확인이 되었다. 시네마 현의 산골에서 난치병에 걸린 아버지와 함께 걷던 7세의 아이는 가메다케에서 탈주해 오사카로 나왔다. 그는 거기서 누군가에 의해 거두어졌다. 그는 수년간 그 사람 밑에서 성장했다. 양자는 아니었을 것이다. 심부름꾼으로 입주하고 있었는지도 몰랐다. 그 가게와 주인은 전쟁으로 모두 소멸되었으리라. 어쨌든 지금은 흔적도 없다.

그러나 그들이 호적에 있는 에이조와 기미코 부부는 아닐 것이다. 이 이름은 신고인이 만들어 낸 가공인물이 분명하다. 부부 모두의 본적을 모른다는 것이 그 증거였다. 추완 신고를 하긴 했지만, 아직껏 부부의 출생지를 신고하지 않고 있었다.

그는 그후 교토 부 ××시에 갔다. 하숙이라고 하지만 그것도 정말인지 아닌지 모른다. 어쩌면 오사카에 있는 집에서 나와 다른 사람에 의해 거두어졌는지도 모른다. 그 집도 역시 공습으로 소실되었다. 그는 중학교 2학년에 중퇴하고 도쿄로 갔다. 요컨대 그가 오사카, 교토에 있었다는 사실은 있는데, 그것을 증명할 증거는 아무것도 남아 있지 않았다.

그가 자기 부모의 주소를 오사카의 나니와 구 에비스 2의 120번지로 설정한 것은 현명한 처사였다. 여기서는 전재로 인해 모든 호적 원본이 불타 버렸고, 동시에 또 하나의 원본을 소장하고 있는 지방법원도 불타 버렸다. 교토 부립 ××고등학교에 재적한 일도 마찬가지 수법이었다. 이 학교도 구제도 시절의 중학 기록을 모두 소실했다. 그리고 학교가 있는 시가지도 대부분 전화를 입었다. 흔적은 있으나 어디에도 그 이력을 증명할 구체적인 증거가 남아 있지 않았다.

이마니시가 매운 카레라이스를 다 먹고 차를 마시는데, 그곳에 손님이 두고 간 듯한 석간이 있었다. 그는 그것을 집어 들었다. 지방지였다. 무심히 보고 있는데, 문화면 구석에 실린 다음과 같은 기사가 눈에 띄었다.

와가, 세키가와 외유 결정.

와가 에이료 씨는 진작부터 도미를 계획하고 있었는데, 드디어 오는 11월 30일 오후 10시 팬아메리칸기로 하네다 공항을 출발한다. 와가 씨는 뉴욕을 시초로 미국 각지를 순회하고, 다시 유럽으로 향할 예정이다.

세키가와 시게오 씨는 12월 25일 에어프랑스기로 파리로 향한다. 세키가와 씨는 프랑스를 위시해 서독, 영국, 스페인, 이탈리아 각지를 순방하고 내년 2월 하순에 귀국할 예정이다. 세키가와 씨는 국제 지식인 심포지엄에 일본 대표로 참석하며, 유럽 각지를 순방한다.

3

이마니시는 아침에 도쿄에 도착해서 일단 자기 집으로 돌아갔다.

"피곤하시죠? 이런 때는 욕조에 한바탕 들어가면 좋은데, 대중탕은 10시부터여서……."

아내가 유감스럽다는 듯이 말했다.

이마니시는 아직 욕조를 사지 못했다. 자기 집에서 목욕을 하는 것이 아직 실현하지 못한 유일한 바람이었다. 집이 좁아 장소가 없었다. 목욕통을 설치하려면 아무래도 증축하지 않을 수 없었다. 그 비용이 좀처럼 모아지지 않았다.

"괜찮아, 별로 시간도 없어. 한 시간쯤 잘 테니……."

이마니시는 아내에게 교토에서 사 온 순무김치를 내놓았다.

"어머, 오사카라더니 교토까지 가셨어요?"

"응, 우리는 일 때문에 어디를 갈지 몰라."

"교토는 좋은 곳이라면서요? 한번 한가하게 가 보고 싶어요."

아내는 교토 특산 순무김치 상표를 바라보며 말했다.

"그래, 정년이 돼 퇴직금이라도 타면 한번 한가하게 가자고."

어디를 가나 일 때문에 구경할 여유가 없었다. 그리고 그런 생각도 일어나지 않았다. 머리가 일로 꽉 차 있기 때문이었다. 이마니시는 어젯밤 교토에서부터 거의 자지 않고 왔다. 그는 차내가 혼잡해 통로에 신문지를 깔고 꾸벅거리다 가끔 잡지를 읽기도 하면서 왔다.

이마니시는 다다미 위에 누웠다.

"어머, 감기 들어요. 지금 이불을 펼 테니 옷 갈아입으시고……?"

"아니, 그럴 시간이 없어."

아내는 반침에서 이불을 꺼내 그의 몸 위에 덮었다. 피로해서 얼굴이 거무튀튀했다. 잠든 지 얼마 안 되어 아내가 깨웠다.

"벌써 10시예요." 아내는 안됐다는 듯 곁에 앉았다.

"그래?" 이마니시는 이불을 걷어차고 일어났다.

"졸리지요?"

"아니, 조금 잤더니 훨씬 좋아졌어."

이마니시는 찬물로 얼굴을 씻었다. 약간 기분이 상쾌해졌다.

"오늘 밤엔 일찍 오시겠죠?" 따뜻한 아침밥을 먹으며 아내가 물었다.

"응, 오늘은 일찍 돌아 올게."

"제발 그래 주세요. 그렇잖으면 몸을 지탱하지 못해요."

"그래, 전에는 이틀 밤쯤 계속해서 철야 잠복을 해도 끄떡없었는데 말이야." 이마니시는 뜨거운 물을 마셨다.

그가 경찰청에 도착한 것은 11시가 지나서였다. 그는 경감 앞으로 보고하러 갔다. 경감은 열심히 들었다.

"알았어. 수고했군."

이렇게 말하고 경감은 한 장의 메모지를 이마니시에게 주었다.

"자네가 참고로 이야기를 들으려면 이 사람이 적당할 거야."

메모지에는 '도쿄 ××대학 교수, 공학박사 구보타 사다시로(久保田卓四郎)'라고 씌어 있었다. 이마니시는 도요코선의 지유가오카 역에서 내렸다. 거기에서 도쿄 ××대학까지는 도보로 10분 정도 걸리는 거리였다. 문을 들어서니 바로 옆에 수위실이 있었다. 이마니시가 거기서 용건을 말하니, 수위는 전화를 걸어 보고 나서 "들어가십시오" 하고 가는 길을 가르쳐 주었다. 이마니시는 높이 솟은 포플러 가로수 밑을 걸었다. 학생들이 어울려 걷고 있었다. 본관을 지나 한참 가니, 흰 2층 양옥 건물이 나왔다. 이마니시는 그 현관으로 들어가 콘크리트 계단을 통해 2층으로 올라갔다. 건물은 상당히 낡았다. 콘크리트로 된 복도와 흰 벽을 보고 있으면 어깨가 싸늘해질 듯했다.

'구보타 교수'라고 명찰이 걸려 있는 방 앞에 섰다. 이마니시는 거기서 잠깐 옷매무새를 가다듬고 문을 두드렸다. 안에서 "들어오십시오" 하는 소리가 들렸다. 문을 여니 상당히 넓은 방인데, 책상이 있고, 한쪽 벽가에는 회의실에 있을 법한 긴 테이블을 둘러싸고 의자가 몇 개 놓여 있었다. 책상 앞에는 쉰이 지난 마른 신사가 앉아 이마니시를 보고 있었다.

"구보타 선생님이신가요?" 이마니시가 물었다.

"그렇습니다." 교수가 의자에서 일어서며 미소 지었다. 머리카락은 벌써 반백이었다.

"경찰청에 있는 이마니시라고 합니다."

이마니시는 부동자세가 버릇이 되어 있었다.

"자, 어서 앉으십시오."

교수가 걸어와 회의용 의자에 이마니시보고 앉으라고 했다.

"죄송합니다. 바쁘실 텐데 여러 가지 가르쳐 주십사 하고 찾아왔습니다."

"아아, 전화 받았습니다. 음향에 관한 거라구요?"

"예…… 저는 전혀 모르니, 되도록 알기 쉽게 가르쳐 주셨으면 합니다." 이마니시는 황송한 듯이 인사를 했다.

"글쎄, 잘 이야기할 수 있을지요. 그것이 범죄 수사에 관계가 있습니까?" 교수는 온순한 미소를 보였다.

"예, 현재로선 확실하지 않습니다만, 선생님 말씀을 듣는 동안에 저희가 생각하는 것과 결부되는 점이 나타나지 않을까 해서요. 다름이 아니라 소리에 관한 것인데, 저희가 듣고 있는 이 소리가 어떤 기계 장치로 어떻게 변화되어 가는가를 가르쳐 주셨으면 합니다."

"기계 장치로 말이죠?"

교수는 고개를 기울이는 것처럼 하고 말했다.

"글쎄, 그렇다면 먼저 음의 개념부터 이야기하지 않으면 이해하지 못하실 것 같은데요?"

"예, 잘 부탁합니다."

이마니시는 어려운 내용을 각오하고 머리를 숙였다.

"그럼 먼저 우리가 말하는 음의 개념부터 말씀드릴까요?" 하고 구보타 교수는 말을 시작했다. "소리는 악음(樂音), 비악음(非樂音), 소음, 순음(純音), 그 밖에 복합음, 단음, 협화음, 상음(上音) 등으로 나뉩니다. 악음은 일정한 주기로 같은 파형을 반복하는 음으로, 대체로 쾌감을 줍니다. 예를 들면 현악기나 관악기의 소리, 목소리의 모음 등인데, 이것은 자연계에는 거의 존재하지 않습니다. 비악음은 악음이 아닌 모든 음을 가리키며, 대체로 불쾌한 느낌을 준다고 하지만 음악에도 사용됩니다. 예를 들면 발소리, 물소리, 바람 소리, 전차 소리, 타악기 소리 등입니다. 현실의 소리는 악음과 비악음으로 분류되는데, 그 경계는 확실하지 않습니다."

이마니시는 열심히 메모했다.

"소음은 듣는 사람에게 있어 듣기 싫은 소리, 즉 방해가 되는 음입니다. 이것은 전혀 주관적인 분류여서, 예를 들면 라디오 소리 같은 것도 남이 틀면 소음이 될 수 있습니다. 그리고 공장의 시끄러운 소리며 많은 차들이 내는 소리 등은 단속의 대상이 될 수도 있습니다.

다음에 순음은 단일 주파수의 음으로, 자연계에는 존재하지 않고 인공적으로 발생합니다. 이것은 정현파형(正弦波形)을 지니는 음입니다.

복합음은 주파수가 다른 많은 순음이 집합한 음악과 같은 것인데, 그 각각의 순음을 부분음이라고 합니다.

단음은 하나의 기본음과 그 정수배(整數倍)의 주파수를 가지는 배음으로 이루어진 악음입니다. 협화음은 이 단음의 집합이고, 상음은 기본음을 제한 모든 부분음을 말합니다."

이마니시는 메모를 해갔다. 여기까지는 이마니시가 알고자 하는 내용과는 거리가 아직 멀었다. 그러나 이런 것부터 강의를 듣지 않으면, 이쪽이 원하는 핵심에는 접근할 수 없을 것 같았다.

"아시겠어요?"

교수는 학생처럼 필기하고 있는 이마니시의 손을 들여다보며 물었다.

"예, 그저 그냥⋯⋯."

이마니시는 애매하게 대답했다. 알 것 같기도 하고 모를 것 같기도 한 것이 솔직한 생각이었다. 교수는 이야기를 계속했다.

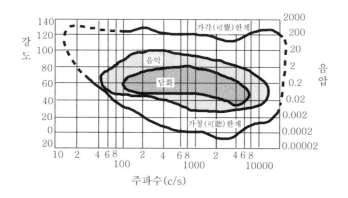

청각의 범위

[미요시 준이치(實吉純一) 《전기 음향 공학》에서]

　"음파는 사람의 귀에 들리는 것과 무관하게 존재하는 것입니다. 들을 수 있는 음파는 사람의 청각에 느껴지는 범위 안에 있는 탄성파(彈性波)입니다. 이것을 보십시오" 하고 교수는 책상 옆에 있는 책꽂이에서 책 한 권을 꺼내 그림을 가리켰다. "이것은 많은 사람의 청각 범위를 주파수와 강도로 나타낸 것입니다. 아래 숫자가 주파수이고, 왼쪽 숫자가 강도이지요. 오른쪽은 음압(音壓)입니다. 청각의 주파수 범위는 보통 10,000에서 20,000사이클까지라고 하는데, 이 그림처럼 약한 음에 대해서는 범위가 좁아집니다. 강도의 범위에 대해서도 이 그림처럼 주파수에 따라 다른데, 아랫부분의 곡선을 최소 가청각가(可聽覺價) 또는 가청 한계라고 합니다. 그러니까 이것보다 약한 음은 들리지 않습니다. 이 윗부분의 곡선은 최대 가청각가 또는 가각 한계(可覺限界)라고 하며, 이것보다 강한 소리를 들으면 소리 이외에 간지럽다든가 아프다든가 하는 다른 감각 반응을 일으킵니다 ……."

이마니시는 도쿄 ××대학에서 나와 일단 경찰청으로 돌아왔다. 그는 구보타 교수의 설명을 전부 수첩에 메모했다. 그 설명으로 문득 머리를 스치며 기억이 떠올랐다. 상당히 오래전의 일이었다. 그것은 아내와 가와구치에 사는 누이동생이 옆에서 영화 이야기를 하고 있을 때였다. 이마니시는 그 대화를 아직 기억하고 있었다.

"영화는 진짜보다 예고편이 더 재미있더군요."

아내의 목소리였다.

"그래요. 하지만 예고편은 나중에 손님을 끌기 위해 재미있는 부분만 편집한 거니까요."

누이동생의 대답이었다. 그 목소리가 귀에 남아 있었다. 그때 이마니시의 눈은 신문을 보고, 귀는 대화에 빼앗기고 있었다. 이마니시가 지금 생각하고 있는 것은, 그때 내키지 않는 마음으로 보고 있던 신문이었다. 그것은 흥미 없는 과학 기사였다. 갑자기 그것이 이마니시의 기억에 떠오른 것은 구보타 교수의 이야기를 듣고 난 뒤였다. 각 신문은 경찰청에도 보존되어 있었다.

"안녕하십니까?"

이마니시는 홍보과로 들어갔다.

"어이. 오늘은 또 뭔가?" 과장이 먼 자리에서 밝은 목소리로 대답했다.

이마니시는 예전부터 이곳에 와서 참고 서적을 얻어보는 신세를 지고 있었다.

"미안합니다만 ××신문철을 보여 주십시오."

"언제 것인가?"

"지난달분입니다."

"그거라면 신문철에서 벗겨내 다른 곳에 두었어. 맘대로 보게나."

"고맙습니다."

이마니시는 과장이 가르쳐주는 대로 책장 구석으로 갔다. 과연 각 신문은 끈으로 매어져 높직하게 쌓여 있었다. 서너 권의 책 아래에 찾아보려는 신문이 끼여 있었다. 이마니시는 그것을 밝은 창가로 가지고 나와 대강 짐작해서 날짜를 찾았다. 찾을 때는 좀처럼 눈에 띄지 않는 법이다. 이마니시는 주머니에서 안경을 꺼내 썼다. 상당한 시간이 걸린 다음 겨우 예전의 그 기사를 찾아냈다. 상당히 길었다. 이마니시는 수첩을 꺼내 그것을 베끼기 시작했다. 잔 활자를 베끼기란 힘이 들었다. 그러나 이마니시는 마음이 뛰었다. 그는 꽤 시간을 들여 그것을 베끼고 신문철을 덮었다.

"뭘 베꼈어?"

과장이 묻자 이마니시는 말없이 웃었다.

1시간 후, 이마니시는 가마타 경찰서로 요시무라 형사를 찾아갔다. 두 사람은 아무도 없는 좁은 방에 마주 앉았다. 이마니시는 요시무라에게 자기가 조사한 것을 이야기했다. 요시무라는 한 마디도 놓치지 않으려고 귀를 기울였다.

"여기서 교토 이야기는 끝이야. 이번에는 도쿄인데 말이야, 나는 ××대학에 가서 음향학 교수의 이야기를 들었어." 이마니시는 말했다.

"음향학?"

"음향에 관한 학문이야."

"아아, 그래요?"

"학자란 어려운 말을 하거든. 여기 필기를 해왔는데, 실은 나도 이치를 잘 모르겠어. 교수는 되도록 알기 쉽게 이야기해 주었는데, 원래 그 방면으론 머리가 딸려서 말이야." 이마니시는 부스럭부스럭 수첩을 찾았다. "여기서 이 수첩에 적힌 것을 읽어 보았자 아무 소용없

어. 나는 이것보다도 전에 깜빡 지나쳐 읽었던 신문 기사가 생각났
어."

"예에? 어떤 기사인데요?"

"이것도 내용이 어려운 기사야. 전에 읽을 때에도 제대로 읽을 생
각이 없어 건성으로 읽었는데 말이야…… 이거야."

이마니시는 방금 베껴 온 신문 기사를 요시무라에게 보였다.

초경질 합금에 구멍을 뚫는 혁명──강력 초음파의 응용. 극동
야금에서는 최근 강력 초음파 원리를 응용해 지금까지 불가능하다
고 여겨지던 경질 금속에 구멍을 뚫는 데 성공했다. 이렇게 되면
기존의 한정된 절단기로는 할 수 없었던, 구멍 뚫기를 자유자재로
쉽게 할 수 있을 뿐 아니라, 깊은 데까지 철저히 뚫을 수 있고, 이
기술의 응용 여하에 따라서는 앞으로 어떠한 모양으로도 도려 낼
수 있는 가능성이 열렸다. 극동 야금은 이 기술 혁명에 의해 지금
까지 힘들게 여기던 경질 합금의 대량 가공에 일대 비약을 가져왔
다고 했다. 이 공정에 따르면 여태까지보다 열 배의 가공이 가능해
각계에서는 혁명적인 기술 완성이라고 말하고 있다…….

요시무라는 끝까지 읽었다.

"이번에는 이거야" 하고 이마니시는 바로 계속해서 수첩을 넘겼
다. "이걸 보라구."

요시무라가 들여다보니 그것은 언젠가 이마니시와 함께 미야타 구
니오가 죽은 현장에 가서 주운 모조지 조각이었다.

실업 보험금 급여 총액

1949년   ──

1950년	——
1951년	——
1952년	——
1953년	25,404
	——
	——
1954년	35,522
	——
	——
	——
1955년	30,834
	——
	——

·················

"이것은 실업 보험금 급여 총액이지?"

"그렇지요."

"자넨 이것이 미야타 구니오의 죽음과 관계가 있다고 생각하는 가?"

"그때도 이것이 문제가 됐었어요. 역시 연관이 있습니까?" 요시무라가 선배의 얼굴을 보았다.

"있다고 하고 싶네." 이마니시가 말했다.

"그때는 누군가가 우연히 그 장소에 떨어뜨린 것이라고 생각했는데, 지금은 그게 아니라는 생각이 들어. 즉, 이것은 어떤 사람이 일부러 그 풀숲에 떨어뜨린 거야."

"일부러라고 하시면?"

"어떤 심리인지 모르지만, 어떤 사람의 일종의 도전이라고 볼 수도 있어."

"도전이라구요?"

"인간은 마음이 오만해지면 그런 기분이 되는 법이야. '어때, 이건 모르겠지?' 하는 식의 조소를 하고 싶어지는 법이야. 이게 바로 그런 거라고 생각해."

"하지만 이건 보험금 급여액입니다."

"그래, 분명히 그래. 나는 이 숫자에 의문을 갖고 일단 조사해 달랬어. 인쇄한 것이니까 틀림없다고 생각했으나 만일을 위해 조사해 보았어. 그랬더니 정말 이 숫자는 속임수 같은 진짜였어."

"이 숫자가 미야타의 죽음과 어떠한 관계가 있습니까?"

"잘 봐. 여기 금액이 쓰이지 않은 부분이 있지? 보라구. 1953년, 1954년, 1955년에는 있어. 그런데 1949년부터는 전부 빠지고, 1953년과 1954년 사이는 선이 두 줄 그어져 있어. 좌우간 1952년 전은 생략했다고 하더라도, 1953년과 1954년 사이에 각각 공백이 있는 것은 어째서일까?"

"글쎄, 모르겠는데요."

"나도 처음에는 통계상의 의미가 있는 거라고 생각했어. 그런데 잘 생각해 보니 이게 이상하단 말이야. 일부러 사이를 공백으로 둘 필요가 없단 말이야."

"그럼 이 공백에도 특수한 의미가 있다는 겁니까?"

요시무라가 실업 보험금 급여액 표를 보면서 물었다.

"있다고 생각해. 지금까지 그걸 깨닫지 못했어. 단 이 공백란은 1953년과 1954년 사이, 즉 같은 해 사이에 두세 번 급여가 없었어. 그저 생략한 거라고 생각하겠지. 이것은 반대였어. 아무 뜻도 없이 그어진 공백이야. 단, 이것은 통계표로 보는 경우지."

"잘 모르겠는데요?" 요시무라가 턱을 괴었다.

"이 실업 보험 급여액은 각각 25,404와 35,522라고 돼 있어. 이 숫자를 읽으면 '이만오천사백사, 삼만오천오백이십이'가 돼. 물론 금액으로는 다른 단위가 되겠지만, 숫자만을 보면 이렇게 읽어야 해. 난 아까 음향에 관해 자네에게 강의를 들었다고 했지?"

"예."

"즉 소리는 너무 낮아도 사람 귀에 들리지 않고, 너무 높아도 들리지 않아. 사람에게는 보통 20,000사이클 이상이면 벌써 소리라는 느낌이 들지 않게 돼."

"아! 알았습니다. 그럼 이 이만오천, 삼만오천, 삼만오천, 삼만, 이만칠천, 이만사천, 이만팔천 등이 고주파를 나타낸다 이거군요?"

"그래, 바로 초음파지. 말하자면 이 보험금 급여액이라는 것은 초음파 고주파의 안배표라고나 할까?"

"……."

"물론 이것은 금액이니 끝수가 있어. 그러나 삼만오천이니 삼만이니 하는 것은 정말로 그만한 주파를 내는 청사진인지도 몰라."

"그렇다면 사이의 공백은 쉬는 부분인가요? 그러고 보니 음악에 흔히 쓰이는 쉼표인 것 같습니다."

"그래, 틀림없이 그걸 거야." 이마니시는 음악에 대해 전혀 몰랐다.

"그럼 이것은 고주파를 계속 낸 것이 아니고 휴식이 있었군요. 이 표대로 실행했다면 말입니다."

"휴식이 있었다고 생각해. 즉 고주파를 계속 내지 않고 휴식도 넣어, 이런 식으로 주파수를 바꾸었다고 생각해."

요시무라는 좀이 쑤시는 듯했다.

"같은 주파수를 연속적으로 내는 것보다, 단속적(斷續的)으로 조금 바꿔 내는 편이 상대에게 주는 효과가 더 있는 것 같아."

이것은 이마니시의 의견이 아니고 구보타 교수에게서 들은 지식 같았다.

"내 생각인데 말이야……" 하고 이마니시는 미리 말한 다음 계속했다. "이 휴식은 보통의 휴식이 아냐. 나는 그 사이에도 끊임없이 음이 있었다고 생각해."

"그럼 영(零)은 아니었겠군요?"

"그렇지. 계속되고 있었어. 그러나 그 음은 이런 초음파가 아니었어. 상쾌하게 들리는 음이었어."

"상쾌하게 들려요? 음악입니까?"

"초음파와 초음파 사이에, 아니 그것보다 음악 도중에 초음파가 나왔던 거야."

"초음파?"

요시무라는 망연했다.

"나는 어려운 이론을 모르니, 구보타 선생님한테서 들은 이야기를 그대로 전달한다 해도 도리어 까다로워지겠지. 좌우간 그런 것이 존재한다는 것을 알아주게. 그리고 그것을 다루는 학문을 음향학이라고 한다는데, 현재는 그 이론을 응용해서 갖가지 방법이 시도되고 있어. 예를 들면 말이야, 여기 베낀 기사도 그래."

이마니시는 수첩을 넘겼다. 경찰청 홍보과에서 고생하며 베낀 바로 그 기사였다.

요시무라는 열심히 읽었다.

"그렇군요. 초음파는 수술용 메스 대신도 되는군요."

"그래, 이 방법은 그 하나의 예라는데……."

"그러나 굉장한 설비가 필요하고, 수술한 환자의 몸에 흉터가 남겠지요?"

요시무라의 질문으로 그가 가진 생각을 알 수 있었다. 즉, 요시무라도 미야타 구니오와 미우라 에미코의 죽음이 자연사가 아님을 깨달은 모양이었다. 미야타 구니오의 시체에는 외상도 없고 독약을 마신 흔적도 없었다. 해부했으나 그 점은 분명했다. 그리고 미우라 에미코의 경우도 미야타와 같은 상태였다. 다만 그녀는 임신했었고, 이상 유산이 되었다는 점이 달랐다.

만약 이마니시 말대로 초음파를 이용해서 살인이 행해졌다면, 수술용 메스처럼 밖에서 가해진 공격의 흔적이 남아 있어야 했다. 이 점은 보통 흉기와 초음파 이용이라는 새로운 흉기와의 차이뿐이었다. 그런데 미야타나 에미코에게는 그런 흔적이 없고, 의사와 해부의는 심장 마비 또는 출혈 과다 때문이라고 진단했다.

"자네 말대로 미야타 구니오와 미우라 에미코가 타살됐다고 가정한다면 지금까지 없었던 새로운 수법이야. 그런데 요시무라, 여기서 생각해 봐야 할 일이 있어. 가령…… 가령이야, 미야타와 미우라를 죽인 사람이 가마타 조차장에서 미키 겐이치를 살해한 범인과 같다고 한다면, 그 수법에 커다란 차이가 있다는 것을 깨닫겠지?" 하고 이마니시가 말했다.

"그렇군요. 그야 대단한 차이지요. 어쨌든 한 번은 피해자를 목졸라 죽이고 그 위에 돌로 마구 쳤으니까요."

요시무라가 고개를 끄덕였다.

"그래, 그 살해 방법은 단순하고 잔학해. 순간적이라고 할 수도 있어. 즉, 계획성이 없어. 한편 미야타 구니오와 미우라 에미코의 죽음이 타살이라고 한다면, 범인은 무서울 만큼 지혜를 짜 세심한 계획하에 살해했다고 할 수 있어. 여기에 모순이 없을까? 같은 범인이 한쪽에서는 단순하고 더구나 발작적인 범행을 했고, 다른 한편으로는 복잡하고 계획적인 범죄를 설정했다. 만약 같은 범인이라고 한다면 이 심리를 어떻게 해석해야 좋을까?"

"글쎄요……? 그것은 미키 겐이치가 갑자기 상경했기 때문이 아닐까요?" 요시무라가 잠시 생각하고 말했다.

"바로 그래. 범인이 미야타와 에미코를 같은 식의 완전 범죄로 살인할 수 있었다면, 미키 겐이치만을 제외할 리가 없어. 그런 서투른 살해는 하지 않을 거야. 그런데 말이야, 한편으로는 다른 방법도 생각할 수 있어."

"뭡니까?"

"미키 겐이치는 미야타의 경우보다 훨씬 원시적인 방법으로 살해됐어. 미야타를 죽인 새로운 흉기가 미키 겐이치의 경우에는 아직 완성되지 않았다고 생각할 수도 있겠지."

"아아, 그렇군요. 그렇게 생각할 수도 있군요."

"그렇겠지? 그러니까 미키 겐이치 살해와 미야타 구니오, 미우라 에미코 사건이 수법으로 보아 양극이라는 데에서 하나의 착안점이 발견된다는 거야."

"그렇군요." 요시무라는 깊이 고개를 끄덕였다.

"그런데, 미키 겐이치가 도쿄에 온 것은 11일 이른 아침이었어. 그가 살해된 것이 11일 밤 12시부터 12일 새벽 1시 사이야. 그러니까 피해자는 도쿄에 도착한 그날 밤에 살해된 셈이야……."

"그렇습니다."

"미키 겐이치가 도쿄에 온 것은 그만한 목적이 있었으니까, 이 11일 아침부터 밤까지의 행동이 자신의 죽음을 초래한 원인이 된 거야."

이것은 사건의 근본에 관련된 문제였다. 두 사람은 각자의 생각을 좇듯 한동안 말이 없었다. 요시무라가 먼저 침묵을 깼다.

"좌우간 범인에게는 아직 미키 겐이치를 살해할 이상적인 방법이 준비돼 있지 않았다는 겁니까, 시간적이 아니라 설비적으로?"

"그런 이야기가 되겠지. 그러니까 범인이 5월 11일부터 미야타 구니오가 살해된 8월 31일까지 그 설비를 준비하고 있었다는 흔적을 찾아야 되는 거야. 이것이 결정적인 방법이라고 생각해."

"그런데 그 설비는 극히 비밀리에 준비했겠지요?"

"그럴 거야. 그러나 범인은 그 실업 보험금 표를 현장에다 남겨 두고도 태연했던 것처럼, 쉽사리 남이 알아차리지 못할 것이라고 생각했어. 비밀리에 준비하고 있어도 대수롭지 않게 생각했다고 할까 빈틈이 있었다고 생각해. 즉, 그의 마음이 느슨해진 거야. 우리가 노리는 것이 바로 그거지."

요시무라는 이마니시의 얼굴을 달려들 듯 응시했다.

"이마니시 씨, 미우라 에미코가 죽기 직전에 '……멈춰 줘요, 아아, 싫어싫어. 어떻게 되어버릴 것 같아요, 이제 그만, 그만해요……' 하고 소리친 것은 그 초음파를 말하는 걸까요?"

"아냐, 그녀의 귀엔 초음파가 들리지 않았을 거야."

이마니시가 찡그린 얼굴로 말했다.

방송

1

와가 에이료의 도미 환송회가 T 회관 홀에서 있었다. 출발까지 아직 날짜가 있었으나, 와가가 바빠 이날 밤에 개최된 것이었다. 회장은 만원이었다. 칵테일 파티여서 보통 회식처럼 격식을 갖추지 않았다. 그 대신 친근감 어린 분위기가 감돌았다. 회장 입구에는 세 권의 방명록이 마련되어 있었다. 그것이 거의 찰 정도였다. 회장에 참석한 사람은 다채로웠다. 음악 관계자는 물론이고, 문학, 회화 등 온갖 예술인이 참석했다. 신문사와 방송국에서도 와 있었다. 이런 회장에서는 보기 드물게 나이 든 사람들이 많다는 점도 색달랐다. 그들의 분위기는 조금 달랐다. 그들은 장차 와가 에이료의 장인이 될 다도코로와 관계있는 사람들이었다. 다도코로 시게요시는 여당의 실력자이며, 현 장관이기도 했다. 나이 든 사람들은 대부분 정치가와 관리들이었다.

정면에 있는 금병풍 앞에 마이크가 설치되어 있었다. 아까부터 사회자가 지명해, 차례로 명사들이 테이블 스피치를 하고 있었다. 화려하게 차려 입은 여자들도 많았다. 양장보다 기모노가 많은 것은 와가 에이료가 미국에 가기 때문일까?

다도코로 사치코가 기모노 차림으로 와가 곁에 붙어 있었다. 그녀의 아버지인 장관은 상기된 탓인지 술 탓인지 얼굴이 붉었다. 그것이 손질이 잘 된 흰 머리와 잘 어울렸다. 흰 옷을 입은 웨이터가 은쟁반을 받쳐 들고 쉴새없이 군중 사이를 누비고 다녔다. 군중이라고 할 만한 사람들이었다. 좌우간 이만큼 사람이 모여 흥청거리는 파티는 최근에 없었다. 조용한 담소와 반가운 웃음소리가 여기저기서 일고 있었다.

한구석에 누보 그룹이라고 불리는 사람들이 모여 있었다. 젊은 화가, 조각가, 극작가, 평론가 들이었다. 평론가는 물론 세키가와 시게오였다. 그들은 테이블의 하이볼을 마시고, 웨이터의 쟁반에서 칵테일을 들었다.

"이 다음은 자네 차례군?" 세키가와에게 화가가 말했다.

세키가와는 때마침 스피치를 하는 노인을 바라보며 고개를 끄덕였다.

"나는 가고 싶지 않은데, 다른 사람들이 권하는 바람에 그만 그럴 생각을 했지."

"아냐, 한번은 보아 두는 게 좋아. 별 소득은 없지만 마음만은 넓어져. 이건 분명해." 파리에 갔던 적이 있는 선배 화가가 말했다. 실은 이 화가의 말에는 작은 야유가 섞여 있었다. 그것은 세키가와의 갑작스런 유럽행은, 와가의 도미에 자극받은 것이라고 뒤에서 소곤거리는 야유였다. 세키가와는 동년배인 와가를 끊임없이 의식하고 있었다. 그런 와가가 미국에 간다고 하니 대항 심리가 생겨, 세키가와도 몰래 준비를 하고 돈을 모았다는 소문이 나 있었다. 즉, 화가의 말은 '그런 좁은 소견머리는 유럽에 가서 버려라' 하는 세키가와에 대한 충고였다. 세키가와는 시치미를 떼었다.

성대한 파티는 계속되었다. 와가가 참석자들 사이로 들어왔다. 그를 붙잡고 사람들이 에워쌌다. 와가는 누구하고나 상냥하게 짧게 이야기하면서 그 무리에서 빠져 나와 다시 새로운 무리 속으로 들어갔다. 그가 가는 곳에는 끊임없이 사람의 소용돌이가 생겼다. 와가가 동료 그룹이 있는 데로 온 것은 훨씬 뒤였다.

"여어, 모두 와 주었군." 와가가 말했다.

한 번씩은 인사를 나누었지만 동료들이 모인 곳에서는 투가 달라졌다.

"축하해."

군중에 막혀 아직 와가와 인사를 나누지 못한 사람들이 그에게 차례로 인사말을 던졌다.

"굉장한 파티인데 이런 환송회를 해 준다면 나도 다시 한 번 어디든 가고 싶은데?" 동료 화가가 칭찬했다.

"그만두는 게 좋겠네. 자네 경우라면 고작 열 명이나 모이면 많이 모이는 거야. 그중 반은 이 기회를 놓칠세라 찾아온 빚쟁이겠지." 조각가가 말했다.

"그럴지도 모르지."

"세키가와, 바쁠 텐데 고맙군. 자네 환송회에 참석하지 못하는 게 유감이네." 와가가 평론가 옆으로 다가왔다.

"아니 괜찮아. 그 대신 어디선가 자네와 불쑥 만날지도 모르지. 그땐 마음껏 마시자구." 세키가와가 와가의 어깨를 두드렸다.

"우쭐거리고 있군. 이런 속악한 파티는 본 적이 없어. 보라구, 삼분의 일이 정치가와 관리 아닌가! 마치 와가 에이료의 마누라 파티 같잖아." 이렇게 말한 것은 그 동료들에게서 떨어진 다른 그룹이었다. 세키가와가 와가와 이야기하는 것을 보더니 비아냥댔다.

"요즘 세키가와는 와가와 악수를 하는군? 전에는 마구 험담을 하더니 요즘엔 전혀 하지 않더군."

"저 녀석의 대항 심리도 웃긴다구. 유럽에 가다니, 되게 컸군 그래."

"그리고 와가 에이료가 미국에서 돌아오면 이번에는 다도코로의 딸과 결혼식이라…… 그럼 또 우리에게 금테 초대장이 오겠지. 지겹군, 또 이런 속물 같은 소란을 볼 것이……."

"그럼 안 나오면 될 게 아닌가?"

"아니, 그렇게는 안 돼. 이렇게 추악한 파티도 똑똑히 관찰해 두어야지." 이렇게 말한 사람은 젊은 소설가였다.

이 작은 무리의 이야기는 환송회장의 담소로, 누보 그룹이 모여 있는 곳에는 이르지 못했다. 테이블 스피치를 하는 사람의 격이 상당히 떨어졌는지 아무도 듣지 않았다.

"이봐, 세키가와, 할 이야기가 있어. 잠깐 이리 와." 와가가 세키가와의 귀에 대고 속삭였다.

2

요시무라는 이틀 동안 방송 기술 연구소와 관계된 곳을 찾아 다녔다. 그는 거기서 여러 가지 질문을 하고 갖가지 답을 들었다. 방송 기술 연구소뿐 아니라 무선 관계의 재료상을 하나하나 돌아다녔다. 이때는 요시무라 외에 가마타 경찰서에서 온 한 형사가 쭉 따라다녔다. 사건 수사는 이미 중지된 것이나 마찬가지였지만 새로 자료가 나오는 바람에 서장도 '임의수사'에 중점을 두게 되었다. 자료는 요시무라가 이마니시에게 들은 것이나, 자기가 돌아다니며 수집한 것이었다. 이마니시는 요시무라에게 그 방면을 담당하게 하고, 자기는 다른 일을 했다. 이마니시가 불쑥 전위극단 사무실에 나타났다. 낯익은 직원이 나왔다.

"요전에는 폐를 끼쳤습니다. 또 신세를 지러 왔습니다." 이마니시는 싱글벙글하며 인사했다.

"이번에는 뭡니까?"

"요전에 뵈었던 의상 관리 담당자를 다시 한 번 만나고 싶은데요?"

"어렵지 않지요. 마침 지금 와 있습니다."

직원이 의상 담당자를 불러다 주었다.

"요전 날에는 실례했어요." 의상 담당자가 먼저 웃으며 인사했다.

"먼젓번에 이야기 들은 것이 매우 도움이 됐습니다."

이마니시는 달리 아무도 없는 응접실에 앉아 말했다. 그녀가 이마니시의 용건을 짐작하고 이 장소로 안내한 것이다.

"요전에 의상을 하나 잃었다고 하셨는데, 그 뒤로 아직 찾지 못했습니까?"

"네, 그때 물으셔서 저도 만약을 위해 다시 살펴 보았어요. 그런데 역시 없었어요."

이마니시는 그 의상을 꺼내 간 사람이 다시 제자리에 갖다 두지 않았을까 하는 생각도 있었는데, 여자의 말로 깨끗이 지워졌다.

"그 의상은 당분간 연극에서는 사용하지 않나요?"

"글쎄요……." 그녀는 생각하더니 대답했다. "이번과 다음 상연물이 정해졌는데, 그걸 입을 일은 없을 것 같아요."

"그렇다면 부탁이 있는데요. 어떨까요? 그 의상, 즉 그 대신 구한 레인코트 말인데, 그것을 이삼 일간 빌려 주실 수 없을까요?”

이마니시는 머리를 숙였다.

“빌려 달라구요?” 그녀는 언짢은 얼굴을 했다.

“제가 책임을 지겠습니다. 물론 차용증도 쓰겠습니다. 미안합니다만 꼭 부탁입니다.”

“극단의 물건은 밖에 내보내지 않게 돼 있어요.”

그녀는 난처하다는 얼굴을 했다. 그러나 다름 아닌 경찰청의 부탁이고, 그녀는 이마니시의 인품에 호감을 가진 모양이었다.

“알겠어요, 형사님이 책임을 져 주신다면,” 그녀는 결단을 내렸다.

이마니시는 요시무라와 그날 저녁때 시부야에 있는 대중식당에서 만났다. 두 사람은 카레라이스를 시켜 먹었다. 이마니시는 요시무라가 먹는 것을 보고 놀랐다.

“자넨 꽤 배가 고팠군 그래?”

“예, 어제 오늘 꽤 여러 곳을 돌아다녔으니까요.”

이마니시는 요시무라에게 방송 기술 연구소며 무선 재료상을 샅샅이 조사한 결과를 들었다. 이마니시는 요시무라의 이야기를 대강 듣고, 그가 수집한 자료를 간단하게 자기 수첩에 적었다.

그 이야기 속에 ‘파라볼라’라는 말이 나왔다. 요시무라가 파라볼라 안테나는 마치 접시같이 생겼다고 설명했다. 어떤 음파를 방출할 때 이 파라볼라를 통하면 응집되어 강력해진다.

요시무라가 말했다. “왜 그 빌딩 옥상 같은 곳의 탑 위에 달린 둥근 것이 있지요. 그것이 파라볼라입니다. 그 경우는 모양이 훨씬 크겠지요. 그런데 조사한 결과 이마니시 씨께서 짐작하신 대로 그도 그런 것을 몰래 사들였더군요. 그게 7월쯤부터랍니다. 물론 파라볼라뿐 아니라 다른 기재도 사 갔습니다. 그 강매 상인 사건에도 입구에 파라볼라와 트위터(^{tweeter.}고음용 스피커)를 장치했답니다. 자세한 것은 메모해 왔습니다."

"미키 겐이치가 살해된 때가 5월이고, 미야타 구니오가 죽은 때가 8월 31일, 그러니까 7월은 딱 중간이군?"

"그렇게 됩니다. 그리고 이마니시 씨의 추측대로 미야타가 죽은 때까지 2개월이 있었으니 소위 준비 기간은 충분했지요."

"그렇군." 이마니시는 고개를 끄덕였지만 안색이 밝지 않았다. "대충 예상은 되는군. 그러나 문제는 우리가 구체적인 증거를 포착하는 거야. 증거가 없으면 어디까지나 추정의 한계를 벗어나지 못해."

"그렇군요."

"곤란한데. 어떻게 안 될까?"

"완전 범죄에 가까우면 가까울수록 단서가 없게 마련입니다."

"하는 수 없지. 증거가 모아지지 않을 때는 다소 술책을 쓸 수밖에 없겠지."

"술책이라뇨?"

요시무라가 이마니시의 입을 응시했다.

"여기에 전위극단에서 빌려 온 의상이 있어. 그 행방불명된 레인코트 대신이야. 색과 모양이 도둑맞은 그것과 똑같고, 미야타의 키에 맞춰서 보통 시중에서 파는 것보다 좀 길어." 이마니시가 옆에 끼었던 신문지 꾸러미를 요시무라에게 넘겨주며 말했다.

"이걸 어떻게 하는 겁니까?"

요시무라가 알 수 없다는 얼굴을 했다.

"자네가 레인코트를 입고 가는 거야."

"어디에?"

"말할 것도 없이 그 집이야. 거기에 가는 사람은 자네와 나만이 아냐. 전파법 위반을 적발하는 담당 기술관도 가는 거야."

"그럼 전파법 위반으로 적발하나요?" 요시무라가 놀라며 물었다.

"무리라는 건 알고 있어. 그러나 이러는 수밖에 방법이 없어. 이미 수사 1과장으로부터 그쪽 방면에 양해를 구해 두었어. 그러니까 우리를 뒤쫓아 전파 관계 기술관도 그 집에 가게 될 거야. 그리고 의사와 법의학자도 가고……."

요시무라는 이마니시의 이야기를 숨을 죽이고 들었다.

"그럼 실험이 시작되는군요?"

"그렇게 되지." 이마니시가 여전히 밝지 못한 얼굴로 말했다. "이러한 범죄는 확증을 잡기가 곤란해. 확증은 실험을 해 보는 수밖에 없어. 그 사이에 본인을 밖에 묶어두지 않으면 안 돼."

"아아, 그럼 전파법 위반으로 경찰청에 출두시키는 거군요?"

"그래. 그러나 나에게는 확신이 있어. 실험은 그 확신을 과학적으로 입증하기 위한 거야. 과학자와 의사도 협력해 주기로 돼 있어. 그리고 내 확신을 맨 먼저 자신 있게 만들어 줄 임무를 맡은 사람은 자네야."

이마니시가 더욱 심각한 얼굴을 했다.

"제가 레인코트를 입는 그 일요?"

"그래. 그 레인코트는 범인이 가마타 조차장에서 피 묻은 스포츠 셔츠 위로 뒤집어 쓴 것과 같아. 색깔, 천, 모양이 똑같아. 전위극단의 민중극에 나오는 무대용 의상이니 말이야."

"범인은 자기 것을 이미 처분했으리라고 보는데요?"

"바로 그거야. 피 묻은 스포츠 셔츠도 나루세 리에코에게 그렇게 처분시켰어. 위에 걸친 레인코트에도 피가 약간 묻었을지 몰라. 범인은 주도 면밀한 경계를 하고 있었어. 그러니까 당연히 레인코트도 처분했다고 생각해야 돼. 어디다 숨겨 두었다든가, 다른 사람에게 주었다든가 하진 않았을 거야. 왜냐하면 그 레인코트를 남기면 루미놀 반응이나 뭘로 핏자국이 증명될 우려가 있을 테니까 말이야. 범인이 처분했으니 그 레인코트가 전위극단 의상부로 돌아오지 않은 거야."

"알았습니다."

요시무라는 이마니시의 의도를 알아들은 모양이었다.

"난 자네 곁에 붙어 있겠어. 그리고 범인이 자네의 레인코트를 보고 어떤 반응을 나타내는지 관찰할 작정이야. 사람이란 아무리 준비하고 있어도 갑자기 허를 찔리면 자기도 모르게 안색에 나타나는 법이야. 내가 그 판정을 하겠어. 나는 그 결과 여하에 따라, 그를 전파법 위반으로 문책할 것인가 안 할 것인가를 결정하고 싶을 정도야."

"그럼 언제 결행합니까?"

"내일 아침이야. 8시경이 될 거야. 자네쪽 서장에게도 연락이 갔을 테니 자네가 돌아가면 거기에 대한 지시가 있을 거야." 이마니시는 잠깐 쉬었다가 "와가 에이료는 언제 출발하지?" 하고 물었다.

"하네다 공항에서 팬아메리칸기로 모레 오후 10시에 출발합니다."

"그랬었지."

이마니시는 그때까지의 시간을 계산했다.

"이마니시 씨, 시간 안에 댈 수 있을까요?"

"어떻게 되겠지."

그러나 이마니시의 표정에 초조함이 스며 있었다.

"내일 중으로 결론이 나옵니까?" 요시무라가 걱정스러운 듯 물었다.

"결론이 나도록 하겠어."

"큰일이군요." 젊은 요시무라도 그것이 쉽지 않다는 것을 알고 있었다.

"큰일이지. 이기느냐 지느냐 하는 막다른 골목이야." 이마니시는 딱 잘라 말하며 결의를 굳힌 듯한 표정을 했다. "그리고 과학자와 의사가 실험을 하는 동안에 자네와 나는 다른 할 일이 있어."

"뭡니까?"

"평론가인 세키가와 시게오한테 가는 거야."

요시무라는 이 말을 듣고 눈을 빛냈다. 당연히 그렇게 되리라는 기대와 마침내 그 단계에 왔다는 긴장이 얼굴에 나타났다.

"여기서 미우라 에미코가 죽었을 때의 상태를 생각해보자구. 그 여자는 넘어져서 그 충격으로 유산 상태가 되어 죽었어. 이 대목의 순서가 반대였던 것이야. 우리는 그녀가 넘어지는 바람에 유산이 된 줄 알았는데, 이것을 좀더 이전 상황으로 가지고 가 보자구. 즉, 그녀가 죽기 훨씬 이전에 이미 유산이 되었다고 생각하는 것이 맞는 것 같아."

"역시 그 초음파입니까?"

"그녀는 일종의 '수술'을 받은 거야."

"그러나 그런 거라면 굉장한 의사에게 갔을 게 아닙니까?"

"본인의 뜻이 아니었으니까 말이야. 그런 색다른 '수술'을 받아야 했던 것은, 그녀가 의사에게 가고 싶지 않았기 때문이었다고 생각해. 즉, 에미코는 아이를 낳고 싶었던 거야."

"그럼 그녀는 속아서 그곳에 끌려갔나요?"

"아마 그랬을 거야. 세키가와는 친구에게 그걸 부탁했어."

"그런데 그녀는 죽지 않았습니까?"

"죽었어. 그러나 처음부터 그녀를 죽일 생각이 아니었어. 그들은 그 '수술'에 실패한 거야."

"그럼 세키가와는 그 장치를 알고 있었나요?"

"알고 있었을 거야. 언제 그걸 알았는지 모르지만, 그는 미야타 구니오의 죽음에 그 나름대로 의문을 가지고 헤아린 것이 아닐까? 만약 에미코가 임신한 일이 없었다면, 그는 친구 앞에서 끊임없이 그 '알고 있다'는 것으로 우위에 서 있었겠지. 자네는 세키가와가 갑자기 와가 에이료의 음악에 대해 호의적인 평을 시작한 것을 눈치 챘지? 그의 우위는, 에미코의 '수술'을 부탁한 것으로 역전되었어."

3

오전 8시경, 다섯 남자가 음악가 와가 에이료의 집을 방문했다. 추운 날이어서 코트를 입은 사람도 있었는데, 한 사람은 꾀죄죄한 쥐색 레인코트 차림이었다. 이 일대는 주택가여서 한적했다. 길에는 출근하는 사람만이 바삐 걷고 있었다.

한 사람이 현관 벨을 눌렀다. 나온 사람은 중년 부인이었다. 젖은 손을 앞치마에 닦으며 문을 열었다.

"안녕하십니까?" 키가 큰 젊은 남자가 말했다. "주인어른 계십니까?"

"저어, 어디서 오셨습니까?" 중년 여자는 가정부로 청소를 하다 나온 듯했다.

"이런 사람입니다."

명함을 넘겨주었다. "뵙고 싶습니다."

"아직 안 일어나신 것 같은데요……?"

"미안하지만 깨셨으면 전해 주십시오."

가정부는 다섯 사람이나 서 있어 기가 꺾인 듯 안으로 들어갔다. 이마니시는 현관에 서서 주위를 둘러보았다. 문설주 위에 작은 금속제 골프 공 같은 트위터가 장치되어 있었다. 동행한 두세 사람이 그것을 올려다보고 끄덕거렸다. 가정부가 돌아왔다.

"어서 올라오세요. 주무시고 계셨지만 곧 만나 뵙겠답니다."

"미안합니다."

8조 정도의 방인데 양식으로 되어 있었다. 간단하면서도 멋진 장식이었다. 음악가의 집답게 맨틀피스 위에 악보가 쌓여 있었다. 서양 사람 사진이 두세 개 장식되어 있었다. 이름은 알 수 없으나 유명한 음악가인 듯했다.

다른 사람은 코트를 벗었지만 요시무라만은 레인코트를 입은 채 앉아 있었다. 창으로 이웃집 불빛이 보였다. 다섯 사람은 잠자코 담배를 피웠다. 멀리서 문 닫히는 소리가 나는 것으로 보아, 와가가 일어나 얼굴을 씻으러 갔는지도 모르겠다. 이웃집 라디오 소리가 들릴 정도로 조용했다. 족히 20분은 기다렸다. 슬리퍼 소리가 들리고 문이 열렸다.

와가 에이료가 막 갈아입은 전통복 차림으로 나타났다. 머리를 깨끗이 빗었다. "어서 오십시오." 와가는 손에 명함을 쥐고 있었다. 다섯 사람은 의자에서 일어섰다.

"안녕하십니까?" 한 사람이 말했다. "아침 일찍부터 밀려들어 죄송합니다."

"천만에요."

와가 에이료는 다섯 사람이 서 있는 곳을 바라보듯 둘러보더니 요시무라의 모습에 시선이 이르자 순간 눈을 크게 떴다. 요시무라의 얼굴을 보고서가 아니었다. 강한 시선이 요시무라가 입은 레인코트에 빨려든 것이다. 잠시 경악과 의혹이 그 눈동자에 노출되어 있었다.

이마니시는 다섯 사람 가운데 두드러지지 않은 위치에 있었는데, 그의 눈은 와가의 얼굴에서 떠나지 않았다. 경악하는 와가의 표정은 수초 동안의 짧은 사이였다. 그러나 잠깐 보인 그 놀라움과 의혹의 얼굴은 이마니시에게 아주 강렬한 인상을 주기에 충분했다. 이마니시는 휴 하는 소리가 한숨처럼 나왔다.

와가는 어느새 조용한 표정으로 되돌아가 다섯 사람과 마주 앉았다. 그는 테이블 위에 있는 담뱃통에서 담배 한 개비를 집어 드는데, 어떻게 된 노릇인지 좀처럼 담배 개비를 집어올리지 못했다.

젊은 작곡가는 성냥을 그어 머리를 숙이고 불을 댕겼다. 연기가 입가에서 피어올랐는데, 이 짧은 시간이 와가에게 하나의 결의와 응전 태세를 준비하게 했는지 몰랐다.

"무슨 용건입니까?" 와가는 젊은 눈썹을 쳐들고 조금 전에 인사한 사람에게 시선을 돌렸다.

"죄송합니다. 이걸 봐 주십시오."

그 남자는 주머니에서 넷으로 접은 종이를 꺼냈다. 종이쪽지는 와가의 손으로 넘어가 펼쳐졌다. 와가는 그것을 읽었다. 그러나 이때는 조금도 당황하지 않았다.

"전파법 위반이란 말씀인가요?" 눈을 든 와가의 표정에 희미한 미소가 떠올랐다.

"그렇습니다……. 최근에 초단파의 위반이 매우 많아서요. 저희는 여러 가지 관계로 이것을 일제히 단속하게 됐습니다. 그래서 전파 탐지기 등을 써서 방향을 수색하고 있었는데, 댁에서 높은 주파수의 전파가 나오고 있다는 것을 알았습니다……. 와가 씨는 그런 설비를 가지고 계시겠지요?"

"예, 그것은……." 와가는 입가에 쓴웃음을 띠었다. "저는, 잘 아실지 모르겠습니다만, 전자 음악이라는 걸 하고 있어서 그 연습용이라고 할까요, 실험용으로 진공관을 사용합니다. 그러나 말씀하시는 전파법 위반 같은 것은 절대로 하지 않았습니다."

"그렇습니까? 그러나 일단 그러한 설비를 가지고 계시다면 저희에게 보여 주셨으면 합니다."

"보십시오, 저쪽에 있으니 안내하겠습니다."

와가는 태연했다. 표정에 경멸이 섞이기까지 했다.

"그럼……."

다섯 사람은 일제히 일어섰다. 물론 요시무라도 일어섰다. 이때, 와가의 시선이 다시금 날카롭게 요시무라의 모습을 화살처럼 쏘았다. 이마니시가 처음에 본 그 의혹이 걱정스러운 듯한 시선에 짙게 나타나 있었다. 그들은 와가 에이료의 뒤를 따라갔다. 긴 복도를 걸어 별채로 건너갔다. 와가는 실험실 같은 작은 건물 정면에 있는 문을 열었다. 그 안으로 한 발짝 들여 놓은 다섯 사람은 그곳이 타원형으로 된 스튜디오라는 것을 알았다. 천장과 벽은 방송실처럼 완벽히 방음 장치가 되어 있었다. 그리고 방송국 일부처럼 유리를 낀 방이 있고, 작은 규모지만 내부의 반을 차지한 음향 조정실이 만들어져 있었다.

"이거 훌륭한데요?" 이렇게 소리친 사람은 처음부터 와가와 이야기를 나누던 경관이었다. "와가 씨, 우리는 이 장치를 천천히 보고 싶습니다."

4

경찰청에서는 세 가지 조치가 취해졌다.

작곡가 와가 에이료는 이날 경찰청에 임의 출두해서 하루 종일 취조를 받았다. 그의 출두 명목은 전파법 위반이었다(무선국을 개설하려는 자는 우편통신부 장관의 면허를 얻어야 한다). 벌칙 제10조에는 아래의 각 항에 해당하는 자는 1년 이하의 징역 또는 5만 엔 이하의 벌금형에 처한다고 규정되어 있다.

1. 제4조 제1항 규정에 의한 면허가 없으면서 무선국을 운용하는 자.
2. 제100조 제1항 규정에 의한 면허가 없으면서 같은 조항, 항목의 설비를 운용하는 자.

와가 에이료의 집에 있는 전자 음악을 연습하는 데 쓰는 기계 장치는 전문가가 모여 여러 가지로 실험해 보았다. 거기서는 20,000사이클에서 30,000사이클 이상의 초음파가 나오는 것이 가능하다고 단정되었다. 그래서 그 초음파가 인체에 미치는 온갖 가능성에 관해 세밀히 실험했다. 이것을 의사와 법의학자가 기록했다.

끝으로 평론가 세키가와 시게오가 자택에서 오랫동안 이마니시와 다른 형사들로부터 참고 신문을 받았다. 형사들은 장시간에 걸쳐 상세하게 신문했다. 그리고 세키가와의 진술로 형사들은 그 입증을 위해 각 방면으로 뛰었다.

그날 밤이었다. 경찰청 수사 1과 회의실에서는 비밀리에 합동 수사 회의가 열렸다. 여기에 출석한 사람은 과장, 수사 1계장, 이마니시 형사 부장, 그리고 가마타 경찰서에서 온 수사과장과 요시무라 형사 등 조차장 살인 사건을 전담했던 수사관들이었다. 그리고 전파 관계 기관, 감식과 직원, 법의학자 등이 자리에 함께 했다.

먼저 우편통신부 기술관으로부터 설명이 있었다.

"와가 씨의 스튜디오를 조사해 본 결과를 보고하겠습니다.

이 스튜디오는 전자 음악 작곡가가 만든 것치고는 상당히 정밀하게 만들어져 있었습니다. 방은 둘로 나뉘어 작은 조정실과 타원형으로 된 스튜디오(수신실)로 돼 있습니다. 조정실에는 단파 송신기에 초단파의 발진기가 직접 연결되어, 초음파가 단파에 실려 발사되게 장치되었습니다. 한편 이 전파를 조정실에 있는 단파 수신기로 받아 초음파를 꺼내고, 증폭기에 걸어 파라볼라 장치가 있는 스튜디오에 초음파를 내게 돼 있었습니다. 단파 발신기는 별채 지붕 뒤에 은닉되었고, 필요에 따라 사용되도록 바꾸는 장치가 조정실에 있었습니다.

파라볼라는 이것에 의해 고주파를 내는 기구인데, 와가 씨의 경우는 충분히 30,000사이클 이상의 주파수를 낼 수 있게 돼 있었습니다. 이 방이 타원형으로 된 것은 주목할 만합니다. 이것은 초음파 음향이 가장 효과적으로 어느 한 점에 수신될 수 있는 환경으로 만들어졌습니다. 그리고 이들 기계 장치에 관한 전문적인 사항은 나중에 서면으로 상세히 보고할 작정입니다. 다음은 이 초음파 발진기가 인체에 어떠한 영향을 미치느냐 하는 것입니다.

단적으로 말씀드리면 이것으로 살인을 할 수 있느냐 없느냐 하는 가능성을 어떤 사람을 써서 실험했습니다. 우선 처음에 경찰청의 지시대로 3시간 걸쳐 와가 씨가 갖고 있는 녹음테이프를 사용, 전자 음악을 방에 흘려보냈습니다. 물론 이것은 방송 관계 기술자에 의해 사이클 조정을 했습니다. 그랬더니 실험에 참여한 사람은 두 시간 만에 정신 상태에 일종의 혼미가 나타나고, 육체상의 고통을 호소했습니다. 즉, 구토, 현기증, 두통을 느낀 것입니다. 이러한 상태에서 다른 한편에서는 단파 송신기에 직결된 초음파 발진기로 각각 2만 5천, 3만 5천, 3만, 2만 7천 사이클과 같은 초음파를 단속적으로 냈습니다. 그랬더니 피실험자의 심잘박동이 급격히 이상 상태를 보였습니다. 이에 대한 자세한 보고는 담당 의사로부터 이야기가 있을 것으로 봅니다만, 실험 당한 사람이 이 장치에 의해 극히 위험한 상태가 될 수 있다는 것이 확인되었습니다."

다음에 이마니시가 일어섰다. 그는 자기가 정리한 자료를 보면서 이야기를 시작했다.

"이번 사건은 실로 우리에게 대단한 참고가 됐습니다. 우리는 오늘 우선 와가 씨를 전파법 위반으로 취조하다가 저녁때 귀가시켰습니다. 그러나 저는 끝까지 와가 씨의 범죄를 확신하고 있습니다.

먼저, 범행 동기부터 말씀드리면 이 젊은 와가 씨에 대해 동정을 금할 수가 없습니다.

모토우라 히데오라는 어떤 남자가 있습니다. 그의 아버지는 모토
우라 지요키치라고 하며, 1905년 10월 21일에 출생해 1957년 10
월 28일에 사망했습니다. 그의 어머니는 마사라고 하는데, 1935년
6월 1일에 사망했습니다. 히데오가 네 살 때였습니다.

　　모토우라 지요키치는 본적지가 이시카와 현 에누마 군 ××마을
이고, 중년에 한센병이 발병하여 마사와 이혼했습니다. 이때 외아
들 히데오를 아버지가 맡았습니다. 히데오는 1931년 9월 23일생입
니다.

　　이상은 제가 모토우라 지요키치의 호적을 조사한 것이고, 이시카
와 현 에누마 군 야마나카 시까지 찾아가서 마사의 친언니 집을 찾
아가 듣고 온 이야기입니다.

　　모토우라 지요키치는 발병 후 유랑을 계속했는데, 이것은 자기의
불치병을 고치기 위해 신앙을 겸한 순례 행각을 한 것으로 보입니
다.

　　모토우라 지요키치는 1938년에 당시 일곱 살이었던 장남 히데오
를 데리고 니타 시 가메다케 부근에 도착했습니다. 이때 가메다케
지서에 미키 겐이치라는 친절한 순경이 있었습니다. 미키 순경은
모토우라 지요키치가 불치병을 갖고 있으며, 더구나 이미 말기적
증상임을 알고 즉시 격리할 필요를 느끼고, 법령에 의해 1938년 6
월 22일 니타 동사무소의 소개로 오카야마 현 고지마 군 ××마을
의 한센병 요양소 ‘자광원’에 입원 수속을 했습니다. 이때 규칙에
따라 데리고 있던 아들 히데오는 아버지와 격리되어, 한동안 미키
순경이 만든 보육원에 맡겨 두었던 것으로 생각됩니다.

　　여기서 미키 순경의 성격에 대해 말하면, 실로 훌륭한 경찰관으
로, 지금도 이 순경의 선행은 그 지방에서 이야깃거리가 되어 전해
지고 있습니다.”

이마니시 형사는 차를 한 모금 마셨다.

"즉, 이 순경은 마을에 가난한 사람이 있으면 적은 월급에서 그 집의 가계를 돕고, 산중에 병자가 생기면 가서 어깨에 메고 산을 내려오고, 마을에 다툼이 있으면 중재를 하는 등, 그 미담들은 제가 현지에 가서 자세히 듣고 알았습니다. 이 순경의 성격으로 보아 어린 히데오를 자신이 보호하다가 장래 이 아이를 다른 적당한 집에 양자로 주어 양육하게 할 생각이었을 것입니다.

그런데 이미 방랑벽이 있는 히데오는 미키 순경의 친절에도 불구하고 가메다케를 탈주해 혼자 어디론가 떠나 버렸습니다. 이것이 이번 사건의 비극적인 발단입니다."

이마니시는 여기서 말을 그치고 주위를 둘러보았다. 어느 얼굴이나 모두 숨을 죽이고 다음 말을 기다리고 있었다.

"그 후 모토우라 히데오는 소식이 묘연했습니다. 히데오는 오사카 방면으로 향한 것이 아닌가 합니다. 이 일은 나중에 말씀드리기로 하고, 미키 겐이치 순경은 경위까지 승진했다가 1938년 12월 의원 사직했습니다. 실로 이 경관의 행동은 우리 경찰관들이 본보기로 삼을 만합니다.

이 경관은 그 후 오카야마 현 에미 시에서 잡화상을 개업하고, 점원인 쇼키치를 양자로 삼아 그에게 아내를 얻어 준 다음, 평화로운 노후 생활을 영위하게 됐습니다. 겐이치 씨는 여기서도 부처님 같다는 이웃의 평을 듣고 있었습니다.

그러던 중, 겐이치 씨는 오랫동안 자기의 꿈이었던 관서 지방을 여행하기로 했습니다. 그는 금년 4월 7일 에미 시를 출발하여 10일에는 오카야마 시, 12일에는 고토히라, 18일에는 교토, 이런 식으로 한가한 여행을 즐겼습니다. 이것은 양자 쇼키치 앞으로 그때마다 여관에서 편지를 보냈기 때문에 안 일입니다.

이렇게 해서 겐이치 씨는 5월 9일 이세 시 ××마을 후타미 여관에 투숙했는데, 우연히 근처 영화관으로 구경을 갔습니다. 그런데 그 영화관에서 그는 실로 반가운 사진을 보았습니다. 그래서 그는 한 번 영화관에서 나왔으나, 확인하기 위해 다음 날 그 영화관에 다시 들어갔습니다. 그가 본 반가운 것이란 대체 무엇일까요?

그것은 영화가 아니었습니다. 영화관 안에 걸려 있는 어느 기념 사진이었습니다. 거기에는 그 극장 주인이 가장 존경하는 현 장관 모씨의 가족이 찍혀 있었습니다. 겐이치 씨는 가족이 아닌, 평소에 이 장관 댁에 가끔 드나들던 어느 청년의 얼굴을 발견한 것입니다. 이 청년은 음악가이고 동시에 이 장관 영애의 약혼자이기도 했습니다. 미키 겐이치 씨는 이 사진에 붙은 설명서를 읽고, 이 청년이 현재 젊은 작곡가로 활약하는 와가 에이료라는 사람임을 알았습니다.

그러나 미키 씨는 와가 에이료가 아니라, 자기가 돌봐 주던 불치병 환자의 아들인 모토우라 히데오의 모습을 발견했던 것입니다. 당시 히데오는 겨우 일곱 살 정도여서 인상을 종잡을 수 없었으나, 기억력이 뛰어난 그는 두 번째로 확인하고 분명한 확신을 가졌습니다.

일곱 살 아이의 얼굴과 서른 살 청년의 얼굴과는 상당히 인상이 다릅니다. 그러나 미키 순경은 그 성장한 용모에서 어렸을 때의 특징을 보았다고 생각됩니다. 사건 제일선에서 일하는 순경들 중엔 흔히 인상을 기억하는 데 특별한 재주를 지닌 사람이 많습니다. 이 순경도 그런 사람이었다고 생각됩니다.

미키 순경은 매우 반가움을 느껴 바로 귀향할 예정을 변경하고, 급히 도쿄로 나온 것입니다.

제가 생각건대 이 순경은 사진의 주인을 만나기까지 반신반의하지 않았나 싶습니다. 그런데 틀림없었습니다. 이 순경은 23년 만에 모토우라 히데오를 만날 수 있었습니다. 그 만남이 어떻게 이루어졌는지는 모릅니다. 그것은 범인의 자백에 따르는 수밖에 없습니다. 그러나 만난 것은 확실합니다. 두 사람은 금년 5월 11일 오후 11시가 지나, 가마타 역전에 있는 싸구려 바에서 만났습니다.

당시 모토우라 히데오는 신진 작곡가로 장래가 촉망되고, 그리고 장관의 영애와 약혼하여 실로 전도가 유망한 장밋빛 인생을 맞고 있었습니다.

그런데 홀연히 눈앞에 불길한 사람이 나타났던 것입니다. 물론 미키 겐이치 씨로서는 다른 뜻은 없었습니다. 오래 헤어져 있던 히데오의 모습을 이세에서 발견하고 반가운 나머지 상경해서 만난 것인데, 히데오에게 있어서는 굉장한 공포였습니다. 이것은 겐이치 씨의 입에서 자기의 전력이 드러날 경우 현재 진행되고 있는 약혼이 파기될 가능성이 있고, 틀림없이 그런 지긋지긋한 아버지가 있다는 사실과 이제까지 속여 오던 경력이 모조리 폭로되겠기 때문이었습니다. 이것은 히데오에게 있어 견딜 수 없는 일이었습니다. 그 때의 경악과 고민은 말로 표현할 수 없을 것입니다. 그래서 히데오는 자기의 장래를 위해, 자신의 지위를 지키기 위해, 미키 겐이치를 살해하기로 결심했습니다. 이것이 가마타 조차장 사건의 살인 동기입니다.

그런데 히데오가 경력을 속여 왔다고 말씀드렸는데, 와가 에이료의 경력을 조사해 보았더니 본적은 오사카 시 나니와 구 2의 120, 와가 에이조의 장남으로 태어났고, 어머니는 기미코로 돼 있었습니다. 그리고 생년월일은 1933년 10월 2일로 되어 있었습니다.

여기서 주목해 주실 것은, 히데오는 1931년 9월에 태어났는데 2년 후인 1933년에 태어났다고 해놓은 사실입니다.

그리고 와가 에이조와 기미코의 사망일은 둘 다 1945년 3월 14일로 돼 있는데, 그날 대공습이 있어 나니와 구 에비스 일대가 불바다가 되어 호적 원본을 보존하고 있던 나니와 구청과 지방 법원이 전부 중요 서류와 함께 잿더미가 되었던 겁니다. 그리고 이러한 경우, 본인 신고에 의해 다시 호적을 작성하는 것이 법률로 정해져 있었습니다. 히데오는 여기에 착안했습니다. 즉, 와가 에이료라는 사람은 처음부터 존재하지 않았고, 1949년에 신고한 그 호적은 전부 모토우라 히데오의 창작입니다. 18세인 그가 그러한 지혜를 가졌다는 것은 대단히 조숙하고 천재적인데, 그 동기가 자기 장래를 위해 불치병자인 아버지의 호적에서 탈출하고 싶다는 데 있었다고 생각하면 동정의 여지가 있습니다."

사람들은 조용히 이마니시의 말을 듣고 있었다.

"시마네 현에서 탈출한 히데오는 유년기를 오사카에서 보냈다고 생각합니다. 이것은 제 상상인데, 누군가에 의해 거두어져, 거기서 컸을 겁니다. 그런데 이것은 현재 아무리 조사해도 알 수 없습니다. 아마 그 일가도 전쟁으로 전멸한 것이 아닌가 싶습니다.

　　그 후 안 사실은, 그가 교토 부립 ××고등학교에 갔다는 사실입니다. 이것은 2학년 때 중퇴한 것으로 돼 있는데, 그는 당시 학우에게 '××시에서 하숙하고 있다'고 했답니다.

　　그 뒤 그는 도쿄로 나와 예대의 가라스마루(烏丸) 음악 교수에게 그 천부적인 재능을 인정받아 마침내 오늘날의 그가 된 겁니다. 일개 부랑아에서 출발해 젊은 나이에 우리나라 작곡계의 새로운 희망이 된 그는, 실로 놀라운 성공을 했다고 할 수 있습니다. 그는 소위 '누보 그룹'에서도 특이한 존재였습니다. 그리고 아까도 말씀드린 것처럼 모 유력 정치가의 영애와 약혼했습니다. 그런데 갑자기 미키 겐이치가 찾아온 것입니다."

이마니시는 계속했다.

"와가가 가마타 역 부근에 있는 싸구려 바로 미키 씨를 꾄 것은, 이미 살해하려는 의도가 있었기 때문이라고 생각됩니다. 그래서 그는 일부러 허술한 풍채를 하고 있었는데, 이때 미키 겐이치는 고향 사투리를 쓴 것입니다. 오랫동안 시마네 현 니타에서 경찰 생활을 한 그는, 자기도 모르게 지방 말이 몸에 배었던 것입니다. 그것이 목격자들의 귀에 동북 지방 사투리로 들렸습니다. 그 지방 일대에서는 현재에도 동북 말씨와 비슷한 악센트를 사용하고 있습니다.

수사는 한때 그것 때문에 혼돈을 일으켰는데, 이윽고 우리는 바른 방향으로 나갔습니다. 이 단계에 대해서는 여기서 장황하게 말씀드리지 않겠습니다.

와가 에이료는 신문을 보고 우리의 수사가 동북 말씨와 '가메다'로 향한 것을 알고, 머지않아 우리가 틀림없이 동북 지방에 있는 가메다에 주목하리라고 생각하여 재빨리 미야타 구니오라는 배우를 시켜 가메다 지방을 여행하며 일부러 수상한 행동을 하게 했습니다. 미야타는 그 목적도 모르고 부탁받은 일을 했습니다. 이것은 제 상상인데, 미야타는 일찍이 호감을 갖고 있던 극단 직원 나루세 리에코의 부탁으로 그 일을 했을 것입니다.

또한 와가는 그 후 누보 그룹 동료들을 꾀어 로켓 연구소에 견학 갔습니다. 조사해 보니 와가가 억지로 동료들을 꾀었다는 사실을 알 수 있었습니다. 와가는 미야타가 한 일의 성과를 몰래 살피러 간 것이라고 생각됩니다.

리에코는 와가의 숨은 애인으로, 살인한 그에게 당시의 극 중에서 미야타가 입던 레인코트를 갖다 주고, 또한 그의 피 묻은 스포츠 셔츠를 처분했습니다. 그런데 그 뒤 리에코는 무서운 죄를 범한 연인에 대해 절망한 나머지 자살해 버렸습니다. 미야타는 리에코의 자살에서 자신이 한 역할의 내용을 어렴풋이 짐작하고 와가를 탓했습니다. 그래서 와가는 미야타의 입을 막기 위해 전자 음악과 초음파를 병용, 심장 마비를 일으키게 해서 살인했습니다.

이때, 미야타는 저와 긴자에서 만날 약속이 있어 극단에서 돌아오는 길에 와가의 집을 방문했는데, 몇 시간이나 그 타원형 스튜디오에 갇혀, 기괴한 전자 음악 때문에 정신이 혼란스러워지고 기분이 나빠진 데다 초음파를 단속적으로 받았으리라고 생각됩니다. 와가는 미야타가 평소부터 심장이 약하다는 사실을 알았을 것입니다. 이 기술적인 방법 및 의학적인 소견은 나중에 전문가로부터 이야기가 있으리라고 생각합니다. 요컨대 이제까지 없었던 살인 방법이었다는 사실을 특히 강조하고 싶습니다.

와가는 6월 중순경에 스가모 역 부근에서 자동차 사고를 만나 다쳤는데, 자가용을 몰고 다니던 그가 무엇 때문에 택시를 타고, 그리고 연고도 없는 스가모 근처에 있었느냐 하는 것은 그 친구들 사이에서도 이상하게 생각되었습니다.

제 추측으로는 그가 다키노가와로 애인 나루세 리에코를 찾아갔다가 돌아오는 길에 생긴 사고라고 생각됩니다. 우연히 그날은 리에코가 다키노가와로 이사한 날이었습니다.

한편 그의 친구 가운데 평론가인 세키가와 시게오라는 사람이 있습니다. 이 세키가와는 와가에 대해 라이벌 의식을 갖고 있었습니다. 그런데 세키가와는 어느 날 자기 애인인 미우라 에미코가 임신해 처치 곤란하게 됐습니다. 그것은 그녀가 임신 중절을 거절했기 때문인데, 세키가와는 그 처치를 와가에게 부탁했습니다. 나는 이하의 제 진술이 틀림없다고 생각합니다. 세키가와가 와가에게 부탁한 이유는, 전자음악에 의해 생리 상태에 이상을 주는 것이 가능하다고 말하는 것을 살짝 들었기 때문입니다. 실은 초음파를 말하는 것인데, 세키가와는 사정을 모르고 에미코의 처치에 궁해 와가에게 부탁한 것입니다. 에미코는 아무것도 모르고 와가의 스튜디오에 들어가 미야타 구니오의 경우와 마찬가지 결과가 되었는데, 그때 와가는 살의 없이 임신 중절이 가능하다고 그 방법을 취했을 것입니다.

그런데 그것이 실패해 에미코는 스튜디오를 나오자마자 비틀비틀하더니 졸도했습니다. 쓰러지는 바람에 복도 밑으로 떨어지고, 그 단단한 콘크리트 바닥에 몸을 부딪혀 얄궂게도 유산을 하고 말았습니다.

에미코의 죽음에 와가 에이료뿐 아니라 세키가와도 놀랐습니다. 그러나 이것은 어디까지나 두 사람의 비밀로 덮어 두기로 했고, 이때부터 세키가와는 갑자기 와가에게 꼼짝 못하는 입장에 서게 됐습니다.

이상 간단하게 말씀드렸는데, 좌우간 와가는 내일 밤에 하네다를 출발해 외국으로 갑니다. 지금부터 여러분의 질문을 받고 답하겠는데, 여러분의 판단에 따라서 와가 에이료에 대한 구속 영장의 청구를 부탁하려고 생각합니다."

5

하네다 공항의 국제선 로비는 많은 사람으로 홍청거렸다. 22시발 샌프란시스코행 팬아메리칸기가 출발하려면 아직 한 시간 가까이 남았다. 언제나 국제선 로비는 화려하게 차려입고 배웅하는 사람들로 메워진다. 특히 오늘 밤에는 젊은 사람이 많았다. 그것도 머리를 길게 늘인 청년들이 두드러졌다. 젊은 여자들도 화려한 옷을 입고 있었다. 곳곳에 작은 그룹이 여러 개 생겨 멋대로 담소하는데, 배웅을 받는 사람은 한 사람이었다. 모든 작곡가들의 희망 와가 에이료였다.

시계가 9시 20분이 되었다.

누군가가 출발 시각이 가까워졌음을 말했다. 로비에서 담소하던 사람들이 와가 에이료가 서 있는 곳에 모여 그를 둘러쌌다.

이날 밤 와가는 잘 어울리는 새 양복을 입고 가슴에 커다란 장미꽃을 달고 있었다. 그리고 꽤 많은 꽃다발을 한쪽 팔에 들었다. 옆에는 약혼녀인 다도코로 사치코가 코발트블루빛 슈트 차림으로 서 있었다. 그녀는 누구보다도 잘 웃고 흥분해 있었다. 마치 두 사람의 신혼여행 같다고 놀리는 사람도 있었다.

다도코로 시게요시는 백발에 붉은 얼굴로 싱글벙글 웃었다. 현 장관에다 정당 간부여서, 음악계에 관계가 없는 정치가도 와 있었다.

누보 그룹이 와가 바로 앞에 있었다. 다케베, 가타자와, 요도가와 등이었다. 그런데 어찌 된 일인지 세키가와 시게오가 이곳에 없었다. 주위에서는 세키가와가 갑자기 일이 생겨 오지 못한 모양이라고 수군거렸다.

와가가 많은 사람에게 둘려 싸여 인사를 했다.

"……그럼 다녀오겠습니다."

배웅하는 사람이 너무 많이 와 쑥스럽다는 얼굴이었다. 가슴에 꽂은 커다란 꽃이 그의 행복을 상징하고 있었다.

장내 아나운서가 시작되었다.

"호놀룰루 경유 샌프란시스코행 22시발 팬아메리칸기는 곧 출발 준비가 완료되니 탑승하실 분은 지금부터 출국 수속을 밟아 주십시오."

만세 소리가 일어났다. 엄청난 손이 푸짐하게 똑같이 올라갔다. 옆에서 배웅하던 다른 사람들이 눈이 휘둥그레져 그 광경을 보았다.

와가 에이료는 탑승객 전용 통로를 내려가고 있었다. 거대한 외국 여객기는 이미 에이프런에서 출발을 기다리고 있었다.

배웅하는 사람들이 로비에서 송영대(送迎臺)가 있는 곳으로 무리 지어 흘러가고 있었다. 거기에서 여객기에 타는 와가 에이료의 마지막 모습에 환성을 지르고 손을 흔들기 위해서였다. 때마침 비행기 동체에 트랩이 천천히 운반되고 있었다.

공항 건물 아래는 승객이 국외 여행에 필요한 수속을 취하는 곳이었다. 짐 검열, 비자 검사, 화폐를 교환하는 은행 출장소 등, 좁은 통로 양쪽에 부서를 나누어 늘어섰다. 그곳을 통과하면 승객만 쓰는 대합실이 있었다. 스튜어디스가 탑승 개시를 알릴 때까지 기다리는 곳이다.

"이제 얼마 안 있으면 되겠군."

이마니시가 대합실 밖에서 요시무라에게 말했다. 요시무라는 두 손을 주머니에 넣고 눈을 통로로 돌리고 있었다.

"긴 시간이었어." 이마니시가 문득 한숨 같은 것을 토했다.

"정말 길었습니다."

그것은 이마니시가 고생한 데 대한 요시무라의 위로와 존경의 말이기도 했다.

"이봐. 그에게 구속 영장을 보이는 것은 자네가 할 일이야. 자네가 그의 팔을 단단히 잡는 거야." 이마니시가 말했다.

"이마니시 씨!" 요시무라가 깜짝 놀라 이마니시를 보았다.

"난 괜찮아. 이제부터는 자네 같은 젊은이들 시대니까."

여객이 줄을 지어 통로를 걸어오고 있었다. 맨 앞에 뚱뚱한 미국인 부부가 왔다. 짐 검열, 여권 검사, 화폐의 교환 등, 각각의 장소에서 사람들이 수속을 밟았다. 이윽고 그 전부를 마친 사람부터 이 대합실로 들어왔다.

대합실은 아담하게 꾸며져 있었다. 처음 사람부터 안에 들어가 사치스럽게 만들어진 쿠션에 걸터앉았다.

"이봐."

이마니시가 그 줄 한가운데에 있는 젊은 일본 사람을 보고 턱을 치켜 올렸다. 긴장한 요시무라가 아무렇지도 않은 듯이 와가 에이료 옆으로 다가갔다.

"와가 씨," 와가 에이료는 자기를 부르는 얼굴을 보고 깜짝 놀랐다. 어제 자기 집에 몰려 왔던 사람들 가운데 있던 레인코트를 입은 형사였다. "미안합니다만……." 대합실로 들어가기 전에 요시무라가 와가를 한쪽으로 불렀다.

그곳에는 이마니시 에이타로가 서 있었다.

"모처럼 떠나시려는데 미안합니다."

요시무라는 주머니에서 봉투를 꺼내 안의 서류를 작곡가에게 보였다. 와가 에이료는 떨리는 손으로 그것을 받아 흔들리는 시선으로 보았다. 구속영장이었다. 이유는 살인 혐의로 되어 있었다. 순식간에 와가 에이료의 얼굴에서 핏기가 가시고 눈알이 멍하니 허공에 떴다.

"수갑은 채우지 않겠습니다. 밖에 차가 대기하고 있으니 같이 나가시지요."

요시무라가 친한 친구처럼 와가의 등으로 팔을 돌렸다. 이마니시는 와가의 다른 한쪽에 딱 붙어 섰다. 한 마디 말도 없었다. 표정도 변함이 없었지만 눈만이 물기를 띠었다.

다른 승객들이 의아스럽다는 듯 오던 길로 되돌아가는 세 사람을 보았다.

송영대에서는 와가 에이료를 배웅하러 나온 사람들이 대형 여객기를 내려다보고 있었다. 공항 건물에서 그곳까지는 약 50미터쯤 떨어져 있었다. 대낮 같은 조명이 그 거리를 환하게 비추고 있었다.

첫 번째 여객 한 사람이 건물 아래에서 나왔다. 배웅하는 사람들이 일제히 그쪽을 보았다. 키가 큰 미국인 장교였다. 이어 뚱뚱한 미국인 부부, 키가 작은 일본인, 아이를 거느린 외국 부인, 기모노를 입은 젊은 일본 여자와 청년신사, 그리고 다시 외국인……. 와가의 모습은 보이지 않았다. 맨 앞의 승객은 벌써 트랩에 올라서서 자기를 배웅하는 사람들에게 손을 흔들고 있었다. 승객의 행렬은 자꾸 이어졌다. 마지막 한 사람이 나왔다. 나이 먹은 뚱뚱한 외국인이었다. 그 뒤에는 아무도 나오지 않았다. 다도코로 사치코의 얼굴에 이상하다는 표정이 비쳤다. 의아해하는 속삭임이 여기저기서 일어났다.

승객들은 스튜어디스를 비롯한 승무원들의 환영을 받으며 기체 안으로 빨려 들어갔다. 마지막 한 사람까지 트랩을 올라갔다. 모두 이상하다는 얼굴을 했다.

"이상하다!"

누군가가 이렇게 소리치자 이상하다느니 어찌 된 것이냐느니 하는 소리가 갑자기 주위에서 일어났다.

다도코로 부녀는 막대기를 삼킨 듯한 불안한 얼굴을 하고 있었다.

이때, 장내 아나운서가 예쁜 여자 목소리로 말하기 시작했다.

"22시발 샌프란시스코행 팬아메리칸기에 탑승하실 와가 에이료 씨를 배웅하러 나오신 여러분께 말씀드립니다. 와가 에이료 씨는 급한 일이 생겨 이번 비행기에는 타시지 않습니다. 와가 에이료 씨는 이번 비행기에는 타시지 않습니다……."

느릿느릿한 가락의, 음악처럼 아름다운 억양이었다.

위선적 세상에 던지는 날카로운 시선

스릴러 소설이 주는 긴장감은 이야기가 시작되기 전부터 깔려있는 '어둠'에 의해 촉발된다. 미스터리소설이 시작되면 당장 우리 눈앞에는 시체가 나뒹군다. 따라서 그 참극 이전의 '어둠'이 상당히 중요하게 취급되는 것이다.

그 속에는 말로 표현하기 어려운 불안과 공포와 사건이 존재한다. 그리고 이야기가 진행될수록 사건 이전의 '어둠'과 관련된 근원적 '암흑'은 더욱더 증폭된다. 여기까지가 바로 흔히 말하는 '범죄자의 이야기'이다.

그러나 미스터리소설인 이상 그 '어둠'에도 빛이 비춰들도록 형사, 또는 슈퍼맨, 또는 아마추어탐정이 수수께끼를 해명해내야 한다. 여기서도 '어둠'에 도전하는 지적운동에서 비롯되는 어떤 긴장감이 더해진다. 이것은 '심판자의 이야기'가 된다.

다시 말해 스릴러 작가는 두 개의 이야기──즉, 범죄자의 이야기와 심판자의 이야기를 동시에 그려내야 한다는 나르스작의 말을 실천하는 마법사가 되지 않으면 안 된다.

《모래그릇》에서 원초의 '어둠'은 도쿄 가마타 조차장에서 끔찍하게 살해당한 시체가 발견되기 이전의 암흑을 가리킨다. 피해자가 누구인지, 왜 그런 곳에서 살해되었는지 하는 것은 완전한 어둠에 묻혀있을 뿐, 단서라고는 피해자가 말했다는 '가메다'라는 뜻 모를 동북사투리가 유일하다. 그것을 베테랑 형사 이마니시 에이타로가 고집스럽게 추적해가면서 이야기는 전개된다.

이 '어둠'이 해명되지 않은 채 이야기는 진행되고, 전위극단 사무원인 나루세 리에코, 배우 미야타, 바에서 일하는 여종업원 미우라 에미코의 죽음으로 어둠은 더욱 증폭된다. 일종의 연속살인이기도 하지만 독자는 그 세 사람의 죽음보다는, 첫 번째 피해자의 '어둠'이 빨리 백일하에 드러나기를 더 고대한다.

첫 번째 살인 사건은 왜 일어났을까? 피해자는 도대체 누구인가? 이 사건을 해결하기 위해, 즉 원형복원을 위해 이마니시 형사는 동분서주 열심히 뛰어다니게 된다.

그리하여 이윽고 피해자의 신원이 밝혀진다. 피해자가 범인을 만나러 간 것은 완전한 선의와 그리움 때문이었음도 함께 드러난다. 협박도 아니고 복수 때문도 아니었다. 그럼에도 피해자는 범인에 의해 참혹하게 살해된다.

왜?

범인은 한센병환자의 아들이라는 극한적인 상황을 살아왔고, 그것을 사람들에게 숨기면서 무슨 일이 있어도 출세해보겠다고 몸부림쳤으며, 지금은 상당한 유명인사가 되어 고명한 정치가의 딸과 결혼하는 최대의 행운을 이제 곧 자기 손에 넣으려고 하는 시대의 총아였다. 그런 범인이 그 행운을 놓치지 않기 위해서는 한센병환자의 자식이라는 사실은 무슨 일이 있어도 알려지면 안 되었다. 그러나 피해자는 범인의 과거를 알고 있었다. 그리고 우연히, 그리고 갑자기, 문득 범인 앞에 모습을 드러냈던 것이다. 그리하여 범인은 자기가 쓴 가면이 벗겨질까 우려해 그를 죽이게 된다. 더욱이 과거의 은인이기도 했던 피해자를 살해한 범인에게는 더더욱 동정의 여지조차 없어진다.

지금은 특효약도 만들어져 한센병에 걸려도 사회복귀가 가능하게 되었다. 그럼에도 그런 병력이 실제로 밝혀진다면 세상 사람들은 그를 격리까지는 아니더라도 취직과 결혼 같은 큰 일에서 차별할지도 모를 일이다. 그런 점에서《모래그릇》은 상당히 사회문제를 표면에 드러낸 작품이라고 할 수 있다. 그만큼 범인의 심리, 아니 깊은 생의 심연 그 자체가 차라리 더 깊은 '어둠'일 것이다.

과거 한센병 환자는 사회적 인간이 아니었다. 말 그대로 소외당하는 고독한 외톨이였으며, 폐멸하는 인간이었다. 범인은 비록 보기에 건강한 사람이라 하더라도, 육신의 한센병이 아닌 마음의 한센병을 앓고 있는 환자였다. 바로 그런 절망에서 우리는 작품의 '어둠'을 이해할 수 있을 것이다. 그의 완전범죄는 이마니시 형사에 의해 조금씩 허물어져 내리면서, 스탕달의《적과 흑》의 주인공이 출세를 위해서 성직자의 흑의(야심의 상징)를 걸친 채 레나르 부인을 저격한 뒤 사형선고를 받고 단두대에 오르는 줄리앙 소렐처럼 비참한 최후를 맞이하게 된다.

스릴러로 보는《모래그릇》의 재미는, 우선 피해자가 사용했다고 하는 동북지방 사투리에서 피해자의 신원을 밝혀간다는 수사과정에 있다. 마쓰모토 세이초(松本淸張, 1909~1992)는 미스터리소설에 지방 풍경의 아름다움이나 생활, 전설, 사투리 등을 교묘하게 도입하여 작품에 리얼리티를 부여하고, 스케일이며 깊이 또는 반전의 묘미를 가미하는 방법을 즐겨 사용한다.

《D의 복합》에서 하고로모(羽衣) 전설이나 우라시마(浦島) 전설이 중요한 모티브가 되었던 것처럼 《모래그릇》에서는 동북사투리와 비슷한 이즈모(出雲) 방언이 범인을 찾아내는 열쇠로 작용하고 있다. 이것은 작품에도 인용되어 있는 〈일본방언지도〉의 분포도를 참고로 하면 될 것이다.

이 작품 외에도 《낙차(落差)》에서는 도사(土佐) 방언, 《바람의 시선》에서는 아오모리 현의 쥬산가타가 무대가 되면서 쓰가루(津輕) 사투리가 교묘하게 사용되어 향토색을 풍기는 데도 성공하고 있다.

그 다음으로 흥미로운 사실은 새로운 시대의 각광을 받고 있는 매스컴의 총아 '누보 그룹'에 대한 비판이다. 마쓰모토 세이초는 원래 권력자 혐오나 아카데미의 사이비 학자 경멸로 유명한데, 특히 그의 평론가 혐오는 아주 유명하다. 이는 곧 '우상파괴'라고도 달리 표현할 수도 있는 말로, 이를테면 《모래그릇》에는 이런 구절이 나온다.

'이 신사는 이른바 문명비판가였다. 문학뿐만 아니라 미술방면이나 풍속에서도 시평을 하는 유명인사이다. ……세키가와는 전부터 이 미타를 저속한 평론가라고 경멸했다. 그는 미타에게 '뭐든지 하는 사람'이라는 별명을 붙여 놓았다.'

그러나 정작 세키가와 본인도 다시 작가에 의해 신랄하게 비난당한다. 사실 세키가와는 바에 다니는 여종업원 미우라 에미코를 애인으로 두고 있지만, 세상 사람들의 눈이 무서워 임신한 에미코를 파멸로 몰아넣었다.

피해자의 신원이 밝혀지면서 그가 전직 순경이었던 미키 겐이치라는 사실이 판명된다. 범인이 피로 물든 옷을 어떤 식으로 처분했을지 이마니시는 추리에 추리를 거듭하고 마침내 진상을 밝혀낸다. 그러나 사건은 전위극단의 사무원 나루세 리에코의 자살, 배우 미야타 구니오의 의혹에 찬 자연사로 이어지며 파국을 향해 치닫는다. 리에코는 장래가 촉망되는 누보 그룹의 일원이자 전위작곡가인 와가 에이료의 애인이며 그의 비밀도 알고 있었으나, 와가는 현 장관의 딸과 혼약한다. 그렇다면 리에코와 미야타는 또 서로 어떤 식으로 연관되는가? 얽히고설킨 이러한 관계들이 스릴러 《모래그릇》의 절대적 매력이라고 말할 수 있겠다.

게다가 비평가 세키가와 시게오와 작곡가 와가 에이료 사이의 음울한 관계도 흥미롭다. 어느 파티에서 아름다운 가수 무라카미 준코가 와가에게 인사를 건네고 떠나니 '자꾸 새로운 방향으로 눈을 돌리고 싶어 하지만, 유감스럽게도 저 여자는 본질적으로 그렇지 못해. 그저 자기선전이나 보신을 위해 우리를 이용하자는 것뿐인데, 그 속셈이 빤히 들여다보여'라고 세키가와가 말한다. 와가도 이에 동의한다. '분수를 모른다'고 하면서.

이 두 사람은 다른 사람의 마음은 잘도 들여다보면서 정작 자신들은 돌아볼 줄 모른다. 그리고 자기들이 내뱉은 이 말이 그대로 자기들에게 되돌아오게 될 줄은 전혀 짐작조차 하지 못 한다. 여기에 세키가와는 와가의 혼약에 대해 정략결혼이라고 비판까지 한다. 그렇지만 본인도 바 여종업원 미우라 에미코가 임신한 일로 자기 장래에 불리한 일은 없을까 두려워하는 출세주의자에 지나지 않는다. 그리고 와가에게 에미코의 처치를 맡김으로써, 두 사람의 관계는 단번에 역전한다. 이제는 와가의 음악에 대해서 무조건적으로 호의를 보이지 않을 수 없게 되었을 뿐 아니라, 와가가 그보다 우위에 서게 되었다. 공범자 의식이 세키가와에게서 자유로운 비평정신을 빼앗아갔고, 그를 와가의 노예로 만들어 버렸다. 이 뒤바뀐 인간관계에 다소 과장은 있더라도, 예술가와 비평가의 기묘한 관계를 클로즈업하고 있는 점은 어떤 면에서는 현대적 도식에 대한 마쓰모토식 비판일 수도 있다.

한센병환자의 아들인 범인이 어떻게 호적에서 스스로를 말살하고 변신 탈피하는가 하는 술책과, 그곳에는 있었던 전쟁과 공습, 그리고 제2, 제3의 살인이 마치 있었던 것처럼 보이게 하는 작가의 트릭은 여러분들이 본문을 읽고 직접 공감해주었으면 한다.

마쓰모토 세이초는 미스터리소설에 대해 다음과 같이 말한다.

"도서(倒敍)법은 별도로 치더라도, 보통 미스터리소설의 형태를 취하는 경우에는 반드시 해결편이 필요하다. 만약 미스터리소설에서 문학성을 기대한다면 지금으로서는 문체나 묘사, 인간의 성격을 어떻게 표현하느냐에 한정된 일일 것이다. 그렇지만 그 모든 노력도 마지막에 들어가는 '그림 맞추는 부분'에 이르면 '문학성'은 한순간에 땅속으로 꺼져들고 만다. 사실 그림 맞추기만큼 비문학적이고 통속적인 논리도 없지만, 미스터리소설에서는 이것이 필수조건이다."

'범인의 이야기'일 때는 괜찮지만 '심판자의 이야기'에 이르면 정의가 이기고 도덕이 지켜지는 대단원이 되면서 어쩔 수 없이 문학성을 잃게 되는 점을 마쓰모토 세이초는 정확히 지적하고 있다. 특히 범죄의 동기에 인간성과 사회성을 중시하던 마쓰모토 세이초로서는, 공들인 문학성 대신 대단원을 위한 '그림 맞추기'로 끝맺음되어야한다는 점이 참으로 한탄스럽기 짝이 없었을 것이다.

그러나 그런 점에도 불구하고 이 《모래그릇》은 일본에서 영화와 드라마로도 여러 번 제작된 매력적인 작품이다. 사회파 미스터리 거장 마쓰모토 세이초가 위선적 세상에 던지는 날카로운 시선을 느껴 보길 권한다.